COLLECTION « BEST-SELLERS »

DU MÊME AUTEUR

Chez le même éditeur

LE LIEN MALÉFIQUE, 1993
L'HEURE DES SORCIÈRES, 1995
TALTOS, 1996

ANNE RICE

LA VOIX DES ANGES

Roman

traduit de l'américain par Paul Alexandre

ROBERT LAFFONT

Titre original : CRY TO HEAVEN

Traduction française : Éditions Mazarine, 1984 ; Robert Laffont, 1997

ISBN 2-221-08008-4
(édition originale :
ISBN 345-3737-07 A. Knopf, New York)

Première partie

1.

Guido Maffeo n'avait que six ans lorsqu'il fut châtré puis envoyé à Naples étudier le chant avec les plus prestigieux professeurs.

Dans la grande famille de paysans dont il était le onzième enfant, la faim et les mauvais traitements avaient été son lot quotidien. Aussi devait-il se rappeler toute sa vie que ceux qui avaient fait de lui un eunuque lui avaient également offert, pour la première fois de sa vie, un bon repas et un lit douillet.

La chambre où on l'avait conduit, dans la petite ville montagnarde de Caracena, était magnifique. Le sol en était pavé de carreaux doux et lisses, et Guido y vit pour la première fois de sa vie une horloge mécanique dont le tic-tac l'effraya beaucoup. Les hommes au parler onctueux qui l'avaient pris des mains de sa mère lui demandèrent de chanter pour eux. En récompense, ils lui firent boire d'un vin rouge mêlé de miel.

Puis ils le déshabillèrent et le plongèrent dans un bain chaud ; engourdi par une torpeur délicieuse, l'enfant ne redoutait plus rien. Des mains lui massaient doucement le cou. Se laissant aller dans l'eau, il eut l'impression qu'il lui arrivait quelque chose de merveilleux et d'important. Jamais on ne l'avait traité avec tant d'attention.

Après l'avoir sorti de l'eau, les hommes l'étendirent sur une table et l'y fixèrent au moyen de courroies. Il crut qu'il allait tomber, car on avait placé le bas de son corps beaucoup plus haut que sa tête. Mais ses nouveaux maîtres le maintenaient solidement et, dans son demi-sommeil, Guido sentit que des mains soyeuses s'affairaient entre ses jambes : caresses voluptueuses et non exemptes d'une certaine impureté. Puis, soudain, une lame le blessa au même endroit, il hurla de douleur et essaya de s'échapper de ses liens, mais un des étrangers l'empoigna vigoureusement en lui chuchotant d'une voix tendre : « Voyons, Guido, voyons ! »

Il devait s'en souvenir toute sa vie.

Plus tard, il s'éveilla dans des draps blancs au parfum délicieux de feuillage écrasé. Il avait très mal au bas du ventre et, quand il y porta la main, il sentit qu'on y avait fixé un pansement. Mais cela ne l'empêcha pas de sortir du lit et, après avoir fait quelques pas, de rencontrer dans la pénombre un jeune garçon de son âge. Au bout d'un moment, il comprit que c'était sa propre image qui se reflétait dans un miroir : il en avait entendu parler mais n'en avait jamais contemplé et il n'avait qu'entrevu son visage dans l'eau. Ses cheveux noirs étaient bouclés et, pour s'assurer que ce garçon était bien lui-même, il dut tâter les diverses parties de sa figure. Son nez camus ressemblait davantage à un morceau de terre glaise qu'aux nez des autres gens.

Quand l'homme qui l'avait mis au lit reparut, il ne lui reprocha pas son escapade ; il lui adressa des paroles rassurantes, mais Guido comprenait mal son discours ; il ne connaissait pas cet italien-là. On lui fit manger du potage avec une cuillère d'argent. Au fur et à mesure que le soleil levant illuminait la chambre, Guido observa que les murs en étaient ornés de portraits. Sur le sol était posée une paire de petits souliers noirs et luisants, et il devina qu'ils lui étaient destinés.

On était en 1715. Louis XIV venait de mourir. Pierre le Grand était tsar de Russie.

Dans la lointaine colonie du Massachusetts, Benjamin Franklin avait neuf ans. George Ier venait de monter sur le trône d'Angleterre.

De part et d'autre de l'équateur, des esclaves africains labouraient les champs du Nouveau Monde. À Londres, on risquait la pendaison pour le vol d'une miche de pain. Au Portugal, on pouvait être brûlé vif comme hérétique.

Quand ils sortaient de chez eux, les gentilshommes se couvraient la tête de grandes perruques blanches ; ils arboraient une épée au côté, prisaient dans de petites tabatières ornées de pierreries, portaient des chausses agrafées au genou, des bas et des souliers à talons hauts ; leurs habits avaient d'énormes poches. Les dames, en jabots de dentelle, se mettaient des mouches sur les joues. Elles dansaient le menuet en jupes à paniers, tenaient salon, tombaient amoureuses et se rendaient coupables d'adultères.

Le père de Mozart n'était pas encore né. Jean-Sébastien Bach avait trente ans. Galilée était mort depuis soixante-treize ans ; Isaac Newton était un vieillard et Jean-Jacques Rousseau, un nourrisson.

L'opéra italien avait conquis le monde. Cette année-là, on verrait à Naples *Tigrane* d'Alessandro Scarlatti et à Venise *Néron couronné* de Vivaldi. À Londres, Georg Friedrich Haendel était le compositeur le plus fêté.

Dans la péninsule italienne, de nombreuses régions étaient soumises à la domination étrangère : l'archiduc d'Autriche, le futur Philippe II, régnait au nord sur la ville de Milan et au sud sur le royaume de Naples.

Mais Guido ignorait tout de ce monde. Il ne parlait même pas la langue de son pays natal.

La ville de Naples était plus fabuleuse que tout ce qu'il avait jamais vu, et le conservatoire auquel on le conduisit, surplombant la ville et la mer, lui sembla aussi magnifique qu'un palais.

La robe noire à large ceinture de tissu rouge dont on le revêtit était le plus beau vêtement qu'il eût porté. Il ne pouvait croire qu'il était destiné à demeurer ici à tout jamais pour chanter et faire de la musique ; un jour ou l'autre on le renverrait chez lui.

Or rien de pareil ne se produisit. Dans la chaleur des après-midi de fête, quand par les rues encombrées de la ville il défilait lentement en compagnie des autres petits castrats, avec ses vêtements immaculés et ses boucles brunes propres et brillantes, il était fier de faire partie de leur groupe. Leurs hymnes flottaient dans l'air comme le parfum mêlé des lis et des cierges. Et lorsqu'ils pénétraient dans l'église immense et que leurs voix frêles s'enflaient au milieu de splendeurs inconnues, Guido éprouvait, pour la première fois de sa vie, du bonheur.

Tout alla bien durant les années suivantes. La discipline du conservatoire ne lui pesait guère. Il avait une voix de soprano capable de fêler le verre ; il gribouillait des mélodies chaque fois qu'on lui mettait une plume entre les mains : et il savait composer avant d'avoir appris à lire et à écrire. Ses maîtres l'aimaient beaucoup.

Au fil des ans, cependant, sa compréhension des choses s'approfondissait.

Assez vite, Guido s'était rendu compte que tous les musiciens qui l'entouraient n'étaient pas châtrés. Certains deviendraient des hommes, se marieraient, auraient des enfants. Mais, si virtuoses que fussent les violonistes, si prolifiques que fussent les compositeurs, aucun d'eux ne connaîtrait jamais la renommée, la richesse et la gloire des grands sopranistes castrés. Dans le monde entier, c'était aux musiciens italiens qu'on faisait appel pour les chœurs d'église, les orchestres de cour et les opéras.

Mais c'étaient les castrats que le monde vénérait. C'étaient eux que les rois se disputaient, c'était pour eux que les mélomanes retenaient leur souffle ; ils incarnaient l'essence même de l'opéra.

Nicolino, Cortono, Ferri : on se souviendrait de ces noms bien après que ceux des compositeurs qui avaient écrit pour eux seraient oubliés. Et dans le petit monde du conservatoire Guido faisait partie d'une élite, d'un groupe de privilégiés qui étaient mieux nourris, mieux vêtus, logés dans des chambres mieux chauffées, pour permettre à leur talent singulier de s'épanouir.

À mesure que les castrats les plus âgés s'en allaient et que d'autres plus jeunes arrivaient, Guido s'aperçut que, parmi les centaines de jeunes garçons qui subissaient chaque année l'épreuve du bistouri, seule une infime poignée avait de belles voix. Il en venait de partout : Giancarlo, premier chanteur d'un chœur de Toscane, avait été castré à l'âge de douze ans par les soins de son maître de chapelle, qui l'avait ensuite conduit à Naples ; Alfonso, qui sortait d'une famille de musiciens, avait subi l'opération sur l'intervention de son oncle, lui-même castrat ; et le fier Alfredo avait si longtemps vécu chez son protecteur qu'il ne se souvenait pas de ses parents, ni du chirurgien qui l'avait opéré.

Il y avait aussi les mal lavés, les illettrés, les gamins qui ne parlaient même pas le napolitain au moment de leur arrivée, comme Guido. Il avait acquis la certitude que ses parents l'avaient purement et simplement vendu. Peut-être même avait-il été pris au hasard, dans un lot dont l'acquéreur était à peu près certain qu'il compterait au moins un élément de valeur.

Mais au fond cela lui était égal. Premier chanteur dans le chœur, soliste sur la scène du conservatoire, il écrivait déjà des exercices pour les élèves plus jeunes. À l'âge de dix ans, on l'emmena entendre Nicolino au théâtre, on lui attribua un clavecin personnel et on lui permit de veiller tard le soir pour s'exercer. Couvertures chaudes, vêtements élégants, il recevait en partage bien plus qu'il n'eût jamais osé espérer ; et de temps en temps, on l'emmenait chanter devant un auditoire d'amateurs ravis au milieu des fastes éblouissants d'un authentique *palazzo*.

Avant d'être assailli par les doutes qui marquent la seconde décennie de l'existence, Guido avait établi pour son mode de vie des bases solides : étude acharnée et régime sévère. Sa voix haute et pure, d'une légèreté et d'une souplesse inhabituelles, était désormais considérée officiellement comme une merveille.

Mais, comme chez tous les humains, le sang de ses ancêtres continuait à modeler son évolution, en dépit de l'opération qu'il avait subie. Issu d'une population trapue et basanée, il ne prenait pas en grandissant l'aspect frêle et svelte de l'eunuque, comme c'était le cas de beaucoup de ceux qui l'entouraient. Il était plutôt lourd, mais bien proportionné, et il donnait une fausse impression de puissance.

Malgré ses cheveux bouclés et sa bouche sensuelle, qui conféraient à son visage quelque chose d'angélique, une ombre au-dessus de sa lèvre supérieure le faisait paraître viril. Il eût été agréable à regarder, n'eussent été deux traits de son visage : son nez, qui s'était cassé lors d'une chute dans sa petite enfance et était aplati comme si la main d'un géant l'avait écrasé ; et ses grands yeux bruns qui reflétaient la brutalité astucieuse des paysans dont il descendait.

Ces hommes avaient été taciturnes et rusés ; Guido, lui, était studieux et stoïque. De même qu'ils avaient lutté contre les éléments, il s'imposa tous les sacrifices nécessaires pour réussir dans sa carrière musicale.

Mais Guido n'avait rien de grossier dans ses manières ou sa tenue. Prenant modèle sur ses maîtres, il s'était imprégné de toutes les grâces possibles et il avait parfaitement assimilé la poésie, le latin et l'italien classique qu'on lui avait enseignés.

C'est ainsi qu'il devint un jeune chanteur à la forte présence auquel ses attributs physiques conféraient une troublante séduction.

Sa vie durant, d'aucuns diraient de lui : « Comme il est laid ! », tandis que d'autres s'exclameraient : « Ah, qu'il est beau ! »

Guido était tout à fait inconscient d'un de ses traits les plus typiques : il émanait de lui une impression de menace. Ses ancêtres avaient été plus brutaux que les animaux qu'ils élevaient ; il en avait hérité l'apparence d'un homme capable d'infliger à son interlocuteur les pires sévices. Cela provenait de la passion contenue dans ses yeux, de son nez écrasé, de sa bouche charnue, de l'ensemble de son visage.

Ainsi, sans qu'il s'en rendît compte, il se trouvait protégé par une espèce de cuirasse ; personne n'osait le rudoyer.

Mais tous ceux qui connaissaient Guido l'aimaient. Les garçons non châtrés lui étaient aussi attachés que les autres eunuques. Les violonistes l'appréciaient parce que leur personnalité le fascinait et qu'il écrivait pour eux d'exquises partitions. Assez vite, Guido acquit la réputation d'un être calme et raisonnable, d'un aimable ourson que l'on cessait de redouter dès qu'on le connaissait mieux.

Guido avait près de quinze ans lorsqu'on vint le prier un matin de descendre dans le bureau du maestro. Cela ne le troubla pas : il ne se tourmentait jamais.

« Assieds-toi », lui dit le maestro Cavalla, son professeur préféré. Les autres enseignants étaient tous rassemblés autour de lui. Ce cercle de visages évoqua en lui un souvenir désagréable : la scène lui rappelait celle qui avait précédé sa castration. Mais il chassa ce souvenir d'un haussement d'épaules ; cela n'avait aucun sens.

Assis derrière la table de bois sculpté, le maestro trempa sa plume dans l'encrier, traça de grands chiffres sur un parchemin et le tendit à Guido.

« Décembre 1727. » Qu'est-ce que cela signifiait ? Un frisson courut le long du dos de Guido.

« C'est à cette date, dit le maestro en se levant, que tu feras tes débuts à l'opéra de Rome comme *primo uomo*. »

Ainsi, Guido avait réalisé l'idéal de tout chanteur.

Il ne ferait pas partie d'un chœur d'église, ni de celui d'une paroisse campagnarde, ni de celui de la cathédrale d'une grande ville, ni même de celui de la chapelle Sixtine. Il s'était élevé plus haut, il avait atteint le but qui les inspirait tous, quelle que fût leur origine : l'opéra.

« Rome », se murmurait Guido en sortant du bureau et en s'engageant, seul, dans le couloir. Deux élèves se trouvaient là, qui semblaient l'attendre, mais il passa devant eux et se dirigea vers la cour comme s'il ne les avait pas vus. « Rome », souffla-t-il à nouveau, et il fit rouler le nom sur sa langue, ces deux syllabes explosives que depuis deux mille ans les hommes laissaient échapper avec respect et terreur : Rome.

Oui, Rome et Florence, et Venise, et Bologne, Vienne ensuite, puis Dresde, et Prague, toutes les places fortes que les castrats devaient enlever. Londres, Moscou, et le retour à Palerme. Il faillit éclater de rire.

Mais quelqu'un lui touchait le bras. Le contact lui fut désagréable. Il ne pouvait s'arracher à la vision des loges alignées face à lui et du public soulevé d'enthousiasme.

Quand sa vision se dissipa, il vit que c'était Gino, un grand eunuque qui avait toujours été plus avancé que lui. C'était un Italien du Nord, blond et svelte, avec des yeux d'un gris profond. À ses côtés se tenait Alfredo, le riche qui avait toujours de l'argent plein les poches.

Ils lui proposaient de venir en ville ; ils lui disaient que le maestro lui avait accordé une journée de liberté pour fêter son succès.

Et Guido comprit alors les raisons de leur présence. Gino et Alfredo étaient les étoiles montantes du conservatoire.

Désormais, il faisait partie de leur constellation.

2.

Quand Tonio Treschi avait cinq ans, sa mère l'avait fait tomber dans l'escalier. Elle ne l'avait pas poussé. Elle avait seulement tenté de le gifler. Mais il avait glissé sur le carrelage de marbre, dégringolé de marche en marche, et il était arrivé tout en bas dans un état de panique atroce.

L'amour qu'elle portait à son fils était jalonné de gestes cruels et imprévisibles ; Tonio était ainsi déchiré sans cesse entre l'amour et la terreur et il aurait peut-être oublié l'angoissante dégringolade dans l'escalier si, ce soir-là, pour se faire pardonner, sa mère ne l'avait pas emmené à Saint-Marc où le père de Tonio prenait part à une grande cérémonie. Andrea Treschi était membre du Grand Conseil, et la basilique de Venise représentait la chapelle personnelle du doge. Tonio vécut cette soirée comme un rêve : il devait s'en souvenir toute sa vie.

Après sa chute, il s'était caché des heures durant. Tonio connaissait mieux que personne les coins et les recoins du palais Treschi, demeure Renaissance fort délabrée, dont les quatre étages dissimulaient quantité de cabinets et d'armoires propres à s'y dissimuler. L'obscurité ne faisait pas peur à Tonio, il ne craignait pas de se perdre, et les rats ne l'effrayaient pas : il suivait avec intérêt leurs galopades et il aimait observer, sur les murs et les plafonds décorés de fresques, les ombres et les lumières projetées par les reflets du Grand Canal. Ces parois décrépites, bien davantage que le monde extérieur, constituaient le paysage obligé de son enfance.

Mais l'absence de sa mère le torturait et, angoissé et frissonnant, il résolut d'aller la rejoindre. Depuis longtemps les domestiques avaient renoncé à le chercher, et la mère de Tonio sanglotait couchée sur son lit. Il était bien décidé à ne plus jamais lui adresser la parole, mais, dès qu'elle lui ouvrit les bras, le petit bonhomme barbouillé de larmes s'y précipita et y demeura immobile, une main passée autour de son cou, l'autre lui serrant l'épaule en une crispation presque douloureuse. Quelque part, il se disait : si je la serre très fort, elle restera douce comme elle l'est en ce moment et ne laissera pas libre cours à la furie qui, de temps en temps, jaillit d'elle pour me faire souffrir. Il sentait sous ses lèvres les joues et les cheveux de cette femme qui était à peine plus âgée qu'une enfant, et il était soudain parfaitement heureux.

Brusquement elle se redressa, arrangea de la main ses longues mèches rebelles et, les yeux encore rouges de larmes, elle s'écria : « Tonio, nous avons tout juste le temps ! Ce soir je t'emmène à Saint-Marc ! »

Malgré l'opposition des gouvernantes, elle tint à habiller Tonio elle-même. Une ambiance de vive gaieté avait envahi la pièce, les bougies tremblaient dans leurs chandeliers, les doigts de la mère de Tonio boutonnaient adroitement sa culotte de satin et son gilet de brocart, elle peignait en chantonnant ses boucles noires et, par deux fois, elle l'embrassa avec effusion. Tout le long du couloir, elle continua à chanter, tandis qu'il s'amusait à faire claquer sur le marbre ses escarpins vernis.

Elle rayonnait dans sa robe de velours noir : à la lueur de la lanterne, au moment où elle s'enfonçait dans l'obscurité de la *felze* de leur gondole, son visage aux yeux bridés évoquait à s'y méprendre ceux des madones des vieilles peintures byzantines. Elle prit Tonio sur ses genoux, et les rideaux se refermèrent sur eux. « Tu m'aimes ? » demanda-t-elle. Pour la taquiner, il ne répondit pas. Alors elle appuya sa joue contre la sienne, mêla ses cils aux siens jusqu'à ce qu'il éclate d'un rire irrépressible, puis, lui saisissant fermement l'épaule, elle répéta : « Tu m'aimes ? »

Et quand il dit que oui, il se sentit brûler sous son étreinte et il resta un moment immobile, comme paralysé, tout contre elle.

Il traversa la *piazza* en dansant, suspendu à son bras. Tout le monde était là ! Tonio faisait révérence sur révérence ; des mains se tendaient pour ébouriffer ses cheveux ou l'attirer contre des jupes parfumées. Le jeune secrétaire de son père, le signor Lemmo, le lança sept fois en l'air avant que sa mère ne lui ordonnât de cesser ce jeu. Et sa belle cousine Caterina Lisani, qui tirait derrière elle deux de ses fils, releva son voile et, soulevant Tonio de terre, l'écrasa contre sa poitrine blanche et odorante.

Dès qu'ils pénétrèrent dans l'immense église, Tonio se tut. Jamais il n'avait vu un tel spectacle. Des cierges innombrables étaient disposés en guirlande autour des colonnes de marbre et, quand le vent s'engouffrait par les portes ouvertes, les flambeaux ronflaient dans leurs torchères. Les grandes coupoles étincelaient d'anges et de saints, et tout autour les cintres, les murs et les voûtes renvoyaient des millions et des millions de minuscules scintillements dorés.

Sans un mot, Tonio grimpa dans les bras de sa mère, comme il aurait escaladé un arbre. Elle vacilla sous son poids, en riant.

Puis une onde de choc traversa la foule comme le souffle d'un feu de brindilles. Des trompettes sonnèrent. Tonio tournait la tête de tous côtés sans parvenir à les voir.

« Regarde ! » murmura sa mère en lui pressant la main. Et au-dessus des têtes, assis sur un grand trône, sous un dais ondoyant, le doge apparut. L'air se remplit de l'odeur âcre et lourde de l'encens. Le son des trompettes monta dans les aigus ; leur clameur perçante donnait le frisson.

Les membres du Grand Conseil parurent ensuite, dans leurs robes somptueuses. « Ton père ! » dit la mère de Tonio, d'une voix de petite fille excitée.

On pouvait voir à présent la haute silhouette osseuse d'Andrea Treschi, avec ses manches qui balayaient le sol, sa chevelure blanche épaisse comme la crinière d'un lion, ses yeux pâles et profonds regardant droit devant lui, comme ceux d'une statue.

« Papa ! » Le cri de Tonio résonna dans l'église. Des têtes se tournèrent et il y eut des rires étouffés. Et quand le regard du conseiller, après avoir erré au-dessus des têtes, s'arrêta sur son fils, le vieux visage fut transformé par un sourire de ravissement et un éclair de joie illumina ses yeux.

La mère de Tonio rougit.

Et puis tout à coup, comme jailli de l'air même, un chant magique s'éleva : des voix hautes, claires, fermement posées. Tonio sentit sa gorge se nouer. Pendant un instant, il fut incapable de bouger sous le choc de la musique. Puis il se mit à se tortiller, les yeux levés vers les torchères dont l'éclat l'aveuglait. « Tiens-toi tranquille ! » lui dit sa mère, qui avait peine à le tenir. Le chant devenait de plus en plus riche, de plus en plus plein.

Il venait par vagues des deux côtés de l'immense nef, formant un entrelacs de mélodies. Tonio avait l'impression de voir un grand filet doré jeté sur une mer clapotante qui chatoyait sous le soleil. Le son emplissait l'air comme une pluie. Et à la fin il aperçut les chanteurs, juste au-dessus de lui.

Ils se tenaient dans deux grandes tribunes surélevées, à gauche et à droite de la nef. Avec leurs bouches ouvertes et leurs visages illuminés par le reflet des torches, ils ressemblaient aux anges des mosaïques.

Tonio se laissa glisser à terre. Il sentit la main de sa mère qui essayait en vain de le retenir. Il se faufila parmi les jupes et les manteaux, au milieu de l'air froid et des effluves parfumés, et il aperçut la porte ouverte de l'escalier qui menait au chœur.

Il gravit les marches ; il lui semblait que les accords de l'orgue faisaient trembler les murs ; puis, soudain, il se trouva dans la chaleur de la tribune, au milieu de tous ces chanteurs plus grands que lui.

Son arrivée provoqua un peu d'agitation. Il était placé tout contre la balustrade, la tête levée, regardant droit dans les yeux un géant dont la voix, claire et dorée comme celle d'un clairon, entonnait à cet instant même le maître mot : « Alléluia ! », ce mot qui résonnait comme un appel, comme une requête adressée à quelqu'un. Et tous ceux qui étaient debout derrière cet homme reprenaient le même mot, le répétaient et le répétaient encore à intervalles réguliers, leurs voix se chevauchant et se mêlant.

De l'autre côté de la basilique, le second chœur renvoyait l'écho de cet alléluia, dont le volume ne cessait de croître.

Tonio ouvrit la bouche. Il se mit à chanter. Il répéta le mot, en mesure, avec le chanteur à la haute taille, et il sentit que la main de cet homme se refermait chaleureusement sur son épaule. Le chanteur l'approuvait, de ses grands yeux bruns il lui disait : « Oui, chante » sans prononcer ces mots. Tonio sentit près de lui la hanche maigre de l'homme, puis un bras qui enserrait sa taille pour le soulever à la hauteur de son visage.

Au-dessous de lui, il y avait toute la congrégation chatoyante, le doge sur son trône drapé d'or, les membres du Sénat dans leurs robes violettes, les conseillers en rouge, tous les patriciens de Venise coiffés de perruques blanches ; mais les yeux de Tonio restaient rivés sur le visage du chanteur, et il écoutait sa propre voix qui sonnait comme une cloche, bien distincte du clairon de la voix du chanteur. Tonio n'avait plus de corps. Il l'avait quitté, transporté dans les airs par sa voix et celle du chanteur dont les sons se fondaient progressivement l'un dans l'autre. Il lut le plaisir dans les yeux vacillants du chanteur, qui paraissaient comme assoupis. Mais le son qui jaillissait de la poitrine de l'homme était d'une puissance stupéfiante.

Quand ce fut terminé et que Tonio se retrouva dans les bras de sa mère, celle-ci leva les yeux vers le géant qui s'inclinait profondément devant elle et lui dit :

« Merci, Alessandro. »

« Alessandro, Alessandro », murmurait Tonio. Et, pelotonné contre elle dans la gondole, il la harcela de questions : « Maman, quand je serai grand, est-ce que je chanterai comme cela ? Est-ce que je chanterai comme Alessandro ? » Mais sa mère n'arrivait pas à comprendre ce qu'il voulait. « Maman, je veux être un de ces chanteurs.

— Ah mon Dieu, Tonio, non ! » Elle éclata de rire et, adressant à Lena, la nourrice, un geste exagéré du poignet, leva les yeux au ciel.

Toute la maisonnée montait vers le toit avec des grognements et des bruits de verres entrechoqués. En dirigeant son regard vers l'embouchure du Grand Canal, là où il s'attendait à trouver l'obscurité sans fond de la lagune, Tonio vit la mer s'embraser : des centaines et des centaines de lumières dansaient sur l'eau. On aurait dit que l'on avait renversé sur la lagune toutes les illuminations de Saint-Marc. D'une voix pleine de révérence, sa mère lui expliqua en chuchotant que les dirigeants de la République allaient se recueillir devant les reliques de saint Georges.

Pendant un moment, on n'entendit d'autre son que le sifflement du vent qui avait depuis longtemps abattu les treillages fragiles du jardin suspendu. Des arbres morts gisaient çà et là, encore ancrés au sol par les pots renversés qui retenaient leurs racines et un peu de terre ; et leurs feuilles sèches crépitaient sous le vent.

Tonio baissa la tête et offrit sa nuque tendre aux mains tièdes de sa mère. Une peur indicible le poussait à se rapprocher d'elle.

Cette nuit-là, étendu dans son lit, la couverture remontée jusqu'au menton, il ne put dormir. Sa mère était allongée sur le dos, les lèvres entrouvertes, son visage anguleux radouci comme en dépit d'elle-même ; ses yeux rapprochés, si différents de ceux de Tonio, étaient contractés vers le milieu et cela lui faisait froncer les sourcils, si bien que son expression évoquait plus l'inquiétude que le repos. (Jamais le père de Tonio ne dormait avec eux ; il restait toujours dans ses propres appartements.)

Tonio rejeta les couvertures et, pieds nus, glissa à pas menus sur le sol glacé.

Dans les ruelles nocturnes, il y avait des chanteurs, il en était sûr. Repoussant les volets de bois, il tendit l'oreille, tête dressée, jusqu'au moment où il perçut les accents lointains d'un ténor. La voix était soutenue par une basse, par les dissonances des instruments à cordes, et, de loin en loin, la mélodie s'élevait, plus haute, plus ample.

C'était une nuit de brume ; on ne distinguait aucune forme sinon l'auréole d'une torche résineuse, sous la fenêtre, qui mêlait sa lourde senteur à l'odeur salée de la mer. Et tandis qu'il écoutait, la tête appuyée à la paroi humide, les mains posées sur ses genoux pliés, Tonio était encore dans la tribune du chœur de Saint-Marc. À présent, le souvenir de la voix d'Alessandro lui échappait, mais il avait gardé la sensation, la caresse rêveuse de la musique.

Il ouvrit la bouche, chanta quelques notes aiguës à l'unisson des voix lointaines des chanteurs de rue, et il sentit à nouveau la main d'Alessandro sur son épaule.

Une pensée le harcelait, comme un moucheron dans l'œil ; qu'était-ce donc ? Dans sa mémoire, fraîche et aiguisée comme l'est un esprit que n'a pas encore embrumé le langage écrit, il sentait la paume de la main qui reposait doucement sur sa nuque ; il revoyait la manche ondoyante qui remontait jusqu'à l'épaule, au-dessus de lui. Tous les autres hommes de haute taille qu'il avait connus jusqu'alors devaient se baisser pour le caresser ; il était si petit ! Or il se rappelait que, déjà sur la tribune du chœur, au milieu de ce chant magique, il avait été frappé du fait que cette main reposait si aisément sur son cou.

Ils paraissaient miraculeux, ce bras qui l'avait soulevé, cette main qui avait saisi son corps comme un jouet et l'avait rapproché de la musique.

Mais la chanson, là-bas, le distrayait de ces pensées. Elle exerçait sur lui une fascination, une espèce d'attraction physique, comme le faisait toujours cette musique : le clavecin dont jouait sa mère, le tambourin sur lequel elle frappait en fredonnant, ou simplement le son de leurs voix mêlées. Il aurait fait n'importe quoi pour que la musique continue toujours. Puis, tout à coup, alors qu'il frissonnait sur l'appui de la fenêtre, il tomba endormi.

C'est seulement quand il eut sept ans que Tonio apprit qu'Alessandro et tous les autres chanteurs de Saint-Marc étaient des eunuques.

3.

Quand Tonio eut neuf ans, il sut précisément ce qu'on avait enlevé à ces créatures arachnéennes. Il comprit aussi que leur haute taille et leurs longs bras leur venaient de cette opération terrible : après l'émasculation, leurs os ne durcissaient pas comme ceux des hommes capables d'engendrer.

Mais c'était un secret de Polichinelle. Les castrats chantaient dans toutes les églises de Venise. Devenus vieux, ils se faisaient professeurs de musique. Le maître de Tonio, Beppo, était un eunuque.

Et à l'opéra, où Tonio n'avait pas le droit d'aller parce qu'il était trop jeune, ils étaient considérés comme des merveilles célestes. Nicolino, Carestini, Senesino : le lendemain de la représentation, les domestiques poussaient des soupirs extatiques en prononçant leurs noms. Un jour, la mère de Tonio, qui vivait en recluse, s'était même laissé entraîner au théâtre pour voir un jeune chanteur de Naples, Farinelli, que tout le monde appelait « le Petit ».

Tonio avait pleuré parce que sa mère ne voulait pas l'emmener. Après de longues heures d'insomnie il vit qu'elle était rentrée et qu'elle s'était assise à son clavecin dans le noir, son voile étincelant de gouttelettes de pluie, son visage aussi blanc que celui d'une poupée de porcelaine, tandis que d'une voix basse et indécise elle essayait de reconstruire la trame des arias de Farinelli.

Ah, les pauvres font ce qu'ils peuvent pour gagner leur vie ; et ils auront toujours ces voix miraculeusement hautes. Et pourtant, chaque fois que Tonio apercevait Alessandro près du portrait de Saint-Marc, il ne pouvait s'empêcher de s'interroger : avait-il crié, pleuré ? Avait-il essayé de s'enfuir ? Pourquoi sa mère n'avait-elle pas tenté de le cacher ? Mais le long visage d'Alessandro ne trahissait rien d'autre qu'une bonne humeur somnolente ; ses cheveux châtains et brillants encadraient un visage aussi lisse et imberbe que celui d'une jeune fille, et tout au fond de lui dormait cette voix qui attendait le moment où elle s'élèverait dans la tribune du chœur, le moment où Alessandro se retrouverait devant ce fond d'or ouvragé qui lui permettait d'accéder — aux yeux de Tonio du moins — au rang des anges.

Parvenu à ce stade de sa vie, Tonio savait aussi qu'il se nommait Marc Antonio Treschi et qu'il était le fils d'Andrea Treschi, lequel avait jadis commandé les galères de la République Sérénissime sur les mers étrangères et venait, après des années de service au Sénat, d'être élu au Conseil des Trois, redoutable triumvirat d'inquisiteurs qui avait le pouvoir d'arrêter n'importe qui, de le juger, de prononcer la sentence et de l'exécuter, même lorsqu'il s'agissait d'une sentence de mort.

En d'autres termes, le père de Tonio était de ceux qui dépassaient en puissance le doge lui-même.

Et le nom des Treschi figurait au Livre d'or depuis un millénaire. La famille avait compté tant d'amiraux, d'ambassadeurs, de procurateurs de Saint-Marc et de sénateurs qu'il était impossible de les énumérer. Les trois frères de Tonio, morts depuis longtemps — c'étaient les fils d'une première femme d'Andrea Treschi, elle-même décédée —, avaient également occupé des fonctions élevées.

Et lorsqu'il atteindrait son vingt-troisième anniversaire, Tonio prendrait certainement place parmi les jeunes politiciens qui déambulaient le long de la Piazzetta, à l'endroit que l'on surnommait le Broglio, c'est-à-dire le lieu des intrigues.

Avant cela, il y aurait l'université de Padoue, deux ans en mer et peut-être un tour du monde. Pour l'instant, il passait de longues heures dans la bibliothèque du palazzo, sous le regard bienveillant mais attentif de ses précepteurs.

Aux murs étaient suspendus des portraits, ceux des Treschi, aux cheveux noirs et à la peau claire, des hommes qui étaient tous coulés dans le même moule, grands, avec des attaches fines et des fronts larges qui s'élevaient tout droit jusqu'à la racine des cheveux plantés haut et dru. Très petit déjà, Tonio s'était aperçu qu'il ressemblait davantage à certains qu'à d'autres : à des oncles morts, à des cousins, et à ses trois frères — Leonardo, qui était mort de consomption, dans une chambre des combles du palais, Giambattista, qui s'était noyé au large de la Grèce, et Filippo, tué par la malaria dans quelque lointaine colonie de l'empire.

Ici et là apparaissait un visage qui était encore plus proche de celui de Tonio, jeune homme aux yeux noirs écartés, avec la même bouche charnue mais allongée qui semblait toujours sur le point de sourire ; ce sosie lui jetait un regard furtif, perdu au milieu d'une grande assemblée d'hommes aux riches atours, parmi lesquels figurait peut-être Andrea, encore jeune, entouré de ses frères et de ses neveux. Mais il était bien malaisé de mettre un nom sur chaque visage, de les distinguer les uns des autres au sein d'une telle foule. Une histoire commune les englobait tous au gré de récits admirablement façonnés qui parlaient de courage et de sacrifice.

Les trois fils défunts, avec leur père et sa sombre première épouse, figuraient dans le plus grand des cadres dorés, au mur de la longue salle à manger.

« Ils te surveillent », le taquinait Lena, sa nourrice, en lui servant le potage. Lena était vieille mais pleine de bonne humeur ; elle était plus la nourrice de Marianna, sa mère, que celle de Tonio lui-même, et elle ne disait cela que dans le dessein de l'amuser.

Elle ne soupçonnait pas le chagrin que Tonio éprouvait à contempler ces visages rubiconds et parfaitement peints. Il aurait voulu que ses frères soient vivants, il aurait voulu qu'ils soient là en ce moment même, il aurait voulu ouvrir les portes sur des pièces pleines de rires et d'animation. Parfois il imaginait ce que serait la longue table de la salle à manger si ses frères y étaient assis : Leonardo levant son verre, Filippo racontant ses batailles navales, l'excitation faisant écarquiller les yeux rapprochés de sa mère qui étaient si petits quand elle était triste.

Mais ce jeu comportait une absurdité dont Tonio avait pris conscience au fil des ans. Il en avait extrêmement peur. Bien avant qu'il pût comprendre ce que cela signifiait vraiment, on lui avait appris que seul l'un des fils d'une grande famille vénitienne se marie. C'était une coutume si ancienne qu'elle avait force de loi ; en ce temps-là, le fils marié était Filippo, mais sa femme ne lui avait pas donné d'enfants et, après sa mort, elle était retournée dans sa famille. Or, si l'un de ces fantômes avait vécu assez longtemps pour engendrer un fils portant le nom de Treschi, Tonio n'aurait jamais vu le jour, car son père ne se serait jamais remarié. Il n'existerait pas. Ainsi, la disparition sans rémission de ses frères avait été le prix payé pour qu'il vive.

D'abord, il n'avait pas pu le comprendre ; mais au bout d'un moment, c'était devenu une vérité d'évidence ; ses frères et lui n'avaient jamais été destinés à se connaître.

Cela ne l'empêchait pas de poursuivre son fantasme : il voyait les pièces du palais entrouvertes et brillamment illuminées, il entendait de la musique, il se représentait les hommes et les femmes au parler doux, qui formaient sa famille, une nuée de cousins anonymes.

Et son père était là, toujours, à dîner sur la piste de danse et il se retournait pour prendre dans ses bras son fils cadet et le couvrir de baisers spontanés.

En réalité, Tonio ne voyait que fort rarement son père. Mais lorsque Lena venait le chercher en murmurant anxieusement qu'Andrea avait demandé à le voir, c'était absolument merveilleux. Lena le revêtait de ses plus beaux atours, l'habit de velours rouille qu'il aimait tant ou peut-être le bleu nuit que sa mère préférait. Après avoir longuement brossé ses cheveux pour leur donner un beau lustre, Lena les laissait tomber librement sur ses épaules, sans le moindre ruban. Tonio protestait qu'il avait l'air d'un bébé. Puis elle sortait ses bagues ornées de pierreries, sa cape doublée de fourrure et sa petite épée à la garde garnie de rubis. Il était prêt. Ses talons provoquaient ce claquement délicieux sur le marbre.

La rencontre avait toujours lieu dans le grand salon du premier étage. C'était une pièce immense, la plus grande du palais pourtant riche en vastes salles, qui comportait pour tout ameublement une table de bois sculpté d'une taille si démesurée que trois hommes auraient pu s'y étendre de tout leur long. Le sol était pavé de dalles de marbre teinté qui formaient une carte du monde, et le plafond était une vaste étendue bleue, sur laquelle étaient suspendus des anges qui déroulaient une grande banderole portant une inscription en latin. La lumière était inégale, car elle provenait d'autres pièces à travers les portes ouvertes. Mais elle apportait souvent la chaleur du matin tandis qu'elle éclairait la silhouette frêle, presque squelettique, d'Andrea Treschi.

Tonio faisait sa révérence. Quand il relevait les yeux, il ne manquait jamais d'être frappé par l'étonnante vivacité du regard de son père, par ces yeux si jeunes qu'ils semblaient indépendants du visage décharné et qui brillaient d'une fierté et d'une affection irrépressibles.

Andrea se penchait pour embrasser son fils. Ses lèvres douces et silencieuses s'attardaient sur la joue de Tonio, et, parfois, même quand Tonio fut devenu plus grand et plus lourd avec les années, Andrea le prenait dans ses bras et le serrait longuement contre sa poitrine, en murmurant son nom, Tonio, comme si c'eût été une bénédiction.

Ses serviteurs se tenaient debout près de lui. Ils souriaient, clignaient de l'œil. Une onde d'excitation légère parcourait la pièce. Et puis c'était terminé. Tonio se précipitait dans la chambre de sa mère, à l'étage supérieur, et se mettait à la fenêtre d'où il regardait la gondole de son père descendre le canal en direction de la piazzetta.

Nul n'avait eu besoin de dire à Tonio qu'il était le dernier des Treschi. La mort s'était si bien acharnée sur toutes les branches de cette grande famille qu'il ne restait même pas un lointain cousin porteur du nom. Tonio se marierait jeune et il fallait qu'il soit préparé à une existence vertueuse. Les rares nuits où il était malade, il voyait en frissonnant le visage de son père s'encadrer dans sa porte ; les Treschi gisaient avec lui sur l'oreiller.

Cela le faisait frémir ; cela l'épouvantait. Il ne se souvenait pas du moment précis où il avait perçu les dimensions réelles de son univers. Le monde entier, lui semblait-il, défilait sur les eaux verdâtres du Grand Canal, devant sa porte. Toute l'année des régates, avec des centaines de gondoles noires glissant sur les flots ; les somptueuses parades du samedi soir, l'été, quand les grandes familles ornaient leurs *peotti* de guirlandes et de statues dorées de dieux et de déesses ; la procession quotidienne des patriciens qui partaient vaquer aux affaires de l'État dans leurs barques semées de tapis aux riches couleurs. Du haut du petit balcon de bois qui surmontait le grand portail, Tonio pouvait voir la lagune avec, au loin, les navires ancrés dans le port. Il pouvait entendre le tonnerre assourdi de leurs salves et les sonneries de trompettes devant le palais des Doges.

Il y avait les chansons sans fin des gondoliers, les voix mélodieuses des ténors dont les murs verts et roses renvoyaient les échos, les riches accords des orchestres flottants. La nuit, des amoureux se promenaient en barque sous les étoiles. La brise était chargée de sérénades. Même aux premières heures du jour, quand il était rongé d'ennui ou de mélancolie, Tonio pouvait contempler la cohue des barques chargées de légumes qui se dirigeaient bruyamment vers les marchés du Rialto.

Mais quand Tonio atteignit ses treize ans, il en eut assez de regarder le monde par les fenêtres.

Ah, si seulement un peu de cette vie avait pu pénétrer dans le palais ou, mieux encore, s'il avait pu sortir et s'y mêler !

Mais le palazzo Treschi n'était pas pour lui qu'une demeure, c'était aussi une prison. Ses précepteurs ne le quittaient jamais d'une semelle. Beppo, le vieux castrat qui avait perdu sa voix depuis longtemps, lui enseignait le français, la poésie, le contrepoint ; Angelo, un jeune prêtre très sérieux, aux cheveux noirs et à la taille frêle, lui apprenait le latin, l'italien et l'anglais.

Le maître d'escrime venait deux fois par semaine. Tonio devait apprendre le maniement correct de l'épée, mais il lui semblait que c'était plus pour le plaisir que pour avoir jamais à s'en servir pour de bon.

Il y avait aussi le *ballerino*, un Français charmant qui l'initiait aux figures élaborées du menuet et du quadrille, tandis qu'au clavier Beppo faisait résonner les rythmes appropriés. Tonio dut apprendre l'art du baisemain, quand et comment il fallait s'incliner, toutes les finesses qu'un gentilhomme accompli se devait de connaître.

C'était assez amusant. Parfois, quand il était seul, il pourfendait l'air de son épée, ou bien il dansait avec des jeunes filles imaginaires, dont il se faisait l'image ravissante à partir de celles qu'il apercevait de loin en loin dans les étroites ruelles.

Mais à l'exception des spectacles toujours recommencés de l'église, la Semaine sainte, Pâques, la splendeur et la musique routinières de la messe dominicale, les seules escapades que Tonio pouvait se permettre avaient pour cadre les entrailles secrètes du palais, les pièces abandonnées du rez-de-chaussée où il allait chercher refuge et où personne ne pouvait le débusquer.

Là, s'éclairant d'une chandelle, il lui arrivait de se plonger dans les lourds grimoires des vieilles archives, s'émerveillant des récits poussiéreux des hauts faits de sa famille. Le simple énoncé des faits et des dates, sur ces pages qui bruissaient dangereusement sous ses doigts, enflammait son imagination : quand il serait grand, il parcourrait les mers, il porterait la robe écarlate des sénateurs ; même le trône du doge était à la portée d'un Treschi.

Une sourde excitation lui fouettait le sang. Il s'aventurait plus avant dans ce fouillis, essayait des verrous qui n'avaient pas été tirés depuis des années, soulevait d'antiques tableaux, entassés dans des recoins humides, pour contempler des visages inconnus. Les anciens entrepôts exhalaient encore la senteur des épices qui avaient été apportées jadis d'Orient, à l'époque où les bateaux de commerce s'arrimaient à la porte même du palais pour y décharger des trésors de tapis, de joyaux, de cannelle, de soieries. Il en restait les traces, rouleaux de cordes pourrissants, poignées de paille et les âcres effluves d'anciens parfums mêlés, si attirants.

De temps en temps, Tonio s'arrêtait. L'étrange petite flamme de sa chandelle vacillait dangereusement dans les courants d'air. Il entendait les clapotis de l'eau sous la maison et le grincement sourd des pilotis ; et très loin au-dessus, s'il fermait les yeux, la voix de sa mère qui l'appelait.

Mais ici, il était à l'abri de tout. Des araignées trottinaient sur les poutres et, en dirigeant autrement la flamme de sa chandelle, il faisait apparaître une toile dorée au dessin compliqué. Un volet éclaté s'effondrait au contact de sa main, la lumière sale et grise de l'après-midi filtrait à travers une vitre grillagée, et en regardant à l'extérieur il voyait des rats nager au milieu des détritus qui dérivaient sur l'eau lente.

Il se sentait triste. Il avait peur. Il éprouvait tout à coup une détresse sans nom, une terreur qui faisait paraître l'univers vide de toute merveille.

Son père était si vieux. Sa mère si jeune. Cette opposition recelait un mystère qui l'épouvantait. De quoi avait-il donc peur ? Il l'ignorait. Mais il lui semblait deviner des secrets dans l'atmosphère autour de lui. Un nom murmuré, parfois, et aussitôt nié, des allusions voilées, par les domestiques, à d'anciens conflits. Il n'était sûr de rien.

Peut-être cela provenait-il seulement de ce qu'il avait toujours vu sa mère si malheureuse.

4.

Une fois que Guido eut été choisi pour paraître sur scène, il fut astreint à un travail éreintant, avec soir après soir l'éblouissement de l'opéra où il observait tout, chantant dans le chœur lorsqu'il y en avait un, et d'où il sortait la tête pleine d'applaudissements et d'odeurs de parfum et de poudre.

Ses propres compositions étaient oubliées, abandonnées pour d'interminables exercices et pour les airs écrits par d'autres, ceux de cette saison et de la suivante.

Mais ces années-là, il les vécut avec une telle intensité que rien n'aurait pu le détourner de sa tâche, pas même l'éveil de la passion.

D'ailleurs, Guido s'était résigné depuis longtemps à l'idée qu'il n'éprouverait jamais aucune passion.

En fait, le célibat lui plaisait. Il croyait fermement à tout ce qu'on lui avait prêché. En tant qu'eunuque, il ne lui serait jamais permis de se marier, puisque la procréation était le but du mariage. Le pape n'avait jamais accordé de dispense à aucun castrat. Il mènerait donc l'existence réglée d'un prêtre car c'était le seul moyen pour lui de vivre dans la grâce et dans la vertu.

Et comme il voyait dans les eunuques des grands prêtres de la musique, il l'acceptait du fond du cœur.

S'il lui arrivait de réfléchir un instant au sacrifice qu'il avait consenti pour accéder à cette forme de sacerdoce, c'était avec la certitude intime qu'il n'en mesurerait jamais toute l'étendue.

Que m'importe ! se disait-il en haussant les épaules. Guido était doté d'une volonté inébranlable, et le chant était tout ce qui comptait pour lui.

Mais, une nuit, étant rentré assez tard du théâtre, il s'endormit et fit un rêve étrange dans lequel il se vit caresser une femme qu'il avait entrevue sur la scène, une petite cantatrice potelée. En songe, il vit ses épaules nues, la courbe de ses bras, et l'endroit où son joli cou s'arrondissait pour former une éminence. Il s'éveilla trempé de sueur, et au comble de la tristesse.

Au cours des mois suivants, ce rêve revint deux fois. Il se vit embrassant cette femme, il se vit lui faire plier le bras et poser un baiser au creux de son coude. Et en s'éveillant une nuit, il lui sembla entendre des bruits dans le dortoir obscur, des chuchotements, des bruits de pas étouffés, puis comme un rire léger et perlé.

Il s'enfonça la tête dans l'oreiller. Des images défilèrent dans sa tête : étaient-ce des eunuques voluptueux ou des femmes ?

Ensuite, à la chapelle, il ne put détacher ses yeux des pieds de Gino, le garçon qui se tenait juste à côté de lui. C'était la façon dont le cuir de la chaussure mordait sur le cou-de-pied de Gino qui provoquait, chez Guido, un étrange serrement de gorge. Il regardait les muscles qui bougeaient sous les bas tendus de Gino. La courbe du mollet lui paraissait belle, attirante. Il aurait voulu toucher ce mollet, et c'est avec chagrin qu'il vit le garçon s'éloigner vers la table de communion.

Par un après-midi de fin d'été, il se trouva incapable de chanter tant il était distrait par les formes que moulait l'habit noir très ajusté d'un jeune maestro.

Ce maître-là était marié et père de famille. Il venait chaque jour enseigner aux chanteurs la poésie et la diction dont la connaissance est indispensable aux solistes. Mais pourquoi, se reprochait Guido, suis-je en train de fixer cet habit ?

Chaque fois que le jeune homme se retournait, Guido regardait le vêtement étroitement serré à la taille et en bas du dos, puis s'évasant doucement sur les hanches. À nouveau, il aurait aimé toucher ce corps. Quand le tissu se tendait, il avait la sensation de recevoir un grand coup invisible et silencieux.

Il ferma les yeux. Et quand il les rouvrit, il lui sembla que le professeur lui souriait. Il s'était assis et, se déplaçant sur son siège, il se passa rapidement une main entre les jambes pour placer plus confortablement la masse qui le gênait. Quand il jeta ensuite un coup d'œil à Guido, son regard était plein d'innocence. L'était-il vraiment ?

Au déjeuner, leurs yeux se rencontrèrent. Puis de nouveau au repas du soir, bien des heures plus tard.

Et quand la nuit tomba lentement, avec langueur, sur les montagnes et que les vitraux des fenêtres devinrent d'un noir terne, Guido se trouva en train de marcher dans un couloir vide, longeant les portes de salles depuis longtemps désertes.

Quand il parvint à la porte du maestro, il aperçut du coin de l'œil la silhouette indécise du jeune homme. D'une croisée entrouverte une lueur argentée tombait sur ses mains jointes et son genou.

« Guido ! » murmura-t-il dans l'obscurité.

C'était comme un rêve. Mais plus âcre et plus maladroit que dans tous ses rêves — le crissement des talons de Guido sur le dallage de pierre, le bruit étouffé de la porte qui se refermait derrière lui.

De l'autre côté de la fenêtre, des lumières clignotaient sur la colline, éparses au milieu des formes changeantes des arbres.

Le jeune homme se leva et ferma les volets de bois peint.

Pendant un instant, Guido ne vit plus rien ; sa respiration était rauque et haletante. Puis il distingua à nouveau ces mains lumineuses qui semblaient concentrer sur elles tout ce qui restait de lueurs tandis qu'elles ouvraient le devant de la culotte du jeune homme.

Ainsi, le péché secret que Guido avait imaginé était connu et partagé.

Il tendit les bras. Il avait l'impression que son corps ne lui obéissait plus. Se laissant tomber à genoux, il sentit la chair lisse et imberbe du ventre du jeune maître avant d'avoir la révélation de ce mystérieux organe, plus long et plus épais que le sien, qu'il prit aussitôt dans sa bouche.

Il n'eut besoin d'aucune directive. Il le sentit se gonfler tandis qu'il le caressait de la langue et des dents. Tout le corps de Guido se concentrait dans sa bouche, et ses doigts étreignaient les fesses du maestro, pour le rapprocher encore de lui. Les gémissements rythmiques et désespérés de Guido couvraient les soupirs plus mesurés de l'autre.

« Ah, doucement..., haletait le jeune maestro, doucement. » Mais en même temps, d'une forte poussée des hanches, il pressait encore plus fort contre le visage de Guido le bas de son corps aux puissantes senteurs, ses poils humides et bouclés, sa chair pleine de musc et de sel. Au moment où son propre plaisir atteignit un paroxysme âpre et vif, Guido poussa un cri guttural.

Affaibli et secoué par le choc, il se raccrochait aux hanches du maestro et, à cet instant précis, la semence du jeune homme jaillit en lui, emplissant sa bouche. Guido l'aspira avec une soif ardente, mais il faillit être étouffé par ce flot délectablement amer.

Il baissa la tête et son corps s'affaissa sur le sol. S'il ne parvenait pas à avaler ce liquide, il sentait qu'il allait se mettre à vomir.

Il ne s'était pas attendu à ce que tout cela s'achève si brusquement, d'un seul coup.

La nausée lui contractait l'estomac ; luttant pour maintenir ses lèvres fermées, il s'éloignait instinctivement.

« Allons, allons... », chuchotait le maestro. Il essaya de prendre Guido aux épaules. Mais Guido, étalé de tout son long sur le sol, avait rampé jusque sous le clavecin et appuyait son front sur le dallage froid, dont la fraîcheur le réconfortait.

Il sentit que le maestro s'était agenouillé à côté de lui. Il se détourna.

« Guido », dit doucement l'homme. « Guido... » On aurait cru qu'il le réprimandait. Quand Guido avait-il entendu les mêmes mots, prononcés du même ton enjôleur ?

Il percevait à présent le son de ses propres gémissements, et ils exprimaient une telle angoisse qu'il en fut surpris.

« Non, non, Guido... » Le maestro était accroupi près de lui. « Écoute-moi, mon petit », disait-il d'une voix câline.

Guido se couvrit les oreilles de ses mains.

« Écoute-moi, insista le jeune homme en lui caressant la nuque. Tu les feras mettre à genoux », murmura-t-il.

Et quand il n'y eut plus que le silence, le maestro se mit à rire. C'était un rire bas et doux, sans moquerie.

« Tu apprendras, dit-il en se relevant. Tu verras, quand tu entendras les bravos et qu'ils te couvriront de fleurs et de présents. »

5.

Marianna ne battait plus Tonio que fort rarement. À treize ans, il était aussi grand qu'elle.

Il n'avait hérité ni de son teint bistre ni de ses yeux bridés de Byzantine. Il avait la peau claire, mais ses boucles brunes étaient aussi abondantes que celles de sa mère et il avait sa silhouette agile, presque féline. Quand ils dansaient ensemble, et c'était sans cesse le cas, on aurait dit des jumeaux, l'un clair et l'autre brun. Elle faisait onduler ses hanches en battant dans ses mains et Tonio virevoltait autour d'elle en frappant sur un tambourin.

Ils dansaient la forlane, cette danse des rues effrénée qu'ils avaient apprise des servantes du palais. Et quand avait lieu la *sagra*, la fête patronale annuelle de la vieille église derrière le palazzo, ils se mettaient ensemble aux fenêtres pour regarder les petites servantes tourbillonner en jupes courtes, afin d'apprendre à danser mieux encore.

Dans leur existence commune, qu'il s'agît de danser, de chanter, de jouer ou de lire, c'était maintenant Tonio qui était devenu le chef.

Très vite, il s'était aperçu que, bien plus que lui, sa mère était une enfant et qu'elle n'avait jamais eu l'intention de lui faire mal. Mais quand elle était en proie à ses humeurs noires, rien n'y faisait : le monde s'écroulait sur sa tête. Et lorsque Tonio, naguère, s'accrochait à elle en hurlant de terreur, il l'épouvantait.

C'était alors qu'elle lui avait flanqué des claques violentes, qu'elle avait vociféré des injures, qu'elle lui avait même jeté des objets à la tête en se bouchant les oreilles pour ne pas l'entendre pleurer.

Tonio savait à présent qu'en pareil cas il lui fallait dissimuler sa peur, s'efforcer de calmer sa mère, de la distraire. Quand la chose était possible, il la forçait à sortir, il essayait de l'amuser par tous les moyens.

Et pour cela, le moyen infaillible, c'était la musique. Marianna avait grandi en musique. Devenue orpheline peu après sa naissance, elle avait été placée à l'Ospedale della Pietà, un des quatre fameux couvents-conservatoires de Venise dont le chœur et l'orchestre, composés entièrement de jeunes filles, émerveillaient toute l'Europe. Quand Marianna était petite fille, le maître de chapelle de l'Ospedale n'était autre qu'Antonio Vivaldi, et il lui avait appris à chanter et à jouer du violon dès l'âge de six ans : elle faisait déjà montre d'un talent exquis.

Dans les appartements de Marianna, les partitions de Vivaldi s'entassaient en piles. Elle possédait des manuscrits autographes de vocalises qu'il avait composées pour les fillettes de la Pietà ; chaque fois qu'on donnait un opéra de lui, Marianna en faisait immédiatement acquérir la partition.

Dès qu'elle s'était rendu compte que Tonio avait hérité de sa voix, elle l'avait comblé d'une affection désespérée et amère. Elle lui avait enseigné ses premières chansons, elle lui avait appris à jouer et à chanter n'importe quoi d'oreille, si bien que ses précepteurs n'avaient plus qu'à s'émerveiller. De temps en temps, Marianna l'admettait : « Si tu n'avais pas eu d'oreille, je t'aurais noyé. Ou je me serais noyée moi-même. » Quand Tonio était petit, il y croyait.

Désormais, quand Marianna était au plus mal, quand son haleine empestait le vin, quand ses yeux étaient vitreux et cruels, Tonio se montrait léger, fantasque, et il l'entraînait vers le clavecin.

« Viens, maman, disait-il avec douceur, comme si tout allait pour le mieux. Viens, maman, chante avec moi. »

Ses appartements étaient toujours si beaux dans le soleil matinal, le lit aux draperies de soie blanche, la succession de miroirs qui reflétaient les guirlandes et les chérubins du papier peint. Elle avait le goût des horloges, elle avait toutes sortes d'horloges peintes dont le tic-tac tintait sur les tables, sur les commodes, sur la cheminée de marbre.

Et elle était là, au milieu de toute cette beauté, les cheveux en désordre, un verre à l'odeur aigre à la main, fixant Tonio d'un œil hébété comme si elle ne le reconnaissait pas.

Il n'attendait pas. Il découvrait aussitôt la double rangée de touches d'ivoire et se mettait à jouer. Il jouait souvent du Vivaldi, ou du Scarlatti, ou la musique policée et mélancolique du patricien Benedetto Marcello. Au bout de quelques minutes il sentait la forme douce de sa mère qui venait s'appuyer contre lui sur la banquette.

Dès qu'il entendait sa voix se mêler à la sienne, il éprouvait un sentiment de bonheur. Le soprano vibrant et fort de Tonio montait plus haut que celui de sa mère, mais la voix de Marianna avait des couleurs plus riches, plus fascinantes. Elle feuilletait avec impatience les vieilles partitions pour y trouver les airs qu'elle aimait ou bien, lui faisant réciter le dernier poème qu'il avait appris, elle improvisait une mélodie sur ces vers.

« Imitateur ! » lui disait-elle quand il la suivait à la perfection dans un passage compliqué. Elle enflait lentement et adroitement une note pour entendre Tonio la reproduire impeccablement. Puis, l'étreignant soudain de ses mains chaudes et fortes, elle murmurait :

« Tu m'aimes ?

— Bien sûr que je t'aime. Je te l'ai dit hier, et avant-hier, mais tu oublies toujours ! » la plaisantait-il.

C'était son cri le plus poignant, l'expression la plus intense de son âme. Elle se mordait les lèvres, ses yeux devenaient extraordinairement grands, puis rétrécissaient à nouveau. Et Tonio lui accordait toujours ce qu'elle voulait. Mais au fond de lui-même, il souffrait.

Chaque matin, en ouvrant les yeux, il savait si elle était heureuse ou triste. Il le devinait. Et il comptait les heures d'étude jusqu'à l'instant où il pourrait s'échapper pour aller la rejoindre.

Mais il ne la comprenait pas.

Et il commençait à se dire que son enfance solitaire, ces pièces silencieuses et vides, ce palais immense et plein d'ombres, tout cela était dû autant à la timidité et à l'existence recluse de sa mère qu'au grand âge et à l'austérité désuète de son père.

Car après tout, pourquoi n'avait-elle point d'amies, alors que la Pietà accueillait autant de filles de qualité que d'enfants trouvées et que beaucoup de ses anciennes camarades s'étaient mariées dans d'excellentes familles ?

Mais elle ne parlait jamais du couvent ; et jamais, jamais elle ne sortait.

Quand la cousine de son père, Caterina Lisani, venait les voir, Tonio savait qu'elle abrégeait ses visites par égard pour sa mère. Marianna était comme une nonne derrière la grille du parloir. Tout en noir, elle gardait les mains posées sur sa poitrine, et ses cheveux noirs étaient lisses et brillants comme du satin. Et Caterina, en robe de soie imprimée aux coloris pimpants ornée d'une myriade de petits rubans jaunes, faisait seule toute la conversation.

Parfois elle amenait avec elle un chevalier servant très galant et fort bel homme qui était aussi un cousin éloigné dont Tonio n'avait jamais pu situer le degré de parenté. Mais en tout cas c'était une occasion de se distraire, car le cousin s'en allait visiter le grand salon avec Tonio, lui faisait part des derniers potins des gazettes, lui racontait ce qu'on jouait au théâtre. Il avait des escarpins à talons rouges et un monocle au bout d'un ruban bleu.

Quoique patricien, l'homme était un oisif qui vivait dans la compagnie des femmes. Tonio savait qu'Andrea n'aurait pas jugé que c'était une fréquentation digne de sa femme et il était lui-même de cet avis.

Néanmoins, il se disait que si Marianna avait eu elle aussi un cavalier, elle serait sortie, aurait fait des connaissances qu'elle aurait ramenées de temps en temps à la maison, et que leur existence en eût été transformée.

Mais l'idée d'un chevalier servant si près d'elle, en gondole, à table, à la messe, répugnait à Tonio. Il en éprouvait une jalousie brûlante et douloureuse. Jamais aucun homme, sauf Tonio lui-même, n'avait approché sa mère.

« Si seulement je pouvais être, moi, son chevalier servant... » soupirait-il. Il regardait dans le miroir et voyait un grand jeune homme avec un visage d'enfant. « Pourquoi ne puis-je la protéger ? murmurait-il. *Pourquoi ne puis-je la sauver ?* »

6.

Que peut-on faire d'une femme qui, de plus en plus souvent, préfère sa bouteille de vin à la lumière du jour ?

Malaise ! Mélancolie ! C'étaient les mots dont on usait pour désigner son état. Quand Tonio eut quatorze ans, sa mère ne se levait plus jamais avant la fin de l'après-midi. Souvent elle était trop « lasse » pour chanter, et il était presque heureux de l'apprendre, car le spectacle de Marianna titubant à travers la chambre était à la limite de ce qu'il pouvait supporter. La plupart du temps elle avait assez de sens pour demeurer au lit, adossée à un monceau d'oreillers blancs, le visage émacié, les yeux gonflés et luisants, et pour écouter tous les concerts qu'il lui plaisait de lui donner.

À la tombée du soir, elle était souvent de mauvaise humeur et tenait des propos bizarres. Bien sûr qu'elle n'avait pas voulu aller à la Pietà. Pourquoi l'aurait-elle voulu ? « Sais-tu, lui dit-elle un soir, que lorsque j'étais là-bas tout le monde me connaissait ? On parlait de moi dans tout Venise. Les gondoliers disaient que j'étais la meilleure chanteuse des quatre écoles, la meilleure chanteuse qu'ils aient jamais entendue. “Marianna, Marianna”, les gens connaissaient ce nom dans les salons de Paris et de Londres ; à Rome aussi on savait qui j'étais. Un été, nous avons descendu la Brenta dans une grande barque ; nous chantions dans toutes les villas ; si nous le désirions, nous pouvions danser après le concert et boire du vin avec les invités... »

Tonio était choqué.

Lena lava et peigna Marianna comme un bébé, lui versa un peu de vin pour la calmer et prit Tonio à part.

« Toutes les jeunes filles des conservatoires ont droit à de pareilles louanges, lui dit-elle. Ce n'est pas grave, ne soyez donc pas gêné. Il en va de même aujourd'hui. Vous n'avez qu'à demander à Bruno ; les gondoliers les aiment toutes, aussi bien les filles de qualité destinées à épouser des patriciens que les petites gamines sans nom. Ce n'est pas du tout comme le théâtre. Pour l'amour du ciel, pourquoi faites-vous cette tête-là ?

— J'aurais dû monter sur la scène ! » s'écria soudain Marianna. Elle rejeta les couvertures en dodelinant de la tête, ses longs cheveux ruisselant sur son visage cireux.

« Allons, allons, calmez-vous, dit Lena. Tonio, sortez un instant.

— Pourquoi sortirait-il ? protesta Marianna. Tu le chasses toujours. Chante, Tonio. Chante n'importe quoi, tu n'as qu'à inventer. J'aurais dû m'enfuir avec la troupe de l'opéra, voilà ce que j'aurais dû faire. Tu aurais habité dans des malles de costumes, tu aurais joué dans les coulisses avec les décors. Ah, non, mais regarde-toi à présent, Son Excellence Marc Antonio Treschi !

— Elle est complètement folle, dit Lena.

— Tu ne sais donc pas, ma chère, cria Marianna, que ce sont les asiles qui font les fous ! »

Ce fut une période horrible.

Quand Caterina Lisani venait en visite, Lena l'éconduisait en faisant état de diagnostics imprécis qui lui servaient également à barrer la route à Andrea Treschi en ces matins trop rares, mais réguliers, où il se rendait au chevet de sa femme.

Pour la première fois, Tonio avait une envie violente de se glisser hors du palais.

La ville était agitée par les préparatifs de la plus grandiose des fêtes vénitiennes, la Senza ou fête de l'Ascension. Le doge monterait dans sa magnifique galère dorée, le *Bucentaure*, pour aller jeter dans l'Adriatique son anneau de cérémonie, geste qui symbolisait les épousailles de Venise avec la mer et sa domination sur elle. Venise et la mer, noces anciennes et sacrées. L'idée en faisait agréablement frissonner Tonio, qui n'en verrait pourtant que ce qu'il pourrait apercevoir du haut des terrasses du toit. Et en pensant aux deux semaines de carnaval qui allaient suivre, aux masques qui se presseraient dans les ruelles et sur les quais (même les enfants auraient leurs masques, même les nourrissons, et tous se précipiteraient sur la piazza), il se sentait malade d'envie et de rancœur.

Avec plus de zèle que jamais, il rassembla les petits cadeaux qu'il jetterait la nuit aux chanteurs des rues, afin qu'ils restent sous sa fenêtre. Ayant déniché une vieille montre en or cassée, il l'enveloppa dans un fin mouchoir de soie et la lança aux musiciens. Ils ne savaient pas qui il était. Parfois, en chanson, ils le lui demandaient.

Une nuit qu'il se sentait particulièrement hardi — on n'était plus qu'à deux semaines de la Senza — il leur répondit en chantant lui-même : « Je suis celui qui vous aime, ce soir, plus que quiconque à Venise ! »

Les murs de pierre répercutaient l'écho de sa voix ; il était excité jusqu'au rire et il continua, mêlant à son chant tout ce qu'il savait de poésie fleurie à la louange de la musique, jusqu'au moment où il s'aperçut qu'il était ridicule. Pourtant, il se sentait admirablement bien ! Il n'avait même pas remarqué le silence sous sa fenêtre. Et quand les applaudissements éclatèrent, quand les vivats et les bravos déchaînés montèrent de la ruelle exiguë, il rougit jusqu'aux oreilles, de timidité et de plaisir secret.

Puis il arracha tous les boutons garnis de pierreries de son pourpoint pour leur en faire don.

Mais parfois les chanteurs des rues n'arrivaient que fort tard. Et d'autres fois ils ne venaient pas du tout. Peut-être les avait-on payés pour aller donner la sérénade à une dame ; ou alors ils chantaient pour un couple d'amoureux sur le canal. Tonio n'en savait rien. Assis à la fenêtre, les bras pliés sur l'appui humide, il rêvait qu'il trouvait une porte dérobée à la cave et qu'il allait les rejoindre. Il rêvait qu'il n'était pas riche, qu'il n'était pas un patricien. Il n'était plus qu'un petit garnement des rues, libre de chanter et de jouer du violon toute la nuit, aux quatre coins de sa ville, cette féerie de pierre dont il éprouvait la dense présence tout autour de lui.

Cependant il sentait croître en lui le sentiment que quelque chose allait forcément se produire.

À ses yeux, sa vie n'aurait pas pu devenir pire que ce qu'elle était.

Et puis, un après-midi, Beppo eut l'idée absurde de faire venir Alessandro, le chef des chœurs de Saint-Marc, pour entendre chanter Tonio et sa mère.

Apparemment, quelque temps auparavant, Beppo s'était risqué jusqu'au seuil de la chambre de Marianna pour lui demander si elle autoriserait cette visite. Beppo était si fier de la voix de Tonio et il idolâtrait Marianna comme si elle eût été un ange à trois paires d'ailes.

« Mais bien sûr, amène-le quand tu veux », avait-elle répondu gaiement. Elle en était à sa seconde bouteille de vin blanc d'Espagne et elle errait en chemise dans la chambre. « Amène-le. Je serai ravie de le voir. Je danserai pour lui si tu veux. Tonio jouera du tambourin ; nous ferons un vrai carnaval. »

Tonio en avait été mortifié. Lena avait mis sa maîtresse au lit. Beppo aurait dû comprendre, bien sûr. Mais Beppo était vieux. Ses petits yeux bleus avaient vacillé comme des lumignons instables. Et, quelques jours plus tard, Alessandro se tenait là, dans l'antichambre, superbe dans son habit de velours crème et son gilet de taffetas vert, visiblement enchanté de cette singulière invitation.

Marianna dormait profondément dans sa chambre aux volets clos. Tonio aurait plus aisément réveillé la Méduse.

Il se passa un coup de peigne, endossa son plus bel habit et s'en alla seul accueillir Alessandro, comme s'il avait été le maître de maison.

« Signore, je suis confus, dit-il. Ma mère n'est pas bien. Je vais être obligé de chanter seul pour vous. »

Mais la présence inattendue de ce visiteur solitaire suffisait à le remplir de joie. Le soleil inondait à flots les acajous gravés et les soieries damassées de la pièce. L'ambiance avait quelque chose de plaisant malgré le tapis décoloré et les plafonds trop hauts.

« Apporte du café, s'il te plaît », dit-il à Beppo. Puis il ouvrit le clavecin.

« Pardonnez-moi, monseigneur, dit Alessandro d'une voix douce. Je n'avais pas l'intention de vous déranger. » Il avait un sourire doux et rêveur. Sans sa tenue de chanteur, il n'avait rien d'éthéré ; c'était plutôt un gentilhomme d'une taille imposante, qui aurait eu l'air d'un grand échalas, n'eût été le rythme gracieux qui marquait le moindre de ses gestes. « J'espérais seulement m'asseoir à l'écart pendant que vous chanteriez, vous et votre mère ; sans vous causer de dérangement, dit-il. Beppo m'a tant parlé de vos duos, et je me souviens de votre voix, monseigneur. Je ne l'ai jamais oubliée. »

Tonio éclata de rire. Il savait que, si cet homme s'en allait à présent, il fondrait en larmes. Il se sentait tellement seul.

« Prenez un siège, signore, je vous en prie », dit-il. Il fut soulagé de voir Lena apparaître avec une cafetière fumante, suivie de Beppo qui portait une liasse de partitions.

Tonio se sentait prêt à tout. Une vision délicieuse lui avait envahi l'esprit : il se voyait enchantant tellement Alessandro que celui-ci n'aurait de cesse de revenir le voir. Il prit la partition du dernier opéra de Vivaldi, *Montezuma*. Il n'en connaissait pas les airs, mais il ne pouvait pas se risquer à chanter quelque chose de vieux et d'éculé ; en quelques secondes, il s'était lancé dans un morceau vif et dramatique, et sa voix se réchauffait rapidement.

Il n'avait jamais chanté dans cette pièce. Le marbre nu y était plus abondant que les tapisseries et les tentures. Le son s'amplifiait glorieusement, et, quand il eut fini, le silence soudain lui donna le frisson. Il ne regardait pas Alessandro. Il sentit s'enfler en lui une émotion singulière, une sorte de bonheur inquiet.

Puis une impulsion le poussa à se tourner vers Alessandro et à lui faire signe de s'approcher. Il fut presque étonné de voir l'eunuque se lever et venir se mettre debout près du clavecin. Et tandis que Tonio s'engageait dans le premier duo, il entendit cette voix superbe derrière lui qui soulevait la sienne et la soutenait de sa puissance stridente.

Ils chantèrent un autre duo, puis un troisième, et comme ils n'en trouvaient plus, ils chantèrent à deux voix les airs de solo. Ils chantèrent ainsi ensemble tout ce qui leur plaisait dans la partition, un peu aussi de ce qu'ils aimaient moins, puis ils passèrent à d'autres musiques. À la fin Alessandro accepta de prendre place auprès de Tonio sur la banquette, et ils se firent apporter du café.

Et ils chantèrent encore et encore, jusqu'à ce que leurs rapports n'aient plus rien de formel. Ils n'étaient plus que deux personnes ; même quand ils se parlaient, leurs voix n'étaient plus les mêmes. Alessandro soulignait pour Tonio tel ou tel détail d'une composition. De temps à autre il s'arrêtait, insistait pour que Tonio chante seul, puis il le complimentait avec une chaleur pressante, comme pour lui faire comprendre qu'il n'y avait là nulle flatterie et qu'il le considérait comme extrêmement doué.

Ils ne cessèrent enfin de chanter que lorsque quelqu'un plaça un candélabre devant eux. Le palais était plongé dans l'ombre ; il était tard et ils avaient tout oublié.

Tonio était silencieux ; les formes ténébreuses des objets l'oppressaient. Il avait l'impression que la grande pièce bâillait et les lumières du canal qui tremblotaient sur les vitres lui donnaient envie d'illuminer brillamment tout le salon à l'aide d'autant de chandelles qu'il pourrait en trouver. La musique résonnait encore dans sa tête, en même temps qu'une douleur sourde, et quand il vit le sourire plein de douceur qui éclairait le visage d'Alessandro, son air rêveur, son regard admiratif, il éprouva envers lui une formidable tendresse.

Il aurait voulu lui parler de cette soirée d'autrefois où il avait chanté pour la première fois à Saint-Marc. Il aurait aimé lui dire combien il avait été bouleversé par cette expérience, et qu'il ne l'avait jamais oubliée. Mais il ne pouvait pas exprimer par des paroles ce désir enfantin d'être chanteur qu'il avait éprouvé, il ne pouvait pas dire : « Mais bien sûr ce n'est pas possible », il ne pouvait pas expliquer la drôlerie de la chose, du fait qu'il ignorait alors qu'Alessandro était... était quoi ? Tonio arrêta là le cours de ses pensées ; il se sentait tout à coup humilié.

« Écoutez, il faut que vous restiez à dîner, dit-il en se levant. Beppo, je t'en prie, va dire à Angelo que j'aimerais qu'il soupe avec nous lui aussi. Et préviens Lena tout de suite. Nous dînerons dans la grande salle à manger. »

La table fut vite dressée, avec tout le beau linge et l'argenterie. Tonio demanda d'autres candélabres, s'assit à la tête de la table, comme il le faisait toujours quand il était seul, et s'absorba aussitôt dans sa conversation.

Alessandro riait facilement. Il répondait longuement. Il complimenta Tonio sur la qualité du vin. Puis il se lança dans une description du dernier banquet offert par le doge.

Les banquets du doge étaient des réceptions énormes, avec des centaines de convives, et le peuple entrait par les portes grandes ouvertes sur la piazzetta pour admirer le spectacle.

« Eh bien, une assiette en argent avait disparu (Alessandro souriait en levant ses épais sourcils bruns) et imaginez-vous, Excellence, tous ces chefs d'État attendant patiemment tandis que l'on comptait et recomptait l'argenterie ! J'avais du mal à ne pas rire. »

Mais il n'y avait rien d'irrespectueux dans la manière dont Alessandro rapportait cette anecdote, et déjà il en commençait une autre. Il émanait de lui une impression de raffinement sensuel et, dans la lueur des chandelles, son long visage paraissait d'une douceur un peu irréelle.

D'être ainsi captivé par la conversation n'empêchait pas Tonio d'être conscient de la présence silencieuse de Beppo et d'Angelo assis à sa droite, qui faisaient tout ce qu'il leur disait de faire. Tonio suggéra une seconde bouteille de vin, et aussitôt Angelo l'envoya quérir.

« Et il nous faut un dessert, dit Tonio. S'il n'y a rien à la maison, qu'on envoie quelqu'un acheter du chocolat ou des glaces. »

Beppo le couvait d'un regard admiratif et Angelo semblait même quelque peu intimidé.

« Mais dites-moi ce que cela vous fait quand vous chantez pour un roi, le roi de France, le roi de Pologne...

— C'est la même chose que de chanter pour n'importe qui, Excellence, répondit Alessandro. On veut que cela soit parfait. Vos propres oreilles vous interdisent de tolérer la moindre faute. C'est pour cela que je ne chante jamais quand je suis seul dans mes appartements ; je ne veux rien entendre qui ne soit... eh bien, oui, parfait.

— Mais l'opéra ? Vous n'avez jamais voulu chanter sur scène ? » l'interrogea Tonio.

Alessandro joignit les doigts, formant un petit dôme de ses mains. Visiblement, sa réponse l'absorbait beaucoup.

« C'est très différent, face aux feux de la rampe, dit-il. Je ne sais comment vous l'expliquer. Vous avez déjà vu sans doute les chanteurs de l'op...

— Non, pas encore », le coupa Tonio. Il se sentit soudain rougir. Alessandro allait se rendre compte de l'extrême jeunesse de Tonio et du côté singulier de toute la situation.

Mais Alessandro se borna à poursuivre son explication, disant que sur scène on devait incarner un personnage, qu'il fallait jouer un rôle, occuper un certain espace, être vu. Ce n'était pas du tout pareil à l'église où la voix comptait avant tout.

Tonio but une nouvelle gorgée de vin, et au moment où il allait dire comme il aurait aimé voir un opéra, il s'aperçut qu'Angelo et Beppo s'étaient précipitamment levés. Alessandro lança un regard vers l'autre extrémité de la table et se mit debout à son tour. Tonio les imita avant d'avoir vraiment discerné la silhouette de son père dans la pénombre bleuâtre.

Andrea venait d'entrer dans la pièce et sa lourde robe violette accrochait la lumière. Il avait avec lui une suite nombreuse. Le signor Lemmo, son secrétaire, se tenait immédiatement derrière lui en compagnie de ces jeunes gens avides de prendre des leçons de rhétorique et d'élégance politique auprès d'un aîné révéré qu'ils suivaient en tous lieux.

La peur de Tonio fut si immédiate que toute pensée le quitta.

Quelle idée avait-il eue d'inviter quelqu'un à souper ? Mais déjà Andrea se tenait devant lui. Il s'inclina pour baiser la main de son père, sans avoir la moindre idée de ce qui allait se produire.

Il vit alors que son père souriait.

Andrea s'assit à côté d'Alessandro ; Tonio le regardait avec stupeur. Quelques-uns des jeunes gens furent priés de rester. Le signor Lemmo demanda au vieux valet Giuseppe d'allumer les torchères, et le tissu mural de satin bleu s'anima soudain d'une vie resplendissante.

Andrea conversait, faisait de l'esprit. On apporta le souper de ces messieurs, le verre de Tonio fut à nouveau rempli, et quand les yeux de son père se posèrent sur lui, il ne lut dans son regard que de la chaleur, de la tendresse, un amour sans borne, sans équivoque et généreux.

Combien de temps dura la soirée ? Deux heures, trois ? Plus tard, dans son lit, Tonio essaya de se rappeler chaque syllabe, chaque éclat de rire. Après le souper, ils étaient retournés au parloir et, pour la première fois de sa vie, Tonio avait chanté pour son père. Alessandro avait chanté aussi, puis ils avaient bu du café accompagné de tranches de melon frais et on leur avait apporté une glace admirablement façonnée qui avait été découpée et servie sur de petites assiettes d'argent. Le père de Tonio avait offert à Alessandro une pipe de tabac, et il avait même suggéré que son jeune fils en tire une bouffée pour y goûter.

Andrea paraissait bien vieux dans cette compagnie ; la peau diaphane de son visage était si tendue qu'on voyait au travers la forme des os ; mais ses yeux, toujours aussi vifs et doux, semblaient comme toujours en contradiction avec son aspect. Pourtant ses lèvres s'animaient par moments d'un tremblement indécis, et, quand il se leva pour prendre congé d'Alessandro, on aurait dit que l'effort lui était pénible.

Il était minuit passé quand la compagnie se sépara. Avec ces mêmes mouvements lents et précautionneux, Andrea accompagna Tonio dans ses appartements, qu'il n'avait jamais visités jusqu'alors que lorsque l'enfant était malade. Debout dans la chambre, d'un air presque cérémonieux, il inspecta tout avec une approbation visible.

Il paraissait trop grand pour ce lieu, et il semblait planer au milieu comme une grande flaque de lumière violette et chatoyante.

La chandelle donnait à ses fins cheveux blancs, qui semblaient flotter dans l'air autour de son visage, l'aspect d'une boule de lumière incandescente.

« Vous êtes un vrai gentilhomme, mon fils », dit-il, mais sa voix n'exprimait aucun reproche.

« Pardonnez-moi, père, murmura Tonio. Maman n'était pas bien, et Alessandro... »

Andrea l'interrompit d'un geste imperceptible.

« Je suis content de vous, mon fils », dit-il. Et s'il avait quelque arrière-pensée, il n'en laissa rien paraître.

Mais quand Tonio fut allongé sur l'oreiller, une noire anxiété le tourmenta. Il ne parvenait pas à trouver une position commode. Il avait des picotements dans les bras et dans les jambes.

Ce simple souper ressemblait par trop à ses rêves, aux fantasmes dans lesquels ses frères revenaient à la vie. Son père lui-même était venu s'asseoir à leur table ! Et maintenant que tout était terminé, il avait mal au-dedans de lui-même, et rien ne pouvait apaiser sa douleur.

À la fin, quand les horloges du palais sonnèrent trois heures, il se leva et, glissant dans sa poche une chandelle et une allumette soufrée dont il n'aurait pas vraiment besoin, il s'en alla à l'aventure.

Il erra à travers les étages supérieurs, pénétra dans l'ancienne chambre de Leonardo où le lit vide se dressait comme un squelette, dans les appartements que Filippo avait habités avec sa jeune épouse, où il ne restait d'autres traces que des rectangles plus clairs sur les murs aux endroits où avaient été accrochés des tableaux. Il entra dans le petit bureau où des rayonnages supportaient encore les livres de Giambattista puis, passant sans s'arrêter devant les chambres des domestiques, il monta sur le toit du palais.

La ville était couverte d'une brume légère qui en laissait entrevoir les formes et lui conférait une beauté particulière. Les toits de tuiles sombres luisaient d'humidité et, au loin, la lueur de la piazza se détachait en rose contre le ciel.

Il lui vint des pensées étranges. Qui serait sa femme ? Les noms et les visages de ses cousines élevées dans des couvents n'évoquaient rien pour lui ; mais il s'imaginait une jeune fille vive et douce rejetant son voile en arrière pour faire entendre un rire secret et passionné. Elle ne serait jamais triste ; la mélancolie ne l'atteindrait pas. Ensemble, ils donneraient de grands bals ; ils danseraient toute la nuit ; ils auraient des fils vigoureux et, l'été, ils iraient habiter comme les autres grandes familles leur villa sur la Brenta. Même les vieilles tantes et les cousines célibataires de sa femme viendraient vivre chez eux, et ses oncles, ses frères ; il trouverait de la place à tous. Il ferait remettre des papiers peints et de nouvelles tentures, gratter la moisissure des fresques. Plus aucune pièce jamais ne serait vide ou froide, et ses fils auraient des amis, des amis par douzaines qui feraient un va-et-vient perpétuel avec leurs précepteurs et leurs nourrices. Il imaginait une foule d'enfants se mettant en place pour le menuet, leurs robes et leurs habits formant une symphonie éclatante de soies couleur pastel, et le palais résonnant de musique. Jamais il ne les laisserait seuls, ses enfants. Même si les affaires de l'État l'occupaient beaucoup, jamais, jamais il ne les laisserait seuls comme cela dans cette immense maison vide, jamais il ne...

Ces pensées lui tournaient encore dans la tête tandis qu'il descendait les marches de pierre et pénétrait dans l'atmosphère glaciale des appartements de sa mère.

D'un vif mouvement, il gratta l'allumette sur la semelle de son soulier et en approcha la flamme de la mèche de la chandelle.

Marianna dormait si profondément que rien n'aurait pu troubler son sommeil. Il sentit l'amertume de son haleine quand il s'approcha d'elle, mais son visage miraculeusement lisse était d'une parfaite innocence. Il resta longtemps debout à la contempler. Il regardait le bout de son menton menu, la courbe pâle de sa gorge.

Et puis, soufflant la chandelle, il se glissa dans le lit à côté d'elle. Sous les couvertures, elle était chaude. Elle se serra contre lui, sa main lui palpant le bras comme pour y chercher une prise.

Étendu près de sa mère, Tonio rêvait pour elle.

Il voyait des dames élégantes à la messe ; il voyait des chevaliers servants. Mais cela ne servait à rien.

Et, avec une horreur vague, il vit toute la vie de sa mère se dérouler lentement devant lui. Il en vit la solitude désespérée, la déchéance graduelle.

Au bout d'un long moment, elle émit un petit gémissement dans son sommeil. Et le gémissement s'enfla peu à peu.

« Maman, murmura-t-il. Je suis là. Je suis avec toi. »

Elle redressa le torse à grand-peine. Ses cheveux tombaient autour d'elle, auréole piteuse de nœuds et de boucles luisantes.

« Donne-moi mon verre, mon chéri, mon trésor », dit-elle.

Tonio déboucha la bouteille. Elle but, et se laissa retomber en arrière. Et, écartant de la main les cheveux de son front, il demeura longtemps appuyé sur un coude à la regarder.

Le lendemain, il en crut à peine ses oreilles quand Angelo lui annonça que dorénavant ils iraient chaque jour faire une promenade d'une heure sur la piazza. « Sauf quand ça sera carnaval, bien sûr ! » ajouta-t-il avec mauvaise humeur. Puis, d'un air un peu incertain et belliqueux, comme s'il n'était pas tout à fait d'accord, il conclut : « Votre père dit que vous êtes assez grand pour cela maintenant. »

7.

Après les brefs instants qu'il avait passés avec le jeune maestro, Guido eut l'impression qu'il portait comme un insigne visible par tous, ou bien que ses yeux s'étaient brusquement dessillés, car le monde grouillait de toutes sortes de séductions. Chaque nuit, éveillé sur son lit, il entendait des râles d'amour dans le noir. À l'opéra, des femmes l'aguichaient ouvertement.

Finalement, un soir, alors que les autres castrats s'apprêtaient à se coucher, il se glissa jusqu'au bout du couloir des combles. Dissimulé par la nuit, tout habillé, il s'assit sur l'appui de la fenêtre, une jambe pendant dans le vide. Il lui sembla qu'une heure s'écoulait ainsi, ou peut-être moins, puis des silhouettes indécises apparurent, des portes s'ouvrirent et se fermèrent, et dans un rayon de lune il entrevit Gino qui lui faisait signe du doigt.

Dans l'alcôve propre et douillette de la lingerie, Gino l'étreignit longuement, passionnément. Il lui sembla qu'ils restaient toute la nuit allongés sur une couche de draps superposés tandis que le plaisir l'assaillait en vagues vertigineuses, refluait, puis revenait encore et encore, toujours plus intense. La peau de Gino était douce et veloutée ; sa bouche était forte et ses doigts n'avaient peur de rien. Il jouait tendrement avec les oreilles de Guido, il lui pinçait les seins de façon à lui faire tout juste un peu mal, il embrassait la toison entre ses jambes, n'avançant qu'avec une extrême patience vers les emblèmes plus brutaux de la passion.

Les nuits suivantes, Gino partagea son nouveau compagnon avec Alfredo, puis Alonso ; parfois, dans le noir, ils se trouvaient à deux ou trois, emmêlés les uns dans les autres. Il n'était pas rare que l'un deux subît de face l'étreinte d'un de ses camarades tandis qu'un autre était arrimé à son dos ; et au moment où les coups de boutoir d'Alfredo menaient Guido au bord de la douleur, la bouche dure et vorace d'Alonso le jetait dans l'extase.

Puis vint le jour où Guido, se détournant de ces rencontres aux variations délicieuses, se prêta aux assauts plus violents et moins affectueux des élèves « intacts ». Il ne craignait pas les hommes entiers, et ne soupçonna jamais que sa physionomie menaçante les avait toujours tenus à distance.

Mais il n'aimait pas tellement ces jeunes gens velus et leurs grognements animaux.

Il y avait en eux quelque chose de simple et de brutal qui, au bout du compte, ne l'intéressait guère.

Son désir le portait vers les eunuques, ces amoureux experts, exquis et succulents.

Ou alors, il désirait les femmes.

Et il se trouva, comme il aurait pu en être autrement, que ce fut avec elles qu'il connut ce qui se rapprochait le plus d'une complète satisfaction des sens. Si sa satisfaction n'était pas complète, c'était uniquement en ce qu'il n'éprouvait pas d'amour. Hormis cela, son plaisir était intense. Ses favorites étaient les fillettes des rues, pauvres, maladroites, qu'une pièce d'or comblait de bonheur, qui raffolaient de son physique puéril et trouvaient ses habits et ses manières éblouissantes. Il les déshabillait à la hâte, dans des chambres que les tavernes locales mettaient à la disposition de leurs clients, et peu leur importait qu'il fût un eunuque ; elles espéraient peut-être un surcroît de tendresse !

À mesure que sa renommée s'étendait, toutes les portes s'ouvraient devant Guido. Après des soupers où il avait chanté, des dames ravissantes l'entraînaient, à l'étage supérieur, dans des cabinets secrets.

Il s'habitua aux draps de soie, aux amours dorés gambadant au sommet des miroirs ovales, aux ciels de lit vaporeux.

À dix-sept ans, il eut une maîtresse secrète et occasionnelle, une charmante comtesse, deux fois mariée et fort riche. Souvent, le carrosse de cette dame venait le chercher à l'entrée des artistes. Ou bien, après de longues heures de vocalises, il ouvrait la fenêtre de sa mansarde et apercevait dans la rue, sous les lourdes frondaisons, la grosse voiture qui roulait au pas.

Elle n'était plus de première jeunesse, mais c'était une femme voluptueuse, passionnée, terriblement attirante. Dans ses bras, elle devenait rouge jusqu'à la pointe des seins, le plaisir lui voilait les yeux et il se sentait transporté.

Ce fut une époque riche et bienheureuse. Guido était pratiquement prêt pour Rome et son premier grand rôle. À dix-huit ans, il mesurait un mètre soixante-dix-huit et ses poumons étaient assez puissants pour que sa voix non accompagnée remplisse une vaste salle de sa pureté renversante.

Et ce fut cette année-là qu'il perdit sa voix pour toujours.

8.

La piazza : ce n'était qu'une mince victoire, mais, pendant les quelques jours qui suivirent, Tonio fut extatique. Le ciel lui paraissait d'un bleu sans limites, tout au long du canal, les toiles rayées des gondoles frémissaient dans la brise tiède, et les appuis des fenêtres étaient pleins de fleurs printanières. Même Angelo paraissait content, bien qu'il eût l'air fragile et un peu incertain dans sa mince soutane noire. Il eut tôt fait de signaler qu'on accourait de toute l'Europe pour le Senza. Partout autour d'eux ils entendaient des voix étrangères.

Les cafés, débordant de leurs petits locaux sombres, avaient envahi les arcades, et de grandes foules s'y pressaient, riches et pauvres mêlés ; les serveuses allaient et venaient, en jupes courtes et gilets écarlates, leurs bras délicieusement dénudés. Un regard suffisait pour que Tonio sente le désir s'enfler en lui. Il les trouvait ineffablement charmantes avec leurs rubans et leurs boucles, leurs chevilles bien visibles sous les bas, et il se disait que si les dames s'habillaient ainsi ce serait la fin de la civilisation.

Chaque jour il exhortait Angelo à rester un peu plus longtemps, à s'aventurer un peu plus loin.

Il lui semblait que rien n'égalait la piazza pour les spectacles qui s'offraient à la vue de chacun ; il y avait les conteurs d'histoires sous les arches de la cathédrale, qui rassemblaient autour d'eux de petites foules attentives, les patriciens en grande tenue, et les dames, enfin délivrées des *vesti* noires qu'elles portaient à l'église et qui se pavanaient dans de somptueuses toilettes de soie imprimée ; les mendiants eux-mêmes exerçaient une obscure fascination.

Et il y avait aussi la Merceria. Entraînant Angelo sous la tour de l'Horloge ornée du lion d'or de Saint-Marc, Tonio arpentait la rue pavée de marbre où tous les métiers de Venise étalaient leurs merveilles. Là se trouvaient les dentelliers et les orfèvres, les apothicaires et les chapeliers avec leurs extravagantes coiffures ornées de fruits et d'oiseaux, les grandes poupées françaises revêtues des dernières créations parisiennes.

Même les objets les plus simples faisaient les délices de Tonio ; il poussait jusqu'à la Panetteria, la rue des boulangers, jusqu'aux étalages de poissons de la Pescheria, et, arrivant enfin au pont du Rialto, se promenait entre les éventaires de légumes et de fruits.

Bien sûr, Angelo ne voulait pas entendre parler de s'arrêter dans un café ou une taverne ; et Tonio se sentait une fringale de bas morceaux et de mauvais vins, simplement parce que tout cela lui paraissait si exotique.

Mais il s'efforçait de ruser.

Tout s'arrangerait en son temps. Angelo n'avait jamais ressemblé autant à une coquille desséchée qu'à présent que son impétueux élève le dépassait d'une tête, et il était facile, lorsqu'on ne lui laissait pas le temps de réfléchir, de l'entraîner à quelque nouvelle diablerie. Attrapant au vol une gazette vendue par un colporteur, Tonio parvenait à lire une bonne quantité de potins avant qu'Angelo ait eu le temps de réagir.

Mais c'était l'officine du libraire qui exerçait sur Tonio la plus forte attraction. Il voyait du dehors les gentilshommes qui s'y rassemblaient, buvant du vin ou du café, et il entendait leurs éclats de rire occasionnels. On y parlait théâtre, on y comparait les mérites des auteurs d'opéras sur le point d'être créés. On y trouvait en vente des journaux étrangers, des pamphlets politiques, des livres de poèmes.

Angelo le tirait par la manche et l'entraînait. Parfois ils se promenaient au beau milieu de la place, et Tonio, décrivant des cercles, se laissait délicieusement entraîner par les courants changeants de la foule, sursautant quand les pigeons s'envolaient en battant bruyamment des ailes.

Mais s'il pensait à Marianna, claquemurée chez elle derrière ses rideaux clos, les larmes lui venaient aux yeux.

Cela faisait quatre jours qu'ils sortaient, et chacune de leurs promenades s'avérait plus divertissante et plus excitante que la précédente, quand ils aperçurent Alessandro et que se produisit un petit événement qui plongea Tonio dans un abîme de consternation.

Il fut enchanté de voir Alessandro, et quand il s'aperçut que celui-ci se rendait justement chez le marchand de livres, il sauta sur l'occasion. Échappant à Angelo, qui le poursuivit en vain, il se retrouva quelques instants plus tard dans la petite boutique bondée, envahie d'une épaisse fumée de tabac et d'un fort arôme de café. Il effleura la manche d'Alessandro pour attirer son attention.

« Ah, c'est vous, monseigneur ! » Alessandro l'embrassa rapidement. « Que je suis heureux de vous voir ! dit-il. Où alliez-vous donc ?

— Je vous suivais simplement, signore », répondit Tonio qui se sentait soudain très jeune et très bête. Mais Alessandro, avec la courtoisie la plus naturelle, s'empressa de lui dire combien il avait été enchanté de leur récent dîner. Et comme les conversations autour d'eux continuaient d'aller bon train, Tonio eut une impression d'anonymat confortable. Quelqu'un parlait de l'opéra et de ce chanteur napolitain, Caffarelli. « C'est le plus grand du monde, s'exclamait-on. Vous en êtes d'accord, n'est-ce pas ? »

Puis quelqu'un prononça très distinctement le nom de Treschi et le répéta une seconde fois, en y ajoutant un prénom : Carlo, Carlo Treschi.

La voix de l'homme reprit : « Ne pourriez-vous nous présenter ? Ce jeune homme est sans doute Marc Antonio Treschi.

— Il ressemble à s'y méprendre à Carlo », dit une autre voix, et Alessandro, obligeant doucement Tonio à se tourner vers le groupe de jeunes gens, énuméra leurs noms comme une litanie. Ils le saluèrent de la tête, puis quelqu'un demanda si Alessandro pensait que Caffarelli était le plus grand chanteur d'Europe.

Tout cela paraissait merveilleux à Tonio. L'attention d'Alessandro était entièrement tournée vers lui et, dans un élan d'enthousiasme, Tonio l'invita à boire un verre de vin avec lui.

« Bien volontiers », répondit Alessandro. Il ramassa deux journaux de Londres, qu'il paya aussitôt, en lançant par-dessus son épaule : « Caffarelli ? Ma foi, je saurai s'il est aussi grand qu'on le dit quand je l'aurai entendu.

— S'agit-il du nouvel opéra ? Est-ce que ce Caffarelli va venir ici ? » demanda Tonio. Cet endroit lui plaisait énormément, et il lui plaisait aussi que tout le monde ait voulu faire sa connaissance.

Mais Alessandro l'entraînait vers la porte ; plusieurs personnes s'étaient levées et inclinaient la tête.

C'est alors que se produisit la rencontre qui allait transformer la couleur du ciel, la blancheur neigeuse des nuages, et assombrir l'éclat de cette journée.

Un jeune patricien sortit derrière eux et les suivit sous les arcades. Il était grand, ses cheveux blonds étaient parsemés de mèches blanches et il avait la peau tannée par le soleil, comme s'il avait séjourné dans un pays tropical et ne s'en était pas trouvé trop bien. Il ne portait pas sa tenue de cérémonie, mais un *tabarro* aux plis lâches, et il émanait de lui comme une menace dont Tonio fut incapable de discerner l'origine quand ses yeux se posèrent sur lui.

Tonio était en train de demander à Alessandro s'il voulait bien choisir lui-même un café. Il fallait faire tout pour le mieux. Angelo était très intimidé par Alessandro. Et, depuis quelque temps, il l'était aussi par Tonio lui-même. La vie devenait de plus en plus belle.

Et tout à coup l'homme effleura le bras de Tonio.

« Vous ne vous souvenez pas de moi, Tonio, n'est-ce pas ? demanda-t-il.

— Non, signore, je dois avouer que non, répondit Tonio en souriant. Veuillez m'en excuser. »

Mais une sensation bizarre l'avait traversé. L'homme s'était adressé à lui avec politesse, mais ses yeux, d'un bleu délavé, qui larmoyaient un peu comme ceux d'un malade, avaient quelque chose de glacial.

« Ah, mais je serais curieux de savoir, reprit-il, si vous avez eu des nouvelles récentes de votre frère Carlo ? »

Pendant un long moment, Tonio dévisagea l'inconnu. Il lui semblait que les bruits de la piazza s'étaient tous fondus en un bourdonnement dissonant et qu'une pulsation dans ses oreilles déformait soudain les sons. Il voulut se dépêcher de dire : « Vous devez faire erreur... » Mais son souffle s'arrêta dans sa gorge et il se sentit soudain tellement faible que la tête se mit à lui tourner.

« Mon frère, signore ? » demanda-t-il. Carlo. Ce nom avait réveillé un écho dans sa tête, et, si son esprit avait pris forme en cet instant, c'eût été celle d'un couloir immense et sans fin. Carlo, Carlo, Carlo, comme un murmure dont ce couloir aurait porté l'écho. « Il ressemble à s'y méprendre à Carlo », avait dit quelqu'un quelques instants plus tôt, mais il lui semblait que cela s'était passé bien des années auparavant.

« Signore, je n'ai pas de frère. »

On aurait dit qu'une éternité s'écoulait tandis que l'homme se redressait de tout son haut en plissant ses yeux bleus humides. Tout son comportement exprimait une indignation délibérément soulignée. Mais il n'était nullement surpris, même s'il voulait s'en donner l'air. Non, il éprouvait une satisfaction amère.

Et plus surprenant encore que tout cela, Alessandro pressait soudain Tonio de s'éloigner. « Vous voudrez bien nous excuser, monseigneur », disait-il, et la pression qu'il exerçait sur le bras de Tonio était légèrement déplaisante.

« Vous voulez dire que vous ne savez rien de votre frère ? » demanda l'homme avec un sourire méprisant, et d'une voix basse qui faisait planer on ne sait quelle menace.

« Vous faites erreur », dit Tonio, ou du moins il eut l'impression de le dire. Il éprouvait tous les symptômes d'une migraine violente à l'exception de la douleur elle-même, et un sentiment instinctif de loyauté grossissait en lui. Cet homme voulait lui faire du mal. Il en était sûr. « Je suis le fils d'Andrea Treschi, signore, et je n'ai pas de frère. Et si vous vouliez bien vous faire connaître...

— Ah, mais vous me connaissez, Tonio. Rappelez-vous. Quant à votre frère, j'étais avec lui à Constantinople il y a peu. Il brûle d'avoir de vos nouvelles ; il demande si vous allez bien, si vous avez grandi. Vous lui ressemblez d'une manière tout à fait frappante.

— Monseigneur, il faut nous excuser », dit Alessandro presque avec rudesse. On aurait dit qu'il voulait s'interposer entre Tonio et l'inconnu.

« Je suis votre cousin, Tonio, dit l'homme, avec la même expression d'indignation calculée. Marcello Lisani. Et je serai fort triste d'apprendre à Carlo que vous ignorez tout de lui. »

Il tourna les talons et repartit en direction de la librairie, en jetant un coup d'œil à Alessandro par-dessus son épaule et en marmonnant entre ses dents : « Maudits effrontés d'eunuques ! »

Tonio sentit l'insulte. Il disait « eunuques » comme on aurait dit « catins » ou « souillons ».

Alessandro se contenta de baisser les yeux. Il parut d'abord se figer, puis sa bouche esquissa un sourire léger et patient. Il effleura l'épaule de Tonio, lui désignant un café sous l'arcade.

Quelques minutes plus tard, ils étaient assis sur des bancs de bois mal dégrossi, non loin de l'angle de la place. Le soleil qui pénétrait de biais sous la voûte profonde les chauffait doucement, mais Tonio se rendait à peine compte que son rêve de s'attabler dans un café où gentilshommes et ruffians buvaient au coude à coude était enfin exaucé.

À tout autre moment, la fillette ravissante qui vint prendre leur commande lui aurait fait éprouver un choc délicieux. Elle avait des cheveux bruns aux reflets dorés qu'il trouvait d'une indicible beauté et des yeux où semblaient se mêler les mêmes contrastes d'ombre et de lumière. Mais il la vit à peine. Angelo était en train de dire que l'homme était un dément. De toute évidence, il n'avait jamais entendu parler de lui.

Et Alessandro orientait déjà la conversation vers un échange de propos polis sur le temps exceptionnellement clément. « Vous connaissez la vieille plaisanterie ? » demandait-il à Tonio, d'un ton confidentiel et léger, comme si cet homme ne venait pas de l'insulter. « Si le temps se gâte et que le *Bucentaure* sombre, le Doge sera peut-être forcé de se mettre au lit avec sa femme pour que leur mariage soit enfin consommé !

— Mais qui était cet homme, et de quoi parlait-il ? » disait Angelo à mi-voix. Il marmonna quelque chose à propos de patriciens qui ne portaient pas la tenue de leur rang.

Tonio regardait droit devant lui. La belle fillette entra à nouveau dans son champ visuel. Elle se dirigeait droit sur lui avec du vin sur un plateau, elle mastiquait un caramel en souriant avec bonne humeur et ses mâchoires remuaient au même rythme que ses hanches. Quand elle posa les gobelets sur la table, elle se baissa si bas que, sous la dentelle qui bordait son corsage, Tonio entrevit les deux pointes roses de ses seins. Une violente flambée de désir monta en lui. À tout autre moment, il aurait... mais la scène semblait dépourvue de réalité ; ses hanches, ses bras délicieusement nus, ces yeux si beaux. Tonio se dit qu'elle n'était guère plus âgée que lui, et malgré tous ses appats, il y avait quelque chose en elle qui suggérait qu'elle allait soudain éclater d'un rire enfantin.

« Mais pourquoi a-t-il concocté de pareilles absurdités ? poursuivait Angelo.

— Oh, il vaudrait mieux oublier cela, ne croyez-vous pas ? » dit Alessandro d'une voix douce. Il ouvrit ses journaux anglais et demanda à Angelo si l'opéra l'avait jamais attiré.

« Méchanceté, murmura Angelo. Tonio », dit-il en oubliant de s'adresser à lui par son titre comme cela lui arrivait souvent quand ils étaient seuls, « vous ne connaissiez pas cet homme, n'est-ce pas ? »

Tonio regardait fixement son vin. Il aurait voulu le boire mais il n'arrivait pas à faire le moindre geste.

Et pour la première fois, il regarda Alessandro dans les yeux et, d'une petite voix exsangue, lui demanda :

« Est-ce vrai que j'ai un frère à Constantinople ? »

9.

Il était minuit passé. Tonio se tenait au milieu de la vaste caverne humide du grand salon et, comme il avait refermé la porte derrière lui, il ne voyait rien. Au loin, les cloches des églises sonnaient l'heure. Il tenait à la main une grande allumette soufrée et une chandelle.

Il attendit encore. Quoi ? Que les cloches cessent ? Il n'en était pas sûr.

Jusqu'à cet instant, toute la soirée avait été pour lui une longue torture.

Il ne se souvenait même plus très bien de ce qui s'était passé. Deux faits seulement s'étaient imprimés dans son esprit, deux faits qui n'avaient rien à voir l'un avec l'autre.

Le premier, c'était que la fillette du café, le frôlant au moment où il se levait pour partir, s'était haussée sur la pointe des pieds pour lui souffler à l'oreille : « Souvenez-vous de moi, monseigneur, je m'appelle Bettina. » Son rire perçant ; un joli rire. Enfantin, un peu embarrassé, complètement franc. Il aurait voulu la pincer, l'embrasser.

Le second, c'était qu'Alessandro n'avait pas répondu à sa question. Alessandro n'avait pas dit que ce n'était pas vrai. Il s'était contenté de regarder ailleurs.

Quant à l'homme qu'Angelo avait dix fois dénoncé comme un dangereux aliéné, il était bel et bien le cousin de Tonio. Tonio se le rappelait. Et il était virtuellement impossible que quelqu'un dans sa position se trompe à ce point.

Mais qu'était-ce donc qui le troublait davantage que tout le reste ? N'était-ce pas que tout au fond de lui il avait une vague impression de déjà vu ? Carlo. Il avait déjà entendu ce nom. Carlo ! Quelqu'un avait bien dit cette phrase : « Il ressemble à s'y méprendre à Carlo. » Mais qui était-ce, d'où cela était-il venu, et comment était-il possible qu'il eût vécu quatorze ans sans savoir qu'il avait un frère ? Pourquoi personne ne le lui avait-il dit ? Pourquoi ses précepteurs eux-mêmes ne le savaient-ils pas ?

Mais Alessandro était au courant.

Alessandro et d'autres aussi. Les clients du marchand de livres savaient aussi !

Peut-être que Lena elle-même le savait. C'était pour cela qu'elle s'était soudain renfrognée quand il lui avait posé la question.

Il avait voulu jouer de finesse. Il avait prétendu qu'il était seulement venu voir sa mère et elle lui avait semblé mortellement malade. La chair délicate sous ses yeux était toute bleue et son visage était d'une pâleur atroce. Alors Lena lui avait dit de partir, lui avait dit qu'elle essayerait de faire lever sa maîtresse un peu plus tard.

Qu'avait-il dit ? Comment avait-il formulé la chose ? Il avait éprouvé une humiliation si vive, une souffrance si brûlante.

« L'un de nous... aurait-il jamais entendu... le nom de Carlo ?

— Des Treschi, il y en a eu cent avant mon temps. Allez-vous-en, à présent. » Ce n'aurait pas été grave si elle ne l'avait pas suivi pour lui dire : « Et ne tourmentez pas votre mère avec les autres », avait-elle dit, en parlant de ceux qui étaient morts, bien sûr. Sa mère ne regardait jamais leurs portraits. « Et ne posez pas non plus de ces questions stupides à qui que ce soit d'autre ! »

C'était là qu'elle avait fait sa plus grave erreur. Elle savait. Bien sûr qu'elle savait.

À présent, tout le monde était au lit. La maison était à lui et à lui seul, comme toujours à cette heure-là. Et dans ces ténèbres, il se sentait invisible et léger. Il n'avait pas envie d'allumer la chandelle. Il supportait à peine d'entendre l'écho de ses propres pas.

Pendant un long moment, il resta immobile, essayant d'imaginer quel effet cela lui ferait s'il déchaînait contre lui la colère de son père. Jamais, au grand jamais Andrea Treschi ne s'était fâché contre lui.

Mais il n'y tenait plus. Il fit une grimace en entendant l'allumette craquer, et il regarda en retenant son souffle la flamme de la chandelle qui grossissait et la pâle lumière qui éclairait peu à peu l'énorme salle. Elle était si vaste qu'il restait dans les coins des zones de pénombre. Mais les tableaux étaient visibles.

Il alla aussitôt les examiner.

Son frère, Leonardo, oui, et Giambattista en tenue militaire, oui, et celui-là, c'était Filippo, avec Teresa, sa jeune épouse. Tous ceux-ci lui étaient connus, mais ensuite il découvrit le visage qu'il recherchait et, en le revoyant, la ressemblance lui parut terrifiante.

« Il ressemble à s'y méprendre à Carlo... » L'écho de ces paroles lui résonnait tumultueusement aux oreilles. Il plaça la flamme tout près de la toile, la bougeant d'avant en arrière jusqu'à ce que ses reflets exaspérants aient disparu. Ce jeune homme avait ses épais cheveux noirs, son front haut et large parfaitement rectiligne, la même bouche un peu trop allongée, les mêmes pommettes saillantes. Mais ce qui le caractérisait surtout, ce qui le différenciait des autres portraits qui avaient tous un air de famille, c'étaient ses grands yeux largement écartés, tout comme Tonio. D'immenses yeux noirs qui donnaient le vertige quand on les fixait. Tonio n'en avait jamais eu conscience lui-même, mais d'autres avaient éprouvé cette sensation en plantant leur regard dans le sien, et il l'éprouvait à son tour tandis qu'il contemplait fixement cette minuscule réplique de lui-même perdue au milieu d'une douzaine d'autres hommes vêtus des mêmes habits noirs, qui lui renvoyait calmement son regard.

« Mais qui es-tu ? » murmura-t-il. Il passait d'un visage à l'autre ; ici, c'étaient des cousins qu'il ne connaissait pas. « Ça ne prouve rien. » Mais il ne pouvait manquer de constater que son étrange sosie se tenait juste à côté d'Andrea. Entre Leonardo et Andrea, précisément, et la main d'Andrea était posée sur l'épaule de son double !

« Non, c'est impossible », murmura-t-il. Pourtant, c'était justement la preuve matérielle qu'il cherchait. Il poursuivit son examen des autres portraits. Il arriva à celui de Chiara, la première femme d'Andrea, et le petit sosie de Tonio était là à nouveau, assis à ses pieds avec ses autres frères.

Mais il y avait des preuves plus sûres encore. Il s'en rendit compte tandis qu'il se tenait là, paralysé. Il y avait des tableaux où les frères Treschi se trouvaient seuls avec leur père et leur mère, sans cousins ni étrangers.

Rapidement, en faisant le moins de bruit possible, il ouvrit les portes de la salle à manger.

C'était là, juste au-dessus de la tête de la table, que se trouvait le grand tableau, la réunion de famille, qui l'avait toujours tellement troublé. Déjà, du seuil de la porte, il pouvait constater que Carlo n'y figurait pas et il éprouva une sensation de naufrage. Il ignorait si c'était du soulagement ou de la déception, car il n'avait pas encore de raison d'éprouver l'un ou l'autre.

Mais un détail du tableau le frappa. Andrea et son épouse défunte, lui debout, elle assise, se tenaient au milieu, entourés d'un côté de Leonardo et de Giambattista. Filippo était debout tout seul de l'autre côté.

« Après tout, c'est bien naturel, se murmura-t-il. Puisqu'il n'y avait que trois frères, que pouvait-on faire d'autre que d'en placer deux d'un côté... » Mais c'était l'intervalle qui les séparait qui était singulier. Filippo ne se tenait pas directement à côté de son père. Et sur le fond noir, il se formait à cet endroit comme un grand vide, que la robe rouge d'Andrea, grossièrement étalée, dissimulait partiellement, de sorte que sa silhouette était beaucoup plus large à gauche qu'à droite.

« C'est impossible. C'est invraisemblable », murmura Tonio. Mais au fur et à mesure qu'il se rapprochait du tableau, l'impression de déséquilibre s'accentuait.

La robe d'Andrea, à gauche, n'était pas de la même couleur. Et l'espace sombre, entre son bras et celui de Filippo, ne donnait pas une sensation de continuité.

D'un geste hésitant, presque malgré lui, Tonio leva sa chandelle et se dressa sur la pointe des pieds pour pouvoir bien examiner la surface de la toile.

Et surgissant de l'ombre, regardant comme à travers un voile, il vit un visage qui était sans aucun doute possible celui de son double.

Tonio fut à deux doigts de crier. Le tremblement de ses jambes le força à se laisser retomber sur les talons et il dut s'appuyer au mur de sa main gauche pour ne pas chanceler. Il plissa à nouveau les yeux, et ressurgit devant lui ce visage qui affleurait, comme il arrive souvent quand un tableau à l'huile a été repeint. Pendant des années on ne voit rien. Et puis le personnage effacé revient à la surface comme une apparition.

C'était ce qui venait de se produire. Le jeune homme au visage avenant avait surgi des ténèbres et, dans les limbes où on l'avait relégué, le bras fantomatique de son père lui entourait les épaules.

10.

Quand Tonio rentra, l'après-midi suivante, sa mère le réclamait.

« Elle s'est réveillée pendant votre absence, lui souffla Lena sur le seuil. Elle était furieuse. Elle a brisé ses flacons de parfum et elle a jeté des choses à travers la chambre. Elle m'en a jeté à la figure, à moi ! Elle vous aurait voulu avec elle, et vous étiez en train de musarder sur la piazza ! »

Il l'écouta sans vraiment suivre ce qu'elle disait, presque incapable de s'en soucier vraiment.

Il venait de croiser Alessandro sur la piazza, et Alessandro s'était promptement éclipsé, en s'excusant gentiment, avant que Tonio ait pu le questionner à nouveau.

Au demeurant, Tonio n'était pas sûr qu'il se serait risqué à poser de nouvelles questions si Alessandro lui en avait laissé l'occasion.

Une seule pensée l'obsédait : ce frère existe. Il est à Constantinople en ce moment même, bien vivant. Et il a commis une faute assez épouvantable pour que non seulement il soit banni de cette maison, mais que son image et son nom en soient soigneusement effacés. Je ne suis pas le dernier de la lignée des Treschi. Il est là-bas ; il partage ce privilège avec moi. Mais pourquoi ne s'est-il pas marié, *lui* ? Qu'a-t-il commis de si infamant que les Treschi aient dû se rabattre sur un nouveau-né au berceau ?

« Entrez, parlez-lui. Elle va mieux aujourd'hui, disait Lena. Essayez de la convaincre de se lever, de prendre un bain, de s'habiller.

— Oui, oui, marmonna-t-il. Bien sûr, tout à l'heure.

— Non, Tonio, tout de suite.

— Laisse-moi en paix, Lena », dit-il d'une voix sourde. Mais il s'aperçut qu'il avait les yeux fixés sur la porte ouverte et la chambre baignée d'ombre.

« Ah, bon... mais attendez, murmura soudain Lena.

— Quoi encore ? demanda Tonio.

— Ne lui posez pas de questions sur l'autre... celui dont vous m'avez parlé hier, vous m'entendez ? »

On aurait dit qu'elle avait lu dans ses pensées. Il la dévisagea longuement. Il étudia son visage fruste, tout ridé et décoloré par l'âge, ses petits yeux inexpressifs ; ses yeux n'étaient pas francs comme ceux de Beppo ; ils étaient opaques et durs comme deux cailloux ronds.

Un sentiment étrange et inquiétant l'avait envahi. Cela faisait deux jours qu'il l'éprouvait confusément, mais à présent il s'imposait avec une force terrible. C'était un sentiment tissé de peur et de mystère, nourri de l'obscur soupçon conçu dès l'enfance que des secrets planaient autour de cette maison et d'une appréhension lentement mûrie vis-à-vis de la jeunesse de sa mère, du grand âge de son père et du tourment de Marianna. Il ne savait pas ce que tout cela signifiait. Il avait une peur affreuse qu'il n'existât entre ces éléments un lien, un fil conducteur. Mais peut-être l'horreur venait-elle précisément du fait qu'il n'y avait aucun lien, que ce n'était que la vie, cette maison, une fatalité de l'existence humaine qui voulait que tout homme se sente parfois seul et terrifié par des choses sans nom, et voie ses semblables au-dehors pris dans une frénésie d'actions chimériques.

Pour chaque homme la vie était un lieu de ténèbres.

Il ne se disait pas tout ceci clairement. Il le sentait ; il éprouvait aussi de l'impatience et de la rage envers sa mère. Elle ne peut pas se retenir. La voilà qui s'en prend aux objets à présent. La voilà qui se débat dans sa cage dorée.

Eh bien, lui, il s'en tirerait mieux que cela. Il devait trouver la réponse. Une explication simple du fait qu'il ait cru toute sa vie qu'il était le dernier des Treschi, du fait qu'il ait dû se débattre avec des fantômes tandis que ce traître vivait tranquillement à Constantinople.

« Qu'avez-vous donc ? murmura Lena. Pourquoi me regardez-vous comme cela ?

— Va-t'en à présent, je veux être seul avec ma mère.

— Bien, mais raisonnez-la, faites-la lever, le pressa-t-elle. Il le faut, Tonio ; je ne sais pas jusqu'à quand je pourrai empêcher votre père d'entrer ici. Il est encore venu ce matin, et il est las de mes prétextes. Mais je ne peux tout de même pas le laisser la voir dans cet état !

— Et pourquoi pas ! dit Tonio avec une fureur subite.

— Vous ne savez pas de quoi vous parlez, mon pauvre enfant ! » dit Lena. Et tandis qu'il entrait dans la chambre, elle ferma la porte derrière lui.

Marianna était assise au clavecin. Appuyée sur un coude, le verre de vin et la bouteille posés près d'elle, elle jouait d'une main rapide de petites notes grêles.

La lumière du jour était masquée par de lourdes tentures, et trois chandelles constituaient tout l'éclairage.

Elles projetaient sur le sol et les touches du clavecin l'ombre triple de Marianna, trois couches translucides d'obscurité qui bougeaient en même temps qu'elle.

« Tu m'aimes ? demanda-t-elle.

— Oui, dit-il.

— Alors pourquoi es-tu sorti ? Pourquoi m'as-tu laissée ?

— Je t'emmènerai avec moi. À partir d'aujourd'hui, nous irons nous promener chaque après-midi.

— Nous promener, où cela ? » marmonna-t-elle. Elle se remit à pianoter. « Tu aurais dû m'avertir que tu sortais.

— Même si je te l'avais dit, tu ne m'aurais pas entendu...

— Ne me dis pas de méchancetés ! » cria-t-elle.

Il s'assit près d'elle sur la banquette capitonnée. Elle était froide et il émanait d'elle une odeur aigre, incongrue, qui s'accordait si mal à sa beauté de cire. Ses cheveux avaient été brossés. Ils le firent penser à un grand chat noir accroché à sa nuque.

« Tu connais cette aria ? murmura-t-elle. L'aria de *Griselda*. Tu ne veux pas me la chanter ?

— Tu peux chanter avec moi.

— Non, pas maintenant », dit-elle. Il savait qu'elle disait vrai. Le vin lui faisait perdre le contrôle de sa voix.

Il connaissait l'aria par cœur et il l'entonna mais à mi-voix, comme s'il ne la chantait que pour elle, et il sentit le corps de Marianna s'effondrer contre le sien. Elle gémit doucement comme elle le faisait dans son sommeil.

« Maman », s'écria-t-il soudain. Il s'arrêta de jouer, se tourna vers elle et, la soulevant dans ses bras, contempla son profil indistinct. Pendant un instant, son attention fut divertie par le triple emmêlement de leurs deux ombres sur le sol derrière elle. « Maman, je voudrais que tu écoutes une petite histoire et que tu me dises tout ce que tu en sais.

— Elle me plaira peut-être, dit-elle, si c'est une histoire de fées, de fantômes, de sorcières.

— C'est peut-être le cas, maman », dit Tonio.

Marianna regardait ailleurs pendant qu'il lui racontait en détail sa conversation avec Marcello Lisani et sa quête du tableau.

Il lui décrivit le portrait de famille de la salle à manger et son sentiment spectral.

Très lentement, tandis qu'il parlait, elle se retourna vers lui.

D'abord, il ne remarqua rien de particulier dans son attitude, sinon qu'elle l'écoutait vraiment.

Mais progressivement son visage s'altéra. Son expression se modifia d'une manière indéfinissable, et le lourd fardeau de la fatigue et de l'ivresse se souleva peu à peu.

Il y avait la suggestion d'une monstrueuse métamorphose dans la façon dont son attention s'aiguisait, dont sa fascination grandissait.

Peu à peu la peur s'emparait de Tonio.

Il arrêta son récit. Et, rivant sur sa mère des yeux incrédules, il lui sembla qu'elle devenait quelqu'un d'autre.

La mue avait été subtile et lente, mais elle était totale, et pendant un long moment il en resta sans voix.

Son regard l'embrassait tout entière : sa chemise en dentelle, ses pieds nus, son visage anguleux aux yeux bridés de Byzantine, ses lèvres minces et pâles qui tremblaient, comme tout le reste de son corps.

« Maman ? » souffla-t-il.

Il sentit une brûlure quand la main de sa mère lui effleura le poignet.

« Il y a des portraits de lui dans cette maison ? » demanda-t-elle. Son visage était vide de toute expression. Cela lui donnait un air de grande jeunesse, de complète concentration et en même temps comme une singulière innocence.

« Où sont-ils ? »

Tonio se leva et elle l'imita sur-le-champ. Elle passa son peignoir de soie jaune. Tonio prit une des bougies du chandelier, et elle le suivit dehors.

Elle semblait comme en transe. Et c'est seulement à mi-chemin de la salle à manger que Tonio se rendit compte qu'elle était pieds nus et ne paraissait pas s'en apercevoir.

« Où ? » demanda-t-elle. Il ouvrit la porte à double battant, tendit le doigt vers le grand portrait de famille.

Elle fixa le tableau et se retourna vers lui, l'air perplexe.

« Je vais te montrer, se hâta-t-il de dire, on le voit très clairement quand on regarde de très près. Viens. » Il la mena jusqu'au tableau.

La chandelle était superflue. Le soleil de l'après-midi finissant pénétrait à flots par les fenêtres à croisillons, et les dossiers des fauteuils étaient chauds quand il les frôla au passage.

Lorsqu'ils furent tout près du tableau, Tonio dit : « Regarde, on le voit à travers le noir. »

Il la prit par la taille et la souleva, surpris de sa légèreté, surpris aussi du tremblement invisible qui la secouait. Suspendue dans l'air, elle posa sa main à plat sur le tableau, ses doigts tâtonnant sur la toile autour de la forme cachée. Et tout à coup, elle la vit. Il sentit le choc qu'elle éprouvait tandis qu'elle absorbait lentement chaque détail, comme si ce visage qui était resté dissimulé pendant tant d'années s'était tendu désespérément vers elle.

Il lui sembla qu'un gémissement venu des profondeurs de son être montait en elle, puis s'étranglait soudain. Elle avait les lèvres serrées et tout à coup elle fut agitée d'un spasme si violent qu'il dut la lâcher. Elle fit un pas en arrière en chancelant.

Elle gémit encore, et ses yeux s'agrandirent.

« Maman ? » Il avait peur d'elle soudain. Et peu à peu il s'aperçut que le visage de sa mère s'était empreint de cette fureur absolue qu'il avait si souvent vue lorsqu'il était enfant.

Il se protégea machinalement le visage de ses mains, mais la première gifle s'abattit néanmoins sur le côté de son visage, et la douleur le rendit instantanément fou de rage.

« Arrête ! » s'écria-t-il. Elle le frappa de nouveau, puis redoubla ses coups, tandis que sous ses dents serrées elle émettait une longue série de grognements discordants.

« Arrête, maman, arrête ! » criait Tonio, les mains croisées devant son visage. La fureur montait rapidement en lui. « Arrête, je ne vais plus me laisser faire ! »

Les coups continuaient de pleuvoir. Elle hurlait à pleine gorge à présent, et de toute sa vie il ne l'avait jamais tant détestée.

Il lui prit le poignet et la repoussa. De sa main gauche, elle le saisit aux cheveux et les tira cruellement. « Non, ne me fais pas ça ! vociféra Tonio. Pas ça ! »

Il l'enlaça et tenta de la serrer contre lui pour l'immobiliser. Des sanglots l'écorchaient ; elle l'avait égratigné de ses ongles. Tonio vit alors, avec une honte cuisante, que les portes du grand salon étaient en train de s'ouvrir.

Avant que Marianna s'en fût aperçue, il vit se profiler la silhouette de son père, suivie de celle de son secrétaire, le signor Lemmo. Le signor Lemmo partit à reculons et disparut.

Marianna s'était remise à gifler Tonio en hurlant. Andrea s'avança vers elle.

Elle dut apercevoir le grand tourbillon coloré de sa robe, car tout à coup elle faiblit et s'écroula en arrière. Andrea la rattrapa entre ses bras, l'attira à lui et l'enserra lentement, tendrement.

Tonio, désemparé, le visage brûlant, les regardait. C'était la première fois de sa vie qu'il voyait son père toucher sa mère. Elle se lovait tout contre lui comme si elle eût craint de souiller sa robe, comme si elle eût tenté de cacher ses sanglots hystériques dans ses bras à elle et non dans ceux d'Andrea.

« Mes enfants », murmura Andrea. Son visage brun et doux parcourut la mise défaite de sa femme et ses pieds nus avant de se poser lentement, tristement, sur son fils.

« Je veux mourir. » Elle frissonnait. « Je veux mourir... » Sa voix résonnait profondément dans sa gorge. Andrea lui caressa délicatement les cheveux. Ensuite ses doigts pâles s'ouvrirent, se posèrent sur la tête fine de Marianna et l'attirèrent contre sa poitrine.

Tonio essuya ses larmes du revers de sa main. Il leva la tête et, d'une toute petite voix, déclara :

« C'est ma faute, père.

— Votre Excellence, laissez-moi mourir, soufflait-elle.

— Sortez, mon fils », dit Andrea avec douceur. Toutefois il fit signe à Tonio de s'approcher et lui serra fermement la main. Ses doigts étaient froids et secs, mais leur contact était indiciblement tendre. « Sortez maintenant, et laissez-moi avec votre mère. »

Tonio ne bougea pas. Il fixait sa mère, son dos étroit soulevé de sanglots, ses cheveux qui tombaient en une masse lustrée sur le bras de son mari. Il regarda son père d'un air suppliant.

« Allez, mon fils », dit Andrea avec une patience infinie. Et comme pour rassurer Tonio, il lui prit à nouveau la main et la serra doucement entre ses doigts secs et fragiles, puis la lâcha et lui indiqua du geste la porte ouverte.

11.

Guido était arrivé à ce stade de son existence où, eût-il été un garçon ordinaire, sa voix se serait transformée, tombant du soprano enfantin au ténor ou à la basse. Et c'est toujours là un périlleux moment pour les eunuques. Nul ne sait pourquoi, mais il semble que le corps s'efforce de faire opérer la magie dont il a perdu le pouvoir. Cet effort stérile met leur voix en danger, de sorte que la plupart des maîtres de chant interdisent à leurs castrats de chanter pendant ces mois-là. On espère que ce temps de repos hâtera leur convalescence.

En général, c'est bien ce qui se produit.

Mais il arrive que leur voix ne revienne pas.

Ce fut le cas — tragique — pour Guido Maffeo.

Il fallut tout un semestre avant que l'on pût se prononcer avec certitude. Guido vécut ces longs mois dans une angoisse épouvantable. Il avait beau s'appliquer du mieux qu'il pouvait, il n'arrivait à émettre que des sons rauques et discordants. Ses maîtres en étaient profondément affligés. Gino et Alfredo n'osaient pas le regarder en face. Même ses anciens rivaux en étaient horrifiés.

Mais bien sûr nul ne pouvait éprouver cette perte aussi durement que Guido, pas même le maestro Cavalla, qui l'avait formé.

Alors, un après-midi, ayant rassemblé tout l'argent qu'il avait gagné en chantant lors de fêtes et de soupers, cet or qu'il n'avait jamais eu le temps de dépenser, Guido s'enfuit sans avoir averti personne, n'emportant pour tout bagage que les vêtements qu'il avait sur le dos.

Il n'avait personne pour le guider. Il n'avait pas non plus de carte. Interrogeant de loin en loin quelque passant, il marcha pendant dix jours sur des chemins escarpés et poussiéreux, s'enfonçant de plus en plus profondément au cœur de la Calabre.

Il parvint enfin au village de Caracena. Il en repartit dès le lever du jour, son manteau couvert des brins de paillasse de l'auberge où il avait dormi et, après avoir gravi une petite colline, retrouva la maison dans laquelle il était né au milieu de la terre de son père. Elle était exactement semblable à ce qu'elle était lorsqu'il l'avait quittée, douze ans auparavant.

Une femme se tenait debout près du feu, lourde et trapue ; sa bouche était bizarrement affaissée au bas de son visage lunaire, car elle n'avait plus de dents. Elle avait de la chassie aux yeux. Sa peau était luisante de graisse. Guido eut un instant de doute. Puis il la reconnut tout à fait. « Guido ! » souffla-t-elle.

Mais elle n'osa pas poser la main sur lui. S'inclinant très bas, elle essuya le banc pour le faire asseoir.

Ses frères arrivèrent. Les heures passaient. Des gamins crasseux se blottissaient les uns contre les autres dans un coin. Son père parut enfin ; c'était toujours le même homme, grand et massif. Debout au-dessus de lui, il lui offrit un bol de vin grossier qu'il tenait à deux mains. Sa mère posa devant lui une assiette bien garnie.

Ils regardaient tous avec de grands yeux son pourpoint élégant, ses bottes de cuir, l'épée qu'il portait au côté dans un fourreau d'argent.

Et il restait assis à contempler le feu, comme s'il n'y avait eu personne autour de lui.

Mais de temps à autre ses yeux bougeaient, comme ceux d'un automate.

Il observait ce noir ramassis d'hommes râblés, avec leurs mains crasseuses et velues et leurs vêtements faits de cuir grossier et de peaux de mouton.

Qu'est-ce que je fais ici ? Pourquoi suis-je venu ?

Il se leva pour partir.

« Guido ! » répéta sa mère. S'essuyant rapidement les mains, elle s'avança vers lui, comme pour lui toucher le visage. C'était la deuxième fois que l'on s'adressait directement à lui depuis son arrivée.

Quelque chose le frappa dans la voix de sa mère. C'était sur ce ton-là que lui avaient parlé le jeune maestro le soir où il l'avait rejoint dans la salle d'étude déserte et l'homme qui lui avait tenu la tête pendant qu'on le châtrait.

Guido dévisagea sa mère. Et ses mains se mirent comme d'elles-mêmes en mouvement. Il fouilla toutes ses poches, et en tira les cadeaux qu'il avait reçus pour tant de petits concerts. Une broche, une montre en or, des tabatières incrustées de nacre, et enfin des pièces d'or qu'il distribua à la ronde. Leurs mains étaient sèches et rugueuses comme de la boue séchée au soleil sur un rocher. Sa mère pleurait.

À la tombée de la nuit, il était de retour à l'auberge de Caracena.

Dès qu'il se retrouva au milieu de l'agitation du centre fiévreux de Naples, Guido vendit son pistolet dont il tira de quoi louer une chambre au-dessus d'une taverne. Il commanda une bouteille de vin, s'ouvrit les veines à l'aide d'un couteau. À mesure que son sang s'écoulait, il buvait. Il finit par perdre connaissance.

Mais on le découvrit avant qu'il ait eu le temps de mourir, et on le porta au conservatoire. Il s'y réveilla dans son lit, les poignets bandés, et vit le maestro Cavalla qui sanglotait à son chevet.

12.

Qu'arrivait-il donc ? Le monde était-il en train de changer ? Tonio avait si longtemps vécu avec l'idée affreuse que rien ne bougerait jamais qu'à présent il avait du mal à s'y retrouver.

Pendant deux jours, son père avait rendu des visites incessantes à sa mère. Un médecin était venu. Et chaque matin, Angelo refermait les portes de la bibliothèque et disait : « Étudiez. » Ils n'allaient plus se promener sur la piazza, et Tonio était certain d'avoir entendu sa mère pleurer dans la nuit.

Alessandro était dans le palais ; Tonio l'avait aperçu. Il était certain aussi d'avoir entendu la voix de sa cousine Caterina Lisani. La maison était animée d'un va-et-vient perpétuel, mais son père ne l'avait pas fait appeler une seule fois. Son père ne lui demandait pas d'explications. Et quand il se présentait à la porte de sa mère, on l'éconduisait comme on l'avait fait naguère pour son père. Puis Angelo le renvoyait à la bibliothèque.

Et puis on entendit dire qu'Andrea avait perdu pied sur l'embarcadère au moment de monter dans sa gondole. Il n'avait jamais manqué une seule réunion du Sénat ou du Grand Conseil, mais, ce matin-là, il avait fait une mauvaise chute. Il ne souffrait que d'une entorse, mais il ne pourrait pas escorter le doge pendant le Senza.

Mais pourquoi en fait-on une telle affaire, se demandait Tonio, alors que mon père est aussi puissant et indestructible que Venise elle-même ? Tonio, quant à lui, ne pensait à rien d'autre qu'à Marianna.

Le pire était que, tout au long de ces heures d'attente, il éprouvait un sentiment de bonheur indiscutable. Ce sentiment, il l'avait déjà éprouvé au début de l'année : il allait arriver quelque chose ! Et quand il repensait à sa mère en train de hurler et de le battre dans la salle à manger, il avait l'impression d'être un traître.

Il avait désiré qu'on les surprît ; il avait désiré que son père découvrît toute l'étendue du mal dont elle souffrait. Qu'on lui retire son vin, qu'on l'oblige à y renoncer, qu'on la ramène hors de ces ténèbres dans lesquelles elle se languissait comme la princesse endormie d'un conte de fées français.

Mais ce n'était pas pour cela qu'il l'avait entraînée dans la salle à manger. Il n'avait pas voulu la trahir. Comment se faisait-il que personne ne lui en veuille à lui ? À quoi avait-il pensé en l'emmenant voir ce tableau ? Il lui était intolérable de l'imaginer seule à présent avec des médecins et des cousines qui n'étaient même pas de son sang. Son visage lui cuisait. Il était au bord des larmes. C'était vraiment la pire des misères.

Mais au fond de tout cela, et tout à fait hors de son atteinte, il y avait un mystère : pourquoi s'était-elle transformée comme cela, pourquoi ces hurlements, pourquoi ces coups ? Qui était ce frère mystérieux de Constantinople ?

C'est le surlendemain de l'incident que toutes ces questions reçurent enfin une réponse.

Il dînait seul dans sa chambre, et aucune prémonition ne l'avertit de ce qui allait arriver. La lune brillait au milieu d'un beau ciel d'un bleu profond, une douce brise de printemps soufflait et les chants des bateliers se répondaient d'un bout à l'autre du canal. Un couplet s'élevait d'un côté, et l'écho lui revenait d'ailleurs ; les basses profondes répondaient aux ténors légers, et dans le lointain les violons et les flûtes des musiciens des rues se faisaient entendre.

Mais, tandis qu'il était allongé sur son lit, tout habillé et trop las pour sonner son valet, il fut certain d'entendre sa mère qui chantait quelque part dans le labyrinthe du palais. Et alors même qu'il rejetait cette idée absurde, il perçut clairement le timbre exceptionnellement haut et puissant de la voix de soprano d'Alessandro.

Fermant les yeux et retenant son souffle, il entendit les notes vives et fines d'un clavecin.

À peine s'était-il persuadé que son ouïe ne l'abusait pas que l'on frappa à sa porte. Giuseppe, le vieux valet de son père, le priait de bien vouloir le suivre : Andrea désirait le voir.

De toute la compagnie rassemblée dans la chambre, c'est son père qu'il vit d'abord. Le vieillard était au lit, mais même ainsi, adossé à des oreillers, il émanait de lui un air de majesté. Il était vêtu d'une lourde robe de chambre de velours vert foncé dont la forme évoquait celle de sa toge de patricien.

Pourtant, il y avait en lui quelque chose de fragile et de distant.

Le petit groupe de personnes rassemblées dans la chambre se tenait à l'écart d'Andrea et, quand Tonio fit son entrée, sa mère, qui était assise au clavecin, se leva. Elle portait une robe de soie rose, sa taille était d'une finesse effrayante et son visage était livide. Mais elle avait retrouvé ses esprits, elle avait l'œil clair et son regard pétillait d'une secrète malice. Elle posa ses lèvres tièdes sur la joue de Tonio ; il lui sembla qu'elle aurait voulu lui parler, mais qu'elle se forçait à ne rien dire encore.

Quand Tonio s'inclina pour baiser la main de son père, Marianna se tenait juste derrière lui.

« Asseyez-vous, mon fils », dit Andrea. Et aussitôt il se mit à parler ; sa voix était aussi juvénile que l'expression ordinaire de son regard, et l'évidence de son grand âge en paraissait presque une injustice.

« Ceux qui portent plus d'amour à la vérité qu'ils ne m'en portent à moi-même disent souvent que je suis d'un autre siècle.

— Signore, si c'est bien vrai, ce siècle va à sa perte ! s'exclama aussitôt le signor Lemmo.

— C'est une flatterie bien absurde, dit Andrea. Je crains qu'il ne soit que trop vrai que ce siècle aille à sa perte, mais les deux choses ne sont point liées. Comme je le disais avant que mon secrétaire ne s'empresse de m'apporter ses consolations inutiles, je suis un homme d'un autre âge, et j'ai eu quelque difficulté à me faire à celui-ci.

« Mais je ne vais pas vous ennuyer en vous récitant la litanie de mes échecs, car je suis sûr qu'elle serait plus fastidieuse qu'instructive. J'ai décidé qu'il était nécessaire que votre mère voie plus du monde que ce qu'elle en voit actuellement, et que vous verrez aussi ce qu'elle verra. Alessandro, qui désirait depuis longtemps obtenir son congé de la chapelle ducale, a accepté de devenir membre de notre maisonnée. Dorénavant, mon fils, c'est lui qui vous enseignera la musique, car vous avez un grand talent, et en vous perfectionnant dans cet art, vous pourrez, si vous le voulez, apprendre à connaître beaucoup des autres choses de la vie. Alessandro escortera aussi votre mère à chacune de ses sorties, et je souhaite que vous preniez parfois du temps sur vos études pour les accompagner. Votre mère a perdu ses couleurs à force de rester recluse, mais vous vous ne souffrez pas de la même timidité invétérée. Vous veillerez à ce qu'elle profite du carnaval cette année et à ce qu'elle fréquente l'opéra. Vous veillerez également à ce qu'elle accepte toutes les invitations qu'elle va bientôt recevoir. Vous veillerez à ce qu'elle laisse Alessandro vous emmener partout où il voudra. »

Tonio jeta un coup d'œil en direction de sa mère. Il vit qu'elle avait du mal à ne pas laisser éclater sa joie. Alessandro regardait Andrea d'un air admiratif.

« C'est une nouvelle vie qui commence pour vous, poursuivit Andrea. Mais je suis certain que vous vous prêterez de bonne grâce à ses exigences. Vous commencerez par participer au Senza, après-demain. Je ne puis m'y rendre. Vous y représenterez notre famille. »

Tonio essayait de dissimuler son excitation, de ne pas paraître trop joyeux. Mais un sourire était en train de se former sur son visage ; se mordant les lèvres, il baissa la tête et murmura respectueusement des paroles d'acquiescement.

Quand il releva les yeux, son père lui souriait. L'espace d'un instant, il lui sembla qu'Andrea flottait très haut au-dessus de la pièce et de ses occupants. Ou peut-être était-il perdu dans ses souvenirs. Et puis la joie s'effaça de son visage et il fit signe, avec un air un peu las, que la réunion était terminée.

« Je dois rester seul avec mon fils, dit-il en prenant la main d'Alessandro. Et quand j'en aurai fini avec lui, il sera fort tard. Qu'on le laisse donc dormir demain matin. Ah oui, j'allais oublier. Tâchez de trouver quelques questions importantes à poser à ses anciens précepteurs ; faites-leur sentir qu'ils sont utiles. Faites-leur comprendre discrètement que nous n'avons nulle intention de les congédier cavalièrement. »

Il y avait une grâce tranquille dans le sourire d'Alessandro et dans la manière dont il accueillit ces recommandations, en hochant simplement la tête, sans manifester aucune surprise.

« Portez les chandeliers dans mon bureau », dit Andrea à son secrétaire.

Il se leva de son lit avec peine. Les portes s'étaient refermées ; les appartements étaient presque vides.

« Je vous en prie, Excellence, ne nous abandonnez pas, dit Lemmo.

— Allez-vous-en, lui dit Andrea en souriant. Et quand je serai mort, s'il vous plaît, ne dites à personne combien j'ai été méchant avec vous.

— Excellence !

— Bonne nuit », dit Andrea. Et le signor Lemmo les laissa.

Andrea se dirigea vers les portes ouvertes du bureau, mais il fit signe à Tonio de ne pas bouger. Tonio le regarda entrer dans une vaste pièce rectangulaire qu'il n'avait encore jamais vue. Au demeurant, il n'avait jamais vu non plus celle dans laquelle il se trouvait, mais l'autre le fascinait bien plus. Il vit des étagères de livres qui montaient jusqu'au plafond entre les hautes fenêtres donnant sur le canal. Aux murs, il vit les cartes de tous les territoires de l'empire vénitien. Même à cette distance, il était facile de voir qu'il s'agissait là de l'ancien empire. Venise avait perdu depuis longtemps la plupart de ses colonies. Mais sur ces murs la Vénétie était encore une énorme puissance.

Il se rendit compte que son père se tenait debout de l'autre côté du seuil et le regardait avec une curieuse expression : on aurait dit qu'il poursuivait une réflexion intime.

Tonio fit un pas en avant.

« Non, attendez », dit Andrea ; et sa voix était si faible qu'on aurait pu croire qu'il se parlait à lui-même. « Ne soyez pas si pressé d'entrer ici. En cet instant, vous n'êtes encore qu'un enfant. Mais quand vous sortirez de cette pièce, il faudra que vous soyez prêt à devenir le maître de cette maison aussitôt que je l'aurai quittée. Pensez encore un court moment à l'image illusoire que vous vous êtes faite de la vie. Jouissez de votre candeur. On ne l'apprécie jamais autant que lorsqu'on est sur le point de la perdre. Et quand vous serez prêt, venez me rejoindre. »

Tonio resta muet. Il baissa les yeux et, obéissant sagement aux objurgations de son père, il fit défiler dans sa tête les événements de sa vie. Il se vit debout au milieu des vieilles archives du rez-de-chaussée ; il entendit les rats, il entendit les clapotements de l'eau. Il lui sembla que le palais, ancré depuis deux siècles dans son marécage par les pilotis qui le soutenaient, remuait insensiblement.

Quand il releva la tête, il dit très vite, d'une toute petite voix : « Père, laissez-moi entrer. »

Et son père lui fit signe de s'approcher.

13.

Il s'écoula dix heures avant que la porte du bureau de son père s'ouvrît à nouveau devant Tonio. Tandis qu'il entrait dans le grand salon et se dirigeait vers l'entrée principale, le pur soleil du matin pénétrait déjà dans le palazzo.

Son père lui avait conseillé de sortir, de rester seul un moment sur la piazza, d'observer le spectacle quotidien des grands commis de l'État qui arpentaient le Broglio. Rien n'aurait pu lui plaire davantage. Il avait l'impression qu'un silence délicieux l'enveloppait, un silence qu'aucun étranger n'eût pu rompre.

Arrivé sur le petit embarcadère, devant leur porte, il héla un gondolier et se fit conduire à la piazzetta.

C'était la veille de Senza et la foule était plus dense que jamais. Alignés devant le palais des Doges, les dignitaires de l'État recevaient des baisers respectueux sur les amples manches de leurs robes et se faisaient entre eux de grandes révérences.

Tonio ne tenait plus à être seul et libre, car cela n'avait plus le même sens à présent.

Le récit de son père lui avait causé une série de chocs ; il était tissé du sang de la réalité, plein d'une tristesse immense, et l'histoire des Treschi n'en était qu'un épisode.

Tout au long de sa jeune vie, Tonio avait cru que Venise était encore une grande puissance européenne. Il avait été élevé dans la conviction que la République Sérénissime était le plus vieux et le plus solide de tous les États d'Italie. Les mots d'Empire, de Candie, de Morée, s'associaient dans son esprit à de vagues mais glorieuses batailles.

Mais au cours de cette longue nuit, l'État vénitien était devenu vieux, décadent, vacillant sur ses fondations, sombrant peu à peu dans une ruine où seuls brillaient encore de rares vestiges de son ancienne splendeur. En 1645, la République avait perdu Candie, et les campagnes auxquelles avaient pris part Andrea et ses fils avaient échoué à la récupérer. En 1718, Venise avait été définitivement chassée de la Morée.

En fait, il ne restait rien de l'Empire, hormis la grande cité elle-même et ses possessions sur le continent environnant : Padoue, Vérone, quelques petites villes et la guirlande de villas magnifiques le long de la Brenta.

Ses ambassadeurs ne disposaient plus de pouvoirs importants auprès des cours étrangères, et ceux qu'on envoyait à Venise y venaient plus pour le plaisir que pour la politique.

Ce qui les attirait, c'était le vaste rectangle de la piazza où, trois fois l'an, les bacchanales du carnaval déchaînaient les foules. C'était le spectacle des gondoles d'un noir de jais glissant le long des artères inondées ; c'était la richesse et la beauté insurpassables de la cathédrale Saint-Marc ; c'étaient les chanteuses orphelines de la Pietà, l'opéra, la peinture, les gondoliers et leurs chansons rimées, les lustres en cristal de Murano.

C'était cela, Venise, à présent ; c'étaient là ses appas, c'était là son pouvoir. En fin de compte, c'était tout ce que Tonio avait connu et aimé d'aussi loin que remontaient ses souvenirs. Mais il n'y avait plus que cela.

Pourtant c'était sa ville, son État, dont il avait reçu l'héritage de son père. Ses ancêtres étaient parmi ceux qui, aux temps héroïques, s'étaient aventurés les premiers dans ces marais brumeux. La fortune des Treschi, comme celle de beaucoup d'autres grandes familles vénitiennes, s'était édifiée sur le commerce avec l'Orient.

Et que la République Sérénissime continuât à dominer le monde ou qu'elle se bornât simplement à subsister malgré lui, elle incarnait le destin de Tonio.

C'était à lui d'assurer le maintien de son indépendance, à lui et à tous les patriciens qui tenaient les rênes du char de l'État. Il ne fallait pas permettre à l'Europe, avide de s'annexer cette cité magnifique, de l'absorber en son sein.

« Tu lutteras jusqu'à ton dernier souffle », lui avait dit Andrea, d'une voix aussi pleine d'énergie que son regard magnétique, « pour maintenir les ennemis de la Vénétie hors de ses frontières. »

C'était là le devoir sacré d'un patricien, à présent que les fortunes édifiées sur le commerce avec l'Orient se dissipaient dans le jeu, la pompe et les spectacles. C'était la responsabilité d'un Treschi.

Et puis le moment était finalement venu où Andrea avait dû lui révéler sa propre histoire.

« Je sais que vous avez appris l'existence de votre frère Carlo », dit-il, laissant de côté les problèmes historiques, et pour la première fois un tremblement d'émotion altérait légèrement sa voix. « Il semble qu'aussitôt que vous avez franchi cette porte le monde s'est hâté de vous accabler de ce scandale ancien. Alessandro m'a parlé de cet ami de votre frère. Il fait partie d'une coterie nombreuse qui s'oppose toujours à ma présence au Grand Conseil et conspire contre moi au Sénat, où elle dispose de certains appuis. Votre mère m'a parlé aussi de ce que vous avez découvert sur le tableau de famille de la salle à manger.

« Non, mon fils, ne m'interrompez pas. Je ne suis pas fâché contre vous. Il faut que je vous dise tout avant que d'autres ne vous en fassent le récit déformé à leur profit. Écoutez, et tâchez de comprendre.

« Que me restait-il, quand je suis rentré ici après tant de défaites ? Trois de mes fils étaient morts ; ma femme avait péri des suites d'une longue et douloureuse maladie. Pourquoi Dieu a-t-il voulu que seul le dernier-né survive, un garçon si révolté et d'un caractère si emporté que son plus grand plaisir consistait à braver son père ?

« Vous avez vu son portrait : il vous ressemble trait pour trait. Mais la ressemblance s'arrête là, car vous avez toutes les marques d'un homme de caractère. Tandis que je vous assure que votre frère Carlo incarnait ce que ce temps a de plus dissolu. Assoiffé de plaisir, sans cesse entiché de chanteuses, amateur de poésie, enragé de jeu, buveur invétéré, Carlo était un enfant prolongé et un perpétuel oisif. N'ayant plus le loisir de prouver sa valeur en guerroyant au service de l'État, il n'avait pas le goût d'exercer son courage à de plus humbles tâches. »

Andrea fit une pause dans son récit, comme s'il ignorait comment il allait le poursuivre. Puis, d'un ton las, il reprit : « Vous savez aussi bien que moi qu'en se mariant sans la permission du Grand Conseil un patricien condamne toute sa race. Épousez une femme sans nom ni fortune, et le nom des Treschi sera radié à tout jamais du Livre d'or ; vos enfants ne seront plus que des citoyens ordinaires de la République.

« Et celui-ci, dont les engouements menaçaient notre lignée, passait sa vie avec des débauchés et faisait fi de toutes les alliances que j'essayais de contracter pour lui !

« À la fin il choisit une femme comme il aurait choisi une maîtresse. Elle était sans nom et sans dot ; c'était la fille d'un hobereau du continent qui n'avait pour elle que sa beauté. “Je l'aime, me dit votre frère, et je n'en veux point d'autre ! ” Et comme je refusais de donner suite à sa requête, comme je voulais le détourner de cette folie ainsi que mes devoirs me le dictaient, il quitta cette maison aveuglé par l'ivresse, se rendit au couvent où elle logeait et l'en fit sortir en usant de mensonge et de supercherie. »

Andrea s'énervait tant qu'il fut obligé de s'interrompre.

Tonio tendit les mains vers lui pour l'apaiser. La douleur de son père lui faisait mal et son récit le consternait.

Andrea poussa un soupir. « À votre âge, pouvez-vous comprendre une telle infamie ? Pour des actions semblables, des hommes de plus illustre naissance ont été proscrits, pourchassés dans tout l'Empire, jetés en prison. »

Il s'interrompit à nouveau. Sa colère même ne lui donnait pas le courage d'évoquer cet épisode. « Et voilà que mon propre fils commettait un acte pareil ! C'était le diable en personne, je vous le promets. Seuls notre nom et notre position ont retenu l'État de sévir aussitôt, tandis que j'implorais qu'on m'accorde le temps de le faire revenir à la raison.

« Et puis en plein midi, sur le Broglio, votre frère s'est présenté devant moi. Ivre, l'œil dément, marmonnant des obscénités, il proclama son amour éternel pour cette fille déshonorée. “Achetez son inscription au Livre d'or, exigea-t-il de moi. Vous êtes riche. Vous en avez le pouvoir ! ” Et, sous les yeux des conseillers et des sénateurs qui se trouvaient là, il déclara : “Donnez-moi votre consentement, sinon je l'épouse séance tenante, que cela vous plaise ou non”... »

« Vous saisissez tout cela, Tonio ? » Andrea était hors de lui. « Il était mon seul héritier. Et pour conclure cette alliance scandaleuse, il a voulu m'*extorquer* mon autorisation ! Si je n'achetais pas son inscription au Livre d'or, si je ne faisais pas d'elle une patricienne, si je ne consentais pas à leur mariage, je verrais ma semence dispersée à tous les vents, je verrais la fin d'une maison aussi ancienne que Venise elle-même !

— Père ! » Tonio n'y tenait plus. Mais Andrea n'était pas prêt à se laisser interrompre.

« Les yeux de tout Venise étaient fixés sur moi, poursuivit le vieillard d'une voix tremblante. Allais-je être la dupe du benjamin de mes fils ? Mes parents, mes collègues du gouvernement... tous attendaient, muets d'horreur.

« Et cette fille... qui était-ce ? Dans ma rage, je pris sur moi d'aller trouver cette femme qui avait détourné mon fils de son devoir... »

Pour la première fois depuis une heure, les yeux d'Andrea se posèrent sur Tonio. L'espace d'un instant, il sembla qu'il percevait une chose qu'il avait attendue. Puis il reprit :

« Et que découvris-je ? Une Salomé qui avait usé de sortilèges pour exciter les sens pervertis de mon fils ? Non. Non, c'était une enfant innocente ! Une enfant, pas plus âgée que vous ne l'êtes à présent, au corps gracile de garçonnet, douce, brune, avec la sauvagerie innocente d'une bête de la forêt, ne sachant du monde que ce qu'il avait bien voulu lui en faire connaître. Oh, je ne m'étais pas attendu à éprouver de la compassion pour cette petite fille fragile et pour son honneur perdu.

« Pouvez-vous imaginer la rage que j'éprouvais envers l'homme qui l'avait si étourdiment corrompue ? »

Une panique sans nom avait envahi Tonio. Il ne put se contenir plus longtemps. « Je vous en supplie, père, croyez-moi, dit-il dans un souffle, si je vous dis qu'en moi vous avez le plus soumis des fils ! »

Andrea hocha la tête, et ses yeux se posèrent à nouveau sur Tonio. « Pendant toutes ces années, mon fils, je vous ai observé plus attentivement que vous ne l'imaginez, et vous exaucez mes vœux plus que vous ne sauriez croire. »

Mais il était clair que plus rien ne l'apaiserait ; il se hâta de poursuivre, comme si c'eût été la solution la plus sage, comme s'il n'avait pas d'autre choix.

« Votre frère ne fut pas arrêté, ni banni. C'est moi qui le fis appréhender et mettre sur un navire en partance pour Constantinople. C'est moi qui obtins qu'il y soit nommé, et je l'avertis qu'aussi longtemps que je vivrais il ne reverrait pas sa ville natale.

« C'est moi qui fis mettre ses biens sous séquestre et qui lui coupai les vivres jusqu'à ce qu'il cède et accepte le poste qu'on lui offrait.

« Et c'est moi aussi qui... c'est moi qui décidai, malgré mon âge, de prendre à nouveau femme afin que naisse cet enfant dont dépend désormais l'existence de notre famille. »

Il s'interrompit. Il était épuisé, mais il n'en avait pas encore fini.

« Il aurait pu subir un châtiment bien plus rude ! déclara-t-il en regardant à nouveau Tonio dans les yeux. C'est peut-être l'amour de sa mère qui m'a retenu d'être plus sévère. Il avait fait sa joie depuis le jour où il était né, personne ne l'ignorait. » Les yeux d'Andrea s'embuèrent, et pour la première fois ses idées parurent s'obscurcir. « Ses frères l'aimaient tant. Ils ne s'irritaient pas de sa frivolité. Non, ils aimaient ses plaisanteries, les poèmes qu'il écrivait, ses discours oiseux. Oh, comme ils raffolaient de lui : "Carlo, Carlo !" Je rends grâce à Dieu qu'aucun d'eux n'ait vécu assez longtemps pour voir son charme irrésistible se vouer à la séduction d'une jeune fille innocente et son caractère impétueux s'aiguiser jusqu'à la licence.

« Que pouvais-je faire, mon Dieu ? J'ai choisi la seule solution honorable qui se présentait à moi. »

Ses sourcils se rapprochèrent. Sa voix était affaiblie par la fatigue. Il se recueillit un instant, puis ses forces lui revinrent.

« Je l'ai traité avec indulgence ! insista-t-il. Oui, avec indulgence. Il a fini par se plier à ses devoirs. La pension qu'il percevait lui suffisait pour vivre bien. Il a consciencieusement défendu les intérêts de la République en Orient. Il a adressé bien des suppliques au Conseil pour être autorisé à rentrer à Venise. Il a imploré mon pardon.

« Jamais, jamais je ne lui permettrai de revenir ici !

« Mais cet état de choses ne durera pas éternellement. Il a ses partisans au Grand Conseil et au Sénat, des jeunes gens qui sont ses amis de jeunesse. Et à ma mort il reviendra dans cette maison sur laquelle il n'a jamais perdu ses droits. Mais c'est vous, Tonio, qui serez le maître ici. Dans ces prochaines années, vous épouserez la femme que je vous ai déjà choisie. Et vos enfants hériteront de la fortune et du nom des Treschi. »

Le soleil matinal resplendissait sur le lion d'or de Saint-Marc, inondant d'une lumière blanche et aveuglante les longues sinuosités gracieuses des arcades qui se perdaient dans la foule bigarrée, et la grande flèche du Campanile s'élançait hardiment vers le ciel.

Tonio était debout en face des rosaces scintillantes du porche de la cathédrale. Il contemplait les quatre grands chevaux de bronze sur leurs piédestaux.

La foule se bousculait au passage, et il se déplaçait inconsciemment au gré de ses rythmes, mais ses yeux demeuraient rivés au grand assemblage de dômes et de portiques qui s'élevaient autour de lui.

Jamais il n'avait éprouvé pour Venise un tel amour, une dévotion à la fois si pure et douloureuse. Quelque chose lui disait qu'il était bien trop jeune pour mesurer vraiment l'étendue de la tragédie qui la frappait. Elle semblait si solide, si riche de substance, si pleine de splendeur.

Se tournant vers le large, vers la mer étale et miroitante, il lui sembla que pour la première fois il saisissait pleinement la vie comme il avait saisi l'histoire.

Mais il y avait ce visage aux traits tirés et à l'air exténué qu'il avait encore devant lui à peine une heure plus tôt, ce masque de la vieillesse dont l'expression de résignation le remplissait d'une noire terreur. Les dernières paroles de son père lui revinrent : « Après ma mort, il reviendra. Et il transformera de nouveau cette maison en un champ de bataille.

« Il ne s'écoule pas six mois sans que je ne reçoive une lettre de sa main qui m'affirme qu'il épousera la femme que je lui choisirai, à condition que je l'autorise à revoir sa Venise bien-aimée.

« Mais il ne se mariera jamais !

« Ah, puissé-je vous voir de mes propres yeux menant votre femme à l'autel ! Puissé-je voir vos enfants, puissé-je vous voir revêtir pour la première fois votre toge de patricien et prendre au Conseil la place qui vous revient !

« Mais il est trop tard pour cela, et Dieu m'a indiqué, par des signes évidents, que je devais vous préparer à ce qui vous attend.

« Et maintenant, comprenez-vous pourquoi je vous envoie dans le monde, pourquoi je vous arrache à votre enfance en prétextant que votre mère a besoin que vous l'escortiez ? Je vous fais sortir parce qu'il faut que vous soyez prêt quand votre heure viendra ; il faut que vous connaissiez le monde, ses tentations, ses appétits vulgaires.

« Mais rappelez-vous bien que quand votre frère sera de nouveau sous ce toit, même si je ne suis plus de ce monde, le Grand Conseil et la loi seront de votre côté. Mon testament vous servira de rempart. Votre frère perdra cette bataille comme il a perdu la précédente : c'est vous qui assurerez la pérennité de ma race. »

14.

Un ciel d'un bleu immaculé s'étendait au-dessus des toits ; le vent poussait vers la terre de rares nuages d'une blancheur parfaite. Des serviteurs couraient à travers le palais en annonçant que la mer était calme et que le *Bucentaure* transporterait sûrement sans dommage le doge jusqu'à San Nicoló del Lido. Toutes les fenêtres donnant sur le canal étaient grandes ouvertes à la brise embaumée, et des tapis aux vives couleurs avaient été déroulés sur leurs appuis sous les oriflammes qui claquaient dans l'air. Le même spectacle se répétait tout au long des rives, aussi grandiose que Tonio l'avait toujours vu.

Et quand il descendit avec Marianna et Alessandro, vêtus comme lui d'habits aux gaies couleurs, sur le petit embarcadère, il se surprit à murmurer : « Je suis ici, et tout cela est vrai ! » Il lui semblait impossible qu'il participe réellement à ce spectacle qu'il avait si souvent observé de loin.

Son père, debout sur le balcon de la grande entrée, agitait la main dans leur direction. La gondole était capitonnée de velours vert et décorée de guirlandes fleuries. Le grand aviron avait été passé dans un bain de peinture dorée, et Bruno, vêtu d'une livrée d'un bleu éclatant, inséra son embarcation dans le flot des gondoles des autres grandes familles, qui surgissaient de toutes parts. Avançant à la queue leu leu, leur flot descendit le canal en direction de l'embouchure et de la Piazzeta.

« Le voilà », murmura Alessandro et, tandis que les gondoles se mettaient à faire du surplace pour rester dans l'alignement, il désigna de l'index le *Bucentaure* à l'ancre qui étincelait de tous ses feux. La galère géante, resplendissante d'ors et de pourpres, transportait le trône du doge et une profusion de statues dorées. Tonio referma ses mains sur la taille fine de sa mère et la souleva pour qu'elle voie mieux. Jetant un regard en direction d'Alessandro, il sourit de l'émerveillement muet du grand eunuque.

Il avait lui-même du mal à refréner son excitation. Il se disait qu'il se souviendrait toute sa vie du moment où la sonnerie aiguë et majestueuse des fifres et des trompettes avait rempli l'air pour annoncer que le doge venait de franchir la porte du palais.

Les eaux de la lagune étaient jonchées de fleurs ; partout des pétales chevauchaient les vagues miroitantes, si bien qu'on eût pu croire que la mer s'était solidifiée. Les barques dorées des grands dignitaires se mirent en branle, suivies par celles des ambassadeurs, puis par celle du nonce apostolique. Les grands bâtiments de guerre et les navires marchands stationnés le long de la lagune hissèrent leurs pavillons pour les saluer.

Enfin la flotte des gondoles patriciennes s'ébranla en direction du phare du Lido.

Les cris, les vivats, les conversations et les rires formaient un grand rugissement délicieux dans ses oreilles.

Mais rien ne pouvait surpasser la clameur qui s'éleva quand le doge eut jeté son anneau dans la mer. Toutes les cloches de l'île tintèrent, les trompettes sonnèrent, et des milliers et des milliers de voix poussèrent un grand cri de joie.

On aurait dit que la ville tout entière s'était rassemblée sur la mer pour communier dans cette immense clameur collective. Puis la grande flottille se désagrégea, et les embarcations regagnèrent l'île en ordre dispersé, laissant flotter dans leur sillage de grandes traînes de satin et de soie. Le spectacle était chaotique, démentiel, vertigineux. Le soleil aveuglait Tonio ; il se protégea les yeux de ses mains tandis qu'Alessandro le soutenait. Les Lisani voguaient à leur côté ;

leurs gondoliers avaient des livrées roses, leurs domestiques lançaient des poignées de fleurs blanches dans leur sillage, et Caterina, sa robe de damas d'argent soulevée par le vent, leur envoyait à deux mains des baisers.

C'était trop. Tonio se sentait fourbu et comme étourdi. Il aurait aimé se retirer dans quelque recoin obscur du monde pour savourer tout cela calmement.

Qu'aurait-il pu arriver de plus exaltant ? Quand Alessandro lui annonça qu'ils allaient maintenant se rendre au palais pour participer au festin du doge, il faillit éclater de rire.

Des centaines de convives étaient assis aux longues tables drapées de nappes blanches ; une fortune de cire se consumait dans les lourds candélabres d'argent ciselé, et un flot de serviteurs déferlait par les portes, transportant des mets élaborés sur d'énormes plateaux — fruits, glaces, fumantes platées de viande — tandis que les gens du commun se serraient le long des murs pour assister à ce spectacle permanent.

Tonio parvenait à peine à goûter quoi que ce soit ; Marianna ne cessait de lui parler à l'oreille, lui expliquant tout ce qu'elle voyait, qui était celui-ci, et qui était celle-là, tandis que de son côté Alessandro la tenait au courant à voix basse des nouvelles du monde, qui était splendide et plein d'aimables merveilles. Très vite, le vin monta à la tête de Tonio. Il vit, de l'autre côté d'un golfe pâle et enfumé, Caterina qui lui souriait de toutes ses dents, la tête surmontée d'une masse de petites boucles blondes merveilleusement tournées, sa large poitrine couverte de diamants. La rougeur de ses joues artistement maquillées évoquait, en plus réel, les beautés idéales des peintures ; elle était opulente, radieuse, épanouie.

Quant à Alessandro, il faisait montre d'une aisance souveraine, découpant la viande sur l'assiette de Marianna, déplaçant les chandelles qui l'éblouissaient, la surveillant sans cesse du coin de l'œil. C'est un cavalier servant idéal, se dit Tonio.

Mais, en l'observant, il se sentit à nouveau intrigué par le vieux mystère des eunuques, auquel il ne pensait plus depuis des années. Qu'éprouvait Alessandro ? Quel effet cela faisait-il d'être comme lui ? Et tout en étant subjugué par les mains caressantes du grand castrat, par la douceur qui voilait son regard et par la grâce fabuleuse qu'il mettait dans ses moindres gestes, Tonio se sentit frissonner en dépit de lui-même. Lui arrivait-il parfois de maudire son sort ? N'était-il jamais dévoré d'amertume ?

Les violons se remirent à jouer. Une tempête de rires secouait la table principale. Le signor Lemmo passa devant eux, les saluant d'un bref hochement de tête.

Le carnaval commençait. Les convives se levèrent pour gagner la piazza.

De superbes tableaux étaient exhibés dans la rue sur des chevalets ; les productions des orfèvres et des souffleurs de verre étincelaient dans la lumière qui se déversait des cafés ouverts où une clientèle nombreuse était attablée, sirotant du vin ou du chocolat ou dégustant des glaces. Les boutiques illuminées par des lustres en cristal d'une finesse vaporeuse proposaient à la vente des étoffes précieuses, et les chalands eux-mêmes formaient une masse chamarrée de satins et de soies rutilants.

La gigantesque piazza paraissait d'une étendue sans limite. La lumière était aussi vive qu'en plein midi et, dominant le tout, les rosaces circulaires de la cathédrale luisaient sombrement comme de grands yeux qui eussent suivi tout ce spectacle.

Alessandro ne quittait pas ses protégés d'une semelle. Il conduisit Marianna et Tonio dans une petite boutique où on les équipa de *bautas* et de dominos.

Tonio n'avait jamais porté la bauta, ce masque de tissu blanc en forme d'oiseau qui, non content de dissimuler la face, recouvre aussi la nuque d'un voile d'étoffe noire. Quand ses yeux et son nez en furent recouverts, l'odeur lui en parut étrange, et cela lui fit un drôle d'effet de ne pas se reconnaître en se regardant dans la glace. Mais c'était le domino, cette longue cape noire pendant jusqu'à terre, qui déguisait vraiment leur identité. Il était impossible de savoir à quel sexe ils appartenaient ; on ne voyait plus rien de la robe de Marianna ; elle n'était plus qu'un petit lutin anonyme au rire doux et cristallin.

À côté d'elle, Alessandro avait l'air d'un fantôme.

Quand ils émergèrent à nouveau dans la lumière aveuglante, ils n'étaient plus qu'un trio perdu dans la cohue parmi des centaines d'autres individus sans nom ni visage, se cramponnant l'un à l'autre tandis que l'air s'emplissait de musique et de cris et que surgissaient des créatures vêtues de costumes extravagants et grotesques.

Des effigies géantes des personnages de la commedia dell'arte dominaient la foule, telles d'immenses marionnettes gonflées d'une vie monstrueuse ; des visages peinturlurés luisaient burlesquement à la lueur des flambeaux. Tonio s'aperçut soudain que Marianna était secouée de rire ; Alessandro, au bras duquel elle s'appuyait, lui avait murmuré quelque chose à l'oreille. De son autre main, elle se cramponnait à Tonio.

Quelqu'un leur cria : « Tonio ! Marianna !

— Chut ! fit Marianna, comment savez-vous qui nous sommes ? »

Mais Tonio avait déjà reconnu sa cousine Caterina. Elle ne portait qu'un demi-masque, et au-dessous ses lèvres formaient un petit croissant rouge, nu et appétissant. Il sentit avec embarras une vague de désir monter en lui, et il songea brusquement à Bettina, la petite serveuse. Lui serait-il possible de la retrouver ? « Mon chéri ! » Caterina le serrait contre elle. « C'est bien toi, n'est-ce pas ? » Elle l'embrassa avec une effusion qui l'étourdit.

Il fit un pas en arrière. La soudaine raideur qu'il éprouvait entre ses jambes l'épouvantait ; il aurait mieux aimé mourir que de laisser Caterina s'en rendre compte, mais quand la main de sa cousine se glissa sur sa nuque, le seul endroit de son corps qui ne fût pas couvert, il sentit planer sur lui la menace d'une explosion humiliante et impossible à dissimuler. Elle se pressait contre lui ; son étreinte le terrassa.

« Quelle mouche a donc piqué ton père, qu'il vous laisse ainsi sortir tous les deux ? » dit Caterina. Puis, Dieu merci, elle consacra à Marianna sa débordante affection.

Tout à coup, Tonio revit le palais, ses salles obscures, ses couloirs ténébreux ; il revit son père debout, seul, au milieu de son bureau chichement éclairé par un pâle soleil matinal qui donnait une consistance solide à la flamme des chandelles, portant sur ses frêles épaules le poids écrasant de l'histoire.

Il ouvrit les fenêtres toutes grandes. Des rafales de pluie odorantes s'abattaient sur la piazza, mais pas assez violentes toutefois pour que la foule se disperse. Elle était encore dense quand ils s'étaient finalement éclipsés. Alessandro les avait conduits à travers d'étroites ruelles jusqu'au canal où il avait hélé un gondolier. Tonio se dépouilla de ses habits humides et fripés, s'accouda à l'appui de la fenêtre et leva les yeux vers le ciel fumeux ; il n'y vit point d'étoiles, mais seulement les minces traits argentés de la pluie qui tombait sans bruit.

« Où sont mes chanteurs ? » murmura-t-il. Il aurait aimé être triste ; il aurait aimé s'affliger de la perte de son innocence et du fardeau de la vie qui pesait à présent sur lui. Mais s'il éprouvait de la tristesse, c'était une émotion d'une voluptueuse douceur. Sans même y penser, il éleva la voix et lança un long appel aux chanteurs des rues. Il sentit que sa voix perçait les ténèbres. Il sentit sa gorge s'ouvrir ; il sentit les notes s'en échapper comme un objet palpable, et quelque part dans la nuit, dans cette foule enchevêtrée sous sa fenêtre, une autre voix s'éleva, qui lui parut plus légère et tendre que la sienne, la voix d'une femme qui l'appelait.

Il lui chanta des bêtises. Il lui chanta le printemps et l'amour, les fleurs et la pluie, en des couplets pleins d'images ampoulées. Il chanta de plus en plus fort et puis il s'arrêta et retint son souffle jusqu'à ce que l'écho de sa voix se soit tu.

Il y avait des voix qui chantaient tout autour de lui dans la nuit. Des ténors reprenaient la mélodie qu'il avait lancée ; une voix s'élevait du canal ; des rythmes de tambourins et des accords de guitares montaient jusqu'à lui. Tombant à genoux, il s'accrocha d'une main au rebord de la fenêtre et se mit à rire tout bas tandis que le sommeil le gagnait sournoisement.

Son esprit vagabondait et il vit l'image de Carlo, en toge écarlate, enlacé par son père, et il lui sembla tout à coup qu'il était ailleurs, pris dans un grand tourbillon d'émotions violentes à travers lequel lui parvenaient les cris déchirants de sa mère.

« Mais pourquoi criait-elle ainsi ? » Il entendait la voix de son père, rapide, sans inflexion, mais il ne parvenait pas à saisir la réponse à cette question qu'en réalité il n'avait pas osé lui poser.

« C'était elle, la femme que Carlo avait refusé d'épouser ? Est-ce possible ? Est-ce d'elle qu'il n'a pas voulu ? Et pourquoi ? Pourquoi ? Était-elle amoureuse de lui ? A-t-elle dû ensuite épouser ce vieillard... ? »

Il se réveilla en sursaut. Il frissonnait malgré la chaleur moite. Ah non, se dit-il, non, jamais, jamais il ne faudra plus en parler à ma mère. Et, s'abîmant à nouveau dans son rêve, il vit le visage de son frère qui remontait lentement à la surface du tableau.

15.

Angelo et Beppo étaient dans l'embarras ; Lena n'en finissait pas de retoucher la toilette de sa mère, bien que cette dernière lui eût mille fois répété : « Lena, je porte un domino, personne n'en verra rien ! »

Mais Alessandro veillait à tout avec un parfait sang-froid. Pourquoi Angelo et Beppo ne sortaient-ils pas s'amuser ? Il ne leur fallut pas plus de cinq secondes pour s'incliner, faire un signe de tête et s'éclipser.

Il y avait une telle foule sur la piazza qu'ils pouvaient à peine avancer. Des tréteaux avaient été dressés partout : on y voyait des jongleurs, des mimes, des fauves qui grondaient dans leurs cages tandis que des dompteurs faisaient claquer leurs fouets. Des funambules faisaient la culbute au-dessus des têtes des badauds, et le vent amenait une pluie tiède qui ne mouillait personne.

Tonio avait l'impression d'être pris et repris dans un torrent humain qui tantôt les jetait vers les cafés bondés, tantôt les repoussait hors des porches ; çà et là, ils avalaient quelques gorgées de café ou d'eau-de-vie ; parfois ils s'affalaient à une table pour se reposer un instant, et leurs voix déformées par les masques sonnaient à leurs oreilles comme d'étranges gazouillis.

Des travestis extravagants surgissaient de partout. Il y avait des Espagnols et des bohémiens, des Indiens des contrées sauvages de l'Amérique du Nord, des mendiants en haillons de velours, des garçons grimés en femmes, avec le visage fardé sous de grandes perruques à boudins, et des femmes déguisées en hommes, leurs petits corps charmants irrésistiblement attirants dans leurs culottes de soie et leurs bas moulants.

Tant de divertissements s'offraient à eux qu'ils ne parvenaient à se décider ni pour l'un ni pour l'autre. Marianna voulut se faire dire la bonne aventure, mais elle en fut découragée par la longue file qui s'était formée devant la table où la voyante murmurait ses secrets dans un long cornet posé contre l'oreille de ses victimes, afin que nul n'entendît leur destinée révélée. Ils virent d'autres fauves ; les lions qui rugissaient vous faisaient froid dans le dos. Une femme prit Tonio par la taille et l'entraîna dans une folle sarabande ; elle le fit pirouetter deux ou trois fois, puis l'abandonna ; il était impossible de savoir si c'était une fille de cuisine ou une princesse de passage. À un moment, il se rencogna dans l'ombre des piliers de la cathédrale, l'esprit plus complètement délivré de toute pensée qu'il ne l'avait jamais été dans sa vie, et il regarda la cohue qui formait une admirable symphonie de couleurs. Un peu plus loin, des comédiens jouaient une saynète sur des tréteaux ; leurs cris perçants dominaient le tumulte. Tout à coup, Tonio eut envie de se volatiliser et de se retrouver au calme dans le palazzo silencieux.

Et puis il sentit la main de Marianna lâcher la sienne et, se retournant, ne la vit nulle part.

Il la chercha des yeux tout autour de lui. Et où était donc Alessandro ?

Il aperçut en avant de lui une haute silhouette qui devait être celle d'Alessandro, mais elle s'éloignait rapidement. Tonio l'appela en criant, mais il n'entendit pas lui-même sa propre voix. Regardant derrière lui, il crut reconnaître une forme menue, en bauta et en domino, qu'un autre travesti tenait dans ses bras. Il lui sembla qu'ils échangeaient un baiser ou qu'ils se murmuraient des choses à l'oreille, mais le manteau de l'inconnu dissimulait leurs visages. « Maman ! » Il se dirigea vers la frêle silhouette, mais un mouvement de la foule l'en éloigna.

Puis il entendit la voix d'Alessandro derrière lui. « Tonio ! » Il l'avait déjà hélé plusieurs fois mais en l'appelant « Monseigneur », et Tonio n'avait pas répondu.

« Elle a disparu ! s'écria Tonio, au désespoir.

— Elle est ici, près de moi », répondit Alessandro, et en effet la petite silhouette, tel un oiseau fantastique, était là, qui le regardait.

Tonio arracha son masque, essuya la sueur de son visage et ferma les yeux un moment.

Ils ne regagnèrent le palais que deux heures avant le moment de se rendre au théâtre. Marianna laissa retomber ses longs cheveux noirs sur ses épaules et resta debout, le regard ailleurs, comme envoûtée. Puis, voyant l'air préoccupé de Tonio, elle se haussa sur la pointe des pieds pour l'embrasser.

« Mais, maman... fit-il en se retirant brusquement, maman, quand nous étions à côté du porche de la cathédrale, est-ce que quelqu'un... est-ce que quelqu'un t'a... ? » Il s'arrêta, incapable d'ajouter un mot.

« Est-ce que quelqu'un m'a quoi ? Mais qu'as-tu donc enfin ? » lui dit-elle avec chaleur. Elle secoua ses cheveux. Son visage était tout en angles et un sourire ravi semblait s'être figé sur ses lèvres. « Comment veux-tu que je sache ce qui s'est passé près du porche de la cathédrale ? Quand y étions-nous ? Cela fait des heures. Du reste, ajouta-t-elle avec un petit rire, vous êtes là pour veiller sur mon honneur, toi et Alessandro. »

Tonio la regardait avec une expression qui était proche de l'horreur.

Marianna s'assit à son miroir tandis que Lena détachait les agrafes de sa toilette. Tous ses gestes étaient vifs, mais comme indécis. Elle ôta le bouchon d'un flacon de parfum et le porta à ses lèvres. « Que vais-je me mettre, que vais-je me mettre, et toi, de quoi as-tu l'air, toi qui toute ta vie as supplié que l'on t'emmène à l'opéra ! Tu ne sais donc pas qui va chanter ce soir ? » S'appuyant des deux mains aux bords de son tabouret capitonné, elle se tourna vers lui pour le dévisager. Sa robe était tombée et ses seins étaient à demi découverts, mais elle ne paraissait pas s'en être aperçue. Elle avait l'air d'une petite fille.

« Mais, maman, il m'a bien semblé t'avoir vue...

— Vas-tu cesser ! » cria-t-elle soudain. Lena recula, surprise, mais Tonio ne bougea pas.

« Ne me regarde pas comme cela ! » dit-elle, d'une voix toujours aiguë, en se couvrant les oreilles de ses mains, comme pour en étouffer la stridence. Elle hoqueta, et une horrible grimace tordit son visage contracté.

« Non, non, je t'en prie... » murmura Tonio. Il lui caressa les cheveux et lui tapa doucement dans le dos jusqu'à ce qu'elle exhalât un long soupir et relâchât ses membres crispés. Relevant les yeux vers lui, elle eut à nouveau ce sourire éclatant et beau qui lui faisait si peur. Mais il s'effaça bien vite. Elle avait les larmes aux yeux.

« Tonio, je n'ai rien fait de mal », dit-elle d'une voix implorante, comme si elle avait été sa petite sœur. « Ne me gâche pas cette soirée, tu n'en as pas le droit. De toute ma vie, je n'ai été qu'une fois au carnaval avant cela. Ne me fais pas ça, ne fais pas...

— Maman ! » Il lui attira la tête contre sa poitrine. « Je te demande pardon. »

Dès qu'ils furent entrés dans la loge, Tonio sut qu'il n'entendrait rien.

Il n'en fut nullement surpris. On lui avait raconté quantité d'histoires sur ce qui se passait dans les salles, et, comme ce soir-là on donnait trois représentations simultanées, il y aurait un va-et-vient continuel d'un théâtre à l'autre. Caterina Lisani, le visage dissimulé par un loup de satin blanc, était assise dans la loge et, tournant le dos à la scène, faisait une partie de cartes avec son neveu Vincenzo. Les enfants des Lisani adressaient des signes et des sifflets aux spectateurs du parterre, et le vieux sénateur, le mari de Caterina, somnolait sur sa chaise dorée, s'arrachant de loin en loin à sa torpeur pour marmonner qu'il voulait souper.

« Approchez, Alessandro, dit Caterina, et dites-moi si ce que l'on dit de Caffarelli est vrai. » Elle partit d'un grand rire avant qu'Alessandro ait eu le temps de lui baiser la main. Mais elle fit signe à Marianna de venir s'asseoir auprès d'elle.

« Et vous, ma chère, vous imaginez-vous l'effet que cela me fait de vous voir enfin ici en train de vous divertir, de vous comporter comme une personne humaine ?

— Humaine, je ne le suis que trop ! » murmura Marianna. Il y avait, dans sa manière de presque se blottir contre Caterina, quelque chose d'irrésistiblement enfantin. Il semblait impossible à Tonio que quiconque, lui-même y compris, pût être méchant avec elle. Tout à coup, il eut envie de pleurer ; de pleurer et de chanter.

« Jouez, jouez ! fit Vincenzo.

— Mais enfin, pour quelle raison faut-il donc que j'attende que la musique finisse avant d'avoir mon souper ? », dit le vieux sénateur, qui était pourtant plus jeune qu'Andrea.

Des valets en livrée entraient et sortaient, servant du vin dans des verres en cristal. Le vieux sénateur renversa quelques gouttes sur son jabot de dentelle et fixa la tache rouge d'un air déconfit. Il avait dû être bel homme et il avait encore grande allure avec ses cheveux gris et drus qui ondulaient au-dessus de ses tempes. Il avait des yeux d'un noir de jais et un nez en bec d'aigle qui se dressait orgueilleusement quand il levait le menton. Mais à présent il avait l'air d'un petit enfant boudeur.

Tonio s'avança jusqu'à la balustrade de la loge. Le parterre était déjà plein à craquer, tout comme les trois balcons au-dessus de sa tête.

Tout le monde était masqué, depuis les gondoliers debout à l'orchestre jusqu'aux marchands austères assis tout en haut à l'amphithéâtre avec leurs épouses en sages robes noires. Le brouhaha des conversations et le tintement des verres montaient par vagues au rythme désordonné.

« Tonio, tu es trop jeune pour entendre cela, lança Caterina pardessus son épaule, mais il paraît que Caffarelli... » Il évitait de la regarder, car il ne voulait pas voir cette délicieuse bouche un peu animale, très rouge et très nue sous la blancheur du loup qui lui faisait des yeux félins. La chair de ses bras paraissait si douce sous le satin bordeaux que la mâchoire de Tonio se contracta ; il se voyait en train de les pétrir passionnément.

Mais il écouta attentivement toutes les insanités qu'elle débitait à propos du grand castrat qui allait chanter ce soir. À Rome, le mari de sa maîtresse l'avait surpris alors qu'il était au lit avec elle. Au lit, avait dit Caterina. Il se sentit rougir à l'idée que sa mère et Alessandro entendaient des horreurs pareilles ! Contraint à la fuite, Caffarelli avait passé la nuit caché au fond d'une citerne. Les jours suivants, les spadassins du mari l'avaient traqué sans relâche, mais sa maîtresse en avait alors engagé elle-même pour le protéger. Las de ces gardes du corps qui ne le quittaient pas d'une semelle, le castrat avait tout abandonné et s'était enfui de Rome.

Les paroles de son père revenaient confusément à Tonio, quelque chose qu'il avait dit du monde, des tentations dont il fallait subir l'épreuve. Le monde... Mais il ne parvenait à fixer son esprit sur rien d'autre que Caffarelli. Il allait entendre chanter un grand castrat pour la première fois de sa vie, et cela seul comptait ; tout le reste lui était égal, et d'ailleurs toutes ces grandes idées le dépassaient.

« On raconte qu'il n'arrive pas au bout d'une seule représentation sans s'être querellé avec tout le monde, et que quand sa prima donna est jolie, il la poursuit sans arrêt de ses assiduités. Alessandro, tout cela est-il vrai ?

— Signora, vous êtes bien mieux informée que moi, dit Alessandro en riant.

— Eh bien, moi, je ne lui accorderai pas plus de cinq minutes, déclara Vincenzo, et s'il n'a pas captivé mon cœur et mon oreille, je m'en irai au San Moisè.

— Ne soyez pas ridicule, dit Caterina. Tout le monde est ici ce soir. C'est l'endroit où il faut être, et puis d'ailleurs il pleut. »

Tonio retourna sa chaise, s'y assit à califourchon et fixa des yeux le rideau qui masquait la lointaine scène. Il entendit sa mère qui riait. Le vieux sénateur venait de proposer qu'ils rentrent tous chez lui pour écouter Tonio et Marianna leur chanter un petit air, car ainsi il aurait enfin à souper. « Vous chanterez bientôt pour moi, ma chère, n'est-ce pas ?

— Il me semble parfois que j'ai épousé un estomac, dit Caterina.

Jouons vos habits, pièce par pièce, alors, dit-elle à Vincenzo. Commençons par le gilet ; non, la chemise. Elle me plaît bien, votre chemise. »

Entre-temps, une altercation semblait avoir éclaté au-dessous d'eux dans le fond de l'orchestre. On entendit des cris et des trépignements, mais tout rentra dans l'ordre bien vite. Des filles ravissantes passaient dans les travées, vendant à la criée du vin et d'autres rafraîchissements.

Alessandro s'était levé ; il était debout comme un spectre derrière Tonio, adossé à la cloison de la loge.

Juste à ce moment-là les musiciens firent leur entrée, s'installant sur leurs sièges rembourrés dans un grand remue-ménage de lanternes et de partitions. Partout des doigts tournaient en même temps les pages des livrets, qui s'étaient vendus comme des petits pains à l'entrée du théâtre.

Et quand le jeune compositeur inconnu qui en était l'auteur parut sur l'avant-scène, le public des galeries l'accueillit par des acclamations tandis que le reste de la salle applaudissait.

Les lumières diminuèrent, mais pas suffisamment. Tonio croisa les mains sur le dossier de sa chaise et y appuya son menton. La perruque de l'auteur était mal ajustée, son lourd pourpoint de brocart ne lui allait pas mieux, et sa fébrilité faisait peine à voir.

Alessandro émit un grognement désapprobateur.

Le compositeur s'affala lourdement sur le tabouret du clavecin. Les musiciens levèrent leurs archets et des accords joyeux résonnèrent soudain à travers la salle.

La musique était vive, charmante, pleine de gaieté, sans rien de tragique ni de sombre, et Tonio éprouva un ravissement immédiat. Il se pencha vers l'avant ; derrière lui, on devisait et on riait. Installés le long de la courbure du balcon, les membres de la famille Lemmo dînaient déjà, et des vapeurs montaient des plats d'argent disposés devant eux. Un Anglais courroucé sifflait en vain pour obtenir le silence.

Mais quand le rideau se leva, on entendit partout des « Oh » et des « Ah ». Des portiques et des arcs dorés se dressaient devant un fond entièrement bleu sur lequel des étoiles scintillaient magiquement. Des nuages passèrent devant les étoiles et, dans le silence soudain, la musique parut s'élever jusqu'aux combles. Le compositeur martelait frénétiquement ses touches, secouant ridiculement les boucles poudrées de sa perruque. Des hommes et des femmes revêtus de costumes fastueux s'avancèrent sur la scène et entamèrent le récitatif pompeux qui introduisait l'argument éculé et farci d'absurdités de l'opéra qu'ils allaient jouer. Un homme travesti enlevait une jeune femme, et les sévices qu'il lui infligeait lui faisaient perdre la raison. Il y aurait un combat contre un ours et un monstre marin avant que l'héroïne ne retrouve son époux qui la croyait morte, et le frère jumeau de quelqu'un recevrait la bénédiction des dieux après avoir terrassé l'ennemi.

Plus tard, Tonio apprendrait le livret par cœur. Pour le moment, ce n'était pas là son souci. Il était exaspéré par les rires de sa mère et les exclamations bruyantes des Lemmo auxquels on venait de servir un superbe rôti de poisson.

« Excusez-moi, dit-il en passant devant Alessandro.

— Mais où allez-vous ? » La large main d'Alessandro s'était refermée sans violence autour du poignet de Tonio.

« À l'orchestre. Je veux entendre Caffarelli. Restez auprès de ma mère, et surveillez-la bien.

— Mais Votre Excellence...

— Tonio, dit Tonio en souriant. Je vous en prie, Alessandro, je vous promets sur l'honneur que je n'irai pas plus loin que le parterre et que vous me verrez d'ici. Il faut que j'entende Caffarelli ! »

Les sièges n'étaient pas tous occupés. Vers le milieu de la représentation, de nombreux autres gondoliers seraient admis gratuitement et le charivari s'installerait. Mais Tonio n'eut pas trop de peine à se rapprocher de la scène en se frayant un chemin à travers la foule turbulente et agitée. Il trouva un siège à quelques pas de l'orchestre qui jouait avec une ardeur furieuse.

Il n'entendait plus que la musique à présent et il se laissa emporter avec ravissement.

C'est alors que parut sur scène la haute et majestueuse silhouette du grand Caffarelli.

L'élève de Porpora, que bien des mélomanes acclamaient comme le premier chanteur du monde, s'avança jusqu'à la rampe. Il était coiffé d'une énorme perruque blanche, et une cape de velours carmin flottait derrière lui. Il avait plus l'aspect d'un dieu que celui du monarque dont il jouait le rôle dans le drame. Il laissa les yeux de l'assistance se gorger de sa beauté délicate, puis il rejeta la tête en arrière et attaqua son air. Dès la première note, qui parut s'enfler indéfiniment, la salle tomba dans un silence complet.

Tonio avait le souffle coupé. Autour de lui, les gondoliers poussaient des gémissements ravis et des cris stupéfaits.

La note s'enflait et montait sans arrêt. On aurait dit que le castrat n'arrivait pas lui-même à la retenir. Puis, la brisant soudain, il enchaîna sans reprendre haleine tandis que l'orchestre pressait la cadence pour le rattraper.

Il avait une voix d'une puissance inouïe, qui sans être stridente n'en était pas moins violente. À tel point même qu'avant qu'il soit arrivé au bout de son aria ses traits exquis parurent comme défigurés de rage.

Ce visage fardé et poudré semblait aussi civilisé qu'il était possible entre les boucles blanches qui l'encadraient, et pourtant ses yeux brûlaient d'une lueur sauvage quand il s'inclina avec une politesse distante pour accueillir les applaudissements et les saluts des spectateurs des loges, lançant des coups d'œil calculés en direction de l'orchestre et des galeries supérieures.

Mais la prima donna avait commencé à chanter et tout l'opéra semblait se désagréger autour d'elle. Cette impression ne venait peut-être que du fait que Tonio pouvait voir à présent l'agitation qui régnait en coulisse, le ballet des habilleuses armées de peignes et de brosses, le valet qui se précipitait pour repoudrer le visage de Caffarelli.

Quoi qu'il en fût, la voix grêle de la prima donna continuait à s'élever bravement au-dessus du continuo joué au clavecin par le compositeur. Et Caffarelli se tenait devant elle, lui tournant le dos comme si elle n'existait pas, affectant même un bâillement ; dans la salle, le brouhaha des conversations reprit, montant en une vague assourdie qui battait la musique en brèche.

Entre-temps, autour de Tonio, les véritables juges du spectacle émettaient leurs avis brutalement, mais non sans perspicacité. Ce soir, Caffarelli flanchait un peu dans les aigus ; la prima donna était atroce. Une fille proposa à Tonio un gobelet de vin rouge ; tandis qu'il cherchait sa monnaie, il regarda à la dérobée son visage masqué et se dit que c'était sûrement Bettina. Et puis il pensa à son père, à la confiance dont il venait d'être investi, et il baissa les yeux en rougissant jusqu'aux oreilles.

Caffarelli s'avança de nouveau jusqu'à la rampe et rejeta en arrière sa cape rouge. Son regard était fixé sur le premier balcon. Et il lança de nouveau cette première note sublime, qui monta en un trémolo vibrant. Tonio voyait son visage luisant de sueur et sa large poitrine qui gonflait sous le métal brillant de sa cuirasse grecque. Le clavecin hésita. Les cordes produisirent quelques dissonances.

Caffarelli ne suivait pas la partition. Mais la mélodie qu'il chantait avait quelque chose de familier. Soudain Tonio comprit — et toute l'assistance en même temps que lui — que le castrat parodiait l'aria que la prima donna venait d'achever, et qu'il la tournait cruellement en dérision. L'orchestre s'efforçait de reprendre, et le compositeur avait l'air ahuri. Caffarelli roucoulait comme une colombe, alignant les trilles avec une facilité si étourdissante que les dons de la malheureuse cantatrice en paraissaient tout à fait insignifiants.

Contrefaisant les aigus prolongés de la prima donna, il les faisait monter avec une puissance monstrueuse jusqu'à les faire paraître grotesques. La jeune femme avait fondu en larmes, mais elle était restée en scène et les autres acteurs étaient rouges de confusion.

Déjà on sifflait aux balcons, et bientôt des cris et des lazzis s'élevèrent de toutes parts. Les partisans de la prima donna tapaient des pieds et agitaient férocement le poing, et ceux de Caffarelli se contentaient de se tenir les côtes.

Ayant capté l'attention de toutes les personnes présentes dans la salle, le castrat conclut sa charge burlesque par une parodie nasale et plate du tendre finale de la prima donna et entonna sa propre *aria di bravura* avec une voix d'une ampleur dévastatrice.

Tonio se laissa aller en arrière sur son siège avec un sourire béat.

C'était donc cela la voix humaine, et cela correspondait bien à ce qu'il en avait toujours entendu dire : un instrument si puissant et si parfaitement réglé que tous les autres paraissaient débiles à côté de lui.

Quand Caffarelli eut terminé, toute la salle éclata en applaudissements et des vivats rugissants s'élevèrent de partout. Les rares champions de la cantatrice essayèrent de lutter contre ce raz de marée de bravos, mais il les emporta bien vite.

Tout autour de Tonio, des voix lançaient un même cri d'hommage vulgaire et cru :

« *Evviva il coltello !* »

Evviva il coltello : et Tonio reprenait le cri à tue-tête. Oui, « vive le couteau » qui avait fait de cet homme un castrat et qui, en lui dérobant sa virilité, avait à jamais préservé ce glorieux soprano.

Le spectacle avait si bien ébloui Tonio qu'il fut à peine contrarié quand Marianna déclara qu'elle était trop rompue pour se rendre au palazzo Lisani. À chaque jour ses plaisirs. Cette soirée vivrait en lui à tout jamais ; et la figure de Caffarelli lui reviendrait sans cesse en rêve.

Et tout eût été absolument parfait s'il n'avait entendu, alors qu'ils se frayaient un chemin vers la sortie, une voix qui disait derrière lui : « Il ressemble à s'y méprendre à Carlo. » Ces paroles avaient été articulées très clairement. Il se retourna ; d'abord, il vit trop de visages, et puis il comprit que c'était Caterina qui venait de s'adresser au vieux sénateur, lequel lui disait à présent : « Mais oui, mon cher cousin, nous disions que vous ressembliez beaucoup à votre frère. »

16.

Pendant toute la fin du carnaval, Tonio retourna chaque soir entendre Caffarelli, ne se laissant tenter par aucun autre spectacle.

Les théâtres de Venise donnaient chacun un opéra pendant toute la saison, mais Tonio n'alla même pas voir un fragment d'un autre opéra. Et la majeure partie de la société vénitienne retournait également, soir après soir, se soumettre aux sortilèges qui ensorcelaient Tonio.

Caffarelli ne chantait jamais deux fois ses arias de la même manière, et l'air morfondu qu'il prenait dans l'intervalle entre ces sublimes moments paraissait trop désolé pour n'être qu'une simple pose destinée à irriter ses partenaires.

Il y avait de la noirceur dans son bouillonnement perpétuel, et l'ombre du désespoir se profilait sous son invention inlassable.

Mais chaque soir la force qui l'habitait reconstituait le même prodige : il s'avançait jusqu'à la rampe, ouvrait tout grands ses bras, prenait possession de la salle et, malmenant la partition, désarçonnant les chanteurs qui s'essoufflaient à le suivre, il créait, seul et sans le secours de quiconque, une musique qui était le cœur et l'âme mêmes de l'opéra.

Les autres avaient beau le vouer aux gémonies, ils savaient bien que sans lui rien n'aurait pris forme.

Souvent l'auteur arrivait au baisser de rideau dans un état de fureur insensé. Et souvent Tonio s'attardait dans la salle obscurcie pour l'écouter pester : « Vous ne chantez pas ce que j'ai écrit, vous n'y prenez pas du tout garde !

— Vous n'avez qu'à écrire ce que je chante ! » grondait le Napolitain.

Un soir, même, Caffarelli dégaina son épée et chassa le compositeur vers les portes du théâtre.

« Qu'on l'arrête, qu'on l'arrête avant que je le tue ! » vociférait l'auteur tout en reculant précipitamment le long de l'allée centrale. Mais sa terreur était visible.

Caffarelli eut un rugissement de rire méprisant.

Il était l'image même du courroux tandis qu'il appuyait la pointe de sa rapière sur les boutons de l'habit du compositeur ; il n'y avait rien en lui, hormis ses joues glabres, qui rappelât l'eunuque.

Mais tous savaient que c'était Caffarelli qui faisait de l'opéra ce qu'il était, et le jeune auteur ne l'ignorait pas non plus.

Caffarelli lutinait toutes les femmes de Venise. Il avait ses entrées au palazzo Lisani et il s'y présentait chaque fois que l'humeur l'en prenait, devisant avec les patriciens qui se hâtaient de lui offrir du vin ou de lui avancer une chaise, et Tonio était toujours au premier rang de ses idolâtres. Il souriait en voyant les joues empourprées de sa mère qui couvait elle aussi des yeux le grand castrat.

Mais elle y prenait tant de plaisir que Tonio ne se lassait pas de l'observer elle-même. Elle ne restait plus dans son coin, le regard dur et soupçonneux ; elle s'était même laissé inviter à danser par Alessandro.

Et Tonio, prenant place à son tour dans l'alignement d'hommes et de femmes aux habits éclatants qui occupaient tout le parquet du grand salon des Lisani, exécutait les mouvements précis du menuet, émoustillé par la vision des poitrines ébouriffées de dentelles, des bras exquisément potelés, des joues qui semblaient douces comme la peau des pêches. Des flûtes de champagne voguaient sur des plateaux d'argent.

Tout était français : les vins, les parfums, les toilettes.

Et bien sûr, tout le monde adorait Alessandro. Il semblait la simplicité même dans ses vêtements de bonne coupe, et en même temps il émanait de sa personne tant de majesté et de grâce que Tonio se sentait porté vers lui par une immense affection.

Le soir, tard, ils causaient tête à tête.

« J'ai peur qu'au bout d'un moment cette maison ne vous paraisse bien ennuyeuse, lui avait dit une fois Tonio.

— Monseigneur ! avait protesté Alessandro en riant. Je n'ai pas grandi comme vous dans un palais magnifique. » Ses yeux s'étaient promenés sur le haut plafond de sa nouvelle chambre, sur les lourdes tentures vertes qui garnissaient son lit, le secrétaire en bois ouvragé, le clavecin tout neuf. « Peut-être que quand j'aurai cent ans, je commencerai à m'y ennuyer.

— Je souhaite que vous restiez ici toujours, Alessandro », avait dit Tonio.

Et demeurant un instant silencieux, il eut la vision confuse et merveilleuse de l'existence entière que cet homme avait vouée à rechercher la perfection sous les lambris dorés de Saint-Marc. Il était bien naturel qu'il y eût acquis cette gravité discrète, cette assurance tranquille et douce ; elles n'étaient que le reflet de la richesse, du raffinement et de la beauté dont il avait toujours été environné.

Pourquoi s'étonner alors qu'il évolue avec tant de grâce et d'aisance dans le salon de Caterina ?

Mais que pensaient-ils vraiment de lui ? s'interrogeait Tonio. Que pensaient-ils de Caffarelli ? Et pourquoi Tonio était-il tellement excité lorsqu'il s'imaginait Caffarelli au lit avec une des femmes qui lui tournaient autour ? Apparemment, elles n'attendaient qu'un signe de lui pour le suivre.

Là-dessus, il en venait rapidement à se demander ce qu'il ferait, *lui*, avec une de ces femmes qui lui lançaient des œillades aguichantes par-dessus leurs éventails de dentelle. Et dans le parterre de l'opéra, il avait flairé l'odeur douce d'un millier de Bettina.

Attends encore, Tonio, se répétait-il. Il aurait mieux aimé mourir que de manquer de parole à son père. Il voyait tout sous l'éclairage magique de sa responsabilité toute neuve, de son savoir tout frais. Et le soir dans sa chambre, il se mettait à genoux devant le portrait de la Madone et il la priait : « S'il vous plaît, faites que tout cela n'ait pas de fin, faites que tout cela dure à jamais. »

Mais l'été s'approchait à grands pas. Déjà, la chaleur était étouffante. Le carnaval s'écroulerait bientôt comme un château de cartes, et ce serait alors le temps de la villégiature ; toutes les grandes familles se retireraient dans leurs résidences d'été au bord de la Brenta. Nul n'avait envie de rester au voisinage des canaux malodorants infestés de nuées de moustiques.

Et nous serons à nouveau seuls ici, ah, non, pitié !

Mais lorsqu'il en fut à compter les jours qui restaient sur les doigts d'une seule main, Alessandro se présenta un matin dans sa chambre en même temps que les serviteurs qui apportaient le chocolat et le café, et il s'assit à côté de son lit.

« Votre père est très satisfait de vous, annonça-t-il. Tout le monde lui a dit que vous vous conduisiez en parfait gentilhomme. »

Tonio sourit. Il aurait voulu voir son père, mais à deux reprises déjà le signor Lemmo l'avait informé qu'il ne saurait en être question. Les appartements d'Andrea paraissaient faire l'objet d'un va-et-vient inusité. Tonio savait que certains des visiteurs étaient des hommes de loi, d'autres de vieux amis de son père. Tout cela ne lui plaisait guère.

Mais qu'est-ce qui avait donc pu lui faire imaginer que cette longue nuit d'intimité engendrerait une vie nouvelle, émaillée de fréquentes discussions ? La place de son père était plus que jamais à la tête de l'État. Si sa cheville refusait de guérir et l'empêchait de sortir à son gré, il ne restait plus à l'État qu'à venir à son chevet. Et c'était bien ce qui semblait se produire.

Alessandro avait autre chose à lui dire.

« Avez-vous jamais vu la villa Lisani, à côté de Padoue ? » demanda-t-il.

Tonio retint son souffle.

« Eh bien, préparez votre bagage. Si vous n'avez pas de tenue de cheval, envoyez Giuseppe chercher le tailleur. Votre père désire que vous y passiez tout l'été, et votre cousine sera enchantée de vous avoir. Mais Tonio, ajouta-t-il (cela faisait longtemps que, cédant aux instances de Tonio, Alessandro avait renoncé à s'adresser à lui par son titre), tâchez de trouver quelques questions que vous pourrez poser à vos précepteurs. Ils se sentent négligés et ils craignent d'être congédiés. On ne les congédiera pas, bien entendu. Ils vont nous accompagner. Faites seulement en sorte qu'ils se sentent importants.

— Nous allons à la villa Lisani ! » Tonio sauta à bas de son lit en entourant Alessandro de ses bras.

Alessandro fut obligé de reculer d'un pas, mais ses grandes mains douces caressaient les cheveux de Tonio, les lissant en arrière de son front.

« Ne le dites à personne, murmura-t-il, mais je suis aussi ému que vous ! »

17.

Quand les blessures de ses poignets furent guéries, Guido demeura au conservatoire où il avait grandi et il se consacra à l'enseignement avec une rigueur que bien peu de ses élèves supportaient. Il avait du génie, mais guère de compassion.

À l'âge de vingt ans déjà, il avait formé plusieurs chanteurs exceptionnels qui furent envoyés à la chapelle Sixtine.

C'étaient des castrats dont les voix, sans l'enseignement et l'instinct de Guido, seraient sans doute restées à un stade rudimentaire. Et pour reconnaissants qu'ils fussent de l'instruction qui les avait menés à ces hauteurs, ils n'en étaient pas moins terrifiés par leur jeune maître et soulagés d'en prendre congé.

En fait, tous les élèves de Guido l'exécraient, sinon constamment, du moins par moments.

Mais les recteurs du conservatoire l'aimaient beaucoup.

S'il était humainement possible de « créer » une voix chez un être qui n'en avait pas été doué par le Bon Dieu, Guido en était capable. Et ils le regardaient avec une stupéfaction sans cesse renouvelée inculquer le sens de la musique là où l'originalité et le talent faisaient défaut.

On lui envoyait les élèves les plus obtus et ces pitoyables enfants que l'on avait émasculés tout petits pour s'apercevoir ensuite qu'ils n'avaient aucune voix.

Guido faisait d'eux des sopranistes passables, adroits et même assez plaisants.

Pourtant Guido abhorrait ces élèves-là. Il ne tirait pas de satisfaction durable de leurs médiocres succès. La musique lui était infiniment plus précieuse que sa propre personne, si bien que l'orgueil lui était inconnu.

La dureté et la monotonie de son existence le poussaient de plus en plus vers la composition. Il l'avait négligée pendant toutes ces années où il ne rêvait que d'être chanteur, et certains de ses condisciples avaient pris l'avantage sur lui ; on jouait déjà leurs oratorios, et parfois même leurs opéras.

Ses maîtres, qui n'espéraient rien de lui dans ce domaine, le surchargeaient d'élèves qui l'occupaient du matin au soir et lui faisaient reproche de travailler tout seul fort avant dans la nuit.

Mais le doute ne tenait aucune place dans ses tourments. Il avait pris un grand retard dans ses capacités, sa résolution ne faiblissait jamais. Il veillait des nuits entières, travaillant sans relâche. Il produisait à la chaîne des oratorios et des cantates, des sérénades, des opéras complets. Il savait que, s'il se trouvait une seule grande voix parmi ses élèves, il pourrait négocier pour qu'on lui accorde plus de temps et, en composant pour elle, reconquérir les oreilles qu'il ne pouvait plus atteindre lui-même. Cette voix lui fournirait une inspiration, lui donnerait l'élan dont il avait tant besoin. Et d'autres viendraient alors à lui, d'autres seraient disposés à chanter les airs qu'il composerait pour eux.

Pour l'instant, il devait se contenter pour interpréter ses chants de ses pitoyables petits élèves qui s'égosillaient sans intelligence ni grâce.

Par les longs après-midi d'été, quand il ne pouvait plus endurer la cacophonie oppressante des salles d'exercice, Guido mettait l'épée au côté, dénichait son unique paire de souliers décente, des escarpins vernis à boucle et, sans rien expliquer à personne, partait à l'aventure dans la cité grouillante.

Bien peu de métropoles d'Europe connaissaient l'effervescence et le pullulement d'humanité qui agitaient le grand port de Naples.

Envahies par la pompe et l'apparat de la nouvelle cour des Bourbons, les rues débordaient d'un flot perpétuel d'hommes de toutes races et de toutes conditions qui venaient contempler les rives magnifiques, les splendides églises, les châteaux, les palais, les panoramas éblouissants des campagnes environnantes et des îles. Et, planant au-dessus de tout cela, la masse imposante du Vésuve se détachant sur un ciel brouillé et la mer immense qui s'étendait jusqu'à l'horizon.

Des carrosses dorés brimbalaient dans les rues avec un bruit de tonnerre, des laquais accrochés à leurs portières décorées et peintes, des valets de pied galopant devant. Des courtisanes parées comme des châsses, pomponnées, attifées, tout ors et tout rubans, déambulaient le long des promenades.

Escaladant ou dévalant les rues en pente, des calèches tirées par un seul cheval plongeaient dans la foule remuante tandis que leurs cochers vociféraient : « Faites place à mon seigneur ! » et, à tous les coins de rue, des camelots vendaient à la criée des fruits frais et de l'eau glacée.

Mais dans ce paradis où les fleurs poussaient dans les lézardes et où les vignes tapissaient les collines, la misère suintait de partout. Des lazzaroni malfaisants — rustres, désœuvrés, larrons — rôdaient au hasard des rues, se mêlant aux magistrats, aux clercs, aux gentilshommes et gentes dames, aux moines en robes de bure, ou restaient à traîner aux marches des églises.

Ballotté de-ci de-là par la cohue, Guido regardait tout avec une fascination muette. La brise marine le caressait. De temps en temps, il évitait in extremis d'être heurté par les roues d'un carrosse.

Avec sa forte carrure, ses larges épaules saillant sous le drap noir de son habit, ses chausses et ses bas crottés et poussiéreux, il ne ressemblait en rien au musicien, au jeune compositeur qu'il était, et il avait moins encore l'air d'un eunuque. On l'aurait pris plutôt pour un jeune seigneur désargenté avec des mains blanches de nonne et tout juste de quoi payer son vin dans les tavernes avec tonnelles où il choisissait d'entrer.

Là, attablé devant un guéridon graisseux, il s'adossait à la treille fleurie qui recouvrait le mur, vaguement sensible au bourdonnement des abeilles et au parfum des fleurs. Il écoutait la mandoline d'un chanteur ambulant. Et, observant le ciel qui fondait doucement du bleu de la mer à un rose brumeux, il sentait que le vin endormait sa douleur. Mais le vin n'empêchait pas la douleur de croître.

Ses yeux humides de larmes prenaient un éclat inquiétant. Il avait mal à l'âme ; sa misère était insupportable.

Mais il n'en saisissait pas pleinement la nature.

Tout ce qu'il savait, c'était que, comme n'importe quel maître de chant aurait pu l'espérer, il désirait de tout son cœur des élèves fervents et doués sur lesquels son génie pourrait s'exercer à loisir. Et il imaginait ces chanteurs qu'il ne connaissait pas encore insufflant la vie aux airs qu'il avait écrits.

Car ce seraient eux qui porteraient sa musique à la scène et au monde, ce seraient eux qui réaliseraient la seule chance d'immortalité qui s'offrît encore à Guido Maffeo.

Ce qu'il éprouvait, c'était aussi une solitude intolérable. Comme si sa voix avait été sa maîtresse et que cette maîtresse l'avait délaissé.

Et lorsqu'il imaginait le garçon qui chanterait comme lui-même ne le pouvait plus, élève auquel il pourrait transmettre toute sa science, il voyait aussi la fin de sa solitude. Il aurait enfin quelqu'un qui le comprendrait, quelqu'un qui saurait ce qu'il faisait ! Et toute différence s'abolissait ici entre les besoins de son âme et ceux de son cœur.

Le ciel était semé d'étoiles qui clignotaient à travers des nuées vaporeuses pareilles aux brumes de la mer. Et loin, très loin, tout au fond des ténèbres, un éclair soudain illuminait la montagne.

Mais on refusait de confier à Guido les voix les plus prometteuses. Il était encore trop jeune dans la carrière de maestro pour les attirer à lui. C'étaient les grands maîtres de chant, tel ce Porpora qui avait formé Caffarelli et Farinelli, qui s'emparaient des meilleurs éléments.

Et même si ses opéras lui valaient les louanges de ses maîtres, ses rivaux s'empressaient de lui couper l'herbe sous le pied. On murmurait que ses compositions étaient « trop singulières » ; ou au contraire, qu'elles n'étaient que des « contrefaçons sans âme ».

Par moments, son existence lui semblait si ingrate qu'il se sentait sur le point de craquer. Et il devenait de plus en plus clair à ses yeux qu'un seul élève d'exception suffirait à tout transformer.

Mais pour attirer à lui de bons élèves, il faudrait qu'il tire une perle de cette gadoue qu'on lui demandait de façonner.

Le temps passa. Le miracle s'avéra impossible. Guido Maffeo était un génie, mais il n'était décidément pas alchimiste.

À vingt-six ans, désespérant de voir se présenter l'occasion qu'il recherchait, il obtint un congé et une petite pension des recteurs afin d'aller parcourir l'Italie en quête de nouvelles voix.

« Peut-être trouvera-t-il quelque chose. » Le maestro Cavalla haussait les épaules. « Après tout, il s'en est plutôt bien sorti jusqu'ici ! » Et bien que son départ les peinât beaucoup, ils lui donnèrent leur bénédiction.

18.

Toute sa vie, Tonio avait entendu parler de ce merveilleux intermède estival auquel on donnait le nom de villégiature, avec tous les soirs des soupers sans fin dont chaque partie était servie dans une pièce différente sur des nappes de dentelle et dans de la vaisselle d'argent, suivis de grandes flâneries nocturnes le long de la Brenta. Tout l'été, des musiciens viendraient en visite ; peut-être même que Tonio et Marianna auraient l'occasion de jouer quand les professionnels seraient absents, et chaque famille formerait son propre petit orchestre, tel homme jouant excellemment du violon, tel autre de la contrebasse, tel sénateur se défendant aussi bien au clavecin que n'importe quel musicien que l'on payait pour en jouer. On inviterait à venir les fillettes des conservatoires féminins ; et puis l'on serait en plein air, on organiserait des déjeuners sur l'herbe, des randonnées équestres, des tournois d'escrime dans de vastes jardins éclairés aux lanternes.

Tonio emballa toutes ses vieilles partitions, en se demandant vaguement quel effet cela lui ferait de chanter dans une pièce pleine de monde. Marianna lui rappelait souvent avec un rire un peu crispé les craintes qu'il avait nourries concernant sa mauvaise conduite. Néanmoins, il fut stupéfait de la voir évoluer dans sa chambre en corset et en chemise, devant Alessandro assis dans un fauteuil, une tasse de chocolat à la main.

Le matin de leur départ, on tambourina à la porte de Tonio. C'était le signor Lemmo.

« Votre père... bégaya-t-il. Est-il avec vous ?

— Avec moi ? Mais non, qu'est-ce qui vous fait croire cela ?

— Je n'arrive pas à le trouver, murmura Lemmo. Personne n'arrive à le trouver.

— C'est ridicule ! » dit Tonio.

Mais quelques instants plus tard, il se rendit compte qu'un grand remue-ménage agitait toute la maisonnée.

Tout le monde participait aux recherches. Marianna et Alessandro, qui attendaient devant l'entrée avec les malles, se levèrent dès que Tonio les mit au courant.

« Avez-vous inspecté la salle des archives au rez-de-chaussée ? » demanda Tonio.

Le signor Lemmo se dépêcha d'y descendre, mais revint l'informer que le rez-de-chaussée était aussi désert que de coutume.

« Et le toit ? » dit Tonio. Mais cette fois il ne laissa à nul autre le soin de s'y rendre ; une intuition lui disait que c'était précisément là qu'il trouverait son père. Il n'aurait su dire pourquoi, mais il en acquit la certitude tandis qu'il montait l'escalier.

Parvenu à l'étage des combles, il s'arrêta : tout au bout du corridor, la lumière entrait à flots par une porte grande ouverte. Tonio connaissait ces chambres par cœur. Il savait où dormait chaque serviteur, où dormait Angelo et où dormait Beppo, et la porte de cette pièce-là était toujours verrouillée. Dans son enfance, il y avait entrevu des meubles en regardant par le trou de la serrure. Il avait tenté de forcer le verrou, mais il n'était jamais parvenu à y entrer.

À présent un soupçon obscur lui venait. Il traversa rapidement le corridor, vaguement conscient d'être suivi par le signor Lemmo.

Andrea était dans la chambre, debout face aux fenêtres qui ouvraient sur le canal. Il n'avait pour tout vêtement qu'une robe de chambre de flanelle, et ses omoplates saillaient sous l'étoffe mince. Il émettait un son bas et indistinct, soit qu'il se parlât à lui-même, soit qu'il priât.

Un long moment, Tonio resta sans rien faire, parcourant seulement du regard les murs où étaient encore accrochés des tableaux, des miroirs. Le toit fuyait, et depuis longtemps semblait-il ; de grandes taches d'humidité auréolaient le sol. Une odeur de moisi et d'abandon imprégnait tout ; une courtepointe humide et détériorée couvrait encore le lit. Les tentures n'en avaient pas été ôtées non plus, et elles s'étaient effondrées d'un côté. Sur un petit guéridon, à côté d'un fauteuil en damas broché, était posé un verre qui contenait un résidu noirâtre. Un livre était couché, ouvert et retourné, au sommet de la petite bibliothèque ; les autres étaient tout boursouflés, et l'humidité avait fait éclater le cuir de leurs reliures.

Tonio n'avait pas besoin qu'on lui dise que cette chambre était celle de Carlo. Visiblement aussi, elle avait été quittée du jour au lendemain, et depuis lors personne n'y avait plus jamais pénétré.

Il éprouva un choc en voyant les pantoufles au pied du lit et les chandelles grignotées par les rats sur leurs candélabres. Un portrait était posé de guingois contre une commode, comme si on l'avait jeté là. Il était encadré d'un ovale et d'un rectangle de bois doré, comme tous ceux qui ornaient la galerie de l'étage inférieur et les murs du grand salon, d'où il avait sans doute était décroché.

Et ce portrait était celui de son frère, dont la physionomie était plus expressive que sur tous les autres tableaux ; ses yeux noirs, largement écartés, posaient un regard parfaitement serein sur sa chambre délabrée.

« Attendez-moi dehors », murmura Tonio au signor Lemmo.

Par la fenêtre grande ouverte, on avait vue sur le paysage des toits de tuiles rouges aux inclinaisons variées, coupé de place en place par des jardinets, des clochers, et par les dômes lointains de la cathédrale.

Une sorte de sifflement s'échappa des lèvres d'Andrea. Tonio éprouva une vive douleur à la hauteur de ses tempes.

« Père ? » dit-il en s'approchant.

Andrea tourna machinalement la tête. Rien ne marqua dans son regard brun qu'il reconnaissait Tonio. Son visage était plus émacié que jamais et luisant de fièvre. Ses yeux d'ordinaire si vifs, quoique sans dureté, étaient vagues et comme voilés.

Puis, lentement, son visage s'anima. « Je veux dire... je veux dire que je l'abomine... », fit-il d'une voix exsangue.

« Quoi, père ? » demanda Tonio. Il était effrayé. Il avait dû arriver quelque chose, une chose horrible.

« Le carnaval, le carnaval », bégaya Andrea, les lèvres tremblantes. Il posa une main sur l'épaule de Tonio. « Je suis... Je suis... Il faut que je...

— Père, voulez-vous descendre ? » suggéra timidement Tonio.

Et là, devant lui, son père se métamorphosa de la façon la plus hideuse. Il vit ses yeux s'agrandir, tandis qu'un rictus lui tordait la bouche.

« Qu'est-ce que tu fais là ? murmura Andrea. Comment as-tu osé pénétrer dans cette maison sans ma permission ? » Il s'était redressé de toute sa hauteur, saisi d'une colère monstrueuse.

« Père ! dit Tonio dans un souffle. Père, c'est moi... moi, Tonio.

— Ah ! » Son père avait levé la main. Elle resta suspendue dans l'air.

Et puis, l'espace d'un instant, une détresse infinie se peignit sur ses traits pendant qu'il revenait à la réalité.

Andrea fixait son fils d'un œil plein de honte et d'embarras. L'angoisse faisait trembler ses mains et il avait les lèvres frémissantes. « Ah, Tonio, dit-il. Mon Tonio ! »

Un long moment, ils restèrent tous deux silencieux. Des voix murmuraient dans le corridor. Elles se turent aussi.

« Père, venez vous coucher », dit Tonio. Pour la première fois, il sentit les os du vieillard sous le tissu léger qui les couvrait.

Il lui parut terriblement léger, sans vitalité et sans force. On aurait dit qu'un rien suffirait à l'écraser.

« Non, non, pas maintenant, je me sens tout à fait bien », répondit Andrea. Il repoussa Tonio avec une certaine brusquerie et s'avança de nouveau vers la fenêtre ouverte.

Loin en dessous de lui, les gondoles glissaient comme de petites cosses noires sur l'eau verte du canal. Une galiote se dirigeait très lentement vers la lagune. Sur le pont, un minuscule orchestre jouait un air entraînant, et des guirlandes de lis et de roses étaient enroulées autour de la rampe du bastingage. De petites silhouettes brillantes et tourbillonnantes allaient s'abriter sous un dais de soie blanche. L'écho grêle d'un rire, roulant le long des murs, monta jusqu'à eux.

« L'idée me vient parfois qu'à Venise la vieillesse et la mort sont la pire injure au bon goût ! dit Andrea. Oui, au goût, au goût, comme si toute la vie n'était qu'une affaire de bon goût ! » poursuivit-il rageusement, d'une voix qui s'exhalait comme un râle de sa gorge desséchée. « Grande catin ! » haleta-t-il, le regard fixé au loin sur les dômes argentés de Saint-Marc.

« Papa ! » murmura Tonio.

La main qui se posa sur lui était semblable à une serre. « Mon fils, vous n'aurez plus le temps de grandir à votre aise. Je vous ai dit cela déjà. Retenez bien ceci : il vous faut dès à présent accepter l'idée que vous êtes un homme fait. Il faut que vous vous comportiez comme si c'était l'absolue vérité, nonobstant toute la chimie du Bon Dieu. Alors, les choses s'organiseront d'elles-mêmes, me comprenez-vous bien ? »

Le regard pâle qui fixait Tonio parut s'aiguiser soudain, puis redevint vague. « J'aurais voulu vous laisser un empire, les océans, le monde. Mais je ne puis vous donner rien d'autre que ceci : dès que vous aurez décidé d'être un homme, vous en serez un, et tout le reste coulera de source. Ne l'oubliez pas. »

Il fallut deux heures entières avant que Tonio se laisse persuader de partir pour la Brenta. Deux fois, Alessandro se rendit dans les appartements d'Andrea, et il en ressortit deux fois pour lui dire que les ordres de son père étaient formels.

Ils devaient partir pour la villa Lisani. Andrea était inquiet de leur retard. Il désirait qu'ils se mettent en route sur-le-champ.

À la fin, le signor Lemmo fit charger leurs malles sur la gondole et il prit Tonio à part.

« Il est au plus mal, Tonio, expliqua-t-il. Il ne veut pas que votre mère et vous le voyiez dans cet état. Écoutez-moi bien. Il ne doit pas savoir que vous vous tourmentez pour lui. Je vous enverrai chercher si jamais son état empirait beaucoup. »

Tonio ravalait ses larmes tandis qu'ils traversaient le petit embarcadère.

« Séchez vos yeux, chuchota Alessandro en l'aidant à descendre dans le bateau. Il s'est mis au balcon pour nous dire adieu. »

Levant les yeux, Tonio vit la silhouette décharnée de son père, que soutenaient deux valets. Andrea avait revêtu sa toge écarlate ; ses cheveux étaient soigneusement peignés et un sourire était figé sur son visage qui semblait de marbre blanc.

« Je ne le reverrai jamais », murmura Tonio.

Dieu merci, l'embarcation était rapide et le canal sinueux. Quand il s'assit enfin dans le *felze*, des sanglots le secouaient, muets mais incontrôlables.

La pression de la main d'Alessandro sur la sienne ne s'était pas desserrée une seconde.

Et quand il releva les yeux, il constata que Marianna regardait par la fenêtre et semblait plongée dans la plus douce des rêveries.

« La Brenta. » Sa voix chantait presque. « Je n'ai pas revu le continent depuis que j'étais petite fille. »

19.

Dans les royaumes de Naples et de Sicile, Guido ne trouva aucun élève digne d'être ramené dans la capitale. De temps à autre, on lui présentait un garçon doué d'une jolie voix, mais il n'avait jamais le cœur d'exhorter ses parents à lui faire subir l'« opération ».

Et des enfants déjà châtrés qu'on lui fit entendre, pas un seul ne lui parut mériter d'être encouragé.

Il continua, visita les États pontificaux, puis Rome elle-même, poursuivit sa route vers le nord et parvint au grand-duché de Toscane.

Il passait ses nuits dans des auberges bruyantes et ses journées dans des voitures de louage, dînant parfois avec la suite d'une noble famille. Il transportait ses maigres effets dans une sacoche de cuir avachie, serrant dans sa main droite, sous son manteau, un poignard dont il s'était armé pour se défendre des brigands qui rançonnaient partout les voyageurs.

Il visitait les églises des petites villes. Partout, des grandes citées à la moindre bourgade, il allait entendre l'opéra.

Au moment de quitter Florence, il avait enfin découvert deux garçons d'un certain talent qu'il mit en pension dans un monastère en attendant le moment où il pourrait les conduire à Naples. Ce n'était pas des prodiges, mais ils valaient mieux que tout ce qu'il avait entendu jusqu'alors, et l'idée de s'en retourner bredouille l'épouvantait.

À Bologne, il fréquenta les cafés, y rencontra de grands imprésarios, passa des heures avec de jeunes chanteurs qui s'y rassemblaient dans l'attente d'un engagement pour la saison, espérant toujours qu'on lui parlerait d'un petit loqueteux à la voix sublime, rêvant de monter sur les planches, qui ne serait que trop heureux qu'on lui offre d'étudier dans un grand conservatoire de Naples.

Quelquefois, de vieux amis venaient lui payer à boire, des chanteurs qui avaient été ses camarades de classe. Ravis de l'avoir rencontré et fiers de l'avoir finalement dépassé, ils lui racontaient complaisamment toutes leurs aventures.

Mais il ne fit aucune trouvaille.

Et aux approches du printemps, alors que l'air devenait plus tiède et plus doux et que de grandes feuilles vertes paraissaient à nouveau aux branches des peupliers, Guido reprit la route du nord, en direction de la région la plus mystérieuse de toute l'Italie : la vénérable et éminente république de Venise.

20.

Andrea Treschi mourut au mois d'août, en pleine canicule. Le signor Lemmo fit aussitôt parvenir un message à Tonio, l'informant que Caterina et son époux étaient désormais ses tuteurs. Et Carlo Treschi, que son père avait fait rappeler dès qu'il avait eu la certitude que sa mort était imminente, avait déjà quitté Constantinople et faisait voile vers Venise.

Deuxième partie

1.

La mort planait sur le palais envahi d'étrangers. Des vieillards en robes noires et en toges rouges tenaient de longs conciliabules. Et puis il y eut ce bruit terrible, ce rugissement inhumain venant des appartements de son père. Tonio l'entendit naître et il entendit son volume s'enfler.

Et quand, enfin, les portes s'ouvrirent avec violence, son frère Carlo fit un pas dans le couloir et leurs regards se rencontrèrent. Carlo ébaucha une ombre de sourire. C'était un sourire timide et défait ; un bouclier d'embarras, mince et terrible, qui dissimulait mal son indignation.

Tonio avait vu son frère remonter le Grand Canal. Il l'avait vu debout à la proue du bateau, sa cape flottant doucement derrière lui dans la brise moite, ces cheveux noirs et cette tête aux formes si familières. Il avait vu Carlo poser le pied sur le débarcadère du palais et il était descendu pour l'accueillir en haut de l'escalier.

Les yeux noirs, ces yeux noirs exactement pareils aux siens, le tressaillement de Carlo au moment où il avait sans doute été lui-même frappé de cette ressemblance. Son visage, plus large que le sien et hâlé par le soleil, s'était soudain imprégné d'émotion. Carlo s'était avancé, liant ses deux mains en un geste de bienvenue et, prenant son frère dans ses bras, l'avait serré si fort contre sa poitrine qu'il avait semblé à Tonio entendre le soupir de Carlo avant même qu'il s'échappe de ses lèvres.

À quoi Tonio s'était-il attendu ? À de la malice, à de la rancœur ? Au feu de la haine couvant sous la ruse ? Mais l'attitude ouverte de Carlo semblait refléter l'affection la plus sincère. Ses mains lui caressaient la tête sans retenue et ses lèvres embrassaient fermement son front. Son étreinte trahissait une sorte de vigueur possessive et, l'espace d'un instant, Tonio avait éprouvé un immense et secret soulagement.

« Vous voici donc », avait-il murmuré.

Et son frère, d'une voix si douce que le son semblait en venir de tout au fond de sa vaste poitrine, avait simplement dit son nom :

« Tonio. »

Puis il y avait eu ce grondement naissant, ce rugissement qui s'enflait, s'exaspérait, ce grognement de bête fauve entre des dents serrées, ce poing qui s'abattait encore et encore sur la table de son père.

« Carlo ! » avait murmuré Caterina, se levant derrière Tonio avec un froissement de soie, son voile de deuil rejeté en arrière, tandis que les portes s'ouvraient devant lui. Elle avait le visage plein de tristesse.

Il y avait eu des bruits feutrés, des chuchotements. Caterina avait suivi Carlo dans le corridor. Le signor Lemmo allait et venait sans faire aucun bruit. Et Marianna, dans sa robe de veuve, regardait droit devant elle.

De temps en temps, Tonio apercevait entre ses doigts le scintillement des perles du rosaire qu'elle égrenait, et ses yeux scintillaient aussi quand elle les levait subrepticement.

Elle n'avait même pas levé la tête quand Carlo était entré dans la pièce. Il l'avait aperçue du coin de l'œil et avait noté sa présence sans rien dire.

Et quand il était venu s'incliner devant elle, il l'avait fait révérencieusement, en lui disant : « Signora Treschi. » Il ressemblait tant à ses portraits que le soleil brûlant de l'Orient semblait seulement avoir assombri son teint. Le dos de ses mains était couvert de poils très noirs, et de vagues effluves, musqués et piquants, de parfums d'Orient semblaient émaner de lui. Il portait trois anneaux à la main droite.

Et à présent, quelque part, derrière une porte fermée, Caterina lui parlait d'une voix implorante : « Carlo, Carlo... ! »

Beppo parut au sommet de l'escalier. La haute silhouette d'Alessandro se profilait derrière lui.

Alessandro entoura de son bras l'épaule de Tonio et ils gagnèrent à pas vifs et silencieux la chambre du jeune homme.

De l'autre côté du mur, la voix de Caterina s'éleva un moment : « Vous êtes chez vous, ne le comprenez-vous donc pas ? Vous êtes chez vous, vous êtes jeune encore, et il y a de la vie partout autour de vous... »

Un grondement de colère, bas et indistinct, noya ses paroles.

Alessandro ôta sa cape bleu marine tandis que Tonio fermait la porte. Il y avait des taches de pluie sur ses habits, et l'inquiétude assombrissait ses grands yeux rêveurs.

« Ainsi donc, il est déjà ici, murmura-t-il.

— Alessandro, vous devez rester, j'ai besoin de vous, dit Tonio. Il faut que vous restiez encore quatre ans dans cette maison. J'aurai besoin de vous jusqu'à mon mariage avec Francesca Lisani. Mon père a disposé de tout cela dans son testament et dans les instructions qu'il a laissées à ses exécuteurs testamentaires. Mais pendant quatre ans, Alessandro, je vais devoir lui tenir tête. »

Alessandro posa le doigt sur les lèvres de Tonio comme l'ange apposant le sceau final au moment de la création.

« Ce n'est pas à vous de lui tenir tête, Tonio. C'est le testament de votre père qui doit prévaloir, par l'autorité de ceux qui sont chargés de l'exécuter. A-t-il été déshérité ? »

Il avait prononcé ce dernier mot d'une voix plus basse. Ç'aurait été là une décision odieuse, qui n'aurait pu être prise que si Carlo était allé jusqu'à lever la main sur son père. Or il n'avait jamais rien fait de tel.

« La succession est indivise, dit Tonio à mi-voix. Mais mon père a laissé des instructions très claires. Je dois me marier. L'usufruit de notre fortune doit servir à mon éducation, à ma formation, et à m'assurer un train de vie digne d'un homme d'État. Carlo est réduit à la portion congrue, et le testament l'astreint à se dévouer au bien de mes enfants... »

Alessandro hocha la tête. Il n'avait pas l'air surpris.

« Il est fou de rage, Alessandro ! Il veut qu'on lui dise pourquoi on veut l'obliger à subir pareil affront. Il dit qu'il est l'aîné...

— Tonio, le droit d'aînesse n'existe pas à Venise, lui rappela Alessandro. Votre père a décidé de ce mariage pour vous. Il ne faut pas vous effrayer de tout cela. Ce n'est pas votre affaire, c'est l'affaire de vos tuteurs ; c'est à eux de faire appliquer la loi.

— Alessandro, il veut qu'on lui dise pourquoi la destinée de cette maison devrait reposer sur un adolescent...

— Tonio, Tonio, murmura Alessandro. Même si vous le vouliez, vous ne pourriez pas plier devant lui. Ne vous mettez pas martel en tête. Et, si cela peut vous rassurer, je resterai ici avec vous. »

Tonio retint son souffle et son regard se perdit au loin, comme si les paroles d'Alessandro avaient glissé sur lui. « Alessandro, si seulement je pouvais le mépriser... » commença-t-il.

Alessandro avait tourné la tête, mais une patience sans bornes se lisait sur ses traits.

« Mais il n'a pas l'air de... il est tellement...

— Ce n'est pas sur vous que cela repose, dit Alessandro avec douceur.

— Que savez-vous de lui ? l'interrogea Tonio. Vous savez sûrement quelque chose ?

— J'ai entendu parler de lui », dit Alessandro en écartant d'un geste machinal de la main qu'il avait posée sur l'épaule de Tonio la mèche qui lui tombait sur le front. « Mais je ne sais que ce que tout le monde savait. Que Carlo était un jeune homme au tempérament impétueux. Et que la mort a lourdement frappé cette maison, lui ravissant sa mère, ses trois frères. C'est à peu près tout ce que je puis vous dire.

— Caterina ne le méprise pas, murmura Tonio. Elle le plaint !

— Eh bien, Tonio, qu'elle le plaigne ou non, Caterina est votre tutrice et elle vous soutiendra. Quand vous aurez enfin compris que vous ne pouvez rien changer à tout cela, vous retrouverez la paix.

— Alessandro, parlez-moi de cette femme qu'il a refusée, autrefois, quand mon père a voulu lui arranger un mariage...

— Je ne sais rien de tout cela, dit Alessandro en secouant vivement la tête.

— Il a refusé la fiancée que mon père lui avait choisie et il s'est enfui avec une jeune fille qu'il avait enlevée dans un couvent. Mais cette fiancée qu'il a refusée, Alessandro, est-ce ma mère ? »

Alessandro ouvrit la bouche comme pour protester, mais n'émit aucun son et resta perplexe un instant, comme s'il n'avait pas compris la question.

« Si c'est elle, la fiancée que Carlo a refusée, la vie dans cette maison va lui devenir intolérable... »

Alessandro resta un moment sans rien dire, puis, d'une voix très douce, il répondit : « Ce n'est pas votre mère que Carlo a refusée. »

La maison était vide, obscure, pleine de bruits insolites.

Il gravit la volée de marches qui menaient aux combles.

Il savait que Carlo était dans son ancienne chambre ; une lumière inaccoutumée baignait le couloir poussiéreux.

Ce matin-là, son frère l'avait demandé à table et avait envoyé ses serviteurs turcs pour l'inviter à descendre ; ils l'avaient trouvé assis dans son lit, seul, la tête entre les mains, et prétextant en murmurant un vague malaise.

Tonio se précipita jusqu'à la porte ouverte et aperçut son frère qui faisait les cent pas au milieu des meubles détériorés, devant ce squelette de lit couvert de guenilles poussiéreuses. Carlo tenait entre ses mains un livre boursouflé par la pluie dont il tournait les pages humides et collantes. Il lisait en marmonnant entre ses dents ; derrière lui, le ciel semblait d'un bleu sale à travers les vitres maculées des fenêtres, et le son de sa voix semblait faire partie intégrante de la chambre. Il parlait un peu plus fort à présent, sa voix soulignant la cadence des mots, et sa main droite levée battait imperceptiblement dans l'air.

Quand il aperçut Tonio, une expression chaleureuse se peignit sur ses traits, un sourire lui plissa doucement les yeux, il ferma son livre et posa sa main droite à plat sur la couverture.

« Entre, petit frère, dit-il. Comme tu vois, je suis... eh bien, dans l'embarras. Je ne puis t'inviter à t'asseoir avec moi dans mes anciens appartements... »

Il n'y avait pas trace d'ironie dans sa voix, mais le sang afflua au visage de Tonio et il baissa honteusement les yeux, incapable de rien répondre.

Pourquoi n'avait-il pas envoyé sur-le-champ des domestiques mettre de l'ordre dans cette chambre ? Pourquoi ne lui était-ce pas venu à l'esprit ? Dieu tout-puissant, n'était-ce pas lui, à présent, le nouveau maître de cette maison ? Et qui, sinon lui, aurait pu ordonner cela ? Il regarda les murs suintant de crasse, le tapis détérioré.

« Ah oui, tu peux mesurer là tout l'amour qu'on me prodiguait », soupira Carlo. Il posa son livre et promena ses yeux sur les crevasses du plafond. « Tu vois comme on a mis mes trésors en lieu sûr, préservé mes habits des mites, et protégé mes livres des intempéries.

— Je vous demande pardon, signore !

— Et de quoi donc ? » Carlo lui tendit la main. Tonio s'avança, et son frère le serra sur son cœur. À nouveau, Tonio sentit sa chaleur et sa force. Et tout au fond de lui-même, très lucidement, il se disait : je serai comme cela quand je serai un homme ; je vois mon avenir devant moi plus clairement que la plupart des gens. Son frère l'embrassa doucement sur le front.

« Que pouvais-tu y faire, petit frère ? »

Il n'attendit pas la réponse. Il avait rouvert le livre et sa main passa au-dessus des lettres à demi effacées du titre, *The Tempest*, écrit en anglais, et parcourut le texte imprimé sur deux colonnes. Il lut à voix basse, sur le même rythme chuchoté qu'auparavant :

« *Full fathom five thy father lies*[1]... », et lorsqu'il releva les yeux, il parut tout à fait bouleversé de voir Tonio debout devant lui.

Qu'y a-t-il, qu'as-tu vu ? Est-ce que tu me méprises ? pensait Tonio. La chambre dévastée l'oppressait, la poussière l'étouffait, et pour la première fois il sentait l'odeur nauséabonde de toutes ces choses gâtées et pourrissantes.

Son frère le regardait toujours et ses yeux noirs étaient à présent dépourvus de toute expression.

« Premier enfant du mariage, murmurait Carlo. Enfant conçu à l'apogée de la passion. On dit que le premier-né est promis à tous les bonheurs. » Il fronça les sourcils et une infime crispation retroussa les coins de ses lèvres.

« Moi, pourtant j'étais le dernier enfant du lit de mes parents, continua-t-il, et nous nous ressemblons comme deux gouttes d'eau.

1. Ton père gît par cinq brasses de fond. *(N.d.T.)*

C'est donc bien qu'il n'y a pas de règle, n'est-ce pas ? Premier-né, ou dernier-né — tout ce qui compte c'est le *sentiment* du père pour le premier enfant !

— Je vous en prie, signore, je ne comprends rien de ce que vous dites.

— Non, comment comprendrais-tu ? » dit Carlo, d'un ton toujours aussi égal, aussi plein de gentillesse. Il regardait Tonio d'un air ravi, comme s'il avait pris plaisir à sa seule vision. Mais Tonio, sous son regard, se sentait faible et écrasé.

« Et ceci, le comprends-tu ? demanda Carlo. Regarde donc autour de toi. » Et dans sa voix il y avait ce grondement qui affleurait, ce rugissement de bête furieuse.

« Je vous en prie, signore, permettez que je fasse faire le ménage de cette chambre...

— Oh, tu ferais cela ? Tu es le maître, ici, n'est-ce pas ? » Et sa voix devenait sans cesse plus grinçante.

Tonio le regarda droit dans les yeux. Carlo n'était pas vraiment en colère, il était seulement outré. Tonio se détourna avec un hochement de tête navré.

« Non, petit frère, ce n'est pas de ta faute, dit Carlo. Et quel charmant petit prince tu fais ! s'exclama-t-il avec la sincérité la plus tendre. Comme il a dû t'aimer. Et ma foi, si j'étais ton père, je t'aimerais tout autant.

— Signore, montrez-moi comment nous allons pouvoir nous aimer !

— Mais je t'aime, murmura Carlo. Mais laisse-moi donc avant que je ne te dise des choses que je regretterais. C'est que je ne me trouve pas encore moi-même en ces lieux ; je suis revenu chez moi pour m'apercevoir que l'on m'y avait tué et enterré, et c'est pour cela que tu m'as trouvé rôdant dans cette chambre comme si j'étais mon propre fantôme. Et lorsqu'on est dans de telles dispositions d'esprit, les pensées et les paroles les plus monstrueuses exercent une attraction dangereuse.

— S'il vous plaît, alors, quittez cette chambre ! Je vous en prie... Les appartements du premier étage, signore, vous n'avez qu'à les prendre...

— Ah, petit frère, tu me les donnes ?

— Signore, je n'ai pas dit que je vous les donnais. Je ne voulais pas faire montre d'irrespect. Je voulais simplement dire que vous pourriez y loger, sans doute. »

Carlo sourit et, levant les yeux, il laissa tomber son livre sur la table. Puis il saisit la tête de Tonio, et la serra entre ses mains avec presque de la rudesse.

« Ah, si seulement tu étais un enfant gâté et arrogant ! murmura-t-il. Je pourrais le maudire aussi de t'avoir mal élevé !

— Ne parlons pas de ces choses, signore. Si nous en parlons, nous ne pourrons plus nous supporter.

— De l'esprit, de la sagesse, du courage, oui, du courage ! tu as tout cela, petit frère. Tu es venu parler avec moi, d'homme à homme. Que me demandais-tu à l'instant ? De te montrer comment nous pourrions nous aimer ? »

Tonio acquiesça de la tête. Il savait que, s'il essayait de parler, sa voix s'étranglerait dans sa gorge. Il était tout contre cet homme qu'il étreignait lui-même avec force. Il avança lentement le visage jusqu'à ce que ses lèvres se posent sur la joue de son frère, et il sentit à nouveau Carlo soupirer tout en refermant ses bras autour de lui.

« C'est si dur, si dur », disait Caterina. Il était passé minuit et tout le palais était plongé dans les ténèbres à l'exception de la pièce où Carlo tournait comme un fauve en cage. Tonio devinait le vin dans sa voix, qui crachait des phrases inarticulées.

« Mais vous êtes revenu riche et vous êtes jeune encore... et quoi mon Dieu, cette ville n'a donc pas d'autres satisfactions à vous offrir qu'une femme et des enfants ? Vous êtes libre !

— Signora, la liberté, j'en ai eu mon content. Je connais tout ce qui s'achète, tout ce qui peut se posséder. Oui, riche, jeune et libre, c'est cela que j'ai été pendant quinze ans. Et je vous le promets, aussi longtemps qu'il vivait j'ai connu le feu du purgatoire, et à présent qu'il est mort c'est l'enfer ! Ne me parlez pas de liberté. J'ai subi ma pénitence en le laissant se marier et en...

— Carlo, vous ne pouvez aller contre ses volontés ! »

Des serviteurs aux faces basanées balayaient les couloirs. Des jeunes gens désinvoltes faisaient antichambre à la porte des anciens appartements d'Andrea. Marcello Lisani venait de bon matin déjeuner avec Carlo à la longue table de la salle à manger.

« Entre donc, Tonio ! » Carlo lui faisait signe, se levait, faisant glisser sa chaise sur le carrelage, lorsqu'il apercevait l'ombre de son frère passant dans le couloir.

Mais Tonio s'inclinait très vite et s'enfuyait. Et une fois dans sa chambre, s'adossait silencieusement au chambranle comme s'il y eût trouvé refuge.

« Résigné ? Non, il ne l'est pas. » Caterina secoua la tête. Ses yeux bleus et vifs se rétrécirent un bref instant tandis qu'elle examinait les cahiers d'exercices de Tonio, puis elle les rendit à Alessandro. Elle tenait un portefeuille de cuir plein de papiers : les gages du cuisinier, ceux du valet de chambre et des précepteurs, la liste des victuailles qu'il fallait rentrer, et de tout ce qui pouvait manquer d'autre.

« Mais il te faut endurer tout cela en silence, dit-elle en refermant une main sur celles de Tonio. Tu ne dois rien faire pour le provoquer. »

Tonio fit un signe d'assentiment. Dans un coin, Angelo, l'air anxieux et les traits tirés, levait de temps en temps le nez de son bréviaire.

« Laisse-le donc rassembler ses vieux amis, laisse-le s'informer des influences qu'ils exercent et des fonctions qu'ils occupent... » Baissant la voix, Caterina se rapprocha de Tonio et plongea ses yeux dans les siens. « ... et laisse-le dépenser son argent comme bon lui semble : il est revenu avec une grosse fortune. Il se lamente de la tristesse de ces tentures. Il est assoiffé de luxes vénitiens, de colifichets français, de jolis papiers peints. Laisse donc...

— Oui, oui... », acquiesça Tonio.

Chaque matin, Tonio regardait son frère sortir, dévalant l'escalier du perron en faisant cliqueter ses clés, son épée battant les marches, ses bottes résonnant bruyamment sur le marbre, et tous ces bruits étaient tellement insolites qu'ils en prenaient un relief exagéré. Par l'entrebâillement de sa porte, Tonio apercevait les perruques blanches alignées sur une rangée de formes en bois poli, et il lui semblait entendre la voix d'Andrea grommeler : « Vanités ! »

« Petit frère, viens dîner avec moi ce soir. » Par moments Carlo surgissait soudain de l'ombre, comme s'il s'était mis à l'affût pour guetter sa venue.

« Veuillez m'excuser, signore, mais mes devoirs, mon père... »

Et quelque part Tonio entendait le son reconnaissable entre tous de la voix de sa mère qui chantait.

Dans l'après-midi finissant, Alessandro, assis à la table de la bibliothèque, était figé dans une immobilité de statue. Des pas résonnèrent dans l'escalier. Et par la porte ouverte, la voix de Marianna parvint jusqu'à eux, chantant un air mélancolique qui ressemblait à un cantique, mais quand Tonio se leva pour aller à sa rencontre, il la trouva sur le point de sortir.

Son évangéliaire à la main, elle abaissa son voile, comme si elle n'avait pas voulu le regarder. Elle dit que Lena l'accompagnerait et qu'elle n'aurait pas besoin d'Alessandro aujourd'hui.

« Maman », dit Tonio en la suivant jusqu'à la porte. Elle chantonnait tout bas. « Es-tu heureuse ici en ce moment ? Dis-le-moi.

— Oh, mais, pourquoi me demandes-tu cela ? » Elle parlait d'une voix légère, mais sa main jaillit brusquement de sous les fines mailles noires pour lui agripper le poignet, le faisant sursauter. La légère douleur lui fit éprouver une brève sensation de colère.

« Si tu n'étais pas heureuse ici, tu pourrais aller vivre chez Caterina », dit-il, bien qu'il redoutât plus que tout de la voir partir et d'ajouter encore au nombre des pièces inoccupées des chambres vides et inhospitalières.

« J'habite la maison de mon fils, dit-elle. Ouvrez-moi », ajouta-t-elle à l'intention du portier.

La nuit, allongé les yeux grands ouverts sur son lit, il écoutait le silence. Et il lui semblait que le monde qui s'étendait au-delà de sa porte était un territoire étranger. Ces corridors, les chambres qu'il connaissait si bien, et même ces pièces humides à l'abandon ; des rires montaient de l'étage inférieur ; il y avait le bruit à peine perceptible de déplacements silencieux à travers le palais, un bruit que personne n'aurait dû entendre, mais que Tonio, lui, entendait.

Dans la nuit une voix de femme vociférait, acerbe, déchaînée. Il se retourna et, au moment de fermer les yeux, comprit que ces cris venaient de l'intérieur du palais.

Il avait dormi. Il avait fait des rêves. Ouvrant sa porte, il les entendit à l'étage du dessous. C'était toujours la même discussion. La voix de Caterina était aiguë, stridente. Est-ce qu'il pleurait ?

Le soir tombait à peine. Le carnaval d'octobre mêlait les échos de son tintamarre lointain aux bruits de la soirée. On donnait un bal dans le grand palais des Trimani juste à côté, et Tonio, seul dans la vaste salle à manger, une main sur la lourde tenture, regardait le va-et-vient incessant des embarcations sous sa fenêtre.

Sa mère était debout sur l'embarcadère au-dessous de lui ; Lena et Alessandro se tenaient derrière elle. La gaze de son long voile noir qui lui descendait aux chevilles, rabattue par le vent, modelait les contours de son visage tandis qu'elle attendait la gondole.

Et *lui*, était-il dans la maison ?

Le grand salon était un noir océan de ténèbres.

Mais alors qu'il savourait le calme et le silence du moment, les premiers sons lui parvinrent. Quelqu'un marchait à pas de loup dans le noir ; les effluves musqués d'un parfum oriental lui chatouillèrent les narines, la porte grinça, et un talon frotta légèrement le dallage de grès derrière lui.

Capturé en plein océan, se dit-il. Les eaux du canal miroitaient de troubles lueurs ; au loin, un ciel incandescent recouvrait la place Saint-Marc.

Au bas de sa nuque, ses cheveux se hérissèrent imperceptiblement et il sentit l'infime pression d'une présence toute proche.

« Au temps jadis, murmura Carlo, toutes les femmes portaient de ces voiles, et leur beauté s'en trouvait rehaussée. C'était un peu du mystère de l'Orient qu'elles emportaient avec elles dans les rues... »

Tonio leva lentement les yeux et vit Carlo si près qu'ils se touchaient presque. Le noir de son habit soulignait la blancheur immatérielle de son jabot de mousseline dont la soie chatoyait doucement. Un sourd éclat neigeux émanait de sa perruque poudrée qui bouclait sur les oreilles et s'élevait au-dessus du front avec tant de naturel qu'elle donnait l'illusion de vrais cheveux.

Il s'approcha de la fenêtre et regarda vers le bas. Tonio tressaillit intérieurement, comme il le faisait chaque fois que leur ressemblance le frappait. Dans la lueur chiche de la chandelle, le visage de Carlo semblait parfaitement lisse. Les seules marques de son âge étaient ces petites rides au coin des yeux qui se plissaient quand sa bouche s'allongeait pour sourire.

Et justement un sourire adoucissait ses traits, un sourire où respirait une chaleur si irrépressible que l'idée qu'il pût exister entre eux quelque inimitié que ce soit en devenait impensable.

« Soir après soir, tu me fuis, Tonio, dit-il. Dînons ensemble maintenant. La table est mise. Le repas est servi. »

Tonio regarda à nouveau par la fenêtre ; sa mère s'en était allée ; en dépit de tous les petits bateaux qui la sillonnaient laborieusement, la nuit lui parut vide. Il dit :

« Mes pensées sont avec mon père, signore.

— Ah, oui, ton père. » Mais Carlo ne faisait pas mine de s'éloigner. Et l'ombre s'anima soudain de Turcs silencieux porteurs de petits lumignons qui allumèrent tous les candélabres de la salle, sur la table même, sur les commodes et les dessertes, sous le grand tableau obsédant.

« Assieds-toi, petit frère. »

Je veux t'aimer, pensa Tonio, en dépit de tout ce que tu as fait. Je pensais bien que tout cela se raccommoderait un jour.

Avec une inclination de la tête, il prit place au bout de la table, comme il l'avait fait si souvent par le passé. Ce n'est qu'un moment plus tard que la dimension de son geste lui apparut et aussitôt il leva les yeux pour faire face à son frère.

Le battement de son cœur s'accéléra. Il étudia ce sourire si affable et radieux. La perruque d'un blanc de neige faisait paraître encore plus brun le visage de Carlo, et soulignait la beauté de ses sourcils placés haut sur le front. Ses yeux étaient fixés sur Tonio, et ils n'exprimaient ni ressentiment ni reproche.

« Nous ne nous entendons pas », dit Carlo. Son sourire disparut pour faire place à une expression plus froide et moins assurée. « Nous avons beau faire comme si de rien n'était, nous ne nous entendons pas. Cela fait près d'un mois que je suis là et nous ne pouvons même pas rompre le pain ensemble. »

Tonio hocha la tête. Il avait les larmes aux yeux.

« Et tout de même, continua Carlo, cette ressemblance entre nous est bien troublante. »

Tonio se demandait si l'on pouvait sentir un amour qui ne s'exprimait que dans le silence. Carlo lisait-il son amour dans ses yeux ? Et pour la première fois, tandis qu'il était assis là, incapable de prononcer la moindre parole, il vit à quel point il avait envie de se confier à son frère. Je veux avoir confiance en toi, foi en toi, je veux t'appeler à l'aide et tout cela n'est pas du domaine des choses possibles. Nous ne nous entendons pas. Il aurait voulu quitter cette pièce à présent, et il craignait l'éloquence singulière et hardie de son frère.

« Mon élégant petit frère ! murmura Carlo. Des habits français, fit-il observer en clignant presque innocemment ses yeux noirs. Et une ossature si fine : tu la tiens de ta mère, je présume, tout comme ta voix, ce joli, si joli soprano. »

Tonio s'obligea à détacher ses yeux de Carlo. Tout cela était atrocement déplaisant. Mais si nous ne parlons pas maintenant, la souffrance n'en sera que plus grande.

« Dans sa prime jeunesse, dit Carlo, lorsqu'elle chantait à la chapelle, elle nous émouvait jusqu'aux larmes. Te l'a-t-elle jamais raconté ? Ah, que d'hommages elle recevait ! Tous les gondoliers l'adoraient. »

Lentement, les yeux de Tonio se tournèrent à nouveau vers lui.

« Elle était une véritable sirène, dit Carlo. On ne te l'a jamais dit ?

— Non », répondit Tonio avec gêne. Et il sentit le regard de son frère posé sur lui tandis qu'il se tortillait sur sa chaise et détournait hâtivement les yeux.

« Et elle était si belle aussi, bien plus belle encore qu'aujourd'hui... ! » La voix de Carlo n'était plus qu'un murmure.

« Signore, vous feriez mieux de ne pas parler d'elle ainsi ! s'écria Tonio avant de l'avoir voulu.

— Pourquoi ? demanda Carlo avec un flegme parfait. Qu'arrivera-t-il si je parle d'elle ainsi ? »

Tonio le regarda. Son sourire était en train de se transformer, de s'étirer vers la froideur. Tonio pensa qu'il existait en ce monde bien peu d'expressions humaines qui fussent plus terribles que ce sourire-là.

Mais derrière ce sourire il y avait la souffrance, l'agitation, la rage qui s'était manifestée dans les rugissements qu'il avait surpris derrière les portes closes. Le sourire de Carlo n'était pas vraiment froid : il était seulement fragile et désespéré.

« Ce n'est pas ma faute ! haleta Tonio soudain.

— Alors cède-moi ! » s'écria Carlo.

Ainsi, on en était arrivé là.

Ce moment, il l'avait redouté depuis des jours et des jours. Il se serait levé pour partir, mais la main de son frère s'était abattue sur la sienne et il lui semblait être cloué à la table. Il sentit la sueur sourdre sous ses habits, et la salle à manger lui parut soudain d'un froid abyssal. Il fixait les flammes des chandelles, espérant peut-être qu'elles l'empêcheraient de voir ce qui allait se produire ; il savait qu'il ne pouvait rien faire pour l'empêcher.

« Tu ne brûles donc pas d'entendre mon point de vue ? murmura Carlo. Les enfants sont curieux d'habitude. N'aurais-tu pas la curiosité naturelle de ton âge ? » Son visage était gonflé par la colère, et pourtant il souriait toujours et sa voix avait glissé sur la dernière syllabe, comme effrayée de son propre volume.

« Signore, ce n'est pas à moi que ce différend vous oppose. Ce n'est pas à moi qu'il faut vous adresser.

— Ah, petit frère, tu me stupéfies. Tu ne te laisses intimider par rien, n'est-ce pas ? Je crois que tu es aussi inflexible que ton père et aussi prompt à t'emporter que ta mère. Mais tu vas m'écouter.

— Vous vous trompez, signore. Je ne vous écouterai pas ! Il vous faut exposer votre cas à ceux qui ont été désignés pour régir nos affaires à tous deux, gérer notre héritage et diriger nos décisions. »

Et envahi d'une répulsion irrésistible envers son frère, Tonio arracha sa main de la sienne.

Mais le visage de Carlo exerçait sur lui un attrait magnétique, ce visage plus juvénile que son âge, empreint d'une grande souffrance et d'une folle impétuosité. Il défiait Tonio, mais il l'implorait en même temps, et il n'y avait rien en lui de cette inflexibilité que Tonio avait effectivement éprouvée chez son père.

« Qu'attendez-vous de moi, signore ? » demanda Tonio. Il avait réussi à se ressaisir et il respirait posément. « Exposez-le-moi : que dois-je faire ?

— Me céder, je te l'ai dit ! dit Carlo en haussant à nouveau la voix. Tu ne vois donc pas ce qu'il m'a fait ? Il m'a dépouillé, voilà ce qu'il m'a fait, et il cherche à me dépouiller encore, mais je te promets bien que je l'en empêcherai !

— Et comment allez-vous l'empêcher ? » interrogea Tonio. Il sentait qu'il tremblait, mais l'exaltation qui montait en lui étouffait toutes ses velléités de dérobade. « Faut-il que j'invente des empêchements, que je mente ? Croyez-vous que je vais aller contre les volontés de mon père simplement parce que vous, vous me demandez de le faire ? Signore, je ne sais pas si je suis aussi inflexible que vous le dites, mais le sang des Treschi coule dans mes veines ; vous m'avez méjugé, et je ne sais comment vous faire voir l'étendue de votre méprise.

— Ah ! tu n'es plus un enfant, c'est bien cela ?

— Si, j'en suis un, et c'est ce qui me vaut de subir tout ceci, répondit Tonio. Mais vous, signore, vous êtes un homme, et vous devez sûrement savoir que je ne suis pas le juge auprès de qui vous devez intercéder, car ce n'est pas moi qui ai rendu la sentence.

— Ah, la sentence, oui, la sentence ! » La voix de Carlo était mal assurée. « Comme tu choisis bien tes mots ! Comme ton père aurait été fier de toi ! Jeune, habile, et si plein de courage... !

— De courage ! dit Tonio d'une voix radoucie. Signore, c'est vous qui m'obligez à vous parler durement. Je ne veux pas avoir de querelle avec vous ! Laissez-moi aller, tout ceci m'est odieux, frère contre frère !

— Oui, frère contre frère, murmura Carlo. Mais qu'en est-il du reste de la maisonnée ? Et ta mère ? Quelle est sa position dans tout cela ? » Il s'approcha si près que Tonio eut un mouvement de recul, sans parvenir toutefois à détourner les yeux. « Dis-le-moi ! exigea Carlo. Qu'en pense donc ta mère ? »

Tonio était trop interdit pour répondre.

Rencogné contre le dossier de son siège, il regardait fixement son double. Ce vague sentiment de répulsion lui était revenu. « Vos paroles sont trop étranges pour moi, signore.

— Vraiment ? Use de ton esprit, tu l'as bien assez aiguisé. Tu mènes tes précepteurs par le bout du nez. Dis-moi, est-elle heureuse de mener cette existence solitaire de veuve endeuillée, dans la maison de son fils ?

— Que peut-elle donc faire d'autre ? » murmura Tonio.

Le sourire de Carlo reparut, presque doux, mais tellement fragile. Cet homme n'est pas foncièrement mauvais, se dit Tonio avec désespoir. Il n'y a en lui aucune méchanceté, même pas en ce moment. Il n'y a qu'une frustration monstrueuse, une frustration si terrible que l'idée de la défaite ou de la rancœur ne l'a pas encore entamée.

« Elle a... combien ? demanda Carlo. Deux fois ton âge ? Et qu'a-t-elle vécu d'autre jusqu'à présent qu'une sanction pénale ? Quand elle est entrée dans cette maison, elle n'était encore qu'une enfant, n'est-il pas vrai ? Mais ce n'est pas la peine de me répondre, je m'en souviens encore.

— Ne me parlez pas de ma mère !

— C'est *toi* qui veux m'interdire, à *moi*, de parler d'elle ? » Le visage de Carlo se tendit vers lui. « N'est-elle pas faite de chair et de sang, comme toi et moi ? Quinze ans ensevelie dans cette maison avec mon père ! Dis-moi une chose, Marc Antonio, est-ce que tu te trouves beau quand tu te vois dans ton miroir ? Retrouves-tu en moi la même beauté que tu trouves en toi-même ? Dans une mesure moindre, ou plus grande ?

— Vous dites des abominations ! murmura Tonio. Si vous prononcez un mot de plus à son sujet...

— Oh, tu me fais des menaces ? Tes épées ne sont que des jouets pour moi, mon garçon, tu n'as pas encore l'ombre d'un duvet sur ton charmant visage et ta voix est aussi douce que la sienne, à ce qu'il paraît. Ne me menace pas. Je parlerai d'elle autant qu'il me plaira.

Et je me demande combien de mots il suffirait que je lui dise pour qu'elle se repente de ces années-là !

— Pour l'amour de Dieu ! dit Tonio entre ses dents. Elle est la veuve de votre père ! Exercez votre violence à mon encontre si vous le voulez, je ne vous crains pas. Mais elle, laissez-la en paix, faute de quoi, tout enfant que je sois, j'appellerai à l'aide tous ceux qui voudront bien m'appuyer ! »

Oh, c'était bien l'enfer, sûrement, l'enfer tel que l'avaient dépeint les prêtres et les artistes.

« La violence ? » Carlo émit un petit rire, apparemment sincère, ses traits s'adoucirent et ses yeux s'agrandirent un peu. « Qui a besoin de violence ? Elle est toujours une femme, petit frère. Une femme seule, aspirant aux caresses d'un homme, si elle en a seulement gardé le souvenir ! Quand elle en est arrivée à deux doigts de perdre l'esprit, il lui a donné pour amant un eunuque. Eh bien, moi, je ne suis pas un eunuque. Je suis un homme, Marc Antonio. »

Tonio s'était levé. Mais Carlo le serrait de près.

« Vous êtes le diable en personne, murmura Tonio. Il me l'avait bien dit.

— Ah, il a dit cela de moi ? » s'écria Carlo. Il empoigna le bras de Tonio, juste au-dessus du coude, et serra. Mais ses traits étaient déformés par la douleur et c'était du chagrin plus que de la haine qui le dressait contre son frère. « Ainsi, il t'a dit que j'étais le diable ? Et t'a-t-il dit ce qu'il m'a fait ? T'a-t-il dit ce qu'il m'a pris ? Quinze ans d'exil. Il y a des limites à ce qu'un homme peut endurer. Si j'étais le diable, j'aurais eu la force de supporter cet enfer !

— Je vous plains de tout mon cœur ! » Tonio s'arracha d'un geste brusque à l'étreinte de son frère. « Oui, je vous plains. » Ils étaient face à face, le dos à la table. Les serviteurs étaient sortis de la pièce et les chandelles la baignaient d'une lumière éclatante. « Je le jure devant Dieu, je vous plains de tout mon cœur, dit Tonio, mais je ne peux rien faire et elle est aussi impuissante que moi.

— Impuissante ? Vraiment ? Combien de temps pourras-tu tenir dans une maison où tout t'est hostile ?

— C'est ma mère. Jamais elle ne se retournera contre moi.

— N'en sois pas si sûr, Marc Antonio. Demande-toi d'abord quel crime elle a dû payer de quinze années de vie recluse. » Il avançait à mesure que Tonio reculait devant lui.

« Mon crime à moi fut d'être né sous une autre étoile. Il m'a exécré depuis le jour de ma naissance et nul n'a jamais pu le convaincre que j'avais la moindre des vertus. Tel était mon péché. Mais elle, quel péché avait-elle commis, qu'il daigne l'épouser alors qu'elle n'était encore qu'une enfant et l'enterrer vivante dans cette maison avec un nourrisson pour toute compagnie ?

— Laissez-moi », dit Tonio. Il voyait le puits noir du grand salon de l'autre côté du seuil. Mais il ne pouvait se libérer de l'emprise de Carlo, bien que celui-ci ne le touchât point.

« Je vais te dire quel péché elle avait commis, dit Carlo. Es-tu prêt à l'entendre ? Nous verrons alors si tu peux m'interdire de te parler d'elle ! Son péché était de m'avoir aimé, et de m'avoir suivi quand je suis allé la chercher au couvent de la Pietà !

— Vous mentez !

— Non, Marc Antonio...

— Chaque mot que vous prononcez est un mensonge !

— Non, Marc Antonio, tout ce que je dis est vrai. Et tu le sais. Tu as tout deviné. Sinon, va demander la vérité à ton eunuque, va la demander à ta chère cousine Caterina. Va dans les rues, où tout le monde s'en souvient encore. Je l'ai enlevée de son couvent au vu et au su de tout le monde parce que je l'aimais et qu'elle m'aimait, et lui, il refusait de seulement la regarder !

— Je ne vous crois pas ! »

Tonio leva la main comme pour frapper Carlo, mais il ne le distinguait même plus. Il ne voyait plus devant lui qu'une forme indécise qui s'avançait, se détachant sur la guirlande de flammes des chandelles, une forme noire, inexpressive.

« Je l'ai imploré de me laisser l'épouser. Je l'en ai supplié à genoux. Sais-tu ce qu'il m'a dit ? Il a ricané que ce n'était qu'une fille de hobereaux du continent, une orpheline sans dot. Que c'était *lui* qui me choisirait une épouse, et ce serait quelque vieille mégère racornie choisie pour sa fortune, pour sa position, et pour satisfaire la haine qu'il me portait. "Père, le suppliais-je, venez la voir à la Pietà ! " Je me suis mis à genoux pour l'en implorer, ici même, dans cette pièce.

« Et ensuite, après avoir accompli le pire, après m'avoir banni, il l'a prise lui-même pour femme ! Cette fille de hobereaux du continent, cette orpheline sans dot, il l'a épousée. Il a usé de sa fortune pour acheter son inscription au Livre d'or. Il aurait pu le faire tout aussi bien pour moi ! Mais quand c'était pour moi, il ne voulait rien entendre. Et m'ayant banni, il l'a prise lui-même pour épouse, te dis-je ! Pleure, oui, pleure, petit frère ! Pleure sur elle et sur moi ! Pleure sur notre amour imprudent, sur l'excès de nos infortunes et sur le prix que nous les avons payé l'un et l'autre.

— Assez, je ne veux pas entendre cela ! » Tonio se couvrit les oreilles de ses mains. Il avait les yeux fermés. « Si vous ne vous taisez pas, je jure devant Dieu que... » Il tâtonna à la recherche du chambranle de la porte et, l'ayant découvert, y appuya sa tête, incapable de dire un mot de plus, incapable de ravaler les sanglots qui le secouaient.

« Viens ce soir à sa porte, dit doucement Carlo derrière lui. Colle l'oreille au trou de la serrure. Elle m'appartenait autrefois. Elle m'appartiendra de nouveau. Si tu ne me crois pas, interroge-la ! »

Tonio courait dans les rues sans masque ni tabarro. Bousculé par la foule trempée et vociférante, le visage fouetté par intermittence de violentes rafales de pluie, il pénétra dans le café à l'atmosphère torride et moite. « Bettina ! » souffla-t-il. D'abord, elle parut indécise, puis se frayant un chemin à travers les épaules accolées et les capes mouillées, les horribles trognes des bautas, les têtes de monstres et de paillasses, elle s'approcha, son petit capuchon noir dressé en pointe sur sa tête, les mains tendues en avant pour prendre les siennes. « Par ici, monseigneur », dit-elle, le conduisant dans la rue et l'entraînant jusqu'à l'embarcadère le plus proche.

Aussitôt que la gondole se fut éloignée du quai, elle s'allongea dans ses bras sur le plancher du *felze*, lui arrachant son gilet et sa chemise, retroussant ses jupes et l'enveloppant de ses jambes.

Autour d'eux, la pluie fouettait l'eau à grand bruit ; de temps en temps, elle résonnait sur le bois évidé d'une passerelle au-dessus d'eux, ou bien elle s'écoulait en un flot torrentiel le long d'invisibles gouttières. L'embarcation oscillait dangereusement, sous le poids de son remuant chargement ; le *felze* était empli d'une odeur de poussière, de chair tiède, et de l'âcre fumet qui émanait d'entre les cuisses nues de Bettina, à l'endroit où les poils étaient humides et chauds. Si âcre que Tonio serrait les dents en y enfouissant son visage. Il sentit la chair soyeuse de ses cuisses contre ses joues, puis les petites mains avides qui le tiraillaient. Ce petit rire irrépressible dans ses oreilles, ses seins si généreux qu'il lui sembla les sentir couler entre ses doigts. Elle ouvrit d'un geste violent le devant de sa culotte ; on aurait dit qu'elle jaillissait comme une rivière de son corsage et de sa jupe, blanche et douce, le caressant de ses doigts pour l'affermir et le guider.

Il avait peur qu'elle ne rît en s'apercevant qu'il était encore impubère et sec, mais elle se contenta de le guider derechef pour qu'il la pénètre encore. De nouveau, il se sentit tomber en elle, il fut en elle, et une grande explosion balaya son cerveau, effaçant le temps, le désespoir et l'horreur.

Une seule pensée, même la plus brève, l'aurait anéanti.

Alors ses mains cherchèrent la chair brûlante derrière ses genoux, la chaleur humide sous ses seins, la rondeur de ses mollets et sa bouche ouverte et vorace qui l'aspirait avidement avec de petits rires débridés. Une multitude de très petites crevasses, de replis, de secrets. L'eau clapotait contre les flancs de l'embarcation, des bouffées de musique leur parvenaient, des sons feutrés, puis des bruits tempétueux. Par moments il se trouvait sous elle, sentant peser sur lui son poids délectable, puis il la retournait à nouveau sur le dos, la soulevant de sa main accrochée au pli brûlant de son sexe, caressant de sa langue son ventre doux et lisse.

Et quand enfin il eut épuisé toute sa vigueur, il s'y mêlait même l'odeur marine et verte de l'eau, l'odeur croupissante des fondations moussues qui s'enfonçaient dans les canaux et de la terre molle tout au fond, le sol mouvant de Venise. Oui, tout cela se confondait avec la douceur et le sel, avec le rire adorable de Bettina et la pluie argentée qui pénétrait obliquement par les lucarnes du *felze* et baignait son visage tandis qu'il la serrait contre lui.

Si seulement ce moment avait pu durer toujours, réduisant à néant toute pensée, toute souffrance, toute tragédie, si seulement il avait pu la prendre et la reprendre jusqu'à la fin des temps sans que le monde revînt, sans qu'il retrouvât jamais cette maison, ces salles, sans qu'il eût plus jamais à entendre cette voix ; il se recroquevillait sur lui-même dans l'obscurité, se couvrant la nuque de ses bras repliés afin qu'elle ne l'entendît pas pleurer.

Des voix le tourmentaient sans répit.

Elles semblaient flotter le long de ces petits canaux encombrés sur lesquels donnaient de très petites fenêtres d'où pendaient tout le jour des lessives avachies ; leurs quais étaient couverts de monceaux d'ordures et, en levant les yeux, on voyait détaler le long des murs des rats trapus et si lestes qu'ils semblaient voler. Des chats vagissaient et braillaient dans le noir. Tonio entendait l'eau qui clapotait et gargouillait. Il se sentait léger, d'une sérénité délicieuse, alors même que Bettina lui faisait encore des agaceries.

« Je t'aime, je t'aime, je t'aime, je t'aime... »

Et puis ces voix, de nouveau. Il leva la tête. Ce ténor, il l'aurait reconnu entre mille et, oui, la basse aussi, et puis la flûte et le violon. Il se souleva sur un coude et il sentit la gondole tanguer. Oui, c'étaient bien eux, *ses* chanteurs !

« Qu'y a-t-il, Excellence ? » murmura Bettina. Elle était nue à côté de lui, ses vêtements faisant un petit tas informe et noir sur son giron, ses épaules exquisément voûtées, ses yeux comme deux espaces vides au milieu de son visage très pâle, tandis qu'elle le regardait.

Tonio s'assit et se dégagea doucement de son étreinte. Je l'ai prise, se disait-il, je l'ai aimée, possédée, connue. Et pourtant, il n'en éprouvait nulle saveur, nul émerveillement. Il la tint encore un moment embrassée, respirant l'odeur de ses cheveux et posant des baisers sur son petit front arrondi et ferme. Les voix étaient de plus en plus proches. C'étaient bel et bien ses chanteurs. Ils rentraient chez eux, sans doute. S'il pouvait seulement les rattraper... Il fourra sa chemise dans sa culotte, rattacha ses cheveux.

« Excellence, ne partez pas ! supplia Bettina.

— Ma chérie, lui dit-il en lui glissant des pièces d'or dans la main et en lui refermant les doigts dessus. Demain soir, juste après la tombée de la nuit, attends-moi. » Il lui passa sa jupe au-dessus de la tête, lui fit mettre son corsage chiffonné et lui laça son corselet très serré, en éprouvant avec un ultime sursaut de plaisir la manière dont il épousait étroitement ses formes.

Les chanteurs étaient presque arrivés au canal. C'était bien Ernestino — combien de fois avait-il entendu prononcer ce nom sous sa fenêtre ? Et la basse était Pietro, celui qui avait cette voix légère et comme sans épaisseur, et c'est Felice qui jouait du violon ce soir.

Tandis que la gondole s'éloignait de lui, s'enfilait sous le pont voisin et disparaissait dans les ténèbres, il se dit qu'il aurait préféré être en état d'ébriété et il regretta de n'avoir pas eu la présence d'esprit d'acheter un cruchon de vin sur la piazza. Il se coula le long du mur jusqu'à la ruelle ; les pierres étaient si glissantes qu'il aurait facilement pu tomber à l'eau.

À quoi ressembleraient-ils ? Il les avait toujours si mal discernés dans la nuit. Le reconnaîtraient-ils ?

Et à la lueur d'un porche ouvert, il distingua immédiatement le petit orchestre. Ce grand garçon lourdement charpenté, avec une barbe et des habits de gros drap, c'était son Ernestino, et il donnait la sérénade à une femme aux bras épais alanguie sous le porche qui riait tout bas en le regardant. Le violoniste gambadait autour de lui en agitant frénétiquement son archet. La musique était suave et stridente.

Alors Tonio se mit à chanter, une octave plus haut, à l'unisson d'Ernestino. La voix du ténor s'enfla et Tonio vit l'expression de son visage se transformer.

« Ah ! Pas possible ! s'écria-t-il. C'est mon séraphin ! Mon prince du palais Treschi ! »

Il ouvrit les bras, enlaça Tonio, le souleva de terre et le fit tourbillonner sur lui-même avant de le reposer.

« Mais que faites-vous ici, Votre Excellence ?

— Je veux chanter avec vous », dit Tonio. Il prit la cruche qu'on lui tendait, et le vin lui coula sur le menton tandis qu'il buvait à la régalade. « Où que vous alliez, je veux chanter avec vous. »

Il rejeta la tête en arrière. La pluie lui battait les paupières, et il chanta un long crescendo de notes suraiguës de sa voix magnifique et pure de colorature. Il entendait les murs en renvoyer l'écho, qui sembla monter presque jusqu'au ciel, et dans le boyau obscur de la *calle*, des lumières vacillantes dessinèrent la forme des fenêtres. La voix plus grave d'Ernestino s'éleva sous la sienne, la soutenant, retombant pour laisser s'élever le soprano cristallin de Tonio, et le rejoignant à nouveau pour une dernière mesure superbe d'harmonie.

Une voix lança un court « Bravo ! », puis un chapelet de vivats sembla s'échapper des murs eux-mêmes, s'éteignant aussi subitement qu'ils avaient jailli. Et quand les pièces de monnaie se mirent à pleuvoir sur les pavés mouillés, Felice se précipita pour les ramasser.

Jusqu'à l'aube, ils vagabondèrent en chantant sur les quais battus par le vent, arpentant bras dessus, bras dessous le dédale des ruelles. Parfois l'espace entre les murs était tellement exigu qu'ils étaient obligés d'avancer en file indienne, et leurs voix en prenaient une résonance surnaturelle. Tonio connaissait tous leurs airs favoris, et il leur en enseigna d'autres. Il reprenait la cruche sans cesse, et quand elle fut vide il en acheta une seconde.

Les fenêtres s'ouvraient partout sur leur passage, et de temps à autre ils s'attardaient à donner la sérénade à une silhouette indécise. Ils parcouraient les venelles derrière les grands palazzi, arrachant des hommes et des femmes richement vêtus à leurs tables de jeux ou à leurs soupers tardifs. Le sang battait aux tempes de Tonio ; ses pieds téméraires glissaient souvent sur le pavé humide, mais il semblait que jamais encore sa voix n'avait atteint à une puissance aussi démesurée. Ernestino et Pietro s'étaient entichés de lui, et quand il se fatiguait, ils le poussaient par leurs sarcasmes à de nouvelles prouesses, applaudissant à ses aigus admirables, ses longs airs aux inflexions tendres, pleins d'une tristesse douce et caressante. À un moment, il s'était balancé doucement, les bras repliés sur sa poitrine : Ernestino l'avait entraîné dans une berceuse ; et dans la nuit sans forme et sans fin la lune, apparaissant par intermittence entre d'épaisses nuées, éclairait la pluie qui s'abattait sans bruit en longs filaments argentés.

Que la tristesse est un sentiment enivrant ! On en arrive presque à se convaincre que tout crève-cœur a une raison d'être.

Il faisait jour.

La piazza était jonchée de détritus ; des clameurs avinées mouraient sous les arcades ; des petites bandes de travestis bras dessus, bras dessous poursuivaient leur sarabande, formant tout un peuple de créatures drapées de capes noires avec des visages blancs comme des têtes de mort, et la grande basilique elle-même tremblotait derrière le rideau de la pluie matinale comme si elle eût été peinte en pointillé sur un voile de soie accroché au ciel.

Le visage bouffi de sommeil, attachant ses cheveux avec des épingles, Bettina se hâtait pour aller servir Tonio.

Elle déposa sur sa table du beurre, du pain chaud et du café turc bien fort. Elle déplia sa serviette, la lui posa sur les genoux et, comme il n'arrivait pas à se tenir droit, elle lui soutint la tête.

Promenant ses doigts sur la chair pâle de sa gorge, il demanda :

« Tu m'aimes ? »

2.

Il fallut une semaine avant qu'il osât seulement s'approcher de la porte de sa mère, et ce fut pour s'entendre dire qu'elle était à l'église. La seconde fois, on lui dit qu'elle dormait.

Et quand il revint frapper une fois de plus, il apprit qu'elle était au palais Lisani.

Quand il se présentait chez elle, il fallait toujours qu'elle fût ailleurs.

Au cinquième jour, il s'éloigna de sa porte en ricanant et en haussant les épaules.

Puis vint une période de silence total, pendant laquelle il perdit toute volonté et tout désir de la relancer.

Mais, pour douloureuses que fussent les migraines dues aux nuits d'insomnie, il ne manquait jamais de faire sa toilette, d'avaler quelque nourriture et d'aller finalement s'enfermer dans la bibliothèque.

Caterina Lisani vint lui annoncer que Carlo, grâce à la fortune considérable qu'il avait amassée dans le Levant, avait réglé toutes les dettes de la succession, qui étaient d'importance, et qu'il comptait faire restaurer la vieille villa des Treschi, au bord de la Brenta.

Tonio était si fatigué par ses sérénades nocturnes qu'il prêta à peine attention aux propos de sa cousine.

« Il se conduit comme il faut, n'est-ce pas ? dit Caterina. Il fait son devoir. Ton père n'aurait pu souhaiter mieux. »

Entre-temps, Carlo avait engagé trois sicaires qui le suivaient en tous lieux. Ces gardes du corps robustes et taciturnes rôdaient à travers le palais en faisant de leur mieux pour se fondre dans l'ombre. Ils lui emboîtaient le pas chaque matin quand, revêtant sa toge de patricien toute neuve, il s'en allait faire des courbettes sur le Broglio aux sénateurs et aux conseillers.

Carlo s'insinuait dans les bonnes grâces de chacun et il était évident désormais qu'il cherchait à faire sa rentrée dans la vie civique de Venise.

Tonio prit l'habitude de se rendre à la piazzetta chaque matin après ses errances nocturnes. De là, il observait son frère à distance, s'efforçant d'imaginer sur quoi pouvaient bien porter les rapides conciliabules auxquels il participait. Poignées de mains, révérences, quelques rires discrets. Marcello Lisani faisait son apparition ; ensemble ils allaient et venaient longuement, se perdant dans la foule, avec en arrière-plan les mâts des navires et le miroitement diffus des eaux du port.

Quand il était certain que Carlo ne rentrerait pas avant longtemps, Tonio se faufilait discrètement dans le palais et parcourait le long couloir qui menait aux appartements de sa mère. Il frappait à la porte. Personne ne venait lui ouvrir. Et on lui racontait toujours les mêmes sornettes.

Caterina ne fut pas longue à découvrir à quoi Tonio occupait ses nuits. Il ne vivait que pour le moment où la nuit, tombant soudain du ciel d'hiver, enveloppait la maison. Aussitôt, il était dehors, attendant dans la *calle* qu'Ernestino et son orchestre viennent le chercher.

Caterina en était bouleversée. « Ainsi, c'est donc toi ce chanteur dont on entend partout parler. Mais tu ne peux pas continuer comme cela, Tonio, écoute-moi, je t'en prie. Tu te laisses entamer par sa perfidie... »

Pourquoi ne m'aviez-vous pas averti ? pensait Tonio, mais sans le formuler, même à voix basse. Quand ses précepteurs le gourmandaient, il se contentait de regarder ailleurs. Il y avait de la peur, une peur indubitable, sur le visage d'Alessandro.

Le soir tomberait sous peu. Tonio n'y tenait plus. La maison était d'une tristesse lugubre, et le doux crépuscule de printemps rechignait à y pénétrer. Appuyé contre la porte de sa mère, il sentit d'abord sa résolution fléchir. Et puis, bouillant de rage, il appuya de toutes ses forces sur les deux battants jusqu'à ce que le verrou forcé fasse voler le bois en éclats et il se retrouva dans un appartement presque vide.

L'espace d'un instant, il lui fut impossible de discerner quoi que ce soit dans l'ombre, même les objets les plus familiers. Et puis, graduellement, il vit se dessiner la silhouette de sa mère assise à sa table de toilette dans une immobilité de pierre.

Çà et là, une lueur s'accrochait à ses brosses et à ses peignes d'argent. Puis il perçut le rutilement des perles sur sa gorge ; et il se rendit compte que, seule dans l'obscurité, elle ne portait pas sa robe de veuve en soie noire mais une toilette richement ornée, aux couleurs vives, et parsemée de petits brillants qui étincelèrent quand elle leva les mains pour s'en couvrir le visage.

« Pourquoi as-tu forcé ma porte ? murmura-t-elle.

— Pourquoi ne réponds-tu pas quand je frappe ? »

Il discernait ses doigts pâles agrippés à ses cheveux. Il lui sembla aussi qu'elle croisait ses bras sur sa poitrine comme une sainte, et qu'elle baissait la tête en un geste de soumission. Il vit la blancheur de sa nuque et ses cheveux qui se divisaient et lui tombaient sur le visage comme un voile.

« Qu'est-ce que tu vas faire ? demanda-t-elle soudain.

— Ce que je vais faire ? Et que puis-je faire ? demanda-t-il avec colère. Pourquoi me poses-tu cette question ? Pose-la à mes tuteurs. Pose-la aux hommes de loi de mon père. La décision ne m'appartient pas, elle ne m'a jamais appartenu. Mais toi, que fais-tu ?

— Que veux-tu de moi ? murmura-t-elle.

— Pourquoi ne m'as-tu jamais dit la vérité ! » Il colla son visage tout contre le sien, les lèvres déformées par un rictus. « Pourquoi ? Pourquoi a-t-il fallu que ce soit lui qui m'apprenne que c'était toi la jeune fille que... que lui et toi étiez...

— Assez, pour l'amour de Dieu, tais-toi ! s'écria-t-elle. Ferme la porte, ferme la porte ! » Et, se levant brusquement, elle courut fermer les battants dont il venait de forcer l'ouverture, se précipita à la fenêtre et tira les lourdes tentures de velours, de sorte qu'ils furent l'un et l'autre complètement enveloppés de ténèbres.

« Pourquoi me tortures-tu ? dit-elle d'une voix implorante. Qu'ai-je à faire, moi, de votre rivalité ? Pour l'amour de Dieu, Tonio, j'ai passé la moitié de ma vie dans cette maison à te lire des contes de fées ! J'étais une enfant alors. Je n'étais pas plus âgée que toi à présent ! Je ne savais rien du monde et, quand il est venu me chercher, je l'ai suivi !

« Mais comment aurais-je pu te raconter cela ? Après le bannissement de Carlo, Son Excellence aurait pu me faire à nouveau enfermer à la Pietà ou dans un endroit encore plus horrible, et j'y serais morte ! Je n'avais plus d'honneur, et je n'avais rien d'autre quand il m'a ramenée ici pour m'épouser et me donner son nom. Alors, mon Dieu ! quinze ans durant je me suis efforcée d'être la signora Treschi, d'être ta mère, d'être ce qu'il voulait que je sois. Mais comment aurais-je pu te le dire, comment, pour l'amour de Dieu ! Et j'avais imploré Carlo de se taire ! Tonio, à l'exception de ces quelques nuits passées avec lui quand j'étais toute jeune fille, j'ai eu l'existence d'une nonne cloîtrée, et qu'avais-je fait pour mériter cette vocation forcée ? Est-ce que tu me trouves un visage et un corps de sainte ? Je suis une femme, Tonio !

— Mais, maman, avec lui, maintenant, sous le toit de mon père... »

Il sentit ses mains avant d'avoir perçu son mouvement. À tâtons, elle essayait de lui couvrir la bouche et aussi les yeux, bien qu'il ne vît absolument rien. Les doigts de Marianna, chauds et tremblants, s'étaient posés sur ses paupières, et elle appuyait son front lisse et dur contre ses lèvres, son corps haletant palpitant contre le sien.

« Je t'en prie, Tonio... » Elle sanglotait tout doucement. « Qu'importe ce que je fais avec lui maintenant. Je ne puis rien changer à cette rivalité. Tu n'as aucun pouvoir. Je n'en ai aucun non plus. Oh, je t'en prie, je t'en prie...

— Reste avec moi, mère, murmura-t-il. Oublions le passé, mais sois de mon côté à présent. Je suis ton fils, mère, j'ai besoin de toi.

— Je suis de ton côté. J'y suis ! Mais je n'ai pas de pouvoir et je n'en ai jamais eu. »

Il sentait la tête de Marianna au creux de son épaule, sa poitrine qui se soulevait doucement contre lui. Et levant lentement la main droite, il trouva la masse soyeuse des cheveux et il les caressa.

« Il *faut* que cela cesse », dit-il tout bas.

À la fin du mois, Carlo fut battu lors de sa première élection. Les membres les plus anciens du Grand Conseil parlaient à nouveau de lui confier un poste diplomatique à l'étranger. Ses jeunes partisans s'y opposaient.

Les longues clauses alambiquées du testament d'Andrea venaient d'être définitivement et clairement élucidées.

Au-delà des admonitions insistantes qui interdisaient de façon comminatoire que son fils aîné se marie, il comportait une disposition fixe et incontournable.

Les biens d'Andrea étaient inaliénables. Autrement dit, ils ne pouvaient être ni divisés ni vendus. Et seuls les fils de Marc Antonio Treschi pourraient en hériter. Ainsi, quoi que puisse faire Carlo, Tonio était seul dépositaire de l'avenir de la lignée.

Ce n'était qu'au cas où Tonio mourrait sans descendants ou s'avérerait incapable d'engendrer que les héritiers de Carlo pourraient faire valoir leurs droits sur la succession.

Mais pour l'instant Carlo ne s'était livré à aucun acte violent ou répréhensible. Avisé par les amis âgés de son père que toute velléité de bafouer les volontés du défunt serait considérée comme scandaleuse, il parut s'incliner. Et il continua à dépenser généreusement son argent pour la maisonnée, augmentant entre autres les salaires des précepteurs de son frère.

Il acceptait toutes les tâches que lui confiait l'État, fussent-elles obscures et médiocres, il s'appliquait à se faire bien voir de toutes les personnes d'importance et il était vite devenu un patricien exemplaire.

Aux uns, les raisons de tout cela semblaient obscures, mais il s'en trouvait d'autres pour éclairer leur lanterne : il fallait de l'argent pour occuper des fonctions importantes au sein de la république de Venise et il en fallait aussi pour élever des enfants destinés au service public. Or, par une ironie du sort, le membre de la famille Treschi qui en disposait était Carlo. Aussi ceux qui cherchaient à prendre de l'influence commençaient-ils à se tourner vers lui. C'était là un mécanisme politique on ne peut plus naturel.

Pendant ce temps-là, Carlo se divertissait énormément. Il ne faisait rien d'incongru, mais rendait visite à tout le monde, dînait partout, jouait quand il en avait le temps et fréquentait les théâtres ; bref, il faisait savoir à tout un chacun qu'il était un Vénitien bon teint.

Tonio ne rentrait plus guère chez lui. Il passait ses nuits avec Bettina au-dessus de la petite taverne que tenait le père de celle-ci non loin de la piazza. À deux reprises, ses cousins Lisani l'avaient morigéné en raison de son inconduite et l'avaient menacé des foudres du Grand Conseil qui ne manqueraient pas de s'abattre sur lui s'il ne se décidait pas à se comporter comme un patricien.

Mais Tonio vivait sa vie dans les arrière-cours, il la vivait dans les bras de Bettina. Et quand les cloches carillonnèrent à la veille de Pâques, la légende de sa voix courait déjà toutes les rues de Venise.

Dans les venelles obscures, de l'autre côté du Grand Canal, les gens étaient désormais à l'affût de ses chants et guettaient sa venue. Ernestino n'avait jamais vu de telles averses de pièces d'or. Et Tonio lui laissait tout.

La jouissance exquise qu'il tirait de ces nuits était plus que tout ce qu'il pouvait désirer, et il n'en saisissait pas lui-même tout le sens.

Il savait seulement que, lorsqu'il levait les yeux vers la voûte étoilée sous les brises douces et salées de la mer, il pouvait s'abandonner aux chants d'amour les plus insensés, qu'il chantait à pleine gorge. Peut-être sa voix était-elle la seule chose qui lui restait de ce qui était naguère encore pour lui toute une vie : un père, une mère et la maison Treschi. C'en était fini de ses duos avec Marianna. Elle l'avait éconduit, il s'était lancé dans les rues et il ne semblait pas y avoir de limite aux notes qu'il pouvait atteindre et au temps pendant lequel il pouvait les tenir. Il lui arrivait de rêver à Caffarelli tandis qu'il chantait et de s'imaginer sur une scène, mais cette errance était encore plus douce, plus immédiate, plus teintée de consolation, de chagrin et d'émotion.

Les gens pleuraient à leurs fenêtres. Ils lui criaient des serments d'amour éperdus tout en vidant leurs bourses. Ils voulaient qu'on leur dise le nom de ce soprano angélique. On envoyait des valets pour le prier à des soupers élégants avec ses musiciens. Mais il déclinait toujours ces invitations.

Il suivait Ernestino dans ses coins de rues favoris à mesure que la nuit s'avançait et que le ciel pâlissait.

« De toute ma vie, disait Ernestino, je n'ai jamais entendu une voix comme la vôtre. C'est un don de Dieu, signore. Mais chantez autant que vous le pouvez, car bientôt ces notes hautes vous quitteront à tout jamais. »

À travers la douce hébétude du vin, Tonio comprenait parfaitement ce qu'Ernestino voulait dire. L'âge d'homme viendrait, et il perdrait cette faculté avec tant d'autres.

« Est-ce que cela arrive tout d'un coup ? » demanda-t-il dans un souffle. Il avait calé sa tête contre un mur. Il souleva la cruche de vin et sentit qu'il en renversait comme il ne le faisait que trop souvent. Mais il fallait qu'il lave l'amertume de sa bouche.

« Par Dieu, Votre Excellence, vous n'avez jamais connu de garçon qui muait ?

— Non, je n'ai jamais connu personne d'autre qu'un vieillard et une toute jeune femme, répondit Tonio. Je ne sais rien des garçons et fort peu de chose des hommes. Et tout bien considéré, je ne connais pas non plus grand-chose du chant. »

Une silhouette parut à l'extrémité de la salle dans laquelle ils se tenaient. Elle semblait occuper tout l'espace, touchant les murs de part et d'autre. Une méfiance subite s'empara de Tonio.

« Tantôt c'est très rapide, disait Ernestino. Tantôt cela n'en finit pas, la voix casse sur certaines notes, on ne peut plus s'y fier. Mais Votre Excellence, vous êtes déjà grand pour votre âge, et... et... ». Il eut un drôle de petit sourire et s'empara de la cruche. Tonio savait que c'était à Bettina qu'il pensait. « ... Bref, il se pourrait que cela vous arrive plus tôt qu'à d'autres. » Il n'en dit pas plus et, passant son bras lourd autour des épaules de Tonio, il le poussa vers l'avant.

La silhouette s'était éloignée.

Tonio souriait, mais personne ne le vit. Il pensait à ce que son père lui avait dit, à ces paroles qui avaient quasiment été ses dernières, et tout à coup il se sentit accablé d'une angoisse qui lui faisait éprouver la plus cruelle des solitudes même au milieu de cette petite bande d'amis.

« Une fois que tu auras pris la décision d'être un homme, tu en deviendras un. » L'esprit pouvait-il ainsi commander à la chair ? Il secoua la tête, se recueillant en lui-même. Il éprouvait soudain une colère épouvantable à l'encontre d'Andrea.

Pourtant, il lui paraissait impardonnable d'éprouver un tel sentiment et de se trouver là où il était, vagabondant avec ces chanteurs vulgaires dans ces ruelles sordides et mal famées. Mais il poursuivit sa route, en s'appuyant plus encore sur Ernestino.

Ils étaient arrivés au canal. Devant eux, des lanternes luisaient sous l'ombre indécise du pont où se rassemblaient les gondoles.

Alors la silhouette de tout à l'heure apparut à nouveau. Tonio était certain que c'était le même homme, reconnaissable à sa forte carrure et à sa haute taille. Debout à quelques pas d'eux, il les observait ouvertement.

Tonio empoigna la garde de son épée et il resta pétrifié sur place.

« Qu'y a-t-il, Votre Excellence ? » dit Ernestino. Ils n'étaient plus qu'à quelques pas de la taverne de Bettina.

« Cet homme, là », murmura Tonio. Mais le poids de sa suspicion l'accablait, le bouleversait. M'envoyer la mort comme cela — un tueur à gages ? C'était comme s'il avait déjà reçu le coup meurtrier, comme si ce n'était plus la vie, mais un décor de cauchemar avec cette sentinelle debout sur le pont et ces inconnus qui le pressaient de franchir un portail dépourvu de sens.

« N'y prenez pas garde, Votre Excellence, dit Ernestino. Ce n'est que le maestro de Naples. Un professeur de chant qui cherche des petits garçons. Vous ne l'aviez pas vu encore ? Il vous suit comme votre ombre ! »

Au point du jour, Tonio s'éveilla du sommeil d'ivrogne où il avait sombré à une table de la taverne. Assise près de lui, Bettina avait glissé un bras sous son habit et s'était chaudement accolée à son dos comme pour le protéger du soleil naissant. Ernestino, qui avait perdu toute cohérence, était engagé dans une violente dispute avec le père de Bettina.

Un homme se tenait debout, appuyé au mur, à côté de la porte. Il était brun, massif, avec de grands yeux menaçants et un nez collé tout à plat sur son visage comme si on l'eût écrasé. Il était jeune. Il était vêtu d'un habit dépenaillé et portait au côté une épée à la poignée de cuivre jaune. Il fixait insolemment Tonio en portant à ses lèvres un pot à bière.

3.

La basilique de Saint-Marc était presque entièrement plongée dans le noir, et seule une poignée de petites lumières éparses vacillait dans l'immense nef, dessinant d'imperceptibles lueurs sur les mosaïques dorées. Beppo, le vieux castrat qui enseignait le chant à Tonio, un unique cierge à la main, regardait avec anxiété le jeune maestro de Naples, Guido Maffeo.

Tonio était debout, seul, à la tribune gauche du chœur. Il venait tout juste de finir de chanter, et l'écho de sa dernière note résonnait encore distinctement dans toute la cathédrale comme si rien n'avait pu la faire mourir.

Alessandro, muet, les mains jointes derrière le dos, contemplait de sa hauteur les deux hommes de plus petite taille que lui qui se tenaient auprès de lui, Beppo et Guido Maffeo. Il fut le premier à observer la crispation des traits de Guido. Beppo n'avait rien vu et, quand une espèce d'aboiement guttural s'échappa des lèvres du jeune Méridional, il en fut visiblement stupéfié.

« De la plus grande famille de Venise ! » Répétant les dernières paroles de Beppo, Guido se pencha en avant pour fixer d'un œil furibond le vieil eunuque. « Vous m'avez amené ici pour entendre un patricien vénitien !

— Mais, signore, c'est la plus belle voix de Venise.

— Un patricien !

— Mais, signore...

— Signore, intervint doucement Alessandro, Beppo n'a peut-être pas compris que vous étiez en quête d'élèves pour votre conservatoire. »

Alessandro avait subodoré presque tout de suite le malentendu. Mais Beppo ne saisissait toujours pas.

« Mais, signore, insista-t-il, je voulais... je voulais que vous entendiez cette voix pour votre propre plaisir.

— S'il ne s'agissait que de mon plaisir, je serais resté à Naples », grogna Guido.

Alessandro se tourna vers Beppo et, avec un dédain évident pour cet intraitable Méridional, il zézaya en dialecte vénitien :

« Beppo, le maestro est à la recherche d'enfants castrés. »

Beppo prit un air penaud.

Tonio était descendu de la tribune du chœur et, précédée du bruit de ses pas, sa silhouette svelte, tout de noir vêtue, se dessina dans la pénombre.

Il avait chanté sans accompagnement, et sa voix avait rempli sans difficulté la basilique tout entière. Guido en avait éprouvé un sentiment presque surnaturel.

Ce garçon était si près de l'âge d'homme que sa voix avait perdu de son innocence. Pour l'amener à ce degré de perfection, il avait évidemment fallu de longues années d'étude. Mais c'était une voix naturelle qui trouvait spontanément le timbre parfait. Et bien que ce fût un soprano de garçonnet qui n'avait pas encore commencé à muer, on y percevait un sentiment d'adulte.

L'exécution présentait encore bien d'autres qualités, mais Guido, fatigué et de mauvaise humeur, se refusa à pousser plus avant leur examen.

Il regarda ce jeune garçon qui était presque aussi grand que lui. Et il comprit que ce qu'il avait supposé dès l'instant où la voix s'était élevée de la tribune était vrai : c'était bien ce noble vagabond qui parcourait les rues toutes les nuits, ce garçon aux yeux noirs et à la peau blanche dont le visage semblait modelé du marbre le plus pur. Fin, élégant, il faisait penser à un sombre Botticelli. Et tandis qu'il s'inclinait devant ses précepteurs — comme s'ils n'étaient pas réellement inférieurs à lui — il ne manifestait rien de la morgue naturelle qui était, pour Guido, le propre de tous les aristocrates.

Il est vrai que les Vénitiens de la classe patricienne étaient bien déconcertants. Ils différaient de tous les aristocrates que Guido eût jamais rencontrés par la courtoisie avec laquelle ils traitaient d'habitude leur entourage. Peut-être cela n'était-il pas sans rapport avec le fait que, dans cette ville, tout le monde était obligé d'aller à pied. Guido n'en était pas sûr. Au demeurant, il n'en avait cure. Il était hors de lui.

Il constata cependant qu'en dépit de sa politesse ce jeune garçon avait un air lointain. Il s'excusa bien bas de devoir leur fausser compagnie, mais ses excuses très humbles furent proférées sur le ton le plus détaché.

Un éclair aveuglant de soleil pénétra brièvement dans l'église quand il poussa la porte pour en sortir, les abandonnant à leur trouble.

« Veuillez accepter mes excuses, signore, dit Alessandro. Beppo ne songeait nullement à vous faire perdre votre temps.

— Oh, non ! Non, non, non... nonnonon... ! murmura Beppo avec toutes les modulations d'une phrase normalement constituée.

— Et qui est donc ce jeune garçon arrogant ? demanda Guido. Ce fils de patricien qui possède le larynx d'un dieu et ne se préoccupe même pas de savoir si sa voix a produit une impression favorable ? »

C'était plus que Beppo n'en pouvait supporter, et Alessandro prit sur lui de le congédier. La grossièreté n'était pas du tout dans la nature d'Alessandro, mais il était à bout de patience. De fait, il nourrissait une haine profonde, secrète et implacable, à l'égard des racoleurs de castrats des conservatoires de Naples. La formation qu'il avait reçue enfant dans cette lointaine cité méridionale avait été d'une rigueur si féroce qu'il en avait perdu tout souvenir de sa vie antérieure. Il dut attendre d'avoir eu ses vingt ans avant de rencontrer l'un de ses frères sur la place Saint-Marc, et il n'avait pas reconnu cet homme qui lui disait : « Voici le petit crucifix que tu portais enfant. Notre mère te l'envoie. » Alessandro se souvenait bien du crucifix, mais il avait oublié sa mère.

« Pardonnez-moi, maestro, dit-il en se penchant pour regarder bien en face le visage farouche et sombre de Guido (il avait repris le cierge des mains de Beppo), mais ce garçon ne doute pas un seul instant que sa voix plaise à chacun de ceux qui l'écoutent ; toutefois, il n'aurait jamais l'impolitesse de le clamer. Et vous devriez comprendre qu'il n'est venu ici aujourd'hui que pour faire plaisir à son professeur de musique. »

Mais, non content d'être discourtois, ce butor était insensible à tout affront. Au lieu d'écouter ce que lui disait Alessandro, il se massait les tempes de ses deux mains, comme s'il avait souffert de la migraine. On lisait dans ses yeux une malice animale, mais il aurait fallu qu'ils soient plus petits pour donner à sa physionomie un caractère bestial.

Et c'est seulement alors, au moment précis où il se disait cela, debout près du Napolitain, son cierge à la main, qu'Alessandro comprit subitement qu'il se trouvait en face d'un castrat à la carrure exceptionnellement large. Il étudia attentivement son visage lisse. Non, cet homme-là n'avait jamais eu de barbe. Il était eunuque, lui aussi.

Il faillit rire. Lui qui croyait avoir affaire à un homme entier dissimulant un bon couteau sous sa ceinture ! Un curieux mélange de sentiments s'opéra en lui. Il éprouvait à présent de l'indulgence envers Guido, non qu'il eût pitié de lui, mais parce qu'il le savait désormais membre d'une grande confrérie mieux placée que toute autre pour apprécier la limpide beauté de la voix de Tonio.

« Si vous permettez, signore, je puis vous recommander plusieurs autres jeunes garçons. À San Giorgio, il y a un eunuque...

— Je l'ai entendu, murmura Guido, s'adressant davantage à lui-même qu'à Alessandro. Y aurait-il la plus petite chance que ce garçon... ? Je veux dire, que représente précisément pour lui son talent ? » Mais avant même d'avoir jeté un coup d'œil en direction d'Alessandro, il sut que c'était une question absurde.

Alessandro ne se donna même pas la peine de lui répondre.

Un petit rideau de silence tomba entre eux. Guido avait tourné les talons et fait quelques pas sur le dallage inégal de la basilique. La flamme du cierge tremblotait dans la main d'Alessandro. Et dans cette lumière défaillante, il lui sembla entendre plus distinctement encore le soupir qui s'exhala des lèvres du jeune maestro.

Alessandro vit que ses épaules s'étaient affaissées. Et il sentit émaner de cet homme un sentiment qui était presque de la tristesse. Presque seulement, parce que cet eunuque portait en lui une violence telle qu'Alessandro en avait rarement rencontrée. Des souvenirs lui remontèrent brièvement à la mémoire, et il se retrouva en face des cruels sacrifices qu'il avait endurés lui-même à Naples. À son corps défendant, il sentit naître en lui un début de respect pour Guido Maffeo.

« Vous voudrez bien remercier votre jeune ami patricien de ma part, n'est-ce pas ? » murmura Guido, vaincu.

Ils se dirigèrent vers le portail.

Mais, au moment où sa main se posait sur le lourd vantail, Alessandro s'arrêta brusquement.

« Mais dites-moi, dit-il sur le ton de la confidence, en toute vérité, comment le trouvez-vous ? »

Il se repentit aussitôt d'avoir demandé cela. Ce petit homme sombre était capable de tout.

À sa surprise, Guido ne répondit pas. Il regardait fixement la flamme inégale du cierge ; son visage radouci n'exprimait plus qu'une grande philosophie. De nouveau Alessandro sentit les émotions de l'autre l'envahir, des émotions qui lui parurent excessives et ambiguës.

Puis Guido sourit à Alessandro, mélancoliquement :

« Voici ce que j'en pense : je voudrais ne l'avoir jamais entendu. »
Alessandro sourit à son tour.

Ils étaient musiciens ; ils étaient eunuques ; ils se comprenaient.

Il pleuvait quand Alessandro parvint au palazzo Treschi. Il avait espéré que Tonio l'attendrait au sortir de la cathédrale, mais il n'en avait rien été. Et lorsqu'il pénétra, venant du grand salon, dans la bibliothèque, ce fut pour constater que Beppo était encore tout remué. Il venait de narrer par le menu leur humiliante mésaventure à Angelo, qui l'écoutait comme si l'on eût insulté devant lui le nom des Treschi.

« Tout est de la faute de Tonio, conclut Angelo. Il faut qu'il renonce à toutes ces chansons. En avez-vous parlé à la Signora ? Si vous n'en parlez pas à la Signora, je le lui dirai, moi.

— Tonio n'y est pour rien, dit Beppo. Comment aurais-je pu savoir que cet homme cherchait des petits castrats ? L'idée ne m'est pas seulement venue que c'était cela qu'il cherchait. Il me parlait de voix, de voix exemplaires. Il me demandait où il pourrait trouver... Oh, c'est affreux, affreux !

— C'est terminé, aussi », dit calmement Alessandro.

Il venait d'entendre se refermer la porte de la grande entrée du palazzo. Et à présent il reconnaissait fort bien le pas de Carlo.

« Tonio devrait être ici même, dans la bibliothèque, déclara Angelo avec insistance, et occupé à ses études.

— Mais comment aurais-je pu savoir ? Il m'avait simplement demandé où il trouverait les plus belles voix de Venise ! Je lui ai dit : « Signore, vous êtes dans une ville où l'on entend partout les voix les plus admirables, mais si vous... si vous... »

— Irez-vous parler à la Signora ? demanda Angelo en se tournant vers Alessandro.

— Et Tonio a été magnifique, Alessandro, vous le savez bien...

— Irez-vous parler à la Signora ? » Angelo frappa du poing sur la table.

« Parler à la Signora ? Et de quoi donc ? »

Angelo s'était levé. C'était Carlo qui venait de prononcer cette dernière phrase en pénétrant dans la pièce.

D'un geste rapide, Alessandro recommanda aux deux autres d'être discrets. Il ne regardait pas Carlo. Il ne voulait pas concéder à cet homme ne fût-ce qu'un soupçon d'autorité sur son puîné. Il expliqua très doucement :

« Tonio était avec moi sur la piazza alors qu'il aurait dû être ici à étudier. C'est ma faute, Votre Excellence, je vous prie de me pardonner. Je veillerai à ce que cela ne se reproduise pas. »

Comme il s'y était attendu, le nouveau maître de la maison accueillit ses propos avec indifférence.

« Mais de quoi étiez-vous en train de parler ? demanda-t-il s'adressant à Beppo et à Angelo avec une curiosité qui frisait l'obsession.

— Oh, ce n'est qu'une horrible méprise, un malentendu stupide, dit Beppo. Et à présent cet homme est fâché contre moi. Il m'a insulté. Et il s'est montré si grossier envers le jeune monsieur — comment pourrais-je lui expliquer ? »

Alessandro n'y tenait plus. Abandonnant la partie, il s'excusa et se retira tandis que Beppo narrait à nouveau tout l'incident dans ses moindres détails, précisant jusqu'au titre de l'hymne qu'avait chantée Tonio et s'extasiant sur la manière exquise dont il l'avait interprétée.

Carlo eut un rire bref et se tourna dans la direction de l'escalier.

Et puis, tout soudain, il se figea. La main sur la rampe de marbre, il resta parfaitement immobile, dans l'attitude de quelqu'un qui est pris d'une vive douleur au côté et doit s'interdire tout mouvement sous peine de la rendre plus vive encore.

Très lentement, sa tête pivota et son regard se posa de nouveau sur le vieux castrat.

Angelo, dégoûté, s'était plongé dans la lecture d'un livre placé entre ses coudes. Le vieil eunuque, pour sa part, continuait à branler pitoyablement du chef.

Carlo revint sur ses pas et s'arrêta à la porte.

« Racontez-moi cela encore une fois », dit-il doucement.

4.

Le ciel était de nacre. Longtemps l'autre rive demeura sans lumière, et tout à coup les lumières apparurent, nombreuses, s'accrochant çà et là aux ogives mauresques et aux grillages des moucharabiehs, vacillant sur les torchères placées au-dessus des grilles et des porches. Assis à la table de la salle à manger, Tonio regardait ce spectacle à travers la quarantaine de petits carreaux qui composaient la croisée la plus proche ; les rideaux bleu ciel étaient retenus par leurs embrasses, et la pluie ruisselait le long des vitres, luisant parfois de l'éclat doré d'une lanterne qui passait dans la rue. À ce moment-là, tout ce qui se trouvait au-delà de la croisée devenait entièrement noir. Et puis la lanterne s'éloignait et les grandes silhouettes imprécises se dessinaient à nouveau de l'autre côté de l'eau, sous un ciel clair et iridescent comme devant.

Tonio composait à haute voix un petit poème, avec un soupçon de musique pour l'accompagner, et qui disait à peu près : « Ô nuit, descends vite ; nuit, ouvre-moi les portes et ouvre-moi les rues, que je puisse enfin m'évader d'ici ! » Il était las, il avait honte, et si

Ernestino et les autres refusaient d'affronter la pluie, il la braverait tout seul pour s'en aller en quête d'un lieu où chanter, d'un lieu où, anonyme et les sens engourdis par le vin, il pourrait s'égosiller au point de tout oublier.

L'après-midi, il avait quitté la basilique le désespoir au cœur. L'endroit avait fait renaître en lui la mémoire de toutes les processions auxquelles il avait assisté enfant : son père marchant derrière le baldaquin du doge, l'odeur de l'encens, les voix diaphanes qui s'élevaient en une infinité de vagues les unes au-dessus des autres. Plus tard, il avait accompagné sa cousine Caterina pour rendre visite à sa fille Francesca dans le couvent où elle devait demeurer jusqu'au jour où elle deviendrait sa femme. Ensuite, sous la pluie battante, ils avaient regagné le palais Lisani et il s'était retrouvé seul avec Caterina.

Jamais il n'aurait eu l'idée de faire l'amour avec cette femme qui était plus âgée que sa mère, et elle non plus sans doute. Et pourtant ils l'avaient fait. Il faisait bon dans la chambre dont l'air embaumait dans les lueurs dansantes du feu. Caterina s'était émerveillée de l'habileté de Tonio et de la vigueur avec laquelle il s'enfonçait entre ses jambes, et elle avait bien ce corps opulent et lascif qu'il s'était toujours imaginé. Mais après, Tonio en avait éprouvé une honte accablante et il lui avait semblé que tout l'édifice de son existence était en train de céder.

« Pourquoi te conduis-tu ainsi ? » lui avait demandé Caterina. Il fallait qu'il renonce à ses escapades nocturnes, en ce moment où il importait plus que jamais qu'il se comporte de manière exemplaire. Tonio, qui était niché au milieu d'un monceau de coussins odorants, lui fit doucement observer que l'instant était mal choisi pour le sermonner. « Pourquoi te laisses-tu atteindre par sa duplicité ? » insista-t-elle.

Tonio ne savait que répondre. Qu'aurait-il pu lui dire ? Pourquoi ne m'avez-vous pas prévenu ? Pourquoi ne m'avez-vous pas dit que c'était elle ? Pourquoi ne s'est-il trouvé personne pour m'en aviser ?

Mais il ne put rien dire, car la peur qui s'accumulait en lui devenait chaque jour plus intense et il lui était impossible d'avouer à quiconque cette épouvante déjà bien trop grande pour qu'il la formulât clairement en lui-même. Il se contenta de détourner les yeux.

« Eh bien soit, mon troubadour, avait soupiré Caterina. Chante autant que tu le pourras ; ce n'est pas la pire manière de jeter sa gourme ; nous pourrons tolérer cela encore quelque temps ; c'est une folie, mais une folie bien innocente. » Et tout en lui agaçant gentiment l'entrejambe, elle avait ajouté : « Dieu m'est témoin que tu ne profiteras plus longtemps de cette jolie voix de soprano ! »

Il lui sembla qu'une voix répercutée par les murs dorés de la basilique déserte revenait le narguer.

Ensuite, il était retourné chez lui, et pourquoi ? Pour s'entendre annoncer par Lena que son frère avait chassé Alessandro du palais sous prétexte qu'il était superflu que Tonio ait à son service deux précepteurs en musique. Alessandro s'en était allé. Et sa mère se claquemurait quelque part derrière des portes closes, elle était perdue pour lui.

Attablé seul à présent dans la salle à manger où il ne dînait plus depuis des mois, il n'eut aucune réaction lorsqu'il entendit des pas résonner dans la pénombre caverneuse du palais désert, lorsqu'il les entendit pénétrer dans la pièce et quand les deux grandes portes à double battant se refermèrent l'une après l'autre en grinçant sur leurs gonds.

Je ne puis l'éviter indéfiniment.

Le ciel s'assombrissait. De la place où il était assis, il distinguait encore la limite extrême de l'eau, sur l'autre rive. Il garda les yeux rivés à cette ligne lointaine, alors même qu'il devinait la présence de deux silhouettes juste derrière lui. C'est presque avec désespoir qu'il vida sa coupe d'argent du reste de vin qu'elle contenait. Et elle est venue avec lui, se disait-il. Quel martyre !

Une main s'avança pour lui remplir sa coupe.

« Laissez-nous seuls », fit la voix de son frère.

Il disait cela au valet, qui s'esquiva furtivement avec un léger frottement de pieds sur le carrelage qui évoquait le bruit d'un rat dans un corridor empoussiéré.

Tonio tourna lentement la tête pour les regarder. Ah, oui, c'était bien elle qui était là avec lui. La lueur des chandelles l'éblouissait. Il se protégea les yeux du dos de la main et distingua avec netteté ce qu'il lui avait semblé entrevoir : la figure de Marianna était rouge et bouffie.

Son frère semblait bouillir de rage contenue, comme si quelque dispute l'avait poussé à bout. Et tandis qu'il se penchait, les mains solidement campées sur la table devant Tonio, celui-ci pensa pour la première fois : « Je te méprise. Oui, c'est vrai, à présent, je te méprise ! »

Cette fois Carlo ne souriait pas. Il ne cherchait plus à feindre. Les traits de son visage semblaient coupants, comme acérés d'une intuition nouvelle.

Tonio leva son hanap et son doigt se posa sur l'éclat de gemme qui en ornait le flanc. Lentement, il se détourna et promena son regard sur l'eau du canal et les derniers reflets d'argent qui s'attardaient au ciel.

« Parle-lui », fit son frère.

Lentement, Tonio releva les yeux.

Sa mère fixait Carlo d'un air outragé.

« Dis-lui ! » insista Carlo. Elle se retourna et fit mine de sortir de la pièce, mais Carlo, la rattrapant, la saisit au poignet. « Dis-lui ! »

Elle secoua la tête. Elle regardait Carlo comme si elle n'arrivait pas à croire qu'il pût lui infliger cela.

Tonio se leva lentement de table et s'écarta de l'éclat aveuglant des chandeliers pour la regarder de plus près et mieux voir la colère qui imprégnait lentement ses traits.

« Dis-lui sur-le-champ, devant moi ! » rugit Carlo.

Mais, elle, comme subissant la contagion de sa rage, se mit soudain à hurler :

« Je ne ferai rien de tel, ni maintenant, ni jamais ! »

Elle fut prise de tremblements. Son visage se chiffonnait comme celui d'un enfant. L'empoignant soudain à deux mains, Carlo se mit à la secouer.

Tonio ne fit pas un geste. Il savait que s'il intervenait il ne pourrait plus rien maîtriser de la situation. Et sa mère était la chose de cet homme-là, cela ne faisait plus le moindre doute à présent.

Mais Carlo s'était arrêté.

Marianna se couvrait les oreilles de ses mains. Elle leva de nouveau les yeux sur Carlo et ses lèvres formèrent un « non » muet. Son visage était si contracté qu'elle en était presque méconnaissable.

Un rugissement sourd se forma une fois de plus dans la poitrine de Carlo, le rugissement d'un homme qui se lamente d'une mort inacceptable, et levant sa main droite, il l'en frappa de toute sa force.

Le coup l'expédia à plusieurs pas de là.

« Carlo, si tu la frappes encore, dit Tonio, tout sera fini entre nous, pour toujours. »

C'était la première fois que Tonio le tutoyait et l'appelait par son nom, mais rien ne permettait de savoir si Carlo s'en était aperçu.

Il regardait droit devant lui. Il ne semblait pas entendre les sanglots de Marianna. Ses tremblements augmentèrent en violence et tout à coup elle se mit à hurler.

« Non, je ne veux pas ! Je ne choisirai pas entre vous !

— Dis-lui la vérité maintenant, devant Dieu et devant moi ! rugit Carlo.

— Assez ! dit Tonio. Ne la torture pas ! Elle est aussi désemparée que moi. Que peut-elle me dire qui fera la moindre différence ? Que vous êtes amants ? »

Tonio regarda sa mère. Il lui était insupportable de la voir souffrir ainsi. Sa douleur paraissait infiniment plus grande que tout ce qu'elle avait enduré pendant ces longues et effroyables années de solitude.

Il aurait voulu trouver le moyen de lui faire comprendre, mais sans un mot, par son regard, par le timbre de sa voix, qu'il l'aimait. Et que désormais il n'attendait plus d'elle rien d'autre que cela.

Il détourna les yeux et regarda à nouveau son frère, qui s'était retourné vers lui.

« C'est inutile, dit Tonio. Même pour vous deux, je ne puis aller contre les volontés de mon père.

— Ton père ? murmura Carlo. Ton père ! » cracha-t-il.

Il semblait au bord de la crise d'hystérie.

« Regarde-moi, Marc Antonio ! » Il l'écrasait de toute sa hauteur. « Regarde-moi. Je suis ton père ! »

Tonio ferma les yeux.

La voix continuait, plus haut encore, mais de plus en plus grêle, comme sur le point de se briser.

« Elle te portait en elle quand elle est entrée dans cette maison. Tu es le fruit de mon amour pour elle ! Je suis ton père, et je me retrouve ici, forcé de céder le pas à mon bâtard ! Est-ce que tu m'entends ? Est-ce que Dieu m'entend ? Tu es mon fils et on t'a donné le pas sur moi ! C'est cela qu'elle peut, qu'elle doit te dire ! »

Il se tut, car sa voix s'étranglait dans sa gorge.

Et quand Tonio rouvrit les yeux, il vit à travers ses larmes que le visage de Carlo n'était plus qu'un masque de souffrance et que Marianna, debout près de lui, essayait de le bâillonner en lui couvrant la bouche de ses mains agitées de tremblements fébriles. Mais il la repoussa avec violence.

« Il m'a volé ma femme, s'écria Carlo. Il m'a volé mon fils, volé cette maison, il m'a pris Venise et pris ma jeunesse, et je te l'affirme : il ne prévaudra plus contre moi ! Regarde-moi, Tonio, regarde-moi ! Cède-moi ! ou sinon, je le jure devant Dieu, je ne pourrai plus répondre de ce qui pourra t'arriver ! »

Tonio frissonna.

Il lui semblait que ces paroles l'avaient physiquement atteint et pourtant leur écho se perdait si vite qu'il ne se rappelait déjà plus qu'à peine du son qu'elles avaient produit et de leur signification précise. Il n'en restait plus qu'un martèlement assourdi, mais inexorable.

Et dans la pièce, autour de lui, il lui semblait sentir grossir une énorme tristesse, comme de grandes nuées qui s'amassent pour former une tornade mortelle. La nuée l'enveloppait comme un linceul, recouvrait Carlo et sa mère, les dissimulait à sa vue, le laissant seul au milieu de muettes ténèbres, fixant en silence les lumières brouillées qui passaient lentement sur l'eau invisible du canal de l'autre côté des croisées.

Il savait. Il avait deviné la vérité la première fois que cet homme l'avait pris dans ses bras, il l'avait pressentie en rêve, il avait tout compris en voyant sa mère errer sans but à travers sa chambre obscure en marmonnant : « Ferme la porte, ferme la porte. » Oui, il savait.

Mais toujours, *toujours*, il avait subsisté une chance infime que tout cela ne fût pas vrai, ne fût qu'un cauchemar sans aucun fondement, qu'une conjecture morbide née de son imagination plutôt que d'une réalité tangible.

Mais c'était vrai. Et dans ce cas, *Andrea n'avait pu l'ignorer.*

Ce qui se passait en ce moment lui était égal. Il lui était égal de partir ou de rester, de parler ou de se taire. Il lui semblait qu'il ne voulait plus rien, que sa vie n'avait plus d'objet. Et il lui était égal aussi que quelque part une voix donnât corps à cette tristesse. C'était sa mère qui pleurait.

« Retiens bien ce que je vais te dire », murmura Carlo.

La forme indistincte de Carlo s'était à nouveau matérialisée devant lui.

« Et que vas-tu donc me dire ? » soupira Tonio. Mon père ! songeait-il. Cet homme-là est mon père ! « Vas-tu menacer de me tuer ? » Il se redressa et fixa fermement son regard droit devant lui. « Le premier conseil d'un père à son fils aussitôt après des retrouvailles si tardives !

— Écoute-le bien, ce conseil ! s'écria Carlo. Dis-leur que tu ne peux te marier. Dis-leur que tu veux entrer dans les ordres. Dis que les médecins t'ont trouvé un vice de conformation, invente ce que tu voudras, mais fais en sorte de me céder le pas !

— Ce sont des mensonges, répondit Tonio. Je ne dirai pas de mensonges. » Il était si las. Mon père. Cette idée oblitérait en lui toute raison, et très loin, bien loin de sa portée, la silhouette d'Andrea s'engloutissait dans le chaos. Dans tout cela le pire était la déception épouvantablement amère qu'il éprouvait à l'idée de ne pas être le fils d'Andrea. Et cet homme qui se tordait devant lui dans les affres du désespoir, qui l'implorait...

« De naissance, je ne suis pas ton bâtard, s'entêta-t-il. Je suis né sous ce toit, et aux termes de la loi je suis bien le fils d'Andrea. Et je ne puis rien y changer, quand bien même tu répandrais toutes tes abominations d'un bout à l'autre de la Vénétie. Je suis Marc Antonio Treschi, Andrea a fait de moi son mandataire, et je ne veux pas encourir sa malédiction du haut du ciel, non plus que celle des personnes de notre entourage qui ignorent tout de cette affaire !

— Tu te dresses contre ton propre père ! rugit Carlo. Je te donne ma malédiction !

— Eh bien, soit ! » s'écria Tonio. Sa voix avait pris de l'ampleur. Demeurer là, persévérer, lui répondre une fois pour toutes : c'était la plus grande bataille de sa vie. « Je ne puis aller contre cette maison, contre cette famille, contre les volontés de l'homme qui, sachant tout cela, n'en a pas moins choisi de nous tracer cette voie à tous deux.

— Ah, la belle loyauté ! » Carlo soupira. Il tremblait, et un sourire sans joie lui retroussait les lèvres. « Malgré toute ta haine envers moi, malgré tout ton désir de me détruire, tu n'iras jamais contre cette maison, n'est-ce pas ?

— Je ne te hais pas ! » s'exclama Tonio.

Et il lui sembla que Carlo, pris au dépourvu par la sincérité de cette exclamation, le regardait avec une espèce de tendresse désespérée.

« Et je ne t'ai jamais haï non plus ! hoqueta-t-il, comme s'il venait pour la première fois de s'en rendre compte. Marc Antonio ! » s'écria-t-il, et avant que Tonio ait eu le temps de faire le moindre geste pour l'en empêcher, il l'empoigna par les épaules et ils se retrouvèrent si près l'un de l'autre qu'ils auraient pu s'étreindre, s'embrasser.

Le visage de Carlo exprimait une grande stupeur, presque de l'horreur. « Marc Antonio, dit-il d'une voix entrecoupée, je ne t'ai jamais haï... »

5.

Il pleuvait. Une des dernières pluies du printemps sans doute, mais elle était si tiède qu'on ne s'en souciait guère. La piazza était toute d'argent, et sous l'averse l'immense dallage semblait par moments comme une grande plaque d'eau miroitante. Des silhouettes enveloppées de capes filaient çà et là sous les cinq arcs de la basilique. Et les lumières des cafés ouverts étaient fumeuses.

Guido n'était pas tout à fait aussi ivre qu'il l'aurait voulu. Il n'aimait pas ce café bruyant aux lumières trop crues, et en même temps il s'y sentait en sûreté. Il venait de recevoir de Naples un nouveau versement mensuel, et il était en train de se demander s'il ne ferait pas mieux d'aller à Vérone et à Padoue. La cité de Venise était magnifique, c'était même de tous les lieux qu'il avait visités au cours de son expédition le seul à la hauteur de la réputation qu'on lui faisait. Mais c'était une ville trop impénétrable, trop obscure, trop cloîtrée. Chaque soir, il venait se réfugier sur la piazza uniquement pour voir cette vaste étendue de sol et de ciel et pour se sentir respirer à l'aise.

Il regardait la pluie tomber obliquement au-dessous des voûtes de l'arcade. Une forme noire boucha la porte un instant, puis elle pénétra à l'intérieur de la salle. Derechef, il vit la pluie que le vent poussait si bien dans sa direction qu'il la sentait presque sur son visage brûlant et sur le dos de ses mains croisées devant lui. Il vida son verre et ferma les yeux.

Mais il les rouvrit aussitôt, car quelqu'un venait de s'asseoir à côté de lui.

Il se retourna lentement, précautionneusement, et aperçut un homme à la physionomie vulgaire et brutale, si sommairement rasé que sa peau faisait l'effet d'un cuir bleuâtre piqueté de poils inégaux.

« Le maestro de Naples a-t-il trouvé ce qu'il cherchait ? » demanda-t-il d'une voix chuchotante.

Guido prit son temps avant de répondre, il but une gorgée de vin blanc et la fit suivre d'une gorgée de café brûlant. Il aimait l'effet tranchant du café sur la douce mollesse que le vin produisait en lui.

« Je ne vous connais pas, dit-il, les yeux tournés vers la porte ouverte. Comment se fait-il que vous me connaissiez ?

— J'ai un élève qui vous intéressera. Il souhaite partir avec vous pour Naples sur-le-champ.

— Ne soyez pas aussi sûr que cela qu'il va m'intéresser, dit Guido. Et qui est-il donc pour exiger ainsi d'être emmené à Naples ?

— Vous seriez bien bête s'il ne vous intéressait pas », dit l'inconnu. Il serrait Guido de si près que celui-ci sentait son souffle sur sa joue et respirait l'odeur de son haleine.

Les prunelles de Guido se déplacèrent en biais dans ses orbites jusqu'à ce que son regard se pose sur l'homme. « Venez-en au fait, dit-il, ou laissez-moi en paix. »

L'homme eut un petit sourire qui lui tordit les traits et il marmonna : « Vous faites un drôle d'eunuque. »

La main de Guido se déplaça très lentement, mais tout à fait visiblement sous sa cape jusqu'à ce que ses doigts se fussent refermés sur le manche de son poignard. Et il sourit, sans avoir aucunement conscience de l'effroi que pouvaient susciter les traits contrastés de son visage, cette bouche sensuelle, ce nez écrasé et ces yeux qui, détachés du reste, eussent sans doute été plaisants et enjôleurs.

« Écoutez-moi, chuchota l'homme en détachant bien ses mots. Et si jamais vous répétez à quiconque ce que j'ai à vous dire, vous regretterez d'avoir mis le pied dans cette ville. » Il jeta un coup d'œil en direction de la porte avant de poursuivre : « Il s'agit d'un garçon de haute naissance. Il est prêt à faire un grand sacrifice pour sa voix. Mais il en est qui pourraient tenter de l'en dissuader. Il faut agir avec délicatesse et très promptement. Et il désire quitter la ville sitôt la chose faite, vous me suivez ? Au sud de Venise, il y a une bourgade du nom de Flovigo. Rendez-vous-y ce soir, et descendez à l'hôtellerie. Le garçon vous y rejoindra.

— Quel garçon ? Qui est-ce ? » Les yeux de Guido se rétrécirent. « Il faut que les parents soient consentants. Les inquisiteurs de l'État pourraient...

— Je suis vénitien, dit l'homme, qui n'avait pas cessé de sourire. Pas vous. Vous emmènerez ce garçon à Naples, et voilà tout.

— Dites-moi qui il est. » À présent, il y avait une nuance de menace dans la voix de Guido.

« Vous le connaissez. Vous l'avez entendu cet après-midi à Saint-Marc. Vous l'aviez déjà entendu chanter dans les rues avec ses musiciens ambulants.

— Je ne vous crois pas ! » murmura Guido.

L'homme lui montra une bourse de cuir. « Allez à votre auberge, lui dit-il, et préparez votre bagage. »

Un long moment, Guido resta debout sous la pluie devant la porte de l'auberge, comme si cela pouvait l'aider à retrouver ses sens. Il réfléchissait, en usant pour cela d'une part de son esprit à laquelle, de toute sa vie, il n'avait jamais eu recours ; il éprouvait le contentement inhabituel du fourbe qui complote un mauvais coup. Une moitié de lui-même lui disait de s'enfuir de là et de prendre le premier bateau en partance, mais l'autre moitié protestait que ce qui devait arriver arriverait, qu'il soit là ou non pour en tirer bénéfice. Mais qu'allait-il arriver exactement ? Il sursauta en sentant une main qui lui prenait le coude. Il n'avait même pas vu cet individu s'approcher. Le voile de la pluie glaciale l'empêchait de discerner les traits du visage de l'homme. Il sentit seulement la main qui lui serrait le bras et la légère douleur que cela lui occasionnait tandis qu'une voix lui soufflait à l'oreille : « Allons-y, maestro. »

C'est dans la taverne que Tonio aperçut d'abord les trois hommes.

Il était très ivre. Il venait de laisser Bettina à l'étage et, en arrivant dans la salle enfumée, il s'était affalé sur un banc, le dos au mur, incapable de faire un geste de plus. Il fallait qu'il parle à Ernestino, qu'il lui explique qu'il ne pourrait aller chanter cette nuit ni avec lui ni avec les autres. Aucune voix ne pouvait exprimer toutes ces horreurs qui s'emmêlaient dans sa tête. Nul n'avait encore écrit semblable musique.

Tandis qu'il fouillait du regard l'estaminet sordide, il lui vint bizarrement à l'idée qu'il aurait déjà dû perdre conscience. Jamais, après avoir tant bu, il n'était resté éveillé pour assister à sa propre décomposition.

Tout vacillait autour de lui, les corps qui se déplaçaient pesamment sous les lampes noircies de crasse, la cruche de vin que l'on posait devant lui.

Au moment où il la portait à ses lèvres, il vit les visages des hommes. Il les distingua l'un après l'autre ; ils étaient tous trois placés de biais, en sorte qu'ils ne l'observaient que d'un œil.

Et à l'instant où il saisit le lien entre ces trois individus, comprenant du même coup qui ils étaient et ce qui les amenait dans ce lieu, il fut frappé d'une panique qui l'aurait poussé, n'eût été l'ivresse, à des actes désespérés.

La salle était toujours la même. Tonio luttait pour garder les yeux ouverts. Il porta la cruche de vin à ses lèvres et la vida de son contenu sans même s'apercevoir de ce qu'il faisait. Une impulsion le fit se pencher en avant et fixer l'un des trois hommes d'un regard farouche, comme pour le défier. Puis sa tête heurta le mur derrière lui.

Il s'efforça d'élaborer un plan d'action, mais il ne parvenait à rien de cohérent. Il aurait fallu qu'il calcule à quelle distance il se trouvait du palais Lisani et qu'il décide quel était le chemin le plus sûr pour y parvenir. Il leva une main comme s'il voulait attraper le fil qui le guiderait à travers le dédale des ruelles et des canaux, et puis tout son projet s'évanouit en fumée. L'un des trois hommes venait dans sa direction.

Ses lèvres remuèrent pour former des mots, mais la phrase qu'il prononça ne parvint même pas à ses propres oreilles à cause du tapage qui régnait dans l'estaminet. Il avait dit : « Mon frère va me faire tuer. » Il l'avait dit avec étonnement : il était étonné que la chose se produisît vraiment, et étonné tout autant de ne l'avoir pas crue possible jusqu'à cet instant même.

Carlo ? Carlo qui souhaitait si désespérément être *compris* ? C'était inconcevable. Mais cela arrivait vraiment. Il fallait qu'il s'échappe de ce traquenard.

Et ce diable de spadassin s'était installé en face de lui, ses épaules massives obstruant toute la taverne tandis qu'il approchait de la sienne son énorme figure : « Venez au palais, signore... murmura-t-il. Votre frère a quelque chose à vous dire.

— Oooh, non ! » Tonio secoua la tête.

Il voulut tendre le bras pour faire un signe à Bettina et il se sentit soulevé dans l'air comme s'il eût été aussi léger qu'une plume, heurtant du pied des jambes emmêlées, puis brusquement tiré dans la *calle*. Il suffoquait. Il avala une goulée d'air. La pluie lui picotait le visage. Il essaya de se relever, dérapa et s'affaissa contre le mur détrempé.

Mais en tournant précautionneusement la tête, il s'aperçut qu'il était libre.

Il prit ses jambes à son cou.

Il sentait la douleur s'aviver dans ses pieds engourdis, mais il savait qu'il avançait vite, à fond de train même, vers les brumes du canal. À l'instant où il se tendait en avant pour franchir les dernières foulées, apercevant déjà les lumières du débarcadère, des mains le tirèrent en arrière et l'entraînèrent à nouveau, ruant et écumant, vers l'obscurité. Il avait dégainé sa dague et il en usa à l'aveuglette ; la lame s'enfonça dans quelque chose de mou, puis elle tomba à terre en cliquetant sur le pavé. Il était maintenu solidement, et on s'efforçait de lui ouvrir la bouche.

Il banda tous les muscles de son corps pour résister à cette pression. Il étouffait. Quand un spasme incontrôlé le força à avaler de l'air, on lui glissa un coin entre les dents, et il sentit le vin lui couler dans la bouche.

Il recracha la première gorgée avec une convulsion qui lui comprima douloureusement les côtes. Mais le vin lui coula à nouveau dans le gosier. Il lui semblait que, s'il ne parvenait pas à refermer la bouche ou à se libérer, il allait devenir fou ou se noyer.

Guido ne dormait pas. Il se trouvait dans cet état qui est quelquefois plus reposant que le sommeil, car il peut être savouré. Allongé sur le dos dans une petite chambre monacale de la minuscule bourgade de Flovigo, il contemplait la pluie printanière par la fenêtre dont il avait repoussé les volets de bois.

Le ciel s'éclaircissait. Dans une heure peut-être, le jour se lèverait. En temps ordinaire, Guido aurait souffert du froid bien qu'il fût tout habillé, car le vent poussait la pluie à l'intérieur de la chambre ; mais là, il y était insensible. L'air déposait une couche de glace sur sa peau, mais le froid s'arrêtait à son épiderme et ne le pénétrait pas jusqu'aux os.

Cela faisait maintenant plusieurs heures qu'il était abîmé dans ses pensées, sans toutefois réfléchir vraiment. De fait, son esprit ne lui avait jamais paru à la fois si occupé et si vacant.

Il y avait des choses qu'il savait. Mais ces choses, il n'y pensait pas ; pourtant elles passaient et repassaient sans relâche à travers son esprit.

Il savait par exemple qu'à Venise les espions des inquisiteurs de l'État étaient partout ; ils savaient que tel mangeait de la viande le vendredi, que tel autre battait sa femme. Et leurs agents pouvaient s'assurer de la personne de qui bon leur semblait, à tout moment et en secret, enfermer l'individu en cause dans quelque cul-de-basse-fosse et l'exécuter en pleine nuit en lui faisant absorber du poison, en le garrottant ou en le noyant.

Il savait que la famille Treschi était puissante. Il savait que Tonio en était le fils privilégié.

Il savait que les lois de la plupart des États d'Italie proscrivaient la castration des enfants, sauf pour des raisons médicales et à condition encore que les parents et le garçon lui-même fussent consentants.

Il savait que lorsqu'il s'agissait de pauvres on n'en tenait aucun compte.

Il savait que jamais encore un fils de riches n'avait été opéré de la sorte.

Il savait que, même dans cette bourgade perdue, il était encore sur le territoire de la république de Venise.

Il aurait voulu se trouver en dehors de ce territoire. Il comprenait la corruption de l'Italie du Sud. Il ne comprenait pas la corruption d'ici.

Et il savait aussi que tous les eunuques qu'il avait connus avaient été coupés tout petits, presque aussitôt après que leurs testicules avaient pris consistance. Mais il ignorait pour quelle raison, si cela visait à favoriser le développement de la voix, ou seulement à faciliter l'opération.

Il savait que Tonio Treschi avait quinze ans. Il savait qu'en général la voix baisse vers l'âge de dix-huit ans. La voix qu'il avait entendue dans la basilique était encore intacte et absolument pure.

Il savait tout cela, et n'y pensait pas. Il ne pensait pas non plus à l'avenir, à ce qui risquait de lui arriver une heure plus tard ou demain.

Et puis quelquefois, oubliant toutes ces choses qu'il savait, il se laissait dériver au fil de sa mémoire pour se rappeler, toujours sans rien analyser, le moment où il avait entendu pour la première fois la voix de Tonio Treschi.

C'était par une nuit de brume. Guido était étendu sur son lit, exactement comme à présent dans sa chambrette de Flovigo, tout habillé et la fenêtre ouverte. Les gros froids de l'hiver étaient passés et il ferait bientôt assez doux pour voyager sans excès d'incommodité.

Il serait au regret de quitter Venise qui l'avait tout ensemble enchanté et rebuté. Il avait été stupéfié par la prospérité de sa classe négociante et par son système de gouvernement hermétique et compliqué. Jour après jour, il avait déambulé le long du Broglio et sur la piazza en observant la pompe et la cérémonie qui s'attachaient aux fonctions de l'État. Et il avait trouvé bien de la grâce aux dilettantes, ces riches amateurs aussi talentueux et exercés que tant de musiciens de carrière.

Mais le temps était venu de quitter Venise et de regagner Naples avec les deux garçons qu'il avait laissés à Florence. Il aimait mieux ne pas penser à ces deux-là, qui ne sortaient du lot ni l'un ni l'autre. Il redoutait même que ses régents ne lui en fissent reproche.

Mais il n'avait cure de ces dangers-là. Tout cela ne le fatiguait que trop. Il était heureux à l'idée de reprendre son enseignement, si hasardeux fût-il. Il n'aspirait plus qu'à se retrouver à Naples, dans son logement, au conservatoire où il avait toujours vécu.

Et puis, il avait entendu chanter.

D'abord, cela ne lui avait pas paru différent de ce que les musiciens de rues produisaient d'ordinaire. C'était bien exécuté et d'un intérêt plutôt modéré. À Naples, il en avait entendu mille fois de pareils.

Puis une voix de soprano s'était élevée au-dessus des autres, et Guido avait été stupéfait de son timbre exquis et de sa remarquable agilité.

Il avait quitté le lit et il était allé se mettre à la fenêtre.

En face de lui, de hauts murs bouchaient le ciel. Et au-dessous une brume montante traçait des arabesques autour des torchères et des lampes à huile espacées le long du canal. La brume semblait vivante à s'étirer ainsi au-dessus des eaux, en allongeant des tentacules vers toutes les lumières, et la vision lui en fut désagréable.

Il eut tout à coup l'impression d'être pris au piège dans cette cité labyrinthique. Il avait envie de se retrouver à l'air libre et de revoir les étoiles glissant sur le ciel incurvé au-dessus de la baie de Naples.

Mais cette voix, cette voix qui semblait s'élever avec la brume, comme elle le faisait souffrir ! Et c'était la première fois de sa vie qu'il était dans l'incapacité d'identifier le possesseur d'une voix. Était-ce celle d'un homme, d'une femme ou d'un enfant ?

Sa colorature était si flexible et légère qu'il aurait pu s'agir d'une femme. Mais non. La voix avait ce tranchant indéfinissable où pointait sans conteste un tempérament masculin. Et elle était jeune, très jeune. Mais qui aurait pris la peine d'instruire ainsi un enfant ? Qui lui aurait dispensé tant de secrets ?

La voix était parfaitement juste, tissant des variations autour des violons qui l'accompagnaient, montant au-dessus d'eux puis retombant soudain, modulant des fioritures avec une aisance souveraine.

Cette voix n'avait aucune résonance cuivrée, elle évoquait les bois plutôt que les cuivres, la sonorité un peu assombrie du violon plutôt que celle, plus mate, de la trompette.

C'était un castrat, forcément !

L'espace d'un moment, Guido fut déchiré entre l'impulsion qui le poussait à se précipiter à la recherche du sopraniste inconnu et son désir de se laisser aller à l'écouter. Qu'un être dont la jeunesse était si patente pût chanter avec autant de sentiment était tout bonnement inconcevable. Et pourtant il était bien en train de l'entendre. Il était subjugué, transporté, renversé par cette voix dont la souplesse acrobatique se teintait d'une si grande mélancolie.

Oui, c'était bien cela, de la mélancolie. Guido chaussa ses bottes, endossa sa lourde cape et partit en quête du chanteur.

Ce qu'il trouva ne l'étonna qu'à moitié.

Pénétrant dans une taverne à la suite de la petite troupe de donneurs de sérénade, il eut tôt fait de découvrir qu'il s'agissait d'un jeune garçon qui était déjà presque un homme, un adolescent grand et gracieux, à la taille svelte et au visage angélique, avec le maintien d'un adulte. Il était riche : il avait au cou un jabot de fine dentelle de Venise et aux doigts des bagues d'argent richement ciselées, serties de beaux grenats. Et les gens de son entourage lui disaient « Excellence » avec une affection qui frisait la ferveur.

Je suis vivant, se disait Tonio. Je suis dans une chambre. Il entendait qu'on remuait, qu'on parlait. Et s'il était en vie, il pouvait le rester. Il ne s'était pas trompé. Carlo ne pouvait pas lui faire une chose pareille, pas lui. Au prix d'un effort surhumain, il parvint à ouvrir les yeux. Une chape de ténèbres s'abattit à nouveau sur lui, mais il souleva aussitôt ses paupières et il vit des ombres qui dansaient sur le mur et sur le plafond bas tandis que ces gens parlaient.

Il reconnut la voix de Giovanni, le sicaire qui montait perpétuellement la garde à la porte de Carlo. La voix de Giovanni était basse et indistincte, et son ton était menaçant.

Comment se faisait-il qu'ils ne l'eussent pas déjà tué ? Qu'est-ce qui se tramait ? Tonio résolut de ne pas bouger tant qu'il ne serait pas prêt à tenter quelque chose, et à travers ses paupières entrouvertes il vit un homme étique et malpropre qui tenait à la main une espèce de petite sacoche et qui était en train de dire :

« Je refuse ! Ce garçon est trop vieux.

— Il n'est pas trop vieux. » Le spadassin semblait à bout de patience. « Faites ce qu'on vous a ordonné de faire et faites-le bien. »

De quoi parlaient-ils ? Faire quoi ? Le spadassin nommé Alonso se tenait à la gauche de Tonio. L'individu aux joues creuses était entre lui et la porte. Il s'entêtait :

« Je ne veux pas être mêlé à tout cela. » Il se dirigeait à reculons vers la porte. « Je suis chirurgien, pas charcutier... »

Mais Giovanni l'empoigna rudement aux épaules et le poussa vers Tonio jusqu'à ce qu'il soit nez à nez avec lui. « Nooon... », gémissait le malheureux.

Tonio se dressa à l'instant où Alonso s'apprêtait à lui prendre les bras pour le maintenir, et son élan le projeta en avant, en sorte qu'il repoussa violemment l'homme maigre hors de son chemin. Il lui sembla que la chambre s'embrasait devant lui tandis qu'il se débattait, expédiant des ruades des deux pieds contre la poigne qui le soulevait de terre. Il vit voler la trousse qui s'ouvrit, répandant un flot de bistouris, et il entendit le chirurgien marmonner une prière affolée. Sa main se posa sur une figure et il la laboura de ses ongles tout en expédiant son poing droit dans l'estomac de l'homme qui s'écroula en arrière. Des objets se brisaient autour de lui, il y eut un fracas de bois éclaté, et tout à coup il tourbillonna sur lui-même et se retrouva libre de façon si inattendue qu'il perdit l'équilibre et tomba. La pluie s'abattait sur lui, il leur avait échappé, il fuyait à toutes jambes !

La terre mouillée dérapait sous ses pieds, des cailloux aigus transperçaient ses bottes, et il crut un instant qu'il allait l'emporter, que la nuit allait l'engloutir, le cacher. Puis il les entendit se jeter sur lui.

Capturé à nouveau, il poussa des cris perçants, des grognements de bête. Ils le portèrent dans la chambre, l'allongèrent sur le mauvais lit, et un homme le maintint fermement, pesant sur lui de tout son poids.

Il mordit à pleines dents un avant-bras musclé et velu, et tout son corps se convulsa tandis qu'on lui écartait les jambes de force. Il entendit le tissu de sa culotte se déchirer avant de sentir le contact de l'air froid sur son ventre nu.

« NON ! » Il rugissait, les dents serrées, et puis son rugissement s'enfla au-delà de toute parole, devint immense, inhumain, le rendit aveugle et sourd.

Et à la première entaille du bistouri, il sut qu'il avait perdu la partie et il comprit enfin ce qu'on était en train de lui faire.

Guido regardait le ciel, qui à présent virait au jaune pâle au-dessus de la petite bourgade de Flovigo. Il était étendu, aussi immobile qu'un mort, et observait la façon dont la pluie accrochait juste ce qu'il fallait de lumière pour former un voile visible au-dessus du champ qui déroulait son plan incliné à l'angle de la fenêtre.

Un coup fut frappé à sa porte. Une excitation imprévue s'empara de lui quand il se leva pour y répondre.

C'était l'homme qui l'avait abordé à Venise dans le café. Repoussant Guido hors de son chemin, il pénétra dans la chambre et, sans prononcer un seul mot, ouvrit une petite poche en cuir qui contenait un certain nombre de documents.

Tournant la tête de droite à gauche, il poussa un bref grognement excédé en constatant l'absence de chandelle allumée, puis il s'approcha de la fenêtre constellée de gouttelettes de pluie et examina les papiers un à un avec un soin d'illettré. Ensuite de quoi il les remit à Guido en même temps qu'une deuxième pochette.

Guido reconnut aussitôt cette pochette. C'était celle dans laquelle il conservait toutes les lettres de recommandation qu'il avait reçues à Naples, et il ne s'était même pas aperçu de sa disparition. Il en éprouva une grande contrariété.

Mais il concentra toute son attention sur les documents. Rédigés en latin, ils portaient la signature de Marc Antonio Treschi, qui y déclarait avoir pris volontairement la décision de se faire émasculer afin de préserver sa voix et absolvait du chef de complicité tous les participants à l'affaire. Le nom du chirurgien qui avait procédé à l'opération était omis pour sa propre sauvegarde.

Dans une dernière missive, adressée à sa famille, dont Guido n'avait en main que la copie, le jeune garçon affirmait en clair son intention d'aller étudier à Naples, au conservatoire de San Angelo, sous la direction du maestro Guido Maffeo.

Guido considérait cette lettre avec stupeur.

« Je ne suis en rien l'instigateur de cela ! » dit-il.

Le spadassin se borna à sourire.

« Une voiture vous attend dehors avec assez d'argent pour changer de chevaux et de conducteur autant de fois qu'il vous plaira ; elle vous mènera jusqu'à Naples, dit-il. Et voici la bourse de ce garçon.

Il est riche, je vous l'ai dit. Mais il ne touchera pas un sequin de plus tant qu'il ne sera pas inscrit sur les rôles de votre école.

— Il faut que sa famille sache que je n'ai rien à voir dans tout ceci, balbutia Guido. Il faut que le gouvernement de Venise sache que je n'y suis pour rien. »

Le spadassin eut un rire bref.

« Qui le croira, maestro ? » dit-il.

Guido lui tourna brusquement le dos. Il regardait les documents avec colère.

Le spadassin s'approcha et parla tout bas dans son dos comme un mauvais ange.

« À votre place, maestro, souffla-t-il, je n'attendrais pas que ce garçon se réveille. L'opium que nous lui avons donné était très fort. Si j'étais vous, je l'emmènerais loin d'ici sans plus tarder. Je m'empresserais de passer les frontières de la république de Venise aussi vite que possible. Et prenez bien soin de lui, maestro. Il est le seul qui puisse vous disculper. »

Guido pénétra dans la maisonnette où Tonio gisait endormi. Il vit les filets de sang séché qui lui maculaient le visage, les tuméfactions livides de sa bouche et de son cou. On lui avait ligoté les mains et les pieds avec de la grosse corde de chanvre. Il avait le visage d'un mort.

Reculant d'un pas, Guido émit une longue plainte sourde. Ses yeux se révulsèrent et ses lèvres se retroussèrent. Son gémissement continua comme s'il eût été incapable de le maîtriser, puis il s'arrêta brusquement dans sa gorge, noyé par une vague de nausée. Ses yeux se fixèrent sur la paillasse tachée de sang, puis sur les bistouris éparpillés comme des débris d'ordure dans la paille poussiéreuse du plancher, et, tremblant de tous ses membres, il sentit de nouveaux gémissements s'échapper de sa poitrine.

Lorsque enfin il se calma, il était seul dans la chambre avec Tonio, le spadassin avait disparu et la porte était grande ouverte sur un village si paisible qu'on eût pu le croire inhabité.

Il s'approcha du lit. L'adolescent avait tellement l'air d'un mort que Guido fut longtemps avant de pouvoir se résoudre à placer une main devant sa bouche ouverte pour vérifier s'il respirait encore.

Mais il vivait. La peau était moite et fiévreuse.

Guido rabattit la culotte déchirée et regarda les organes mutilés.

Le scrotum avait été fendu, vidé de son contenu, et la plaie avait été sommairement cautérisée. Mais l'incision était petite, l'opération avait été exécutée avec beaucoup de soin et il n'y avait pas le moindre signe d'enflure. D'ici quelque temps, la peau des bourses se rétracterait et le scrotum disparaîtrait sans laisser de trace.

Mais au moment où il retirait ses doigts de la plaie, Guido tressaillit car il venait de s'apercevoir d'une autre évidence.

Le pénis du garçon était au repos, mais, même alors, il sautait aux yeux qu'il avait commencé à se développer vers la taille adulte.

Guido fut saisi d'une violente terreur qui allait bien au-delà de l'horreur de cette chambre, de ce garçon au visage tuméfié et ensanglanté, du spadassin qui faisait les cent pas dehors en le surveillant du coin de l'œil.

Guido ignorait tout de la physiologie humaine. Il ne comprenait pas la mystérieuse chimie qui l'avait vaincu, lui ravissant sa voix au moment où elle triomphait. Il devinait simplement qu'à cette violence monstrueuse il se mêlait peut-être une autre injustice, plus effroyable encore.

Il effleura tout doucement le visage blême de l'adolescent endormi, cherchant s'il s'y trouvait la moindre pilosité virile.

Il n'avait aucune trace de barbe.

Il n'avait pas non plus un seul poil sur la poitrine. Fermant les yeux, Guido évoqua avec une précision sans faille le souvenir de cette voix haute et claire telle qu'il l'avait ouïe, magnifiquement amplifiée, sous les grands dômes de Saint-Marc.

Elle était limpide, impeccable.

Et pourtant les premiers signes de la virilité étaient bien là, étalés devant ses yeux.

Derrière lui, le spadassin remuait. Il se tenait debout dans l'encadrement de la porte, et ses larges épaules occupaient tout l'espace et barraient la lumière en sorte que son visage était indiscernable dans le contre-jour, mais sa voix était basse et menaçante.

« Emmenez-le à Naples, maestro, dit-il. Enseignez-lui le chant. Annoncez-lui que s'il ne demeure pas auprès de vous il ne lui restera plus qu'à mourir de faim car il n'aura pas un liard de sa famille. Et enseignez-lui aussi à rendre grâce à Dieu qu'on lui ait laissé la vie. Une vie qu'il ne conservera certainement pas s'il reparaît jamais à Venise. »

6.

Au même instant, à Venise, Carlo Treschi était tiré de son lit par une Caterina Lisani éperdue qui tenait à la main une lettre de Tonio, longue et circonstanciée, dans laquelle il confessait sa décision de se soumettre au couteau d'un chirurgien pour assurer la pérennité de sa voix et d'aller étudier à Naples au conservatoire de San Angelo.

Des émissaires furent dépêchés sur-le-champ au palais des Doges et, dès midi, tout ce que le gouvernement de Venise comptait d'espions s'était mis en devoir de retrouver Tonio Treschi.

Ernestino et les musiciens de sa troupe furent appréhendés.

On convoqua aux fins d'interrogatoire Alessandro, Angelo et Beppo.

Au coucher du soleil, la nouvelle du « sacrifice » consenti par le patricien vagabond pour préserver sa voix s'était répandue dans tout Venise ; on ne parlait plus que de cela. Un à un, tous les médecins de la ville furent traînés en cour suprême et questionnés.

Entre-temps, au moins sept patriciens des deux sexes reconnaissaient avoir offert à boire ou à souper au jeune maestro napolitain, et qu'il les avait pressés de questions au sujet de ce chanteur des rues dont on disait qu'il était de leur classe.

Et Beppo, au milieu d'un grand déluge de larmes, finit par avouer qu'il avait ménagé une rencontre entre Tonio et cet homme dans la basilique de Saint-Marc. Il fut aussitôt jeté en prison.

Carlo, en sanglots, s'accusa carrément d'être le responsable de cet événement consternant pour n'avoir pas su réfréner la passion fanatique que son frère vouait à la musique. Il n'avait pas décelé à quel point elle était dangereuse, si bien qu'ayant entendu parler de la rencontre de Tonio avec le maestro de Naples il avait bêtement refusé d'en tenir compte.

Il semblait inconsolable tandis qu'il se vilipendait lui-même devant ses interrogateurs, le visage bouffi par les pleurs, et les mains tremblantes.

Et tout cela était parfaitement sincère car, arrivé à ce point de l'affaire, il n'était plus certain que tout irait aussi bien que prévu, et une terreur sans nom le dévorait.

Marianna Treschi avait voulu se précipiter dans le canal du haut d'une fenêtre du palais, et les domestiques avaient dû la ceinturer pour l'en retenir.

Bettina, la fillette du tavernier, raconta en pleurant comment ni la bonne chère, ni le vin, ni le sommeil, ni les plaisirs de l'amour n'avaient pu faire renoncer Tonio au chant.

À minuit, on n'avait encore retrouvé aucune trace ni de Tonio ni du maestro napolitain. La police fouillait les localités des environs de Venise, tirant de leur lit tous les médecins que l'on pouvait soupçonner d'avoir trempé un jour dans des affaires de castration d'enfants.

Ernestino, que l'on avait remis en liberté, racontait à qui voulait l'entendre comme Tonio était tourmenté à l'idée qu'il allait bientôt perdre sa voix, et dans les cafés et les estaminets toutes les conversations roulaient sur ce sujet ; on parlait du talent de ce garçon, de sa beauté, de sa hardiesse.

Quand le sénateur Lisani regagna enfin son palais aux premières heures du matin, il trouva sa femme, Caterina, dans un état d'hystérie :

« Est-ce que tout le monde à Venise a perdu l'esprit pour prêter foi à de pareilles sornettes ? glapissait-elle. Pourquoi n'avez-vous pas fait arrêter Carlo pour qu'il réponde de l'assassinat de son frère ? Pourquoi Carlo est-il encore vivant ?

— Signora... soupira le sénateur, se laissant tomber lourdement dans son fauteuil, nous sommes au dix-huitième siècle et nous ne sommes pas des Borgia. Rien ne prouve qu'il s'agit d'un meurtre, ou seulement qu'il y a eu délit. »

Caterina accueillait ces propos par des hurlements incontrôlables. À la fin, elle parvint tout de même à articuler que si Tonio n'avait pas été retrouvé sain et sauf le lendemain à midi, Carlo Treschi serait un homme mort, et qu'elle se chargerait elle-même de lui régler sur-le-champ son affaire.

« Signora, rétorqua son époux, il est exact que selon toute vraisemblance ce garçon ne peut être que mort ou castré. Mais si vous prenez sur vous d'ôter la vie à Carlo Treschi pour lui faire payer cette infamie, vous prendrez du même coup une responsabilité historique qu'aucun de mes collègues du gouvernement n'est prêt à partager avec vous : celle de l'extinction de la lignée des Treschi. »

Troisième partie

1.

Ils parvinrent à Ferrare juste avant la tombée de la nuit, et Tonio n'avait toujours pas repris connaissance. Cahoté par la voiture qui roulait à fond de train dans la plaine fertile, il ouvrait les yeux de temps à autre sans paraître rien voir.

Sans attendre, Guido le mit au lit dans une petite auberge de la banlieue, lui ligota les mains et lui tâta le front.

À travers les fenêtres étroites et profondes, on voyait un rang de peupliers verdoyants qui frissonnaient sous le vent. La pluie avait repris au coucher du soleil.

Après s'être muni d'une bouteille de vin, Guido plaça une bougie allumée près de la tête de Tonio, s'assit sur une chaise au pied du lit et attendit.

Pendant les premières heures de la soirée, il s'assoupit.

Quand ses yeux se rouvrirent, il ignorait pourquoi il s'était réveillé. L'espace d'un instant, il se crut à Venise. Et puis tout ce qui s'était passé lui revint d'un coup.

Il cligna les yeux dans la pénombre et son regard se posa sur la minuscule auréole de la chandelle. Il eut un hoquet de surprise.

Tonio Treschi était assis sur le lit, le dos appuyé à l'encoignure du mur, et les deux fentes de ses yeux luisaient dans les ténèbres. Guido se demanda s'il était réveillé depuis longtemps. Son instinct l'avertissait d'un danger. En italien, il proposa un peu de vin à Tonio, mais l'adolescent ne lui répondit pas. Guido s'aperçut alors qu'il s'était débarrassé de ses liens ; l'écharpe dont il s'était servi pour lui attacher les mains gisait à terre.

Les yeux du garçon étaient rivés sur Guido. Ils étaient plissés, injectés de sang, et une ecchymose violacée déformait ses traits, leur donnant une expression de méchanceté diabolique.

Guido souleva sa cruche de vin, avala une gorgée, puis il tira les documents de son sac et les étala devant Tonio sur la couverture de grosse laine blanche.

Le regard de l'adolescent s'abaissa lentement et se posa sur les textes en latin soigneusement calligraphiés, mais il ne déchiffrait pas les documents, il les regardait, simplement.

Puis à nouveau ses yeux se tournèrent vers Guido.

Il jaillit de son lit avec une telle rapidité que Guido se retrouva projeté contre le mur avant même d'avoir compris ce qui lui arrivait. Les mains de Tonio s'étaient refermées autour de sa gorge et il dut user de toute sa force pour le repousser. Il lui assena un coup violent sur le côté de la tête. Et l'adolescent, visiblement étourdi et incapable de toute riposte, s'affaissa et resta à quatre pattes, appuyé sur les mains, le visage cramoisi et les yeux fermés.

Il ne résista pas quand Guido le repoussa brutalement contre le mur. Ses paupières s'ouvrirent avec une extrême lenteur, comme s'il était en train de perdre à nouveau connaissance.

Guido lui empoigna les épaules à deux mains. Il le regarda droit dans les yeux et il lui sembla que le regard dans lequel il plongeait le sien était celui du diable ou celui d'un dément.

« Écoutez-moi, souffla-t-il entre ses dents. Je n'ai joué aucun rôle dans ce qui vous est arrivé. Le chirurgien qui vous a châtré doit être mort à l'heure qu'il est, et ceux qui l'ont tué m'auraient tué aussi, si je n'avais pas accepté de vous emmener hors de la Vénétie. Ils auraient agi de même avec vous. Ils me l'ont clairement donné à entendre. »

La bouche de Tonio remuait comme s'il se mâchait l'intérieur des joues pour amasser de la salive.

« Je ne sais rien de ces hommes-là. Savez-vous qui ils sont ? » demanda Guido.

Tonio lui cracha au visage un jet de salive si puissant que Guido le lâcha pour porter ses mains à ses yeux.

Il s'aperçut alors qu'il avait du sang sur les mains.

Il s'éloigna de Tonio à reculons et se laissa tomber sur la chaise de bois sur laquelle il était assis tout à l'heure. Il sentit le contact du mur de plâtre à l'arrière de son crâne.

L'expression du regard de Tonio était toujours la même, mais son corps, autour duquel la maigre lueur de la chandelle traçait un halo lumineux, était à présent agité de tremblements violents, qui se muèrent bientôt en longs frissons fiévreux. Quand Guido se leva pour le couvrir, il se recroquevilla contre le mur en sifflant entre ses dents une phrase brève en patois vénitien qui devait vouloir dire quelque chose comme : « Ne me touchez pas ! »

Guido retourna s'asseoir et pendant toute une heure il demeura figé dans la même position, observant l'adolescent dont l'expression ne varia pas d'un iota. La situation s'éternisait, rien ne se produisait.

Et puis, à la fin, cédant à la faiblesse et à la fièvre qui le minaient, Tonio se laissa glisser le long du mur et tomba prostré sur le matelas.

Il ne manifesta aucune velléité de résistance quand Guido ramena la couverture sur lui et il ne protesta pas non plus quand il lui souleva la tête pour lui faire avaler un peu de vin.

Quand il retomba en arrière, il avait les yeux vitreux et il ne les bougea qu'à peine, les promenant sur le plafond, tandis que Guido lui parlait.

Guido prit tout son temps. Un grand silence était tombé sur l'auberge, et les étoiles minuscules et brillantes n'apparaissaient que par intermittence au-delà des ombres mouvantes des peupliers. D'une voix égale et posée, Guido lui dépeignit l'homme qui l'avait abordé à Venise et ceux qui l'avaient conduit avec quelque rudesse jusqu'à Flovigo. Puis il lui fit part de ce que contenaient les documents signés de lui.

Sans ajouter aucun commentaire, il lui narra par le menu la manière dont il s'était trouvé entraîné dans cette intrigue et le chantage que ces hommes avaient exercé sur lui pour le forcer à emmener Tonio loin de Venise. Et en dernier lieu il lui parla de la voiture, de la bourse qu'on lui avait remise, et lui dit que, s'il le désirait, il était disposé à le conduire au conservatoire de San Angelo.

Il expliqua à Tonio qu'il était libre de son choix. Et puis, après être resté un moment silencieux, il lui rapporta à mi-voix que le spadassin lui avait annoncé que la famille de Tonio n'assumerait sa subsistance qu'à condition qu'il entrât et demeurât au conservatoire.

« Nonobstant cela, vous êtes libre de m'accompagner ou d'agir comme bon vous semblera », conclut Guido. La bourse était bien garnie.

Là-dessus, l'adolescent se détourna et ferma les yeux. Par ce geste, il semblait implorer le silence d'une manière si éloquente que Guido se tut.

Il resta debout, le dos au mur, les bras croisés, jusqu'à ce qu'il entende que la respiration de Tonio était devenue régulière.

Toute trace de folie s'était effacée de son visage qui reposait sur l'oreiller, pâle et rasséréné. Sa bouche avait retrouvé l'aspect d'une bouche d'enfant, parfaitement modelée et souple en même temps. Mais c'était la faible lumière jouant sur l'ossature du visage qui en faisait ressortir l'extrême beauté.

La lumière soulignait l'arête de la mâchoire, les pommettes hautes et la surface lisse du front.

Guido s'approcha du garçon endormi. Longtemps il contempla ses membres graciles déliés par le sommeil et sa main à demi fermée posée sur la couverture.

Son front était moins brûlant que tout à l'heure, et Tonio ne tressaillit même pas quand Guido y apposa sa paume.

Se glissant furtivement hors de la chambre, Guido s'en alla dans le pré qui s'étendait sous leur fenêtre.

Des nuages couvraient la lune, et les lumières de la ville n'éclairaient pas le ciel de ce côté.

Marchant à travers l'herbe humide du pré, Guido trouva bientôt un endroit sec où il s'allongea sur le dos et d'où il scruta le ciel à la recherche des rares étoiles qui y paraissaient par intermittence.

Un affreux désespoir s'insinuait en lui.

Il le pénétrait petit à petit, comme un grand froid d'hiver, et Guido le reconnaissait à ces frissons qui l'avaient toujours accompagné quand il l'avait éprouvé dans le passé et à ce drôle de goût de maladie dans la bouche.

Non que Guido fût particulièrement malade. Il était en pleine santé, mais il éprouvait toute la vacuité de son existence. Elle n'avait jamais été rien de plus qu'un tissu désordonné de hasards absurdes, la noblesse ni la bonté n'y avaient aucune part et il n'y trouvait nul sujet de réconfort.

Il se souciait comme d'une guigne de périr sous les coups des agents de l'État vénitien. Cela lui semblait aussi insignifiant que tous les autres événements de sa vie. Et en dépit de lui-même il se retrouva transporté dans la chambre où, bien longtemps auparavant, à Naples, il avait tenté de se supprimer en s'ouvrant les veines après avoir bu jusqu'à l'abrutissement.

Il avait gardé un souvenir très précis de tout ce que contenait cette chambre, de la peinture des murs, des moulures fleuries du plafond. Et il se souvenait qu'au moment de sombrer dans l'inconscience l'idée de la mer l'obsédait et qu'il avait eu du plaisir à se la représenter.

Ses yeux s'humidifièrent. Il sentit les larmes couler sur le côté de son visage, et vit au-dessus de lui la voûte céleste s'éclaircir sous l'effet d'une luminosité gênante, blanche et laiteuse, qu'il aurait voulu recouvrir d'un manteau de ténèbres miséricordieuses.

À présent, et sans non plus l'avoir voulu, il entendait la voix de Tonio Treschi s'élevant de l'enchevêtrement des ruelles vénitiennes, et les deux lieux se confondaient dans sa mémoire, cette chambre de Naples où il avait éprouvé un bonheur indicible en se croyant en train de mourir, et Venise où il avait ouï ces chants sublimes.

Et subitement il comprit ce qui avait fait surgir ces ténèbres qui menaçaient de l'engloutir.

« Si ce garçon ne survit pas, s'il n'arrive pas à dominer la violence qu'il a subie, je serai détruit avec lui. »

Après cela, il se leva de son lit d'herbe et regagna l'auberge. Comme il ne se sentait pas encore capable de remonter dans la chambre, il s'assit sur une marche de pierre et pleura en silence, la tête dans ses bras.

Cela faisait des années qu'il n'avait pas pleuré, du moins c'est ce qu'il lui semblait. En tout cas, il y avait bien longtemps qu'il n'avait versé des larmes aussi abondantes.

Il s'arrêta lorsqu'il entendit le bruit de ses propres sanglots.

Il releva la tête avec étonnement.

Le ciel était plus clair et quelques filaments de bleu striaient déjà le champ infini des nuages. Avant de se redresser, Guido baissa la tête et essuya ses larmes sur sa manche.

Mais lorsqu'il se retourna et que ses yeux se posèrent sur le petit escalier de pierre étroitement accoté au mur, il aperçut, debout sur le palier, la mince et fragile silhouette de Tonio Treschi.

L'adolescent regardait Guido, et ses yeux restèrent fixés sur lui tandis qu'il gravissait l'escalier.

« N'êtes-vous pas le maestro que j'ai rencontré ? demanda doucement Tonio. Le maestro pour qui j'ai chanté à Saint-Marc ? »

Guido fit oui de la tête. Il considérait la pâle figure de Tonio, ses lèvres moites, ses yeux qui brillaient encore d'un éclat maladif.

La vision de cette innocence meurtrie et saccagée lui était intolérable. Il pria silencieusement le ciel de faire que ce garçon se détourne de lui.

« Était-ce pour moi que vous pleuriez ? » demanda Tonio.

Un moment, Guido resta silencieux. Il sentait qu'une de ces colères dont il était coutumier était sur le point d'éclater ; déjà le rouge lui montait aux joues et les commissures de ses lèvres se retroussaient. Et puis subitement, avec autant de netteté que si une voix venait de la lui dire à l'oreille, la vérité lui apparut : c'était bel et bien pour ce garçon qu'il avait pleuré.

Il ravala sa colère et ne dit rien, se contentant de fixer Tonio avec une stupeur morose.

Alors le visage de l'adolescent, qui l'instant d'avant était neutre et presque angélique, s'empreignit d'une amertume terrible et glaçante. La haine qui durcissait peu à peu ses traits donnait à son regard des reflets menaçants devant lesquels Guido baissa lentement les yeux.

« Allons-nous-en d'ici, dit Tonio d'une voix basse. Il faut que nous poursuivions notre route. J'ai à m'occuper d'une affaire. »

Il tourna les talons et réintégra la chambre. Les documents étaient étalés sur la table. Tonio les ramassa et en fit une liasse qu'il tendit au maestro.

« Qui étaient ces hommes qui vous ont fait cela ? » interrogea soudain Guido.

Tonio, qui était en train de passer son manteau, leva les yeux sur lui de l'air de quelqu'un qui est absorbé dans de profondes réflexions.

« Des imbéciles, répondit-il, au service d'un lâche. »

2.

Tonio resta muet pendant tout le trajet qui les mena jusqu'à Bologne, cette grande métropole animée du Nord.

S'il était incommodé, il n'en laissa rien voir et, lorsque Guido le pressa de consulter un médecin en arguant du risque d'infection que l'on ne pouvait écarter, il détourna résolument la tête.

Son visage paraissait définitivement transformé. Il semblait s'être étiré, et sa bouche était plus mince et plus dure. Ses yeux largement ouverts, qui paraissaient ne rien voir de la campagne d'Émilie qui déroulait devant eux ses grâces printanières, avaient encore des lueurs fiévreuses.

Il ne parut pas non plus voir les fontaines, les palais et les rues grouillantes de la belle cité de Bologne.

Tout cela ne l'empêcha pas de se lancer dans des dépenses extravagantes. Il fit successivement l'acquisition d'une épée à la poignée incrustée de pierreries, d'une bonne dague, d'une paire de pistolets à crosse de nacre, et aussi d'un habit neuf avec la cape assortie. Ensuite de quoi, fort poliment — il s'était montré en tous points courtois jusqu'à présent sans pour autant faire preuve de docilité ou de déférence —, il pria Guido de lui trouver un homme de loi habitué à défendre des musiciens.

C'était chose aisée à Bologne, ville dont les cafés regorgeaient de chanteurs et de musiciens venus de toute l'Europe dans l'intention expresse d'y nouer connaissance avec des directeurs de théâtre et des imprésarios susceptibles de leur procurer un emploi pour la prochaine saison. De brèves investigations les amenèrent à l'étude d'un jurisconsulte compétent.

Tonio se mit en devoir de lui dicter une lettre à l'intention du Tribunal suprême, à Venise.

S'il avait fait ce sacrifice, expliquait-il, c'était afin de sauvegarder sa voix, et il tenait à ce que personne à Venise ne fût blâmé pour un acte dont il portait seul l'entière responsabilité.

Après avoir lavé de toute accusation ses anciens précepteurs et toutes les personnes qui l'avaient encouragé dans son amour de la musique, il mettait hors de cause Guido Maffeo et l'ensemble des enseignants du conservatoire de San Angelo, qui avaient tout ignoré de ses desseins avant qu'il ne les mît à exécution.

Mais ce qui lui importait par-dessus tout, c'était que son frère Carlo n'encourût aucun blâme consécutivement à tout cela.

« Cet homme étant désormais le seul héritier survivant de notre défunt père, ayant conservé l'intégrité de ses fonctions corporelles et la faculté de prendre femme, il est capital qu'il soit absous de toute responsabilité relativement à cet acte que j'ai commis en sorte qu'il lui soit permis de s'acquitter de ses futurs devoirs de père et d'époux. »

Tonio apposa sa signature au bas de la lettre. L'homme de loi, qui avait calligraphié ce texte insolite sans un haussement de sourcil, contresigna en qualité de témoin et pria Guido de faire de même.

Tonio demanda que l'on fît tenir copie de cette lettre à une certaine Caterina Lisani, qu'il fallait également prier de lui expédier toutes ses affaires à Naples. Et voudrait-elle bien aussi se charger de constituer une petite dot à la jeune Bettina Sanfredo, servante au café tenu par son père place Saint-Marc, afin de lui assurer un mariage décent ?

Ensuite de quoi Tonio regagna le monastère où il avait pris pension avec Guido et s'effondra sur son lit, épuisé.

Après cela, il arriva souvent à Guido de s'éveiller au beau milieu de la nuit et de trouver Tonio debout à la porte, vêtu de pied en cap et attendant le lever du jour. D'autres fois aussi, avant minuit, une agitation le prenait dans son sommeil, des exclamations lui échappaient, puis il se réveillait et présentait un visage aussi fermé et indéchiffrable qu'à l'accoutumée.

Guido était bien incapable de mesurer l'étendue de la peine qui restait scellée au profond de son cœur, mais il lui semblait à certains moments éprouver de façon palpable la douleur qui sourdait du corps inerte du malheureux garçon recroquevillé dans un coin du carrosse secoué par les cahots. Parfois Guido aurait voulu lui parler, mais sa gorge se nouait et une bouffée du désespoir qui l'avait envahi à Ferrare lui montait au cerveau. Pourtant, il était encore humilié que ce garçon l'ait pris à sangloter et lui ait demandé sans ambages si c'était à propos de lui qu'il pleurait. Guido n'avait pas répondu à cette question, mais cela il l'avait complètement oublié.

Ils retrouvèrent finalement à Florence les deux garçonnets que Guido avait laissés là en prévision de son retour à Naples, mais leur présence dans le carrosse occasionnait une gêne manifeste à Tonio, bien qu'il ne pût visiblement s'empêcher de les dévorer des yeux.

À Sienne, il ne leur en acheta pas moins des souliers neufs et deux bonnes capes et leur fit servir des douceurs à la table du déjeuner. C'étaient des enfants craintifs et dociles, âgés l'un de neuf et l'autre de dix ans, et ils ne se permettaient ni un geste ni une parole à moins d'en avoir reçu l'ordre. Paolo toutefois, le plus jeune des deux, était d'un naturel rieur, cela se reconnaissait bien aux grands sourires qui par moments lui échappaient, forçant chaque fois Tonio à détourner brusquement le regard. Une fois, alors qu'il émergeait d'un demi-sommeil, Guido s'aperçut que l'enfant s'était niché tout près de Tonio. Il pleuvait, de grands éclairs illuminaient les courbes douces des collines vert sombre, et à chaque grondement de tonnerre le garçonnet se serrait un peu plus contre Tonio, si bien qu'à la fin, sans le regarder, celui-ci glissa un bras autour de lui. Les yeux de Tonio se voilèrent, et tandis que ses doigts se refermaient sur le mollet du petit pour le maintenir contre lui, il donna tout à coup l'impression d'être envahi d'une émotion irrésistible. Et puis ses yeux se fermèrent et sa tête retomba mollement sur son cou tandis que le carrosse continuait à cahoter sous la tiède averse de printemps en direction de la Ville éternelle.

Quoiqu'il parût tout à fait insensible à la sombre beauté de Rome, Tonio cessa d'observer fixement les deux enfants dès qu'ils eurent franchi la Porta del Popolo et reporta son obsession sur Guido lui-même. Ses yeux avaient toujours ce sourd éclat de haine, et ils suivaient implacablement les moindres gestes de Guido, observaient sa démarche, sa façon de s'asseoir, s'arrêtaient même avec insistance sur les rares poils noirs qui parsemaient le dos de ses mains. Et au soir, dans les chambres qu'ils partageaient, le regard de Tonio continuait de fixer Guido sans pudeur tandis qu'il se dévêtait, détaillant ses longs bras à la puissante apparence, sa forte poitrine, ses larges épaules.

Guido endurait tout cela sans mot dire.

Mais la chose commençait à lui peser sur les nerfs, sans qu'il sût précisément pourquoi. Car, à vrai dire, il n'attachait que peu d'importance à son corps. Depuis la petite enfance, il avait pris part à bien des représentations sur la scène du conservatoire, et il était si habitué au maquillage, aux costumes et à toutes les formes de déguisement et de travestissement que les particularités de sa conformation ne lui occasionnaient plus aucune gêne. Il savait, par exemple, que sa forte charpente lui donnait belle prestance dans les rôles de mâles et que l'excès de fard faisait ressortir ses yeux immenses d'une manière surnaturelle.

Qu'un regard scrutateur se posât sur lui alors qu'il était nu, décelant çà et là quelque défectuosité, cela lui était complètement égal.

Mais celui de Tonio était tellement indiscret, tellement insistant qu'il commençait à en être irrité. Un soir, n'y tenant plus, il posa sa cuillère et lui rendit son regard.

Tonio le regardait avec tant d'hostilité que l'idée lui traversa l'esprit que ce garçon avait le cerveau détraqué. Et puis il s'aperçut que Tonio le fixait avec une attention si soutenue qu'il n'avait même pas remarqué que Guido le regardait à son tour. On aurait dit que Guido n'était pour lui qu'un objet inanimé. Et quand les yeux de Tonio se déplacèrent, ce fut au moment qui leur convenait, et seulement pour se river sur la gorge de Guido, ou peut-être regardait-il la cravate de linon blanc qu'il avait nouée sur son col ? Guido n'en avait pas la moindre idée. À présent, le regard de Tonio était fixé sur ses mains, puis il se posa à nouveau sur ses yeux, les examinant comme les détails d'une peinture.

L'indifférence de Tonio à l'égard de la personne même de Guido était si totale, si manifeste, que Guido sentit soudain une bouffée de colère monter en lui. Il avait extrêmement mauvais caractère ; il était le plus redouté des maîtres du conservatoire, tous ses élèves pouvaient en témoigner. En ce moment, c'était contre Tonio que sa fureur se déchaînait, et cette crise de rage se nourrissait de mille petites rancœurs qu'il avait accumulées au cours des jours précédents. Jusqu'à présent, il n'avait rien fait d'autre que de se plier aux caprices de cet enfant gâté ; il s'était comporté comme s'il avait été son laquais ! La haine invétérée que Guido nourrissait à l'égard de tous les aristocrates remontait d'un seul coup à la surface et — il s'en rendait compte brusquement — elle était en train de contaminer le sentiment qu'il éprouvait à l'égard de Tonio.

Celui-ci avait jeté sa serviette sur la table et s'était levé de son siège.

Ainsi qu'à toutes les précédentes étapes de leur voyage, ils avaient pris pension ce soir-là dans ce que la ville avait à offrir de mieux en guise d'hôtel : en l'occurrence, il s'agissait d'un somptueux monastère qui louait de vastes appartements, meublés avec un goût exquis, à des gentilshommes bien pourvus.

Tonio, quittant leur cabinet particulier où les deux enfants étaient encore occupés à racler le fond de leur assiette, s'était rendu dans le petit jardin enclos de hauts murs.

Guido resta longtemps assis, abîmé dans ses pensées qui ne le quittèrent pas quand il eut mis les enfants au lit et les eut bordés sous les couvertures.

Quand il franchit le seuil du jardin, il n'avait toujours pas compris sa propre fureur. Il savait seulement qu'il en voulait à ce garçon, qu'il lui vouait un vif ressentiment pour ses regards dédaigneux et son mutisme perpétuel. En vain se répétait-il qu'il était inévitable que Tonio éprouvât de la douleur, de l'angoisse : il ne pouvait s'arrêter sur cette pensée. Pendant tout le voyage, il s'était interdit de réfléchir à ce sujet, simplement parce qu'il ne pouvait se résoudre à méditer sur une pareille horreur.

Et chaque fois que sa raison l'avait obligé à se demander ce par quoi l'adolescent était en train de passer, ce à quoi il pensait, ce qu'il éprouvait, une petite voix têtue, tout au fond de lui-même, lui avait dit, sur un ton de supériorité narquoise : Mais toi, tu as toujours été eunuque, mon pauvre Guido, tu ne sauras jamais ce qu'il ressent.

Quelle qu'en pût être la raison, il avait la rage au cœur lorsqu'il posa le pied dans le jardin et aperçut une immense statue cambrée en arrière au-dessus d'une vasque en forme de coquille et, debout en face d'elle, très droite, la forme mince de Tonio Treschi.

Rome regorge de statues de ce genre, grandes comme trois à quatre fois la taille d'un homme ordinaire. On croirait qu'elles poussent comme des champignons dans tous les recoins de la cité, contre les murs, sur les arceaux des porches, trônant au-dessus d'une infinie variété de fontaines. Et alors même qu'elles passeraient inaperçues au milieu d'une cathédrale ou d'un grand palazzo, elles peuvent provoquer un choc lorsqu'on en fait la rencontre inopinée dans un espace plus resserré.

Car il n'est pas rare alors que l'on soit saisi par le sentiment du grotesque devant ces géants enfermés dans un espace exigu et qui donnent si bien l'illusion de la vie qu'on croirait qu'ils vont soudain se mettre à respirer et tendre leurs énormes mains pour saisir et écraser tout ce qui se trouvera de vivant à leur portée.

Le regard s'imprègne de tous les détails de ces statues. On voit les muscles blancs rouler sous le marbre, les veines qui font saillie sur le dos des mains, les ongles des pieds ébréchés. Mais c'est l'ensemble qui est horrible à voir.

Guido éprouva cette pénible sensation quand il sortit du cloître et pénétra derrière Tonio dans l'espace réduit du jardin.

Un dieu était allongé là, le dos appuyé au mur, son énorme face barbue tendue vers l'avant et, de ses doigts ouverts, levés vers le ciel, de l'eau s'écoulait goutte à goutte dans le bassin dont le clair de lune illuminait la surface.

Les yeux de Tonio Treschi étaient rivés sur sa poitrine nue et sur ses larges hanches couvertes d'un drapé aux plis lâches qui laissait voir une jambe puissamment musclée sur laquelle le géant appuyait tout son poids.

Guido détourna les yeux de ce dieu monstrueux ; il vit le reflet du clair de lune brisé par les rides concentriques à la surface du bassin. Et puis, du coin de l'œil, il vit que l'adolescent s'était tourné vers lui et sentit la brûlure du regard qui le scrutait avec avidité.

« Qu'avez-vous à me fixer ainsi ? » demanda-t-il soudain, et avant qu'il ait pu s'en empêcher, sa main s'était refermée sur le tissu de la cape qui flottait sur l'épaule de Tonio.

Il sentit la surprise de l'adolescent. La lune éclaira son visage convulsé et sa bouche pendante qu'il se mit à remuer sans rien dire à la façon d'un hébété.

Les arêtes vives et marquées du jeune visage se brouillèrent et il exprima une complète détresse, un remords désespéré. Il parut vouloir balbutier une dénégation ; il essaya de parler, mais les mots s'arrêtèrent dans sa gorge et il resta brisé, la tête penchée.

Un grand désarroi s'était emparé de Guido. Il tendit à nouveau la main vers le garçon comme pour lui en effleurer le visage, mais son geste resta en suspens et, le cœur noué par une peur affreuse, il regarda Tonio qui semblait se décomposer devant lui.

L'adolescent avait baissé les yeux. Levant les mains, il examina l'une après l'autre, d'un air stupéfait, ses paumes ouvertes. Il les tendit devant lui comme pour saisir un objet invisible, à moins que ce ne fût simplement pour inspecter ses deux bras. Oui, c'était bien ses propres bras qu'il regardait, et soudain une espèce de râle, de grognement à demi étranglé s'échappa de sa gorge.

Se tournant vers Guido, il se mit à haleter à petits coups saccadés comme une bête blessée, les yeux écarquillés par un désespoir sans fond.

Et subitement Guido comprit tout.

Cependant l'adolescent, toujours pantelant, les yeux rivés sur ses paumes dressées, se mit tout à coup à s'en frapper la poitrine, et son grognement étouffé se mua en un cri guttural qui s'enflait rapidement.

Guido le saisit entre ses bras et étreignit de toutes ses forces son corps raidi jusqu'à ce qu'il sente la tension se relâcher d'un coup et que Tonio se laisse aller contre lui, flasque et silencieux.

Avant de se faire porter jusqu'à son lit en silence, mollement abandonné contre son épaule, l'adolescent murmura un seul mot à l'oreille de Guido. C'était le mot « monstre ».

3.

Ils firent leur entrée dans Naples le 1er mai, et même le long trajet qu'ils venaient d'accomplir à travers les champs de blé verdoyants ne les avait pas préparés au spectacle de cette immense cité inondée de soleil, cascadant sur les pentes des collines en un ruissellement somptueux de murs pastel et de jardins suspendus bourgeonnants pour resserrer son étreinte sur le panorama de la baie d'un bleu d'azur, du port foisonnant de voiles blanches et du Vésuve soufflant sur le ciel sans nuage le mince plumet de sa fumerolle.

Le carrosse avançait cahin-caha au milieu du grouillement incessant d'une foule plus dense que jamais, comme si la tiédeur parfumée de l'air était la cause de sa pullulation. Des voitures sillonnaient la multitude en tous sens, des ânes se mettaient en travers de leur passage, des vendeurs à la criée s'accrochaient aux portières pour leur proposer des glaces, de l'eau fraîche, des tranches de pastèque.

Le cocher faisait claquer son fouet tandis que les chevaux escaladaient péniblement la rue en pente dont chaque méandre leur découvrait comme par magie une nouvelle vue sur le paysage en bord de mer.

C'était le paradis sur terre. Tout à coup, Guido n'en avait plus le moindre doute et il fut envahi par un sentiment de bien-être inattendu. Il était impossible de contempler ce site, avec sa profusion de végétation fleurie, cette côte dentelée, cette montagne fatidique, sans éprouver jusqu'à la moelle un sentiment de bonheur.

Les deux garçonnets en étaient visiblement enthousiasmés, surtout Paolo, le plus jeune, qui avait grimpé sans plus de façon sur les genoux de Tonio pour passer la tête par la fenêtre. Même Tonio semblait en avoir oublié ses soucis. Il se tordait le cou pour voir le Vésuve sous tous les angles possibles.

« Mais il crache de la fumée ! murmura-t-il.

— Il crache de la fumée ! répéta Paolo en écho.

— Oui, dit Guido. Cela le prend parfois, et depuis fort longtemps. Mais n'y prenez pas garde. On ne peut jamais savoir quand il se décidera à se déchaîner pour de bon. »

Les lèvres de Tonio remuèrent comme en une prière muette.

Quand les chevaux entrèrent au petit trot dans la cour de l'écurie, Tonio sauta le premier à terre avec Paolo dans ses bras. Il reposa l'enfant et se précipita à sa suite dans le jardin. Il examina des yeux les quatre murs dont il était enclos, auxquels s'adossaient les galeries d'un cloître roman quadrangulaire, le tout presque entièrement recouvert d'un enchevêtrement de plantes grimpantes semé de petites fleurs blanches en forme d'entonnoir et tout bourdonnant d'abeilles.

Une cacophonie d'instruments s'échappait des portes ouvertes. Des visages d'enfants se collaient aux vitres. Et le jet d'eau, entouré de chérubins patinés par l'âge et tachés de fientes d'oiseaux qui se cramponnaient à leurs cornes d'abondance, répandait une pluie généreuse et salubre où s'accrochaient les reflets du soleil.

Le maestro Cavalla ne tarda pas à sortir de son cabinet de travail pour venir embrasser Guido.

Le maestro, qui était veuf et dont les fils avaient été depuis longtemps appelés auprès de monarques étrangers, portait à Guido une affection toute spéciale. Guido y avait toujours été sensible, et à présent un grand élan de chaleur le poussait vers le vieillard. L'âge du maestro était encore plus accusé qu'avant : ses cheveux étaient entièrement blancs.

Après leur avoir souhaité la bienvenue de façon toute formelle, le vieux maître fit emmener les deux garçonnets, puis son regard s'arrêta sur l'élégante figure du Vénitien qui s'était éloigné d'eux et déambulait dans les jardins du cloître parmi les nombreux orangers dont les fleurs avaient déjà commencé à se muer en minuscules fruits.

« Il faut que tu me dises sur-le-champ de quoi il retourne », dit le maestro à voix basse. Puis, jetant à nouveau les yeux sur Guido, il le serra sur son cœur avec effusion, gardant son élève un moment contre lui, comme à l'écoute d'un son lointain.

Guido en éprouva quelque irritation.

« Sûrement, vous avez dû recevoir la lettre que je vous ai envoyée de Bologne, dit-il.

— Oui, et je reçois quotidiennement la visite d'envoyés de l'ambassade de Venise, qui m'ont quasiment accusé d'avoir fait émasculer ce jeune homme et m'ont menacé de requérir contre nous un ordre de perquisition.

— Eh bien, faites-les donc chercher », grommela Guido. Mais il avait peur.

« Pourquoi t'es-tu donné tant de peine pour ce garçon ? demanda le maestro d'une voix patiente.

— Quand vous aurez entendu sa voix, vous comprendrez », répondit Guido.

Le maestro eut un sourire. « Eh bien, dit-il, je vois que tu es toujours le même, mon cher Guido. Voilà au moins une chose qui n'a pas changé. »

Et il n'eut qu'une brève hésitation avant de consentir à ce que Tonio occupât, au moins provisoirement, une chambre privée sous les combles.

Tonio gravit lentement l'escalier. Il ne pouvait s'empêcher de regarder en arrière vers les salles d'exercice dont les portes ouvertes laissaient voir une bonne centaine de garçons occupés à travailler les instruments les plus divers. Le son des violoncelles, des contrebasses, des flûtes et des trompettes s'élevait, tonitruant, au-dessus de la cacophonie générale, et une douzaine de bambins martelaient avec application autant de clavecins éparpillés dans la mêlée.

Le long des corridors, des garçonnets assis sur des bancs faisaient des gammes ; l'un deux s'était posté dans un coin de l'escalier pour s'exercer au violon, un autre avait installé sur le palier un pupitre d'où il salua de la tête le passage de Tonio et de Guido sans lever la plume de la portée où il notait les harmoniques d'un morceau.

Les marches de l'escalier s'étaient creusées sous la multiplicité des pas qui s'étaient succédé au cours des siècles, et l'ensemble du bâtiment avait un aspect élimé, dépouillé, dont Guido n'avait jamais été frappé auparavant.

Il ne pouvait deviner les pensées de Tonio et il ignorait que, de toute sa vie, ce garçon n'avait pas subi un seul jour la discipline de quelque institution que ce fût.

De son côté, Tonio ignorait tout des enfants, et il les considérait avec stupeur, comme s'il se fût agi là d'un phénomène insolite.

Il s'arrêta, décontenancé, à l'entrée du vaste dortoir où Guido avait couché toute son enfance, avant de se laisser guider sans protester le long du corridor de l'attique jusqu'à la petite chambre mansardée où il allait loger.

Tout était net et propre dans la chambre, ordinairement réservée à un occupant de marque, tel un sopraniste qui se serait particulièrement distingué dans ses dernières années d'études. En fait, Guido l'avait lui-même habitée autrefois.

Le store intérieur déroulé devant la lucarne était peint de feuilles vertes et de roses épanouies, et le même motif se répétait sur une bordure qui courait en frise sous le plafond.

Le secrétaire et son siège étaient incrustés d'émaux aux vives couleurs, et une commode rouge sombre avec des rebords dorés était prête à accueillir les affaires de Tonio.

L'adolescent promena son regard à travers la pièce, puis il aperçut soudain par la fenêtre ouverte la cime bleutée du Vésuve, et cette vision l'attira comme une force magnétique.

Un long moment, il resta planté au pied de la lucarne, contemplant d'un œil fasciné le panache de fumée qui s'élevait tout droit vers les nuages effilochés, avant de se retourner enfin vers Guido. Un émerveillement tranquille se lisait dans ses yeux et, quand il les promena à nouveau sur le mobilier de la mansarde, ce fut sans manifester le moindre signe de critique ni de protestation. Dans cet instant, il paraissait heureux de ce qu'il voyait, comme si le poids de sa souffrance eût été la chose du monde la plus facile à porter, jour après jour et à tout moment, sans aucun allégement. Il se tourna à nouveau vers le volcan.

« Cela vous plairait de faire l'ascension du Vésuve ? » lui demanda Guido.

Tonio tourna vers lui un visage si radieux qu'il en éprouva de la stupeur. L'adolescent avait retrouvé cette espèce de rayonnement très doux qui émanait naturellement de sa personne.

« Nous y monterons un jour si le cœur vous en dit », proposa Guido.

Alors, et pour la première fois, Tonio lui sourit.

Mais Guido fut désolé de voir le visage de l'adolescent se rembrunir à nouveau quand il lui expliqua qu'il lui fallait rencontrer les délégués de Venise.

« Je n'ai pas envie de les voir, murmura Tonio.

— C'est indispensable », rétorqua Guido.

Quand ils furent réunis dans la vaste salle du rez-de-chaussée où le maestro Cavalla tenait bureau, Guido comprit sans peine la réticence de Tonio.

Les deux Vénitiens, que l'adolescent ne connaissait manifestement pas, étaient entrés en grande pompe, avec des tenues cérémonieuses à la mode du siècle précédent. Avec leurs énormes perruques et leurs longues redingotes à queue, ils avaient l'air de deux grands galions entrant, toutes voiles dehors, dans un port étroit.

Ils dévisagèrent Tonio avec une aversion non dissimulée et lui posèrent des questions brèves et hostiles.

Tonio avait le regard qui vacillait légèrement ; il était d'une pâleur mortelle, et ses mains, qu'il tenait jointes dans son dos, se tordaient machinalement. Il soutint qu'il avait pris sa décision de son propre chef et affirma que personne au conservatoire ne l'avait influencé. Oui, l'opération avait bien eu lieu ; non, il n'accepterait pas de se soumettre à un examen corporel. Non, il ne pouvait leur révéler l'identité du chirurgien. Encore une fois, personne au conservatoire n'avait eu connaissance de ses desseins...

À cet endroit, le maestro Cavalla lui coupa la parole avec indignation pour déclarer, dans un dialecte vénitien aussi coulant et assuré que celui de Tonio, que son conservatoire était formé de musiciens et non de chirurgiens. Jamais on n'y avait opéré un seul enfant. « Nous ne sommes pour rien dans tout ceci ! » s'écria-t-il.

Les Vénitiens accueillirent cette sortie par des rictus méprisants. Pour un peu, Guido les aurait imités, mais il se ressaisit à temps et ne laissa rien percer de ses sentiments.

L'interrogatoire était évidemment terminé. Un silence embarrassé s'abattit sur la petite assemblée. Le plus âgé des deux Vénitiens paraissait lutter contre une émotion latente.

À la fin, il s'éclaircit la gorge et, d'une voix basse et presque avec brutalité, il demanda :

« Marc Antonio, êtes-vous bien sûr de n'avoir rien d'autre à nous révéler ? »

La question prit Tonio au dépourvu. Il serra les lèvres au point qu'elles en devinrent blanches puis, visiblement incapable d'articuler un mot, il secoua la tête et détourna les yeux qu'il écarquillait légèrement, comme s'il cherchait volontairement à brouiller sa vision.

« Marc Antonio, êtes-vous certain d'avoir fait cela de votre plein gré ? » L'homme fit un autre pas en avant.

« Signore, répliqua Tonio d'une voix blanche, c'est une décision sur laquelle il ne saurait être question de revenir. Vous voudriez donc que je m'en repente ? »

L'homme rechigna, comme si ce qu'il avait à dire lui déplaisait au plus haut point. Puis il leva sa main droite qu'il avait jusque-là laissée pendre à son côté, et exhiba le petit rouleau de parchemin sur lequel elle était refermée. Très vite, d'une voix morne et pleine de dépit, il déclara :

« Marc Antonio, j'ai fait la guerre en Orient avec votre père. J'étais à bord de son navire pendant la bataille du Pirée. Je n'ai aucun plaisir à vous dire ce que sans doute vous savez déjà : que vous avez tourné le dos à votre père, à votre famille, à votre patrie. Dorénavant, et à tout jamais, vous serez banni de Venise. Quant au reste, votre famille vous remet aux bons soins de ce conservatoire, où vous devez demeurer, sous peine de ne plus recevoir d'elle aucun subside. »

Le maestro était dans tous ses états. Il fixait avec un mélange de rage et de stupéfaction la porte qui venait de se refermer. Puis il s'assit à son bureau, rassembla les papiers de Tonio dans un portefeuille de cuir noir et les repoussa avec irritation.

D'un signe, Guido lui demanda de garder patience encore un instant.

Tonio était resté pétrifié et, quand il se retourna enfin vers le maestro, son visage arborait une expression d'indifférence étudiée, que trahissait la lueur incandescente de son regard.

Mais le maestro Cavalla était trop froissé, trop fâché, trop furieux pour être sensible à rien de ce qui l'entourait. À ses yeux, ces Vénitiens étaient absolument ridicules, et c'était là en substance ce qu'il grommelait dans sa barbe. Puis il éclata brusquement pour s'écrier que toutes ces grandes paroles dédaigneuses n'étaient que des balivernes. « Un enfant ! Bannir un enfant ! » bredouillait-il.

Il vida sur sa table le contenu de la bourse, nota soigneusement la somme et jeta le tout dans le tiroir supérieur du bureau qu'il verrouilla machinalement avant de se rengorger pour adresser à Tonio de fortes paroles.

« Vous êtes désormais pensionnaire de cette institution, commença-t-il. Compte tenu de votre âge avancé, j'ai consenti à ce que vous soyez provisoirement logé à part dans une chambre du dernier étage, à l'écart des autres castrats. Mais à partir de maintenant, vous revêtirez la tunique noire et l'écharpe rouge qui constituent la tenue ordinaire de tous les enfants castrés. Dans notre conservatoire, le lever a lieu deux heures avant l'aube et les leçons durent jusqu'au soir huit heures. Vous avez droit à une heure de récréation après le repas du midi et à deux heures de sieste. Dès que nous aurons vérifié votre voix et que...

« Mais je ne souhaite pas user de ma voix, dit tranquillement Tonio.

— Quoi donc ? » Le maestro resta figé sur place.

« Il n'est pas dans mon propos d'étudier le chant.

— Comment ?

— Regardez encore ces papiers et vous verrez que si j'exprime le souhait d'étudier la musique, il n'est dit nulle part qu'il me faut étudier le chant... »

La voix de Tonio tremblait un peu, mais ses traits s'étaient durcis.

« Maestro, intervint Guido, permettez que je dise un mot à ce garçon...

— Et je n'ai pas non plus l'intention, poursuivit Tonio, de m'affubler d'une tenue qui proclamera aux yeux de tous que je suis un... un castrat.

— Qu'est-ce que cela signifie ? » Le maestro se dressa, s'appuyant avec tant de force à la table que ses jointures en devinrent blanches.

« J'entends bien étudier la musique — le clavecin, les cordes, la composition, tout ce que l'on voudra m'enseigner — mais je n'étudierai pas le chant ! déclara Tonio. Je ne veux plus jamais chanter ! Et je ne me déguiserai pas en chapon.

— C'est de la démence ! » Le maestro se retourna vers Guido. « N'y a-t-il donc personne qui n'ait perdu le sens commun dans ces marais du Nord ? Mon Dieu, et pourquoi alors avez-vous consenti à vous faire castrer ? Fais venir le médecin ! dit-il à Guido.

— Maestro, cet enfant a bel et bien été châtré. Je vous en prie, laissez-moi lui faire entendre raison.

— Lui faire entendre raison ! » Le maestro regarda Tonio d'un œil furibond. « On vous a remis à mes soins et vous devez m'obéir », dit-il, et s'emparant du tablier noir qui était posé, bien plié, sur le bureau, il le jeta à Tonio. « Et vous porterez cet uniforme qui est la tenue régulière des castrats.

— Jamais ! Je vous obéirai pour tout le reste, mais je ne chanterai pas et que je ne porterai jamais cet accoutrement.

— Maestro, invitez-le à se retirer à présent », supplia Guido.

Dès que Tonio fut sorti, le maestro se laissa retomber lourdement dans son fauteuil.

« Mais que nous arrive-t-il donc ? s'exclama-t-il. J'ai deux cents élèves sous mon toit, et j'entends bien ne pas...

— Maestro, laissez donc ce garçon s'inscrire aux cours de musique, et donnez-moi la permission de le raisonner en tête à tête. »

Le maestro resta silencieux un moment. Puis, quand son irritation fut apaisée, il interrogea :

« Tu l'as entendu chanter ?

— Oui, répondit Guido, à maintes reprises.

— Et quel genre de voix a-t-il ? »

Guido eut un instant de réflexion avant de dire :

« Lorsqu'on est seul, occupé à lire une partition nouvelle et que, fermant les yeux un moment, on l'imagine chantée à la perfection... c'est cette voix-là que l'on entend en esprit. »

Ayant assimilé cela, le maestro hocha la tête.

« Eh bien soit, tâche donc de lui faire entendre raison. Mais si tu y échoues, crois bien que je ne suis pas prêt à m'en laisser imposer par un patricien de Venise ! »

4.

C'était un cauchemar, mais il était impossible de s'en éveiller, impossible d'y échapper. Il se poursuivait sans trêve et, chaque fois qu'il ouvrait les yeux, il était toujours dedans.

La cloche du réveil sonne deux heures avant l'aube. Il se dresse brusquement dans son lit, comme tiré par une chaîne, trempé de sueur, il regarde le ciel tout noir et plein d'étoiles qui dérive lentement vers la mer et, l'espace d'un instant — d'un instant seulement —, il lui vient cette sensation d'ineffable beauté qui fait comme une main posée sur sa tête.

Il n'est pas possible que cela lui arrive vraiment. Il ne peut pas être dans cette chambre au plafond bas, à deux cents lieues de Venise, ce n'est pas vrai qu'on lui ait fait cela.

Il se lève, se passe de l'eau sur la figure, gagne le couloir en titubant et, en compagnie de trente autres castrats qui sortent à la queue leu leu de leur dortoir, descend l'escalier de pierre.

Deux cents élèves grouillent comme des termites à travers les corridors (on entend quelque part les vagissements d'un très petit enfant qui pousse de grands cris de détresse) et chacun d'eux prend place sans mot dire, qui à son clavecin, qui à son violoncelle, qui à son pupitre.

La maison s'emplit de sons stridents, et les rares bribes de mélodie se noient dans la dissonance générale. Des portes claquent. Il s'efforce d'écouter le maestro, sa vue se brouille, l'homme parle à toute vitesse en évoquant des concepts trop abscons pour lui, les autres élèves plongent leur plume dans l'encrier ; il s'absorbe dans l'exercice avec l'espoir fou que la lumière lui viendra d'elle-même tandis qu'il gratte le papier.

S'asseyant enfin au clavecin, il joue à en avoir mal dans le dos, et les peines et les humiliations de sa journée sont adoucies par ces quelques heures de bonheur pendant lesquelles il lui est enfin loisible de faire quelque chose qu'il sait et a toujours su faire, pendant lesquelles il se trouve à égalité avec les garçons de son âge qui, s'ils n'appartiennent pas au conservatoire depuis leur prime enfance, n'y ont été admis sur le tard que parce qu'ils manifestaient un savoir-faire considérable et un talent hors pair.

« Eh quoi, vous ne savez même pas comment on tient un violon ? Vous n'en avez donc jamais joué ? » Il fait tout ce qu'il peut pour passer l'archet sur les cordes sans produire cet affreux grincement discordant. Il a les épaules si douloureuses que de temps en temps il se voûte, sans prendre garde aux réprimandes acerbes que cela lui attire et à la férule qui frappe son pupitre.

Ah, s'il pouvait, ne fût-ce qu'une minute, s'abandonner à la musique, se sentir soulevé par elle ! Mais il n'y a pas de place pour cela dans son cauchemar ; c'est un cauchemar dans lequel la musique n'est qu'un bruit, un supplice, deux gros marteaux lui pilonnant les tempes. Il sent la férule qui lui cingle le dos de la main et regarde stupidement la marque qu'elle a laissée ; la sensation de brûlure se répercute dans tout son corps, et la marque rouge, comme animée d'une vie propre, commence à se boursoufler.

Ensuite vient le petit déjeuner. Des bols pleins d'un gruau fumant qui lui retourne l'estomac. Un goût de cendre lui envahit la bouche, comme si le moindre des plaisirs devait lui être refusé. Il ne veut pas s'asseoir au milieu des autres castrats ; poliment, sans hausser la voix, il demande à être placé ailleurs.

« Votre place est ici. » Il recule devant cette figure menaçante, le poing fermé qui lui martèle l'épaule, la voix péremptoire qui répète : « Votre place est ici. »

Il sent le rouge qui lui monte au visage, le feu inextinguible qui lui ronge les chairs. Dans le réfectoire silencieux tous les yeux sont tournés vers lui, gentiment moqueurs, et chacun de ces garçons (qui l'appellent « le prince de Venise », il comprend tout de même assez de leur dialecte napolitain pour avoir entendu cela) sait pertinemment ce qui lui est arrivé, ils savent *qu'il est l'un d'eux. Eux* : ces têtes baissées, ces corps mutilés, ces *choses* qui ne sont pas des hommes et ne le seront jamais.

« Mettez votre écharpe rouge !

— Jamais ! »

Non, c'est impossible. Rien de tout cela n'arrive vraiment. Il voudrait se lever soudain et se précipiter dehors, dans le jardin, mais même la simple faculté de se mouvoir est frappée en ce lieu d'un interdit tacite, et le silence enchaîne chacun de ces garçons à la place qui lui est assignée. Sur un banc pourtant, près de lui, une voix souffle avec mépris : « Mettez-la donc, cette écharpe, signore ! Vous n'aurez qu'à la fourrer dans vos chausses et on n'y verra que du feu ! » Il fait brusquement volte-face. Qui a dit cela ? Subitement, les faces moqueuses et les sourires sournois font place à des visages de bois.

La porte de Guido Maffeo s'ouvre. Le maestro fait son entrée. Béni soit le silence s'il lui faut, deux heures durant, fixer ce visage froid et dur, ce regard féroce : le maître émasculé de ces émasculés. Et, pis que tout, il *sait*, il *sait* très précisément ce qu'on lui a fait, et que c'est cela le cauchemar. Sous ce masque de fureur impersonnelle, il sait tout.

« Qu'avez-vous à me fixer ainsi ? »

Et pourquoi crois-tu donc que je te regarde ? Je te regarde parce que je suis un monstre, parce que toi aussi tu es un monstre, et que je veux voir ce qu'il adviendra de moi !

Pourquoi ne frappe-t-il pas Tonio ? Qu'attend-il ? Que se cache-t-il donc derrière cette expression de méchanceté dans laquelle son visage reste figé en permanence, d'où vient ce mélange en lui de fascination et de trouble, comment se fait-il que je ne puis m'empêcher de le regarder alors que sa seule vue m'est intolérable ? Un jour, quand Tonio était enfant, sa mère l'avait souffleté encore et encore à tour de bras : Tonio, ne pleure plus, mais pour l'amour du ciel que veux-tu donc de moi, ne pleure plus, Tonio, arrête-toi ! Et Tonio se disait tout en regardant Guido Maffeo que pour la première fois il comprenait cela. Laissez-moi en paix, je ne puis supporter d'être questionné par vous !

Ici, dans cette salle, pitié, mon Dieu, faites qu'on me laisse en paix.

« Restez assis bien sagement, observez et écoutez. »

Il introduit dans la salle ce monstre, cet eunuque à la face crayeuse. Je ne veux même pas l'entendre, c'est insupportable. Et il commence son cours, ah en voilà bien un qui n'est pas sot, il vaut sans doute mieux que tous les autres mis ensemble, mais jamais, au grand jamais, il ne m'instruira.

Et à huit heures, quand sonne la cloche de fin d'études, il est si fatigué qu'il a peine à lever ses pieds pour monter l'escalier, et le voilà qui tombe, tombe et s'abîme dans d'autres cauchemars imbriqués dans le premier. De grâce, cette nuit au moins, faites que je ne rêve pas. Je suis si fatigué. S'il me faut en plus batailler dans mon sommeil, je vais en perdre la raison.

Voilà encore quelqu'un à sa porte. Il se soulève sur un coude et puis il tire la poignée si brusquement que le garçon, pris de court, est trop interdit pour s'enfuir. Mais il n'est pas seul, ils sont deux, et ils sont tendus vers l'avant, comme s'ils voulaient entrer.

« Décampez d'ici ! gronde-t-il.

— Nous voulions juste voir le prince de Venise qui est trop grand monsieur pour mettre l'écharpe rouge ! »

Et ils éclatent de rire.

« Allez-vous-en, ou gare à vous !

— Ah ça, vous n'êtes guère aimable, ce n'est pas très gracieux de votre part que de nous laisser ainsi faire le pied de grue à la porte...

— Faites bien attention...

— Oooh ! Et à quoi donc, par exemple ? »

Ils restent médusés devant la dague. Le plus grand des deux, déjà escogriffe avec ses longs bras grêles et pendants, part d'un rire nerveux. « Le maestro sait-il que vous avez cela ? »

Tout à coup, Tonio le repousse brutalement du plat de la main gauche, et les deux garçons, perdant l'équilibre, prennent la poudre d'escampette en riant de leur rire de crécelle. Même quand ils parlent, le timbre de leur voix est anormalement strident s'ils ne font pas l'effort de le modérer et de le faire descendre d'un ton. Voilà donc encore autre chose. Il peut déjà se figurer le moment où il n'osera même plus parler tout haut.

Tonio tire sur le lourd châlit. D'abord, le lit ne bouge pas d'un pouce puis, s'arrachant brusquement, il glisse sur le plancher nu, en sorte qu'il peut en caler solidement la porte avant de se rendormir.

Mais du coin de l'œil il a vu que le ciel était soudain devenu rouge, et son imagination le persuade qu'il vient d'entendre un son léger. Il croit avoir entendu un sourd remue-ménage à travers la maison et puis, s'approchant de la fenêtre, il voit que le volcan lointain est couronné de flammes.

Les cauchemars vont toujours par deux.

Le premier : tu prends tes jambes à ton cou et tu t'enfuis de cette ruelle. Quand les mains te saisissent pour te tirer en arrière, tu plonges en avant et tu tombes à plat ventre sur le quai, tu te laisses rouler sur toi-même, tu tombes à l'eau, tu es sauvé. Tu nages comme un rat, vite et silencieusement, sous l'eau, tandis que tes poursuivants désemparés courent sur la berge. Tu es mort de peur, mais tu leur as bel et bien faussé compagnie. Tu jettes tout pêle-mêle dans des malles et des caisses, tu dégringoles l'escalier du palazzo, tu t'enfuis de la ville, tu es tiré d'affaire.

Vient alors cet épouvantable sentiment de réalité, cette lente aurore qui perce peu à peu l'obscurité du rêve, et tu t'aperçois que tu dors, que tout cela n'a pas eu lieu, que c'est le contraire qui s'est produit, que tu rêves !

C'est le contraire qui s'est produit et tu t'es laissé capturer si bêtement ! Chanter, chanter, tu n'avais la tête qu'à cela, et tu parviens presque l'espace d'un instant à entendre l'écho de ta voix rouler sur ces murs lépreux, répercutée avec plus d'éclat que dans tous tes rêves de gloire, tu parviens presque à supporter de l'entendre sans que la rage t'étouffe.

Le second rêve : *ils* sont toujours là. Tu les as encore entre les jambes, ils ont repoussé. Ou serait-ce qu'on ne les avait pas évidés convenablement ? On en a laissé un moignon, et à partir de ce moignon tout le reste a repoussé. Ils ont dû faire une terrible bévue. En tout état de cause, ils sont toujours là, et un chirurgien est en train de t'expliquer que, ma foi, en effet, cela s'est vu dans des cas où l'opération avait été exécutée sans soin, oui, ils ont recouvré toute leur intégrité, vous pouvez d'ailleurs le vérifier vous-même.

Il est assis dans l'obscurité. Il n'a pas souvenir d'être sorti du tiède sillon de son lit, mais il est à la lucarne et il sent la brise salée de la mer qui brasse la chaleur prise au piège sous la pente du comble. Tout à coup, il est horrifié à l'idée qu'il lui suffit de tendre la main pour toucher le toit au-dessus de sa tête, puis il s'abat sur l'appui de fenêtre, les bras pliés sous son menton, et les lumières brouillées de la cité tourbillonnent devant ses yeux. Écoute. Écoute. Un rythme au loin, peut-être issu de quelque taverne. Et par là, des chanteurs des rues qui vagabondent aux pentes des coteaux. Il ouvre la bouche toute grande, comme si l'air lui manquait, et il ferme les yeux.

D'autres rêves.

C'est l'été et une chaleur moite comme celle de ce soir baigne les grandes salles vides du palazzo. Il dénombre les carreaux des fenêtres (chaque fenêtre en compte quarante à peu près) et il est au lit avec sa mère. Il est nu, et sa mère est dévêtue jusqu'à la taille, en sorte que sa ravissante poitrine est exposée aux regards. La chaleur plaque contre son front et ses joues des mèches de cheveux humides. Elle remue, se retourne vers lui, faisant craquer sous elle le matelas de plumes, et elle l'attire à elle si bien qu'il sent la chaleur de ses seins écrasés contre son dos nu et ses lèvres qui effleurent le duvet au bas de sa nuque.

Oh, mon Dieu ! Oooh, non ; c'est un rêve !

La cloche sonne.

Tout recommence.

« Ceignez l'écharpe rouge !

— Jamais !

— C'est donc le fouet que vous voulez ? »

Je ne veux rien.

Pourquoi n'y a-t-il jamais de rêve où je le tiens à ma merci, où il ne peut m'échapper, et où je peux lui faire subir tout ce que lui m'a fait subir, oui, *subir* — où est donc ce rêve-là ?

« À quoi espérez-vous aboutir en agissant de la sorte ? » Guido Maffeo faisait nerveusement les cent pas. « Dites-le-moi, Tonio ! Parlez-moi. C'est vous qui avez voulu être admis ici ; je ne vous ai pas enrôlé de force ! Qu'espérez-vous accomplir avec tout ceci, avec votre mutisme, avec... ? »

Je ne peux pas le supporter. Je ne peux pas rester sans protester devant ces visages bouffis par la colère. De grâce, ne lui donnez pas le fouet, laissez-moi me charger de lui. Mais je vous ai laissé vous en charger, et il s'y est refusé avec obstination...

« Ceignez l'écharpe.

— Non. »

Le premier coup de fouet est une douleur à laquelle il faut résister, mais tu n'y résistes pas, et au second c'est déjà plus que quiconque n'en pourrait endurer, et le troisième, et le quatrième, et le cinquième, n'y pense pas, pense à autre chose, à autre part, quelque chose d'autre, n'importe quoi.

« Ceignez l'écharpe.

— Non.

— Dites-moi donc, galant petit Vénitien, vous qui êtes si instruit, que peut-il advenir d'un eunuque qui ne chante pas ? »

Ils sont en rang devant le grand portail. Ils s'alignent sur deux files, les mains derrière le dos, l'écharpe rouge coupant en deux moitiés parfaitement égales l'étoffe lâche de leur tunique noire, un ruban noir retenant leurs cheveux à la nuque, le pied droit en avant, et les grands vantaux s'ouvrent devant eux. Se peut-il vraiment que je sois en train de franchir le portail avec eux, que je marche en procession avec ceux-là, ces eunuques, ces chapons, ces monstres châtrés ?

C'est une humiliation pire que d'être dépouillé de tous ses vêtements et pourtant je m'ébranle, je mets un pied devant l'autre, et on dirait que le monde est soudain surpeuplé, un véritable mur humain s'est formé sur leur passage, on se bouscule pour les mieux voir, et leurs voix s'élèvent, se confondent, pour la première fois belles et bien assurées, ces voix qui montent et s'élèvent jusqu'au ciel proclament publiquement leur état et tous ceux qui nous regardent le savent, ils savent, écharpe rouge ou pas, ils savent pertinemment ce que je suis.

C'est insupportable, et pourtant c'est bel et bien en train d'arriver. C'est comme une exécution publique, on ne peut se figurer les pensées et les sentiments de celui qui en est le centre, que l'on traîne à travers la foule, les mains liées, en sorte qu'il n'a même pas la consolation de pouvoir s'en protéger le visage. Tu appartiens tout entier à ce monde qui t'entoure, et néanmoins tu gardes les yeux fixés droit devant toi comme si tout cela ne t'arrivait pas vraiment, tu cherches à discerner les nuages que la brise marine chasse rapidement au ciel, ton regard s'attarde sur la façade de l'église.

Qui sont ces Italiens du Sud, que sont-ils d'autre pour lui que le monde, l'univers tout entier !

Partir, s'en aller d'ici.

« Si vous partez d'ici (ce mauvais diable de Guido Maffeo, cet être maléfique qui connaît toute l'histoire), où irez-vous ?

— Non, je ne la ceindrai pas !

— Voulez-vous donc qu'on vous renvoie ? »

Et cette fois, quand le fouet s'abattra, pense à ta douleur au lieu d'essayer de la nier en pensée, car enfin il n'est pas un seul aspect de la vie, passé, présent ou futur, auquel tu puisses penser sans sentir ta raison crouler. Alors, pense à ta douleur. Elle a ses limites après tout. Tu peux en suivre la gradation à travers ton corps. Elle a un commencement, un milieu, une fin. Imagine-lui des couleurs. De quelle couleur serait la première morsure du fouet ? Rouge, un rouge qui en s'étalant se mue en jaune éclatant. Et cette nouvelle déchirure est rouge, rouge, plus de jaune, et ensuite blanche, blanche, blanche.

« De grâce, maestro, laissez-moi m'en charger !

— Vous chanterez, sans quoi vous serez renvoyé de cette école...

— Où irez-vous ? »

C'est cela. Où aller ? Pourquoi rester emprisonné dans ce palais des supplices, pourquoi ne t'enfuis-tu pas de ce lieu ? Parce que tu es un monstre et que c'est ici l'école des monstres, et parce que si tu t'en vas d'ici tu seras seul, absolument tout seul ! Seul avec *ça*.

Ne pleure pas devant ces étrangers. Ravale tes larmes. Ne pleure pas devant ces étrangers ! S'il faut te plaindre, plains-toi au ciel, et crie, crie-le, crie-le au ciel !

5.

« À quoi tout cela va-t-il vous mener ? Savez-vous seulement vous-même ce que vous cherchez à faire ? »

Guido faisait les cent pas, le visage convulsé de rage. Il ferma à double tour la porte de la salle d'étude et glissa la clé dans sa ceinture.

« Pourquoi avez-vous poignardé ce garçon ?

— Je ne l'ai pas poignardé ! Ce n'est qu'une estafilade, il y survivra !

— Oui, pour cette fois, il survivra !

— Il s'était introduit chez moi par la force, pour me persécuter !

— Et si cela se reproduit, qu'allez-vous faire ? Le maestro vous a confisqué votre épée, votre dague et vos deux pistolets, mais cela ne vous arrêtera pas, n'est-ce pas ?

— Si l'on me tourmente, si je suis entouré de persécuteurs, non, cela ne m'arrêtera pas !

— Mais vous devez comprendre que vous ne pouvez continuer à vous comporter comme cela. Si vous continuez, on va vous mettre à la porte du conservatoire ! Lorenzo aurait pu mourir de cette blessure que vous lui avez faite !

— Laissez-moi en paix.

— Tiens donc, mais vous en avez les larmes aux yeux ? Redites-le-moi, je veux encore l'entendre.

— Laissez-moi en paix.

— Non, je ne vous laisserai pas en paix, je ne vous laisserai pas une seconde de paix tant que vous ne chanterez pas ! Croyez-vous que je ne comprends pas ce qui vous retient ? Croyez-vous que je ne sais pas ce qui vous est arrivé ? Seigneur Dieu ! Vous êtes donc trop fou pour vous rendre compte que j'ai risqué ma vie pour vous amener ici alors qu'il aurait été tellement préférable pour moi de m'enfuir loin de vous et de vos tortionnaires ? Mais je vous ai fait sortir de la Vénétie et je vous ai amené jusqu'ici, où les agents de votre gouvernement auraient pu, si la fantaisie les en avait pris, envoyer leurs assassins me tailler en pièces au premier coin de rue.

— Et pourquoi avez-vous fait cela ? Est-ce moi qui vous l'ai demandé ? Que me voulez-vous, qu'attendez-vous de moi depuis le début ? »

Le bras de Guido se détendit et, avant d'avoir pu se retenir, il gifla Tonio avec une telle force que celui-ci trébucha en arrière, levant les mains vers sa figure comme s'il eût été frappé de cécité. Guido lui assena un second coup, puis il l'empoigna aux épaules et lui cogna la tête contre le mur.

Tonio laissa échapper un hoquet bref et guttural. Et la main de Guido s'abattit à nouveau, manquant lui arracher la tête.

Guido s'écarta de Tonio, agrippant son poignet gauche de sa main droite comme pour se retenir de le frapper encore. Il lui tournait le dos, légèrement plié en avant comme s'il essayait de se contenir.

Malgré tous ses efforts pour les ravaler en silence, Tonio n'avait pu retenir ses larmes et, avec un profond dégoût de lui-même, il se résigna à les laisser couler et même finalement à sortir son mouchoir pour s'essuyer les yeux.

Par-dessus son épaule, d'une voix à peine audible, Guido murmura : « À présent, venez vous rasseoir, et soyez bien attentif. »

Le mur de pierre et le sol dallé étaient chauffés à blanc dans le soleil ardent de l'après-midi. Tonio déplaça son banc de façon à y être exposé, se rassit et ferma les yeux.

Le premier élève était le petit Paolo, dont la forte voix résonnait dans la salle comme le carillon vibrant d'une cloche d'or. Il égrenait les arpèges, montant et descendant l'échelle des sons avec aisance, insufflant dans chaque note comme une sorte de bonheur.

Ouvrant les yeux, Tonio vit devant lui la nuque brune du garçonnet. Le sommeil l'envahissait lentement tandis qu'il l'écoutait chanter, et il éprouva une vague surprise en entendant les remontrances de Guido au moment même où il percevait très distinctement la faute qu'avait commise l'enfant. Mais était-ce bien une faute ? Guido était en train de dire : « Je vous entends respirer, je vois que vous respirez, reprenez tout ce passage, plus lentement, mais retenez votre souffle et cette fois... cette fois... cette fois... » La petite voix montait et descendait, ah ces longues notes poignantes...

Et quand Tonio émergea à nouveau de son assoupissement, c'était un autre élève, plus âgé celui-là. C'était cela une voix de sopraniste, n'est-ce pas, à peine plus riche que celle d'un enfant, avec peut-être une pointe de dureté en plus. Guido était courroucé. Il ferma bruyamment la fenêtre. Le jeune chanteur n'était plus dans la salle. Tonio se frotta les yeux. L'air ne s'était-il pas rafraîchi ? Le soleil s'en était allé, mais son banc était encore baigné d'une tiédeur voluptueuse, et les fleurs blanches de ce liseron exubérant, doucement agitées par le vent, couraient tout au long de l'appui de cette profonde fenêtre du premier étage.

Il se leva, les reins endoloris. Que faisait donc Guido à la fenêtre ? Il ne distinguait même pas sa tête, mais rien que ses épaules arrondies et au-delà de lui, dans le jardin, le mouvement vague d'enfants qui gambadaient et criaient.

Guido se redressa avec un grand soupir dans lequel semblait s'être ramassé tout le poids de ses membres épais, de ses épaules massives, de sa grosse tête à la toison broussailleuse.

Il se retourna vers Tonio. Son visage se détachait en noir sur le jour éclatant qui entrait par la fenêtre où s'encadrait une arcade du cloître illuminée par le soleil déclinant dont les rayons frappaient obliquement les orangers.

« Si vous ne vous amendez pas, dit-il, le maestro Cavalla vous aura congédié d'ici huit jours. » La voix était si basse et râpeuse que Tonio eût été incapable de la reconnaître s'il n'avait eu Guido en face de lui. « Je n'y peux rien, continua-t-il, j'ai fait tout ce qui était en mon pouvoir pour le dissuader. »

Tonio le regarda, vaguement stupéfait. Sur ce visage mobile, qu'il avait si souvent vu s'empreindre de l'expression du plus parfait courroux, se lisait à présent un terrible et incompréhensible abattement. Il aurait voulu lui demander pourquoi il se préoccupait tant que cela de ce qui pouvait advenir de lui, pourquoi il lui avait témoigné tant de sollicitude à Ferrare, pourquoi il était si inquiet de lui à présent. Il éprouvait un désarroi comparable à celui qui l'avait envahi à Rome dans le jardin du monastère quand cet homme lui avait demandé, avec une telle véhémence : « Qu'avez-vous donc à me fixer ainsi ? »

Il secoua la tête, et tenta de parler, mais il en était incapable. Il aurait voulu faire observer qu'hormis le chant il avait été le plus assidu des élèves, qu'il avait accepté de se soumettre à des règles dégradantes et cruelles — alors, pourquoi, pourquoi ?... Mais il le savait bien. On exigeait de lui, simplement, qu'il soit ce qu'il était ! Et ils n'étaient pas prêts à transiger là-dessus.

« Maestro, balbutia-t-il d'une voix enrouée, vous ne pouvez exiger cela de moi. Ma voix est à moi, je ne puis vous l'abandonner. Vous ne pouvez pas vous l'approprier, malgré toute la distance que vous avez parcourue pour la ramener avec vous, malgré tout ce que vous avez enduré à Venise pour me ramener ici. Elle est à moi, et je ne peux pas chanter. J'en suis incapable ! Comprenez-le, vous exigez de moi l'impossible ! Plus jamais je ne chanterai, que ce soit pour vous, pour d'autres, pour moi-même ! »

La salle était plongée dans l'ombre, mais au-dehors les pignons qui couronnaient le faîte du bâtiment principal se détachaient encore sur un ciel uniformément violet. Les ombres descendaient le long des quatre étages du bâtiment et se prolongeaient jusque dans le jardin où l'on ne discernait plus par endroits que la forme indécise d'un rameau d'oranger ployant sous le poids des fruits et les lis qui vacillaient dans les ténèbres comme de longs cierges flexibles. Çà et là, des chandelles étaient allumées derrière les fenêtres aux multiples petits carreaux. Et de tous les recoins montaient les sons assourdis des mélodies les mieux timbrées, les plus harmonieuses des instrumentistes qui s'exerçaient encore à cette heure tardive.

L'amalgame de ces sons produisait un bourdonnement continu, comme si tout l'édifice eût été vivant et chantant, et Tonio en éprouvait un singulier sentiment de paix.

Se pouvait-il qu'il fût assez recru de colère et de dégoût pour s'en être vidé momentanément l'esprit et pour jouir de quelques instants de répit ? Il ne pensait plus ni à Venise ni à Carlo, il ne se démenait plus pour chasser des replis secrets de son âme toutes ces mauvaises pensées enracinées. Son esprit ne renfermait plus qu'une suite de cases vides.

Et cette paix, il l'éprouvait en un lieu qu'il aurait trouvé merveilleux s'il avait pu l'y ressentir tout le temps.

Oui, pour un moment seulement, laisse-toi aller.

Imagine, par exemple, que la vie est encore vivable, et même qu'elle est... oui, belle. Et que, si tu voulais, tu pourrais peut-être t'approcher de cet instrument et qu'assis là, tes doigts sur les touches, tu pourrais — si tu voulais — chanter. Tu chanterais des chants de tristesse, des chants de peine, d'indicible douleur, mais tu chanterais. Tu pourrais faire tout ce qu'il te plairait, en vérité, parce que tout ce qui s'y oppose serait tombé comme les écailles d'une peau morte pour révéler un corps humain qui n'était devenu monstrueux que par l'effet d'un acte d'inhumanité et qui est libre désormais de recouvrer sa vraie nature.

Il était étendu les yeux grands ouverts, sur l'étroite banquette où Guido lui-même devait sans doute se reposer parfois entre deux leçons, et il se disait : imagine cela tant que tu pourras.

Le ciel s'assombrissait, et le jardin changeait. Au-delà de l'arcade du cloître, un oranger jusque-là souligné d'ombres s'était fondu dans les ténèbres. La fontaine et les lis blancs avaient cessé d'être visibles, il ne restait d'autre clarté que celle qui faisait luire encore, comme autant de balises dans la nuit, les fenêtres de l'autre côté de la cour.

Il restait couché, immobile, s'émerveillant de ce qu'on lui eût permis de rester là à traîner dans cette salle déserte et de s'y abandonner à ce sommeil profond et vide.

Et peu à peu l'idée prit corps dans son esprit, que derrière ces vitres closes et cette porte fermée il pourrait peut-être aller jusqu'au clavecin, y poser les mains et... Mais non, s'il poussait les choses trop loin, il allait tout y perdre. À nouveau, il ferma les yeux.

La seule pensée de sa voix lui était odieuse. Il lui était intolérable d'évoquer ne fût-ce qu'un instant ces errances nocturnes à travers les ruelles vénitiennes quand son engouement du chant l'avait livré pieds et poings liés à la merci de son frère. Et s'il suivait le fil de cette pensée, elle allait l'obséder, le traquer sans répit, et il se rongerait l'esprit à se demander ce que l'on racontait sur son compte à Venise, et s'il se trouvait une seule personne pour croire à ce mensonge selon lequel il avait vraiment perpétré cet acte sur lui-même.

Mais ce n'était pas là le pire. Le pire était que s'il laissait à nouveau cette voix s'exhaler de lui, ce ne serait plus la voix du garçon exubérant d'autrefois, mais celle de cette créature d'à présent, qui jamais plus ne changerait. C'était une idée détestable ; c'eût été accéder à leur désir de le voir jouer ce rôle de cauchemar qu'ils avaient écrit sur mesure pour lui, comme si toute la vie n'était qu'un opéra dans lequel ils voulaient lui faire incarner ce personnage répugnant.

Rien que d'imaginer ce son dans sa tête, il éprouvait de la honte, une honte brûlante. Il aurait ressenti la même chose à arracher ses chausses pour exposer à leurs regards avides ces cicatrices, ce néant flétri...

Retenant son souffle, il arrêta le cours de ses pensées, se redressa et s'assit.

Mais, en entendant la porte s'ouvrir, il leva les mains pour s'y cacher la tête.

Il savait, sans pouvoir dire comment, que c'était Guido qui venait d'entrer, et il sentait que le monde réel l'agrippait à nouveau pour le happer dans son flot.

Il leva les yeux, résigné à une nouvelle capitulation, pour découvrir que ce n'était pas Guido, mais le directeur, le signor Cavalla, qui était debout devant lui, et tenait son épée sur ses deux mains tendues.

« Prenez-la », murmura-t-il.

Tonio ne comprenait pas. Puis il aperçut, sur la table, sa dague, ses pistolets et la bourse que le maestro lui avait prise le jour de son arrivée.

Le vieil homme était livide. Son visage n'exprimait plus la colère, mais une émotion atroce dont la nature exacte échappait à Tonio. Tout cela dépassait son entendement.

« Vous n'avez aucune raison de demeurer ici plus longtemps, dit le maestro. J'ai écrit à votre famille qu'elle doit prendre d'autres dispositions. Il est inutile que vous vous attardiez ici en attendant. Il vous faut partir. »

Il s'interrompit. Malgré la pénombre, Tonio vit que sa mâchoire tremblait. Mais ce n'était pas de colère.

« Oui, vos malles sont arrivées. Votre carrosse est dans la cour de l'écurie. Il faut partir. »

Tonio ne dit rien. Il ne prit pas non plus l'épée.

« C'est donc cela qu'a décidé le maestro Guido ? » demanda-t-il.

Le vieux maestro fit un pas de côté et posa l'épée sur le lit. Après s'être redressé, il dévisagea longuement Tonio.

« Je voudrais... lui parler, dit Tonio.

— Non.

— Je ne puis partir sans lui avoir parlé.

— Non.

— Vous ne pouvez tout de même pas m'interdire...

— Je puis tout vous interdire aussi longtemps que vous êtes sous ce toit, coupa le maestro. Maintenant, allez-vous-en d'ici et emportez avec vous le chagrin que vous avez amené. Allez. »

Tonio suivit des yeux le maestro tandis que celui-ci sortait de la pièce, manifestement désemparé.

Il resta pétrifié sur place.

Puis il ceignit son épée, s'arma de sa dague et de ses pistolets, ramassa sa bourse et ouvrit doucement la porte.

Le couloir qui menait à l'entrée principale du conservatoire était désert. La porte du cabinet du maestro était béante et laissait apercevoir un antre ténébreux qui donnait une impression étrange d'abandon du seul fait de n'être pas fermé comme à l'accoutumée. Tous les bruits de l'édifice s'étaient tus. En vérité, le silence qui régnait était extraordinaire ; même la grande salle d'exercice, qui tous les soirs à cette heure-là était encore occupée par quelques élèves zélés, était absolument tranquille.

Tonio suivit le couloir jusqu'au bout et jeta un coup d'œil dans le corridor qui menait à l'arrière du bâtiment ; il vit de la lumière de l'autre côté d'une porte entrouverte.

Il crut distinguer la silhouette du maestro Cavalla. La figure enveloppée de ténèbres se mit en branle et s'avança vers lui à pas lents et cadencés. Sa démarche était d'une lenteur énigmatique. Tonio regarda ce spectre qui venait vers lui avec une curiosité vaguement embarrassée jusqu'au moment où il se retrouva face à face avec le vieil homme.

« Voulez-vous voir les effets de votre obstination ? Voulez-vous les voir de vos propres yeux ? »

Sa main se referma autour du poignet de Tonio et il le poussa en avant. Tonio résista, mais le maestro le tirait avec vigueur.

« Où m'emmenez-vous ? demanda-t-il. Pour quoi faire ? »

Silence.

Tonio allait à grandes enjambées, oublieux de la douleur qui lui élançait le poignet, les yeux rivés sur le profil du maestro.

« Lâchez-moi ! » s'écria-t-il au moment où ils atteignaient la dernière porte du corridor. Mais le maestro le poussa violemment en avant, le précipitant à l'intérieur de la pièce, qui était celle où il avait vu de la lumière.

L'espace d'un instant, Tonio ne vit rien. Ayant mis une main en visière pour se protéger de l'éclat aveuglant des chandelles, il vit une rangée de lits et, pendu au mur, un très grand crucifix. Au chevet de chacun des lits se trouvait une petite armoire. Le sol était nu. Et l'odeur douceâtre de la maladie planait sur cette longue salle, à une extrémité de laquelle étaient couchés deux garçonnets, qui paraissaient dormir.

Sur un autre lit, tout au fond de la salle à gauche, gisait un autre corps qui occupait une place beaucoup plus considérable, sous la courtepointe, surmonté d'un visage aussi immobile que celui d'un mort.

Tonio était paralysé. Le maestro lui assena une claque violente entre les omoplates, mais cela ne fut pas assez pour le faire avancer. Le vieil homme dut le traîner jusqu'au pied du lit.

L'homme allongé était Guido.

Ses cheveux étaient collés en arrière comme par l'effet d'un excès d'humidité et, même dans la lueur pâle de la chandelle placée à son chevet, il avait la face exsangue d'un cadavre.

Tonio ouvrit la bouche pour parler, mais ses lèvres se contractèrent et il fut pris de frissons tandis que sa tête était envahie par un sentiment de légèreté. Il se sentit de plus en plus léger, flottant, comme si son corps était en train de perdre toute sa gravité, et il lui sembla qu'il allait soudain s'envoler de cette pièce et s'élever dans les airs. De nouveau il voulut parler. Il sentit sa bouche s'ouvrir, il la sentit former un mot. Devant lui, cette figure cadavérique était devenue floue comme s'il la voyait à travers une vitre dégoulinante de pluie.

Des visages parurent tout autour de lui, ceux des jeunes instructeurs qui l'avaient tiré l'un à hue, l'autre à dia, à travers toutes ces leçons auxquelles il essayait sempiternellement de se soustraire ; ils le fixaient d'un œil accusateur, et tout soudain il entendit un gémissement épouvantable, une sorte de râle animal, et comprit qu'il était sorti de sa propre gorge.

« Maestro », balbutia-t-il. Un flot de bile lui envahit la bouche.

Et puis il assista à une espèce de miracle. La créature allongée dans ce lit n'était pas morte. Ses yeux cillaient et un souffle à peine perceptible soulevait sa poitrine.

Il était debout juste au-dessus de ce visage, et s'il l'avait voulu il aurait pu le toucher. Personne ne l'en aurait empêché.

Les paupières se soulevèrent et les immenses yeux bruns se posèrent sur lui sans le voir. Puis, avec lenteur, ils se refermèrent.

Tonio fut empoigné par des mains brutales qui le propulsèrent à travers l'infirmerie et l'expulsèrent dans le couloir. Le vieux maestro lui lançait des imprécations.

« Ce sont des pêcheurs qui l'ont vu, à la lueur de la lune, nageant vers la haute mer, et s'ils ne l'avaient pas aperçu, si la lune avait été couverte... »

Ses yeux lançaient des éclairs, ses lourdes mâchoires tremblaient.

« Cet enfant que j'ai élevé comme mon propre fils et qui chantait comme un ange du ciel ! Et voilà deux fois à présent que je l'arrache de la gueule même de la Camarde ! Une première fois après qu'il eut perdu sa voix sans espoir de retour et cette fois-ci par votre faute ! »

Il accula Tonio contre la porte du jardin, et le tint serré là, fouillant la pénombre des yeux comme pour s'imprimer des moindres détails de son visage.

« Vous figurez-vous que j'ignore ce que l'on vous a infligé ? Vous figurez-vous que je n'ai pas vu cela mille fois ? Mais c'est une tragédie tellement plus poignante qu'on vous ait fait cela à vous — *vous*, un prince de Venise ! Riche, beau, déjà presque un homme avec devant vous une vie qui paraissait n'être qu'une longue suite de divertissements que vous alliez pouvoir cueillir à votre gré comme des fruits sur un arbre !

« Oh ! Quelle tragédie ! Quelle tragédie ! cracha-t-il avec dégoût. Et qu'en était-il donc de lui ? De lui et de tous mes autres pensionnaires ? N'étaient-ils donc que des monstres ordinaires, frustrés dès l'enfance d'un bien dont ils n'auraient de toute manière pas su profiter ?

« Et vous, qu'étiez-vous donc, quel avenir s'offrait à vous ? Celui d'un paon se pavanant sur le Broglio, dans cette ville bouffie de vanité et pourrie jusqu'à la moelle ? Un gouvernement de perruques et de toges occupé à parader sans trêve devant les miroirs qu'il se tend à lui-même, imbu de sa propre image, tandis qu'à l'extérieur de sa minuscule sphère, l'univers — oui, l'univers entier — soupire et passe son chemin.

« Eh bien, mon jeune prince, que penseriez-vous si je vous disais que je me moque comme d'une guigne de votre royaume perdu, de votre aristocratie aveugle et suffisante, de vos pères de famille moroses et de vos catins barbouillées de fards ! Je me suis allongé entre leurs cuisses, je me suis abreuvé à satiété de cette vie qui n'est plus chez vous qu'un grand bal masqué, et je vous donne ma parole que tout cela ne vaut pas la poussière que nous foulons de nos pieds !

« Toute ma vie j'en ai connu de ces oisifs arrogants, corrompus, sans autre cause que la défense ostentatoire de leur droit à mener une existence parfaitement inutile, du suprême privilège de ne rien faire qui ait le moindre sens du berceau jusqu'à la tombe.

« Mais votre voix ! Ah, votre voix, cette voix démoniaque qui hantait les nuits de mon cher Guido et qui lui a fait perdre l'esprit — eh bien cela, c'est autre chose ! Car n'auriez-vous que la moitié du talent qu'il vous prête et que la moitié du feu sacré qu'il faut pour cela, les hommes ordinaires paraîtraient auprès de vous comme des gnomes contrefaits ! Londres, Prague, Vienne, Dresde, Varsovie — nommez-moi vous-même les villes, il devait bien se trouver quand même une mappemonde dans quelque recoin oublié de votre nauséabonde cité ! Ignorez-vous les dimensions de l'Europe ? En avez-vous jamais entendu parler ?

« Toutes ces capitales, vous les auriez fait mettre à genoux, des foules innombrables se seraient ruées pour vous entendre, et votre nom se serait répandu hors des théâtres et des églises, jusque dans les rues ! D'un bout à l'autre du continent, on aurait prononcé ce nom avec ferveur, comme celui des souverains, des héros, des immortels !

« Voilà ce que votre voix aurait pu être si vous l'aviez seulement laissée s'élever des ruines de votre être ancien, si vous l'aviez seulement trempée au feu de votre souffrance et de votre chagrin pour restituer à Dieu le don qu'il vous a fait !

« Mais vous appartenez à cette vieille race qui ne reconnaît d'autre aristocratie qu'elle-même, cette vermine dorée qui se nourrit de la charogne de l'État de Venise, ces défenseurs intrépides du privilège de ne faire rien, jamais rien ! Et c'est pour cela que vous avez forfait à la seule vocation qui aurait pu vous permettre de vous élever au-dessus du commun des mortels !

« Eh bien, je n'endurerai pas cela plus longtemps sous mon toit. Vous ne m'inspirez plus aucune compassion. Je ne puis vous aider. Vous n'êtes qu'un phénomène sans le don qui devrait racheter sa monstruosité, et il n'est rien au monde de plus bas ! Allez-vous-en de cette maison. Vous avez les moyens d'aller abriter ailleurs votre disgrâce. »

6.

La montagne parlait à nouveau.

Son grondement lointain roulait au-dessus des collines éclairées par la lune, une vibration étouffée, informe, affreuse qui semblait s'élever du sol partout à la fois : un grand soupir suintait des lézardes et des fissures des vieilles rues sinueuses. On aurait dit que la terre allait d'un instant à l'autre s'ébranler et trembler comme elle l'avait si souvent fait dans le passé, et faire s'effondrer les masures et les palais qui, pour quelque mystérieuse raison, avaient été épargnés lors de tous les cataclysmes précédents.

Partout les balcons et les toits faiblement éclairés étaient envahis de visages surexcités, tournés vers les éclairs et la fumée qui couvraient le ciel largement déployé et si brillamment illuminé par la pleine lune qu'il faisait clair comme en plein jour. Tonio descendait la colline, laissant ses pas le guider au hasard vers les places et les avenues de la ville basse.

Il se tenait très droit ; il marchait lentement, avec grâce, les pans de sa lourde cape doublée de soie rejetés sur l'épaule, la main droite posée sur le pommeau de son épée, comme quelqu'un qui sait précisément où il va, ce qu'il doit faire et le sort qui l'attend.

Mais la douleur l'avait engourdi. Elle avait fait sur sa peau l'effet d'une bourrasque glacée, en sorte qu'il avait une conscience très aiguë de chaque partie de son corps, de son visage et de ses mains réfrigérés, de ses jambes gelées qui se déplaçaient mécaniquement en direction de la mer et du môle tout résonnant du fracas des carrosses aux chevaux empanachés qui passaient au galop devant lui.

De loin en loin, de terribles frissons le terrassaient, l'obligeant à s'arrêter, indécis soudain, tout désemparé, exhalant à son insu des plaintes aussitôt noyées dans la rumeur de la foule qui le bousculait de tous côtés et le poussait malgré lui vers l'avant.

Il louvoyait à travers les colporteurs et les crieurs des rues proposant des jus de fruits et du vin blanc, les musiciens ambulants, les filles des rues qui l'effleuraient au passage avec des rires évoquant le tintement de milliers de clochettes. Tout cela avait l'allure d'une grande fête, comme si, avant l'éruption finale du volcan qui allait les ensevelir sous un linceul de cendres, ils avaient voulu pleinement jouir de cette journée qui serait la dernière d'une existence sans au-delà.

Mais cette nuit-là le Vésuve n'ensevelirait personne. Il gronderait, il cracherait sur le ciel sans nuage sa vapeur et ses laves en formant de prodigieuses illuminations, avec la lune qui éclairerait doucement les vagues, les baigneurs barbotant dans la mer tiède et les foules jouant sur le rivage.

Ce n'était que Naples ; ce n'était que le paradis ; la terre et le ciel et la mer, Dieu et les hommes, et rien, absolument rien de tout cela ne pouvait émouvoir Tonio.

Rien ne pouvait le toucher que sa peine, cette douleur glacée qui le gelait jusqu'aux os, et recouvrait tout son être d'une chape impénétrable dont son âme calcinée était la prisonnière. À la fin, il parvint aux sables du rivage, entra dans la mer d'un pas titubant d'homme ivre et se plia en deux comme s'il venait de recevoir le coup de grâce au contact de l'eau tiède de la Méditerranée.

Elle remplissait ses bottes ; il s'en aspergea le visage, puis, pardessus le fracas des vagues, il perçut, tout au fond de ses oreilles, l'écho tonitruant de ses propres sanglots.

Il se tenait là, les pieds plantés dans l'eau écumeuse du rivage, se retournant de temps en temps pour regarder le tourbillon des roues dorées, des laquais courant comme des fantômes sur les pavés, leurs pieds effleurant à peine le sol, des chevaux aux harnais couverts de grelots tintinnabulants, de houppes de plumes, de fleurs fraîches, quand soudain, s'échappant du flot ininterrompu de la circulation qui s'écoulait des deux extrémités de la cité, une calèche vint vers lui en brinquebalant, et son conducteur, sautant à terre, attrapa un des pans de la cape de Tonio, et avec des gestes pleins de sollicitude, lui fit comprendre par signes qu'il pouvait, s'il le désirait, prendre place à côté de lui sur le siège rembourré de sa voiture.

Longtemps Tonio se borna à le fixer d'un air interdit, vaguement étonné qu'on l'interpelle dans ce baragouin volubile des Napolitains.

La mer déferlait à ses pieds. L'homme le tira en arrière avec un grand geste qui montrait qu'il craignait que les beaux habits de Tonio ne fussent gâtés par le sable qui maculait déjà ses chausses et les éclaboussures qui déparaient son jabot de fine dentelle.

Soudain Tonio partit d'un grand rire. Puis, se redressant et criant pour couvrir le mugissement de la mer et le tumulte des voitures, il dit dans un patois approximatif :

« Conduisez-moi au sommet du volcan. »

L'homme eut un mouvement de recul. Quoi, maintenant ? À pareille heure ? Il valait mieux faire l'ascension de jour, lorsque...

Tonio secoua la tête. Il tira deux pièces d'or de sa bourse et les fourra de force dans la main de l'inconnu. Il avait ce sourire insolite de ceux qui savent pouvoir obtenir ce qu'ils veulent parce que tout leur est égal.

« Non, dit-il. Tout de suite. Aussi haut que vous pourrez, sur la montagne. »

Ils eurent vite passé les faubourgs ; mais il leur fallut encore parcourir un long chemin avant d'aborder la montée du Vésuve proprement dite. La route sinuait en pente douce à travers des champs d'arbres fruitiers et des oliveraies glorieusement étalés sous une lune énorme. Le volcan tonnait de plus en plus fort.

Déjà Tonio humait l'âcre odeur des cendres. Il sentait leur brûlure sur son visage, et elle s'insinuait dans ses poumons. Il se couvrit la bouche de la main pour retenir une quinte de toux. Les formes de petites maisons se dessinaient dans la pénombre bleutée. Leurs habitants, assis devant leurs portes ouvertes, se levaient en apercevant la calèche puis se laissaient retomber sur leurs sièges tandis que le cocher excitait le cheval du fouet.

La pente devenait de plus en plus raide, l'ascension de plus en plus malaisée, et à la fin ils atteignirent un point au-delà duquel le cheval ne pouvait monter.

Ils s'arrêtèrent au milieu d'un boqueteau d'oliviers enchevêtrés. À travers les trouées du feuillage, la vue portait très loin au-delà du grand croissant étincelant de la ville.

On entendit alors un grondement sourd aux résonances si alarmantes que Tonio s'agrippa instinctivement au bord de la calèche, et le ciel s'illumina, révélant une immense colonne de fumée divisée en deux parties parfaitement égales par un éclair éblouissant, tandis que le grondement grossissait et se muait en un rugissement assourdissant.

Tonio sauta et dit au cocher de le laisser, mais apparemment l'homme ne l'entendait pas de cette oreille, et au moment où il essayait de s'esquiver, deux formes noires émergèrent des broussailles qui tapissaient le flanc rocheux de la montagne. C'étaient des guides qui, de jour, menaient les voyageurs au cratère, et ils se déclarèrent disposés à conduire Tonio jusque-là.

Le cocher ne voulait pas le laisser aller ; et l'un des deux guides, même, paraissait réticent. Avant que la discussion tourne à la dispute, Tonio paya l'un des deux hommes, prit la canne qu'on lui tendait, se cramponna à la courroie de cuir fixée à l'arrière du ceinturon de son guide et, ainsi harnaché, se laissa hisser dans les ténèbres.

Un nouveau rugissement s'éleva du sol, et un autre éclair illumina comme en plein jour les arbres épars, révélant la présence d'une bicoque au-dessus d'eux. Une autre forme humaine se matérialisa au moment même où une pluie de cailloux s'abattait à grand bruit tout autour d'eux. Un éclat de roc atteignit Tonio à l'épaule, mais sans le blesser. Il cria à son guide de continuer.

L'homme qui venait de surgir leur adressait de grands gestes.

« Vous ne pouvez pas aller plus haut ! » cria-t-il, et comme il s'approchait de Tonio un rayon de lune filtrant à travers les branches des oliviers l'éclaira. Il avait le visage décharné et les yeux protubérants d'un homme miné par la consomption.

« Redescendez ! Vous ne voyez donc pas que vous êtes en danger ? vociféra-t-il.

— Continuez », ordonna Tonio au guide.

Mais celui-ci s'était arrêté.

L'homme tendait à présent le doigt vers un grand monticule qui se dressait en face de lui.

« Hier au soir, à cet endroit, il y avait un replat avec un bouquet d'arbres, expliqua-t-il. Je l'ai vu se soulever et se retourner en l'espace de quelques heures. Croyez-moi, en montant plus haut vous courez un risque mortel. »

Il rentra la tête dans les épaules comme l'averse de cailloux reprenait, et cette fois Tonio sentit un filet de sang lui couler sur le côté du visage bien qu'il n'eût ni entendu le son ni éprouvé le poids de la pierre qui l'avait frappé.

« Continuez », lança-t-il au guide.

Le guide enfonça son bâton dans le sol. Il hissa Tonio de quelques mètres vers le haut. Ensuite, il s'immobilisa. Il faisait de grands gestes, mais le tumulte du volcan empêchait Tonio d'entendre ce qu'il disait. Une fois de plus, il lui cria de continuer, mais de toute évidence l'homme en avait assez et rien ne pourrait le convaincre d'aller plus loin. En dialecte napolitain, il implora Tonio de s'arrêter. Il le délia de la courroie de cuir et quand Tonio entreprit d'escalader l'ultime escarpement en se hissant pouce après pouce à la force de ses doigts fichés dans la terre meuble, le guide lui cria dans un italien parfaitement intelligible :

« Signore, ce soir il crache de la lave. Regardez, là-haut ! Vous ne pouvez continuer plus avant ! »

Tonio était à plat ventre sur le sol, le bras droit en visière au-dessus de ses yeux, le gauche replié devant sa bouche, et à travers les poussières de cendres qui planaient dans l'air, il discernait une coulée vaguement lumineuse qui soulignait le tracé de la pente sur sa droite, à l'endroit où le torrent de lave se précipitait vers le bas avant de disparaître dans l'amas confus des broussailles enchevêtrées. Il resta pétrifié sur place, fasciné par cette vision. Le volcan vomit un nouveau flot de cendres, et l'averse de pierraille reprit, lui fouaillant la nuque et le dos. Il se couvrit la tête de ses deux mains.

« Signore ! hurla le guide.

— Laissez-moi ! » lui cria Tonio et, sans se retourner pour voir si l'homme lui obéissait, il se redressa et grimpa à quatre pattes à l'assaut de l'escarpement, s'accrochant à des racines et à des branches calcinées, plantant les pointes de ses bottes dans le poussier friable.

L'averse de pierraille s'abattit à nouveau, ces gerbes de cailloux jaillissaient à intervalles réguliers, mais Tonio n'avait pas le loisir d'en estimer la cadence ; il se contentait de s'aplatir au sol pour se protéger le visage, puis de se relever aussitôt que possible. Au-dessus de lui le feu du volcan embrasait tout le ciel, malgré le nuage de cendres qui le recouvrait à présent d'un rideau épais.

Une quinte de toux l'arrêta. Il reprit sa course. À présent, il tenait son mouchoir devant sa bouche et il allait plus lentement. Il avait les mains égratignées, les genoux contusionnés ; l'averse de pierraille s'abattit encore une fois sur lui, lui entaillant le front et lui lacérant l'épaule droite.

La montagne se remit à gronder et son grondement s'enfla progressivement jusqu'à devenir un épouvantable rugissement. À nouveau il faisait clair comme en plein jour.

Par-delà les arbres à moitié morts qui se dressaient devant lui, Tonio aperçut le rebord inférieur de l'immense cratère. Il avait presque atteint le faîte du Vésuve.

De ses deux bras tendus, il se cramponna à la terre au-dessus de lui, la saisissant à pleines poignées, mais elle se dérobait sous sa prise, des cailloux et des gravillons roulaient jusque dans sa bouche, et tout à coup il sentit le sol remuer sous lui. La terre se soulevait. Le rugissement assourdissant lui meurtrissait les tympans. Les fumerolles et les cendres tourbillonnaient dans la lueur aveuglante qui illuminait le grand cône aride dressé obliquement vers le ciel. Tonio avança encore. Il tendit les mains à tâtons pour atteindre l'arbre qu'il avait distingué, ultime sentinelle tordue, déchiquetée, à quelques pas devant lui. Mais il retomba en arrière et se sentit à nouveau soulevé tandis que l'arbre se fendait en deux avec un terrible craquement.

Une moitié du tronc pencha vers la droite, parut se stabiliser, puis s'écrasa finalement au sol dans un grand fracas de branches brisées. Partout la terre se lézardait et des flots de vapeur effervescente jaillissaient des fissures. Malgré lui, Tonio se retrouva en train de dévaler la montagne en une fuite éperdue.

Il glissait sur la pente, la bouche pleine de terre, une croûte de feuilles mortes collée à ses paupières. Et tout aveuglé qu'il fût, il n'en vit pas moins le grand éclair rouge semblable à celui d'une énorme déflagration. Il s'arc-boutait de toutes ses forces. Le sol le soulevait, le déplaçait d'un côté ou de l'autre, mais il restait absolument inerte. Le formidable mugissement l'assourdit à nouveau. Et malgré les sanglots qui lui tordaient la gorge, malgré ses mains meurtries par l'éboulement, il ne s'entendait plus, il ne sentait plus rien de lui-même, il faisait corps avec la montagne et avec le grand chaudron tonitruant qui bouillonnait en son sein.

7.

Il sentit la chaleur du soleil sur son visage.

La fumée emplissait l'air d'une myriade de minuscules poussières. Au loin, des oiseaux chantaient. Le jour s'était levé depuis longtemps. À en juger par la position du soleil dans le ciel et par l'ardeur de ses rayons qui chauffaient son visage et ses mains, il devait être neuf heures. La montagne n'émettait plus qu'une espèce de faible râle.

Ses yeux venaient de s'ouvrir. Longtemps il resta étendu dans une immobilité de statue, puis il s'aperçut qu'un homme se tenait debout au-dessus de lui.

Sa forme vacillante se détachait sur le bleu du ciel, et avec sa pâleur livide, sa maigreur étique et ses yeux fiévreux, l'homme paraissait une image de la mort superposée au paysage des pentes verdoyantes tapissées de bois luxuriants qui aboutissaient à la plaine fertile où s'étendait le kaléidoscope de couleurs et de lumières de la ville de Naples.

Mais ce n'était pas l'effigie de la mort. C'était simplement l'homme qui, la veille au soir, était sorti de sa cabane pour exhorter Tonio de ne pas aller plus haut.

Sans mot dire, il tendit la main, tira Tonio de son lit de poussière et le guida lentement vers le pied de la montagne.

Dès qu'il eut regagné la ville, Tonio prit le chemin d'une des meilleures hôtelleries du môle, y loua une suite des plus dispendieuses et demanda qu'on lui prépare un bain après avoir envoyé un domestique lui acheter du linge de rechange.

Sa toilette terminée, il fit enlever la baignoire et resta longtemps debout, nu, devant le miroir. Ensuite, il passa sa chemise propre, dont il ajusta soigneusement les parements de dentelle aux manches et au collet, enfila par-dessus sa redingote qu'il avait fait auparavant brosser, mit sa culotte et ses bas et sortit s'installer sur la véranda. On lui servit à déjeuner des fruits, du chocolat, et de ce café turc comme il avait toujours aimé en boire à Venise.

Assis là, au bon air, il regardait, par-delà la foule matinale qui encombrait la rue, la plage blanche et les flots bleu-vert de la Méditerranée.

La mer pullulait de petites barques de pêche et de grands navires glissant majestueusement au fil de l'eau.

Au-dessous de Tonio, le grand espace ouvert qu'on appelait le Largo grouillait des mille petits négoces qu'il s'était accoutumé d'y voir.

Tonio réfléchissait.

Il était à Naples depuis deux semaines. Et avant cela, après son départ de cette chambre sordide de Flovigo, il avait passé deux autres semaines sur les routes. Durant tout ce temps, il était bien possible qu'il n'eût pas une seule fois usé de sa raison.

Tout ce qui lui était arrivé pesait sur lui d'un poids absolu. Cependant, cette suite d'événements ne se présentait pas à lui comme un ensemble dont il aurait pu cerner le sens d'un seul tenant. Au contraire, chacun d'eux l'obsédait séparément comme autant de mouches bourdonnantes envoyées de l'enfer pour lui faire perdre l'esprit — elles y étaient d'ailleurs presque parvenues. Déchiré par la haine, tourmenté par l'image accablante de l'homme qu'il ne serait jamais plus, il avait distribué des coups au hasard à tout son entourage, il s'était fait souffrir lui-même, et tout cela n'avait eu ni rime ni raison. Il n'avait rien amendé et il n'avait vaincu personne.

Tout cela était bien fini.

Les choses avaient changé.

Et il ne savait pas au juste ce qui les avait fait changer.

Mais après avoir passé une nuit entière couché sur le Vésuve, à ne bouger que lorsque la montagne le décidait pour lui, il avait été jusqu'au bout de l'horreur, et à présent tout cela était derrière lui.

Ce qui avait contribué plus que tout à provoquer cette mue, c'est qu'il avait compris qu'il était entièrement seul au monde ; et cette conscience ne lui était pas venue dans l'échauffement de la colère ou du chagrin, mais alors qu'il gardait la tête froide au milieu du danger.

Il n'avait plus personne.

Le mal que Carlo lui avait fait représentait une malédiction irrévocable.

Et cette malédiction l'avait définitivement coupé de tous les êtres qu'il aimait. Jamais il ne pourrait vivre tel qu'il était à présent auprès de ses parents ou de ses amis. Il n'aurait pas survécu à leur pitié, à leur curiosité, à leur horreur.

Et quand bien même une fatalité inaltérable ne lui aurait pas infligé la cruelle humiliation d'en être proscrit, il n'aurait pu retourner à Venise. Venise et tous les gens qu'il y connaissait et qu'il y chérissait étaient perdus pour lui à jamais.

Bien. C'était la partie la plus simple de son affaire.

À présent venait la partie la plus dure.

Andrea aussi l'avait trahi. Il savait sûrement que Tonio n'était pas son fils. Et pourtant il le lui avait laissé croire et il l'avait dressé contre Carlo pour qu'il continue son combat après sa mort. C'était une traîtrise sans nom, une odieuse trahison.

Mais Tonio savait quels arguments Andrea aurait pu avancer pour s'en défendre. Car sans Andrea, que serait-il advenu de Tonio ? Quelle aurait été sa vie s'il avait été l'aîné d'une pitoyable couvée de bâtards, fruits des amours coupables d'un aristocrate déchu et d'une novice déshonorée ? Andrea avait châtié un enfant rebelle qui ne méritait que cela, sauvé l'honneur de la famille et fait de Tonio son fils.

Mais même les volontés d'Andrea ne pouvaient accomplir des miracles. À sa mort, les lois chimériques sur lesquelles il avait fondé l'existence de sa maison s'étaient effondrées. Et il n'avait jamais vraiment fait comprendre à Tonio ce qui l'attendait. Il l'avait envoyé livrer cette bataille sans autres armes que des mensonges et des demi-vérités.

Était-ce l'excès de sa fierté qui lui avait fait faire cette erreur de jugement ? Tonio ne le saurait jamais.

Il savait seulement qu'il n'était pas le fils d'Andrea, que cet homme qui l'avait nanti d'une famille et d'un destin n'était plus là et que sa sagesse et ses desseins lui resteraient à tout jamais impénétrables.

Oui. Andrea était perdu pour lui.

Et que restait-il des Treschi ? Carlo. Carlo qui lui avait fait subir cette infâmie, Carlo qui n'avait pas eu assez de courage pour le tuer, mais assez de fourberie pour savoir que Tonio avait trop le sens de l'honneur familial pour jamais proférer d'accusation à son encontre.

Il était habile. Lâche, mais très habile. Ce dépravé, ce réfractaire qui, pour l'amour d'une femme, avait jadis menacé de causer la perdition de tout son lignage, allait à présent le reconstituer à partir des abominables violences qu'il avait infligées à un fils irréprochable.

Donc les Treschi, Andrea et Carlo, l'avaient trahi chacun à sa manière.

Et pourtant c'était bien leur sang qui coulait dans ses veines. Il subsistait en lui un amour pour les Treschi d'avant son père et d'avant son grand-père, et pour ceux qui naîtraient ensuite, ces enfants à venir qui hériteraient des traditions et de la force de leur lignage dans un monde qui aurait tout ou presque tout oublié de Tonio, de Carlo, d'Andrea et de cet épouvantable écheveau d'iniquité et de souffrance.

Oui, tout cela était affligeant.

Mais le plus pénible venait maintenant.

Qu'est-ce qui attendait Tonio à présent ? Qu'est-ce qui émergeait de ce chaos ? Qu'était-il advenu de Tonio Treschi, assis pour l'instant sur une véranda de Naples, à l'extrême sud de l'Italie, seul, et contemplant, dans l'ombre du Vésuve, la surface sans cesse changeante de la mer ?

Tonio Treschi était un eunuque.

Tonio Treschi était devenu cette moitié d'homme, cet être diminué, propre à susciter le mépris de tous les hommes entiers. Tonio Treschi était une de ces créatures que les femmes harcèlent de leurs assiduités, que les hommes trouvent gênantes, affreuses, lamentables, en butte à la risée universelle, victimes de vexations sans nombre, admises comme un mal nécessaire dans les chœurs d'église et sur la scène de l'opéra et qui, sorties de cet éclat artificiel et de cette musique céleste, ne sont plus que de pauvres monstres.

Toute sa vie il avait entendu les murmures qui s'échangeaient dans le dos des castrats, vu les ricanements, les haussements de sourcils, les gestes parodiques moquant leurs manières affectées. Il avait parfaitement compris la rage de l'orgueilleux Caffarelli avançant jusqu'à la rampe pour lancer des regards furibonds aux Vénitiens qui avaient payé pour le voir, tel un singe savant, exécuter des acrobaties vocales.

Déjà, dans ce conservatoire auquel il s'était raccroché comme un forçat naufragé à l'épave d'une galère sombrée dans des eaux étrangères, il avait constaté à quel état d'abjection en étaient réduits ces enfants émasculés qui le défiaient, en le persiflant, de partager leur avilissement, se glissant la nuit dans sa chambre pour lui siffler des quolibets cruels qui voulaient dire : « Tu es pareil à nous. »

Oui, il était pareil à eux. Et le monde ne se faisait pas faute de le lui rappeler. Il lui était à jamais interdit de se marier, et il ne lui était plus possible de donner son nom à une femme, même à la dernière des roturières, ni d'adopter un enfant, aussi nécessiteux qu'il fût. L'Église ne l'accueillerait pas non plus en son sein, sauf dans les ordres les plus bas, et à condition encore qu'il eût obtenu une dispense papale.

Il n'était plus qu'un proscrit, exclu de sa famille, mis au ban de l'Église et de toutes les grandes institutions de la société et du monde, à l'exception d'une seule : le conservatoire, et le monde de la musique auquel le conservatoire était censé le préparer.

Ni l'un ni l'autre n'avaient rien à voir avec ce que lui avaient fait les hommes de main de son frère.

Mais n'eût été le conservatoire, n'eût été la musique, ce destin aurait été pour lui pire que la mort.

Or il ne l'était pas.

Quand il était prostré sur le lit de l'auberge de Flovigo et que le spadassin nommé Alonso lui avait braqué un pistolet sur la tempe en lui disant : « Vous avez la vie sauve, profitez-en et filez d'ici », il avait pensé qu'il valait mieux mourir. Il avait voulu lui répondre : « Tuez-moi », mais il n'avait même plus la force de prononcer ces deux mots.

Cette nuit, sur le Vésuve, il n'avait pas voulu mourir. Il lui restait le conservatoire et il lui restait la musique, cette musique que, même dans ses pires moments de désespoir, il entendait résonner dans sa tête, sublime et pure.

Un imperceptible frisson passa sur le visage de Tonio. Il regardait la mer, où une troupe d'enfants s'ébattaient dans les vagues comme un vol d'hirondelles.

Qu'allait-il faire à présent ?

Il le savait. Il le savait depuis qu'il était redescendu du Vésuve. Il avait deux tâches à accomplir.

D'abord, se venger de Carlo. Et cela demanderait du temps.

Car il fallait attendre que Carlo se marie et qu'il ait des enfants, de beaux et solides enfants suffisamment avancés dans leur croissance pour que l'on puisse déjà envisager qu'un jour ils se marieraient et engendreraient à leur tour.

Mais à ce moment-là Carlo ne lui échapperait pas. Peu lui importait que cette vengeance lui coûtât sa propre vie, car il était fort peu probable qu'il pût se tirer sain et sauf d'une affaire pareille. Venise lui ferait payer son acte, ou bien peut-être les sicaires de Carlo, mais avant cela il aurait enfin tenu son frère à sa merci et il lui aurait murmuré à l'oreille : « À nous deux, à présent. »

Ce qu'il ferait alors ? Il n'était pas vraiment fixé à ce sujet. Quand il repensait à ces hommes, à Flovigo, au bistouri, à la félonie immonde qui avait présidé à tout cela, aux desseins que tout cela avait servis, la mort lui paraissait un châtiment trop simple et trop clément, pour ce père qui avait déjà tant aimé et tant vécu depuis trente-cinq ans qu'il était au monde.

Il savait seulement qu'un jour il tiendrait Carlo à sa merci comme ces brutes l'avaient tenu à leur merci à Flovigo, et que ce jour-là Carlo souhaiterait mourir comme Tonio l'avait souhaité quand le spadassin lui avait dit à l'oreille qu'il pouvait s'estimer heureux d'être encore vivant.

Après, les gardes du corps de Carlo pourraient le tuer ou l'État de Venise ou les fils de Carlo, cela lui serait bien égal : Carlo aurait payé.

Et sa deuxième tâche à présent...

Chanter.

Il ferait cela pour lui-même, parce qu'il en avait le désir, que ce soit ou non la seule carrière possible pour un castrat. Peu importait aussi que ce fût le rôle que lui avaient assigné de force Carlo et ses sbires. Il chanterait parce qu'il avait l'amour du chant, parce qu'il avait envie de chanter, parce que sa voix était la seule chose qui lui restait de tout ce qu'il avait aimé jadis.

Quel ironique retour des choses ! À présent, sa voix allait rester avec lui aussi longtemps qu'il vivrait, sans jamais plus changer.

Oui, il ferait cela pour lui-même, et il s'y donnerait corps et âme, et il laisserait le chant l'entraîner aussi loin qu'il pourrait aller avec lui en ce monde.

Et qui sait jusqu'à quel degré de splendeur cela pourrait l'amener ? La céleste beauté des chœurs d'église, la spectaculaire grandeur de l'opéra, il osait encore à peine se les représenter, mais c'était peut-être la seule chance qu'il aurait jamais d'accéder au paradis et de séjourner quelque temps parmi les anges.

Le soleil était au zénith. Au conservatoire, c'était l'heure de la sieste, et les élèves devaient dormir du sommeil agité des heures de canicule.

Et pourtant, à ses pieds, le Largo bourdonnait comme une ruche. Des pêcheurs débarquaient la marée du jour. Plus loin, face à la foule qui déambulait, on avait dressé contre un mur une petite estrade sur laquelle un polichinelle bariolé se contorsionnait de façon obscène.

Tonio regarda un moment cette figure solitaire dont les paroles grossières lui parvenaient par bribes au-dessus du vacarme de la place, avant de se lever et de retourner dans sa chambre pour y rassembler son maigre bagage.

Il avait ramené une autre chose encore de son équipée sur le Vésuve.

C'était peut-être d'ailleurs la seule qui fût pour lui une vraie certitude ; il en avait pris conscience d'une manière très claire, quoique informulée, au moment où il s'était réveillé au soleil et où il avait aperçu l'effigie de la mort vacillant au-dessus de lui.

Dans ces instants, les paroles d'Andrea lui étaient revenues en esprit : « Il faut décider que vous êtes un homme, Tonio... Comportez-vous comme si c'était absolument vrai, et alors tout le reste s'ordonnera de soi-même. »

Il ceignit son épée, jeta sa cape sur ses épaules et regarda une fois encore dans le miroir le reflet de sa svelte figure et de son jeune visage.

« Oui, murmura-t-il. Décide que tu es un homme, et c'est ce que tu seras. Et le diable emporte ceux qui le nieront ! »

C'était la bonne, la seule manière de s'en sortir, et l'espace de ce court moment de quiétude, face au miroir, il se laissa aller à accepter tout le bien dont son prétendu père l'avait investi autrefois. Il n'y avait plus en lui ni haine ni colère. La rage qui l'aveuglait s'était dissipée.

Pourtant une peur restait tapie en lui, une peur dont il ne pouvait pas examiner les ressorts malgré sa nouvelle clairvoyance. Il savait qu'elle était là. Il sentait sa présence aussi sûrement que l'on devine un incendie qui couve ; mais il était incapable de lui faire face et de la nommer.

Tout au fond de lui, une voix lui disait qu'il valait mieux remettre cette confrontation à plus tard, et que, s'il évitait d'y penser, sa peur finirait par le quitter. Mais elle s'associait étroitement à des souvenirs puissants, palpitants, ceux de Caterina Lisani appuyée aux oreillers de son lit, et de Bettina, la fillette du tavernier, retroussant ses jupes dans la pénombre de la gondole. Et pour odieuse que lui en parût l'idée, il se pouvait aussi que tout cela se rattachât à un autre souvenir, celui de sa mère tournant en rond dans sa chambre à coucher enténébrée en murmurant inlassablement : « Ferme les portes, ferme les portes, ferme les portes. »

Au bout d'un certain temps, ces pensées l'assaillirent avec une telle force qu'il resta pétrifié sur place au moment où il s'apprêtait à sortir de sa suite de l'hôtellerie. Il demeura là, en suspens, les épaules voûtées, comme quelqu'un qui vient de recevoir un mauvais coup. Et puis le vide se fit dans son esprit, et l'image de ces trois femmes s'évanouit.

Et à leur place parut celle du conservatoire niché tout là-haut dans les collines de Naples, qui exerçait sur lui l'attrait doucement sensuel d'un délicieux mirage d'amour.

8.

Quand il parvint au portail d'entrée, le conservatoire baignait encore dans le grand calme de la sieste, et il monta l'escalier sans être vu pour gagner sa chambrette qu'il retrouva à peu près telle qu'il l'avait quittée. Il éprouva avec intensité la quiétude du lieu tandis qu'il posait les yeux sur sa malle et sur ses quelques effets qu'on avait soigneusement tirés de son armoire et déployés là en attendant qu'il vînt les prendre.

Sa tunique noire était encore là. Tonio ôta sa veste, enfila l'uniforme, ramassa l'écharpe rouge qui traînait par terre, et s'en ceignit la taille puis, passant à pas de loup devant le dortoir endormi, il redescendit au rez-de-chaussée et alla droit au cabinet de travail de Guido.

Guido ne faisait pas la sieste.

Il leva les yeux de son clavecin, avec cet air de fureur subite par lequel il accueillait toute entrée intempestive. Mais quand il aperçut Tonio, une expression d'ébahissement se peignit sur ses traits.

« Le maestro se laissera-t-il persuader de m'accorder une seconde chance ? » demanda Tonio.

Et il attendit, debout, les mains derrière le dos.

Guido ne lui répondit pas. En vérité, sa physionomie s'était empreinte d'un tel air de menace que Tonio réalisa brièvement la violente ambiguïté des sentiments qu'il éprouvait à son égard. Mais une pensée se superposait à tout le reste : il fallait que cet homme fasse son éducation. L'idée qu'il pût étudier avec quelqu'un d'autre était impensable, et quand l'image de Guido entrant dans la mer pour s'y noyer lui passa dans l'esprit, il sentit peser sur lui, fugacement, tout le poids d'une émotion inavouable qui l'agitait secrètement depuis vingt-huit jours, mais il lui ferma son cœur et attendit.

Guido lui fit signe de s'approcher, tout en tournant avec violence les pages de sa partition.

Avisant un verre d'eau posé sur une tablette à côté du clavecin, Tonio s'en empara et le vida.

Ensuite, il jeta un coup d'œil à la partition : c'était une cantate de Scarlatti. Il ne connaissait pas cette cantate, mais il connaissait Scarlatti.

Guido joua l'introduction avec fureur. Ses doigts un peu trop courts semblaient rebondir sur les touches. Et puis Tonio entonna la première note, parfaitement en mesure.

Mais le son qui sortait de sa poitrine lui parut anormalement ample, impossible à dominer, et il dut faire un formidable effort de volonté pour continuer et pour monter et descendre au gré des passages — appoggiatures et fioritures — que son maître avait rajoutés à la partition d'origine.

À la fin, il lui sembla que sa voix était bien placée ; il commençait à se sentir à l'aise, et quand il arriva au bout de la partition, il éprouva une étrange sensation de flottement. Il lui semblait qu'une éternité venait de s'écouler.

Et puis il s'aperçut que Guido regardait quelque chose derrière lui. Le maestro Cavalla était entré par la porte grande ouverte, et ses yeux étaient rivés à ceux de Guido.

« Chantez-moi cela encore une fois », dit le maestro en s'approchant.

Tonio eut un imperceptible haussement d'épaule, mais il ne pouvait se résoudre à regarder le vieillard en face. Baissant les yeux, il leva lentement la main droite et palpa l'étoffe de sa tunique noire, comme pour en rajuster négligemment le collet. Il avait l'impression que cette tenue l'emprisonnait, le distinguait d'une manière spéciale et inhabituelle, et l'espace d'un bref instant le flot de paroles blessantes que cet homme avait déversées sur lui lui remonta à la mémoire.

Mais à présent tout cela appartenait pour lui à une époque révolue, et ce qu'il lui avait dit était sans importance.

Il regarda les larges mains du vieux maestro, ses doigts velus. Il regarda le gros ceinturon de cuir noir qui lui entourait la taille, et imagina sans effort, sous la soutane, une anatomie dont on n'avait rien retranché. Puis, levant lentement les yeux, il vit la trace sombre laissée par le rasage sur ses joues et sous son menton.

Mais quand son regard croisa enfin celui du vieillard, l'expression de ses yeux le surprit.

Ils étaient pleins de douceur et agrandis par une espèce d'émerveillement. Et Guido regardait Tonio de la même manière. Les yeux rivés sur lui, les deux hommes attendaient.

Tonio respira et il se remit à chanter. Cette fois, sa voix sonnait à la perfection.

Il laissait les notes s'enfler et les suivait mentalement sans avoir à faire le moindre effort pour les moduler. Il arriva aux passages les plus simples et les plus entraînants de la cantate, et sa voix s'envola. Et à un moment qu'il n'aurait pu situer exactement, il sentit que la joie du chant lui était revenue dans toute sa pureté.

Il en aurait pleuré.

S'il avait eu encore des larmes à épancher, il aurait pleuré, certainement, sans se soucier de leur présence, sans se soucier qu'ils le vissent dans cet état.

Sa voix était sienne à nouveau.

Tonio regardait les reflets dansants du soleil qui jouaient sur les frondaisons de l'autre côté du cloître. Une grande et délicieuse fatigue se répandait dans ses membres. Il sentait la douce chaleur de l'après-midi, et il lui semblait entendre l'écho lointain de cris d'enfants qui jouaient.

Mais une ombre se dressa devant lui. Il se retourna, plutôt à contrecœur, et ses yeux se posèrent sur le visage du maestro Guido.

Alors Guido l'entoura de ses bras et, lentement, avec un peu de réticence, Tonio s'abandonna à son étreinte.

Il lui semblait se rappeler un autre moment semblable à celui-ci, où il avait tenu quelqu'un dans ses bras en éprouvant la même émotion délectable, violente et secrète. Mais quelles que fussent les circonstances et le lieu dans lesquels il avait connu cela, c'était bien loin à présent, et le souvenir exact lui en échappait.

Le maestro Cavalla s'avança vers lui et déclara :

« Vous avez une voix merveilleuse. »

Quatrième partie

1.

Durant cette première après-midi au conservatoire, alors qu'il défaisait sa malle (sa famille lui avait bel et bien envoyé *tout* ce qui lui appartenait), emplissant la commode rouge et or de ses habits préférés et disposant ses livres sur les étagères, Tonio se rendait compte que la métamorphose qui s'était opérée en lui sur le Vésuve restait encore à mesurer à l'aune de la réalité.

C'est pour cela qu'il n'avait pas voulu quitter la petite mansarde, bien que le maestro Cavalla lui eût immédiatement annoncé qu'il pouvait, s'il le désirait, s'installer dans un appartement inoccupé du premier étage. Il voulait voir le Vésuve de sa fenêtre. Il voulait voir, la nuit, du lit où il couchait, les flammes du volcan sur le ciel illuminé de lune. Il voulait se rappeler toujours qu'il avait appris, sur cette montagne, ce que signifiait être absolument seul.

Car, à mesure que l'avenir commencerait à lui faire entrevoir le sens véritable de sa nouvelle vie, il faudrait que les résolutions qu'il avait prises le soutiennent sans désemparer. Il connaîtrait des moments d'extrême douleur. Malgré sa résignation d'à présent, malgré l'horreur sans fond des souffrances qu'il avait subies depuis un mois, il pressentait obscurément que le pire était encore à venir.

Et sur ce point, il ne se trompait pas.

Des petites pointes de douleur, il en éprouva très vite.

Elles le prirent dans la chaude lumière du soleil de l'après-midi, lorsqu'il sortit de ses malles les habits de brocart et de velours qu'il mettait à Venise pour se rendre à des soirées ou à des bals et la cape doublée de fourrure dans laquelle il s'était emmitouflé le soir où il avait pris place au parterre de l'opéra, en plein courant d'air, pour observer de près le visage fascinant du grand Caffarelli.

Et c'est de la douleur aussi qu'il éprouva au repas de ce soir-là, lorsqu'il alla prendre sa place au milieu des autres castrats, sans tenir compte de l'expression offusquée qui se peignait sur leurs visages hostiles.

Mais il endura tout cela avec un air de grande sérénité, saluant ses condisciples d'un signe de tête, adressant à ceux qui l'avaient accablé de leurs moqueries un sourire des plus désarmants, tendant la main pour ébouriffer les cheveux de Paolo, le garçonnet en compagnie duquel il était venu de Florence à Naples et qui les jours suivants avait bien des fois tenté de l'aborder.

C'est avec la même apparence de calme qu'il remit sa bourse au maestro Cavalla.

Et une fois encore il sourit avec beaucoup de grâce quand il s'entendit commander de rendre aussi sa dague et son épée. Mais il tremblait intérieurement et il refusa d'un bref signe de tête, comme s'il ne comprenait plus l'italien. Ses pistolets, certes, il acceptait qu'on les lui prît. Mais son épée ? Non (et il souriait), il ne pouvait songer à s'en défaire.

« Vous n'êtes pas ici étudiant à l'université, dit sèchement le maestro. Vous n'irez pas faire la fête dans les tavernes du port chaque fois que la fantaisie vous en prendra. Et ai-je besoin de vous rappeler que Lorenzo, l'élève que vous avez blessé, est encore alité ? Je ne veux plus de ces rixes. Remettez-moi votre épée et votre dague. »

Tonio lui fit un autre de ses sourires gracieux. Il était désolé de ce qui était arrivé à Lorenzo. Mais Lorenzo s'était introduit dans sa chambre et il avait bien été forcé de se défendre. Il ne lui était pas possible de se séparer de son épée. Et il n'offrit pas non plus de lui céder sa dague, plus petite et plus utile encore.

Personne n'aurait pu deviner la stupéfaction qu'il éprouva quand le maestro finit par se rendre à ses raisons.

Ce n'est qu'en se retrouvant à l'abri dans l'intimité de sa chambre qu'il se laissa aller à en rire. Il avait bien pensé que l'obéissance au précepte paternel qui lui enjoignait de se comporter comme un homme le cuirasserait contre l'humiliation, mais il n'avait pas prévu que cela pourrait aussi faire de l'effet aux autres ! Il commençait tout juste à saisir que ce qu'il avait ramené du Vésuve était une règle de conduite. Quoi qu'il éprouvât désormais, il n'en manifesterait rien, et les choses n'en iraient que mieux.

Certes il regrettait de tout son cœur d'avoir blessé Lorenzo. Non que ce garçon n'eût mérité d'être traité de la sorte ; mais parce qu'il risquait de lui causer du désagrément un jour.

Et Tonio était encore occupé à y réfléchir lorsque, une heure après la tombée du soir, il entendit passer dans le couloir les castrats les plus âgés, ceux qui étaient chargés de maintenir l'ordre dans les dortoirs, et qui naguère venaient le visiter dans sa chambre en même temps que Lorenzo, pour le persécuter.

À présent, il était disposé à les accueillir. Il les invita à entrer, et leur offrit de boire avec lui une bouteille d'excellent vin qu'il avait ramenée de l'hôtellerie du bord de mer, en s'excusant d'être sans gobelet ni verre, chose à laquelle il pourvoirait dès que possible. Accepteraient-ils tout de même de se joindre à lui ? D'un geste, il les invita à s'asseoir sur le lit, prit le siège du secrétaire pour lui-même et leur passa une seconde fois la bouteille. Puis il la fit passer encore une fois, car il s'était rendu compte que cela leur faisait plaisir.

Et, effectivement, tout cela était pour eux d'une séduction irrésistible.

Tonio se comportait avec tant d'autorité tranquille qu'ils ne savaient même plus s'il n'aurait pas mieux valu repousser ses invites.

Tonio les observait de près pour la première fois et, tout en les étudiant, il entama une conversation, parlant juste ce qu'il fallait, d'une voix basse et mesurée, du climat de Naples et de certaines particularités de l'endroit, pour que le silence ne leur pesât point. Mais il ne donnait pas l'impression d'être bavard, car il essayait seulement de prendre la mesure de ces garçons, de deviner lesquels parmi eux pouvaient être tenus par une loyauté particulière à l'égard de Lorenzo, forcé de garder le lit parce que sa plaie s'était infectée.

Le plus grand s'appelait Giovanni ; c'était un Italien du Nord âgé d'environ dix-huit ans, doté d'une voix tolérable que Tonio avait pu entendre pendant une leçon de Guido. Giovanni ne serait jamais chanteur d'opéra ; mais il instruisait des garçons plus jeunes avec compétence, et il ferait sans doute plus tard un chef de chœur que les églises se disputeraient. Ses longs cheveux noirs et lisses étaient sévèrement retenus à la nuque par un mince ruban de satin noir qui leur donnait l'aspect d'une perruque à queue. Son regard était indécis, sans caractère, et peut-être même veule.

Il paraissait tout disposé à accepter Tonio.

Ensuite venait Piero, Italien du Nord lui aussi, mais blond, qui avait sifflé entre ses dents bien des insultes à l'intention de Tonio, pour se détourner ensuite en prenant un air innocent. Sa voix était de meilleure venue — un contralto qui avait peut-être des chances de devenir exceptionnel un jour, mais, à juger par ce que Tonio avait pu en entendre à l'église, il manquait quelque chose à Piero. La passion peut-être, ou bien l'imagination. Il buvait son vin avec une expression un peu dédaigneuse, le regard froid et soupçonneux. Pourtant, quand Tonio s'adressa directement à lui, il parut se dégeler instantanément et répondit à ses questions en se rengorgeant. Donc, ce qu'il voulait, c'était simplement de l'attention.

Vers la fin de cette brève visite, il en vint même à faire une cour assidue à Tonio, en s'efforçant de faire impression sur lui, comme si

Tonio eût été son aîné — ce qu'il n'était pas —, comme s'il eût été supérieur à lui.

Le troisième et dernier s'appelait Domenico et il avait seize ans. Il était d'une beauté si délicate qu'il aurait pu passer indifféremment pour un homme ou une femme. Comme l'usage de ses poumons dans le chant et l'élasticité de son ossature d'eunuque avaient considérablement étoffé sa poitrine, il avait même des formes de femme — une taille fine s'évasant vers le haut jusqu'à un buste dont la rondeur donnait l'illusion d'une gorge féminine. Mais l'illusion était assez subtile pour n'être pas forcément perceptible. Ses longs cils noirs et sa bouche rose brillaient d'un tel lustre qu'on aurait pu croire qu'ils étaient fardés, ce qui bien entendu n'était pas le cas. Il portait à ses doigts une grande quantité de bagues qui accrochaient la lumière quand il remuait les mains avec une grâce calculée et langoureuse. Ses cheveux noirs et bouclés, qui étaient un rien trop longs, lui retombaient librement sur les épaules. Domenico n'ouvrit pas une seule fois la bouche, et en constatant cela Tonio s'aperçut qu'il n'avait jamais entendu sa voix, chantée ou parlée. Il en était intrigué. Domenico était toujours là, mais il se contentait de regarder et son expression n'avait même pas changé quand il avait vu Tonio poignarder Lorenzo.

Il venait de prendre la bouteille et buvait au goulot après s'être essuyé les lèvres avec un mouchoir brodé ; il avait les yeux rivés sur Tonio et son regard était d'une fixité troublante. Il supputait la valeur de Tonio sous un angle nouveau, et Tonio pensa qu'une créature aussi imbue de sa propre beauté devait être au-delà de la vanité.

On devait représenter sous peu un nouvel opéra sur la petite scène du conservatoire, et Domenico, y tiendrait le rôle de la prima donna. Et Tonio s'aperçut soudain qu'il était fasciné à la perspective de le voir transformé en fille. Il imagina les attaches d'un corset comprimant la taille de Domenico et cette vision le fit rougir si fort qu'il en oublia ce que Giovanni était en train de lui dire.

Alors il se força à n'y plus penser. Et puis l'idée que Domenico était une femme déguisée en garçon se mit à le tarabuster. Sa respiration s'embarrassait un peu. Domenico avait la tête légèrement inclinée et l'ombre d'un sourire planait sur ses lèvres. Dans la lueur de la chandelle, sa peau satinée avait l'air d'être en porcelaine, et il avait au menton une petite fossette bien masculine qui ne faisait que le rendre plus ambigu encore.

Après qu'ils furent partis, Tonio s'assit au bord du lit et resta un moment abîmé dans ses pensées. Ensuite il souffla la chandelle, se coucha et voulut dormir et puis, comme le sommeil le fuyait, il s'imagina qu'il était sur le Vésuve. À nouveau, il sentit la terre trembler ; il la sentit s'appesantir sur ses paupières.

Et cela devint pour lui un rituel qui devait se répéter chaque soir pendant des années — la sensation de la terre qui l'ensevelissait et du volcan qui grondait.

2.

Mais après cette première soirée Tonio n'eut plus besoin d'user de stratagèmes pour s'endormir.

Le lendemain, au réveil, il était d'une bonne humeur exceptionnelle, bien qu'encore tout endolori des multiples contusions qu'il avait ramenées de sa nuit sur la montagne. Il allait commencer sur-le-champ à étudier sous la férule de Guido.

Même les couleurs et les senteurs du conservatoire lui paraissaient plutôt plaisantes. En particulier, il lui semblait sentir flotter dans les couloirs une odeur de bois évocatrice de violons et de violoncelles, et cela l'enchantait. Il aimait aussi les sons des salles d'exercices revenant peu à peu à la vie.

Et tandis qu'il se régalait d'un déjeuner, assez frugal pourtant, et surtout du lait frais qui l'accompagnait, il s'absorba dans le spectacle captivant des étoiles matinales qui se laissaient tout juste apercevoir au-dessus du mur sur lequel ouvrait la fenêtre du réfectoire.

L'air était d'une douceur de soie. Il avait une tiédeur qui vous mettait les sens en appétit. On serait volontiers parti se promener tout nu.

Et il était ravi d'être debout de si bonne heure.

Même à Guido Maffeo, il trouva de la grâce.

Le maestro, assis au clavecin, annotait une partition, et tout indiquait qu'il travaillait depuis des heures. Sa chandelle était presque entièrement consumée ; de l'autre côté de la fenêtre, les ténèbres se muaient en une pâle grisaille ; en attendant qu'il eût fini, Tonio s'installa sur un banc placé contre le mur et, pour la première fois, il procéda à un examen détaillé de ce que renfermait ce petit cabinet de travail.

Les murs et le sol étaient en pierre et nus, à l'exception d'une natte de jonc tressé qui atténuait la rugosité du dallage. En revanche, tout l'ameublement — le clavecin, le haut pupitre, la chaise, le banc — était couvert de riches motifs floraux et d'émaux resplendissants. Les meubles semblaient vibrants par contraste avec la froideur des parois. Et le maestro, vêtu d'une longue redingote noire avec un court rabat de linon, paraissait d'une austérité tout ecclésiastique dans ce décor auquel on sentait pourtant qu'il appartenait corps et âme.

Tonio se dit qu'il n'avait donc pas toujours cet air redoutable. En fait il lui trouvait même un certain charme. Ses traits étaient trop souvent déformés par la rage, et ses yeux bruns un peu trop grands par rapport au reste de son visage lui donnaient un air perpétuellement fâché. Mais l'ensemble révélait une physionomie si vive et si expressive, si riche de fougue et de sentiment que Tonio en éprouvait malgré lui une sorte de fascination.

Mais il ne pouvait pas se remémorer la façon dont cet homme s'était comporté à Flovigo, à Ferrare, ni à Rome dans ce jardin où ils s'étaient embrassés. S'il se souvenait de ces choses, il aurait de l'aversion pour Guido. Il les chassa donc de ses pensées.

À la fin, Guido reposa sa plume, souffla la bougie qui n'était plus qu'une minuscule lueur vacillante dans l'aube gris-bleu, et sans prendre la peine de seulement saluer Tonio, lui déclara tout à trac :

« Vous avez une voix extraordinaire. On vous l'a bien assez répété », poursuivit-il avec véhémence, comme s'il rembarrait quelqu'un, « alors n'attendez pas que je vous fasse plus de compliments que cela aussi longtemps que vous ne l'aurez pas mérité. Voilà des années que vous vous contentez de faire simplement ce qui vous plaît sans vraiment comprendre ce que vous faites, ne chantant bien que parce que votre oreille est infaillible et que vous avez entendu ces morceaux chantés convenablement par d'autres. Vous avez toujours esquivé la difficulté, vous avez reculé devant tous les obstacles, en vous rabattant chaque fois sur ce qui vous était agréable, et facile. C'est pour cela que vous ne dominez pas vraiment votre voix et que vous avez beaucoup de mauvaises habitudes. »

Il s'interrompit et se passa la main droite dans sa toison brune et bouclée. On aurait dit que ses cheveux le dégoûtaient. Pourtant ils étaient épais et luxuriants avec des pointes qui se relevaient en boucles gracieuses, comme ceux des anges des peintures du siècle précédent ; mais ils paraissaient négligés et un peu poussiéreux.

« Et vous avez quinze ans, ce qui est bien tard pour commencer à chanter pour de bon, poursuivit Guido. Mais je puis vous certifier dès maintenant que, d'ici trois ans, vous serez prêt à monter sur n'importe quelle scène d'Europe si vous faites tout ce que je vous dirai de faire. Il m'importe peu que vous ayez ou non le véritable désir de devenir un grand chanteur. Je m'en moque. Je ne vous le demande même pas. Vous avez une voix exceptionnelle, aussi je ferai de vous un grand sopraniste. Je vous formerai de telle sorte que vous pourrez paraître à l'opéra, à la cour des princes et des rois, partout en Europe. Ensuite, vous en ferez ce qu'il vous plaira. »

Tonio était fou de rage. Il se dressa de toute sa hauteur et s'avança vers la figure revêche et camuse penchée sur son clavecin.

« Vous auriez tout de même pu me demander pourquoi je suis revenu ! fit-il en prenant ses inflexions les plus glaciales et les plus hautaines.

— Ne vous adressez plus jamais à moi sur ce ton, dit Guido avec mépris. Je suis votre maître. »

Et sans plus d'explication, il passa au premier exercice.

Ce jour-là, ils commencèrent par un simple *accentus*.

Tonio eut d'abord à chanter six notes sur une gamme ascendante : *ut, ré, mi, fa, sol, la*. Puis Guido lui indiqua des ornements à ajouter à ces six notes : chaque ton devait être assorti d'un *gruppetto* d'au moins quatre notes, trois au-dessus du ton et une au-dessous, avant de revenir au niveau initial.

Il fallait chanter le tout d'un seul souffle, en accordant à chaque note la même valeur et en prononçant parfaitement le son vocalique désignant la note directrice. L'ensemble devait être d'une complète fluidité.

Et il faudrait chanter cet exercice une infinité de fois, jour après jour, dans cette pièce calme et vide, sans accompagnement au clavecin, jusqu'au moment où la mélodie s'écoulerait de la gorge de Tonio de façon naturelle et égale, comme un flot d'or, sans que l'on puisse sentir l'inspiration qu'il prenait au départ ni le moindre essoufflement à la fin.

Le premier jour, Tonio crut qu'à force de chanter cela il allait perdre la raison.

Mais en entamant sa deuxième journée, certain déjà que ce rabâchage était une forme subtile de torture, il constata qu'un changement s'était opéré en lui. C'était un peu comme si son humeur avait formé une bulle et, à un moment déterminé de l'après-midi, la bulle éclata. La peau de la bulle s'était écartée comme les pétales d'un bourgeon, et une grande fleur avait éclos en son centre.

Cette fleur exerçait une attraction hypnotique sur les notes que Tonio chantait, il se sentait dériver avec elles, et lentement, comme en rêve, il se rendait compte qu'à chaque fois qu'il recommençait l'*accentus* il en saisissait un aspect nouveau et fascinant.

Au bout d'une semaine de ce travail, il avait perdu jusqu'au souvenir des difficultés qu'il avait su résoudre, et il ne savait plus qu'une chose : sa voix était en train de changer du tout au tout.

Guido lui faisait sans relâche la même observation : il chantait l'ut, le ré et le mi plus tendrement que les autres notes. Les aimait-il donc davantage ? Il fallait qu'il aimât également toutes les notes. Et sans relâche aussi, Guido lui rappelait qu'il fallait chanter *legato*, en liant parfaitement ensemble tous les sons. Le volume importait peu. Le sentiment importait peu. Il importait seulement que chaque son fût beau. Ce n'était pas assez qu'un son fût parfaitement juste (Guido avait plusieurs fois dit à Tonio, avec presque de l'irritation, qu'il avait le don naturel de chanter parfaitement juste, ce qu'Alessandro lui avait appris depuis longtemps), il fallait qu'il fût beau en soi, comme une goutte d'or.

Ensuite il se rasseyait et disait : « Reprenez au début. » Et Tonio, l'œil trouble, la tête battante, repartait à *ut* et glissait sur le gruppetto.

Après, quand Tonio était à deux doigts de tomber de fatigue, un instinct infaillible avertissait Guido qu'il était temps d'interrompre l'exercice, et il l'envoyait au pupitre pour résoudre, debout, quelques problèmes de composition ou de contrepoint.

« Il ne faut plus jamais vous asseoir pour écrire, disait-il. La position penchée n'est pas bonne pour la poitrine. Et jamais, jamais, vous ne devez rien faire qui soit mauvais pour votre voix ou votre poitrine. » Et Tonio, les jambes douloureuses, inclinait simplement la tête, heureux de cette chance de se vider un moment l'esprit de ce terrible *accentus*.

Mais alors, un élève plus jeune venait massacrer l'exercice.

Tonio ne savait plus depuis combien de temps il chantait ce passage élémentaire quand Guido se décida enfin à rajouter deux notes au-dessus et deux notes au-dessous et l'autorisa à chanter l'ensemble un peu plus vite, puis encore plus vite. C'était somme toute un événement que ces quatre nouvelles notes, et Tonio déclara en manière de sarcasme qu'il devrait être autorisé à se soûler pour le fêter.

Guido ne releva pas l'ironie.

Et puis, par un après-midi de forte chaleur, alors que Tonio était sur le point de se révolter, Guido lui donna à l'improviste plusieurs airs riches en variations qu'il venait de composer et lui annonça qu'il pouvait disposer du clavecin pour s'accompagner.

Tonio lui arracha les feuillets de musique des mains avant même que les mots de remerciement eussent franchi ses lèvres. Pour lui, c'était comme de plonger dans une mer tiède sous les étoiles d'un ciel d'été. Et ce n'est qu'en arrivant à la fin du second air qu'il se souvint que, comme de bien entendu, Guido était en train de l'écouter. D'un moment à l'autre, il allait lui dire qu'il chantait cela exécrablement.

Il s'appliqua alors à essayer de mettre délibérément en pratique ce qu'il avait appris en travaillant l'*accentus*, et s'aperçut avec effarement que c'était ce qu'il faisait depuis le début. Il articulait très distinctement, mais sans effort, les paroles de ces arias ; il chantait avec une maîtrise nouvelle de ses inflexions qui lui facilitait infiniment l'intelligence immédiate de la musique.

C'est alors qu'il éprouva pour la première fois un vrai sentiment de puissance.

Et quand il retourna à ses exercices, c'est désormais en termes de puissance qu'il pensait à sa voix.

À la fin de cette soirée, si épuisé qu'il ne pouvait songer à ses jambes, à ses pieds ou à un oreiller bien doux sous peine de s'effondrer, il lui sembla qu'il était devenu un objet inanimé, un instrument de bois dont sa voix sortait comme si quelqu'un d'autre en eût joué. Il sentait sa voix s'élever hors de sa poitrine, parfaitement égale et lisse.

Quand il monta l'escalier, la tête lui tournait. Et en se retournant dans son lit, il s'aperçut que cela faisait au moins dix jours qu'il n'avait pas songé une seule fois à tout ce qui lui était arrivé avant sa venue au conservatoire.

Le lendemain matin, Guido lui annonça qu'étant donné ses remarquables progrès ils allaient pouvoir aborder l'*exclamatio*. Avec tout autre débutant, il eût été inconcevable de faire un pareil bond en avant sans transition, mais Guido avait une conception très personnelle de la marche à suivre.

L'*exclamatio* consistait à faire un crescendo sur une note, de façon lente et parfaitement maîtrisée. Il fallait partir d'une intonation très douce, puis l'amplifier de plus en plus et, ensuite, la diminuer lentement de façon à terminer aussi doucement qu'on avait commencé. Ou bien encore débuter par une intonation très puissante, diminuer jusqu'au pianissimo, puis remonter jusqu'au forte.

Dans un cas comme dans l'autre, la maîtrise complète de la voix était indispensable. Là aussi, le volume n'importait pas, mais il fallait que le son fût parfaitement beau. Et à nouveau Tonio allait passer des jours et des jours à répéter indéfiniment l'exercice, d'abord sur la voyelle A, puis sur le E, puis sur l'O, avant de revenir encore et encore sur l'*accentus*.

Et tout cela était exécuté dans la caverne de pierre sonore du cabinet de travail de Guido, sous l'accompagnement du clavecin, pendant que le maestro étudiait la voix de Tonio de telle façon qu'on eût pu croire qu'il écoutait des sons que Tonio lui-même était incapable d'entendre.

À certains moments, Tonio éprouvait tant d'aversion pour Guido qu'il l'en aurait frappé. Il prenait même un plaisir sournois à s'imaginer en train de le rouer de coups, et ensuite il en avait honte.

Mais par-dessous ces accès de rage informulés, Tonio savait bien que ce qui le tourmentait vraiment était l'idée que Guido nourrissait envers lui un mépris sans bornes.

D'abord, il s'était dit que c'était simplement la façon d'être de Guido, qu'il était d'un naturel brutal. Mais Guido n'était jamais satisfait, presque jamais courtois, et il lui semblait toujours que sa muflerie continuelle masquait une antipathie profonde. Il y avait des moments où Tonio éprouvait le mépris de Guido d'une manière aussi tangible que s'il l'eût exprimé à haute voix ; le passé, et cette humiliation sans nom, revenait peser sur lui.

Alors, réprimant les tremblements de sa rage, Tonio offrait à Guido le seul objet de son désir : sa voix. Plus tard, avant de céder au sommeil, il passait en revue tous les événements de sa journée, recherchant le plus minuscule signe d'approbation qui aurait pu échapper à son maître.

Si bien que, sans l'avoir voulu, Tonio tomba dans un terrible piège en décidant qu'il allait capter l'affection de Guido, lui arracher des marques d'intérêt.

Au matin, il essayait d'engager une conversation. Ne faisait-il pas plus chaud aujourd'hui ? Qu'allait-on jouer au petit théâtre du conservatoire ? Combien d'années faudrait-il avant que Tonio puisse prendre part à une de ces représentations ? On le laisserait tout de même bien assister à la prochaine, n'est-ce pas ?

Guido répondait à cela par des grognements impersonnels. Puis, levant brusquement la tête de la partition qu'il était en train d'écrire, il déclarait : « Bien, aujourd'hui nous allons tenir toutes ces notes deux fois plus longtemps, et je veux un *exclamatio* parfait.

— Quoi, la perfection, encore ! » soupirait Tonio.

Guido faisait celui qui n'entend pas.

Quelquefois Guido le gardait jusque passé dix heures, et Tonio entendait encore l'*exclamatio* dans son sommeil et s'éveillait au matin les oreilles pleines de ces notes coulantes.

Puis ils abordèrent enfin les premiers rudiments de l'ornementation.

Jusque-là Tonio avait simplement appris à contrôler son souffle et ses inflexions et à accorder toute son attention à ce qu'il chantait.

Mais l'ornementation d'une mélodie était un mécanisme plus complexe. Il ne s'agissait pas seulement d'apprendre de nouveaux sons ou de nouvelles combinaisons de sons, il fallait encore se forger l'instinct qui permet au chanteur de les ajouter à la mélodie de son propre chef et au juste moment.

Le premier ornement qu'il étudia s'appelait le trémolo. Il consistait simplement à chanter la même note en produisant un battement par des répétitions très rapprochées. Autrement dit, prendre un *la* et chanter *la la la la la*, d'une manière parfaitement fluide et avec un contrôle absolu, de sorte que les sons s'amalgament et qu'en même temps les battements soient bien marqués comme autant de petites explosions.

Quand Tonio eut l'esprit bien rebattu du trémolo et qu'il fut capable de l'émettre assez naturellement, il aborda le trille, qui consistait à moduler le ton d'une note à une note supérieure puis à revenir à la première en une seule expiration rapide : *la-si, la-si, la-si, la-si, la-si, la-si, la-si*.

Après les interminables semaines d'*accentus* et les longues notes riches de l'*exclamatio*, tout cela lui parut fort divertissant. Et la gageure de la maîtrise de l'inflexion, la gageure de la domination de la voix le captivaient de plus en plus.

Chaque jour il succombait un peu plus tôt au pouvoir hypnotique de la musique, et chaque jour sa transe durait un peu plus. Et quelquefois une heure après le début de la leçon vespérale, Tonio trouvait un deuxième souffle et il chantait ses exercices avec une grâce inspirée et dans un complet oubli de soi-même.

Il était ailleurs. Il devenait sa propre voix. La petite pièce était enveloppée de ténèbres. La lueur de la chandelle tremblotait sur les griffonnages de la partition ouverte devant lui, et les sons qu'il entendait lui semblaient irréels et faisaient paraître dans son esprit de grandes illuminations abstraites qui l'effrayaient presque.

Il continuait, il s'obstinait, il allait jusqu'à la limite de ses forces.

Il se faisait tard.

Parfois le maestro Cavalla entrait dans la salle pour lui dire qu'il était temps d'arrêter. Tonio s'affalait sur le banc, frottant sa nuque douloureuse contre la paroi, et Guido pouvait alors s'en donner à cœur joie avec le clavecin. Les notes grêles de l'instrument emplissaient la pièce de leur riche mélodie, Tonio regardait Guido, et il se sentait le corps et l'âme vides.

Alors Guido lui disait : « Partez d'ici », et Tonio, un peu choqué, un peu froissé, remontait dans sa chambre et sombrait aussitôt dans le sommeil.

Tonio se voyait à présent privé du plaisir de chanter des airs, même ses heures de composition avaient été comprimées en sorte qu'il puisse passer le plus clair de ses journées à l'exercice.

Mais s'il manifestait dans sa voix le moindre soupçon de contraction, Guido l'arrêtait aussitôt. De temps en temps, Tonio se reposait pendant que d'autres élèves prenaient leur leçon. Il les écoutait avec grande attention, observait leurs fautes, mesurait leurs limites tantôt sans remède, tantôt lentement grignotées.

Parfois, en assistant à ces séances, Tonio éprouvait quelque réconfort à constater que Guido paraissait vouer tout autant de mépris aux autres élèves qu'il lui en vouait à lui-même. Mais parfois seulement. Car d'autres fois il s'en sentait plus malheureux encore, et quand Guido frappait ses élèves, ce qui lui arrivait plus souvent qu'à son tour, Tonio en était ulcéré.

Un jour que Guido avait battu le petit Paolo, le garçon qui avait fait avec eux le voyage de Florence à Naples, Tonio sortit de ses gonds et déclara tout de go à Guido qu'il n'était qu'un rustre, un butor, un croquant affublé d'une redingote, un ours savant.

D'entre tous les élèves les plus petits, qui bien souvent éveillaient en lui de la tendresse, voire de la pitié, c'était à Paolo qu'il songeait le plus souvent. Mais ce n'était pas pour cela que Tonio s'était révolté : il s'était révolté parce que la punition était injuste. Paolo avait suivi scrupuleusement les instructions de Guido, il s'était donné tout le mal qu'il pouvait pour lui complaire. Mais il était naturellement espiègle, toujours à rire ou à sourire ; c'était cela, et non d'avoir vraiment fait une faute, qui lui avait valu d'être fustigé, et Tonio en était blanc de rage.

Mais Guido se contenta d'en rire.

Il initia Tonio à une nouvelle étude qui rassemblait tout l'acquis des leçons précédentes : celle des passages.

Il s'agissait de prendre une phrase mélodique et de la scinder en un certain nombre de groupes de notes plus petits, tout en maintenant intact le sens verbal du passage et sa pureté thématique. Guido prit en exemple le mot *Sanctus*. Le compositeur pouvait l'avoir écrit sur deux notes, la seconde plus haute que la première. Mais Tonio devait être capable de décomposer le premier son, *Sanc*, en sept ou huit notes d'étendue variable avec des battements ascendants et descendants, avant de s'élever en coulant jusqu'à la seconde note correspondant à la syllabe *tus*, qu'il fallait décomposer à son tour en sept ou huit notes pour terminer ensuite par une résolution agréable sur la même seconde note.

L'exercice sur les ornements et les passages composés pour lui par Guido ne devait être qu'un début. Après cela, Tonio devrait apprendre à désosser de lui-même n'importe quelle composition et à lui ajouter, avec goût et toujours parfaitement en mesure, des fioritures de son cru. Il lui faudrait savoir à quel moment développer une note, combien de temps la tenir, s'il convenait de décomposer un passage en notes de valeur inégale ou de valeur égale, et jusqu'à quel niveau monter ou descendre dans l'ornementation. Et toujours il faudrait qu'il fût capable d'articuler les paroles d'une cantate ou d'un air de telle sorte qu'en dépit de toutes les fioritures leur sens reste bien clair pour les auditeurs.

Fondamentalement, c'était là tout ce que Guido devait enseigner à Tonio. Le reste n'était que variation et raffinement.

Un élève ordinaire mettait d'habitude cinq ans à assimiler cette matière, en passant beaucoup plus lentement de l'*accentus* à l'*exclamatio* et de celui-ci aux ornements. Mais Guido avait dispensé cet enseignement à Tonio sur un rythme accéléré, et ce pour des raisons bien évidentes : d'abord pour que Tonio ne s'en lassât point trop vite, ensuite parce que tout prouvait qu'il était capable de l'absorber.

Il pouvait ainsi travailler conjointement sur tous les éléments de sa technique vocale ; en conséquence, Guido entreprit d'écrire à son intention des vocalises de plus en plus compliquées. Il avait évidemment en sa possession bon nombre d'anciens manuels rédigés par des maîtres du siècle passé et des débuts de celui-ci. Mais, comme bien des maestros, il préférait composer lui-même des exercices pour son élève, sachant mieux que quiconque de quoi Tonio avait besoin.

Et lorsqu'il comprit qu'il ne s'agissait là que des premiers rudiments de sa formation et qu'il lui faudrait encore longuement perfectionner sa voix à l'aide de ces exercices jusqu'à ce qu'elle devienne aussi fortement timbrée, aussi homogène et belle qu'un ensemble de cloches de l'airain le plus pur, sonnées continûment avec une force rigoureusement égale, Tonio mit ses deux bras repliés sur le clavecin, y posa la tête et fondit en larmes.

Son état d'épuisement musculaire et mental était tel, à présent, qu'il lui paraissait n'avoir pas vraiment su jusque-là ce qu'étaient au juste le sommeil et la fatigue. Et il n'avait cure des regards excédés que lui lançait Guido.

Il l'exécrait, ce Guido Maffeo ! Il l'exécrait autant que Guido le détestait lui-même. Et lui qui avait voulu faire tout cela pour lui-même, pour son plaisir ! Soudain, il sentit une terreur l'envahir. S'il renonçait maintenant, que lui resterait-il ?

Il se sentit partir à la dérive, comme s'il était en train de perdre son centre de gravité, et subitement il se souvint d'un coup de tous les rêves oubliés au réveil qui étaient restés enfouis dans les tréfonds de sa conscience. Une petite porte dérobée menaçait de s'ouvrir toute grande sur un néant de cauchemar ; Tonio sanglotait de plus belle, amèrement, en souhaitant que Guido s'en aille, que le dégoût le fasse fuir, mais qu'il s'en aille.

Et c'était ce que le maestro lui dirait sous peu : « Sortez d'ici ! »

« Ma voix est grossière, dit-il enfin. Elle est inégale, elle s'enfle et s'accroche malgré moi dans ma gorge. Tout ce que j'ai appris jusqu'à présent revient à cela : je sais maintenant combien elle est affreuse ! »

Guido le regardait d'un air hostile. Puis, curieusement, son visage se vida de toute expression.

« Puis-je aller dormir ? murmura Tonio.

— Pas si vite, dit Guido. Montez dans votre chambre et habillez-vous. Je vous emmène à l'opéra.

— Quoi ? » Tonio releva la tête. Il n'en croyait pas ses oreilles. « Quoi, nous sortons ! Nous allons à l'opéra !

— Oui, nous irons, dès que vous cesserez de brailler comme un marmot. Allez vite vous habiller. »

3.

Tonio grimpa l'escalier quatre à quatre. Il s'aspergea la figure d'eau froide et entreprit de tirer de la commode les beaux vêtements qu'il n'avait plus portés depuis Venise. En un tournemain, il avait revêtu un habit de brocart bleu foncé, son meilleur jabot de fine dentelle et des escarpins avec des boucles en strass du Rhin. Et il se retrouva soudain à l'étage inférieur courant vers les appartements de Guido, avant même d'avoir fini de fixer son épée à son baudrier.

C'est là qu'il lui revint à l'esprit qu'il abhorrait Guido et qu'il n'était tout de même plus un enfant qui n'est jamais allé à l'opéra de sa vie ! Mais il oublia aussitôt ces idées mauvaises. En vérité, il éprouvait un bonheur difficilement compréhensible. Pour un peu, il en eût éclaté de rire.

Alors Guido parut et Tonio, qui s'était attendu qu'il arborât comme à l'accoutumée sa redingote noire d'ecclésiastique, en resta cloué de surprise. Le maestro était vêtu d'un habit de velours chocolat, dont la couleur était parfaitement assortie à celle de ses yeux et de ses cheveux impeccablement lissés, et par-dessous d'un gilet de soie lamé d'or. À la lueur des lanternes placées à l'extérieur de la grande entrée, son collet de dentelle, quoiqu'il n'approchât en rien de la somptuosité du jabot de Tonio, était doucement lumineux, et ses grands yeux paraissaient d'une immensité troublante. S'il avait émané de lui la moindre amabilité, s'il avait eu ne fût-ce qu'une ébauche de sourire, il eût été indéniablement beau. Mais il était comme toujours maussade et renfrogné.

Tonio se raidit en lui voyant cet air hargneux. Et il le suivit sans piper mot jusqu'à un carrefour animé où ils hélèrent un fiacre qui les emmena au Teatro San Bartolomeo.

C'était un vieil édifice, brillamment illuminé et grouillant de monde, avec des salles de jeux pleines de vacarme et de fumée, et la représentation avait déjà commencé devant un public remuant qui jacassait sans arrêt. À Naples c'était le théâtre réservé à l'opéra dit héroïque — ou autrement dit, à l'opéra sérieux — et celui que fréquentait l'aristocratie, dont les membres étaient agglutinés dans les premières loges.

Tonio voyait tout cela comme en rêve. Il n'en eût pas été différemment s'il n'avait jamais vu auparavant d'aussi prosaïques splendeurs, s'il n'avait pas grandi au milieu des lustres en cristal de Murano, s'il n'avait jamais vu une si grande profusion de flambeaux.

Et Guido avait incontestablement acquis à ses yeux une dignité et un lustre nouveaux ; il lui apparaissait presque comme un galant homme. Après avoir fait l'emplette non seulement du livret, mais aussi de la partition, il ne fit pas monter Tonio dans les loges bruyantes, mais le conduisit aux places les plus coûteuses, à l'orchestre, juste devant les lumières de la scène.

On n'en était encore qu'au milieu du premier acte, en sorte que les airs principaux restaient à venir. Et quand Guido se fut installé bien à son aise, il fit asseoir Tonio tout contre lui.

Cet homme-là est la bête fauve qui un mois durant m'a accablé de ses rugissements, se disait Tonio. Il en était tout dérouté et il ne quittait pas Guido des yeux.

Guido lui expliqua que la distribution comptait deux castrats et une délicieuse petite prima donna, mais que l'eunuque le plus âgé éclipserait tout le monde, non point du fait de sa voix, qui n'était pas excellente, mais à cause de sa dextérité supérieure.

Dès que le sopraniste se mit à chanter, Tonio fut conquis. Sa voix était moelleuse, veloutée, riche d'inflexions tendres, et il déchaîna un tonnerre d'applaudissements.

« Ce n'est pas une grande voix ? murmura Tonio.

— Il a chanté tous les aigus en fausset parce que son registre n'est guère étendu. Mais il maîtrise si bien sa voix de tête que vous ne l'avez pas remarqué. Écoutez bien, la prochaine fois, et vous verrez ce que je veux dire. Le tempo est lent, parce qu'il a été composé pour lui de façon qu'il puisse attaquer chaque note avec circonspection. Il n'est plus bon à rien que dans le registre moyen, et tout le reste est pure jonglerie. »

Pendant la suite du spectacle, Tonio put vérifier la justesse des observations de Guido. Entre-temps, la jeune prima donna avait captivé tout l'auditoire avec sa voix pleine de sincérité et d'émotion. Mais, expliqua Guido, elle avait commencé à chanter dans les rues, tout comme Tonio, et si ses aigus donnaient le frisson, elle était tout à fait incapable de manier les notes basses ; celles-ci se noyaient sous le martèlement du clavecin. On voyait ses lèvres remuer, mais il n'en sortait aucun son.

La voix du jeune castrat fut une nouvelle cause d'étonnement, car c'était un beau contralto, timbre que Tonio n'avait que rarement rencontré chez un individu du sexe mâle. Sa voix était riche et veloutée, mais, quand elle montait vers les degrés les plus hauts, elle devenait rêche et heurtée.

Les deux jeunes gens auraient logiquement dû éclipser leur aîné en vertu de leurs dons naturels, mais le savoir-faire leur faisait défaut, si bien que c'était toujours le vieil ennuque qui s'avançait jusqu'au bord de la scène pour imposer le silence à la salle.

Mais Guido ne s'arrêtait pas à la seule technique du chant. Il attira l'attention de Tonio sur la partition, où l'on voyait bien que certaines arias avaient été ajoutées en fonction de qualités de voix déterminées, sur les petites joutes vocales qui opposaient le jeune contralto à la prima donna, et il lui fit observer que le vieux sopraniste restait figé dans une immobilité étudiée lorsqu'il chantait, car s'il avait gesticulé avec ses bras extraordinairement longs et grêles il aurait été ridicule. Le jeune castrat était bien fait de sa personne et le public appréciait cela ; il prenait des poses gracieuses imitées de la statuaire antique. La petite prima donna ne savait pas respirer, mais elle avait bien de l'ardeur.

Quand le rideau tomba, Tonio, qui avait fait des excès de vin blanc entre les actes, se disputait furieusement avec Guido sur la question de savoir si cette musique n'était qu'un plagiat éhonté de Scarlatti ou quelque chose de légitimement nouveau. Guido soutenait qu'elle ne manquait pas d'originalité et que Tonio s'en serait rendu compte s'il avait mieux connu les compositeurs napolitains. Tout en discutant ils furent entraînés dehors par le flot turbulent de la foule qui refluait vers les issues.

Des personnes des deux sexes saluaient Guido au passage ; des carrosses venaient se ranger tour à tour devant les portes ouvertes.

« Où allons-nous ? » demanda Tonio. La tête lui tournait, et quand le carrosse s'ébranla la secousse manqua de peu de lui faire perdre l'équilibre. Il vit alors qu'une femme était assise en face de lui et qu'elle riait de sa maladresse. Elle avait des cheveux noirs, une gorge d'une blancheur laiteuse, et ses manches de mousseline transparente ne dissimulaient rien de ses bras ronds et potelés.

Tonio ne se rappela jamais par la suite avoir pénétré dans cette maison. On l'entraîna à travers une succession sans fin de pièces immenses, éclaboussées les unes comme les autres de ces coloris rutilants qui semblaient tant plaire aux Napolitains, avec des meubles surchargés de dorures et de laques alignés le long des murs, d'épais rideaux de satin broché retenus par des cordelières à glands dorés, et des lustres frangés de stalactites de cire blanche qui diffusaient une douce lumière sur les innombrables musiciens groupés en multiples formations dont les violons et les cuivres emplissaient les grands corridors de marbre de flots d'harmonies désordonnés et presque antagonistes.

Des plateaux de vin blanc flottaient au-dessus de la mêlée. Tonio s'empara d'un verre, le vida, puis en prit un deuxième avant de laisser là le valet en livrée de satin bleu et en perruque blanche, aussi immobile qu'une statue.

Tout à coup, il était perdu. Cela faisait un bon moment qu'il ne voyait plus trace de Guido, et toutes les femmes semblaient s'être donné le mot pour l'accoster à tour de rôle, s'adressant à lui tantôt en français, tantôt en anglais ou en italien. Une femme d'âge mûr glissa vers lui, et tendant un bras long et recourbé comme une canne, le tira à elle jusqu'à ce que ses lèvres parcheminées lui effleurassent la poitrine, et lui souffla, en dialecte napolitain : « Radieux enfant ! »

Tonio se dépêtra en titubant ; il fallait s'échapper de là. Partout où se posaient ses yeux, il apercevait des chairs affriolantes, des gorges qui faisaient saillie au-dessus de galons de satin. Une femme, secouée d'un si grand rire qu'elle en perdait le souffle, maintenait à deux mains ses seins couverts d'une gorgerette de dentelle comme si elle craignait qu'ils ne fassent éclater les coutures de sa robe de taffetas à ramages, et en apercevant Tonio elle se cacha les lèvres derrière un éventail de dentelle blanche orné d'un feston de roses rouges.

Trébuchant sur une table de billard, Tonio aperçut au loin, de l'autre côté de la pièce, un homme d'une maigreur étique, au visage si blême que l'on voyait les os saillir sous la peau, qui avait les yeux fixés sur lui et qui souriait.

D'abord il ne le reconnut pas, tout en sachant qu'il devait pourtant le connaître. Puis il vit que c'était cette figure de mort, ce cadavre vivant dont il avait eu la vision en se réveillant sur le flanc du Vésuve. Tonio s'avança dans la direction de l'homme. Oui, c'était bien le physique de l'autre fois, mais il arborait à présent une tenue moins austère : un habit de brocart lamé or dans lequel il ressemblait à une de ces statues d'église en marbre blanc que les fidèles habillent de vêtements de vrai tissu.

L'homme était coiffé d'une perruque poudrée, et ses yeux, qu'il avait profondément enfoncés dans les orbites et pleins d'ombres, dévisageaient Tonio avec presque de la tendresse tandis que ce dernier l'approchait.

Tonio croisa un autre plateau de vin blanc, et c'est en serrant entre ses mains un verre de cristal fragile qu'il vint se camper en face de l'homme.

« Vous voilà donc sain et sauf », dit celui-ci d'une voix sourde et cassée. Et aussitôt, comme pris de douleur, il porta son mouchoir à ses lèvres ; sous les bagues, ses doigts étaient pareils à des ossements blanchis. Il s'en alla à reculons, un peu courbé, et un grand tourbillon de jupes se souleva sur son passage comme pour l'engloutir.

« Je veux sortir, dit Tonio à mi-voix. Il faut que je m'en aille d'ici. » Une autre femme s'avança vers lui, mais il lui jeta un regard si haineux qu'elle battit en retraite avec un air vexé. Tournant les talons, Tonio entra d'un pas titubant dans une salle à manger déserte où l'on avait dressé une table qui semblait assez grande pour accueillir une bonne centaine de convives, avec de la vaisselle somptueuse et des vases garnis de fleurs fraîches.

Et à l'angle opposé du mur, debout dans l'embrasure d'une des grandes fenêtres cintrées, une jeune femme solitaire le regardait.

L'espace d'un instant, il lui sembla reconnaître la petite prima donna qu'il avait vue à l'opéra, et une vague de désespoir l'assaillit. Il entendait cette voix opulente, aux aigus pleins de corps, revoyait ses seins menus soulevés par des halètements mal comprimés, et son désespoir se muait en panique.

Mais ce n'était pas la prima donna. C'était une autre jeune femme qui avait comme elle des cheveux blonds et des yeux bleus, mais plus grande et plus frêle, avec des pupilles plus sombres, couleur de pétrole. Elle portait une simple robe de taffetas zinzolin, sans fanfreluches ni rubans, qui soulignait exquisément les courbes de ses bras et de ses épaules. À ce qu'il semblait, elle n'avait pas cessé de regarder Tonio depuis qu'il avait pénétré dans la pièce ; et il semblait aussi qu'avant sa survenue elle eût été en train de pleurer.

Il devait s'enfuir de cette pièce, il le savait. Mais tandis qu'il la regardait, une sorte de colère vint se mêler en lui à l'échauffement de l'ivresse. Cette fille était d'une gracilité de nymphe, et ses cheveux couverts de charmantes petites bouclettes qui en adoucissaient les savantes ondulations lui faisaient une auréole dans la lueur des candélabres.

Et malgré lui il se sentit poussé vers elle. Mais ce n'était pas seulement sa beauté qui l'attirait. Il devinait en elle une espèce de nonchalance, ou d'abandon. Pleurer, pleurer, se disait-il, mais qu'a-t-elle donc à pleurer ? Il fit un faux pas. Il était vraiment très ivre. Devant lui un flambeau se mit à vaciller, puis il se renversa sur la nappe et s'éteignit, expédiant vers le plafond une mince colonne de fumée odorante.

Puis il se retrouva face à face avec elle, émerveillé de ne lire aucune peur dans ses yeux d'un bleu cendré.

Aucune peur. Aucune peur. Et d'abord pourquoi diable aurait-elle eu peur de lui ! Il sentit ses mâchoires se contracter. L'idée qu'il pourrait la toucher ne l'avait même pas effleuré, et pourtant il avait tendu la main vers elle.

Et soudainement, sans raison, un flot de larmes lui jaillit des yeux, et des sanglots irrépressibles la secouèrent.

Elle nicha sa tête au creux de l'épaule de Tonio.

Ce fut un moment d'angoisse. Ce fut une terreur sans nom. Les cheveux blonds et doux de la jeune femme répandaient une odeur de pluie sur le visage de Tonio et, à travers l'entrebâillement de son corsage, il voyait ses seins appuyés contre son torse. Il savait que, s'il ne la fuyait pas incontinent, il allait la battre ou lui infliger d'horribles sévices, et pourtant il l'étreignait si fortement qu'elle devait en avoir mal.

Il lui souleva le menton et écrasa sa bouche contre la sienne. Elle poussa un cri étouffé et il la sentit se débattre.

Elle l'avait repoussé. Elle était loin à présent, bien loin de lui, et dans les ombres mouvantes son visage avait un tel air d'innocence effarouchée que, tournant les talons, Tonio se précipita hors de la salle et se retrouva en plein bal, au milieu d'une grande confusion de danseurs.

« Maestro », marmonnait-il en errant à travers la foule et, quand tout à coup Guido lui prit le bras, il lui dit qu'il fallait absolument qu'il s'en aille.

Une femme mûrissante le saluait de la tête. Un homme, debout à côté de lui, lui expliquait que la marquise désirait danser avec lui. « Non, je ne puis... » Il secouait la tête...

« Oh, si, vous pouvez », grondait à son oreille la voix chuchotante de Guido. Il sentit la main de Guido appuyée sur ses reins.

« Le diable vous emporte, souffla Tonio. Je dois partir d'ici... Il faut que vous m'aidiez... à retourner au conservatoire. »

Mais il s'inclinait devant cette femme d'âge, il lui baisait la main. Il y avait une telle expression de douceur sur sa figure qui conservait quelques vestiges d'une ancienne beauté, et tant de grâce encore dans le bras fané qu'elle lui tendait.

« Non, maestro !... » souffla-t-il.

Elle tournoyait, légère, sur ses chaussons blancs, et la salle de bal décrivait des cercles autour de Tonio. Il ne fallait pas qu'il voie cette fille blonde. À aucun prix ! Si elle paraissait soudain devant lui, il en perdrait la tête, et pourtant il aurait tellement aimé qu'elle comprenne.

Mais qu'y avait-il à comprendre ?

Qu'il n'était pas fautif, qu'elle ne l'était pas non plus.

La marquise et Tonio se tenaient face à face, l'orchestre jouait la contredanse, et miraculeusement il avançait, faisait sa révérence, rompait, défilait entre deux longues haies de danseurs, exactement comme il l'avait fait mille fois jadis, mais en oubliant à intervalles répétés ce qu'il était en train de faire.

Guido lui apparut encore, avec ses yeux bruns qui lui mangeaient le visage.

Puis il se retrouva appuyé contre Guido, marmonnant quelque chose à quelqu'un, des mots d'excuse, il était au regret de devoir partir, mais il fallait qu'il s'en aille d'ici, il fallait qu'il regagne sa chambre, sa chambre à lui, ou alors ils devraient peut-être monter sur le Vésuve. Oh oui, monter sur le Vésuve, c'était cela la chose qu'il refusait de regarder en face, cette vérité intolérable.

« Vous êtes fatigué », dit Guido.

Non, non ! Tonio secouait la tête. C'était impossible à dire, mais l'idée qu'il ne pourrait plus jamais coucher avec une femme était intolérable. S'il ne la chassait pas de son esprit, il allait se mettre à hurler. Où était-elle ? Il n'avait pas cru une seconde qu'Alessandro en fût vraiment capable. Sa mère était innocente comme l'enfant qui vient de naître, et Beppo — non, c'était inconcevable. Et Caffarelli, que faisait-il vraiment, quand il se retrouvait seul avec elles ?

Guido le hissait dans le carrosse. « Je veux monter sur le Vésuve ! dit-il encore avec fureur. Laissez-moi tranquille ! Je veux y aller, je sais où il me faut aller ! »

Le carrosse roulait. Il vit les étoiles au ciel, sentit la tiédeur du vent sur son visage, et il lui sembla que les branches feuillues penchaient vers lui pour le toucher en signe de tendresse. S'il pensait maintenant à la petite Bettina dans la gondole, à la molle douceur de ses embrassements, à la chair satinée au creux de ses cuisses, il en deviendrait fou. Banni de Venise ! Jamais plus il n'y mettrait les pieds, jusqu'au jour où... et à ce moment-là...

Il s'affaissa contre Guido. Ils étaient debout devant le portail du conservatoire, et il dit : « Je veux mourir. » Plutôt mourir que de lui confier son tourment. Alors cette voix dans son for intérieur lui parla à nouveau, disant : « Comportez-vous comme un homme », et quand il se retrouva en train de gravir l'escalier pour rejoindre son lit, il n'éprouvait plus rien.

4.

Le pli fut bientôt pris, et chaque fois que Tonio était trop exténué pour travailler plus longtemps, Guido le gratifiait d'une petite prime. Tantôt c'était une sortie à l'opéra, tantôt Tonio recevait quelques airs légers en guise de récréation. Mais sur ce chapitre Guido ne se laissait berner par aucune feinte. Il savait exactement à quel moment son élève était à bout et, une après-midi que Tonio était plus rebuté que jamais, Guido l'entraîna hors de la salle d'exercice et le conduisit jusqu'au petit théâtre du conservatoire, à l'autre bout du couloir.

« Asseyez-vous ici ; observez et écoutez », dit-il avant de laisser Tonio au dernier rang des fauteuils, où il pourrait étendre discrètement ses membres endoloris.

La musique qui émanait de cette salle avait bien des fois piqué sa curiosité.

Et il était enchanté de constater que cette petite salle était aménagée avec autant de luxe que les théâtres miniatures des palais vénitiens. Elle comportait un étage de loges garnies de rideaux de satin émeraude, et la scène était encadrée d'un arc mouluré surchargé d'angelots et de rinceaux dorés.

Vingt-cinq musiciens environ étaient à pied d'œuvre dans la fosse d'orchestre, et cela paraissait un chiffre impressionnant, puisque l'opéra lui-même n'en rassemblait quelquefois pas autant. Ils étaient occupés à s'exercer ou à essayer des accords chacun de son côté, sans aucun souci des chanteurs qui repassaient leurs gammes, et le compositeur du drame, un étudiant du nom de Loretti, s'exclamait en fulminant qu'ils ne seraient jamais prêts à temps pour la première qui n'était plus qu'à deux semaines de là.

Guido, qui s'était arrêté à la porte, lâcha un petit rire en entendant cela et assura Tonio que tout allait le mieux du monde.

Tout à coup, Tonio sursauta comme quelqu'un qui s'éveille brusquement d'un rêve, car il venait de reconnaître, au milieu des acteurs qui évoluaient sur le plateau, la forme gracieuse de Domenico, ce garçon à l'allure de sylphide qu'il n'apercevait plus qu'épisodiquement depuis quelque temps à sa table du réfectoire.

Pas une seule fois il n'avait songé à cette salle de théâtre et à la future représentation sans que la figure de Domenico ne se présentât à son esprit.

Mais le compositeur battait le rappel de ses troupes.

La pause était terminée. En quelques instants le silence se fit dans la petite salle et l'orchestre attaqua l'ouverture.

Tonio fut ébahi par la richesse du son ; ces garçons-là jouaient mieux que tous les musiciens de profession qu'il avait pu entendre à Venise, et, quand les premiers chanteurs parurent en scène, il sut que ces aspirants musiciens étaient probablement de taille à se produire sur toutes les scènes d'Europe.

Il ne doutait plus à présent que Naples fût bien, comme il l'avait toujours entendu répéter, et malgré les rictus méprisants par lesquels les Vénitiens en accueillaient la rumeur, la capitale musicale de l'Italie, et dans cet instant de douce sérénité, en écoutant cette musique pleine de charme et de vivacité, il se disait : Naples est ma ville. Un sentiment de soulagement se répandit en lui. Les courbatures que les longues heures de station debout lui avaient laissées dans les jambes devenaient presque voluptueuses. Et se penchant vers le dos arrondi du fauteuil de velours vert placé en avant du sien, il posa ses deux bras croisés sur la bordure en bois sculpté et y appuya son menton.

Domenico fit son entrée. Quoiqu'il ne portât rien d'autre que son tablier noir et son écharpe rouge nouée à la taille, il semblait être devenu cette femme dont il tenait le rôle. La grâce et l'abandon qui se manifestaient dans chacun de ses gestes firent naître chez Tonio une sourde tension et un obscur ressentiment.

Mais il en fut bien vite détourné en entendant la voix de ce garçon. Elle était haute, pure et absolument cristalline. Sans les zones d'ombres du *falsetto*. C'était un soprano vrai, et son registre était à l'évidence phénoménal. Sa manière de lier les sons était si coulante et si aisée que Tonio eut honte du sort lamentable qu'il avait fait lui-même à l'*accentus*.

« Voici donc une voix avec laquelle il faudra compter ! » soupira-t-il dès que Domenico eut terminé son air. Comme ce n'était là qu'une simple répétition, l'adolescent, au lieu de gagner la coulisse, demeura sur le côté de la scène, prenant une pose si nonchalante qu'on eût pu croire qu'il s'appuyait au tronc d'un arbre ; et ses yeux, traversant toute la longueur de la salle, se posèrent sur Tonio.

Tonio était tellement subjugué par la posture anguleuse de ce garçon, par ses joues creuses et ses yeux noirs enfoncés qu'il ne remarqua pas la forme qui avançait vers lui.

Puis, tout à coup, il vit qu'une ombre était tombée sur lui. Il leva les yeux à la seconde même où la musique se taisait.

Et, dans le silence subit, il vit que Lorenzo, le castrat qu'il avait poignardé un mois plus tôt, se tenait debout à son côté.

Tonio se raidit.

Lentement il se mit debout, en épiant d'un œil circonspect les mouvements de Lorenzo qui le dépassait d'une tête et qui, avec sa peau olivâtre et ses cheveux noirs, avait un aspect assez patibulaire. Toutefois son visage, bien que fade et sans relief, avait ce teint rose et velouté commun à presque tous les castrats.

Ses yeux étaient rivés sur Tonio. La répétition avait complètement cessé.

Et Tonio était sans arme.

Mais, tout en saluant Lorenzo d'un hochement de tête très lent, il leva tout doucement la main droite en direction de sa taille, puis la baissa à nouveau comme pour la passer sous sa tunique et saisir là une dague imaginaire. Le geste était appuyé, très calculé.

Lorenzo semblait ne s'être aperçu de rien. Campé bien droit, les mains aux hanches, il répondit au signe de tête de Tonio par une petite inclinaison du buste tandis qu'un sourire rébarbatif lui étirait les lèvres.

Le petit théâtre était plongé dans le plus complet silence.

Et puis Lorenzo s'éloigna prudemment à reculons, tourna les talons et sortit.

Tonio resta sans bouger, abîmé dans ses pensées. Il avait envisagé quelque agression physique de la part de ce garçon. Mais c'était bien plus grave. Lorenzo en voulait à sa vie.

L'après-midi même, après avoir obtenu la permission de Guido, il sortit chercher un serrurier et lui fit poser un verrou à sa porte ; et glissant sa dague dans sa ceinture, il l'emporta dorénavant partout avec lui, dissimulée sous sa tunique. Où qu'il allât, il était toujours sur ses gardes. Avant de monter l'escalier la nuit, il s'arrêtait au pied des marches, à l'affût du moindre craquement dans les ténèbres.

Et pourtant il n'avait pas peur. Quand il en comprit soudain la raison, il trouva cela si absurde qu'il en rougit jusqu'aux oreilles. Il n'avait pas peur parce que Lorenzo n'était qu'un eunuque !

Il secoua la tête, le cerveau en effervescence. Était-ce donc cela que Carlo avait escompté ? Que Tonio ne serait plus qu'un eunuque ?

Il aurait voulu pouvoir saisir son cerveau et le presser entre ses mains pour en extirper ses pensées, tant sa souffrance était vive soudain. Il ignorait l'effet que produirait sur lui le passage des ans, de même qu'il ignorait celui qu'il avait pu produire sur ce jeune Méridional basané qu'il avait poignardé sans réfléchir, alors qu'il se sentait comme une bête aux abois. Mais pouvait-il espérer moins de hardiesse de Lorenzo qu'il n'en espérait de lui-même ?

Au bout d'un certain temps, il en vint à souhaiter que Lorenzo l'attaquât, tout en s'interrogeant sur la tournure que prendrait leur affrontement.

Il lui venait en y songeant des idées de meurtre, qui s'associaient dans son esprit au souvenir de l'épreuve de force à laquelle il avait pris part — non à celle de sa terrible défaite quand il s'était retrouvé terrassé sur ce lit à Flovigo, mais à celle de l'instant où il avait été à deux doigts de s'échapper. Et puis, chassant de son esprit ce souvenir pénible, il se disait froidement, raisonnablement : le moment venu, j'y ferai face.

Mais au cours des semaines suivantes il ne se produisit rien, sinon que Lorenzo changea de place au réfectoire en sorte que Tonio l'eût en face de lui et pût voir ce sourire sinistre qu'il ne manquait jamais de lui adresser, accompagné d'un petit signe aimable.

À présent, les heures que Tonio passait avec Guido se déroulaient suivant une routine immuable, égayée de loin en loin par la joie éclatante de petites victoires miraculeuses, et, bien que la froideur de Guido ne fît qu'augmenter, il conviait Tonio de plus en plus fréquemment à des sorties nocturnes.

Ils virent ainsi plusieurs opéras bouffes auxquels Tonio prit plus de plaisir qu'il n'en avait attendu (car il était bien rare qu'ils comportassent des rôles pour des castrats), et retournèrent à San Bartolomeo assister à une autre représentation de l'opéra sérieux qu'ils avaient vu à leur première sortie.

Mais après le théâtre Tonio refusait tout net d'accompagner Guido à quelque bal ou quelque souper que ce soit. Guido en était interloqué. Il avait l'air aussi un peu dépité. Puis il faisait observer avec froideur qu'un peu de distraction ne ferait que du bien à Tonio. Mais celui-ci alléguait qu'il était trop las, ou prétendait qu'il aimait mieux se lever de bonne heure pour travailler ses exercices. Et Guido, haussant les épaules, acceptait ces fausses excuses.

Chaque fois qu'un de ces petits différends les opposait, Tonio sentait une sueur froide lui courir le long du dos. Il lui suffisait de penser à toutes ces femmes autour de lui pour que la terreur l'étranglât. Puis, sans l'avoir voulu, il avait à nouveau la vision de Bettina dans la gondole ; il lui semblait éprouver la légère oscillation de la coque, humer l'odeur du canal, aspirer un air qui était celui de Venise, et il sentait une fois de plus cette molle tiédeur qu'il avait éprouvée en la pénétrant, la moiteur du petit sillon velu entre ses jambes et cette chair incroyablement nacrée de l'intérieur de ses cuisses entre lesquelles il nichait parfois sa figure avant de la prendre.

Dans ces moments-là, il demeurait parfaitement coi et regardait par la fenêtre de la voiture, de l'air de quelqu'un qui a les pensées les plus sereines du monde.

Un soir, en revenant du Teatro San Bartolomeo, l'idée lui vint qu'il ne serait entièrement en sûreté que dans l'enceinte du conservatoire. C'était une idée bien saugrenue, alors même qu'il savait que ce Lorenzo qui lui souriait perfidement chaque fois qu'ils se croisaient n'attendait qu'une occasion de lui nuire... dans ce bâtiment même !

Les premières parties de ces soirées occupaient à présent une place centrale dans l'existence de Tonio. Il s'était épris d'amour pour les théâtres de Naples, et il vivait intensément jusqu'aux moindres nuances de leurs spectacles. Certaines fois, ayant bu quelques verres de trop, il devenait d'humeur loquace et se lançait avec Guido dans de grandes discussions au cours desquelles ils se coupaient mutuellement la parole avec une égale véhémence.

Mais d'autres fois l'étrangeté de tout cela faisait peser sur lui un trouble confondant. La plupart du temps, Guido et lui se conduisaient en ennemis. Souvent la morgue de Tonio rivalisait avec la hargne de Guido.

Un soir, ils roulaient sur la route qui épousait la courbe de la baie, dans un air tiède et salé ; Guido avait apporté une bouteille de vin, la voiture était découverte, les étoiles basses brillaient d'un éclat inusité dans un ciel sans nuage, et Tonio, en songeant à la froideur de leurs rapports, sentait une sourde angoisse le miner. Il observait le profil de Guido se détachant sur les flots noirs cinglés d'écume blanche, en se disant : c'est bien lui, c'est bien ce tyran bourru qui me rend si malheureux alors que quelques paroles louangeuses seraient assez pour que tout me paraisse facile. Et ce soir il est là, assis à mon côté dans ses beaux habits de gentilhomme, à deviser avec moi comme si nous étions deux vieux amis réunis dans un salon. Cet homme est double.

Tonio soupira, mais Guido ne paraissait rien soupçonner des pensées qu'il remuait dans sa tête. D'une voix posée, il lui parlait d'un musicien du nom de Pergolèse, un compositeur de grand talent qui se mourait de consomption et dont le premier opéra sérieux avait soulevé une telle risée à Rome qu'il ne s'en était jamais remis. « Le public romain est le plus mal élevé du monde », soupira Guido. Puis il regarda d'un air distrait dans la direction de la mer. Il ajouta que Pergolèse était entré au « conservatoire des pauvres » bien des années auparavant, qu'il était sensiblement du même âge que lui et que si lui, Guido, s'était adonné entièrement à l'écriture, il aurait peut-être lui-même en ce moment à affronter le public de Rome.

« Et pourquoi ne vous y êtes-vous pas adonné entièrement ? interrogea Tonio.

— J'étais chanteur », marmonna Guido.

Les paroles enflammées que le maestro Cavalla lui avait adressées le soir où il était monté sur le Vésuve revinrent alors à l'esprit de Tonio, et tout à coup il se sentit gêné de les avoir oubliées ainsi. Il était tellement préoccupé de lui-même, de son tourment, de sa guérison, de ses menus triomphes qu'il avait fait bien peu de place dans ses pensées aux sentiments réels de cet homme assis près de lui, et il se demanda : est-ce donc pour cela qu'il me hait ?

« Ces airs que vous me donnez quelquefois à chanter... c'est vous qui les avez composés, n'est-ce pas ? lui dit-il. Ils sont magnifiques !

— Vous n'avez pas qualité pour juger de ce que je fais, que ce soit en bien ou en mal, s'écria Guido avec indignation. C'est moi qui déciderai de la qualité de ma musique aussi bien que de la qualité de votre voix. »

Tonio était froissé. Il avala une grande lampée de vin et, d'un geste si spontané qu'il en fut lui-même surpris, entoura Guido de ses bras.

La fureur de Guido redoubla, et il le repoussa brutalement.

Tonio haussa les épaules en riant. « Vous m'avez deux fois embrassé, vous en souvenez-vous ? dit-il. Aussi, je puis bien en faire autant de temps en temps.

— Et pourquoi m'embrasseriez-vous ? » fit Guido d'une voix cassante. Il prit la bouteille des mains de Tonio et but à la régalade.

« Parce que je ne vous hais point comme vous me haïssez. Je n'ai pas de duplicité, moi !

— Vous haïr ? grogna Guido. Vous ne me faites ni chaud ni froid. La seule chose qui m'intéresse en vous, c'est votre voix. Cela vous va-t-il ? »

Tonio se laissa retomber sur la banquette de cuir noir, les yeux levés vers les étoiles. Son humeur s'assombrissait bien vite. Que m'importe, se disait-il, ce que peut penser ce goujat, pourquoi faut-il que je m'attache à lui ? Que ne puis-je me contenter de prendre ce qu'il me donne !... Puis un grand froid le saisit. Un frisson l'avertit que son ancienne douleur allait renaître, et il se prit soudain à songer à l'opéra qu'ils venaient d'entendre, à tel ou tel petit problème musical, à tout ce qui pourrait le divertir de l'atroce sentiment de solitude qui s'était emparé de lui brusquement ; l'espace d'un instant, il lui sembla tout à fait impossible qu'il eût réellement vécu un jour dans un beau palais de Venise avec un père, une mère, des serviteurs si familiers que des liens aussi forts que ceux du sang l'attachaient à eux, et que... Mais il était à Naples à présent, ces flots étaient ceux de la Méditerranée, et désormais sa vie était ici.

Quarante-huit heures plus tard, à la fin d'une journée qui avait été spécialement astreignante et torride, Guido annonça à Tonio qu'il pourrait, s'il le voulait, chanter un très petit rôle dans le chœur de l'opéra qui allait se donner au conservatoire.

« Mais la première a lieu demain ! fit remarquer Tonio, qui s'était déjà levé d'un bond.

— Vous n'aurez que deux répliques juste avant le finale, lui dit

Guido. Vous les apprendrez en un tournemain, et cela vous fera du bien de tâter un peu de la scène dès maintenant. »

Tonio n'avait jamais rêvé d'en arriver là aussi vite. Et la vie des coulisses était si excitante ! Il observait tout avec une curiosité insatiable.

Il inspecta les loges avec leurs amoncellements de costumes et de plumets et leurs tables couvertes de poudres et de fards, et assista avec un respect mêlé d'effroi à la lente ascension d'une rangée d'énormes arcades fleuries que l'on hissait jusque dans les ténèbres des cintres avant de les en faire redescendre à l'aide de cordes lestées de gros contrepoids. Dans le grand vide situé à l'arrière de la toile de fond, les vestiges enchevêtrés des décors d'opéras anciens avaient formé un inextricable dédale. Tonio y découvrit un carrosse doré recouvert de fleurs en papier frémissantes et des pans de tulle où l'on distinguait encore vaguement des formes d'étoiles et de nuages.

De jeunes garçons couraient de-ci de-là, certains tenant une épée à la main, d'autres traînant des amphores de carton-pâte doré pleines de ramages factices.

Et comme la répétition commençait, Tonio s'émerveilla de voir le chaos se muer aussitôt en un ordre parfait : les interprètes chantaient leur réplique exactement quand il le fallait, l'orchestre accompagnait les chanteurs avec précision et brio, le rythme était efficace et entraînant, et la beauté de l'ensemble était encore relevée par une succession d'arias plus délicieuses les unes que les autres, portées par des voix d'une agilité stupéfiante.

Le lendemain, il eut le plus grand mal à se concentrer sur ses vocalises habituelles, si bien qu'à la fin Guido décida que l'exercice se limiterait ce jour-là aux deux mesures que Tonio devait chanter à la représentation du soir.

Ce n'est qu'une heure avant le lever de rideau qu'il vit enfin toute la troupe costumée.

Le public arrivait déjà. Des voitures franchissaient l'une après l'autre la grille d'entrée. Le gai bourdonnement des conversations emplissait les couloirs, et des flambeaux disséminés à travers tout l'édifice donnaient au conservatoire un air de fête, illuminant des angles et des recoins habituellement envahis de ténèbres dès que tombait la nuit. Les membres de la société napolitaine, venue en foule assister aux premiers exploits de chanteurs et de musiciens qui seraient peut-être célèbres un jour, se pressaient nombreux dans le grand salon.

En pénétrant dans la coulisse, Tonio fut happé dans un tourbillon frénétique. Comme il tenait le rôle d'un garde, il avait mis un habit en écarlate de Venise avec des passements dorés, et son épée était maintenue par un ruban passé en bandoulière, à la mode du siècle dernier.

Une voix lui dit de s'asseoir tandis qu'on lui désignait une petite table placée devant un miroir, et on l'enveloppa dans un linge avant de recouvrir ses cheveux noirs d'une couche de poudre assez généreuse pour les faire paraître rigoureusement blancs. Il eut un mouvement de recul involontaire quand des mains expertes entreprirent de lui farder le visage, mais, l'opération terminée, il en contempla le résultat avec fascination.

La vue de ses paupières lourdement soulignées de noir l'intriguait autant qu'elle le troublait.

Mais il n'avait autour de lui que des visages fardés, des carnations luisantes.

Collant l'œil à la petite fente disposée à cet effet sur le côté du rideau, Tonio vit que les loges s'étaient remplies. Partout ce n'étaient que perruques poudrées, bijoux étincelants, satins chatoyants et taffetas chamarrés. En se retirant, il avait le cœur étrangement noué et se sentait bizarrement vulnérable.

Comment aurait-il pu paraître sur cette scène devant ces hommes et ces femmes qui seulement six mois auparavant... ? Il chassa cette pensée et ferma les yeux. Il fallait qu'il commande à ses membres de ne pas trembler, à son cœur de ne pas cogner dans sa poitrine. Avant d'avoir rien pu faire pour les retenir, il sentit des larmes lui picoter les yeux.

Puis, faisant brusquement volte-face, il se laissa emporter dans le tourbillon d'activité qui agitait les coulisses. Au loin, dans un miroir, il aperçut son reflet, et c'était celui d'un jeune garçon à l'air candide et frais avec une expression sereine pareille à celle de ces individus en perruque blanche qui vous fixent d'un regard en coin du haut de leurs portraits. Et l'ombre d'un sourire lui passa sur les lèvres tandis qu'il imposait à sa douleur de refluer en lui. Peut-être que cela me sera chaque fois un peu plus facile, se dit-il.

Assurément, tout ce qui se passait là l'enchantait. Et si un sentiment d'humiliation s'entremêlait à son plaisir, c'était comme une ligne de basse assourdie soutenant une belle et forte mélodie. Il caressa du bout des doigts son visage poudré ; une dernière fois, il regarda posément l'image que lui renvoyait ce lointain miroir, y vit s'élargir un sourire plus assuré et s'en détourna.

Le maestro Cavalla fit son entrée dans la coulisse et se précipita, les bras ouverts, vers une créature de rêve qui venait de paraître, une jeune déesse avec des boucles blanches qui lui cascadaient sur les épaules, et des joues d'une chaude teinte orangée rehaussées de touches vermeilles si subtiles et d'un si bel effet que Tonio en resta bouche bée.

Il lui sembla que cela faisait une éternité qu'il contemplait avec envoûtement cette poupée enchanteresse lorsqu'il se souvint tout à coup qu'il ne pouvait y avoir de femme sur ce théâtre : c'était Domenico !

Tandis que le maestro faisait aux interprètes d'ultimes recommandations, le regard brun de Domenico se déplaça vers le côté et, quand il aperçut Tonio, ses yeux s'agrandirent imperceptiblement et une adorable petite moue retroussa ses lèvres roses.

Tonio ne répondit pas à son signe, car il était trop médusé. Il étudiait les formes de cette créature, sa taille menue, ses falbalas de dentelle rose qui s'évasaient jusqu'au décolleté de sa robe où la chair ravissante formait un petit creux au-dessus de la ganse de satin incarnat. Non, ce n'est pas possible, se dit-il.

Alors, soulevant à deux mains ses volumineuses jupes de satin blanc, Domenico planta là le maestro, s'approcha de Tonio et, le plus ostentatoirement du monde, lui déposa sur la joue un baiser sonore. Tonio recula comme sous l'effet d'une brûlure. Tout autour de lui, on riait.

« Voulez-vous bien cesser ce jeu ! » dit le maestro.

Domenico s'était changé en femme ! Se retournant avec grâce, il déclara avec un air de coquetterie rouée et en prenant une voix de gorge aux inflexions caressantes qu'il fallait bien après tout qu'il entrât dans la peau de ce personnage de femme dont il devait tenir le rôle sur la scène. Encore une fois, il y eut des rires.

Mais Tonio avait reculé dans l'ombre. On avait descendu des cintres le décor d'arcades fleuries, et ce paysage de jardin à la française servirait de toile de fond à la plus grande partie de l'action, bien que celle-ci se déroulât en théorie dans une campagne de la Grèce antique et que tous ces personnages en redingote et en perruque fussent censés figurer des pâtres rustiques !

Giovanni, Piero et d'autres castrats qui tenaient des rôles importants dans le spectacle étaient déjà en place pour leur entrée, et les serviteurs de scène brossaient avec vigueur les revers de leurs habits pour en faire disparaître les dernières traces de poudre.

Quelqu'un fit observer que c'était le grand moment de Loretti parce que la comtesse s'était déplacée et que, si le spectacle se déroulait moitié aussi bien qu'il l'aurait dû, le San Bartolomeo lui commanderait certainement un opéra pour la prochaine saison.

Au reste, Loretti venait d'arriver en coulisse pour exhorter Domenico à bien suivre la cadence qu'il lui marquerait, et Domenico acquiesçait gracieusement du chef.

Loretti retourna s'asseoir au clavecin. Dans la salle, les lumières s'étaient éteintes ; le seul éclairage était fourni par des gardes disséminés près des issues avec une seule mince bougie de cire blanche à la main. On entendit le bruit d'une chute dans l'obscurité des coulisses, le rideau se leva en frémissant, et l'orchestre attaqua l'ouverture avec autant de fougue et d'éclat qu'un grand ensemble d'instruments jouant pour une cour royale.

Cette soirée parut à Tonio l'une des plus longues de son existence ; elle fut émaillée de multiples petites anicroches, mais plus souvent encore de moments d'une perfection magique, car la présence du public soudait entre eux ces jeunes musiciens talentueux animés d'une même fièvre. Les arias tressaient des boucles admirables au-dessus du continuo grêle du clavecin, et la voix de Domenico planait dans les hauteurs comme la syrinx de Pan sur un bois d'Arcadie. Les flambeaux de la rampe l'auréolaient d'une lumière surnaturelle, et il effectuait ses sorties avec une grâce souveraine, gratifiant chaque fois Tonio d'un sourire épanoui.

Quand enfin Tonio entra en scène, il avait mal à la tête, et un formidable sentiment d'exaltation le pénétra jusqu'à la moelle à l'idée qu'il participait lui aussi maintenant à cette illusion merveilleuse. Il entendit sa voix amplifiée par les voix des autres choristes. Du public, il ne discernait que de vagues et sourds scintillements dans la pénombre de la salle, mais il sentait les yeux avides posés sur lui, et le finale fut salué d'un véritable tonnerre d'applaudissements.

Leur jubilation n'aurait pas été plus intense s'ils avaient tous salué en se tenant la main devant le rideau. Les rappels n'en finissaient plus. Quelqu'un murmura que la réputation de Domenico était faite. Il avait chanté mieux que tous les sopranistes qui se produisaient cette saison sur les scènes napolitaines, et quant à Loretti, il rayonnait !

Le maestro Cavalla se fraya un passage à travers la petite foule réunie derrière le rideau, embrassa à tour de rôle tous les solistes et, quand il arriva à la hauteur de Domenico, fit mine de lever la main pour souffleter cette fille adorable qui fit semblant de reculer devant lui avec un petit rire de gorge.

Le maestro leur annonça qu'ils étaient tous conviés à présent au palais de la comtesse et qu'ils devaient s'y rendre sur-le-champ. Il prit Tonio aux épaules, lui déposa sur chaque joue un baiser qui creusa un sillon humide dans son fard et déclara : « Dorénavant, vous avez cela dans le sang, et vous ne vous en guérirez jamais. »

Tonio sourit. Les applaudissements retentissaient encore dans ses oreilles.

Mais il savait qu'il ne devait ni ne pouvait aller avec eux chez la comtesse.

Un moment, il crut qu'il n'arriverait pas à s'échapper. Il fut surpris de voir qu'un si grand nombre de ses camarades souhaitaient qu'il se joignît à eux. Piero le pressa de venir et lui chuchota que Lorenzo ne figurait pas au nombre des invités.

Ôtant le ruban bleu qui lui barrait le torse, Tonio se dirigea à la hâte vers l'entrée des artistes qui donnait sur les jardins, mais, au moment où il s'en approchait, une voix le héla doucement d'une loge où la lumière était baissée. Il passa la main sous son habit pour empoigner sa dague. La voix lui murmura à nouveau : « Viens ici ! »

Il avança très lentement et poussa la porte de sa main gauche.

Une grande psyché flanquée de deux flambeaux allumés occupait le centre de la petite pièce encombrée de robes à paniers pendues à des patères, de perruques posées sur des formes en bois, de monceaux d'escarpins à boucles de strass. La voix qui l'avait hélé était celle de Domenico, qui s'empressa de fermer la porte et de tirer le verrou.

Les doigts de Tonio étaient toujours crispés sur la poignée de sa dague. Mais il eut tôt fait de vérifier que Domenico était seul dans la loge.

« Je dois partir », dit-il en détournant le regard du mince repli de chair qui donnait l'illusion parfaite d'une gorge féminine.

Mais Domenico était adossé à la porte et, dans le clair-obscur, des lueurs dansantes jouaient sur l'ovale délicat de son visage. Lorsqu'il sourit, le creux adorable de ses joues en fut encore accentué, la lumière mouvante souligna l'arc admirable de ses pommettes, et quand il parla il avait toujours cette voix de gorge féminine et douce.

« Il ne faut pas avoir peur de lui », murmura-t-il.

Tonio s'aperçut qu'il avait reculé d'un pas et que son cœur battait à tout rompre.

« Peur de qui ? demanda-t-il.

— Mais de Lorenzo, bien sûr, répondit Domenico de sa voix de velours un peu rauque. Je ne lui permettrai pas de te faire mal !

— Ne t'approche pas de moi ! » dit Tonio sèchement en faisant un autre pas en arrière.

Mais Domenico se contenta de sourire et pencha un peu la tête vers la gauche, en sorte que les boucles de sa toison blanche et poudrée lui coulèrent le long de l'épaule jusqu'à l'arrondi de la gorge.

« C'est donc de moi que tu as peur ? »

Embarrassé, Tonio détourna les yeux.

« Je ne peux pas rester ici », dit-il.

Domenico laissa échapper de sa gorge un soupir long et lascif, et tout à coup il jeta ses deux bras autour de Tonio, écrasant contre lui les molles dentelles qui bordaient l'échancrure de son corsage. Tonio s'arracha en titubant à son étreinte et se retrouva acculé à la psyché, avec la flamme vacillante d'un flambeau de chaque côté du visage. Il passa les deux mains sous ses cuisses et les appuya au miroir pour se maintenir d'aplomb.

« Tu as peur de moi, souffla Domenico.

— Je ne sais pas ce que tu veux ! dit Tonio.

— Oh, mais moi je sais ce que tu veux. Pourquoi as-tu peur de le prendre ? »

Tonio allait secouer la tête, mais il s'arrêta, les yeux fixés sur ceux de Domenico. Il était impossible que ce charme vaporeux dissimulât le plus infime soupçon de masculinité. Et quand il vit ces lèvres humides s'entrouvrir et se tendre vers lui, il ferma les yeux et tordit le cou pour leur échapper. Un seul revers de la main lui aurait sans doute suffi pour terrasser cette créature, et pourtant il se faisait tout petit devant elle comme si son seul contact avait risqué de le brûler.

Il sentit le corps de Domenico écrasé contre le sien, la courbe de sa cuisse sous les jupes de satin, et puis la main de Domenico se posa sur la braguette de sa culotte.

Il faillit le frapper. Mais le visage de Domenico était tout contre le sien, et il sentit ses cils lui effleurer la joue à la seconde même où sa main trouvait la verge de Tonio et la réveillait en la caressant doucement.

Tonio fut suffoqué de sa propre réaction. À nouveau il ferma les yeux. Quand les lèvres de Domenico se posèrent sur les siennes, son ardeur se ranima brusquement. La main de Domenico se glissa dans l'ouverture du tissu et libéra le membre de Tonio, qui apparut pleinement érigé. Domenico baissa les yeux, proféra un petit juron entre ses dents puis, levant à nouveau la tête, il écrasa sa bouche sur celle de Tonio et l'embrassa avidement, lui écartant les lèvres, buvant son souffle tandis que ses mains pétrissaient fortement l'organe durci.

D'un geste impulsif, Tonio glissa une main sous la robe. Quand ses doigts entrèrent en contact avec le membre court et dur qui s'y dissimulait, il la retira vivement comme si elle avait touché un objet brûlant ; et Domenico l'embrassa encore une fois.

L'instant d'après, ils se retrouvèrent à genoux, puis Domenico s'allongea sous Tonio à même le sol de pierre et s'offrit à lui, sur le dos, comme une femme.

L'ouverture était exiguë, tellement exiguë, c'était tout à fait comme chez une femme mais resserré et dur au point d'intromission. Les dents serrées, Tonio s'enfonça en grognant sourdement, puis il donna des coups de reins de plus en plus rapides et de plus en plus puissants qui l'amenèrent très vite au sommet du plaisir et le laissèrent prostré et frissonnant.

Il regardait avec hébétude le corps allongé de Domenico. Il n'avait pas souvenir de s'être retiré, et pourtant il était assis le dos à la psyché, les genoux ramenés sur le côté et regardait cette jeune fille étendue à terre qui se redressait à présent avec cette grâce langoureuse qu'elle mettait dans tous ses gestes, puis se tenait debout audessus de lui.

Tonio était trop abasourdi pour parler. Et tout s'était passé si vite, ses réactions avaient été exactement aussi impétueuses qu'autrefois. Rien n'avait changé ! Il avait une envie folle de se lever, de serrer à nouveau ce corps contre le sien, de l'étouffer, de le dévorer de baisers.

Arracher cette petite ganse qui couturait le corsage et voir ce qui se dissimulait derrière !

Mais déjà Domenico avait dégrafé les attaches de sa robe et la laissait tomber à ses pieds. En apercevant la guimpe de mousseline arachnéenne qui le couvrait encore, Tonio tiqua. Puis la guimpe glissa à terre elle aussi, Domenico se débarrassa de son énorme perruque blanche et agita la tête d'une façon plutôt masculine pour libérer ses belles boucles brunes que la chaleur humide avait plaquées sur son crâne.

Tonio le regardait avec des yeux écarquillés. Son corps n'avait rien, absolument rien, d'un corps de femme, et cependant ce n'était sûrement pas non plus un corps de garçon.

Sa poitrine était plate ; elle ne paraissait si pleine qu'en raison de l'extraordinaire dimension des poumons, et le modelé de la peau n'y était pas plus admirable que sur tout le reste du corps. Quant à l'appareil génital, il était formé d'un pénis court mais assez large, bien roide à présent et clairement tendu par le désir.

Mais le plus déconcertant était que la toison noire qui l'entourait avait la forme de celle d'un pubis de femme, qui ne se prolonge pas, comme celui d'un homme, de pilosités luxuriantes montant jusqu'au nombril. Les poils de Domenico venaient buter sur une barre transversale aussi nette et droite que si on l'eût tracée à l'aide d'un rasoir, et formaient un triangle renversé exactement semblable à un pubis de femme.

Le corps de Domenico tout entier enchantait Tonio, qui s'abîmait dans la contemplation de la peau satinée, des jambes déliées et gracieuses, de l'adorable figure où persistaient encore des restes de fard, et des cheveux noirs et épais qui lui tombaient sur les épaules comme ceux des statues d'anges en marbre.

À présent, l'ensorcelante créature se mettait à genoux devant lui.

Tonio se détourna d'elle.

« Crois-tu donc que j'attende de toi quelque chose que tu ne peux donner ? murmura Domenico. Prends-moi encore une fois, ici, directement sur ce sol dur, sans rien d'autre sous moi que ta main... »

Il s'étendit face contre terre et attira Tonio à lui.

Tonio se redressa, les yeux fixés sur les fesses petites et serrées qui se soulevaient vers lui. Sa tête fut envahie par le souvenir de cet orifice exigu, de cette petite ouverture aux parois si dures, presque infranchissable, et puis de la chaleur à l'intérieur. Et tout à coup il s'abattit sur ce corps nu, éprouvant sa nudité à travers l'étoffe rugueuse de son vêtement, mordant à belles dents dans la nuque découverte tandis que Domenico lui prenait la main droite, la faisait glisser sous son ventre lisse et la plaçait sur son membre épais et durci.

Tonio se sentit raidir et, avec un halètement convulsif, il pénétra à nouveau l'adolescent avec une violence qui redoublait à chacun de ses coups de boutoir. Il sentit sa main qui se refermait sur sa verge et la maniait avec brutalité comme s'il avait voulu l'arracher, tandis que Domenico, écrasé contre le dallage de pierre froid, poussait de petits grognements. Et quand Tonio parvint pour la seconde fois au faîte du plaisir, Domenico frémit longuement sous lui.

Tonio se laissa tomber sur le côté et il resta étendu sur le dos, exténué.

Quand il rouvrit les yeux, Domenico était entièrement habillé, une cape rouge vif sur l'épaule.

« Il faut y aller, on nous appelle, dit-il en souriant. Dépêche-toi d'ôter le fard de ton visage. »

Tonio l'entendait à peine. Il lui semblait avoir devant lui une femme travestie en homme, qui l'instant d'avant était un homme déguisé en femme. Il se souleva sur un bras et voulut parler mais ne parvint pas à articuler un seul mot.

Un grand remue-ménage agitait son esprit, mais aucune pensée ne prenait forme. Et ce qu'il éprouvait n'était pas de la joie, mais le soulagement le plus formidable de toute son existence ; sagement, il obéit à tout ce que Domenico lui ordonnait.

Dans l'obscurité de la voiture, tout au long du trajet qui les mena au palais de la comtesse Lamberti, sur la route de Sorrente, il dévora Domenico de baisers. Mais quand Domenico glissa la main dans les vêtements de Tonio et que ses doigts effleurèrent la cicatrice de son scrotum, Tonio se retint de le frapper : il lui suffisait de pouvoir l'écraser entre ses mains comme une créature qui aspirait à cette brutalité et en éprouvait le besoin, avant de le plier sous lui et de le prendre une nouvelle fois, tandis que le carrosse avançait cahin-caha derrière les minces faisceaux de ses lanternes.

Beaucoup plus tard dans la soirée, Tonio revit la jeune femme blonde qu'il avait déjà rencontrée une fois chez la comtesse, dans la salle à manger déserte. Elle n'était plus aussi mélancolique qu'elle l'avait été alors. Elle riait aux éclats tandis qu'elle tournait dans les bras d'un cavalier d'allure dégagée. Ses épaules menues, un peu osseuses, et malgré cela délicieusement galbées, lui donnaient un air de grâce espiègle tandis qu'elle évoluait en faisant tourbillonner ses jupes bleues, et ses cheveux d'or pâle étaient semés de fleurs blanches en désordre.

Quand leurs regards se croisèrent, Tonio détourna les yeux. Ce soir-là, il aurait mille fois préféré qu'elle fût ailleurs. Pourtant, il ne put se retenir de lui lancer des regards en coulisse.

La danse avait cessé ; un gentilhomme de haute taille, coiffé d'une perruque poudrée, lui parlait à l'oreille, et de nouveau un rire illumina son visage à l'ovale délicat. Tonio ne se rappelait pas qu'elle avait un cou si gracieux et une gorge si épanouie sous le corset, et quand il vit l'étoffe de soie bleue qui moulait étroitement sa taille gracile, il serra les dents. Il s'imagina que son rire lui parvenait à travers le brouhaha confus des conversations. Mais elle détourna timidement les yeux et parut soudain en proie à quelque souci. De nouveau son visage s'était empreint de cet air de mélancolie qu'il lui avait vu la fois précédente, et Tonio fut pris d'une envie folle de lui parler.

Il s'imagina qu'ils étaient seuls dans un lieu inconnu ; il l'assurait qu'il n'était ni rustre ni méchant et qu'il n'avait nullement voulu lui porter ombrage. Il se disait aussi qu'il avait sans doute deux hommes assoiffés de vengeance à ses trousses — Lorenzo et le père de cette jeune fille.

Au moment même où ces pensées l'envahissaient, Domenico, qui semblait être à sa recherche, surgit devant lui ; et en voyant ce visage radieux si près du sien, en se sentant l'heureux propriétaire de cette créature éblouissante que tant d'autres eussent voulu posséder, il éprouva une nouvelle flambée de passion. Il aurait pu prendre Domenico ici même, sur le parquet de la salle de bal. Il se mit à rêver d'étreintes violentes dans une chambre obscure, épicées par le danger de la surprise.

Mais sans cesse il revoyait l'adorable jeune fille.

Parfois elle était assise seule au bord d'un fauteuil en tapisserie, les mains posées sur son sein, la mine grave et l'air absorbé.

Elle avait cette même expression de détachement qu'il lui avait déjà vue la fois précédente. On avait le sentiment que, si quelqu'un venait la saisir et l'emporter, l'idée de protester ne lui viendrait pas à l'esprit. Tonio se vit défaisant ses tresses, libérant entre ses doigts la masse de ses cheveux blonds, écartant les mèches folles qui lui retombaient sur le front. Il imaginait son opulente chevelure tombant en cascade sur les courbes délicieuses de ses épaules, ensuite il rassemblerait à nouveau toutes ces belles boucles pour les soulever et lui baiserait la nuque, et toutes ces visions l'affolaient.

Une autre fois, au bout d'un long moment, elle relevait les yeux et le regardait bien en face. Il était très loin d'elle et pourtant il avait le sentiment qu'elle savait depuis le début qu'il l'observait. Il voyait l'indigo profond de ses prunelles et, au lieu de s'enfuir, il restait là, cloué sur place, et priant Dieu qu'il ne l'eût jamais vue.

5.

Au cours des semaines qui suivirent, Tonio acquit l'intime certitude que Guido était au courant de ses relations avec Domenico. Pourtant il ne manifestait rien qui pût le laisser supposer.

Il était aussi froid qu'à l'accoutumée, mais les progrès rapides de Tonio l'occupaient à tel point qu'il se livrait moins souvent à des accès de méchanceté gratuite. Ils s'abîmaient l'un et l'autre dans leur travail pendant de longues heures d'affilée, et l'emploi du temps de Tonio était désormais aussi avancé que celui d'un élève en fin d'études.

Il chantait d'abord deux heures, ensuite deux autres heures en face d'un miroir en étudiant ses gestes et son maintien comme s'il eût été sur scène, puis, après le repas de midi, il se consacrait aux livrets et travaillait sa diction. Après cela, une nouvelle heure de chant, le contrepoint et l'improvisation. Il fallait qu'il fût capable de prendre n'importe quelle mélodie et d'y adjoindre comme il convenait des fioritures de son cru. Il gribouillait avec fureur sur le tableau noir, et Guido corrigeait son travail avant de lui permettre de le chanter.

Une heure de composition encore, et la journée se terminait par une dernière séance de vocalises. Tout cela était entrecoupé de périodes de repos au cours desquelles il chantait dans la chorale du conservatoire ou s'en allait au théâtre travailler au nouvel opéra qui allait être joué à la fin de l'été.

Restaient encore les après-midi où les élèves sortaient en ville pour se produire dans des églises ou prendre part à des processions.

La première fois que Tonio s'était volontairement joint au cortège des castrats qui avançaient lentement sur deux rangs au long des rues, il en avait souffert autant qu'il s'y était attendu. Une part de lui, orgueilleuse et toujours à vif, refusait d'accepter qu'il paradât ainsi devant des foules badaudes dans un accoutrement d'eunuque.

Mais chaque fois qu'il surmontait sa détresse, sa volonté s'en trouvait renforcée. Et quand il arrivait à franchir la barrière de mépris qu'il dressait lui-même autour de sa condition présente, il l'envisageait sous un angle nouveau. Il voyait de l'admiration dans les yeux des gens qui s'amassaient sur les côtés des rues ; ils regardaient les castrats les plus âgés avec une sorte de vénération, tendant l'oreille pour mieux discerner leurs voix raffinées, scrutant même leurs traits pour bien se souvenir de leur visage.

Les cantiques qui s'élevaient dans l'air d'été, l'église elle-même avec ses lumières et son odeur d'encens, tout cela émettait une sensualité radieuse. Et à la fin, bercé par de petites pensées insignifiantes ou absorbé tout entier dans le perfectionnement de sa propre voix, Tonio en tirait une vague sensation de bonheur. Dans ces églises couvertes de dorures, peuplées de saints de marbre à l'apparence si vivante et toutes illuminées de cierges, il connaissait des instants de complète sérénité.

Cependant le sentiment persistait en lui que Guido savait qu'il passait ses nuits avec Domenico, et qu'il voyait cela d'un mauvais œil.

En réalité, c'était Tonio lui-même qui voyait cela d'un mauvais œil. Soir après soir, quelle que fût l'heure à laquelle il regagnait sa chambre, Domenico l'y attendait, toujours frais et délicieusement parfumé, ses cheveux défaits lui couvrant les épaules. Il s'éveillait du sommeil qui l'avait pris sur le lit de Tonio, et son corps était si brûlant parfois qu'il semblait la proie d'une fièvre pernicieuse. Mais ce n'était que le désir qui le consumait. Il offrait ses lèvres à Tonio, il lui offrait ses membres nus, il s'abandonnait à tous ses caprices.

Leurs accouplements étaient toujours brutaux. Ils revêtaient la forme d'un viol, parfois ils mimaient carrément le viol : ils se battaient ou du moins feignaient de le faire. Tonio arrachait la chemise de dentelle de Domenico, déchirait sa culotte, griffait sa peau lumineuse et souple comme celle d'un petit enfant. Il le frappait, le giflait, l'obligeant à se mettre à genoux dans l'attitude de la prière, avant de pénétrer en lui avec violence. Puis c'était Domenico qui forçait Tonio à se prêter au plus délectable des jeux : il plongeait sa tête entre les jambes de Tonio et le suçait jusqu'à le dévorer. Ce faisant, il laissait échapper de petits gémissements de plaisir, comme si cet acte avait suffi à combler ses désirs, chose que Tonio jugeait inconcevable.

La séance se terminait toujours par un nouveau viol. Tout en pénétrant en lui sans aucune douceur, Tonio empoignait brutalement le sexe de son ami, comme pour lui infliger un double supplice. Il était stupéfait de constater que Domenico n'en demandait pas davantage et paraissait toujours pleinement assouvi quand ils se séparaient.

Durant la journée, ils avaient aussi des rencontres sauvages. Cela avait surtout lieu au moment de la sieste ; Domenico entraînait Tonio dans une salle d'étude, déserte à cette heure, et leurs corps à corps y étaient rehaussés par le piment du risque et de la clandestinité. Tonio ne se lassait pas de Domenico, que celui-ci fût nu ou vêtu, et il ne savait pas très bien comment il le préférait. S'y ajoutait souvent l'image de Domenico travesti en femme. Parfois, affolé par la perfection de son visage, par la finesse de ses traits, par l'abondance de ses cheveux parfumés, Tonio était pris de rage et le battait avec une colère qui n'avait plus rien de feint.

Le plus étrange, c'était qu'avec tous les autres garçons Domenico était d'une froideur absolue. Tonio en avait eu l'intuition dès le début, Domenico se situait au-dessus de toute vanité, il dédaignait la rouerie, la provocation lascive, il ne se montrait ni familier ni même amical avec ses camarades et, vis-à-vis des autres eunuques, il pouvait même être sournoisement méchant. Seul Tonio suscitait sa passion et, nuit après nuit, il subissait — mieux, il provoquait — son ardente cruauté.

Tonio en avait honte. Pourquoi cédait-il chaque soir aux invites de Domenico et à ses propres bouffées de désir ? Pourquoi éprouvait-il, à l'idée que les autres étaient forcément au courant de ses relations avec Domenico, un mélange d'orgueil et de gêne ?

Quand il apprit tout à fait fortuitement, de la bouche de l'eunuque Piero, que le dernier « bon ami » de Domenico avait été un garçon non castré, un violoniste du nom de Francesco, il fut stupéfié qu'une information aussi insignifiante pût susciter en lui une telle jubilation. Ainsi il remplissait cet office aussi dignement qu'un violoniste milanais entier, velu et à l'allure brutale !

Pourtant il avait honte. Et à l'idée que Guido était au courant, sa honte prenait une violence inexplicable.

Il se serait senti moins mal à l'aise s'il avait pu avoir avec Domenico un dialogue ou un échange de vues. Mais ils ne s'adressaient pour ainsi dire jamais la parole. Domenico était rarement présent dans l'enceinte du conservatoire, car il chantait dans les chœurs du San Bartolomeo, et quand Tonio et lui se rencontraient en pleine lumière, c'était le plus souvent au cours d'un bal ou d'un souper, à la sortie de l'opéra.

En effet, Tonio avait fini par se résoudre à y suivre Guido chaque fois que celui-ci le lui proposait.

Guido était visiblement enchanté. Un jour, il avait fait observer qu'il s'était bien douté que tout cela devait plaire à un garçon de l'âge de Tonio. Tonio n'avait fait que sourire. Comment aurait-il pu expliquer à Guido l'existence qu'il avait menée à Venise ? Il se borna à dire que ces aristocrates du Sud ne l'impressionnaient guère. « Ils accordent trop d'importance aux titres et ils semblent tellement... satisfaits d'eux-mêmes et tellement désœuvrés ! »

Il regretta instantanément cette remarque. Elle lui paraissait empreinte de suffisance et de grossièreté. Guido allait s'emporter contre lui. Mais Guido ne répondit pas. Il paraissait méditer les observations de Tonio, sans en prendre ombrage.

Un soir, au sortir d'un souper spécialement fastueux chez la comtesse Lamberti, dont le palais fourmillait de domestiques — un valet en livrée debout derrière le siège de chaque convive, d'autres alignés le long des murs décorés de fresques, prêts à remplir les verres, à avancer la flamme de leurs flambeaux pour allumer une cigarette turque —, Tonio eut une vision très inhabituelle de Guido alors que ce dernier se tenait au milieu d'un groupe de femmes de sa connaissance et prenait part à la conversation générale avec un certain naturel.

Il était vêtu d'une tenue rouge et or, ses yeux bruns semblaient plus que jamais s'harmoniser avec ses cheveux noirs, et il était parfaitement à l'aise, comme si la discussion l'avait enchanté. À un moment, il se prit à sourire, puis à rire aux éclats, et dans cet instant il parut aussi juvénile qu'il l'était en réalité, plein de douceur et d'une sensibilité que Tonio ne lui avait jamais soupçonnée jusque-là.

Tonio ne pouvait détacher son regard de Guido. Domenico s'assit au clavecin et se mit à chanter, mais même cela ne l'arracha pas à cette fascination. Il observa la manière dont Guido se laissait pénétrer par la voix de l'adolescent ; il l'observait ainsi depuis un long moment quand tout à coup le regard de Guido le repéra dans la foule. Alors le visage de Guido se durcit et prit une expression de froideur, puis d'agacement.

Tonio ne put retenir une légère contraction avant de se détourner. Il fixa son regard sur Domenico ; et quand Domenico eut fini de chanter et qu'un tonnerre d'applaudissements éclata, il jeta en direction de Tonio un coup d'œil langoureux, où se lisait la soumission la plus complète.

Pouah, se dit Tonio, quelle horreur.

Il s'exécrait lui-même et il exécrait tous ces gens autour de lui. Pourquoi donc te soucies-tu de tout cela ? se murmura-t-il. Il sortit et s'en fut dans une pièce obscure dont le dallage semblait imprégné d'humidité, peut-être parce qu'elle n'était jamais utilisée. Seul, il y fit les cent pas, abîmé dans ses pensées, à la lueur du clair de lune qui entrait à flots par les hautes fenêtres cintrées. Pourquoi donc est-ce qu'il me hait, et pourquoi faut-il que je m'en soucie ? Qu'il aille au diable.

Mais une honte affreuse l'avait envahi. Était-ce parce qu'il était l'amant d'un autre garçon ? En effet, c'était effroyable. Et pourtant il en connaissait la raison. Chaque fois qu'il faisait l'amour avec Domenico, il se prouvait qu'il en était capable, et que donc il pourrait faire de même avec une femme s'il le désirait.

Il fut surpris en entendant la porte s'ouvrir derrière lui. Ainsi donc, même ici, un domestique était venu le débusquer ! Mais quand il se retourna, il vit que c'était Guido.

Tonio se sentit gagner par une haine folle. Il aurait voulu lui faire mal. Il lui venait des idées absurdes et sauvages. Il feindrait d'avoir perdu sa voix, pour voir ce qu'en dirait Guido ; ou bien d'être malade, pour voir si Guido en serait inquiet... Quelle sottise ! C'est cela que tu appelles être un homme ! se morigéna-t-il en son for intérieur.

Évidemment, Guido ne percevait rien de tout cela ; il voyait simplement un jeune garçon, debout en face de lui, attendant patiemment qu'il se décidât à parler. Tonio en était sûr, et c'était heureux.

« Êtes-vous fatigué de la fête ? demanda doucement Guido.

— Comme si vous en aviez le moindre souci ! » persifla Tonio.

Guido parut très étonné.

« Ma foi, je ne m'en soucie pas outre mesure, rétorqua-t-il. Mais quant à moi, j'en ai assez de tout cela, et j'ai envie d'aller faire un tour en ville et de passer un moment dans une taverne tranquille.

— Il est tard, maestro, dit Tonio.

— Vous pourrez dormir demain toute la matinée si vous voulez, dit Guido. Sinon, il ne vous restera plus qu'à rentrer par vos propres moyens. Eh bien, m'accompagnerez-vous ? »

Tonio ne répondit pas.

Aller s'attabler dans une taverne en compagnie d'un autre eunuque ? Il n'arrivait pas à se figurer la chose. Les rustres avinés, la bousculade, les rires gras, les femmes en jupe courte, au sourire facile.

Le souvenir de toutes les tavernes torrides et bondées qu'il avait connues à Venise lui revint tout d'un coup. Il revit le café du père de Bettina et toutes les autres gargotes qu'il avait fréquentées avec Ernestino et les autres chanteurs des rues pendant les derniers temps de son existence là-bas.

Tout cela lui manquait et lui avait toujours manqué. Le vin généreux, le tabac, la volupté spéciale qu'il prenait à boire avec des hommes.

Mais avant tout, c'est être libre qu'il aurait voulu, être libre de se rendre dans cette taverne et partout ailleurs sans être étouffé par ce sentiment de vulnérabilité.

« Les autres garçons y vont souvent, reprit Guido. Ils y sont sans doute en ce moment, du moins ceux qui sont allés à l'opéra ce soir. »

Ce qui voulait dire qu'ils y trouveraient les castrats les plus âgés en plus des autres musiciens. Tonio les imagina tous rassemblés dans la taverne.

Mais déjà Guido sortait de la pièce. Il était soudain d'une froideur marmoréenne.

« Vous n'avez qu'à rentrer quand il vous plaira, lança-t-il par-dessus son épaule. Je peux vous faire confiance pour vous conduire bien, n'est-ce pas ?

— Attendez, dit Tonio, je viens avec vous. »

En arrivant à la taverne ils trouvèrent une salle comble et bruissant du plus aimable tapage. Les musiciens du conservatoire y étaient bien, de même que plusieurs joueurs de violon de l'orchestre de l'opéra que Tonio eut tôt fait de reconnaître. Quelques actrices étaient présentes aussi, mais la grande masse des buveurs étaient des hommes, et cette prédominance du sexe fort n'était rompue que çà et là par d'accortes servantes qui faisaient de leur mieux pour répondre aux gestes et aux appels qui semblaient s'élever de partout à la fois.

Tonio vit que Guido était parfaitement à l'aise dans ce lieu. Il s'adressa familièrement à la femme qui vint prendre leur commande et demanda qu'on leur serve le meilleur vin de l'établissement, accompagné de fromage et de fruits. Ensuite il se carra confortablement dans la petite loge en bois où ils avaient pris place, étendant ses jambes dans la direction de la foule qui se pressait sous les lumières indécises et la contemplant d'un air de grand contentement.

Il porta le pichet d'étain à ses lèvres, et le goût du vin parut lui plaire. Il pourrait aussi bien être seul, se dit Tonio.

Et moi, je suis à Venise, dans la taverne de Bettina, et si je ne me lève pas pour aller me jeter dans les bras des sicaires de mon frère qui m'attendent dehors, tout ceci ne sera plus qu'un rêve. Il secoua la tête, lampa son vin et se demanda si ces rudes gaillards qui l'entouraient voyaient en lui un eunuque ou simplement un jeune garçon comme les autres.

De fait, les eunuques étaient nombreux dans le cabaret et personne ne leur prêtait la moindre attention, de même qu'à Venise la foule qui se pressait chez le libraire ne marquait pas de curiosité particulière à l'égard d'Alessandro quand il s'y rendait pour boire du café en écoutant les derniers potins du théâtre.

Malgré tout, Tonio avait le feu aux joues, et quand une grande troupe d'hommes rassemblée autour d'une des longues tables mal équarries se mit à chanter en chœur, il fut soulagé de voir que tous les regards se tournaient vers eux.

Tonio vida son pichet de tout le vin qu'il contenait et prit la bouteille pour s'en verser un second. Il regarda le bois fendillé de la cloison en face de lui, observant la manière dont des gouttelettes de condensation s'enflaient çà et là au-dessus de la couche de graisse qui rendait la paroi luisante comme si on l'eût briquée avec de la cire. Il se demanda avec ennui combien de temps il faudrait au juste pour qu'il fît corps pour de bon avec l'homme véritable qu'il était brièvement devenu à son retour du Vésuve.

Le chœur aviné s'était tu. Plusieurs des musiciens avaient entonné un air avec accompagnement de mandoline ; ceux-là auraient bien pu être de vrais chanteurs ambulants. Leur chant avait quelque chose de sauvage, de rocailleux, on y sentait comme un air des montagnes, et il ne ressemblait en rien aux douces mélodies du Nord. Peut-être cela venait-il d'une influence espagnole.

Tonio ferma les yeux, laissant la voix du ténor oblitérer ses pensées, et quand il les rouvrit son pichet était de nouveau vide. Tandis qu'il s'en versait un troisième, il sentit le regard de Guido posé sur lui, mais celui-ci ne lui fit aucune remarque.

Il ne sut jamais à quel moment exact Lorenzo était venu se camper devant leur table. Il sut seulement que cela faisait un moment qu'il avait senti une présence et qu'en levant les yeux il l'avait aperçu. La tête de Lorenzo s'interposait entre lui et les lampes murales basses, et il ne pouvait pas discerner ses traits.

« Allez-vous-en, Lorenzo », dit Guido d'un ton bref.

Le corps de Lorenzo se courba en avant et tout à coup il se mit à hurler contre Guido en dialecte napolitain.

Tonio était debout. Lorenzo avait dégainé sa dague. Un silence subit était tombé sur les tablées voisines, et dans ce silence on entendit la voix de Guido qui de toute évidence ordonnait à Lorenzo de sortir de la taverne. Il le menaçait, cela au moins Tonio pouvait le saisir.

Mais il saisit en même temps que c'était peine perdue. Le moment était venu. Le visage de Lorenzo exprimait la haine la plus crue, la perfidie la plus noire. Il était aussi extrêmement ivre et, quand il avança lentement sur Tonio, il avait l'air aussi dangereux qu'un homme qui n'aurait pas été castré.

Tonio fit un pas en arrière. Ses idées étaient brouillées. Il fallait qu'il dégaine son arme, mais il savait ce qui se produirait s'il faisait mine de la saisir. Une des servantes tirait Lorenzo par la manche ; des hommes s'étaient levés de la grande table au centre de la salle et s'approchaient d'eux. Soudain Guido se jeta sur Lorenzo et le poussa en arrière avec violence ; la foule s'écarta, mais Lorenzo ne tomba pas.

Tonio avait profité de cette diversion pour dégainer à son tour.

« Je ne veux pas de rixe avec toi », dit-il en italien.

Lorenzo lui répondit par une bordée d'invectives en dialecte napolitain.

« Parle-moi dans une langue que je peux comprendre », dit Tonio.

Mais il lui semblait que le vin s'était dissipé dans ses veines. Il avait la tête froide et, en parlant, pensait à tout autre chose qu'à ce qu'il disait. Un instant, il éprouva une véritable peur : il imaginait cette lame acérée s'enfonçant dans ses chairs. Mais à la même seconde il comprit qu'il n'était plus temps d'avoir peur et que cette peur pouvait lui être fatale. Il n'avait fait un pas en arrière que pour prendre de la distance et pour mieux surveiller les gestes de ce garçon qui le dépassait d'une bonne tête et dont l'interminable bras d'eunuque menaçait à tout instant de lui porter un coup avec cette lame perfide.

Quand Guido s'avança vers lui pour le bousculer à nouveau, Lorenzo fit brusquement volte-face et tout le monde comprit alors que la menace n'était pas feinte et qu'il était prêt à poignarder Guido.

Une figure confuse émergea de l'ombre et entra dans la mêlée ; apparemment, l'homme s'efforçait de tirer Guido hors de l'affrontement.

Encore une fois, Guido voulut empoigner Lorenzo et, quand Lorenzo tourna sur lui-même pour le frapper, Guido poussa un cri guttural et se précipita en avant.

Aussitôt Lorenzo reprit sa position.

Après cela, tout se passa si vite que Tonio aurait été bien incapable de reconstituer la suite des événements. Le garçon se rua sur lui, son long bras tendu droit devant lui, et Tonio s'effaça, passa, poussa une botte et sentit la pointe de sa dague s'écraser sur son adversaire. Mais la lame n'avait pas pénétré ; de toutes ses forces, Tonio appuya pour lui faire franchir l'obstacle, os ou chair, et elle s'enfonça si aisément qu'il se retrouva collé tout contre Lorenzo.

La main gauche de Lorenzo agrippa le visage de Tonio ; Tonio arracha la dague de la plaie et Lorenzo recula en titubant.

La foule des spectateurs retenait son souffle. Les yeux de Lorenzo étaient rétrécis par la haine. Il levait encore son arme, puis, tout à coup, ses yeux s'écarquillèrent.

Il s'écroula, face en avant, aux pieds de Tonio. Il était mort

Tonio regardait le cadavre d'un œil hébété.

D'un seul mouvement la foule encercla Tonio et le repoussa sans brutalité jusqu'à la porte de la taverne. Une femme s'était mise à hurler et Tonio ne comprenait pas ce qui lui arrivait. Des mains le retournèrent, le poussèrent en avant, lui firent passer une porte qui donnait sur une venelle obscure ; quelqu'un lui fit signe de s'enfuir, en lui montrant la direction à prendre. Et tout à coup Guido fut sur ses talons, le poussant en avant.

Il l'ignorait, mais la foule agissait ainsi d'instinct pour le protéger. Ces gens savaient que la police serait bientôt sur place, il fallait donc faire fuir le meurtrier. Pour eux, ce genre d'affaire n'était pas du ressort de la police.

Tonio était malade d'horreur, et Guido fut obligé de le traîner jusqu'à un fiacre, puis de le porter à moitié pour lui faire passer le portail du conservatoire. Il continua à regarder en arrière, même après que Guido l'eut poussé à l'intérieur de son cabinet de travail obscur.

Il essaya de parler, mais d'un geste Guido lui intima le silence.

« Mais je... je... » Tonio hoquetait, suffoquait.

Guido secoua la tête. Il haussa imperceptiblement le menton et son visage se figea dans une expression de mutisme très éloquente. Puis, voyant que Tonio n'en saisissait pas le sens, il murmura :

« Ne dites rien ! »

Toute la journée du lendemain, Tonio travailla d'arrache-pied à ses vocalises, s'émerveillant d'exercer à présent une assez grande maîtrise sur sa voix pour pouvoir travailler dans de telles circonstances.

Si le décès de Lorenzo fut jamais formellement constaté, il n'en entendit point parler. Et si le corps fut retrouvé et ramené au conservatoire, ce fut à son insu.

N'ayant pris ni petit déjeuner ni repas de midi, car la seule idée de manger lui retournait l'estomac, il passa les heures qu'il aurait dû y consacrer allongé sur son lit, à se demander ce qui allait advenir de lui.

Le fait que Guido se comportât comme à l'accoutumée était la plus sûre preuve que Tonio ne risquait pas d'être arrêté. Il avait l'absolue certitude que, s'il avait été en danger, Guido l'en eût informé.

Mais au soir, quand tous les pensionnaires de l'établissement furent rassemblés pour le souper, Tonio sentit comme une onde, subtile mais perceptible tout de même, qui se déplaçait à travers la salle du réfectoire. À tout moment, des yeux étaient fixés sur lui.

Les garçons non castrés, qu'il avait toujours évités comme la peste, lui adressaient de petits signes de tête discrets chaque fois que son regard croisait les leurs. Et Paolo, le petit castrat de Florence qui s'arrangeait toujours pour être assis tout près de lui, le fixait avec des yeux si avides qu'il en oubliait de manger. Sa petite face ronde au nez en trompette exprimait une complète fascination et elle ne s'épanouit pas une seule fois en un de ces sourires espiègles dont il était coutumier. Les autres castrats attablés avec eux témoignaient à l'égard de Tonio d'une déférence marquée, lui passant en premier la corbeille de pain et le pichet de vin commun.

Domenico n'était nulle part en vue ; pour la première fois, Tonio eut envie de l'avoir, non pas nu dans un lit, mais ici, à sa table.

Et quand il se présenta au théâtre pour la répétition de ce soir-là, Francesco, le violoniste milanais, s'avança vers lui et lui demanda fort courtoisement s'il avait jamais eu l'occasion d'entendre le grand Tartini au temps où il vivait à Venise.

À mi-voix, Tonio répondit qu'en effet il avait entendu Tartini. Car il avait vu jouer Tartini, et Vivaldi aussi d'ailleurs, l'été passé, au cours de sa villégiature sur la Brenta.

Tout ceci était étrange et imprévu. Enfin, il regagna sa chambre. Il était recru de fatigue. Il savait, bien qu'il ne pût le voir, que Domenico était là, dissimulé dans l'ombre. Finalement, n'y tenant plus, Tonio explosa :

« C'est absurde ! s'écria-t-il. Ce garçon est mort simplement pour avoir fait un geste stupide.

— Sans doute Dieu le voulait-il ainsi, répondit Domenico.

— Tu oses plaisanter à ce sujet ! s'exclama Tonio.

— Je ne plaisante pas. Il ne chantait pas bien. Tout le monde le savait. Et qu'est-ce qu'un eunuque qui ne sait pas chanter ? Il valait mieux qu'il meure. »

Domenico haussa les épaules avec une parfaite ingénuité.

« Le maestro Guido lui aussi est un eunuque qui ne peut pas chanter, murmura Tonio.

— Et le maestro Guido a deux fois tenté de mettre fin à ses jours, fit calmement observer Domenico. Mais le maestro Guido est le meilleur professeur du conservatoire, meilleur encore que le maestro Cavalla. Tout le monde sait cela. Mais Lorenzo ? Qu'aurait-il pu faire, Lorenzo ? Croasser dans le chœur d'une paroisse de village où les autres chanteurs n'auraient pas mieux valu que lui ? Le monde est plein d'eunuques de cette espèce. L'affaire était entre les mains de Dieu. »

Il haussa à nouveau les épaules, d'un air agacé, puis son bras s'enroula autour de la taille de Tonio avec une douceur serpentine.

« Et qu'est-ce qui t'inquiète tant que cela ? Lorenzo n'avait pas de famille.

— Et la police ? »

Domenico éclata de rire.

« Ma foi ! s'écria-t-il, Venise doit être une cité bien calme et bien civilisée ! Viens ! »

Sa bouche se posa sur celle de Tonio, et cette conversation, la plus longue qu'ils eussent jamais eue, en resta là.

Tard, cette nuit-là, tandis que Domenico dormait, Tonio se glissa sans bruit jusqu'à la fenêtre.

La mort de Lorenzo le laissait désemparé. Il ne fit rien pour chasser de son esprit la stupeur qu'il éprouvait ; mais par moments il s'abîmait longuement dans la contemplation de la cime lointaine du Vésuve. De grands éclairs silencieux jaillissaient du volcan, et une ligne de fumée marquait le cheminement de la lave qui s'écoulait vers la mer.

Il lui semblait qu'il devait pleurer sur la mort de Lorenzo parce que personne d'autre ne portait son deuil.

Malgré lui, il se retrouva transporté à une très grande distance de là, en train de courir sous la voûte étoilée, dans cette petite bourgade à la frontière de la Vénétie. Il sentait la terre s'écraser sous ses pieds ; puis il sentit les mains des spadassins qui s'agrippaient à lui. On le ramenait en le portant dans cette petite chambre sordide. Il se débattait avec l'énergie du désespoir tandis qu'ils le forçaient à s'étendre sur le lit, et il les voyait le forcer, encore et encore, comme dans un cauchemar.

Il frissonna et il regarda le volcan. Je suis à Naples, se dit-il. Et pourtant sa mémoire s'élargissait encore et ses souvenirs avaient l'irréalité des rêves.

Flovigo se fondait dans Venise. Il tenait sa dague à la main et il faisait face, cette fois, à un autre adversaire.

Sa mère pleurait, pleurait, ses cheveux rabattus sur sa figure, comme elle avait pleuré le dernier soir dans la salle à manger. Ils n'avaient même pas pris congé l'un de l'autre. Quand pourraient-ils enfin se dire adieu ? Dans ces ultimes moments l'idée ne l'avait seulement pas effleuré qu'on pût un jour l'arracher à elle. Et à présent elle sanglotait à n'en plus finir, inconsolablement.

Il leva sa lame. Il serrait fermement le manche entre ses doigts. Et puis il vit une expression familière — qu'était-ce donc ? de l'horreur, de la surprise ? — sur le visage de Carlo, et la tension retomba d'un coup.

Et il se retrouva à Naples, la tête posée sur le rebord de la fenêtre, épuisé de fatigue.

Il ouvrit les yeux. En face de lui la cité de Naples se réveillait. Les premiers rayons de soleil perçaient la brume qui enveloppait les arbres. La mer avait des reflets de métal.

Lorenzo, pensa-t-il, ce coup ne t'était pas destiné. Déjà, pourtant, les traits de ce garçon s'étaient effacés de sa mémoire. Et Tonio éprouva de l'orgueil au souvenir de cette effroyable minute — la lame, le cadavre sur le sol du cabaret.

Choqué, il baissa la tête. Il comprenait cet orgueil ; il comprenait ce que cet acte abominable pouvait avoir pour lui de glorieux et de décisif.

S'il avait pu le commettre si aisément, il pourrait donc le refaire !

Le beau visage délicat de Domenico gracieusement posé sur l'oreiller était lisse et serein dans le sommeil.

Mais en contemplant cette beauté qui se donnait à lui si complètement et si souvent, Tonio fut saisi d'un sentiment de solitude absolue.

Quand il pénétra dans la salle d'étude une heure plus tard, il avait besoin de la musique et il avait besoin de Guido. C'est avec une pureté et une vigueur renouvelées que sa voix affronta les exigences de cette journée. Les problèmes les plus ardus et les plus complexes semblaient s'évaporer. À midi, il se sentait rasséréné d'avoir reconnu la possible beauté que recélait le son le plus élémentaire.

En mettant ce soir-là son habit pour sortir, il s'aperçut qu'il le gênait aux entournures depuis un certain temps déjà. Il tendit ses bras devant lui et les regarda avec stupeur. Et jetant à son miroir un coup d'œil presque furtif, il fut très étonné de voir qu'il avait déjà tellement grandi.

6.

La taille de Tonio augmentait rapidement, c'était indubitable ; chaque fois qu'il le remarquait, il se sentait pris de faiblesse et le souffle lui manquait soudain.

Mais il garda cela pour lui. Il se fit tailler de nouveaux habits avec de plus longues manches, tout en sachant qu'ils seraient bientôt étriqués et, bien que Guido ne lui laissât aucun répit dans l'étude, on aurait dit que toute la ville de Naples se mettait en quatre pour le divertir.

Déjà, au mois de juillet, le jour de la fête de sainte Rosalie, il avait vu le fabuleux feu d'artifice qui avait embrasé tout le golfe et la mer couverte d'un millier de barques illuminées.

Au mois d'août, des bergers descendus des lointaines collines des Pouilles et de la Calabre, jouant de la flûte et d'instruments à cordes que Tonio n'avait jamais entendus, vêtus de tenues grossières en peau de mouton, vinrent faire visite aux églises et aux demeures de l'aristocratie.

En septembre, il y eut la procession annuelle à la Madone de Piedigrotta. Tous les élèves des conservatoires de Naples y prirent part, défilant sous des balcons et des fenêtres ornés pour l'occasion d'oriflammes et de tentures somptueuses. Le temps s'était radouci et les grosses chaleurs de l'été s'étaient dissipées.

Au mois d'octobre, les jeunes chanteurs durent se produire soir et matin, neuf jours d'affilée, à l'église San Francesco ; il s'agissait d'une prestation obligatoire en échange de laquelle le conservatoire était exempté de certains impôts. Tonio perdit bientôt le compte des fêtes patronales ou laïques, des réjouissances et des solennités de toute nature auxquelles il lui fallait prendre part. Aussi longtemps qu'il n'avait pas été au-delà des premiers rudiments de sa formation, il était resté le plus souvent muet au milieu du chœur ou s'était borné à chanter quelques mesures. Mais sa connaissance de cette musique était de plus en plus étendue, et il la chantait bien à présent, grâce à Guido qui l'obligeait à se coucher tard et à se lever de bon matin pour s'y exercer encore et encore.

Il y avait les processions gigantesques et compliquées des corporations, au cours desquelles les garçons étaient quelquefois promenés sur d'immenses chars fleuris, et il y avait aussi les enterrements.

Et toutes les heures de veille qui lui restaient, Tonio les occupait avec Guido. De nouveau, le cabinet de travail aux murs nus retentissait de vocalises, et la voix de Tonio gagnait régulièrement en souplesse et en précision.

Au début de l'automne, Tonio avait reçu une lettre de sa cousine Caterina Lisani et il avait été surpris d'en être si peu ému.

Elle lui annonçait qu'elle venait à Naples pour le voir. Il lui répondit aussitôt pour la dissuader de le faire. Il avait tiré un trait sur le passé, expliquait-il, et, si elle se présentait au conservatoire, il refuserait de la voir.

Il espérait qu'elle ne lui écrirait plus jamais, car il n'avait pas le temps de penser à tout cela, de remâcher le passé et de le laisser jeter sur le présent son ombre pesante.

Lorsqu'elle lui écrivit à nouveau, il lui répondit par une lettre fort courtoise dans laquelle il l'avertissait qu'il quitterait Naples, si besoin était, afin d'éviter une rencontre avec elle.

Après cela, le ton des lettres de Caterina se modifia. Désespérant d'être reçue par Tonio, elle abandonna son style réservé et s'adressa à lui avec une franchise inusitée :

> « Tout le monde ici se languit de toi. Dis-moi ce que tu désires et je te le ferai parvenir. Avant d'avoir eu en main ta lettre et d'en avoir comparé l'écriture à celle de tes anciens cahiers de cours, je ne pouvais croire que tu fusses encore en vie, bien que l'on m'affirmât le contraire.
>
> « Que veux-tu savoir des événements d'ici ? Je vais tout te dire. Ta mère est tombée gravement malade après ton départ ; elle refusait de s'alimenter et de boire. Mais à présent elle s'est rétablie.
>
> « Et ton frère, ton si dévoué frère ! Figure-toi qu'il se fait si grand reproche de ton échappée que seule la profusion du beau sexe autour de lui parvient à l'en réconforter. À ce remède, il mêle encore tout le vin qu'il lui est possible d'ingurgiter. Et néanmoins, rien ne saurait l'empêcher d'assister chaque matin à la réunion du Grand Conseil. »

Parvenu à ce point, Tonio interrompit sa lecture, car les mots le perçaient comme des pointes de feu. Ainsi, il la trompait déjà ! S'en doutait-elle seulement ? Qui plus est, elle était malade, empoisonnée à n'en pas douter par les mensonges qu'il l'avait forcée à avaler. Pourquoi fallait-il qu'il lût cela ? Et pourtant, il déroula à nouveau le parchemin.

> « Écris pour me dire ce que tu désires. Mon époux est toujours ton champion au Conseil, et ton bannissement ne sera pas éternel. Je t'aime bien tendrement, mon très cher cousin. »

Il se passa plusieurs semaines avant que Tonio se décidât à répondre à cette lettre. Il s'était persuadé que ces quelques années n'appartenaient qu'à lui et qu'il ne voulait plus jamais avoir de nouvelles de Caterina ni d'aucun autre habitant de Venise.

Et puis un soir, à l'improviste, sans qu'aucune nouvelle réflexion l'y eût préparé, une impulsion irrésistible le poussa à s'asseoir et à lui écrire une lettre succincte quoique des plus courtoises.

Après cela, il ne se passa pas de quinzaine sans qu'il ne reçût des nouvelles d'elle. Il s'obligeait à détruire ses lettres pour ne pas être tenté de les relire cent fois.

Une nouvelle bourse arriva de Venise. Il se trouvait avec plus d'argent qu'il n'en pouvait dépenser.

L'hiver venu il vendit son carrosse, qu'il n'utilisait jamais et pour lequel il ne désirait pas faire plus longtemps des frais. Et, se disant que, quitte à avoir un corps d'eunuque long et dégingandé, autant valait le vêtir le mieux possible, il se commanda de splendides habits en plus grand nombre que jamais.

Le maestro Cavalla et Guido lui reprochaient ces folies. Mais Tonio était toujours fort généreux, distribuait des pièces d'or aux mendiants et offrait en toute occasion des présents au petit Paolo.

Même après tout cela, il demeurait fort riche. Carlo y avait veillé. Il aurait pu mettre ses fonds dans une affaire pour en tirer un revenu, mais il ne trouva jamais le temps de s'en occuper.

Si remplie que fût à présent sa vie, si chargée d'événements, d'efforts et de travail, il n'en resta pas moins abasourdi lorsque Guido lui annonça un beau matin qu'il chanterait un solo dans l'oratorio de Noël.

Noël. Ainsi, il était à Naples depuis plus de six mois.

Il resta un long moment sans rien dire. Il songeait que c'était au cours d'une messe de Noël, dans la cathédrale Saint-Marc, qu'il avait chanté pour la première fois, avec Alessandro, à l'âge de cinq ans.

Il revoyait l'armada de gondoles traversant la lagune pour aller vénérer les reliques de l'île San Giorgio. Cette année, celle de Carlo serait du nombre.

Il s'efforça de chasser ces pensées de son esprit.

Et il se rappela alors que Domenico quitterait Naples sous peu.

Domenico devait faire ses débuts à Rome, au Teatro Argentina, le premier jour du carnaval de nouvel an.

Qu'avait donc dit Guido ? Qu'il chanterait — qu'il chanterait quoi déjà ? Tonio bafouilla des excuses, et quand Guido lui eut redit qu'il allait chanter un solo dans l'oratorio de Noël, il secoua la tête.

« C'est impossible, dit-il. Je ne suis pas prêt.

— Et comment sauriez-vous si vous êtes prêt ou non ? demanda Guido d'une voix grave. Vous êtes prêt, cela va de soi. Si vous ne l'étiez pas, je ne vous confierais pas cette partie. »

La vision de milliers de lanternes se mirant dans les eaux noires de la lagune tandis que la flottille de Noël faisait cap vers San Giorgio continuait de hanter Tonio.

Dehors, le soleil matinal donnait à plein sur les jardins du conservatoire, transformant les arcades du cloître en autant de petits tableaux découpés où la lumière jaune jouait sur les feuilles frémissantes. Non, en réalité, la lumière n'était pas jaune ; elle tirait sur le vert. Et Tonio n'était plus là. Il était dans la cathédrale Saint-Marc et sa mère lui disait : « Regarde, voilà ton père ! »

« Maestro, ne m'imposez pas cette épreuve », murmura-t-il, et, rassemblant toute son éducation vénitienne, il ajouta : « Je n'ai pas confiance dans ma voix et, si vous m'obligez à chanter seul, je tromperai votre espérance. »

Cette remarque produisit son effet, et Guido, loin de se fâcher, s'écria :

« Tonio, n'est-ce pas moi qui aurais trompé votre espérance ? Je me le demande. Vous êtes prêt à chanter ce solo ! »

Tonio ne lui répondit pas. Il était bien trop étonné pour cela. Il ne se souvenait pas que Guido l'eût jamais appelé par son prénom auparavant. Et rien n'aurait pu lui faire supposer que ce simple fait pourrait le bouleverser.

Il répéta une fois de plus qu'il ne pourrait chanter ce solo. Il essayait de chasser de sa tête le souvenir de la cathédrale. Alessandro se tenait à ses côtés, Alessandro lui disait : « Je n'y ai jamais cru ! »

Quand cette journée toucha à sa fin, Tonio était exténué. Guido n'avait plus mentionné le solo, mais il lui avait donné à chanter plusieurs cantiques de Noël, et il se dit que le morceau en question devait être du nombre. Sa voix lui avait paru disgracieuse et gauche.

Quand il gravit enfin l'escalier pour regagner sa chambre, il se sentait abattu et anxieux. Il n'avait aucune envie de voir Domenico, mais un mince rai de lumière tremblotait sous sa porte. Domenico était vêtu de pied en cap et s'apprêtait à sortir.

« Je suis fatigué », dit Tonio en lui tournant le dos pour rendre la chose encore plus évidente. Il n'était pas rare qu'ils fassent l'amour à la hâte avant que Domenico ne se rende à quelque invitation. Mais ce soir Tonio en était incapable. La seule idée le remplissait d'une sourde angoisse.

Il regarda ses mains. Son nouvel uniforme noir était déjà trop court ; il évita volontairement de regarder en direction du miroir.

« Mais j'ai tout arrangé pour ce soir, protesta Domenico. Tu ne t'en souviens pas ? Pourtant, tu étais d'accord. »

La voix de Domenico trahissait une légère appréhension. Tonio se retourna pour mieux le voir dans la lumière de l'unique chandelle. Il s'était mis sur son trente et un. Sa svelte silhouette portait les vêtements avec autant de grâce que les modèles dessinés des gravures de mode françaises. Et pour la première fois Tonio s'aperçut que ses yeux étaient exactement à la même hauteur que ceux de Domenico qui était pourtant son aîné de deux ans. Il fallait qu'il se débarrasse de lui, sans quoi il allait perdre la raison.

« Je suis fatigué, Domenico, murmura-t-il, tout en s'en voulant de sa propre muflerie. Laisse-moi seul à présent, je t'en prie...

— Mais enfin, Tonio ! s'écria Domenico, visiblement stupéfait. Puisque je te dis que j'ai tout arrangé pour ce soir. Je m'en vais demain de bonne heure. Tu ne peux pas avoir oublié que... » Il laissa sa phrase en suspens.

Tonio n'avait jamais vu son visage aussi altéré par l'émotion. Cela ne donnait que plus de piquant à sa beauté, et Tonio sentit monter en lui une onde de désir presque machinale.

Mais tout à coup le sens de ce que Domenico s'échinait à lui faire comprendre lui apparut. Évidemment, c'était sa dernière nuit à Naples puisqu'il devait partir pour Rome le lendemain matin. Tout le monde ne parlait que de ce départ depuis quelque temps, et à présent le grand jour était arrivé. Le maestro Cavalla avait tenu à ce qu'il partît plus tôt que prévu pour répéter avec Loretti. Loretti s'était démené comme un beau diable pour que le maestro Cavalla lui permît d'écrire son opéra pour Domenico, et le maestro avait fini par s'incliner.

Le jour du grand départ était arrivé pour Domenico, et Tonio l'avait complètement oublié !

Il entreprit sur-le-champ de s'habiller en s'efforçant vainement de se souvenir de ce que Domenico lui avait dit.

« J'ai retenu une chambre privée pour nous deux à l'hôtel d'Angleterre et commandé à souper », lui expliqua Domenico.

L'hôtel d'Angleterre était cette luxueuse auberge du front de mer où Tonio était allé se reposer après sa nuit sur le Vésuve. En entendant le nom, il resta pétrifié un court instant avant de chausser ses escarpins et de décrocher son épée.

« Pardon, Domenico, marmonna-t-il, je ne sais pas où j'avais la tête. »

Sa gêne grandit encore quand il pénétra dans leur appartement. Ce n'était pas celui qu'il avait loué auparavant, mais il donnait directement sur la mer, et par les fenêtres lavées de frais on apercevait le sable de la grève, parfaitement blanc dans le clair de lune.

Le lit était dans une petite alcôve où l'on avait déjà allumé plusieurs candélabres, et la table du souper avait été dressée dans la pièce principale avec du beau linge fin et des couverts d'argent.

Dans ce décor charmant, Tonio n'arrivait pas à concentrer son attention sur ce que lui disait Domenico.

Il parlait de la rivalité qui opposait Loretti à son maître, expliquait comme il craignait les réactions du public romain, pourquoi il devait se rendre à Rome, pourquoi il était impossible qu'il fît ses débuts à

Naples. Après tout, il n'était que de voir le sort que les Romains avaient fait à Pergolèse.

« Pergolèse... Pergolèse..., murmura Tonio. J'entends ce nom partout... »

Mais ce n'était qu'une parodie de conversation. Tonio promenait son regard sur les lambris blancs qui recouvraient les murs avec leurs bandeaux peints de feuillages vert sombre et de fleurs bleues et rouges. Dans la lumière douce, tout cela paraissait comme poussiéreux, et la peau pâle et tendue de Domenico semblait assez belle pour que...

Tonio aurait dû lui acheter quelque présent. C'était une inconvenance affreuse que de n'y avoir pas songé, et comment diable allait-il pouvoir s'en justifier ?

« Tu viendras ? répéta Domenico.

— Où... comment ? » bégaya Tonio.

Domenico laissa tomber son couteau d'un air excédé. Il se mordit la lèvre, et son adorable visage prit une expression perplexe et dépitée. Ensuite il regarda Tonio comme s'il n'arrivait pas à croire que ce qui était en train de se passer arrivât vraiment.

« Viens à Rome ! répéta-t-il. Tonio, tu n'es pas ici comme un orphelin en tutelle. Si tu dis au maestro Maffeo que tu veux partir, il te laissera aller. Tu pourras venir avec la comtesse, il n'y a rien qui...

— Domenico, je ne puis aller à Rome ! Qu'irais-je donc y faire ? »

Mais il s'interrompit et se retint d'en dire plus car des bribes de leur conversation venaient de lui revenir. Le visage de Domenico exprimait une telle consternation que Tonio dut détourner les yeux pour ne plus le voir.

« Tu es anxieux simplement, et bien à tort, dit-il. Tu vas faire sensation !

— Je ne suis pas anxieux », murmura Domenico. Il s'était détourné et son regard se perdait dans les ombres du mur. « Je pensais que tu aurais envie d'être là, c'est tout...

— J'aimerais bien, mais c'est impossible. Je ne peux pas tout abandonner ainsi. »

Il ne supportait pas de voir Domenico dans cet état. Il avait l'air tellement pitoyable. Tonio se passa une main dans les cheveux. Il était las, il avait les épaules douloureuses et il n'avait envie que de dormir. Tout à coup l'idée de demeurer un moment de plus dans cette pièce lui parut intolérable.

« Domenico, tu ne penseras plus à moi dès que tu seras arrivé à Rome, dit-il. Tu le sais bien. Tu m'oublieras, comme tu oublieras tous les autres qui sont ici. »

Domenico ne le regardait pas. Il avait le regard perdu au loin, et les paroles de Tonio semblaient glisser sur lui.

« Tu seras célèbre, reprit Tonio. Tu as entendu ce qu'a dit le maestro. Tu pourras passer ensuite à Venise, ou même directement à Londres si le cœur t'en dit. Et tu sais aussi bien que moi que... »

Domenico posa sa serviette et se leva. Il contourna la table et, sans laisser à Tonio le temps de faire un geste, il s'agenouilla à ses pieds. Puis il leva la tête et le regarda dans les yeux.

« Je veux que tu viennes avec moi, Tonio, lui dit-il. Non seulement à Rome mais partout où j'irai ensuite. J'éviterai Venise si cela te déplaît d'y aller. Nous pourrons aller à Bologne, à Milan, et de là à Vienne. Nous pourrons aller à Varsovie, à Dresde, peu importe où nous irons du moment que tu seras avec moi. Je ne voulais pas te demander cela avant que nous soyons à Rome et avant d'être sûr que tout allait bien, car dans le cas contraire, eh bien... je n'y pense même pas. Mais si les choses se passent bien, Tonio...

— Non, dit Tonio. Non, arrête-toi. Tu ne penses pas sérieusement tout cela, et il ne saurait en être question. Je ne puis lâcher mes études. Tu ne sais pas de quoi tu parles...

— Tu ne les abandonnerais pas définitivement, protesta Domenico. Mais juste au début, pour six mois peut-être. Tonio, tu en as les moyens, ce n'est pas comme si tu étais pauvre ! Pauvre, tu ne l'as jamais été, et tu...

— Là n'est pas la question ! s'écria Tonio, pris d'une fureur subite. Je n'ai aucun désir d'aller avec toi ! Comment as-tu pu croire que je pourrais en avoir envie ? »

Il regretta immédiatement ses paroles.

Mais il était trop tard, et il avait dit cela avec une trop parfaite sincérité.

Domenico était allé à la fenêtre. Il tournait le dos à Tonio, et sa figure à l'apparence un peu trop frêle était partiellement dissimulée dans l'ombre. Il levait la tête, comme pour chercher les secours du ciel. Je dois le dédommager du mal que je lui ai fait, songeait Tonio.

Mais ce mal, il n'en mesura toute l'étendue que lorsque Domenico se retourna et vint à nouveau vers lui.

Le visage de Domenico était convulsé par la douleur et tout barbouillé de pleurs. Quand il fut tout près de Tonio, il se mordit les lèvres et de nouvelles larmes coulèrent de ses yeux brillants.

Tonio n'en revenait pas.

« Jamais je n'aurais soupçonné que tu pourrais désirer que je t'accompagne », dit-il. Mais il sentit percer une note d'exaspération dans sa propre voix et il s'arrêta, confus.

Comment avaient-ils pu en arriver là ?

Lui qui pensait que ce garçon était tellement fort, tellement insensible ! Pour lui, cela faisait partie de son charme tout autant que sa bouche exquise, ses mains expertes, son corps flexible et gracieux toujours prêt à le recevoir.

À présent, tout accablé de tristesse et de honte, Tonio se sentait plus seul que jamais avec Domenico. Si seulement il avait pu feindre de l'aimer, ne serait-ce que l'espace de ce court moment !

Mais comme s'il avait lu ses pensées, Domenico lui dit :

« Tu n'as aucun sentiment pour moi.

— Je ne savais pas que tu le voulais, dit Tonio. Je te le jure ! »

Il était lui-même au bord des larmes, et tout à coup la colère le prit. Il sentit s'enfler en lui cette même cruauté à laquelle il s'était si souvent abandonné au lit.

« Et puis enfin, bon Dieu ! dit-il. Qu'avons-nous jamais été l'un pour l'autre ?

— Nous avons été amants, répondit Domenico d'une toute petite voix.

— Ah non ! rétorqua Tonio. Ce n'était qu'un jeu, une folie, ce n'était que la plus ignominieuse des... »

Domenico se couvrit les oreilles de ses mains pour ne plus l'entendre.

« Et cesse de larmoyer, pour l'amour du ciel ! Sais-tu de quoi tu as l'air ? D'un intolérable eunuque ! »

Le visage pâle et mouillé de Domenico se contracta et il s'écria :

« Comment peux-tu me dire une chose pareille ? Comme tu dois donc te haïr toi-même pour t'adresser à moi de cette manière ! Oh, mon Dieu, je voudrais que tu ne sois jamais venu ici, je voudrais ne t'avoir jamais vu ! Maudit sois-tu ! J'espère que tu rôtiras en enfer... »

Le souffle coupé, Tonio secoua la tête et regarda, tout décontenancé, Domenico qui se dirigeait vers la porte comme s'il allait le laisser là.

Mais Domenico se retourna. Son visage était si harmonieux que malgré toute sa détresse il restait d'une irrésistible beauté. La passion colorait ses traits et accentuait leurs arêtes, et il avait l'air innocent et ulcéré d'un très jeune enfant qui vient de connaître la première déconvenue de sa vie.

« Je... je ne puis supporter l'idée de te perdre, avoua-t-il. Tonio, je ne puis... » Il s'arrêta, comme incapable d'aller plus loin, puis reprit :

« J'ai cru tout le temps que tu avais un sentiment pour moi. À ton arrivée, tu étais si seul, si malheureux. Tu avais tellement l'air d'exécrer le monde. Et la nuit, alors que tu nous croyais tous endormis, nous t'entendions. Tu pleurais. Mais nous t'entendions. Et quand tu es revenu et que tu as ceint l'écharpe, tu as fait tout ce que tu pouvais pour nous donner le change, mais je savais que tu étais en grande peine. Nous le savions tous. C'était assez d'être avec toi pour éprouver du malheur. Je souffrais pour toi ! Et je croyais... Je croyais te faire du bien. Tu ne pleurais plus, tu étais avec moi. Je croyais... je croyais que tu m'aimais ! »

Tonio se cacha la tête dans les mains. Il émit un sanglot étouffé, et il entendit, dans son dos, le bruit de la porte qui se refermait et les pas de Domenico qui descendait l'escalier.

7.

Il avait passé une horrible semaine. Depuis le départ de Domenico pour Rome, Tonio dormait mal et les insomnies le minaient. Ce soir-là, en quittant la table du souper, il savait qu'il serait incapable de travailler davantage.

Il faudrait que Guido le libère plus tôt que de coutume. Ni la colère ni les menaces ne le retiendraient.

Domenico était parti dès l'aurore le lendemain de leur soirée à l'hôtel. Loretti était parti en même temps que lui, et le maestro Cavalla devait ultérieurement les rejoindre. Tonio avait entendu des rires et des bruits de pas précipités dans le couloir.

Le nom d'artiste de Domenico devait être Cellino et quelqu'un avait crié : « Bravo, Cellino ! »

Tout à coup Tonio avait quitté son poste d'observation, à la fenêtre, avait dévalé à toutes jambes les quatre étages et, se frayant un passage à travers le petit groupe d'élèves agglutinés sur le seuil, s'était précipité au dehors. La fraîcheur de l'air l'avait brièvement surpris, mais il avait rejoint le carrosse au moment même où il s'ébranlait. Le cocher brandissait son fouet.

Le visage de Domenico avait paru à la portière, et il s'était éclairé d'un sourire si plein d'innocence que Tonio avait senti sa gorge se nouer.

« Tu seras la merveille de Rome, dit-il. Tout le monde en est persuadé. Tu n'as rien à craindre de personne. »

Et le sourire de Domenico était devenu si tristement tendre, céleste et désenchanté, que Tonio en avait eu les larmes aux yeux. Il était resté debout sur les mauvais pavés à regarder s'éloigner le lourd carrosse, et alors le froid l'avait envahi.

À présent il était assis, raide et figé, sur la banquette du cabinet de travail de Guido, et il savait qu'il ne pourrait rien faire de plus ce soir-là. Il fallait qu'il dorme. Ou à tout le moins qu'il s'allonge dans sa mansarde et qu'il s'apprête à regretter la présence de Domenico, de son corps tiède pelotonné contre le sien, de sa chair parfumée, docile à ses étreintes, prête à se plier à tous ses désirs, alors qu'en fait il lui était tout à fait indifférent de savoir s'il le reverrait jamais.

Il avala sa salive et un sourire lui passa sur les lèvres tandis qu'il formulait secrètement le vœu que Guido le corrigeât physiquement pour son refus de poursuivre son étude. Il se demanda ce qu'il pourrait bien inventer pour persuader Guido de le battre. Désormais il était plus grand que lui. Il s'imagina poussant tant et si bien qu'à la fin sa tête touchait le plafond. Il entendit une voix qui annonçait : et voici le plus grand eunuque de la chrétienté, qui est aussi sans conteste le meilleur de tous les chanteurs de plus de six pieds de haut !

D'un geste las, il releva la tête et s'aperçut alors que Guido, qui avait cessé d'écrire, était en train de l'observer.

Une fois de plus il eut le pressentiment singulier que Guido savait tout de ses rapports avec Domenico, et même de leur misérable altercation de l'hôtel. Il revit l'appartement avec toutes ces belles chandelles de cire blanche et la mer sous ses fenêtres, et il eut envie de pleurer.

« Maestro, laissez-moi aller ce soir, dit-il. Je ne puis chanter davantage. Je me sens vide.

— Vous êtes bien échauffé et vos aigus sont parfaits, rétorqua Guido d'une voix douce. Et j'aimerais que vous chantiez ceci pour moi. »

Sa voix avait un accent d'une tendresse inaccoutumée. Il gratta une allumette soufrée et porta sa flamme odoriférante jusqu'à la mèche de sa chandelle. La nuit d'hiver s'était subitement abattue sur eux.

Somnolent et engourdi, Tonio jeta un œil à la partition que Guido venait d'écrire.

« C'est le cantique que vous chanterez à Noël, dit Guido. Je l'ai écrit moi-même, spécialement à votre intention. » Et puis, à voix basse, il ajouta : « Ce sera la première fois que l'on chantera ici quelque chose de moi. »

Tonio explora son visage, recherchant les premiers signes de la colère. Mais, dans la lueur douce et vacillante de la chandelle, Guido attendait calmement. Dans cet instant, alors même que toute la physionomie de Guido était à l'opposé de celle de Domenico, Tonio eut l'impression qu'un lien existait entre eux, qu'une espèce de flux émanant de lui les unissait. Ah, se dit-il, Domenico doit être le sylphe, et celui-ci le satyre. Et moi, que suis-je ? La grande araignée blanche de Venise !

Il sourit, mais son sourire était amer. Et il se demanda à quoi pensait Guido, dont l'expression s'était rembrunie.

« Je ne demande pas mieux que de le chanter, murmura-t-il. Mais il est encore trop tôt. Je vous décevrais si j'essayais, je me décevrais moi-même et tous ceux qui m'écouteront. »

Guido secoua la tête. Un sourire fugace flotta sur ses lèvres puis, d'une voix très douce, il prononça le nom de Tonio.

« Pourquoi cela vous fait-il si peur ? demanda-t-il.

— Ne pouvez-vous donc me laisser en paix ce soir, me laisser aller ? » repartit Tonio. Brusquement, il se leva. « Je veux m'en aller d'ici, je préfère être ailleurs, n'importe où. » Il fit un pas en direction de la porte, puis se retourna : « M'autorisez-vous à sortir ?

— Vous êtes sorti pour passer la nuit dans une auberge il n'y a pas si longtemps, dit Guido, sans avoir demandé l'autorisation de personne. »

Cette remarque prit Tonio au dépourvu et il en resta bouche bée. Il regarda fixement Guido, envahi d'une appréhension qui confinait à la panique.

Mais le visage de Guido n'exprimait ni réprobation ni colère. Il paraissait abîmé dans ses pensées. À la fin, il se redressa comme quelqu'un qui vient de prendre une décision. Il regardait Tonio avec un air d'extraordinaire patience.

« Tonio, vous aimiez ce garçon, dit-il. Personne ne l'ignorait. »

Tonio était trop étonné pour lui répondre.

« Croyez-vous que je n'aie rien vu de la bataille intérieure qui vous déchirait ? demanda Guido. Mais vous avez déjà souffert tellement, Tonio. Se peut-il que sa perte vous afflige à ce point ? Je suis sûr que vous pouvez vous abstraire dans votre travail, comme vous l'avez déjà fait précédemment. Vous guérirez de votre chagrin, peut-être même plus vite que vous ne le soupçonnez.

— Moi, je l'aimais ? murmura Tonio. Domenico ? »

Guido fronça les sourcils et ses traits exprimèrent une sorte d'innocence.

« Qui d'autre ? demanda-t-il.

— Mais je ne l'ai jamais aimé, maestro ! Je n'avais aucun sentiment pour lui ! Ah ! si seulement j'avais le moindre soupçon de peine, cela rachèterait peut-être un peu du mal que j'ai commis ! »

Il s'arrêta, les yeux fixés sur l'homme qui venait de lui arracher cet aveu par surprise.

« Est-ce bien vrai ? demanda Guido.

— Oui, c'est vrai. Mais par malheur j'étais seul à le savoir, et j'ai été contraint de lui en faire part alors qu'il s'en allait à Rome au rendez-vous le plus crucial de toute son existence ; et Dieu m'est témoin que, si un jour je fais le même voyage, je haïrais du fond du cœur quiconque m'infligerait le même tourment. Je lui ai fait mal, maestro. Je l'ai blessé, sans raison, de la plus ignoble façon. »

Il s'interrompit.

Quoi, il disait tout cela au maestro Guido ? Il regardait fixement devant lui, abasourdi par sa propre faiblesse. Il s'abhorrait lui-même à cause de cet abandon et de la solitude qui se cachait derrière.

Mais le visage de Guido était impénétrable ; il attendait assis, muet. Tonio revit en esprit toutes les petites cruautés que cet homme lui avait fait subir.

Il savait qu'il lui fallait quitter cette pièce, qu'il en avait assez dit et qu'il ne pouvait plus se fier à lui-même.

Puis, tout soudain, une impulsion subite le poussa à continuer :

« Mon Dieu, pourquoi faut-il que vous soyez un être aussi brutal et insensible ! s'entendit-il dire. Pourquoi me parlez-vous de tout ceci ? Je me bats de toutes mes forces pour me persuader que je possède encore à l'intérieur de moi quelques ressorts de bonté, de valeur, et pourtant j'ai fait de ma vie avec Domenico une immondice tout juste bonne à être jetée au ruisseau. Des nuits comme celle-ci ont fait verser des larmes, et c'est moi qui suis la cause de son malheur. »

Il regarda Guido d'un œil indigné.

« Pourquoi avez-vous tenté de vous jeter dans la mer ? demanda-t-il. Qu'est-ce donc qui vous a poussé à commettre un acte pareil ? Est-ce la perte de ma voix, de cette voix que vous êtes allé chercher jusqu'à Venise ? Mais voilà, je suis fait de chair et de sang, je ne suis pas qu'une voix ! Et puisque je ne suis ni d'un sexe ni de l'autre, puisque je peux coucher avec qui bon me semble sans que cela n'y change rien, il ne me reste plus d'autre destin que la pourriture !

— Était-ce donc si mal de coucher avec lui ? dit Guido à mi-voix. À qui cela peut-il nuire, à présent que vous êtes ce que vous êtes et que Domenico est ce qu'il est ? Quel mal y avait-il donc à ce que vous recherchiez l'un dans l'autre un peu d'affection !

— C'était mal parce que je le méprisais ! Et parce que je couchais avec lui en faisant comme si je l'aimais, alors que je ne l'aimais pas ! Et pour moi, cela, c'est un péché. Même dans l'état où je me trouve réduit, ces choses-là ont de l'importance ! »

Le regard de Guido était perdu dans le vide. Il eut un hochement de tête très lent et, à mi-voix, il demanda :

« Pourquoi l'avez-vous fait, alors ?

— Parce que j'avais besoin de lui, dit Tonio. Je suis un orphelin ici et j'avais besoin de lui ! Seul, je n'y arrivais pas ! J'ai essayé, j'ai échoué, et me revoici seul à présent, avec une peine plus terrible que jamais. Mille fois j'ai regardé ma douleur en face et je me suis juré que je la supporterais. Mais parfois je n'ai plus la force d'endurer tout cela et, puisque Domenico me donnait un simulacre d'amour et me laissait jouer un rôle d'homme, j'ai cédé. »

Il tourna le dos à Guido. Ah, il avait fait du joli ! Toutes ses belles résolutions avaient été emportées d'un seul coup comme si une digue s'était rompue, et la seule idée qui l'habitait était qu'il utilisait quelqu'un comme déversoir. Et il éprouvait de la haine, oui, de la haine et du dégoût, aussi intensément qu'il en avait éprouvé envers Domenico.

« Comment endurer tout cela ? demanda-t-il en se retournant lentement. Et vous, comment pouvez-vous supporter de travailler chaque jour, avec tant de colère, avec tant de froideur ? Vous n'avez que l'invective à la bouche ! Ah, mon Dieu, n'avez-vous donc jamais l'envie d'aimer ceux que vous instruisez, d'éprouver un peu de tendresse envers ceux qui se donnent tant de mal pour suivre la cadence impitoyable que vous leur imposez ?

— C'est donc de l'amour que vous voulez de moi ? demanda Guido d'une voix douce.

— De l'amour, oui, parfaitement ! dit Tonio. Je suis prêt à me mettre à genoux devant vous pour que vous m'accordiez de l'amour. Vous êtes mon maître ! Vous êtes mon guide et mon mentor, celui qui entend ma voix comme nul ne l'a jamais entendue, celui qui s'échine à la rendre meilleure que je n'aurais jamais pu la rendre moi-même. Comment pouvez-vous me demander si c'est de l'amour que je veux de vous ? Ne peut-on donc accomplir tout cela dans l'amour ? Ne pouvez-vous donc pas vous imaginer que, si vous me manifestiez la moindre tendresse, je m'épanouirais pour vous comme les fleurs au printemps, que je ferais de tels efforts pour vous plaire que mes progrès passés en sembleraient bien pâles ?

« Si vous m'aimiez, je chanterais votre musique ; je pourrais faire tout ce dont vous me croyez capable si seulement vous vouliez bien me donner de l'amour, même accompagné de vos jugements les plus incisifs et les plus francs. Faites un mélange des deux, accordez-moi cela et je pourrai sortir de ces ténèbres, je trouverai une issue, je pourrai prospérer au milieu de cet étrange bourbier où je patauge depuis que l'on m'a transformé en une créature dont je ne puis supporter de dire le nom. Aidez-moi ! »

Tonio s'interrompit. C'était encore plus terrible que tout ce qu'il aurait pu imaginer ; il était perdu, totalement perdu, et il ne voulait même pas regarder ce visage impassible, ces yeux qui semblaient toujours brûlants de colère et débordants de mépris envers toute espèce de douleur et de faiblesse. Il ferma les yeux. Il se souvenait que jadis, à Rome, il y avait une éternité de cela, cet homme l'avait embrassé. Il faillit éclater de rire en songeant aux insanités qu'il venait de proférer. Des formes mouvantes dansaient devant lui ; il ouvrit les yeux : la chandelle s'était éteinte et une obscurité miséricordieuse l'enveloppait. Oh, se dit-il, ce ne sont que des paroles, pas des actes. Tout cela passera comme le reste, et demain tout sera à nouveau comme avant, nous vivrons chacun dans notre propre enfer, et moi, je serai devenu un peu plus fort, je m'y serai habitué un peu plus.

Car c'est cela la vie, n'est-il pas vrai ? Oui, la vie est ainsi, et tout ceci durera encore des années et des années, c'est ce que les choses doivent être : « Ferme la porte, ferme la porte, ferme la porte. » Et le couteau qui m'a amené ici n'était qu'une forme tranchante du destin qui nous attend tous.

L'odeur de la cire brûlée flottait dans l'air.

Puis Tonio entendit les pas de Guido claquant sur le dallage, et il se dit : Ah, voici donc l'humiliation finale ! Il va me laisser seul ici.

La cruauté de Guido ne lui avait jamais paru si raffinée, si formidable. Ah, ces heures que nous avons passées ensemble tous les deux, cet hideux mariage d'énergies qui nous poussait à nous éreinter au travail jusqu'à ce qu'il s'élève à la dimension d'une torture sublime !

Et quel enseignement en ai-je tiré ? Qu'en ceci comme dans tout le reste je suis seul, chose que je savais déjà et dont le sens m'apparaît un peu plus chaque jour dans sa vraie dimension ?

Les idées de Tonio partaient à la dérive. Puis, subitement, il s'aperçut que le verrou avait été repoussé et barrait la porte et que Guido était toujours dans la pièce.

Il cessa de respirer. Il ne distinguait rien et, pour l'instant, il n'entendait aucun son. Mais il savait que Guido était là et qu'il l'observait. Et il fut pris d'un désir d'une violence si lancinante que cela l'épouvanta.

Le désir irradiait de lui, il se répandait à travers les ténèbres, se heurtait au barrage des quatre murs, revenait en arrière et attendait aux aguets.

« C'est de l'amour que tu veux ? » répéta Guido, d'une voix si basse que Tonio dut tendre l'oreille dans la direction d'où elle venait. « De l'amour ?

— Oui..., dit Tonio dans un souffle.

— Je brûle de désir pour toi. Tu ne l'as jamais pressenti ? N'as-tu donc jamais percé la carapace de ma froideur ? N'as-tu rien deviné de mon tourment ? De toute ma vie je n'ai jamais désiré personne comme je te désire toi. Mais il y a amour et amour, et je me suis épuisé en vain à faire la distinction...

— Il ne faut pas la faire ! » s'écria Tonio. Et, dans un geste enfantin il tendit la main pour s'emparer de l'objet de sa convoitise. « Donne-le-moi ! fit-il. Où es-tu, maestro ? »

Il sentit un souffle d'air, entendit un froissement d'étoffe, un bruit de pas, et il éprouva le contact électrique des mains de Guido, ces mains qui jusqu'alors ne s'étaient posées sur lui que pour le frapper. Puis les bras de Guido se refermèrent sur lui, et dans cette seconde-là il crut tout comprendre.

Mais ce n'était que l'ultime lueur de la pensée ; il sut tout ce qui avait été et tout ce qui allait être, puis il sentit la poitrine de Guido contre lui et la bouche de Guido, vorace et humide, sur son visage.

« Oui, chuchota-t-il. Maintenant, oui, tout, jusqu'au bout... » Il sanglotait.

Guido dévorait ses lèvres, ses joues. Les doigts de Guido le pétrissaient avec violence, tiraient ses chairs comme s'il s'apprêtait à s'en repaître, et on aurait dit qu'une alchimie merveilleuse avait transmué toute sa cruauté en un grand débordement de violence qui cette fois ne visait plus à sévir ni à punir mais à aimer de toutes ses forces et le plus vite possible.

Tonio se laissa tomber à genoux, entraînant Guido dans sa chute. Il lui ouvrait la voie, s'offrait à lui, lui accordait ce que Domenico lui avait toujours accordé sans jamais lui réclamer la pareille.

La douleur, cela ne comptait pas.

S'il fallait souffrir, eh bien il souffrirait. Et bien qu'il n'arrivât pas à se dépêtrer de cette bouche qui écartait la sienne et lui mangeait même les dents, il s'étala de tout son long sur le dallage et dit :

« Fais-le. Fais-moi cela, fais-le, j'en ai envie. »

Le poids de Guido s'abattit sur lui, le couvrit, l'écrasa. Il sentit ses mains qui lui arrachaient ses chausses, et le premier coup lui fit une peur affreuse. Il vida tout l'air de ses poumons et il lui sembla que tout son corps s'ouvrait pour accueillir cet objet, et quand il pénétra à nouveau en lui, court, mais dur, épais et martelant, il s'abandonna et se mit à se mouvoir à son rythme. L'espace d'un instant ils furent soudés l'un à l'autre, les lèvres de Guido écrasées sur sa nuque, les mains de Guido malaxant ses épaules, les attirant vers sa poitrine, et puis Guido émit un cri guttural et Tonio comprit que c'était terminé.

Tonio s'essuya la bouche. Il était étourdi de stupeur, mais tout palpitant encore de désir. Ses mains ne lâchaient pas le corps de Guido, mais ce fut Guido qui le souleva de terre et, enlaçant fortement ses hanches de ses bras, le maintint en l'air tandis que sa bouche humide et chaude se refermait autour de l'organe de Tonio et s'en repaissait avec une voracité délicieuse. Sa caresse était plus forte, plus violente que celles de Domenico l'avaient jamais été. Tonio serra les dents pour ne pas crier, puis il retomba en arrière, assouvi, et se retourna pour ensevelir sa tête entre ses bras et la poser sur ses genoux ramenés sous son menton tandis que les dernières ondes du plaisir s'espaçaient et mouraient en lui.

Il avait peur.

Il était seul. À nouveau il entendait ce silence. Le monde revenait et il n'avait même plus la force de lever la tête.

Et tout en se disant qu'il n'espérait rien, il savait qu'en cet instant il aurait pu tout implorer. Mais il sentait Guido tout près de lui ; les mains de Guido, ces mains lourdes et fortes, se posaient sur lui, le tiraient par le bras et, se redressant brusquement, il enfouit son visage brûlant au creux de l'épaule de Guido. Les boucles empoussiérées du maestro lui chatouillaient la joue, et il lui sembla que Guido le berçait comme un enfant, qu'il le berçait de tout son corps, même de ses doigts si fermes et chauds, et oui c'était bien Guido qui était là avec lui, c'était bien Guido qui le tenait et qui l'aimait, Guido qui l'embrassait avec infiniment de tendresse, et ils étaient absolument ensemble.

Tonio se sentait tout étourdi. Il ne savait pas où il allait. Il savait seulement qu'ils marchaient dans des rues glaciales et que des torchères, le long d'un mur, étaient d'une beauté effroyable avec leurs flammes éblouissantes.

L'air était plein d'une chaude odeur de feu de bois et de charbons incandescents et, à chaque tournant, des fenêtres surgissaient des ténèbres, illuminées de joyeuses lueurs jaunes ; puis c'était à nouveau la nuit, le murmure des feuilles mortes doucement remuées par le vent, et Guido et lui s'enlaçaient avec violence, échangeant des baisers avides et cruels, en des étreintes trop longtemps retenues qui ne laissaient place à aucune tendresse.

Quand ils parvinrent à la taverne et en poussèrent la porte, un grand flot de chaleur cordiale les assaillit. Ils se serrèrent l'un contre l'autre au creux d'un petit compartiment bien retiré au milieu du cliquetis des rapières et du vacarme des pichets cognant contre les tables. Une femme chanta d'une voix profonde et pleine qui sonnait comme un orgue, un de ces bergers de montagne joua du pipeau, et bientôt autour d'eux tout le monde chantait.

Des ombres passaient sur leur table, dansant avec le balancement des lanternes et les ondoiements de la foule et, en regardant Guido assis juste en face de lui, Tonio éprouva une douce angoisse à l'idée qu'il lui était interdit à présent de le toucher. Mais, tandis qu'adossé à la cloison de bois de leur stalle exiguë il le regardait dans les yeux, il lut un tel amour dans son regard qu'il en oublia sa frustration et sourit en savourant son vin dans lequel il put discerner, en le gardant dans sa bouche, la saveur acide du raisin et l'odeur de bois du tonneau dont il venait d'être tiré.

Ils burent et ils reburent, et Tonio ne se rappela jamais à quel moment Guido s'était mis à parler, mais à présent d'une voix basse et éraillée par la boisson, en un murmure rauque qui montait directement de sa poitrine. Guido lui confiait tous les secrets dont il n'avait jamais osé rien lui dire, et à nouveau Tonio sentit sa bouche s'élargir en un sourire impossible à refréner, et les seuls mots qui lui vinrent à l'esprit étaient : Amour, amour, tu es mon amour, et puis à un certain moment, dans cette salle chaude et bruyante, il les prononça à haute voix et il vit une flamme dans les yeux de Guido. Mon amour, mon amour, je t'aime et je ne suis plus seul, non, pour ces quelques moments au moins je ne suis plus seul.

8.

Chaque nuit ils faisaient l'amour. Ils le faisaient avec une voracité brutale, une faim animale jamais rassasiée, mais ensuite ils sentaient s'exhaler toute la tendresse qui avait donné forme à leurs ébats. Ils dormaient enlacés, imbriqués l'un dans l'autre, comme si la chair même eût été une barrière qu'il fallait abattre à l'aide des étreintes les plus serrées, échangeant toujours ces baisers avides et passionnés, et le matin ils se levaient ensemble et descendaient travailler dans le cabinet de Guido dès les premières lueurs de l'aurore.

Les leçons avaient changé du tout au tout.

Non qu'elles fussent moins assujettissantes, ni que Guido fût moins sévère ou moins prompt à s'emporter quand Tonio ne se montrait pas à la hauteur. Simplement, l'ensemble avait gagné un surcroît d'intensité et avait pris une autre teinte à la suite de leur nouvelle intimité et de leur mutuelle imprégnation.

Quand ce flot de paroles rendues presque inintelligibles par la violence de son émotion avait jailli de lui, Tonio avait promis qu'il s'épanouirait devant Guido, mais il s'apercevait à présent qu'il lui avait toujours été ouvert, du moins en ce qui concernait la musique. Et maintenant c'était Guido qui à son tour s'ouvrait à lui. Pour la première fois il acceptait de reconnaître qu'une intelligence gouvernait le corps et la voix de Tonio, et c'est à cette intelligence qu'il exposait les principes sur lesquels se fondait sa pratique de ces exercices indéfiniment ressassés.

À vrai dire, cette loquacité n'était pas une nouveauté pour Tonio, mais, à l'opéra ou dans les promenades le long des grèves par lesquelles s'achevaient leurs soirées, les monologues de Guido avaient invariablement pris pour thème les qualités ou les défauts d'autres chanteurs. En sorte qu'une impression de détachement, de froideur même, se dégageait de ces discours dans lesquels Guido mettait toute sa chaleur à juger d'autres chanteurs, interprétant d'autres musiques que la sienne.

À présent, c'est de leur musique à tous deux que Guido l'entretenait ainsi, et dans ces premières semaines où leur passion fut la plus ardente et la plus entière, il lui sembla même que ces discussions étaient plus importantes pour Guido que leurs étreintes.

Tous les soirs ils sortaient ensemble, tantôt louant un carrosse pour aller se promener le long des grèves, tantôt partant en quête d'une taverne bien tranquille où ils échangeaient de part et d'autre d'une table des murmures passionnés jusqu'à ce qu'une certaine saveur du vin dans leurs bouches, une certaine sensation de légèreté dans la tête les incitent à rentrer bien vite.

Ils ne soupaient plus guère au conservatoire. Ils s'en allaient bras dessus, bras dessous par les rues plongées dans une obscurité d'encre ; cherchant refuge tantôt sous un porche non éclairé, tantôt à l'ombre d'un bosquet, ils se livraient à des caresses ardentes, cramponnés l'un à l'autre, exaltés par le danger, enivrés par la nuit elle-même, ses bruits furtifs, ses carrosses surgissant comme des fantômes grondants au sommet d'une côte, et les illuminant soudain du faisceau jaune et sautillant de leurs lanternes.

Une fois arrivés à la longue via Toledo, grâce aux moyens dont disposait Tonio, ils pouvaient choisir entre une multitude d'excellentes tavernes, et bientôt ils se régalaient de chapon rôti ou de poisson frais arrosé d'un lacrima-christi dont ils raffolaient ; et dans la lumière agréable de ces salles pleines de monde, ils causaient.

Guido nommait à Tonio les vieux maîtres qui avaient composé les exercices sur lesquels portait son étude et lui expliquait en quoi les vocalises qu'il écrivait lui-même différaient des leurs.

Mais le plus grand plaisir de Tonio, à présent, c'était de poser n'importe quelle question à Guido en étant sûr d'obtenir sur-le-champ une réponse. Guido avait-il jamais rencontré Alessandro Scarlatti ? En effet, il l'avait connu dans son enfance, et le maestro Cavalla l'avait plus d'une fois fait sortir en catimini pour l'emmener au San Bartolomeo voir Scarlatti diriger lui-même au clavecin ses propres opéras.

C'est Scarlatti qui avait fait vraiment toute la grandeur de Naples, disait Guido. Jadis, c'était de Venise et de Rome que l'on attendait les nouvelles créations. Mais à présent c'était Naples qui remplissait cette fonction et, comme Tonio pouvait le vérifier en regardant autour de lui, c'était désormais vers Naples que convergeaient les étudiants étrangers.

Mais l'opéra se transformait sans cesse. Les longs et ennuyeux récitatifs destinés à exposer au public les éléments de l'action, qui auparavant n'étaient que de fastidieux interludes entre les airs, devenaient plus vivants. Et l'opéra bouffe était le genre de l'avenir. Les gens voulaient aussi entendre l'opéra dans le langage de tous les jours, et plus seulement en italien classique. Et l'on jouait de plus en plus fréquemment des récitatifs avec accompagnement d'orchestre, alors qu'autrefois ils étaient généralement chantés *a cappella*.

Il fallait toujours se préoccuper de ce que le public désirait ; or, si longs et ennuyeux que fussent les récitatifs, le public s'en accommodait toujours, pourvu qu'on lui fît entendre après cela de beaux airs, et cela ne changerait jamais.

Car l'opéra, c'était cela, disait Guido : du *bel canto*. Et aucun violon, aucun clavecin ne produirait jamais sur l'être humain un effet comparable à celui du chant.

Du moins c'était ce que croyait Guido.

Les soirs où ils étaient las des tavernes, ils se rendaient aux bals que donnaient inlassablement les aristocrates napolitains, et plus spécialement à ceux que la comtesse Lamberti, grande protectrice des arts, mais leur interminable dialogue ne s'interrompait pas pour autant.

Ils dénichaient quelque petit salon isolé, récupéraient ailleurs un candélabre pour éclairer le clavicorde ou le pianoforte et, après avoir pianoté un moment, Guido prenait ses aises sur un sofa et Tonio se mettait à lui poser des questions, ou bien il commençait à parler de lui-même.

Dans ces instants, son regard était adouci par un émerveillement nouveau chez lui ; son visage détendu avait une expression puérile et douce, et il paraissait bien incapable d'accès d'humeur pareils à ceux qui le prenaient naguère.

Ce fut un de ces soirs-là, dans l'un des petits salons de musique de la comtesse Lamberti, alors qu'ils avaient trouvé un guéridon, un jeu de cartes et une bougie et que, assis face à face, ils faisaient une petite partie de piquet, que Tonio demanda enfin :

« Maestro, parle-moi de ma voix !

— Mais d'abord, il faut que tu me dises une chose, répliqua Guido avec dans les yeux une lueur de contrariété qui fit frissonner Tonio. Pourquoi refuses-tu de chanter ce solo de Noël, alors que je t'ai pourtant bien dit qu'il est tout simple et que je l'ai écrit pour toi ? »

Tonio détourna les yeux.

Il disposa son jeu en éventail devant lui et, sans raison précise, en sortit un roi et une dame. Ensuite, comme il ne pouvait pas pour l'instant donner une réponse, pourtant évidente, à la question de Guido, il trouva une solution simple qui permettait d'esquiver tout conflit. Il chanterait ce solo pour Guido, parce que Guido souhaitait qu'il le chantât. Il le chanterait pour Guido parce qu'il n'était pas encore assez fort pour en faire l'offrande au jeune homme qui était redescendu du Vésuve. Mais il avait peur.

Dès qu'il se mettrait à chanter, seul, dans la chapelle, il serait un castrat pour tout de bon. C'était bien cela, n'est-ce pas ? C'était beaucoup plus que de porter un tablier noir et une ceinture rouge. C'était immensément plus que de mêler sa voix à celle des autres dans le chœur. Dans cet instant, il se mettrait en avant ; il serait désigné aux yeux de tous, en pleine lumière, pour ce qu'il était.

Cela revenait à se mettre à nu et à exhiber aux yeux du monde la mutilation qu'il avait subie. Acte inévitable, mais qui l'emplissait d'une terreur glacée. Et à présent, méditant en silence sur sa haute taille, sur la main longue et déliée — sa main — posée devant lui sur la table et qui se repliait sur elle-même pour faire glisser les cartes sur le bois verni, il se demandait : Aurai-je toujours cette voix d'enfant ? Suis-je encore un enfant ? Ou aurais-je dû déjà devenir un homme ?

Un homme. Il sourit de la brutale simplicité de ce mot et de toute sa longue chaîne de significations. Et pour la première fois de sa vie, ce terme le frappa comme étant... quoi ? Cru, peut-être. Et puis ? Tu t'abuses toi-même, se murmura-t-il, tout bas. En dépit de tout ce qu'il sous-entendait, ce mot n'avait qu'une seule signification parfaitement claire.

Il savait qu'il était encore bien jeune pour que cette grande métamorphose naturelle se fût produite en lui. Et pourtant, dans une chambre à coucher d'un autre univers, une femme lui avait dit en badinant que cela n'allait pas tarder. Il avait alors éprouvé de la fierté que la nature l'eût convenablement outillé, mais la certitude d'être bien doté s'était accompagnée en lui d'une sorte de détresse.

Mais c'était un autre univers.

Il était un castrat et il serait un castrat quand sa voix s'élèverait, nue, dans cette chapelle.

Et ce n'était que la première mise à nu. Il y en aurait encore tant d'autres jusqu'au moment suprême où il s'avancerait, seul, sur la scène d'un théâtre, devant une foule immense. Si la fortune lui souriait, s'il était assez doué pour cela, si sa voix était assez forte, sa discipline assez rigoureuse, et l'enseignement de Guido assez efficace, c'était vers ce destin qu'il devait tendre : l'eunuque révélé aux yeux du monde.

Il regarda Guido, qui ne semblait pas avoir le plus infime soupçon de ces sombres idées qui le remuaient sans trêve. Il aimait Guido. Il chanterait ce cantique pour lui.

Soudain il lui revint à l'esprit que, lorsque Guido lui en avait parlé, il lui avait dit d'abord : « Ce sera la première fois que l'on chantera ici quelque chose de moi. » Avait-il donc été assez égoïste pour ne pas réfléchir à toute l'importance que cela pouvait avoir pour Guido ? Comment avait-il pu être si stupide ! Pourtant il avait deviné, dès les tout débuts, que Guido avait lui-même écrit les airs magnifiques qu'il lui donnait à chanter en conclusion de ses journées.

« S'il t'importe tant que cela que je chante ce cantique, dit-il, c'est parce que c'est toi qui l'as écrit, n'est-ce pas ? »

Guido rougit et ses cils battirent imperceptiblement.

« Cela m'importe parce que tu es mon élève et parce que tu es prêt ! » dit-il d'une voix insistante.

Mais sa colère retomba aussi vite qu'elle était venue. Il mit un coude sur la table et posa son menton dans sa main.

« Tu m'as demandé de te parler de ta voix, dit-il. J'ai peut-être eu tort de ne pas t'en parler davantage et de me montrer si dur avec toi. Mais je ne pouvais agir autrement... »

Un serviteur, telle une muette apparition, s'était glissé dans la pièce, et avec des reflets de satin bleu sa main s'était avancée dans l'espace doucement lumineux défini par l'auréole des chandelles pour leur verser du vin.

Guido regarda son verre s'emplir, fit signe au valet d'attendre, vida son verre d'une seule lampée et le lui fit remplir à nouveau.

« Je serai franc avec toi, dit-il. Farinelli excepté, je n'ai jamais entendu de chanteur meilleur que toi. Tu aurais pu chanter ce solo le jour de ton arrivée au conservatoire. Tu aurais pu le chanter à Venise. »

Ses yeux se plissèrent légèrement tandis qu'il scrutait les traits de Tonio. Le vin avait libéré en lui un mélange inaccoutumé de tendresse et d'acuité.

« Ce solo a été écrit pour toi, continua-t-il. Je l'ai écrit pour la voix que j'ai entendue à Venise, pour le petit chanteur que je suivais là-bas nuit après nuit. Déjà je connaissais son étendue, sa puissance. Je savais aussi à quel endroit tu défaillais, alors que personne d'autre l'aurait remarqué. Je savais ce que tu étais parvenu à apprendre par toi-même, aidé seulement par les encouragements modérés de tes maîtres, et je trouvais cela stupéfiant. La justesse du ton, le naturel du sentiment... » Guido secoua la tête et poussa un soupir.

« Je te donne seulement de l'élasticité et de la force, poursuivit-il. En deux ans, tu auras acquis assez de métier pour savoir ornementer comme il faut n'importe quel air d'opéra et l'exécuter à la perfection en tout lieu et sous la direction de quelque chef que ce soit. C'est tout ce que je peux te donner... »

Il s'interrompit, se détourna, et quand ses yeux se posèrent à nouveau sur Tonio, ils semblaient plus grands, plus sombres, et sa voix était imperceptiblement plus grave.

« Mais tu as autre chose, Tonio, quelque chose qui va bien au-delà de la voix, dit-il. Les chanteurs qui n'ont pas ce don ne peuvent que très rarement l'acquérir, et d'autres qui le possèdent n'ont pas la pureté et la puissance de ton timbre. Ce don que tu as, c'est un pouvoir secret qui fait que les gens sont émus jusqu'au fond du cœur en t'entendant, un pouvoir qui les électrise si bien qu'ils sont envoûtés par toi et ne voient plus que toi.

« Quand tu chanteras dans la chapelle à Noël, les gens se tourneront vers toi pour voir ton visage, ils seront brusquement arrachés à leurs préoccupations mesquines et soulevés de terre, et en quittant la nef ils s'enquerront de ton nom.

« Ah, cela fait bien des années que je m'échine à démonter les ressorts de ce pouvoir, à déceler sa nature exacte. Enfant, je le possédais moi-même. Je sais donc ce que l'on en éprouve à l'intérieur. Mais je suis incapable de le définir précisément. Peut-être s'agit-il d'un sens subtil du temps, d'une respiration infinitésimale mais infaillible, d'un instinct qui permet d'enfler et de diminuer la note à la seconde précise où c'est nécessaire. Et peut-être que ce pouvoir est lié au physique, aux yeux, au visage, à la contenance adoptée par tout le corps au moment où la voix en sort. Je ne sais pas. »

Tonio buvait ces paroles. Il se souvenait du moment où Caffarelli s'était avancé jusqu'à la rampe à Venise ; il sentait encore le frisson d'excitation qui avait parcouru l'auditoire. Et il se revoyait se précipitant lui-même jusqu'au bord de la fosse d'orchestre, attiré comme par un aimant par cet eunuque majestueux, alors que Caffarelli se contentait de marcher de long en large et n'avait pas encore émis le moindre son.

Lui, Tonio, pourrait-il faire aux gens le même effet ? Était-ce possible ?

« Il y a autre chose encore, dit Guido. Tu aurais eu en toi cette flamme particulière même si l'on t'avait châtré comme moi à l'âge de six ans. Mais ce n'est pas à cet âge-là que tu as subi cette opération... »

Tonio se crispa et il éprouva comme une brusque et violente secousse.

Mais Guido tendit la main et lui en effleura doucement le visage pour l'apaiser.

« On t'a élevé comme un homme, poursuivit-il. On t'a appris à penser, à te mouvoir, à agir comme un homme. Et cela aussi ajoute à ton état sa force propre. Tu n'as pas la mollesse de beaucoup d'eunuques. Tu n'as pas cette particularité de n'être... de n'être d'aucun sexe. »

Guido eut une hésitation, puis il continua, d'une voix lente, comme s'il se parlait à lui-même :

« Mais bien entendu, certains eunuques opérés très jeunes ont également ce pouvoir.

— Cela pourrait changer », dit Tonio à mi-voix. Il se sentait crispé sur tout le corps, et spécialement au visage, où il devinait que ses lèvres s'étaient figées dans un rictus comme cela lui arrivait jadis en de semblables moments ; mais, quand il continua à parler, sa voix était égale, sereine.

« Quand je me regarde dans le miroir, je vois déjà Domenico. »

Oui, Domenico, pensa-t-il. Et, se profilant derrière lui, mon vieux sosie de Venise, le maître de la maison des Treschi, qui ricane en voyant que mon évolution nous différencie enfin...

Alors il se sentit léger, aérien, devenu une chose innommable en dépit de tous les noms qu'on pouvait lui donner, jaillie de la chrysalide du jeune garçon qu'il avait été.

« Oui, disait Guido, tu ressembleras beaucoup à Domenico. »

Tonio ne put dissimuler sa peur et son dégoût. Guido lui caressait la main. Mais Tonio était encore troublé par l'image évanescente de Carlo, par un souvenir imprécis dans lequel il se voyait appuyant son visage à cette joue rugueuse bien que rasée de près, tandis qu'un soupir semblable à un râle s'échappait de son frère, un soupir lourd de fatigue et de tristesse, mais lourd aussi d'une force virile inhérente à sa personne, celle dont Dieu l'avait doté.

« Domenico est d'une grande beauté, dit Guido sur le ton de la réprimande. Et il a aussi cette puissance virile.

— Domenico ? fit Tonio. De la puissance virile ? Domenico est une vraie Circé. »

Les caresses de Domenico, jamais il ne les oublierait, et encore maintenant il avait honte de son désir. Mais Carlo était avec lui. Carlo avait fait intrusion dans cette pièce, il lui volait cet instant, il s'était immiscé dans cette intimité avec Guido qui lui tenait tant à cœur, et l'écho du rire de Carlo hantait les corridors de cette maison. Il regarda Guido et il éprouva envers lui un grand élan d'affection. Puis, abaissant son regard, il vit que les doigts de Guido étaient encore posés sur lui. Domenico. La puissance de Domenico. Et Guido qui riait tout bas.

« Peut-être que Domenico était une Circé au lit, disait Guido. Là-dessus je dois te croire sur parole, n'ayant malheureusement pas eu l'occasion de le vérifier par moi-même. Mais quand il chantait, il avait aussi cet autre pouvoir, qui lui venait autant de sa beauté que de sa voix. Même habillé en femme, même perruqué en femme, il était d'une dureté redoutable et les gens avaient peur de lui. Ah, tu aurais dû observer les visages des spectateurs, hommes ou femmes, lorsqu'il chantait. Cette puissance-là ne vient pas de ce que l'on a du poil sur la poitrine ou de ce que l'on prend des airs de matamore. C'est une force qui vient du fond de l'être. Domenico la possédait. Il ne craignait ni Dieu ni Diable. Et quant à toi, mon petit jouvenceau, tu n'as même pas commencé à comprendre ce qu'un castrat peut être.

— Je veux le comprendre, murmura Tonio. Mais je n'ai jamais vu Domenico ainsi. Je voyais en lui un sylphe, un ange peut-être, par moments. » Il s'interrompit. « Ou peut-être que je ne voyais en lui qu'un eunuque », avoua-t-il.

Mais Guido n'en prit pas ombrage.

Il avait l'air de quelqu'un qui vient d'avoir une révélation subite.

« Un eunuque, dit-il tout bas. Ainsi donc tu voyais en lui ce que tu allais être. Et il reconnaissait en toi son propre style, dans la force et dans la beauté. Il était toujours attiré par ceux qui étaient pareils à lui. Mais il souffrait beaucoup de la solitude depuis deux ans...

— Est-ce vrai ? » demanda Tonio. Jamais il ne se consolerait d'avoir infligé cette déconvenue à Domenico, bien que Domenico eût sûrement déjà oublié tout cela.

« Oui, il était très seul, continua Guido. Parce qu'il n'y avait personne qui l'égalât dans son entourage, et de toutes les solitudes c'est encore celle-là la pire. Où qu'il tournât son regard, il ne voyait qu'envie et crainte. Et puis tu as paru et il a jeté son dévolu sur toi. C'est pour cela que Lorenzo te poursuivait de ses sarcasmes : Lorenzo aimait Domenico et Domenico s'en moquait. »

Tonio avait le cœur gros. Il regardait fixement les cartes étalées devant lui ; le roi et la reine avaient une même dureté dans le regard. La reine avait des yeux byzantins fendus en amande et des cheveux noirs. C'était la dame de pique.

« Mais ne te tourmente pas au sujet de Domenico, dit Guido. Si tu l'a blessé comme tu le dis, tu lui as donné une leçon que personne ne lui avait encore donnée. Tu ne lui ressembles que dans ton élégance : comme lui, tu as des os fins et ces beaux cheveux qui plaisent tant aux femmes. Mais tu es mieux charpenté que lui, tu seras d'une stature bien supérieure à la sienne ; et quand aux traits de ton visage, ils sont d'une beauté tout à fait singulière parce que... »

Guido s'arrêta, en peine de mots ; il regardait fixement Tonio, la bouche légèrement entrouverte.

« Tes yeux sont un tout petit peu plus écartés que ceux de la plupart des individus, reprit-il enfin. Quand tu paraîtras sur scène, tu brilleras d'un feu si aveuglant que tous ceux qui seront autour de toi sur le plateau en deviendront invisibles. Domenico lui-même, s'il était là, disparaîtrait dans ton ombre. »

Pendant le trajet qui les ramenait au conservatoire, Tonio ne prononça pas une parole. Ils pénétrèrent dans les appartements de Guido. Pour austères qu'ils fussent avec leur ameublement sommaire et leur tapis turc élimé, ils semblaient d'un luxe marqué par rapport au reste du bâtiment, et Tonio se sentait plus que jamais à l'unisson de Guido quand ils s'y trouvaient ensemble.

Le vaste lit couvert d'un dais menuisé était garni pour l'hiver de simples courtines de cretonne noire. Tonio y grimpa et, appuyant sa nuque au panneau de tête, s'allongea sur le couvre-pied tandis que Guido allumait les flambeaux du clavecin, ce qui voulait dire qu'ils ne feraient pas l'amour avant un moment.

D'une toute petite voix, Tonio demanda :

« Vais-je devenir très grand ?

— Nul ne peut le dire. Cela dépend de la taille que tu aurais eue autrement. Mais tu pousses bien vite. »

Tonio sentit une bile noire lui monter aux lèvres comme s'il allait être malade. C'était le moment ou jamais de poser ces questions qu'il avait depuis si longtemps envie de formuler à voix haute, quand bien même n'eût-il eu d'autre interlocuteur que la mer rugissante.

« Que se passera-t-il d'autre en moi ? » demanda-t-il.

Guido se retourna. Tonio se demandait s'il se souvenait de cette nuit à Rome, dans le jardinet du couvent, quand, suffoquant, au bord de l'asphyxie, il avait tendu les mains vers lui et vers cette statue vivante qui luisait pâlement dans la clarté lunaire.

« Que se passera-t-il en moi ? dit-il dans un souffle. Dans tout mon être ? Tu le *sais* ! »

Comme Guido avait l'air indifférent ! Sa forme noire s'était placée entre les flambeaux et Tonio en sorte que celui-ci ne discernait plus son visage.

« Ta taille va s'accroître encore, dit Guido. Tes bras et tes jambes vont s'allonger, néanmoins nul ne peut savoir à quel point. Mais n'oublie pas qu'à toi-même ils ne paraîtront jamais disproportionnés. Et c'est cette malléabilité des os qui te donnera une telle puissance vocale. Chaque jour l'exercice accroît la capacité de tes poumons, et tes os élastiques leur permettent de prendre de l'expansion. En sorte que tu auras bientôt dans le registre aigu une étendue qu'aucune femme n'aura jamais. Ni aucun enfant d'ailleurs. Non plus qu'aucun homme.

« Mais tes mains pendront très bas le long de ton corps et tes pieds s'aplatiront. Et tes bras seront faibles comme ceux d'une femme. Tu n'auras jamais la force musculaire naturelle d'un homme. »

En entendant cela, Tonio se détourna avec tant de violence que Guido le prit dans ses bras.

« Oublie tout cela ! s'écria-t-il. Oui, je parle sérieusement. Ne pense plus à ces choses. Chaque fois qu'elles te font éprouver du tourment, cela signifie que tu n'acceptes pas l'irrémédiable. Tu dois voir seulement ce qui fait ta force. »

Tonio eut un hochement de tête plein d'amertume et de dérision.

« Oh oui ! fit-il.

— À présent, j'ai une autre leçon à te donner, dit Guido. Et c'est une leçon dont tu as besoin plus que tout. »

Tonio eut un petit sourire et il fit un signe d'assentiment.

« Apprends-moi, dit-il.

— Tu te tiens à l'écart des femmes, et cela n'est pas bon. »

Furieux, Tonio allait protester, mais Guido lui posa sur le front un baiser vigoureux.

« À Venise, tu avais une maîtresse. Tu allais te promener avec elle en gondole quand les chanteurs étaient partis. Je t'épiais sans relâche, et nuit après nuit j'ai observé votre manège.

— Ces choses-là aussi, mieux vaut les oublier. »

Tonio sourit à nouveau, mais c'était un sourire sans joie, dont il sentit la froideur se répandre sur son visage.

« Ah, pas du tout. Il faut que toujours tu t'en souviennes. Chéris-en la mémoire, et chaque fois que tu seras la proie de cette flamme-là, où que ce soit, à quelque moment que ce soit, si l'occasion s'offre à toi de sacrifier à nouveau à ce rite, tu devras la saisir aussitôt. Et si cette même flamme te porte vers des hommes, vers d'autres eunuques, n'hésite pas, quelle que soit la personne, profites-en, ne la laisse pas s'éteindre. Arrange-toi toujours pour que ce soit dans l'honneur et sans perdre le sens commun, mais ne renonce pas à cela, ni au nom de l'amour que tu me portes, ni au nom de l'amour que tu portes à la musique, ni par excès d'indolence. Toujours, toujours, il faudra que tu obéisses à ton désir.

— Pourquoi me dis-tu cela ?

— Parce qu'on ne sait jamais quand ce désir s'en ira. Les hommes, eux, ne le perdent jamais. Mais avec nous, il n'en va pas toujours ainsi.

— Mais toi, tu ne peux craindre qu'il t'abandonne ! dit Tonio.

— Non. Plus maintenant. Mais je l'avais quasiment perdu jusqu'à notre rencontre. C'est à Ferrare en te voyant au lit, dévoré par la fièvre, et en si grand besoin d'être soigné, que la flamme du désir s'est rallumée en moi. » Guido fit une pause avant de conclure : « Je croyais l'avoir perdue en même temps que ma voix. »

Tonio fixait Guido sans mot dire. Il paraissait soupeser ses arguments. Guido vit alors qu'il n'aurait jamais dû évoquer ce lieu et ce moment.

Le visage de Tonio s'était allongé et il avait blêmi ; il ne semblait plus lui-même, mais son propre fantôme, lugubre et hagard.

Pourtant il prit Guido par la main et l'attira contre lui. Quelques heures plus tard, Tonio se réveilla en sursaut. Il avait fait le plus terrible des rêves, ce rêve de choses réelles peuplé d'êtres réels, dans lequel son combat s'achevait par une irrévocable défaite.

S'asseyant sur le lit dans l'obscurité, il se sentit pénétré du climat de sécurité qui régnait dans la chambre, qui l'apaisa bien qu'il fût teinté d'amertume et de chagrin. Alors il s'aperçut que depuis un long moment déjà il entendait une musique ponctuée d'arrêts et de reprises, qui prit bientôt la forme d'une mélodie aux accents solennels et religieux, une mélodie qui peu à peu s'élaborait, s'enrichissait.

Confusément, à travers la demi-pénombre, il discerna Guido assis au clavecin à l'autre bout de la pièce ; les chandelles paraissaient des langues suspendues dans l'air, et au-dessous d'elles il voyait le visage sévère de Guido comme à travers un voile brumeux.

Une odeur d'encre, distincte et un peu âcre, parvint à ses narines ; puis il entendit le crissement de la plume de Guido. Guido se remit à jouer la même mélodie, et pour la première fois Tonio entendit son maître chanter ; sa voix était sourde, à peine audible, comme celle d'un homme qui fredonne un air trop difficile.

Alors Tonio éprouva tant d'amour pour Guido qu'en reposant sa tête sur l'oreiller il sut que cet instant se gravait dans sa mémoire et qu'il ne l'oublierait jamais.

Au matin, Guido lui annonça qu'il avait considérablement allongé le solo qu'il allait chanter le soir du réveillon. En fait, il avait écrit toute une cantate, et il fallait à présent qu'il persuade le maestro Cavalla d'en agréer l'exécution.

Il ne regagna qu'à midi la salle d'étude en apportant la nouvelle que le maestro, qui avait consacré une si grande partie de son temps à Domenico l'année passée, était enchanté de la cantate de Guido et que Tonio pourrait la chanter. Il ne leur restait plus qu'à la parfaire ensemble. Il n'y avait pas une minute à perdre.

9.

Le soir de Noël, la chapelle du conservatoire était pleine à craquer. Il faisait un froid vif et piquant, et Tonio avait passé le début de la soirée à vagabonder à travers la cité pour voir les *presepi*, ces crèches grandeur nature que les Napolitains aiment tant et dont les familles se transmettent les statuettes de génération en génération. Partout, sur les toits, sous les portes cochères, dans les jardins des couvents, ces belles nativités étalaient leurs merveilleuses effigies de la Sainte-Vierge, de Joseph, des bergers et des anges attendant la naissance du Sauveur.

De sa vie, Tonio n'avait jamais saisi comme ce soir-là la signification de Noël dans toute sa pureté. Depuis son départ de la Vénétie, toute foi, toute grâce l'avaient abandonné. Et pourtant, ce soir-là, il lui semblait que le monde allait vraiment connaître un renouveau. Il sentait se profiler derrière le rituel, les cantiques, les admirables effigies, l'ombre d'une puissance très ancienne. Et à mesure que minuit approchait, les battements de son cœur s'accéléraient. Le Christ descendait sur le monde. Sa lumière allait éclairer les ténèbres. Il émanait de tout cela une force mystérieuse et poignante.

Mais quand il descendit l'escalier vêtu de son tablier noir, la fameuse écharpe rouge proprement nouée à la taille, une première pointe d'anxiété lui serra la gorge, et il en fut d'autant plus accablé qu'il n'ignorait rien de l'effet que cela pouvait avoir sur sa voix elle-même.

Soudain il s'aperçut qu'il avait oublié les paroles de la cantate de Guido, que même la mélodie lui échappait. Puis il se persuada que cette défaillance de sa mémoire était sans importance, puisqu'il tenait à la main la partition de cette extraordinaire composition, puisque déjà Guido allait se mettre au clavecin, d'où il conduirait, et il finit même par s'arracher un semblant de sourire.

Son angoisse était une vraie félicité. Qu'aurait-il éprouvé s'il n'avait pas été rongé par cette affreuse crainte d'être médiocre ? Et maintenant, le chœur des castrats va élever sa voix au ciel !

Il était mort de peur, comme n'importe quel chanteur l'eût été à sa place. Dans un court moment, ainsi que Guido l'en avait averti, il recouvrerait son calme, il entendrait les premières mesures de l'introduction et tout se passerait le mieux du monde.

Tandis qu'il longeait la paroi latérale de la tribune et se frayait un passage à travers les choristes pour s'approcher de la balustrade, il aperçut, juste au-dessous de lui, au tout premier rang des fidèles, la menue tête blonde et penchée d'une jeune femme absorbée dans la lecture du programme, sa robe de taffetas foncé déployée en cercle autour d'elle.

Il se détourna brusquement. Il n'était pas possible qu'elle fût là, précisément ce soir ! Mais, comme si une main implacable et brutale l'y avait contraint, il abaissa derechef son regard sur elle. Il vit les petits frisottis délicats qui parsemaient ses cheveux ondulés ; et puis, lentement, elle leva les yeux et, l'espace d'un instant, leurs regards se rencontrèrent.

Il était sûr qu'elle se souvenait de leur face-à-face embarrassant dans la salle à manger de la comtesse et de ses audaces d'ivrogne, car il n'était pas près de les oublier lui-même. Pourtant il n'y avait pas trace de malveillance dans son expression. Elle semblait pensive, rêveuse presque.

L'amertume s'enflait en lui, une amertume dont le poison faisait une tache noire sur la beauté de ce sanctuaire illuminé par des rangées de flambeaux et embaumé par des monceaux de fleurs en gerbes.

Il essaya de se calmer. Elle fut la première à détourner les yeux tandis que ses doigts menus repliaient avec un bruit de froissement le papier qu'elle tenait à la main. Tonio se contracta et il sentit toutes ses forces l'abandonner. Il avait l'impression que la douleur déferlait comme une grande vague à travers tout son être.

La seule idée qui fût encore concrète pour lui était qu'il était pris au piège, que les murmures de l'assistance s'étaient tus, que Guido s'était assis au clavier. Déjà les musiciens du petit orchestre levaient leurs instruments. Une pensée très claire se forma dans sa tête : « Je ne peux pas le faire. » La partition n'était plus pour lui qu'une série de hiéroglyphes indéchiffrables. La trompette sonna les premières notes de l'introduction.

Tonio fixa le vide devant lui et il se mit à chanter.

Les notes s'élevèrent, plongèrent, montèrent à nouveau ; les paroles formaient comme d'elles-mêmes leurs subtils entrelacs, le rouleau de la partition se referma dans sa main. Il comprit subitement que tout allait à merveille. Il ne s'était nullement fourvoyé ; au contraire, le chant s'élevait de lui avec vigueur et avec beauté, et il éprouva une première bouffée d'orgueil serein.

Quand tout fut terminé, il sut qu'il avait remporté un beau succès.

L'auditoire, auquel il n'était pas permis d'applaudir, s'agitait, toussotait, remuait des pieds, et c'étaient là autant de signes subtils d'une approbation sans réserve que Tonio voyait partout inscrite sur les visages tendus vers lui. Lorsqu'il sortit de la chapelle à la suite des autres castrats, il n'avait de désir que d'être seul avec Guido. Il en éprouvait même un si pressant besoin qu'il eut peine à endurer les congratulations, les serrements de main chaleureux, et les félicitations de Francesco qui lui certifiait que Domenico en aurait été vert de jalousie.

Le seul éloge auquel il aspirait était que Guido le prît entre ses bras ; pour tout le reste, il savait déjà à quoi s'en tenir. En outre, il était exténué.

Pourtant il revint délibérément sur ses pas pour observer le flot des spectateurs qui se pressaient hors de la chapelle, et quand il vit paraître, comme il s'y était attendu, cette jeune femme blonde, il se sentit le feu aux joues.

C'était si saisissant de la voir devant lui en chair et en os. Dans sa mémoire son image avait pâli jusqu'à l'insignifiance, et à présent elle était là avec ses cheveux d'or flottant soyeusement autour de son cou délicieusement galbé et son regard d'une infinie gravité qui luisait de reflets bleu sombre. Elle portait autour du cou un fin ruban violet qui rehaussait l'éclat de ses lèvres menues légèrement renflées par une petite moue, et si charnues qu'il lui sembla presque en éprouver la plénitude comme s'il les avait tâtées du doigt avant de les baiser. Confus, il baissa les yeux.

Un gentilhomme d'un âge avancé l'accompagnait. Était-il son père ? Et pourquoi ne lui avait-elle rien dit de sa mésaventure de la salle à manger ? Pourquoi n'avait-elle pas dénoncé publiquement cet outrage ?

À présent, elle se tenait juste en face de lui et, quand il releva la tête, leurs yeux se rencontrèrent.

Sans hésiter, Tonio s'inclina respectueusement devant elle. Puis il se détourna à nouveau. Il se sentait rasséréné et, pour la première fois peut-être, il s'apercevait que, de toutes les passions pénibles de l'existence, la tristesse était la seule qui avait cette aura voluptueuse. La jeune femme blonde avait disparu.

Le maestro Cavalla s'était avancé vers lui et serrait ses mains dans les siennes.

« Splendide, Tonio ! dit-il. Moi qui craignais que vous n'ayez fait vos débuts trop tôt ! »

Sur ce, Tonio aperçut Guido, et la joie de Guido était si palpable qu'il en eut la gorge nouée. La comtesse Lamberti l'embrassait. Dès qu'elle se fut éloignée, Guido vint rejoindre Tonio et, l'entraînant à sa suite dans le couloir, se retourna vers lui et parut sur le point de l'embrasser aussi, mais il eut finalement la sagesse de s'en abstenir.

« Que s'est-il donc passé au début ? demanda-t-il. J'ai cru que tu ne commencerais pas. Tu m'as fait une belle peur !

— Mais je suis parti exactement à temps ! dit Tonio. Ne sois pas fâché.

— Fâché, moi ? dit Guido en riant. Ai-je donc l'air fâché ? » Il étreignit spontanément Tonio et, en le lâchant, lui souffla : « Tu as été parfait. »

Les derniers invités venaient de sortir, l'on refermait derrière eux les grilles du grand portail, et le maestro Cavalla était en grande conversation avec un gentilhomme dont seul le dos était visible.

Guido avait déverrouillé sa porte, mais Tonio savait qu'il ne se retirerait pas avant d'avoir entendu ce que le maestro avait à lui dire.

Alors que le maestro se retournait et conduisait son interlocuteur dans leur direction, Tonio eut un choc. Il avait immédiatement deviné que l'homme était vénitien, quoiqu'il eût été bien en peine de dire d'où cette certitude lui venait.

Et puis, trop tard pour s'esquiver, il reconnut ce jeune homme blond à la forte carrure : c'était Giacomo Lisani, le fils aîné de Caterina.

Caterina l'avait trahi ! Elle n'était pas venue elle-même, mais elle avait dépêché son fils en émissaire. Et malgré toute son envie de fuir, Tonio s'aperçut sans peine que son cousin avait l'air aussi embarrassé qu'il l'était lui-même. Giacomo avait le feu aux joues, et le regard de ses pâles yeux bleus fixait obstinément le sol.

Comme il avait changé ! Le Giacomo que Tonio avait connu à Venise n'était encore qu'un jeune garçon un peu niais et impulsif qui étudiait à l'université de Padoue et outre cela passait son temps à murmurer des bêtises à l'oreille de son inséparable frère, à grand renfort de coups de coudes dans les côtes.

À présent, un soupçon de barbe ombrait son visage et son cou, et Tonio devina que le sens du devoir l'embarrassait, tandis qu'il s'inclinait profondément, et presque révérencieusement, devant lui.

C'était le maestro qui avait amené Giacomo ; Tonio ne pouvait donc se dérober. Giacomo le regarda droit dans les yeux l'espace d'un bref instant, puis abaissa hâtivement son regard.

Est-ce de la répulsion ? se demanda Tonio calmement. Est-ce que je le dégoûte ? Puis toutes ses réflexions sur lui-même et sur la façon dont il devait apparaître à son cousin se muèrent graduellement en une hostilité muette dans laquelle la raison n'avait aucune place. En même temps, Tonio éprouvait de la fascination en observant sur Giacomo les effets d'une réaction naturelle qu'il ne verrait jamais à l'œuvre sur la plupart des élèves du conservatoire qui constituaient à présent sa seule vraie famille.

« Marc Antonio, commença Giacomo, c'est votre frère Carlo qui m'a envoyé ici pour vous voir. »

Le maestro s'était éclipsé. De son côté, Guido s'était écarté, mais il restait à quelques pas de là, derrière le dos de Giacomo, et ses yeux étaient braqués sur Tonio.

Et Tonio, qui n'avait pas ouï depuis si longtemps les beaux accents chantants du dialecte vénitien, avait peine à dissocier le sens des paroles de Giacomo du timbre viril et grave de sa voix qui, dans cet instant, exerçait sur lui un charme proche du sortilège. Ce dialecte était exquis, chantourné, raffiné, comme les filets d'or qui enjolivaient ici les murs, les colonnes et les vantaux des portes. La voix de Giacomo, basse et traînante, semblait composée d'une douzaine de sons harmonieux, et chaque mot résonnait dans le cœur de Tonio avec la douceur d'une main d'enfant appuyant sur sa gorge.

« Il s'inquiète pour vous, continuait Giacomo. Une rumeur est venue jusqu'à lui d'après laquelle vous auriez eu certains problèmes. On disait que vous vous étiez fait, quelque temps après votre arrivée, un ennemi mortel d'un autre étudiant, lequel vous aurait même agressé, vous obligeant à vous défendre. »

Giacomo fronçait les sourcils, contrefaisant le masque d'un homme profondément soucieux ; de solennel, son ton était devenu condescendant, et pourtant il émanait de toute sa personne un air de sincérité tourmentée. Ah, jeunesse ! soupira intérieurement Tonio, comme s'il eût été lui-même un homme âgé.

Un ange passait. Et dans ce silence Tonio discerna soudain sur le visage de Guido un clair avertissement. La mimique de Guido lui criait : Danger !

« Votre frère craint beaucoup pour votre sécurité, Marc Antonio, reprit Giacomo. Il s'inquiète de ce que vous n'ayez pas mentionné cet incident dans les lettres que vous avez écrites à ma mère, et... »

Oui, il y a danger, se dit Tonio. Mon cœur et mon âme sont en danger. Pour la première fois depuis qu'il avait commencé à parler, Giacomo le regarda dans les yeux.

Et tout à coup, à un moment précis de cet échange, trop impondérable pour être décelé, Tonio comprit tout. Il sut de quoi il retournait, ce que Carlo cherchait à savoir. Inquiet de sa sécurité ! Ce jeune imbécile ne soupçonnait même pas ce qu'était la vraie nature de sa mission !

« Si vous courez quelque danger que ce soit, Marc Antonio, il faut nous en avertir...

— Je ne suis pas en danger, coupa soudain Tonio, d'une voix tellement glaciale qu'il en fut lui-même étonné. Et je ne l'ai non plus jamais été », continua-t-il, d'une voix chargée de dédain et sur un ton si autoritaire qu'il vit son cousin tiquer imperceptiblement. « Cette affaire s'est conclue d'une façon bien malencontreuse, mais je n'ai rien pu faire pour empêcher cela. Vous direz à mon frère qu'il se fait du souci pour rien et qu'il s'est donné une peine bien inutile en vous envoyant ici. »

Loin, dans la demi-pénombre, il vit Guido qui secouait désespérément la tête.

Mais déjà Tonio prenait son cousin par le coude et, d'une main ferme, lui faisait faire demi-tour et le reconduisait vers la porte de devant.

Giacomo semblait surpris. Bien loin de prendre ombrage de cette éviction, il fixait Tonio avec une fascination mal déguisée, et lorsqu'il lui parla ce fut avec un soupçon de soulagement dans la voix.

« Ainsi donc, Tonio, vous êtes satisfait de votre vie ici, dit-il.

— Plus que satisfait. »

Tonio eut un rire bref et il continua à entraîner Giacomo le long du couloir sans ralentir.

« Et vous ne manquerez pas de dire à votre mère qu'il ne faut pas non plus qu'elle s'inquiète.

— Mais ce garçon qui vous a attaqué, est-ce qu'il... ?

— Ledit garçon se trouve dorénavant devant un juge bien plus impitoyable que vous ou moi, l'interrompit Tonio. Dites une prière pour lui pendant la messe. C'est le matin de Noël à présent, et je suis sûr que vous ne désirez pas passer Noël ici. »

Giacomo s'arrêta à la porte. Tout cela allait beaucoup trop vite pour lui. Mais, tandis qu'il hésitait, il ne put se retenir de promener rapidement son regard sur Tonio, avec presque de l'avidité, avant de lui adresser un sourire bref mais tout à fait chaleureux.

« Je suis ravi de vous trouver si bien portant, Tonio », avoua-t-il. L'espace d'un instant, il parut vouloir ajouter quelque chose mais, se ravisant, il abaissa son regard vers le sol. Il parut rapetisser et redevenir tout soudain le jeune garçon qu'il avait été à Venise et, en silence, sans changer le moins du monde d'expression, Tonio perçut l'amour et la peine que son cousin éprouvait pour lui.

« Tu as toujours été une nature singulière, Tonio », dit Giacomo à voix basse, en relevant vers lui un regard hésitant.

« Comment cela, Giacomo ? » demanda Tonio d'un ton las, comme s'il trouvait tout cela un peu fastidieux, mais sans se montrer discourtois pour autant.

« Eh bien, tu étais... tu as toujours été un petit homme », expliqua Giacomo, avec un air qui invitait Tonio à ne pas prendre cela mal et à en sourire comme lui. « Tu paraissais grandir si vite, c'était comme si tu avais été plus vieux que nous.

— Je ne savais pas grand-chose des enfants », fit Tonio en souriant.

Et comme son cousin semblait soudain égaré, il lui dit :

« Ainsi, tu es soulagé de constater que je n'ai pas souffert de me retrouver si loin de chez moi ?

— Oui, vraiment ! » s'écria Giacomo.

Ils se regardèrent à nouveau dans les yeux et cette fois ne se détournèrent ni l'un ni l'autre. Le silence entre eux s'éternisait, et la lueur vacillante des torchères faisait danser leurs ombres sur le mur.

« Adieu, Giacomo », fit Tonio d'une voix douce.

Il serra vigoureusement les bras de son cousin.

Un instant encore, Giacomo continua à le fixer sans rien dire puis il glissa une main dans la poche de sa veste de velours et s'écria :

« Mais c'est que j'ai une lettre pour toi, Tonio ! J'ai failli l'oublier. Ma mère m'en aurait tellement voulu ! »

Il mit la lettre dans la main de Tonio.

« Et la façon dont tu as chanté... commença-t-il. Dans la chapelle. Ah, je voudrais connaître la langue musicale pour pouvoir te dire convenablement ce que j'en pense !

— La musique n'a d'autre langue que la musique elle-même », lui répondit Tonio et, sans hésiter, ils tombèrent dans les bras l'un de l'autre.

Quand il pénétra dans la chambre, Guido était occupé à allumer les chandelles. Ils restèrent un long moment embrassés.

Mais Tonio tenait sa lettre à la main, et il ne pouvait en détacher son esprit. Et quand ils se séparèrent et qu'il s'attabla pour la lire, il vit que le visage de Guido exprimait un mélange d'inquiétude et de contrariété.

« Je sais, je sais », murmura Tonio en déchirant l'enveloppe de parchemin qui portait le cachet de Caterina.

« Vraiment, tu sais ? » Guido s'appuya sur lui ; en dépit de l'irritation qui perçait dans sa voix, ses mains étaient caressantes, et il déposa un baiser sur la nuque de Tonio.

« Ton frère l'a envoyé ici pour voir dans quelles dispositions d'esprit tu te trouves, dit-il tout bas. Tu aurais pu, cette fois au moins, lui jouer la comédie du petit étudiant timide et craintif.

— De l'eunuque timide et craintif ! repartit Tonio. Dis-le, puisque c'est à cela que tu penses. Je ne jouerai cette comédie-là pour personne. J'en suis incapable ! Que Giacomo retourne à Venise et qu'il raconte à mon frère tout ce qu'il voudra. Mon Dieu ! Il m'a vu chanter avec les enfants et les anges, n'est-ce pas ? Il a vu l'étudiant docile, le castrat soumis, cela n'était donc pas assez ? »

Il tenait la lettre devant ses yeux, mais l'écriture en était indéchiffrable dans cette lumière trop chiche. Il s'était mille fois juré de ne jamais parler de ces choses à quiconque, fût-ce même à un prêtre au confessionnal, mais avait-ce été folie de sa part que de s'imaginer que Guido n'en avait jamais rien deviné ? Assis, immobile, une main sur cette lettre posée à plat sur la table devant lui, il sentait presque le poids des mots que Guido taisait tandis qu'il voyait son ombre qui se déplaçait lentement de long en large à travers la chambre.

Quand il arriva au bout de sa lecture, il lui sembla qu'une éternité venait de s'écouler.

Il relut la lettre. Et quand il en eut achevé pour la seconde fois la lecture, il la leva et la présenta à la flamme pâle de la chandelle jusqu'à ce que le parchemin s'embrasât en crépitant, se consumât et fût réduit en cendres.

Il sentait les yeux de Guido posés sur lui, et cependant il lui semblait ne plus reconnaître cette pièce à l'ameublement si familier. Il se sentait détaché, froid, insensible à tout. Et quand il regarda Guido, il lui sembla qu'il ne connaissait pas cet homme avec qui il venait tout juste de se quereller, dont il avait encore le goût des lèvres sur les siennes. Il ne le connaissait pas, il ignorait pourquoi ils se trouvaient là tous les deux.

Il détourna les yeux, froidement conscient de l'effet que son expression produisait sur Guido, mais à présent c'était le visage de son frère qu'il voyait devant lui. Le visage de son père, plutôt, songea-t-il avec une ombre de sourire. Père, frère, avec en toile de fond le néant le plus obscur, celui auquel aboutissait pour lui l'existence.

Toutes les cloches de Naples s'étaient mises à sonner les matines pour saluer l'aube de Noël, et leur carillon monotone lui parvenait à travers les murs comme les pulsations d'un pouls. Pourtant il n'éprouvait rien, rien n'avait de saveur. Il n'avait plus aucun désir, sauf tout à coup celui que ce temps en arrivât à son inéluctable fin.

Comment avait-il pu se laisser aller à oublier ce qui l'attendait ? Comment avait-il fait pour vivre comme tout un chacun, en éprouvant de la faim, de la soif, et même de l'amour ?

Guido avait versé du vin et placé un verre plein à portée de sa main droite. La pièce s'emplit de l'arôme savoureux du raisin, et Tonio, se laissant aller en arrière contre le dossier du fauteuil, considéra d'un œil morne les cendres de sa lettre et le mets intouché qui avait une allure factice sur son plat en argent.

Il l'avait épousée.

Épousée ! C'était cela que la lettre de Caterina lui annonçait.

C'était une missive brève, impersonnelle, guère plus qu'un simple avis. Il l'avait épousée ! Tonio contracta les mâchoires au point d'en avoir mal. Il ne voyait plus la chambre autour de lui. Il avait épousé la veuve de son père, la mère de son bâtard, il l'avait épousée devant le doge, le Grand Conseil, le Sénat, et toute la haute noblesse de Venise. Il l'avait épousée ! Et maintenant, il allait procréer de beaux enfants. Mes petits frères ! Des Giacomos, des frères, des frères toujours hors d'atteinte, comme si l'idée même de fraternité n'était qu'un vaste leurre. D'autres y ont part, ils tiennent leurs frères dans leurs bras. Merveilleuse chimère.

« Tonio, quelles que soient ces pensées que tu remues dans ta tête, chasse-les, fit derrière lui la voix de Guido, douce et circonspecte. Chasse-les de ton esprit. Ne pense plus à tous ces gens qui t'accablent de loin. Ne les laisse pas te faire souffrir.

— Es-tu mon frère ? murmura Tonio en prenant Guido par la main. Dis-le-moi... Es-tu mon frère ? »

Et Guido, en entendant ces quelques mots prononcés avec une passion extraordinaire, hocha la tête avec embarras et répondit :

« Oui. »

Tonio se leva et attira Guido contre lui, lui posant une main sur les lèvres comme pour lui imposer silence, ainsi qu'il avait tenté de faire avec Carlo au cours de leur dernière soirée dans la salle à manger du palazzo. Mais Guido parla encore.

« Oublie-les, oublie-les sur-le-champ.

— Oui, répondit Tonio. Pour une heure, une journée, une semaine, je le voudrais tant... » Sa voix se perdit en un murmure.

Il la revoyait, allongée sur son lit dans cette chambre obscure, empestée de remugles, dormant du sommeil lourd de l'ivresse, avec son visage cireux de morte, poussant d'inhumains grognements. Et à présent la maison est inondée de lumière, remplie de monde, les corridors, les chambres, l'immense salon, exactement comme je la voyais jadis dans mes rêves, et elle est dans ses bras, c'est lui qui l'a sauvée. Car c'est cela, la vérité toute nue : il l'a sauvée ! Il t'a fait châtrer pour la sauver. Elle n'est plus condamnée. C'est toi qui es condamné, c'est toi qui es reclus dans ce noir caveau, tu ne peux plus t'en échapper, mais elle en est sortie !

« Ah, si seulement je pouvais extirper cette peine de ta tête ! murmura Guido de cette voix extraordinairement douce, en posant ses deux mains contre les tempes de Tonio. Si je pouvais t'ouvrir le crâne et l'en ôter !

— C'est justement ce que tu fais, lui répondit Tonio, et personne ne pourrait faire cela comme toi. »

Et ils se sont mariés.

Mariés ! Et la petite Francesca Lisani, dans son couvent, se cramponne à la grille du parloir pour me regarder. Ma fiancée, ma promise. Ils se sont mariés ! Sa mère, assise à sa toilette, lève un œil sur lui, rejette soudain en arrière sa merveilleuse crinière noire et éclate de rire.

Est-ce qu'elle danse, est-ce qu'elle chante, a-t-elle des perles autour du cou, y a-t-il une grande foule de convives autour de la grande table de la salle à manger, a-t-elle un chevalier servant, et que sait-elle du sort de son fils, qu'en imagine-t-elle ?

Et puis il embrassa lentement la bouche ouverte de Guido, avec toutes les apparences du sentiment le plus sincère. Ensuite, lui prenant les mains, il les joignit l'une à l'autre, les lâcha et fit un pas en arrière. Jamais, se dit-il, au grand jamais je ne te dirai ce qui est arrivé et ce qui doit encore arriver, jamais tu ne sauras qu'il nous reste si peu de temps à passer ensemble, ce bref laps de temps que nous nommons la vie.

L'aube commençait à poindre quand Tonio se leva du lit et composa une réponse à la missive de Caterina :

> « Au rez-de-chaussée du palais, dans les vieux entrepôts, il y avait autrefois un certain nombre d'épées, anciennes mais encore fort bonnes. Je te serais obligé de bien vouloir demander à mon frère s'il consent à me les céder et à me les faire porter dès que possible. Et s'il se trouvait quelque autre épée parmi celles ayant appartenu à notre père qu'il serait disposé à m'envoyer, je lui en serais aussi infiniment reconnaissant. »

Il signa la lettre, y apposa son sceau et resta assis à regarder la lumière du jour qui emplissait peu à peu la petite cour, long et muet spectacle qui lui donnait toujours un sentiment de paix extraordinaire. D'abord les formes sombres des arbres apparaissaient graduellement sous les arcades du cloître ; ensuite des poches de lumière se formaient çà et là dans le jardin, et il distinguait les découpures des rameaux et des feuilles. La couleur venait en dernier, et ensuite c'était le matin et la maison se mettait à vibrer de sonorités comme un grand orgue soufflant dans les tuyaux d'une cathédrale géante.

Sa peine s'était dissipée. Son trouble s'était atténué. Et tandis qu'il contemplait le masque serein de Guido endormi, il se surprit à fredonner le cantique qu'il avait interprété la veille au soir et à se dire : Giacomo, c'est un cadeau que tu m'as fait ; avant ta venue, j'ignorais à quel point j'étais heureux ici, à quel point j'aimais tout cela.

10.

Domenico fit sensation à Rome. Par contre Loretti se fit siffler et conspuer par le public, et spécialement par les petits abbés qui occupaient toujours les premiers rangs de l'opéra romain : ils l'accusaient d'avoir pillé leur idole, le compositeur Marchesca, et, tout au long de la représentation, ils ne cessèrent de crier : « Vive Marchesca ! À bas Loretti ! », ne se taisant que quand Domenico chantait.

C'était plus qu'il n'en fallait pour être échaudé, et Loretti revint à

Naples en jurant ses grands dieux que jamais plus il ne remettrait les pieds dans la Ville éternelle.

Domenico, quant à lui, avait obtenu un engagement mirifique à la cour d'un Électeur allemand. Et les élèves du conservatoire firent des gorges chaudes en entendant dire qu'il avait eu une aventure avec un comte et sa femme, jouant dans le même lit tantôt le rôle de l'homme avec la comtesse tantôt celui de la femme avec son époux.

Tonio entendit tout cela avec soulagement ; si Domenico avait échoué, il ne se le fût jamais pardonné. Tout de même, il ne pouvait entendre prononcer son nom de scène, « Cellino », sans éprouver de la honte et même quelque chose qui ressemblait à du chagrin. Guido était tout retourné de l'accueil qu'on avait fait à Loretti et grommelait dans sa barbe que le public romain était décidément le plus malotru du monde.

Toutefois, Tonio était bien trop absorbé par son existence pour penser fréquemment à d'autres choses.

Dès après les fêtes de Noël, il s'était pris à visiter chaque fois qu'il le pouvait la salle d'armes d'un maître escrimeur français. Quelles que fussent par ailleurs ses obligations, il s'arrangeait pour s'y rendre au minimum trois fois la semaine.

Guido en était exaspéré. « Mais tu ne peux pas faire cela, plaidait-il. Tout le jour à l'exercice, une répétition chaque soir, les mardis à l'opéra, les réceptions de la comtesse chaque vendredi, et maintenant tu veux passer en plus des heures dans une salle d'armes ! C'est insensé ! »

Mais alors le visage de Tonio se figeait dans une expression butée, assortie d'un sourire glacé. De guerre lasse, Guido cessa bientôt ses remontrances.

Tonio se persuadait que certaines fois, après une journée entière de musique, entrecoupée de disputes entre des voix suraiguës, il valait mieux qu'il sorte du conservatoire et qu'il aille se mêler à des gens qui ne fussent pas eunuques, sans quoi il finirait par en perdre l'esprit.

En réalité, c'était l'opposé qui était vrai. Il lui était très difficile d'entrer dans la salle d'armes, de saluer le Français qui l'instruisait, de prendre sa place au milieu de ces jeunes hommes nonchalants qui traînaient en manches de chemise, le visage en sueur à cause des efforts qu'ils venaient de produire, et toujours prompts à lui proposer un assaut amical.

Il sentait leurs regards posés sur lui ; il était sûr qu'ils riaient de lui dès qu'il avait le dos tourné.

Et pourtant, calmement, il se mettait en position, le bras gauche élégamment plié sur la hanche, les jambes arquées, et il ferraillait, se fendait, parait, s'appliquant à augmenter sa détente et sa précision, la longueur de ses bras lui conférant un avantage redoutable, et il accomplissait des progrès rapides vers l'aisance et vers la grâce.

Là où les autres étaient à bout de forces, Tonio persévérait encore. Il sentait des tiraillements dans ses bras et dans ses mollets, et c'était signe que ses muscles s'endurcissaient ; la douleur se transmuait en un surcroît de puissance et, avec une énergie exacerbée, il oubliait que ce n'était qu'un jeu et acculait ses adversaires au mur avec tant de furie que le maître d'armes venait s'interposer en lui murmurant dans l'oreille : « Allons, Tonio, cela suffit, reposez-vous un peu à présent. »

Ce n'est qu'aux approches du carême qu'il s'aperçut qu'en fait personne ne badinait à son sujet et que pas une seule fois le mot « eunuque » n'avait été proféré, lui présent.

De loin en loin, ses partenaires d'escrime lui faisaient des ouvertures. Voudrait-il venir boire en leur compagnie après le cours ? Aimerait-il venir avec eux chasser ou faire du cheval ? Et toujours il déclinait. Il voyait bien cependant qu'il s'était acquis le respect de ces Méridionaux basanés et volontiers taciturnes, qui ne pouvaient ignorer qu'il n'était pas de leur monde. Mais il ne tirait de cela qu'une satisfaction fort minime.

Il fuyait la compagnie des jeunes hommes ordinaires, et évitait même les étudiants du conservatoire qui continuaient à lui manifester la déférence dont ils avaient fait montre envers lui après la mort de Lorenzo.

Croiser le fer avec un homme ? Il s'imposait cela comme une discipline. Et il fut bientôt assez fort pour se mesurer à n'importe quel adversaire.

Guido disait que c'était une marotte.

C'est qu'il ne soupçonnait pas le sentiment de solitude qui glaçait Tonio tout au long de ses passes d'armes, ni le soulagement qu'il éprouvait en se retrouvant dans les murs du conservatoire.

Pourtant il lui fallait absolument faire cela. Il lui fallait s'épuiser à ces combats qui le menaient chaque fois au bord de l'écroulement.

Il prit bientôt pour habitude, quand la conscience de ses singularités l'affolait, quand sa taille démesurée et l'éclat anormal de son teint lui paraissaient trop éprouvants, de s'immobiliser, de ralentir son souffle. Ensuite, il prenait soin de marcher à pas comptés, de parler avec des inflexions lentes, d'insuffler dans chacun de ses gestes de la grâce, de la retenue. Il lui semblait qu'ainsi il devait être moins ridicule, bien que personne ne lui eût jamais laissé entendre qu'il l'était.

Cependant, au conservatoire, le maestro Cavalla pressait Tonio de s'installer dans une petite chambre du premier étage, voisine des appartements de Guido. Visiblement, la mort de Lorenzo continuait à le préoccuper. Il n'approuvait pas, au demeurant, le temps que Tonio consacrait à l'épée. Les autres élèves commençaient à le regarder avec de l'admiration, faisant de lui une sorte de héros.

« Toutefois, il faut que je vous l'avoue, ajouta-t-il, vous nous avez tous étonnés avec cette cantate de Noël. La musique est le sang qui irrigue les veines de cet établissement, et si vous n'aviez pas un talent hors de pair, vous n'y causeriez pas une aussi grande sensation. »

D'abord Tonio se récria. Il ne voulait pas perdre la vue sur le Vésuve ; il ne voulait pas quitter sa mansarde douillette où il était si bien à son aise. Mais lorsqu'il comprit que tous les appartements du premier étaient reliés entre eux par des portes communicantes et que le sien donnait directement sur la chambre à coucher de Guido, il accepta. Et il alla en ville acquérir de quoi meubler son nouveau logis.

Le maestro fut sidéré en voyant tant de trésors franchir la porte d'entrée : un grand lustre en cristal de Murano, des chandeliers d'argent massif, des commodes laquées, un lit à colonnes garni de tentures de velours vert, des tapis d'Orient, et enfin un magnifique clavecin à deux claviers, avec une longue caisse triangulaire décorée de peintures qui représentaient des satyres poursuivant des nymphes dans des tons d'or, d'ocre et d'olive rehaussés d'un beau vernis mat.

En réalité, ce clavecin était un présent que Tonio destinait à Guido, mais le lui donner sur-le-champ eût sans doute été un geste déplacé.

La nuit venue, quand les fenêtres du cloître étaient masquées de lourdes tentures et que les corridors ne retentissaient plus que de dissonances éparses et étouffées, nul ne savait qui dormait dans quel lit, qui passait d'une chambre à l'autre, et les amours de Tonio et de Guido demeurèrent aussi secrètes qu'avant.

Entre-temps, Guido s'était mis à travailler d'arrache-pied à la composition d'un *pasticcio* de Pâques, que le maestro Cavalla n'avait été que trop heureux de lui commander à la suite du succès qu'il avait remporté à Noël. Ce *pasticcio* était un opéra complet dont la plus grande partie consistait en un assemblage d'airs empruntés à des œuvres anciennes et célèbres. La musique de Scarlatti serait accolée au premier acte à des fragments d'un livret de Zeno ; des passages de Vivaldi seraient intégrés à l'acte deux, et ainsi de suite. Mais Guido aurait à clore ce pot-pourri par un dernier acte entièrement de sa main.

Des rôles étaient prévus pour Tonio, pour le petit Paolo dont le soprano haut et délicat faisait l'émerveillement de tous, et pour un autre étudiant au talent prometteur, du nom de Gaetano, que Guido s'était vu attribuer comme élève en récompense de son ouvrage de Noël.

Guido était aux anges. Et Tonio comprit alors que, quoiqu'il eût pu s'assurer, en payant, de l'exclusivité des leçons de Guido à son usage privé, celui-ci ne demandait rien tant que de voir reconnues par le maestro ses qualités de maître et de compositeur ; il œuvrait à la réalisation de certains rêves qui lui étaient propres.

Et le jour où le maestro accepta son *pasticcio*, Guido en conçut une joie si exaltée qu'il lança en l'air les feuillets de sa partition.

Après s'être mis à genoux pour les ramasser, Tonio arracha à Guido la promesse qu'ils iraient, en compagnie de Paolo, passer quelques jours sur l'île de Capri.

Quand ils l'informèrent qu'ils l'emmenaient avec eux, Paolo fut transporté de joie. Avec son petit nez en trompette, son visage rond et sa tignasse brune perpétuellement hirsute, il était aussi aimable qu'aimant. À l'auberge, Tonio le retint debout à bavarder jusque fort avant dans la nuit. Il fut navré de constater que ce garçon ne se souvenait pas d'avoir jamais eu de parents ; il ne se souvenait que d'une suite d'orphelinats et du vieux chef de chœur qui lui avait promis que l'opération ne lui ferait pas mal — promesse qui n'avait pas été tenue...

Dans les premiers jours du carême, Tonio comprit soudain ce que représentait pour lui la victoire de Guido. Il allait devoir paraître sur scène non plus au milieu d'autres choristes, mais seul.

En quoi cela pouvait-il être pire que la chapelle, ou que ces processions qui défilaient devant la populace massée sur le chemin de l'église ?

Néanmoins il était transi de peur. Il imaginait la salle en train de se remplir, et il éprouvait une douleur presque charnelle en se voyant avancer vers les lumières de la rampe : c'était cette même vieille sensation de nudité, de vulnérabilité, de... de quoi ? De ne plus s'appartenir ? D'être un objet destiné à plaire plutôt qu'une personne décidée à se plaire à elle-même ?

Pourtant il en mourait aussi d'envie. Il avait envie du fard, des paillettes, de l'excitation ; et il se rappelait s'être dit, pendant que Domenico chantait : un jour je ferai la même chose, et je le ferai mieux encore.

Mais lorsque enfin il se décida à lire la partition de Guido, il découvrit qu'il devait jouer le rôle d'une femme. Il en resta abasourdi.

Il était seul au moment où il fit cette découverte.

Il avait emporté sa musique au petit théâtre, où on l'avait autorisé à s'exercer seul, afin qu'il pût juger de la façon dont sa voix résonnait dans la salle.

La lumière du jour ne pénétrait dans le local clos que par de rares interstices ; les loges désertes baignaient dans une obscurité caverneuse ; sur la scène nue, pas même masquée d'un rideau, décors et accessoires s'étalaient à la vue.

Assis au clavecin, le regard fixé sur la partition ouverte devant lui, Tonio éprouva l'impression fugace et violente d'avoir été trahi.

Puis il imagina la stupéfaction qui se peindrait sur le visage de Guido s'il lançait contre lui une telle accusation. Guido n'avait pas tenté de le jouer. Il lui donnait simplement une nouvelle et nécessaire occasion de parfaire sa formation.

Il obligea ses mains à jouer les premières notes ; et, déployant toute la puissance de sa voix, il entendit les premières phrases de l'introduction retentir dans la petite salle. Dans son esprit, le spectacle prenait vie. Il sentait la vibration de la foule, il entendait l'orchestre, il voyait la jeune femme blonde au premier rang.

Et il était lui-même le nœud de la situation, lui, cette obscénité sublime, un homme vêtu en femme. Un homme ? Ah non, tu t'oublies. Il eut un sourire. Et, en y repensant, il trouva à Domenico une innocence admirable et une formidable puissance.

Sa voix s'arrêta dans sa gorge.

Il savait qu'il lui fallait faire cela. Il devait accepter la chose comme elle était. C'était cela que la montagne lui avait enseigné, et sous les pétales épanouis de sa terreur se cachait sans doute la graine d'une force neuve. Il aurait voulu remonter sur le volcan. Il aurait voulu comprendre pourquoi cela lui avait été d'un tel secours, pourquoi cela l'avait tellement changé.

Machinalement il s'était levé, il avait refermé le clavecin.

Avec une plume trouvée dans la chambre de Guido, il griffonna sur la première page de la partition :

« Je ne peux pas et ne pourrai jamais jouer un rôle de femme. Si tu ne révises pas le rôle pour moi, je ne le chanterai pas. »

En bonne logique, une violente discussion aurait dû éclater au retour de Guido, mais Tonio refusa obstinément d'ouvrir la bouche. Il connaissait d'avance les arguments de Guido : partout les castrats chantaient des rôles de femme ; est-ce qu'il s'imaginait qu'il pourrait accéder à la renommée mondiale en n'interprétant que des rôles masculins ? Comprenait-il vraiment ce qu'il sacrifiait là ? Jusqu'à quand croyait-il qu'il pourrait faire ainsi le difficile ?

À la fin, Tonio leva les yeux et dit tout doucement : « Guido, je ne ferai pas cela. »

Là-dessus Guido quitta la salle. Il lui fallait obtenir du maestro l'autorisation de remanier de fond en comble le dernier acte.

Guido resta absent une bonne heure.

Tonio sentait dans sa gorge une épaisseur, une sécheresse inusitée.

Il avait l'impression qu'il aurait été incapable de chanter. Des images fugitives de son escalade du Vésuve et de la nuit qu'il y avait passée se formaient dans sa tête, mais il n'en tirait aucun réconfort. Il avait peur. Il lui semblait qu'il était entraîné malgré lui dans quelque chose qui allait le détruire complètement, et qu'il s'était trompé du tout au tout.

S'il devenait cette créature simple et toute d'instinct capable d'être ce que doit être un castrat, il ne serait plus lui-même, il y perdrait sa personnalité. À tout jamais, il serait déchiré. À tout jamais, il souffrirait. La douleur et le plaisir s'entremêleraient en lui, le ballotteraient tantôt d'un côté, tantôt de l'autre, le modèleraient sans que jamais aucun des deux l'emportât véritablement sur l'autre ; il ne connaîtrait jamais la paix.

En voyant l'air accablé qu'avait Guido lorsqu'il revint, Tonio comprit aussitôt qu'il s'était produit quelque chose de grave.

Guido s'assit devant son secrétaire et fut un long temps sans rien dire, puis il déclara enfin :

« Il a attribué le meilleur rôle à Benedetto, son élève. Il dit que tu n'auras qu'à chanter l'air que j'ai écrit pour Paolo, au dernier tableau. »

Tonio aurait voulu parler, dire à Guido qu'il était désolé, qu'il savait qu'il venait de lui causer une affreuse déconvenue.

« C'est ta musique, Guido, balbutia-t-il, et tout le monde l'entendra...

— Mais je voulais qu'ils l'entendent par ta voix ; tu es mon élève. je voulais que ce soit toi qu'ils entendent. »

11.

Le *Pasticcio* de Pâques fut un succès. Tonio avait aidé Guido à retoucher le livret, il avait prêté son concours au costumier et il avait travaillé en coulisses pendant toutes les répétitions jusqu'à la limite de ses forces.

La salle était pleine et c'était la première fois que Guido jouait au théâtre. À cette occasion, Tonio lui avait offert une perruque neuve et une redingote à la dernière mode, en brocart lie-de-vin.

Guido avait récrit pour lui l'air de la fin. C'était une *aria cantabile* d'une exquise tendresse qui se prêtait à merveille à la démonstration du métier grandissant de Tonio.

Et quand Tonio entra en scène, son désir de chanter était si intense que le sentiment de sa vulnérabilité se mua en une allégresse prodigieuse ; il s'enivrait de la beauté qu'il sentait flotter autour de lui, des visages tendus par l'attente qui se tournaient vers lui, de la puissance évidente et sûre de sa propre voix.

Avant d'entonner sa première note il respira, posément, profondément, en s'imprégnant de la mélancolie de l'aria, puis il l'attaqua, certain qu'il allait arracher des larmes à l'auditoire.

Mais quand il s'aperçut qu'il y était bel et bien parvenu et que les spectateurs des premiers rangs étaient en pleurs, il fut saisi d'une stupeur si grande qu'il en oublia presque sa sortie.

La jeune femme blonde était là aussi, comme il l'avait prévu. Elle fixait sur lui un regard subjugué. Son triomphe était si complet qu'il en fut presque oppressé.

Mais cette soirée était celle de Guido, qui voyait pour la première fois une de ses œuvres représentée devant un public de Napolitains cultivés, et quand il monta sur la scène pour saluer, à la fin du spectacle, Tonio ne pensa plus à rien d'autre.

Un peu plus tard, chez la comtesse Lamberti, il revit la jeune femme blonde.

La foule était considérable. Le carême était passé, l'on avait envie de danser et de s'enivrer, et bien entendu, après ce spectacle de premier choix, l'on fit aux musiciens du conservatoire le meilleur des accueils. Et Tonio, qui baguenaudait à travers la mêlée, verre en main, aperçut soudain cette jeune femme qui entrait dans la pièce où il se tenait, au bras d'un vénérable gentilhomme à la face noiraude. Quand le regard de Tonio croisa le sien, elle lui fit un petit salut de la tête, avant d'aller se joindre aux danseurs.

Bien entendu, personne n'avait remarqué ce signe de tête, et personne n'aurait rien vu là d'extraordinaire. Mais Tonio sentit aussitôt la tête lui tourner. Il s'éloigna d'elle précipitamment, en se demandant, dans un subit accès de hargne, ce qu'elle faisait donc là. Elle était si jeune, après tout ! Elle n'était sans doute pas mariée, et à cet âge presque toutes les filles d'Italie étaient séquestrées dans les couvents ; en tout cas, il était bien rare qu'on les vît à des bals.

Sa future épouse, Francesca Lisani, avait été si efficacement cloîtrée que, lorsqu'on lui avait annoncé qu'ils allaient se marier, Tonio avait été incapable de se remémorer son visage. Mais il l'avait trouvée si belle lorsqu'ils avaient finalement été mis en présence cet après-midi-là à son couvent ! Il la revoyait, à travers la grille du parloir... Il se demandait à présent pourquoi il avait été si surpris de sa beauté. Somme toute, n'était-elle pas la fille de Caterina ?

Mais à quoi bon se souvenir de tout cela ? En vérité, ces choses lui semblaient irréelles ; ou plutôt, elles lui paraissaient irréelles un moment et le moment d'après d'une réalité poignante. Ce qui était le plus réel et le plus insoutenable, c'était qu'à chaque fois qu'il faisait mine de demeurer en place un instant quelqu'un s'avançait pour le complimenter.

Des gentilshommes fort distingués, qu'il n'avait jamais vus, tenant une canne d'une main et de l'autre serrant délicatement un mouchoir brodé, venaient s'incliner devant lui, lui déclarant qu'il avait chanté à ravir et qu'ils étaient certains qu'il ferait de grandes choses. De grandes choses ! Les dames lui souriaient, abaissant un instant leurs éventails aux peintures compliquées, et leur attitude laissait clairement entendre qu'elles ne seraient point fâchées s'il venait s'asseoir un peu à côté d'elles.

Et Guido, où était-il donc ? Guido riait aux éclats au milieu d'un cercle d'admirateurs, la petite comtesse Lamberti cramponnée à son bras.

Tonio s'arrêta, avala goulûment une grande rasade de vin blanc et reprit son errance. Un nouvel afflux d'invités venait d'arriver et un courant d'air frais s'engouffrait par l'entrée principale.

S'accotant de l'épaule au cadre tarabiscoté d'une grande glace, Tonio se reprit malgré lui à songer que ce jour où il avait vu sa future femme avait été son dernier à Venise, et que cela avait été une journée si riche d'événements. C'était aussi ce jour-là qu'il avait été au lit avec Caterina et qu'il avait chanté pour Guido dans la basilique.

C'était incroyable ! Et cela ferait bientôt un an qu'il était à Naples !

Il vit que Guido lui faisait signe et il s'avança vers lui.

« Tu vois ce petit homme là-bas, lui chuchota Guido. C'est un Russe, le comte Djezinski. C'est un claveciniste amateur de grand talent. Je lui ai écrit une sonate. Il la jouera peut-être tantôt.

— À la bonne heure ! répondit Tonio sur le même ton. Mais pourquoi ne pas la jouer toi-même ?

— Non, dit Guido en secouant la tête. Il est trop tôt. Ils viennent seulement de s'apercevoir que je vaux mieux qu'un simple... » Mais il ravala ses paroles, et Tonio, lui prenant la main à la dérobée, la pressa furtivement.

D'autres musiciens du conservatoire venaient d'arriver. Tandis que Guido s'écartait, Piero, le castrat blond natif de Milan, s'avança vers Tonio.

« Tu as été merveilleux, ce soir, lui dit-il. Chaque fois que tu chantes, tu nous enseignes quelque chose. »

Tonio aperçut au loin Benedetto, le nouvel élève du maestro, qui avait repris le rôle qui lui était primitivement destiné. Mais Benedetto passa devant eux sans même lui adresser un regard.

« C'était sa soirée, fit Tonio avec un geste fataliste, et celle de Guido, bien entendu. »

Tonio avait aidé Benedetto à s'habiller ; il avait placé sur sa tête la grande perruque bouclée et enrubannée. Mais Benedetto affichait le plus parfait dédain pour les gens qui l'entouraient, et il n'avait pas accordé plus d'attention à Tonio qu'il n'en eût accordé à un simple laquais. Il avait de longs ongles à l'ovale parfaitement régulier avec de pâles demi-lunes à la racine. Il avait dû les frotter à l'aide d'un polissoir ; sur scène, ils brillaient autant que s'ils avaient été vernis. Mais on sentait en lui une sorte de dureté, de rapacité famélique, et les dentelles et les strass ne le transformaient pas vraiment, quoiqu'il les portât sans la moindre gêne. Que penserait-il, se demanda Tonio, s'il savait que j'ai renoncé à son rôle plutôt que de m'affubler de ces oripeaux ?

« Il s'en est décemment tiré, et il s'en tirera toujours décemment », commentait Piero en jaugeant Benedetto d'un coup d'œil très froid.

Il dit à Tonio qu'il désirait lui parler et l'entraîna dans la salle de billard. De là, ils avaient vue sur la porte ouverte de la salle de bal et sur la double rangée de danseurs occupés à effectuer les pas d'un menuet, mais le son ne leur parvenait plus qu'assourdi et déformé. Par moments, quand le brouhaha des conversations augmentait de volume, ces hommes et ces femmes somptueusement vêtus paraissaient danser sans musique.

« C'est au sujet de Giovanni, Tonio. Tu sais, le maestro veut qu'il reste encore un an parmi nous ; il s'est mis en tête qu'il ferait de lui un chanteur d'opéra, mais Giovanni s'est vu offrir une situation dans un chœur romain, et il veut la prendre. Bien sûr, s'il s'agissait de la Sixtine, le maestro dirait oui, mais une petite chapelle comme cela ne lui inspire plus que du dédain... Quel est ton sentiment, Tonio ?

— Je ne sais pas », dit Tonio. Mais il savait. Giovanni n'avait jamais été assez bon pour la scène, il en était convaincu depuis la première fois où il l'avait entendu chanter.

Là-bas, la jeune fille blonde s'encadrait à présent dans l'arc de la porte. Cette robe violette, était-ce la même qu'elle avait portée près d'un an plus tôt ? Elle avait une taille si fine que Tonio n'aurait sans doute pas eu de peine à la tenir entre ses mains, et le renflement de sa gorge était d'une perfection rayonnante, avec une chair aussi douce et veloutée que celle de ses joues. Ses sourcils n'étaient pas blonds comme ils auraient dû être, mais d'une teinte foncée, profonde comme le bleu de ses yeux, et c'était cela qui lui donnait cet air tellement grave. Tonio distinguait clairement son expression, le léger froncement de ses sourcils et la moue qui gonflait imperceptiblement sa lèvre inférieure.

« Mais, Tonio, le pire dans tout cela est que Giovanni a envie d'aller à Rome. Jamais il n'a aimé la scène et jamais il ne l'aimera ; chanter à l'église, voilà ce qui lui plaît. Tout enfant déjà il aimait cela... »

Tonio sourit à cette évocation.

« Mais que puis-je faire, Piero ? demanda-t-il.

— Tu peux nous faire part de ton sentiment, Tonio, répondit

Piero. Crois-tu que Giovanni pourra jamais arriver à quelque chose s'il chante à l'opéra ?

— C'est à Guido que tu dois demander son avis.

— Tu ne comprends pas, Tonio. Le maestro Guido ne contestera jamais une décision du maestro Cavalla, et Giovanni a vraiment grand désir de s'en aller à Rome. Giovanni a dix-neuf ans, cela ne fait que trop longtemps qu'il est ici, et c'est la meilleure offre qu'on lui ait jamais faite. »

Un silence s'installa entre eux. La jeune fille fit demi-tour, fit sa révérence, prit la main de son cavalier et descendit avec lui le long de la haie de danseurs, ses jupes ondoyant au-dessus du parquet.

Subitement Piero éclata de rire et effleura les côtes de Tonio d'un coude complice.

« Ah, c'est donc à elle que tu t'intéresses. »

Tonio sentit le rouge lui monter aux joues mais il réprima sa colère.

« Pas du tout ! protesta-t-il. J'ignore même qui elle est. Simplement, je l'admirais. »

Il fit de son mieux pour prendre un air dégagé. D'un signe, il arrêta un serviteur de passage, lui prit un verre de vin blanc et le leva vers la lumière comme si la vue du liquide ambré battant sur le cristal l'eût captivé.

« Va donc lui conter fleurette, Tonio, et peut-être qu'elle fera ton portrait ? dit Piero. Si tu le permets, elle peindra ton académie.

— Qu'est-ce que tu racontes là ! fit Tonio d'un ton rogue et tranchant.

— Elle peint des hommes nus ! »

Piero se mit à rire. Agacer Tonio ainsi semblait le divertir énormément.

« Bien sûr, ce sont tous des anges ou des saints, mais cela n'empêche qu'ils sont des plus dévêtus. Si tu ne me crois pas, va donc jeter un coup d'œil dans la chapelle de la comtesse. Toutes les fresques au-dessus de l'autel ont été peintes par elle.

— Mais elle est si jeune !

— Oui, n'est-ce pas ? fit Piero avec un large sourire.

— Comment s'appelle-t-elle ?

— Je ne sais pas. Interroge la comtesse. Elles sont parentes. Mais pourquoi ne jettes-tu pas plutôt ton dévolu sur une personne plus mûre ? Des filles de cet âge, cela n'amène que des ennuis...

— À vrai dire, cela m'importe peu », dit Tonio sèchement.

Elle était peintre. Elle peignait des fresques. Il trouvait l'idée choquante ; il en éprouvait de la frustration, mais cela la parait à ses yeux d'un attrait nouveau, d'un surcroît de substance, et son air désinvolte lui paraissait soudain plus émouvant que jamais. Elle était préoccupée d'une chose qui allait bien au-delà de sa propre beauté, et c'était cela qu'elle s'appliquait à sauvegarder. Mais belle, elle l'était pourtant ! Rosalba, la fameuse artiste vénitienne, avait-elle été jolie comme cela ? Mais dans ce cas, pourquoi était-elle devenue peintre ? Toutes ces questions étaient stupides. Et que lui importait qu'elle fût le plus grand peintre d'Italie ! Pourtant, en l'imaginant un pinceau à la main, il éprouvait une exaltation délicieuse.

Tout à coup le visage de Piero lui paraissait si vulnérable. Il le regardait comme s'il venait seulement de s'apercevoir de sa présence, et il ne saisissait que maintenant le sens de ses paroles. Giovanni se trouvait devant un choix dramatique dont toute son existence dépendait, et Piero se tournait vers Tonio pour lui demander de régler toute l'affaire. Tonio en était dérouté, mais ce n'était pas la première fois qu'on s'adressait à lui pour qu'il arbitrât un litige.

« Parle-lui, Tonio, et il fera comme tu diras, dit Piero. Moi je lui ai dit de partir pour Rome, mais il ne m'écoute pas. S'il s'obstine à essayer de faire sa vie dans l'opéra, il finira déçu et humilié. »

Tonio hocha la tête.

« C'est entendu, Piero, dit-il. Je lui parlerai. »

La jeune femme blonde avait disparu. Le menuet était terminé. Elle n'était nulle part en vue. Enfin, il l'aperçut au loin ; au bras du gentilhomme âgé avec qui elle était arrivée, elle se dirigeait vers la porte. Elle va partir, songea Tonio, et il en éprouva un regret cuisant. Bien entendu sa robe n'était pas la même que celle qu'elle arborait la première fois qu'il l'avait vue. Elle était de la même couleur, mais garnie d'immenses jupes avec des fronces auxquelles étaient cousus de petits bouquets. Elle devait avoir un faible pour le violet...

Mais Giovanni, qu'allait-il donc lui dire ? Il ferait en sorte que Giovanni formulât par lui-même la réponse, et il l'exhorterait ensuite à agir conformément à sa conviction.

Il était un peu embarrassé que pareille responsabilité lui échût. Mais, à part cela, il ressentait une certaine tendresse envers tous ces garçons qui recherchaient de plus en plus fréquemment ses avis comme s'il eût été pour eux une espèce de guide. À ce qu'il semblait, il s'était créé un fort lien entre lui et beaucoup d'entre eux, et pas seulement parmi les castrats. Voici peu, un élève du nom de Morello, qui étudiait la composition, lui avait donné copie du *Stabat Mater* qu'il venait d'achever avec un petit mot disant : « En espérant que tu le chanteras un jour. » Récemment Guido s'était fait deux fois remplacer par lui pour donner leur cours aux petites classes, et Tonio en avait été enchanté, en même temps qu'il était touché du respect que les enfants lui montraient.

À quoi pensait-il déjà ? Il se souvint qu'il avait désiré se rendre à la chapelle de la comtesse. Mais où était-elle donc, cette chapelle ? Le vin lui était monté à la tête. Et la comtesse, quant à elle, semblait s'être volatilisée. Bien entendu, le premier domestique venu saurait lui indiquer l'emplacement de la chapelle. Guido aussi devait savoir où elle se trouvait. Mais où était Guido ? Et quelque chose lui disait qu'il ne fallait pas le questionner là-dessus. « Je suis abjectement ivre », murmura-t-il entre ses dents. Et, avisant son reflet dans une glace, il ajouta : « Telle mère, tel fils ! »

À ce qu'il semblait, il était seul dans un boudoir vide. Il savait qu'il aurait dû s'étendre un moment, mais quand un autre domestique l'approcha avec l'inévitable vin blanc rafraîchi, il prit un verre, le vida puis, touchant le valet à l'épaule, lui demanda :

« La chapelle... où se trouve-t-elle ? Peut-on y accéder ? »

Il se retrouva alors gravissant le grand escalier central dans la foulée de cet homme, lequel le mena ensuite le long d'un corridor interminable qui aboutissait à une paire de portes doubles. Le sentiment de prendre part à quelque secrète manigance accélérait les battements de son cœur. Après avoir communiqué la flamme de sa chandelle aux candélabres muraux, le valet le laissa seul dans la chapelle faiblement éclairée.

Celle-ci était fort belle et riche, toute pleine de détails merveilleux. Il y avait une grande profusion de ces dorures dont les Napolitains raffolaient ; des colonnes cannelées et des rinceaux damasquinés bordaient fenêtres et plafonds d'arabesques scintillantes. Les statues, qui donnaient l'illusion de la vie, étaient revêtues de satin et de velours véritables, et la nappe d'autel était incrustée de pierreries.

Silencieusement, Tonio s'avança jusqu'à l'autel, s'agenouilla sur le coussin de velours disposé face au tabernacle et joignit les mains dans l'attitude de la prière.

Dans le clair-obscur, les fresques au-dessus de lui semblaient animées d'une sourde palpitation, et il n'arrivait pas à croire que ces effigies superbes et imposantes de la Vierge s'élevant au ciel, des anges aux ailes arquées, des saints à cheveux gris eussent été peintes par *elle*.

Ces figures étaient si pleines de sève et de vigueur qu'elles en paraissaient presque vivantes, et tandis qu'il les admirait Tonio éprouva pour le peintre un amour violent. Il se vit auprès d'elle, s'imaginant qu'ils étaient plongés dans une conversation basse et passionnée qui lui permettait d'entendre enfin sa voix. Si jamais un soir il arrivait à se faufiler tout près d'elle dans la salle à danser au moment où elle bavardait avec son cavalier, il entendrait sa voix. Au-dessus de lui, le visage à l'ovale parfait et aux paupières mi-closes de la Sainte Vierge était encadré d'une masse ondulante de cheveux noirs qui lui tombaient sur les épaules. Avait-elle vraiment peint cela ? Soudain il lui semblait que ces figures étaient trop exquises pour avoir été peintes par une main humaine. Il ferma les yeux.

Il se tenait le front de la main droite. Un grand déluge d'émotions menaçait de s'abattre sur lui. Il se sentait tout déconfit et il se torturait l'esprit pour essayer d'imaginer comment il expliquerait à Guido ce qui avait motivé sa venue en ce lieu. « Je n'aime que toi ! » dit-il à mi-voix.

Étourdi par le vin, le cœur au bord des lèvres, il s'éloigna lourdement de l'autel et se dirigea vers les portes.

N'eût-il découvert, dans un petit boudoir de l'étage, un divan sur lequel s'allonger, il aurait sans doute été très malade.

Il s'étendit, ferma les yeux, entendit très distinctement la voix de sa mère qui disait : « J'aurais dû m'enfuir avec la troupe de l'opéra », puis il sombra dans le sommeil.

À son réveil, il régnait un grand calme. Assurément, la soirée avait dû déjà finir. Tonio se leva d'un bond, se précipita dehors et s'arrêta en haut des marches. Guido allait beaucoup lui en vouloir. Peut-être même était-il reparti sans lui.

En bas, il ne restait plus qu'une poignée d'invités disséminés çà et là à travers les vastes salles, et partout des serviteurs allaient et venaient tranquillement, empilant verres et serviettes sur des plateaux d'argent. L'air sentait le tabac, et un claveciniste solitaire — un amateur — jouait un petit air plein de brio.

Trois des violonistes seulement étaient encore là et ils bavardaient entre eux. Voyant que Francesco était du nombre, Tonio s'empressa de descendre l'escalier.

« Avez-vous vu Guido ? lui demanda-t-il. Est-il rentré ? »

Francesco, qui avait donné deux concerts au cours de la soirée, était manifestement très las, et il parut d'abord ne pas comprendre ce que Tonio disait.

« Il doit être très fâché contre moi, expliqua Tonio. Je me suis assoupi. Il m'a cherché, probablement. »

Francesco eut un sourire.

« Ne craignez rien, il ne vous en veut pas », murmura-t-il d'un ton bizarrement confidentiel. Après quoi, il rangea soigneusement son violon dans son étui, en fit claquer le couvercle et se leva pour partir. Mais en voyant l'expression d'ahurissement qui s'était peinte sur le visage de Tonio, il eut un nouveau sourire et lança un coup d'œil appuyé en direction de l'escalier et de l'étage où il conduisait.

Tonio tendit l'oreille, comme s'il essayait d'entendre des paroles qu'il n'avait pas prononcées. Francesco refit la même mimique.

« Il est avec la comtesse, chuchota-t-il à la fin. Vous n'avez qu'à l'attendre. »

Pendant un long moment, Tonio se borna à suivre des yeux tous les mouvements de Francesco. Il le regarda tandis qu'il rassemblait les feuillets de sa partition ; il le regarda tandis qu'il prenait congé des autres. Il le regarda sortir.

Ce ne fut que lorsqu'il se retrouva seul au bord de l'immense salle vide que le sens de leur bref échange de propos le pénétra vraiment. Lentement il s'avança dans la direction de l'escalier.

Ce n'est pas vrai, se disait-il. Cela n'a pas de sens. Il avait peut-être mal compris.

Évidemment Francesco ne pouvait savoir que Guido et lui étaient amants, puisque personne ne le savait.

Mais quand il arriva sur le palier et se trouva face à la gueule noire d'un corridor ténébreux, il tremblait de tous ses membres.

Il s'appuya à la paroi. Sa tête s'était remise à lui tourner, et tout à coup l'envie le prit de se trouver ailleurs, à mille lieues de là. Pourtant il demeura parfaitement immobile.

Il n'eut pas longtemps à attendre.

À l'autre bout du couloir, une porte s'ouvrit et, dans la lumière qui filtrait sur le tapis de la galerie à motifs fleuris, Guido et la comtesse parurent. Le petit corps dodu de la comtesse était toujours harnaché d'une robe de bal compliquée, mais ses cheveux noirs dénoués flottaient librement. Et Guido, se retournant tendrement vers elle, se pencha pour l'embrasser.

Leurs deux corps se confondirent dans la pénombre. Ensuite la comtesse s'éclipsa et la lumière disparut avec elle.

Tonio avait assisté bouche bée à tout ce manège. Paralysé de stupeur, il regarda la forme indistincte de Guido qui s'avançait vers lui.

Puis, tandis que leurs yeux se rencontraient, il vit l'expression de son visage et ses derniers doutes s'envolèrent.

12.

Il pleurait. Il pleurait de grosses larmes d'enfant, et cela lui était égal. Il ne pouvait accepter ce qui arrivait là. Guido l'avait abusé. Guido l'avait blessé de propos délibéré. Et s'il avait commencé par exhaler contre lui sa colère, ce n'était qu'une tentative panique, désespérée, pour se défendre lui-même de la douleur intense de ce moment.

Et à présent Guido s'adressait à lui d'une voix froide, dépourvue d'inflexions, et il ne lui concédait rien. Qu'avait-il attendu ? De fausses raisons, de pieux mensonges ? Guido le lui avait dit : il l'avait averti qu'il prendrait des femmes chaque fois que l'occasion s'en présenterait. Et cela n'avait rien à voir avec leur amour à tous deux.

« Mais tu m'as berné ! » murmurait Tonio. Il n'arrivait pas à réfléchir. Il ne pouvait pas proférer ses accusations en suivant un ordre cohérent.

« Comment cela, berné ? Crois-tu donc que je ne t'aime pas ? Tu es toute ma vie, Tonio ! »

Mais il n'exprimait ni excuses ni regrets. Il ne cherchait pas à le rassurer en se montrant conciliant. Il n'y avait rien d'autre que cette froideur, cette voix sourde qui répétait inlassablement les mêmes paroles.

« Mais est-ce arrivé seulement ce soir ou y a-t-il déjà eu d'autres fois ? Ah, il y a eu d'autres fois, sûrement ! »

Guido se murait dans le silence. Debout, muet, les bras croisés, il regardait fixement Tonio et ne semblait pas soupçonner une seconde la détresse dans laquelle il l'avait plongé.

« Depuis quand, alors... quand cela a-t-il commencé ? s'écria Tonio. À quel moment ai-je cessé de te suffire ? Dis-le-moi !

— De me suffire ? Tu es le monde pour moi, dit Guido d'une voix douce.

— Pourtant tu n'es pas prêt à renoncer à elle... »

Guido ne dit rien.

Cette discussion n'avait aucune raison d'être ; les réponses ne varieraient pas, il le savait, et il était stupéfait qu'un abîme comme celui-là pût s'ouvrir sous ses pieds, qu'un si grand désespoir pût s'abattre sur lui, ranimant soudain de plus anciennes blessures. Cette douleur était intolérable ; il la sentait dans toutes les fibres de son être, et il lui semblait que le petit univers qu'il s'était créé dans cet endroit vacillait sur ses bases et menaçait ruine. Qu'importait qu'il eût enduré dans sa vie des tourments mille fois plus accablants ! Ils n'avaient plus pour lui de réalité, et seul comptait à ses yeux l'instant présent.

Il voulait se lever, s'en aller. De sa vie, il ne verrait plus jamais Guido, ni la comtesse, ni aucun des autres. Non, c'était impensable.

« Je t'aimais... murmura-t-il. Personne d'autre n'existait pour moi. Personne d'autre n'a jamais existé pour moi.

— Tu m'aimes toujours et personne d'autre que toi n'existe pour moi, répliqua Guido. Tu le sais bien.

— N'en dis pas plus. Restons-en là. Plus tu parles, et plus cela empire. Finissons-en. »

Dès qu'il eut proféré ces paroles, il sentit que Guido s'avançait vers lui.

Et au moment même où il se disait que sûrement il allait le frapper, malgré lui il se tourna et se jeta dans ses bras. C'était presque comme si sa détresse rendait Guido plus irrésistible. Guido pouvait encore le protéger même de sa propre cruauté. Et quand Guido lui murmura encore une fois : « Tu es ma vie », ce fut d'une voix tourmentée, avide, et Tonio s'abandonna à ses caresses.

Guido, lentement, l'embrassait en savourant chaque baiser. Tonio sentait sa passion monter en grandes vagues qui le soulevaient, puis refluaient légèrement avant de déferler avec encore plus de violence.

Après l'amour, alors qu'ils restaient étendus, leurs membres emmêlés, Tonio chuchota dans l'oreille de Guido :

« Aide-moi à comprendre. Comment as-tu pu me faire mal sans rien éprouver toi-même ? Pour rien au monde je ne t'aurais fait souffrir ainsi, je te le jure. »

Il lui sembla que Guido souriait dans le noir. Mais son sourire était sans malice, il était peiné plutôt, et le soupir qui lui souleva la poitrine semblait porter tout le poids d'une sagesse ancienne.

Il raffermit son étreinte d'un geste qui avait quelque chose de désespéré, et quand il attira Tonio tout contre sa poitrine, ce fut comme s'il craignait qu'on voulût le lui ravir.

« Un jour, tu me rendras la pareille, bel ange, lui dit-il. Pour l'heure, fais-moi sentir comme tu as le cœur doux et plein d'abnégation. »

Les yeux de Tonio se fermaient. Il aurait voulu se récrier, mais tandis qu'il glissait malgré lui vers le domaine hanté de ses rêves, il lui semblait qu'il lui manquait encore les clés de cette énigme dont il commençait seulement à mesurer l'étendue. Tout au fond de son âme, il se sentait agité de peurs qu'il ne pouvait nommer, et il savait que dans cet instant il aimait Guido et était aimé de lui, et que, s'il s'efforçait trop de résoudre l'énigme, la souffrance le submergerait encore.

Il décida de s'incliner. Il se sentait désarmé, mais il plia. Et, dans les jours qui suivirent, il comprit que cela avait été une décision sage, car Guido se montra plus que jamais attaché à lui.

De tout cela, Tonio avait tiré une amère leçon : si quelque chose le retenait d'aborder la jeune femme blonde, ce n'était pas Guido. La culpabilité qu'il avait éprouvée dans la chapelle ce soir-là, du seul fait d'avoir jeté un bref coup d'œil à ses peintures, lui paraissait risible à présent, parce qu'il savait désormais qu'il avait tout le loisir de l'approcher sans donner à Guido aucune explication, et cependant il ne pouvait s'y résoudre. Chaque fois qu'il la croisait, il tombait dans un abîme d'angoisse et de mutisme.

Toutefois les mois passaient, et son amour pour Guido l'occupait tout entier et le rassérénait. Par moments, l'idée que Guido continuait de voir la comtesse le jetait dans les affres de l'humiliation. Mais Guido lui témoignait plus de tendresse et de dévouement que jamais, ce qui venait peut-être du fait que son talent de compositeur était enfin en passe de recevoir la consécration à laquelle il rêvait depuis si longtemps.

Avec le retour des mois chauds, qui amenèrent leur inévitable cortège de fêtes et de processions (et parfois aussi de longues promenades dans la campagne en compagnie de Paolo), il devint apparent que Guido jouissait désormais d'une grande vogue.

On lui confia des classes de composition avancées, et on lui retira les débutants ; comme il avait en la personne de Tonio un disciple de première grandeur, comme de son côté Paolo faisait l'étonnement de tous, il attirait à lui un si grand nombre de chanteurs de qualité qu'il ne pouvait plus les accepter tous.

On lui avait accordé un contrôle quasi absolu sur le théâtre du conservatoire, et quoiqu'il menât la vie dure à tout le monde, Tonio ne l'en trouvait que plus attrayant et il puisait sans compter dans sa bourse pour le vêtir d'habits luxueux dans lesquels il avait décidément fière allure.

Depuis qu'il s'était installé dans cette nouvelle dignité, la mine de Guido s'était radoucie ; il devenait moins irascible. Il émanait de sa personne une autorité si naturelle que Tonio éprouvait au moindre effleurement de sa main une secrète et amollissante volupté.

Le maestro Cavalla avait exhorté Guido de ne pas brusquer les choses avec Tonio. Pourtant, c'était lorsqu'il avait paru en public que le travail de Guido sur Tonio avait véritablement débuté.

Sur la scène, il pouvait soumettre à meilleur examen ses défauts et ses points forts. Bien qu'il lui fît réviser sans relâche toute la gamme des exercices vocaux et qu'il composât pour lui des airs de toutes les sortes, il voyait bien que c'était dans l'*aria cantabile*, l'air de la mélancolie et du tendre regret, que Tonio excellait par-dessus tout. Benedetto était meilleur dans l'artifice ; il était capable de se lancer dans de vertigineux exercices de colorature dans les aigus avant de redescendre avec une facilité confondante dans le registre du contralto. L'auditoire en restait ébahi, mais il n'était pas ému.

Tandis que Tonio, lui, arrachait infailliblement des larmes à son public.

Sur ces entrefaites, le roi Charles III de Bourbon, qui régnait sur Naples depuis deux ans, décida de faire édifier un opéra bien à lui, le Teatro San Carlo. La construction fut menée à bien en quelques mois et l'on démolit le San Bartolomeo.

Tout le monde s'était émerveillé de la rapidité avec laquelle on avait bâti le nouveau théâtre ; mais lors de la soirée inaugurale, sa conception intérieure porta cet émerveillement jusqu'aux sommets de l'admiration.

Le San Bartolomeo était une salle à l'ancienne, de forme rectangulaire. Celle du San Carlo était en fer à cheval et comportait six galeries en étage. Mais le plus frappant n'était point tant ses dimensions imposantes que la richesse extravagante de l'éclairage ; chacune des loges était munie d'une glace à l'avant et flanquée de deux flambeaux. Quand les chandelles étaient allumées, les miroirs multipliaient les petites flammes à l'infini et dans toutes les directions ; c'était un spectacle fantasmagorique dont la magie fut toutefois éclipsée par le talent de la prima donna, Anna Peruzzi, et par celui de sa rivale, le contralto Vittoria Tesi, fameuse pour son habileté à interpréter des rôles d'hommes. L'opéra représenté ce soir-là, *Achille à Skyros*, avait été composé sur un livret récent de Métastase par Domenico Sarri, qui était la coqueluche des Napolitains depuis bien des années.

Les décors et les costumes étaient l'œuvre de Piero Righini, un des plus grands décorateurs du moment, et l'ensemble produisit un spectacle d'une magnificence incontestable.

Guido et Tonio étaient assis au premier rang de l'orchestre dans d'énormes sièges à accoudoirs que les personnes qui avaient souscrit un abonnement pour la saison pouvaient verrouiller lorsqu'elles ne s'en servaient pas, en sorte que chaque place ne fût accessible qu'à son titulaire payant, qui était sûr de la trouver à quelque heure qu'il arrivât ; et l'intervalle entre chaque rangée de sièges était si spacieux que l'on pouvait gagner sa place sans occasionner de dérangement à quiconque.

Au demeurant, nul n'ignorait que le roi de Naples avait une sainte horreur de l'opéra ; on disait même en riant qu'il n'avait fait édifier une salle si vaste que pour pouvoir mettre la plus grande distance possible entre lui et la scène.

Plus que jamais les yeux de l'Europe étaient tournés vers Naples. Ses chanteurs, ses compositeurs, sa musique avaient entièrement supplanté ceux de Venise. Et cela faisait longtemps déjà qu'ils avaient éclipsé ceux de Rome.

Cependant Rome demeurait encore, de l'avis de Guido, le lieu où un sopraniste se devait de débuter. Rome ne produisait plus de chanteurs et de compositeurs, mais Rome n'en restait pas moins Rome, Guido le rappelait sans cesse à Tonio.

Les progrès de Tonio faisaient la stupeur de tous. Quoiqu'il eût chanté quatre airs dans l'opéra de l'automne et qu'il consacrât ses soirées à des sorties avec Guido, il prenait encore parfois ses repas avec ses condisciples, passait en leur compagnie ses récréations de l'après-midi et participait avec eux aux basses besognes auxquelles on l'affectait dans la coulisse.

Mais, quelque temps après son deuxième Noël à Naples, il entra en conflit avec un autre élève du maître d'armes, conflit qui s'avéra aussi dangereux que le combat qui l'avait opposé à Lorenzo l'année d'avant.

Cela débuta un jour où Tonio était dans une grande confusion d'esprit et évoluait avec une maladresse inusitée, dans l'indifférence de tout ce qu'il voyait et entendait autour de lui.

Ce matin-là, il avait reçu une lettre dans laquelle Caterina Lisani l'informait que sa mère avait donné le jour à un garçon bien portant. L'accouchement avait eu lieu cinq mois auparavant ; cela faisait près de la moitié d'une année que l'enfant était au monde.

Tonio était tombé dans un état d'extrême abattement et il s'était pris à murmurer entre ses dents une petite prière à peine audible. Dieu veuille que tu sois sain de corps et d'esprit, marmonnait-il. Que le ciel et les hommes te soient propices. Si seulement je pouvais être à ton baptême, je poserais sur ton petit front tendre un baiser de mes lèvres !

Et, surgie de nulle part, une image s'insinua dans son esprit, dans laquelle il se voyait lui-même, avec cette longue figure qui était désormais la sienne, arpentant les salles poussiéreuses et humides du palazzo. Il vit un bras interminable se tendre pour balancer le berceau de l'enfant. Et il vit sa mère, seule, qui pleurait.

Qu'avait-elle donc à pleurer ? Lentement, les idées de Tonio s'éclaircissaient et il comprenait qu'elle pleurait parce qu'il venait de tuer son mari. Carlo était mort. Encore une fois elle était en deuil, et toutes ces chandelles dont il avait imaginé la brillante illumination s'étaient éteintes. De minces volutes de fumée montaient de leurs mèches. Et la puanteur du canal avait envahi les corridors, aussi dense et palpable qu'une brume hivernale.

« Ah, dit-il tout haut à la fin en pliant la feuille de parchemin rigide, qu'espérais-tu donc ? Un peu plus de temps ? »

Un nouveau pas venait d'être franchi ; et encore un autre. La lettre de Caterina annonçait que Marianna, déjà, était enceinte d'un deuxième enfant !

Dans son bouleversement, en arrivant à la salle d'armes, il avait étourdiment bousculé un jeune Toscan de Sienne qui s'était trouvé en travers de son chemin au moment où il passait la porte. Il avait fait cela par inadvertance.

Mais, alors qu'il se préparait pour la première passe, il entendit dans son dos un grondement pareil à celui d'une bête fauve et, levant les yeux, il éprouva le même sentiment étrange de complet désarroi que deux ans plus tôt, place Saint-Marc, lorsqu'il avait pour la première fois entendu parler de Carlo. Il resta pétrifié ; l'espace d'un instant, il lui sembla qu'il chavirait dans un mauvais rêve. Il se raccrocha à la vue du plancher ciré à ses pieds, des hautes fenêtres, de la longue salle nue, et les mots pénétrèrent en lui : « Un eunuque ? On ne m'avait pas dit que les chapons avaient le droit de porter l'épée ! » Tout cela était bien prévisible ; et pas très fin. Tonio eut la vision de chapons, ces jeunes coqs châtrés, tout plumés et prêts à manger, pendus à des crocs de boucher. Puis il vit tout autour de lui les miroirs de la salle d'armes et, s'y reflétant, les jeunes gens en caleçons noirs et en chemises blanches debout à travers la pièce.

Il s'aperçut alors qu'un grand silence s'était abattu sur toute la salle et qu'il était lui-même en train de faire très lentement volte-face.

Le regard du jeune Toscan était braqué sur lui. Pourtant Tonio distinguait à peine les traits de son visage ; il lui semblait ouïr un grand flot bruissant et plein d'échos fait d'une multitude de murmures s'élevant des poitrines de tous ces jeunes hommes rassemblés dans la salle dont il avait si souvent, l'épée à la main, défié la virilité. Immobile, les yeux plissés, il attendait que ces murmures prennent la forme de paroles intelligibles.

Un obscur pressentiment l'avertit que le jeune Toscan était en proie à une vive anxiété. Les autres étaient inquiets, et Tonio perçut clairement leur alarme qui se diffusait à travers la salle comme une onde concentrique. Les visages de tous ces jeunes Italiens du Sud s'étaient figés dans une expression fermée, presque morose ; il sentait l'odeur de leur sueur.

Il perçut alors la peur du jeune Toscan. Elle s'enfla soudain jusqu'à l'épouvante et, dans un sursaut désespéré d'amour-propre, le garçon s'écria :

« Je ne croise pas le fer avec les chapons ! »

Il avait crié cela d'une voix aiguë, presque glapissante, et c'était une injure si triviale que même ces Italiens du Sud aux mœurs rudes en furent manifestement choqués.

À ce moment, Tonio eut une idée étrange. Ce garçon était d'une stupidité bornée. De toute évidence, il était prêt à risquer sa vie pour ne pas perdre la face devant ce petit groupe rassemblé autour de lui. Tonio le tuerait, il n'avait pas le moindre doute à ce sujet. Personne ici ne lui arrivait à la cheville dans le maniement de l'épée, et sa haute stature lui donnait un avantage décisif. Il était habité d'une rage froide et dure, mais en même temps il éprouvait toute l'absurdité d'un tel acte. Il ne voulait pas tuer ce jeune garçon. Il ne souhaitait pas sa mort. Pourtant un homme véritable l'aurait tué ; un homme véritable n'aurait pas manqué de lui faire payer un pareil affront.

Il était perplexe ; ces pensées pesaient sur sa conscience. Et ce garçon lui offrait une chance si inespérée ! Il avait de la peine pour lui. Mais s'il se laissait absorber par ce dilemme, il en serait affaibli.

Et il se vit lui-même, comme de très loin, fixer sur son adversaire des yeux rétrécis par la haine et lever lentement son épée.

Le Toscan dégaina sa rapière ; elle jaillit de son fourreau avec une vibration sonore et il la brandit pour en frapper Tonio, la bouche tordue de peur et de colère. Tonio para le coup et, ripostant instantanément, lui enfonça la pointe de son épée dans la gorge.

Le garçon lâcha son arme et, avec un terrible hoquet, porta les deux mains à sa blessure.

Là-dessus, une agitation silencieuse s'empara de la salle. Plusieurs garçons se précipitèrent sur Tonio et le maintinrent à distance de son adversaire. Il vit qu'un autre groupe entourait le Toscan, dont la chemise était tout imbibée de sang. Le maître d'armes tenait absolument à leur faire fixer une heure et un lieu à l'extérieur pour une rencontre en règle.

Tout au long du chemin qui le ramenait au conservatoire, Tonio fut hanté par de brèves visions de ces moments de confusion ; il revoyait ces jeunes hommes autour de lui ; il sentait le contact de leurs mains, amical, sans embarras.

Peu avant minuit, un jeune noble sicilien se présenta pour lui faire savoir que le Toscan avait plié bagage et qu'il avait quitté la ville. Tandis qu'il lui faisait cette révélation, à laquelle il n'ajouta aucun commentaire, le jeune Sicilien basané arborait un rictus méprisant. Puis, après un instant d'hésitation au milieu du décor un peu solennel du parloir où Tonio l'avait reçu, il lui proposa de venir chasser avec lui un jour. Il partait fréquemment chasser en montagne avec des amis, et ils seraient ravis d'avoir sa compagnie. Tonio le remercia de son invitation, sans toutefois l'accepter formellement.

À quelques jours de là, Guido et Tonio s'en furent dans les montagnes, au sud.

La température était clémente, et ils dénichèrent ensemble un de ces villages côtiers accrochés à une falaise au-dessus d'une mer si étale et d'un bleu si pur qu'elle semblait être le miroir parfait du ciel.

Ils firent un repas frugal sur une petite piazza blanche, puis ils mandèrent une troupe de chanteurs rustiques, loqueteux mais pleins de verve, qui leur jouèrent des mélodies barbares et ingénieuses qu'aucun musicien instruit ne se serait risqué à interpréter.

Ils passèrent la nuit dans une auberge, sur une paillasse, la fenêtre ouverte sur le ciel.

Au matin, Tonio sortit de bonne heure pour une promenade solitaire qui le mena à une grande étendue herbeuse tout émaillée des premières fleurs du printemps, au milieu de laquelle il découvrit les vestiges d'un ancien temple grec.

De grands tronçons de marbre taillé jonchaient çà et là l'herbe folle, mais quatre colonnes se dressaient encore contre le ciel ; les nuages défilaient lentement derrière elles, et elles semblaient flotter dans l'air, comme si quelque magie leur eût permis de s'affranchir des lois de la pesanteur.

Tonio trouva l'emplacement de l'opisthodome. Il arpenta le dallage fracassé jusqu'à ce qu'il en eût reconstitué par la pensée la forme exacte, puis il s'allongea sur l'herbe fraîche qui jaillissait partout des crevasses et des fissures et, le regard tourné vers l'éclat éblouissant du ciel, il se demanda s'il avait jamais joui dans sa vie d'une sérénité aussi grande que celle qu'il avait connue pendant l'année qui venait de s'écouler.

Partout où se portait son regard, le monde lui paraissait d'une virginale beauté et riche d'exhalaisons subtiles. Il ne dissimulait plus pour lui aucun hideux mystère. La trame de ses journées n'était plus tissée de tensions exténuantes.

Il se sentait rasséréné par l'amour, l'amour qu'il portait à Guido, à Paolo, et à tous ces amis fidèles logés sous le même toit que lui, ces garçons dont il partageait les labeurs et les plaisirs, avec lesquels il étudiait, répétait, jouait, et qui étaient les seuls frères qu'il eût jamais connus.

Et pourtant les ténèbres étaient là.

Elles restaient sans cesse suspendues sur sa tête, n'attendant pour s'abattre qu'une lettre de Caterina ou l'affront puéril d'un jeune Toscan téméraire et obtus. Mais il lui était devenu si facile de les tenir à distance !

Il s'étonnait à présent d'avoir jamais pu espérer que la haine et l'amertume le soutiendraient jusqu'à ce que les enfants de Carlo fussent assez nombreux pour qu'il soit temps de retourner là-bas et de vider cette vieille querelle.

Avait-il donc l'esprit affaibli pour avoir oublié le tort qu'on lui avait fait, le monde dont on l'avait exclu, pour s'être acclimaté si aisément à cette existence étrange qui lui paraissait désormais plus réelle que celle qu'il avait menée autrefois à Venise ? Était-ce la faiblesse qui l'avait retenu de vouloir tuer le Toscan, ou bien cette sorte de discernement très subtil qu'il lui avait semblé éprouver dans ces moments ?

Tout à coup, il se demandait avec terreur si la vie l'empêcherait à jamais de comprendre tout cela.

Il lui paraissait inconcevable qu'il eût vécu un jour à Venise, qu'il eût jamais vu la brume s'insinuer sur ces canaux stagnants à la couleur plombée, enceints des deux côtés de murailles si serrées qu'elles menaçaient d'avaler les étoiles.

Dômes argentés, arches arrondies, mosaïques luisant sous la pluie, *où était-ce donc ?*

Fermant les yeux, il s'efforça d'évoquer le souvenir de sa mère, d'entendre le son de sa voix, de la voir danser en tourbillonnant sur le sol poussiéreux. Y avait-il vraiment eu un jour où, la voyant à la fenêtre, il avait rampé jusqu'à elle en pleurant ? Elle chantait une vulgaire chanson des rues. Rêvait-elle à Constantinople ? La main de

Tonio l'avait touchée. Elle s'était retournée pour le frapper. Il s'était senti aspiré par un gouffre...

Tout cela avait-il vraiment eu lieu ?

Soudain il se retrouva debout dans l'herbe. Une immense étendue de verdure s'étalait autour de lui. Dans le lointain il aperçut la forme noire de Guido perdue au milieu d'une grande traînée de fleurs minuscules qui faisait en travers de cette belle et vaste prairie une tache blanche et floue pareille à celle d'un nuage s'évaporant au ciel. Guido paraissait anormalement immobile ; il avait la tête penchée de côté, comme à l'écoute d'un chant d'oiseau lointain, ou comme s'il eût simplement tendu l'oreille pour percevoir le son de l'immensité vide autour de lui.

« Carlo, Carlo ! » murmurait-il, comme incapable d'abandonner ce lieu sans y avoir fait vivre le souvenir de son père. Puis il ferma les yeux, cessa de voir ces champs d'herbe étalés à l'infini sous un soleil caressant, et se retrouva dans cette cité lointaine qu'il connaissait si bien, rôdant comme un fauve en quête d'une proie, jusqu'à ce qu'il le débusquât dans un endroit sombre et imprévu et qu'il vît l'horreur et la surprise se peindre sur ses traits.

Mais ah ! mon Dieu, que ne donnerais-je pour que vous puissiez, ne fût-ce qu'un seul jour, éloigner de moi ce calice !

13.

Sept autres mois passèrent avant que Tonio ne reçût de la main même de Marianna une lettre par laquelle elle l'informait de la naissance de son deuxième fils.

Il fut si bouleversé en voyant cette lettre qu'il la garda sur lui un jour entier avant de s'en aller seul sur la grève pour l'ouvrir enfin.

Il lui paraissait que le mugissement des vagues l'empêcherait d'entendre cette voix dont il redoutait le charme maléfique comme le chant de la sirène.

> « Pas une heure ne passe sans que je pense à toi, sans que j'aie pour toi du chagrin, sans que je me reproche cet acte monstrueux que l'excès de ta passion t'a poussé à commettre. Tu n'es pas perdu pour moi, quoi que tu prétendes et en dépit de la direction imprudente et nocive dans laquelle tu as choisi d'engager ta vie.

« Ton petit frère Marcello Antonio Treschi a vu le jour sous ce toit voilà une semaine. Mais aucun enfant ne te supplantera jamais dans mon cœur. »

Dans quelques jours Tonio devait tenir son premier grand rôle dans un opéra entièrement composé par Guido pour le théâtre du conservatoire. Et il sut que, s'il n'oubliait pas cette lettre, il serait incapable de se produire sur scène.

Il se jeta à corps perdu dans la préparation du spectacle, et sa volonté ne se déroba pas. Le soir de la représentation, il n'avait en tête rien d'autre que la musique ; il était Tonio Treschi, soliste du conservatoire d'abord et amant de Guido Maffeo ensuite, et seule la frénésie amoureuse put apaiser l'écho des applaudissements dans ses oreilles.

Dans les journées qui succédèrent à ce petit triomphe, l'idée de sa mère l'obséda, si peu qu'il restât de son amour pour elle et des sentiments qu'avaient jadis fait naître en lui sa beauté et ses trop rares tendresses.

Désormais elle était la femme de Carlo ; elle lui appartenait. Comment avait-elle pu le croire ? Elle l'avait cru pourtant bel et bien, cela ne faisait pas l'ombre d'un doute.

Par-delà la rage noire qu'il en éprouvait, Tonio connaissait bien sûr la réponse à sa question. Elle avait cru Carlo parce qu'elle y était obligée, elle l'avait cru pour pouvoir continuer à vivre, elle l'avait cru pour échapper à sa chambre vide et à son lit désert. Carlo excepté, qu'y aurait-il eu pour elle dans cette maison ?

Et parfois, tandis qu'il retournait sans répit ces pensées dans sa tête, il ne pouvait écarter le souvenir du désespoir et de la solitude dans lesquels elle avait jadis vécu, et de ces accès de méchanceté dont, maintenant encore, l'évocation rétrospective lui faisait froid dans le dos.

Si elle s'était retirée dans un couvent, elle n'y eût pas survécu, Tonio en était persuadé, et son prétendu frère, ce « frère » puissant et fourbe, si entêté à obtenir réparation du préjudice qu'il estimait avoir subi, aurait épousé quelqu'un d'autre.

Non, elle s'était trouvée confrontée à un choix impossible, et vivre avec cet homme sans qu'il l'aimât lui eût été aussi insupportable qu'une cellule de couvent. Elle avait autant besoin de l'amour de Carlo que de sa protection et de son nom. Car après tout, dans le passé, le nom et la protection n'avaient pas fait grand-chose pour elle.

Et je la renverrais, moi, à sa solitude ? songeait-il. Je la renverrais à son cloître... Et il l'imaginait revêtue à nouveau de son voile noir de veuve.

Pour lui, cette image était bien plus réelle que toutes celles qu'évoquaient ces lettres à la lecture desquelles il se représentait des baptêmes d'enfant et une maison toute bourdonnante d'une vie qu'il ne lui avait jamais connue.

Elle se tournait vers lui, elle l'accablait d'invectives. Poings serrés, elle le maudissait. Ses hurlements lui parvenaient à travers les années et les distances, par-delà la perspective indécise d'un avenir hypothétique, mais il n'y pouvait rien, sa colère le poussait inexorablement en avant et il la laissait derrière lui jusqu'à ce qu'elle ne fût plus qu'une ombre au loin, incapable d'exercer la moindre influence sur le destin qui l'attendait, comme cela avait déjà été le cas dans le passé.

Elle était perdue pour lui, perdue pour de bon, et pourtant chaque fois qu'il pensait à elle les larmes embuaient ses yeux ; et il se détournait avec violence, le cœur battant à tout rompre, lorsque son regard tombait sur le spectacle banal de ces femmes en noir dont foisonnaient partout les églises, de ces veuves, les unes d'âge canonique, d'autres très jeunes, qui allumaient des cierges, s'agenouillaient au pied des autels et formaient dans les rues de sombres grappes avec leurs vieilles servantes endeuillées.

À présent Tonio était constamment sollicité de venir chanter à des soupers ou des concerts privés. Il ne s'aventura qu'une fois chez la vieille marquise dont il avait fait la connaissance lors de sa première soirée chez la comtesse Lamberti.

Mais à toutes les autres invitations, même à celles auxquelles son emploi du temps lui aurait permis de se rendre, il ne répondit que par des regrets polis.

Naturellement, Guido enrageait.

« Il faut que l'on t'entende ! plaidait-il. Il faut que tu sois vu et entendu dans les grandes maisons. Tonio, il faut que tu te fasses connaître de leurs hôtes étrangers, vas-tu le comprendre enfin !

— Bah ! ils entendront parler de moi et ils viendront me voir ici, disait Tonio, qui s'empressait ensuite d'alléguer les rigueurs de son emploi du temps. Tu m'en demandes trop ! s'écriait-il avec conviction. Et d'ailleurs le maestro se lamente toujours à cause des ennuis dans lesquels se mettent les élèves au cours de leurs sorties, de leurs excès de boisson...

— Cela suffit ! » coupait Guido dédaigneusement.

Mais le conservatoire restait l'unique lieu où Tonio acceptât de se produire.

Il y passait le plus clair de son temps, n'en sortant plus guère que pour se rendre à la salle d'armes, et il n'acceptait jamais non plus les invitations de ses jeunes partenaires d'escrime qui avaient pris l'habitude de lui proposer de venir boire ou chasser en leur compagnie.

Régulièrement il apercevait sa blonde amie, et chaque fois son cœur faisait un bond dans sa poitrine. Quand il participa au concert annuel de l'église des franciscains avec les autres garçons, elle se trouvait dans l'assistance. Il la vit au Teatro San Carlo, trônant avec des airs de reine dans la loge de la comtesse. Elle se plaçait en face de la scène, à la façon des Anglais, et elle paraissait toujours captivée par la musique.

Et chaque fois qu'il chantait au conservatoire, elle était là.

De temps à autre, il se rendait chez la comtesse, mais ces visites, quoiqu'il refusât de se l'avouer à lui-même, n'avaient qu'un seul objet : il s'en allait à la chapelle pour s'abîmer dans la contemplation de ces peintures murales délicates aux coloris sombres avec leur Vierge à la figure ovale, leurs anges aux ailes vigoureuses, leurs saints aux muscles noueux. Invariablement, il attendait que la soirée fût déjà fort avancée pour s'y rendre ; et c'était toujours dans un état d'ébriété légère. Et quelquefois, lorsque ensuite il l'apercevait dans la salle de bal, il la dévisageait si longtemps et d'une façon si indiscrète qu'il était sûr que ses proches finiraient par en prendre ombrage.

Ce qui n'arriva jamais.

Mais c'était sa vie au conservatoire qui absorbait Tonio le plus complètement, et rien ne troublait vraiment la quiétude de ses journées ordonnées par des rites méticuleux, hormis les longues lettres de sa cousine Caterina qui, en dépit du fait qu'il n'y répondît quasiment jamais, étaient d'une hardiesse sans cesse grandissante.

Tonio se les voyait invariablement remettre de la main d'un jeune homme de l'ambassade, toujours le même, et cela signifiait clairement qu'elles n'étaient destinées qu'à ses seuls yeux.

Caterina lui annonçait également la naissance du second enfant de Marianna, dont elle se bornait à dire qu'il était aussi bien portant que le premier.

« Mais, à ce que l'on me dit, le nombre des bâtards de ton frère excède de loin celui de ses héritiers légitimes. Il paraît donc que les succès brillants qu'il remporte au Sénat ou dans les conseils ne le retiennent pas de cultiver avec beaucoup de constance sa passion pour le beau sexe.

« Toutefois, il est en adoration devant ta mère, il ne faut pas que tu te fasses du souci à son sujet.

« Chacun ici s'émerveille de sa vigueur, de son énergie, de sa capacité à travailler et à se divertir des premières lueurs de l'aube jusqu'à minuit sonné. À ceux qui lui en témoignent de l'admiration, il s'empresse de repartir que ses souvenirs d'exil et de disgrâce concourent à lui rendre délectable cette existence-là.

« Bien entendu, la seule mention du nom de son frère Tonio suffit à lui arracher des larmes. Ah, comme il se réjouit d'entendre que les choses vont si bien pour toi dans le Sud ! Mais malgré toute la joie qu'il en éprouve, il ne s'en déclare pas moins soucieux qu'on lui parle tant que cela de ta voix et de ta vaillance à l'épée.

« "La scène ! me dit-il, vous ne croyez tout de même pas qu'il montera vraiment sur la scène de l'opéra ? " Et il me confie qu'il se serait plutôt figuré que tes inclinations te porteraient vers les mêmes emplois que ton ancien mentor, Alessandro. Je lui ai fait alors remarquer que je te verrais plutôt enclin à marcher sur les traces de Caffarelli. Ah, si tu avais vu sa tête en entendant cela !

« Figure-toi qu'il voudrait nous voir tous compatir à son malheur ! "Ne voyez-vous donc pas, me dit-il, ce que cela me fait de me voir sans cesse rappelé à cette infamie ! "

« "Et ces duels ! s'exclame-t-il. Que veulent donc dire tous ces duels ! Moi qui souhaite seulement le savoir en paix ! "

« "Oui, lui ai-je rétorqué. Et où y a-t-il au monde de plus grande paix que dans la tombe ? " Sur quoi il est derechef emporté par un nouveau torrent d'émotion et quitte ma maison pleurant à chaudes larmes.

« Mais il est bientôt de retour, tout ravigoté par le vin et recru de la douce fatigue des maisons de plaisir. Les yeux larmoyants, il me reproche de le persécuter et il me dit que oui, puisque c'est cela que je veux savoir, il a souvent pensé qu'il eût été préférable pour son infortuné frère que le chirurgien lui infligeât par mégarde une blessure plus sérieuse ; de sorte, ce pauvre garçon connaîtrait à présent le repos éternel.

« "Pourquoi cela ? me suis-je exclamé en riant. Que c'est vilain à vous de dire pareille chose ! Aux dires de tous, Tonio paraît le plus heureux des hommes ! "

« "Et s'il laissait sa vie dans un de ces duels ridicules ? me rétorque-t-il. Jour et nuit, je me ronge les sangs à son sujet." Il dit que jamais il n'aurait dû faire porter ces épées que tu lui as réclamées.

« "Des épées, cela s'achète partout", ai-je objecté.

« "Mon petit frère, mon petit frère !" fait-il avec une émotion si poignante qu'elle tirerait des larmes à un public de théâtre. "Y a-t-il au monde personne qui soupçonne ce que j'ai enduré !" Après quoi il se détourne de moi comme s'il lui était impossible d'exprimer toute l'étendue de ses immenses remords à une personne aussi simple d'esprit et aussi insensible que moi.

« Mais je t'en conjure pour de bon, Tonio, sois prudent, fais bien attention à toi. S'il avait de nouveau vent de tes prouesses à l'épée, il pourrait se sentir obligé de dépêcher à Naples un couple de spadassins pour te protéger. Et je crois que tu trouverais la compagnie de ces individus encombrante, voire littéralement suffocante. Sois vigilant, Tonio, garde-toi bien.

« Pour ce qui est de ta voix et du théâtre, peut-on te tenir rigueur des dons que le bon Dieu t'a impartis ? La nuit, quand l'insomnie me prend et que je reste les yeux ouverts sur l'oreiller, j'entends ta voix. Qu'il me tarde de l'entendre vraiment à nouveau et de t'embrasser pour te montrer toute l'affection que je te porte et t'ai toujours portée ! Ton frère est bien fou s'il s'imagine que tu ne feras pas de grandes choses. »

Cette lettre, Tonio la conserva longtemps par-devers lui avant de la livrer aux flammes comme il l'avait fait de tant d'autres.

Elle l'avait beaucoup amusé et exerçait sur lui une fascination singulière ; sa haine pour Carlo y avait puisé un nouvel aliment et brûlait d'une flamme plus intense que jamais.

Comme il voyait bien son « frère » buvant jusqu'à la lie la grande coupe des plaisirs qu'était Venise ! Comme il se le figurait bien passant d'une salle de bal au siège du Sénat, du Ridotto aux bras d'une courtisane !

Quant aux aimables mises en garde de Caterina, il n'en tira aucun profit, il ne modifia en rien le cours de son existence.

Il continua de fréquenter la salle d'armes avec autant d'assiduité qu'avant. Chaque fois qu'il en avait le temps, il s'exerçait sur des cibles au maniement du pistolet. Et lorsqu'il était seul dans sa chambre, il perfectionnait sa dextérité dans l'emploi de la dague autant qu'il est possible de le faire sans se payer le luxe de l'enfoncer régulièrement dans le corps d'un quidam.

Il savait toutefois que ce n'était ni l'instinct guerrier ni la bravoure qui l'avaient poussé à se montrer aussi résolu face à Giacomo Lisani et à s'initier au maniement des armes au point que désormais il y excellait.

C'était simplement qu'il ne pouvait dissimuler à quiconque, et en quelque façon que ce soit, sa vraie nature.

De plus en plus fréquemment, les regards qui croisaient le sien lui montraient que l'on reconnaissait en lui l'eunuque. Mais les regards des jeunes Napolitains lui disaient aussi qu'il s'était gagné de leur part un respect sans restriction.

Quant au théâtre et à l'éventualité qu'il devînt un jour, comme Caterina l'avait si généreusement suggéré, un nouveau Caffarelli, il y aspirait de tout son cœur et en éprouvait en même temps une terreur si grande que quelquefois cette dualité de son esprit le plongeait dans une perplexité sans borne.

Les applaudissements, les fards, la splendeur et le clinquant des décors, et ce moment où il entendait sa propre voix se détacher clairement au-dessus des autres et exercer sa mystérieuse magie sur ceux qui l'écoutaient, tout cela l'exaltait beaucoup.

Mais, à l'idée de paraître devant le public d'un grand théâtre, un sentiment de solitude le prenait, et il éprouvait une crainte affreuse mêlée d'une étrange excitation.

« Deux enfants en deux ans ! »

Quelquefois cette pensée le frappait avec tant de clarté et de force qu'il en restait paralysé sur place. Deux enfants, l'un et l'autre du sexe mâle et bien portants !

Bien des familles de Venise ne disposaient de rien de mieux pour assurer leur perpétuation.

Du fond du cœur il regrettait que son père et sa mère ne lui aient pas laissé un tout petit peu plus de répit !

14.

Le 1er mai, sur le coup de midi, Tonio se promenait via di Toledo au milieu d'une cohue grouillante lorsqu'il s'aperçut tout à coup que ce jour marquait exactement le troisième anniversaire de son arrivée à Naples.

Il avait du mal à y croire, et en même temps il lui semblait avoir vécu ici toute sa vie et n'avoir jamais connu d'autre monde que celui-ci.

Un instant il s'arrêta et resta immobile au milieu de cette foule qui le pressait de toutes parts puis, tournant les talons, il leva les yeux vers le ciel d'un bleu immaculé et sentit sur sa joue la caresse d'une brise tiède et douce comme un baiser.

Avisant non loin une petite taverne dont les tables étaient disposées à même les pavés sous l'ombrage de deux figuiers noueux, Tonio alla s'y asseoir et commanda une bouteille de lacrima-christi, ce muscat napolitain auquel il avait pris goût.

Les feuilles des figuiers projetaient sur le pavé de grandes ombres en forme de main, et l'air tiède, bien qu'il fût pris en cet endroit entre des murs resserrés, n'en était pas moins brassé en permanence par un souffle très doux.

En une minute, il fut ivre. La moitié d'un gobelet y avait suffi, et il se sentit envahi d'un prodigieux bien-être tandis qu'il se laissait aller contre le dossier dur de la petite chaise de bois et observait le va-et-vient perpétuel de la rue. Jamais Naples ne lui avait paru si belle. En dépit de tout ce qu'il pouvait lui trouver de déplaisant — la misère abjecte partout étalée et les mœurs dissolues d'une aristocratie désœuvrée —, il lui semblait qu'il appartenait à cette ville ; à sa façon, il la comprenait.

Peut-être aussi que les anniversaires suscitaient en lui un sentiment de fête. À Venise, on en célébrait tant, et ils donnaient toujours lieu à de grandes festivités ; ce n'était pas seulement une manière de mesurer l'écoulement du temps ; c'était toute une façon de vivre.

Et après ses emplettes de la matinée, ce bonheur était bien rafraîchissant.

Il était resté des heures prisonnier chez le tailleur, où il ne pouvait esquiver les miroirs. Les couturières lui rappelaient sans cesse sa stature grandissante. Il avait ses cinq pieds huit pouces à présent, et en le voyant il n'était plus possible de se figurer qu'il n'était encore qu'un jeune garçon.

Son teint de rose, sa chevelure abondante, son air d'innocence, tout cela s'alliait à la longueur de ses membres pour faire savoir au monde entier ce qu'il était.

Certaines fois, tous ces compliments qu'il recevait le mettaient hors de lui ; et une image indécise remontait du fond de sa mémoire, celle d'un vieillard grabataire vitupérant un monde dans lequel le goût tenait lieu d'étalon universel. C'était le goût qui faisait qu'une tournure comme la sienne avait de la vogue, et que les femmes l'accablaient de leurs hommages et de leurs déclarations passionnées, alors que tout ce qu'il apercevait dans son miroir n'était qu'une abjecte détérioration de l'œuvre de Dieu. Voir les desseins de la nature aussi complètement ruinés, cela avait quelque chose d'horrible. Il se demandait parfois si les personnes atteintes d'un grand mal éprouvaient de semblables sentiments lorsque leurs membres refusaient de leur obéir ou quand une fièvre causait la perte de leurs cheveux. Les grands malades l'attiraient, ainsi que les phénomènes, les avortons et les nains qui s'exhibaient parfois sur les tréteaux des petits théâtres de rue, les infirmes, un couple de créatures soudées à la hanche qui buvaient leur vin, l'air hilare, assises sur la même chaise. Ces êtres exerçaient sur lui une attraction magnétique et le mettaient dans le tourment ; secrètement, sous ses magnifiques déguisements de brocart et de dentelle, il savait qu'il était des leurs.

Il avait acheté toutes les étoffes que lui avait présentées le tailleur ; il avait acheté par douzaines des mouchoirs, des cravates, des gants dont il n'avait pas l'usage.

« Ce n'est que pour mieux te rendre invisible, grande perche », avait-il murmuré à son reflet dans le miroir.

À présent, éprouvant les débuts d'une douce euphorie née de la subtile et puissante alchimie du vin associé à la chaleur de l'été, il souriait. « Tu aurais pu être laid par-dessus le marché, se disait-il. Tu aurais pu perdre ta voix, comme Guido. Sois content de ce que tu as. »

Cependant son séjour dans la chambre de torture qu'était l'échoppe du tailleur lui avait ramené à l'esprit les disputes qui l'avaient dernièrement opposé à Guido et au maestro Cavalla, disputes qui n'étaient pas près de s'apaiser lorsque Tonio avait refusé de tenir le rôle de la prima donna dans l'opéra de printemps, en réitérant sa résolution de ne jamais paraître sur scène costumé en femme. À nouveau, le maestro l'en avait puni en lui attribuant un rôle insignifiant. Mais Tonio n'avait témoigné aucun repentir.

Une seule chose l'avait dérangé à propos de l'opéra de printemps : la jeune femme blonde n'y avait pas assisté. Cela faisait quelque temps déjà qu'elle ne se montrait plus à la chapelle, et il ne l'avait pas vue non plus au dernier bal de la comtesse. Il en était profondément affecté.

Sur le chapitre des rôles de femme, ses maîtres n'étaient pas disposés à lui céder. Ils ne partageaient pas sa conviction qu'il pourrait se tailler une place au soleil en ne chantant que des rôles d'homme. Cela faisait des siècles que l'usage s'était répandu de faire tenir à des castrats les rôles de femme ; et même si désormais les femmes étaient partout admises sur scène, en dehors des États pontificaux, les castrats n'en continuaient pas moins de jouir dans ces emplois d'une faveur inégalée. Mais, étant donné que tous les rôles importants étaient écrits pour des voix hautes, il fallait que chacun soit prêt à tenir n'importe quelle partie, et il n'était pas rare que, pour leur part, les femmes interprètent des rôles d'homme.

À la fin, le maestro Cavalla avait fait venir Tonio dans son cabinet.

« Vous savez aussi bien que moi, commença-t-il, que vous ne pouvez partir d'ici avant d'avoir acquis cette expérience-là. Et le moment de vos débuts s'approche à grands pas.

— Mais c'est impossible, protesta Tonio. Je ne suis pas prêt à...

— Taisez-vous, coupa le maestro. Je suis mieux placé que vous ne l'êtes pour juger de vos progrès. Et là-dessus vous savez bien que j'ai raison. J'ai raison aussi quand j'affirme qu'il est grand temps que vous vous produisiez à l'extérieur du conservatoire, mais vous vous y refusez également. Il ne se passe pas de semaine sans que l'on vous invite à venir chanter dans des maisons particulières, et vous déclinez toutes les offres. Tonio, ne saisissez-vous donc pas que cette école n'est plus pour vous qu'un refuge trop commode ? »

Tonio accusa le coup.

« Vous vous trompez ! marmonna-t-il avec colère, tout en sachant que le maestro était dans le vrai.

— Tonio, quand vous êtes arrivé ici, poursuivit le maestro, et quand vous vous êtes pour la première fois résolu à chanter, je pensais que vous n'alliez pas tenir. J'étais d'avis que la discipline serait beaucoup trop sévère pour vous, et je me préparais à voir Guido subir une nouvelle déconvenue. Mais vous m'avez étonné. Vous êtes devenu un aristocrate dans notre petit monde ; vous en avez fait votre

Venise ; vous avez brillé ici comme vous auriez sans doute brillé là-bas.

« Mais Venise n'était pas le monde, Tonio, et le conservatoire ne l'est pas non plus. Et désormais vous êtes prêt à affronter le monde. »

Au bout d'un silence assez long, Tonio se tourna vers le maestro et le regarda dans les yeux.

« Puis-je vous confier un secret ? » demanda-t-il.

Le maestro hocha la tête.

« De toute ma vie je n'ai jamais été aussi heureux qu'ici. »

Le maestro eut un sourire qui exprimait de la tendresse et aussi un soupçon de tristesse.

« Cela vous surprend ? demanda Tonio.

— Non, répondit le maestro. Venant de quelqu'un qui a une voix comme la vôtre, cela ne peut me surprendre. »

Il se pencha au-dessus de son bureau.

« C'est votre pouvoir, c'est votre force. Je vous avais promis qu'il en serait ainsi si vous en aviez l'énergie. Désormais, cette promesse est devenue réalité. Et maintenant je vais vous dire encore autre chose. Guido aussi est prêt à affronter le monde. Il est prêt à composer l'opéra dans lequel vous ferez vos débuts sur la scène à Rome. Il se montre d'une insigne patience envers vous parce qu'il ne peut supporter de vous voir souffrir. Alors il ronge son frein. Mais vous êtes prêts l'un et l'autre, et pour Guido le labeur et l'attente ont duré une éternité. »

Tonio ne répondit pas. Il ne méditait pas tout cela. Il n'avait qu'une idée en tête : c'était que, si les événements avaient suivi leur cours normal, il serait un homme désormais. Il aurait la figure et le timbre vocal de son sosie de Venise. Il éprouvait le regret vague de n'avoir pas conservé un souvenir plus net de cette voix aux mâles résonances. Lui-même avait pris l'habitude d'user lorsqu'il parlait d'une voix artificiellement basse et douce ; jamais, jamais il ne s'oubliait, même dans l'hilarité.

« Je vais vous parler plus crûment encore, reprit le maestro. D'autres ici sont prêts à monter sur la scène, prêts à vous supplanter. »

Tonio fit signe qu'il le savait. Mais le vieillard continua.

« Vous figurez-vous donc que j'ignore ce qui vous est arrivé ? Après toutes ces années, Guido ne s'est jamais ouvert à moi à ce sujet, et il en va de même avec vous. Mais je sais ce qui vous est arrivé, ce que vous avez enduré...

— Vous n'en savez rien, coupa sèchement Tonio, car cela ne vous est pas arrivé à vous.

— Vous êtes dans l'erreur. En ce monde, toutes les véritables iniquités sont le fait d'hommes sans imagination. De l'imagination j'en ai. Je sais ce que vous avez perdu. »

Tonio ne répondit pas. Il ne pouvait admettre ces déclarations qui lui semblaient pétries d'orgueil et même de vanité, mais tout ce que le maestro lui avait dit d'autre était incontestablement vrai.

« Donnez-moi un peu de temps... » dit Tonio à la fin, parlant plutôt pour lui-même que pour le maestro.

Et le maestro, certain de s'être bien fait entendre, s'en était tenu là.

Ainsi donc, ce jour était le troisième anniversaire de sa venue à Naples.

Et tandis qu'il s'abandonnait à ce sentiment de fête et à la douce euphorie du vin, il savait plus clairement que jamais que le maestro avait raison.

Il faisait presque nuit quand il regagna le conservatoire. Il s'était rendu d'abord à l'hôtel d'Angleterre, au bord de la mer, pour y réserver deux chambres. Il avait conçu le projet d'y emmener Guido ce soir-là après s'être préalablement arrêté dans une église du voisinage pour entendre Caffarelli. Cela faisait maintenant plus d'une année que Caffarelli avait élu résidence à Naples, et il chantait souvent au San Carlo. Mais de l'entendre ce soir-là revêtait pour Tonio une signification particulière.

Comme le cabinet de Guido était vide, il prit le chemin de sa chambre.

Guido avait déjà revêtu pour sortir une belle redingote de velours rouge dont Tonio lui avait fait présent et il passait à l'annulaire de sa main gauche une bague au chaton finement travaillé. Ses cheveux étaient soigneusement peignés, ses épaisses boucles châtain foncé brillaient de propreté, et il émanait de l'ensemble de sa personne un lustre inusité tandis qu'il enfilait une paire neuve de gants en satin blanc. Il avait chaussé ses escarpins vernis avec des boucles en strass du Rhin.

« Ah, Tonio, je t'ai cherché tout l'après-midi ! s'écria-t-il. Nous devons aller de bonne heure chez la comtesse Lamberti. Ne prends qu'un souper léger et ne bois plus une seule goutte de vin. C'est une soirée qui sort de l'ordinaire ; tu dois m'obéir en tous points ; ne cherche pas de fausses raisons pour te dérober : je sais que tu n'as pas envie d'y aller, mais il le faut.

— Quand ai-je dit que je n'avais pas envie d'y aller ? » demanda Tonio. Il ne trouvait jamais Guido si attrayant que lorsqu'il s'apprêtait à une sortie.

« Cela fait cinq ou six fois de suite que tu déclines l'invitation à t'y rendre, répondit Guido. Mais ce soir tu dois venir.

— Et pourquoi donc ? » interrogea Tonio d'une voix coupante. Il avait peine à croire qu'il pût se trouver dans une situation aussi paradoxale. Il se remémorait la petite intrigue que Domenico avait tramée deux ans plus tôt, autour de la même auberge et des mêmes appartements donnant sur la mer. Il eut un sourire. Qu'aurait-il pu dire ?

« La comtesse vient de subir une épreuve fort pénible et c'est la première réception qu'elle donne depuis son retour. Son cousin, ce vieux noble sicilien qui avait si longtemps vécu en Angleterre, est mort tout récemment, et c'est elle qui a dû ramener le corps à Palerme pour y être enterré. Je présume que tu n'as jamais assisté à des funérailles à Palerme ?

— À Palerme ? Non, je n'y suis jamais allé », dit Tonio.

Guido feuilletait distraitement les volumes reliés de musique posés sur son bureau. « Eh bien, à l'église on assied le défunt sur une chaise où il demeure pendant toute la durée du service, ensuite de quoi on le transporte dans la crypte des capucins où il reposera avec le reste de sa famille. Il s'agit de catacombes, d'une nécropole souterraine où sont réunis des centaines de corps, tous décemment vêtus, les uns debout, d'autres allongés, dont l'entretien est assuré par les moines. »

Tonio frémit. Il avait déjà entendu parler de ces catacombes, mais il ne pouvait rien imaginer de pareil dans les régions du nord de l'Italie.

« Par bonheur, la comtesse elle-même a dans les veines une bonne partie de sang sicilien, en sorte que toute l'affaire ne l'a pas excessivement affectée. Par contre, la jeune épouse de son vieux cousin, qui est anglaise, a été tellement remuée par la vision de ces catacombes qu'elle s'en est trouvée mal. Il a fallu qu'on la porte dehors.

— Ce qui n'a rien de tellement surprenant.

— En tout cas, la comtesse est de retour. Elle a accompli son devoir, son cousin a eu sa sépulture, et le bal de ce soir lui importe beaucoup. Tâche donc d'y arriver de bonne heure, ainsi que je t'en ai prié.

— Mais qu'ai-je à faire dans tout cela ?

— La comtesse a toujours eu beaucoup d'affection pour toi », dit Guido puis, enlaçant Tonio et le serrant fortement contre son cœur, il conclut :

« Et en attendant, comme je te l'ai dit, abstiens-toi de boire encore du vin. »

Quand Tonio arriva chez la comtesse, la maison était encore plongée dans l'ombre. Il avait quitté l'église aussitôt après que Caffarelli fut arrivé au bout de son premier air ; comme toujours, la voix du grand castrat lui avait donné des frissons de joie tout en lui faisant éprouver un sentiment d'humilité. Aucune réminiscence de Venise n'était venue le hanter ; il avait entendu Caffarelli bien trop souvent depuis lors pour cela ; et il avait eu soif de cette perfection, de cette ardeur lascive dans la voix, de cette compréhension de mille petites subtilités qu'il rencontrait si rarement chez les autres chanteurs qui l'entouraient.

Il aurait voulu que Caffarelli lui communiquât un peu de sa flamme. Il aurait voulu que Caffarelli lui insufflât sans le savoir ce courage qui lui faisait tant défaut.

Ses vœux s'étaient-ils réalisés ce soir ? Il ne le savait pas encore.

Mais en attendant il lui fut agréable d'arriver chez la comtesse plus tôt qu'à l'accoutumée et il eut plaisir à contempler toutes ces dorures illuminées par le seul éclat de la lune. Tonio remit sa cape au laquais qui lui avait ouvert, déclara qu'il ne désirait rien boire et traversa seul une longue enfilade de salles vides. Dans la pénombre, les meubles les plus simples prenaient un air surnaturel, flottant comme des spectres au-dessus de tapis aux enluminures à demi masquées, et un air suave et tiède pénétrait à flots dans les pièces que n'imprégnaient pas encore les odeurs habituelles du tabac, de la cire fondue et du parfum français.

Contrairement à ce que Guido imaginait, Tonio n'était pas fâché d'être là. Il s'était simplement lassé de ces réceptions, surtout depuis que la jeune femme blonde avait cessé d'y paraître quelques mois plus tôt. Mais peut-être — *peut-être !* — serait-elle présente ce soir. Cette maison grande ouverte sur la nuit odorante pleine du bruissement d'insectes et embaumée par la senteur de roses lui semblait être la quintessence du Sud. Même cette invraisemblable nuée de serviteurs avait quelque chose de proprement méridional — une armée de va-nu-pieds faméliques affublés de satin et de dentelles, trimant pour des gages de misère, qui couraient de pièce en pièce, leurs petites lanternes à la main.

Tonio sortit dans le jardin. Il n'avait pas vraiment envie de voir la maison s'animer. Regardant en arrière il aperçut, par-delà la fosse obscure du salon qu'il venait de quitter, une file de musiciens qui s'avançaient déjà le long d'un corridor, le dos ployé sous le poids de leurs contrebasses et de leurs violoncelles. Francesco était du nombre ; il tenait son violon par le col, comme si c'eût été le cadavre d'un gros oiseau.

Tonio se détourna. La lune était dans son premier quartier. Il était environné de citronniers amoureusement taillés, et les bancs de jardin en marbre luisaient doucement au-dessus du tapis sombre des pelouses. Il entrevit, juste en face de lui, la forme imprécise d'une petite allée dallée.

Il s'y engagea. Et tandis que la maison s'illuminait dans son dos, il passa une poterne et se retrouva dans la vaste roseraie qui s'étendait, il le savait, à main gauche du corps de bâtiment central. Les variétés de rosiers les plus merveilleuses s'y trouvaient rassemblées, que la comtesse soignait de ses propres mains, et Tonio aurait voulu demeurer le plus longtemps possible avec, autour de lui, cette ineffable douceur. C'était le 1er mai, tant de questions se pressaient dans son esprit, il avait tant de choses à méditer, il voulait être seul.

Mais, tandis qu'il pénétrait dans la roseraie proprement dite, il aperçut au loin, de l'autre côté du jardin, une lumière crue qui s'échappait d'un petit bâtiment des communs qui s'élevait non loin de la façade latérale de la maison. La porte à deux vantaux en était grande ouverte. Tonio s'en approcha sans se presser, effleurant çà et là de la main une rose particulièrement superbe, et vit à travers l'ouverture un merveilleux assemblage de visages et de couleurs et quelque chose qui ressemblait à un ciel bleu.

Il se figea sur place. C'était une bien étrange fantasmagorie. Cette porte débouchait sur un autre univers, fourmillant et agité.

Il s'avança encore un peu et comprit alors que son regard plongeait en fait sur une salle pleine de peintures. Une toile aux dimensions gigantesques était fixée à la paroi ; devant elle, d'autres tableaux étaient dressés sur des chevalets, et Tonio resta un long moment debout à les contempler. De loin, ils paraissaient vivants et achevés ; c'étaient des scènes et des portraits bibliques aussi parfaitement exécutés que tout ce que Tonio avait jamais vu aux murs des palais et des églises. Saint Michel archange menait les damnés en enfer, sa cape tournoyant sous ses ailes dressées, son visage subtilement illuminé par les flammes en dessous de lui. À côté, il y avait le portrait d'une sainte inconnue de Tonio qui serrait un crucifix contre sa poitrine. Les couleurs vibraient dans la lumière. Ces peintures étaient plus sombres, plus graves que celles qu'il avait vues enfant à Venise.

De petits bruits lui parvenaient de l'intérieur de cette salle.

Le silence et l'obscurité qui baignaient le jardin lui donnaient le délicieux sentiment d'être invisible, et il s'approcha un peu plus encore, humant des odeurs de peinture, de térébenthine et d'huile.

Mais, en parvenant sur le seuil de la porte, il comprit que l'artiste était au travail à l'intérieur. Il se dit que ce n'était pas elle, sûrement. Ces tableaux avaient une autorité, une virilité même dont étaient dépourvues les fresques éthérées de la chapelle. Mais en apercevant devant la grande toile une figure penchée, toute de noir vêtue, il vit que c'était bien une femme qui était au travail, le pinceau à la main, et qu'une abondante masse de cheveux blonds et brillants lui tombait jusqu'aux reins.

C'était elle.

Et je suis seul avec elle, pensa-t-il soudain. Il resta cloué sur place.

La vue de ses manches retroussées au-dessus de ses bras nus, de sa blouse noire élimée toute maculée de peinture le stupéfiait et le terrifiait. Dans cette tenue négligée, elle lui paraissait plus adorable que jamais, mais il en avait peur. Il restait là, fixant d'un regard fasciné son doux profil, ses lèvres au bel incarnat, son œil d'un bleu profond.

À la seconde même où il comprit qu'il devait la fuir, elle se retourna d'un mouvement qui fit bruire ses jupes de soie sous la blouse noire et elle le regarda dans les yeux.

« Signor Treschi », dit-elle d'une voix qui le transperça, lui nouant le cœur dans la poitrine. C'était une voix de tête, douce et légèrement voilée, et Tonio dut faire effort sur lui-même pour lui répondre. Il marmonna :

« Signorina », en la saluant d'une brève inclination du buste.

Elle souriait ; en fait, la vue de Tonio paraissait l'avoir aussitôt remplie d'une gaieté qui faisait pétiller ses yeux bleus de la plus charmante façon. Comme elle se soulevait de son siège, sa blouse noire, qui s'attachait au cou, s'entrebâilla, en sorte que Tonio aperçut la chair rose au-dessus du corsage de sa robe noire. Son sourire arrondissait ses joues menues, et tout à coup Tonio éprouva la réalité charnelle de ses formes rondes et pleines. Il lui semblait ne l'avoir vue auparavant que sur une scène de théâtre. À présent, elle était là, devant lui.

Ses cheveux étaient torsadés comme toujours en petites mèches bouclées, mais ils n'étaient pas frisés au fer, simplement divisés par une raie qui les ouvrait en deux parties égales et les laissait retomber librement. Tonio se demanda quel effet cela lui ferait de les toucher. Cette mise sans apprêt aurait pu désavantager bien d'autres physionomies, mais chez elle la beauté ne venait pas de l'harmonie des traits. Tout son charme émanait de ses yeux à l'indigo profond, ombrés de longs cils noirs, et de cette gravité sans limite qui, tout à coup, se peignait sur son visage.

Puis ce visage se métamorphosa de façon si soudaine que Tonio crut qu'il en était la cause. Et il discerna en elle un trait particulier : contrairement aux autres femmes, celle-ci était incapable de dissimuler ses émotions et ses pensées.

Elle n'avait pas bougé, mais Tonio pressentait en elle comme une menace subite. Il était sûr qu'elle avait envie de le toucher autant qu'il avait lui-même envie de la toucher. Déjà il lui semblait sentir la chair douce de son cou entre ses mains, la peau de sa joue sous ses doigts qu'il aurait voulu promener le long des courbes délicates et fines de ses oreilles. Il se vit se livrer sur elle à des gestes scabreux et il sentit qu'il rougissait. Sur elle, les vêtements paraissaient incongrus ; ses bras potelés, ses poignets frêles, cette chair rose qui irradiait sous le surtout de gros drap noir, tout cela appartenait à un corps délectable dissimulé sous des oripeaux absurdes et postiches.

Les tempes battantes, Tonio baissa la tête, et son regard erra sur les figures peintes tout autour d'elle, sur ces explosions de pourpres, d'ombre brûlée, d'ors et de blancs dont l'ensemble formait un univers chatoyant indubitablement surgi du pinceau de cette femme.

Il était incapable de la fuir et elle le terrorisait. La couleur noire de sa robe de taffetas le déconcertait : pourquoi fallait-il qu'elle fût en noir pour faire de la peinture ? Des éclaboussures tachaient le satin luisant, et le noir était bien mal assorti à sa jeunesse et à son air d'innocence ; en même temps il émanait toujours d'elle cette espèce d'insolence charmante, de détachement aimable que Tonio avait ressentis à chacune de leurs rencontres.

À nouveau elle souriait, et son sourire était d'une franchise désarmante. Il fallait qu'il lui parlât ; c'était une nécessité. Il voulait lui dire quelque chose qui fût à la fois bienséant et approprié, mais il ne trouvait pas ses mots et tout d'un coup, pour sa plus grande terreur, elle lui tendit sa main nue.

« Mais entrez donc, signor Treschi, fit-elle de sa voix douce et flûtée. Entrez et asseyez-vous un moment avec moi.

— Oh non, signorina ! balbutia Tonio en s'inclinant profondément et en faisant un pas en arrière. Je ne veux pas vous importuner, signorina, et je... nous... je voudrais... ma foi, nous n'avons jamais été vraiment présentés et...

— Mais tout le monde vous connaît, signor Treschi », dit-elle en désignant de la tête le fauteuil qui se trouvait près d'elle, tandis qu'une lueur de gaieté éclairait fugacement son regard.

Comme Tonio ne faisait pas mine de bouger, elle se mit à le considérer fixement dans un silence absolu, exactement de la manière qu'il la considérait lui-même.

Et c'est alors qu'il était dans cette position, sans esquisser le moindre geste ni le moindre changement d'expression, qu'il entendit une voix prononcer son nom plusieurs fois de suite ; c'était le valet de la comtesse, venu lui annoncer qu'on le demandait à l'étage.

Avec célérité, Tonio déféra à cette invitation qui arrivait à point. Traversant à la hâte la maison qui retentissait déjà d'éclats de rire et de bribes de musique, il monta l'escalier, courut jusqu'au bout du couloir et se fit introduire incontinent dans les appartements de la comtesse.

Mais en rentrant il aperçut Guido debout dans une attitude nonchalante, sa chemise délacée découvrant sa poitrine nue et la comtesse elle-même occupée à enfiler un déshabillé plein de fanfreluches au pied de son immense lit garni de tentures somptueuses.

Tonio était fou de rage. Il fut à deux doigts de sortir. Mais cette femme ne cherchait pas à le blesser de propos délibéré puisqu'elle était, comme tout le monde, dans l'ignorance des liens qui l'unissaient à Guido. Et dès qu'elle l'aperçut, son visage s'épanouit.

« Ah, bel enfant ! s'écria-t-elle. Venez ! Approchez, et écoutez-moi. » Étendant devant elle ses deux mains petites et potelées, elle lui fit signe de s'avancer vers le milieu de la pièce.

Tonio adressa à Guido son sourire le plus glacial et s'approcha en inclinant brièvement le buste. Il émanait du petit corps dodu de la comtesse une sorte de chaleur, comme si elle venait d'émerger d'un lit douillet ou de se livrer à des ébats amoureux.

« Êtes-vous en voix, ce soir ? interrogea-t-elle. Chantez pour moi, voulez-vous ? »

Indigné, Tonio lança un coup d'œil torve en direction de Guido. C'était un traquenard.

« *Pange lingua...* » entonna-t-elle en modulant parfaitement les belles sonorités latines.

« Chante, Tonio, dit Guido d'une voix douce. Ta voix, comment se porte-t-elle ce soir ? Est-elle bonne, est-elle faible ? »

Il avait les cheveux tout ébouriffés et, avec sa chemise entrebâillée, cela lui donnait un air presque lubrique. Le voilà donc ton bel amant, ton ange du ciel, se dit Tonio. Cela m'apprendra à m'être entiché d'un rustre !

Il haussa les épaules et se mit à chanter à pleine gorge le début du *Pange lingua*.

La comtesse recula et poussa un cri. Tonio n'en fut guère surpris : dans cette chambre encombrée d'objets, sa voix prenait une résonance formidable qu'elle n'avait pas naturellement.

« Bon ! » fit la comtesse en écartant d'un geste les femmes de chambre armées de chandeliers qui se trouvaient dans son chemin. Elle fourragea dans la lingerie en désordre et produisit une partition brochée.

« Bel enfant, pourriez-vous chanter ceci ? demanda-t-elle. Ici même, ce soir ? » continua-t-elle puis, répondant à sa propre question par un petit hochement de tête, elle conclut : « Avec moi ? »

Tonio regardait sans rien dire la couverture du mince fascicule. Les tenants et les aboutissants de toute cette manigance lui échappaient. Certes, il avait entendu parler de la voix de la comtesse qui, disait-on, avait été une dilettante exceptionnellement douée, mais cela faisait des lustres qu'elle ne chantait plus. Et puis lui demander de faire cela, dans cette maison, devant des centaines d'invités, alors que Guido savait pertinemment que c'était la chose au monde qu'il redoutait le plus ! Il se retourna vers Guido.

Mais Guido se borna à lui montrer du doigt, impérieusement, la partition qu'il tenait à la main.

— Tonio, cesse de rêver et concentre-toi sur cet air. Tu as une heure pour te préparer.

— Je ne ferai pas cela ! coupa Tonio avec emportement. Comtesse, je ne puis chanter cela. C'est impossible, je...

— Ah ! cher enfant, il le faut ! dit-elle. Vous devez faire cela pour moi. À Palerme, j'ai subi une épreuve terrible. J'aimais tendrement mon cousin qui a été bien fou de nous infliger cela ; sa pauvre petite femme a souffert le martyre, et tellement en vain ! Une chose seulement pourrait me réchauffer le cœur ce soir, qui serait de chanter de nouveau, de chanter la musique de Guido et de la chanter avec vous ! »

Tonio regardait fixement la comtesse. Il scrutait soupçonneusement son expression, flairant le mensonge, le subterfuge. Mais elle avait un air de parfaite sincérité. Machinalement, il abaissa son regard sur la partition. C'était celle de *Vénus et Adonis*, la plus belle sérénade à deux que Guido eût écrite, qui contenait une série d'airs ravissants. L'espace d'une seconde, Tonio s'imagina en train de la chanter, non plus simplement à l'exercice, avec Piero, mais ici même...

« Non, comtesse, c'est impossible. Demandez-moi tout ce qui vous plaira d'autre...

— Il ne sait pas ce qu'il dit, intervint Guido.

— Mais enfin, Guido, je n'ai jamais répété ces airs pour une représentation publique. Je les ai peut-être chantés deux fois avec Piero ! À quoi il ajouta mezza voce : Comment as-tu pu me faire cela, Guido !

— Cher enfant, dit la comtesse, il y a un petit boudoir à l'autre extrémité du couloir. Allez donc vous y exercer. Vous avez toute une heure devant vous. Et ne soyez pas fâché contre Guido. C'est moi qui en ai exprimé le désir.

— Tu ne vois donc pas que c'est un honneur ? dit Guido. C'est la comtesse qui te prie de chanter avec elle ! »

Berné, on m'a berné, songeait Tonio. D'ici une heure, les invités seraient peut-être trois cents. Puis il songea à nouveau à la partition. Il connaissait sur le bout du doigt la partie d'Adonis, ces mélodies à la pureté ineffable, et il imaginait la foule se pressant pour l'entendre dans les salons du rez-de-chaussée. Somme toute, n'était-ce pas une manière de lui rendre la chose plus aisée ? Cela lui évitait l'attente, les doutes torturants, le long effort pour rassembler ses forces. Et secrètement il savait ce qui allait arriver s'il se laissait faire, il savait que sa terreur se muerait en euphorie dès qu'il verrait tous ces yeux braqués sur lui et qu'il saurait qu'il n'y avait plus moyen de se dérober.

« Allons, va t'exercer, dit Guido en le poussant vers la porte, et il ajouta à voix basse : Tonio, comment peux-tu me faire cela ! »

Tonio faisait le mort, lui opposant un poids inerte ; mais, il le savait, une expression vide et rêveuse s'était peinte sur sa figure. Il sentit qu'il faiblissait, que la bataille était perdue et il sut, avec une certitude sans faille, que le moment était venu pour lui de s'approcher de cette puissance qu'il avait si désespérément souhaitée ce même soir en écoutant Caffarelli.

« Tu penses vraiment que j'en suis capable ? demanda-t-il en regardant Guido.

— Bien sûr, répondit Guido. La première fois que je t'ai donné cette partition, alors que l'encre n'en était même pas sèche, tu l'as chantée à la perfection ! »

Et comme à présent il tournait le dos à la comtesse, il adressa à Tonio un petit encouragement muet par un regard dans lequel il fit passer un grand flot silencieux de tendresse, et il lui murmura : « Tonio, c'est ton grand moment. »

C'était son grand moment en effet, il ne pouvait plus en douter, et il en avait une soif si ardente qu'il en oubliait sa peur. Néanmoins, il se passa une heure et trente minutes avant qu'il se résolût à éponger son front, à souffler les flambeaux posés sur le clavecin et à sortir sur le palier.

Arrivé au sommet de l'escalier, la peur s'empara de lui. C'était même plus que de la peur — une véritable épouvante. Car on était à ce moment, inévitable dans une soirée, où tous les invités sans exception se trouvent réunis. Les premiers venus n'étaient pas encore partis, et les retardataires venaient d'arriver. Le brouhaha des rires et des conversations avait pris un tel volume qu'il battait contre les murs comme une houle, et partout où se portait son regard, Tonio voyait des hommes et des femmes, des soies aux reflets irisés et des perruques blanches comme des voiles naviguant sur cette mer démontée dont le flot déferlait dans les glaces et les grandes portes béantes.

Il roula la partition et, sans qu'une autre pensée cohérente se formât dans son esprit, il descendit les marches. Puis, tandis qu'il se frayait un passage en direction de l'orchestre, il reçut un nouveau choc plus violent encore. Caffarelli en personne venait d'entrer et il était occupé à baiser la main de la comtesse.

Eh bien, voilà qui règle tout, se dit-il. L'on ne pouvait tout de même pas s'attendre qu'il chantât devant Caffarelli ! Mais au moment où il était en train de peser le pour et le contre de la chose, Guido parut devant lui.

« Te faut-il encore du temps ? demanda-t-il, ou bien es-tu prêt déjà ?

— Guido, Caffarelli vient d'arriver », haleta Tonio. Il avait les mains moites. Il voulait chanter, et en même temps il avait envie de prendre ses jambes à son cou et de s'enfuir loin de tout cela. Non, il ne serait pas capable de chanter devant Caffarelli.

Guido regardait dans la direction du grand castrat avec une moue dédaigneuse. Tonio l'aperçut un instant tandis que la foule s'ouvrait pour lui laisser le passage et il lui parut que même ici il émanait de lui le même formidable pouvoir que sur la scène de l'opéra, à Venise, bien des années plus tôt. Il lui sembla entendre que Caffarelli riait.

« Observe bien mes instructions, lui dit Guido. Laisse la comtesse donner la cadence ; je la suivrai, et tu n'auras qu'à faire de même.

— Mais, Guido... » commença Tonio, et puis les mots s'arrêtèrent dans sa gorge. C'était un malentendu, une méprise épouvantable. Mais déjà Guido s'esquivait.

Le maestro Cavalla venait de faire son apparition, accompagné de Benedetto. Guido vira promptement de bord et revint lui dire :

« Va te mettre près du clavecin et attends. »

Il était tout embarrassé de ses bras. Il tenait la partition dans sa main, mais à quelle hauteur devait-il la lever ? Tout à coup l'idée se fit jour en lui que, puisque la maîtresse des lieux allait chanter en personne, tout le monde serait *obligé* de leur prêter une attention pleine et entière ; dans quel guêpier Guido l'avait-il entraîné ! Les yeux du maestro Cavalla étaient braqués sur lui et, naturellement, Benedetto le regardait aussi. Quelqu'un avait pris Caffarelli à part et lui parlait à l'oreille. Et, oh ! mon Dieu ! Caffarelli faisait un signe d'assentiment. Pourquoi diable fallait-il donc que Caffarelli témoignât ce soir de tant de bonne grâce, lui qui d'ordinaire était l'homme le plus déplaisant du monde ? Pourquoi ne menaçait-il pas de faire un esclandre, de partir en claquant la porte ? Les yeux de Caffarelli se posèrent sur Tonio, comme ils l'avaient déjà fait trois ans auparavant dans un salon vénitien.

Et puis le silence tomba sur l'assemblée et l'on vit surgir de toutes parts des valets qui portaient de petites chaises rembourrées. Tandis que les dames prenaient place sur des sièges, les hommes se massèrent dans les embrasures des portes comme pour interdire toutes les issues possibles.

Soudain la petite main potelée de la comtesse effleura celle de Tonio et il se retourna vers elle. Avec ses cheveux poudrés et délicatement frisés, elle était jolie comme un cœur. Remuant la tête de droite à gauche, elle fredonna tout bas les premières mesures de l'air avec lequel elle devait ouvrir la sérénade aussitôt après l'introduction, puis elle fit un clin d'œil à Tonio.

Tonio avait le sentiment d'avoir oublié quelque chose, qu'il avait une question à lui poser ; cette idée le tarabustait mais il n'arrivait pas à se figurer de quoi il pouvait bien s'agir. Là-dessus, il s'aperçut qu'il n'avait pas vu la jeune femme blonde. Où était-elle donc ? Ils n'allaient pas commencer sans elle, elle souhaitait assurément être présente, elle l'était d'ailleurs sans doute, et dans un instant il discernerait son visage.

À présent, à l'exception de quelques légers frôlements de soie, le grand salon était tout à fait silencieux et Tonio fut pris d'une terreur subite en voyant les mains de Guido se mettre en suspens au-dessus des touches. Les violonistes levèrent leurs archets, les cordes vibrèrent avec un ensemble parfait et la musique s'envola.

L'espace d'un instant, les paupières de Tonio se fermèrent, et quand il les rouvrit le calme le plus complet s'était fait en lui. Il se diffusait graduellement dans tout son corps, comme une chaleur infiniment réconfortante ; il se sentait en pleine possession de lui-même ; sa respiration devenait régulière et de plus en plus facile. Les centaines de spectateurs massés devant lui se confondaient en une grande tache bigarrée, mais il distinguait nettement chaque visage. Son regard s'attarda même un moment sur celui de Caffarelli qui, assis au milieu de ces femmes ordinaires, paraissait encore plus léonin que d'habitude.

Les violons faisaient des cabrioles. Les cuivres y mêlèrent leurs belles sonorités dorées, et l'ensemble des instruments attaqua la mélodie avec tant de feu que Tonio ne put se retenir de remuer imperceptiblement en mesure. Quand ils marquèrent un temps pour reprendre le thème sur un rythme plus lent et plus mélancolique, il se sentit soulevé de terre et il ne vit plus rien de ce qui l'entourait.

Quand ses yeux se rouvrirent, le clavecin guidait la petite comtesse vers ses premières notes. Les violoncelles doublaient la mélodie avec tant de douceur qu'on eût cru entendre un souffle retenu. La petite tête de la comtesse se remit à s'agiter d'avant en arrière, son balancement se communiqua à tout son corps menu et il en sortit une voix grave et brillante d'une telle plénitude et d'une douceur si enivrante que la tête de Tonio se vida de toute pensée. Elle leva les yeux de la partition et son regard monta vers Tonio qui sentit un sourire irrépressible s'étaler lentement sur son visage.

Elle le regardait, rayonnante de bonheur, ses petites joues arrondies par le rire, et elle chantait pour lui, elle lui chantait qu'elle l'aimait, qu'il serait son amant dès que sa voix s'échapperait de sa bouche.

La comtesse arriva au bout de son air d'ouverture. Un silence inévitable se fit puis, soutenu par l'harmonie grêle du clavecin, Tonio se mit à chanter.

Ses yeux étaient rivés sur ceux de la comtesse, et il voyait le coin de ses paupières plissées par son sourire et l'imperceptible branlement de sa tête, mais il percevait avant tout la mélodie douce et aiguë de la flûte qui entrelaçait son chant, montant et descendant, s'élevant dans les hauteurs et retombant brusquement avant de l'entraîner dans une série de traits perlés qu'il reproduisit avec une aisance souveraine.

Pourtant c'était la voix de la comtesse qu'il voulait ; comme si elle l'eût deviné, elle lui répondit et il se sentit véritablement épris d'amour pour elle. Dans un grand jaillissement de cordes, il lui dédia un air plus rapide, sa voix redoubla de puissance, et il lui sembla que chaque mot de la poésie charmante qu'il lui susurrait était l'absolue vérité.

Sa voix cajolait celle de la comtesse non seulement pour susciter ses réponses mais pour préparer le moment où ils communieraient dans le même chant. Chacune de ses notes, même les plus douces, les plus alanguies, exprimait cela, et les lents passages teintés de mélancolie par lesquels elle lui répondait étaient chargés du même frémissant désir.

Enfin leurs voix se fondirent dans leur premier duo, et Tonio en éprouva une joie si intense qu'il se mit à balancer la tête en même temps que la comtesse dont les petits yeux noirs pétillaient de plaisir et dont les notes profondes se mariaient admirablement aux ardentes protestations d'amour que la voix de Tonio élevait jusqu'aux plus hautes cimes de l'aigu. On aurait dit que l'union de leurs deux voix en faisait surgir une troisième ; les flots d'harmonie brillante de l'orchestre déferlaient, puis refluaient sans trêve, laissant les voix prendre librement leur envol.

Ce fut un crève-cœur lorsqu'il fut obligé de se détacher d'elle, de chanter à nouveau seul pour elle, et quand elle lui répondit sa voix était lourde du même exquis chagrin.

À la fin, les cordes se reprirent à caracoler, et un cor d'harmonie introduisit la dernière aria de Tonio, son ultime appel à Vénus, dans lequel il la mettait au défi de venir le rejoindre, de se laisser emporter par lui. La comtesse, le corps légèrement penché vers l'avant, les talons soulevés du sol, parut vibrer dans toutes ses fibres avec les vocalises étourdissantes de Tonio puis, accélérant la cadence jusqu'à la limite du vertige, ils se lancèrent ensemble dans le duo de la fin.

La voix de la comtesse se mariait à celle de Tonio. Elle avait les joues rouges et les yeux brillants de larmes. Sa voix était d'une telle plénitude que son corps menu semblait augmenter de volume, et celle de Tonio jaillissait en un flot majestueux de son vaste thorax et de sa svelte et sensuelle charpente qui semblait n'être plus qu'une dépouille de chair inerte et gracieuse dont sa voix s'échappait comme l'âme s'en va au ciel.

C'était fini.

Ils avaient terminé. Un frémissement parcourut l'assistance. Caffarelli se leva d'un bond et, dans un geste très appuyé, donna le signal des applaudissements qui éclatèrent aussitôt comme le tonnerre.

La petite comtesse se haussa sur la pointe des pieds pour embrasser Tonio ; elle lui entoura le visage de ses mains et, voyant l'expression d'ineffable tristesse qui s'y peignait, elle l'enlaça et nicha sa tête au creux de sa poitrine.

Tout était arrivé si vite. D'abord Caffarelli l'avait agrippé par l'épaule et, en adressant des signes de tête à l'assemblée, avait commandé de sa main droite levée de nouvelles salves d'applaudissements. De toutes parts, des voix basses et excitées complimentaient Tonio — il avait chanté divinement, il avait obtenu de la comtesse qu'elle chantât avec lui et cela n'était pas une mince affaire, et sa voix était extraordinaire, et comment se faisait-il que l'on n'ait pas entendu parler de lui avant cela, avec toutes ces années passées au San Angelo, et à propos où *était* donc le maestro ?

Mais pourquoi lui était-il si désagréable d'entendre tout cela, pourquoi était-il tenaillé par une envie irrépressible de s'enfuir ? L'élève de Guido ? oui c'était l'élève de Guido et quelle sublime composition ! Où était-il donc, Guido ? Tout allait le mieux du monde, et pourtant il trouvait cela bien près d'être intolérable. Si seulement Guido eût été là, avec lui !

« Où est-il ? » demanda-t-il à la comtesse. Le maestro Cavalla parut brièvement devant lui, mais il disparut avant que Tonio eût eu le temps de déchiffrer son expression, et la comtesse s'adressait à lui d'un ton pressant :

« Tonio, permettez que je vous présente le signor Ruggiero », lui dit-elle, comme si elle eût vraiment cru possible que l'on pût échanger des propos dans tout ce remue-ménage.

Tonio s'inclina et prit la main que cet individu lui tendait. Il sentit alors qu'on le tirait par la manche et il reconnut la vieille marquise qui, une fois de plus, posa sur sa joue ses lèvres parcheminées. Il éprouva une bouffée de tendresse pour cette vieille femme, ses yeux à moitié aveugles, sa peau blanche fripée de mille rides et même pour cette main reptilienne qui lui serrait le bras avec une vigueur surprenante.

Quelqu'un d'autre venait de se mêler inopinément à leur groupe. La comtesse bavardait avec le signor Ruggiero ; tout à coup ils furent projetés l'un contre l'autre, et elle entoura de son bras la taille de Tonio, dans la tête duquel la lumière venait justement de se faire.

« Comtesse, murmura-t-il, cette jeune femme blonde... »

Il s'aperçut qu'il s'était attendu à la voir paraître à tout instant, et qu'elle n'était pas venue tout simplement. Très morfondu soudain à la pensée qu'il ne la verrait pas, il se tut un instant tout en continuant à tracer gauchement de la main les contours de sa chevelure pleine de bouclettes. « Des yeux bleus, mais d'un bleu très foncé, marmonnait-il vaguement... et des cheveux magnifiques...

— Ah ! mais c'est de ma petite cousine que vous parlez, ma petite veuve ! » s'exclama la comtesse tout en poussant vers lui un autre gentilhomme auquel elle voulait le présenter. Celui-ci était de l'ambassade d'Angleterre.

« Elle est en deuil, très cher Tonio ! Elle porte le deuil de son défunt époux, mon cousin de Palerme — mais je vous ai déjà raconté tout cela, non ? Et à présent, voilà qu'elle ne veut plus retourner en Angleterre ! conclut-elle en secouant la tête.

— Elle, veuve ? » fit Tonio. Avait-il bien entendu ? Il faisait de nouvelles courbettes. Et la comtesse, à qui le signor Ruggiero semblait être en train de tenir des propos de la plus haute importance, l'abandonnait à son sort.

Elle était veuve. Où était passé Guido ? Il ne l'apercevait nulle part. Et puis il discerna le maestro Cavalla au loin, de l'autre côté de la pièce et Guido était avec lui, ainsi que la comtesse et ce petit homme du nom de Ruggiero.

Quelqu'un d'autre s'était mis à lui tenir la jambe, un homme qui lui déclarait avec beaucoup de conviction qu'il avait une voix magnifique et qu'il devait faire ses débuts ici même au Teatro San Carlo plutôt que de s'en aller pour cela jusqu'à Rome. Pourquoi fallait-il donc encore que tous les chanteurs partent pour Rome ?

Veuve ! se disait Tonio. Était-il possible de la parer de plus d'attrait sensuel ? Était-il possible de la rendre plus appétissante, plus disponible qu'en la transformant d'une seule phrase en femme mariée et en veuve, ce qui l'arrachait définitivement à cet inaccessible chœur des vierges auquel il s'était toujours figuré qu'elle appartenait ?

Il pria ses divers interlocuteurs de l'excuser et s'efforça en vain de se frayer un passage à travers cette vaste étendue de marbre blanc pour s'approcher des figures lointaines de Guido et du maestro.

Puis il aperçut Paolo qui fendait la foule et se précipitait vers lui, vêtu d'un habit de gala dans lequel il avait l'air d'un vrai petit prince. L'enfant se jeta dans ses bras.

« Mais que fais-tu ici, Paolo ? lui demanda Tonio tout en répondant aux salutations que venait de lui présenter le vieux comte russe Djezinski.

— Le maestro m'a autorisé à venir t'entendre ! répondit Paolo qui se cramponnait à lui, et qui était si excité de se trouver au milieu de tout ce monde qu'il avait visiblement du mal à parler.

— Quoi ? Il savait donc que je chanterais ce soir ?

— Tout le monde le savait ! haleta Paolo. Piero est ici et Gaetano aussi, et...

— Ah, Guido ! » fit Tonio entre ses dents.

Mais il avait envie de rire.

Il eut tôt fait de fausser compagnie au petit groupe qui s'était formé autour de lui et il entraîna Paolo au moment précis où Guido, le maestro et le gentilhomme en noir disparaissaient.

Quand il atteignit le couloir, ils s'étaient retirés dans un boudoir et toutes les portes étaient fermées. Tonio dut s'arrêter pour reprendre haleine et pour savourer la douce exaltation qui lui faisait battre le cœur. Son bonheur était si grand qu'il ferma les yeux et qu'un grand sourire lui éclaira le visage.

« Ainsi, dit-il, tout le monde savait.

— Oui, répondit Paolo, et jamais tu n'as mieux chanté que ce soir ! Toute ma vie je m'en souviendrai, Tonio ! »

Puis tout à coup sa petite figure se chiffonna et il parut sur le point d'éclater en larmes.

Il enlaça étroitement Tonio. Il était bien long et mince pour ses douze ans et il posa sa tête au creux de l'épaule de Tonio, qui s'alarma de la peine qui le faisait frissonner.

« Paolo, qu'as-tu donc ?

— Ah, Tonio, je te demande pardon ! C'est seulement parce que nous sommes venus à Naples ensemble. Et maintenant tu vas t'en aller, et moi je serai tout seul.

— Mais de quoi parles-tu ? Ou irais-je ? Simplement parce que... »

Mais tandis qu'il disait cela, il entendit des éclats de voix venant d'une pièce à l'autre bout du couloir. Il prit Paolo à l'épaule et le secoua doucement pour le réconforter, mais Paolo avait visiblement du mal à refréner ses larmes.

Il y avait de la querelle dans l'air.

« Cinq cents ducats ! vociférait Guido.

— Laissez, Guido, je m'en charge ! » disait la voix du maestro.

Tonio poussa doucement la porte. Par l'interstice ainsi ouvert, il vit que c'était à ce gentilhomme en noir, le nommé Ruggiero, qu'ils s'adressaient. La comtesse, apercevant Tonio, se hâta de s'avancer vers lui.

« Montons à l'étage, radieux enfant, dit-elle en sortant dans le couloir et en refermant la porte derrière elle.

— Qui est cet homme ? lui demanda Tonio à voix basse.

— Je préfère ne pas vous le dire tant que l'affaire ne sera pas réglée, répondit-elle. Venez avec moi. »

15.

Il était trois heures, et pourtant la moitié des invités était encore là.

« Mon cher enfant, lui avait dit la comtesse en l'enfermant dans une chambre, si le signor Ruggiero était ici ce soir, ce n'était que le fruit du hasard, et nous étions persuadés que si nous vous avertissions de sa présence vous refuseriez de chanter ! »

Tonio était resté des heures à attendre dans cette vaste pièce du premier étage dont les fenêtres donnaient sur une rue animée.

Cinq cents ducats ! se disait-il. Une véritable fortune ! Sans doute s'agissait-il d'une négociation relative à des spectacles, mais quel était au juste l'enjeu ?

Tantôt il craignait que ce marchandage n'aboutît, tantôt il redoutait une cruelle déconvenue. Pourtant Caffarelli l'avait applaudi ! Non, ce n'était qu'une politesse qu'il faisait à la comtesse. La perplexité le taraudait. Qu'est-ce que tout cela voulait dire ?

Sous ses fenêtres il y avait un va-et-vient incessant de carrosses. Des invités s'arrêtaient sur le seuil pour se congratuler en riant. Et dans la lueur dansante des torchères il discernait vaguement sur les marches d'une église, de l'autre côté de la rue, les formes étendues des *lazzaroni*, ces individus sans feu ni lieu qui, par une nuit aussi délicieusement tiède, pouvaient se passer d'un toit et dormir à la belle étoile.

Tonio s'écarta de la fenêtre et se mit à faire les cent pas.

Sur le manteau de la cheminée, un cartel émaillé égrenait les secondes. Dans trois heures peut-être le jour se lèverait, et Tonio ne s'était pas même dévêtu. À coup sûr, Guido viendrait le retrouver.

Et si Guido était au lit avec la comtesse ? Non, il ne pouvait pas lui faire cela un pareil soir. D'ailleurs, la comtesse elle-même ne l'avait-elle pas assuré qu'elle reviendrait le voir « dès que tout serait arrangé » ?

Peut-être que ce n'est rien de sérieux, se répéta-t-il pour la centième fois. Peut-être que ce Ruggiero dirige un petit théâtre, à Amalfi ou dans un autre endroit de ce genre, et qu'il veut me prendre à l'essai... Mais pour cinq cents ducats ? et il secouait la tête.

Mais en dépit de tout ce tourment qui l'agitait, la pensée de la jeune femme blonde restait sans cesse présente à son esprit. Il ne s'était pas encore remis du choc qu'il avait éprouvé en apprenant qu'elle était veuve, et aussitôt qu'il s'écartait une seconde de ces idées qui lui tournaient dans la tête, il avait à nouveau la vision de cette pièce pleine de peintures, de cette robe de veuve en taffetas noir surmontée de ce minois rayonnant.

Point de ruban ni de nœuds violets. Cette fois, seules ses lèvres menues étaient d'un lilas pâle, car, à part le blond de ses cheveux, c'était la seule couleur à laquelle son veuvage l'autorisât. Mais des couleurs, il y en avait en abondance sur toutes ces toiles derrière elle, ces toiles dont tout laissait penser qu'elle les avait peintes elle-même.

Quel nigaud il avait été de rester ainsi bègue et effaré devant elle ! Lui qui avait tant de fois rêvé d'un tel moment avec elle (elle qui était veuve !) ! Et quand ce moment était arrivé, qu'en avait-il fait ?

Ah, mais il y avait tout de même un espoir que d'un recoin occulte du palais elle l'eût entendu chanter...

Soudain ces peintures flamboyèrent devant lui. Il lui paraissait tout à fait invraisemblable qu'elles fussent réellement son œuvre. Pourtant il l'avait bel et bien surprise à peindre au milieu de tout cela. La toile sur laquelle elle travaillait était gigantesque, et s'il arrivait à se remémorer avec précision les figures qu'elle représentait, il pourrait les comparer avec celles des autres tableaux, qui étaient encore présentes en sa mémoire.

Il était bien extraordinaire qu'elle eût été capable de produire de telles merveilles. Il savait à présent qu'elle avait été la femme de ce vieillard dont il avait toujours cru qu'il était son père, et cela lui faisait imaginer sa vie sous un tout autre éclairage. Il avait gardé un souvenir très vif de leur première rencontre, de ses pleurs, de ce moment d'affliction solitaire dans lequel il était venu faire intrusion, étourdi par l'ivresse et appâté par sa jeunesse et sa beauté.

Elle avait été la femme d'un vieillard et à présent elle était libre.

Et elle ne peignait pas seulement des vierges et des chérubins, elle peignait des colosses, des forêts, des océans tempétueux.

Debout au milieu de cette chambre à coucher obscure, Tonio tendit l'oreille vers le carillon solennel des cloches de l'église qui sonnaient l'heure au loin. La pendule émaillée avançait.

Tout à coup, il reboutonna son gilet, rajusta son habit et se dirigea vers la porte. Ils avaient dû tous l'oublier, et Guido devait bel et bien être avec la comtesse. Un calme absolu régnait dans la maison.

À l'autre bout du couloir, la cage d'escalier était toujours éclairée d'une vive lumière. Dressant l'oreille, il perçut au loin les éclats de leur conversation. Alors il fit demi-tour et se mit en quête du petit escalier qui menait aux jardins.

La nuit était aussi tiède qu'elle l'avait été au début de la soirée et, en mettant le pied sur la pelouse, il vit au ciel d'innombrables étoiles brillant d'un éclat inégal, les unes si étincelantes qu'elles en étaient colorées de jaune ou même de rose, d'autres si pâles qu'elles n'étaient que de minuscules points blancs. Des nuages dérivaient lentement au firmament, et Tonio demeura un moment à se balancer, la tête levée, debout sur la plante des pieds, avec l'impression qu'un mouvement animait tout le ciel, à moins que ce ne fût la terre qui tournât.

Un flot de lumière s'échappait des fenêtres d'un petit salon du rez-de-chaussée. Quand il se décida enfin à venir coller son nez à la vitre, il vit que le maestro était encore là. Guido parlait au signor Ruggiero, lequel paraissait lui faire la description d'un objet en promenant un doigt sur une table nue, et la comtesse les observait sans rien dire.

Tonio tourna le dos à la fenêtre. Bien qu'il fût sur les charbons ardents, il savait qu'il eût été mal à propos de s'introduire dans cette pièce.

Il traversa rapidement le jardin, prit l'allée qui sinuait entre les massifs de rosiers et, d'un pas ralenti, s'approcha de ce bâtiment des communs qui était plongé dans une complète obscurité. Les nuages qui masquaient la lune laissèrent passer fugacement son vif éclat, et il eut juste le temps de voir que les portes étaient encore ouvertes. À pas de loup, il s'en approcha ; il entendait le bruit de l'herbe qu'il écrasait sous ses talons. Était-ce mal d'entrer alors que l'on n'avait pas craint de laisser les portes béantes comme cela ? Il résolut qu'il n'irait pas plus loin que le seuil.

S'appuyant gauchement d'une main à l'encadrement de la porte, il regarda les tableaux devant lui. Leurs couleurs se perdaient dans la grisaille, et les visages n'étaient que des taches de lumière indistinctes. Lentement, il discerna les contours de l'archange saint Michel, puis la partie encore blanche de la toile inachevée. Il s'avança, il lui sembla que ses souliers faisaient un vacarme d'enfer en crissant sur les carreaux d'ardoise. Il se laissa tomber lentement sur le tabouret posé au pied du tableau et il parvint à distinguer un groupe de personnages entrelacés qui se détachaient en blanc sous une masse sombre évoquant la forme d'une forêt.

Cela l'exaspérait de ne pas mieux les voir, et en même temps il avait le sentiment d'être un intrus. Il ne voulait pas toucher à ses pinceaux, à ses petits pots de peinture aux couvercles soigneusement vissés, ni même au surtout qui était plié sur le rebord du chevalet. Mais ces objets le fascinaient. Il la revoyait penchée devant sa toile. Et il entendait de nouveau sa voix, cette voix de tête charmante et légèrement altérée par un accent indéfinissable dont il situait à présent l'origine.

Après avoir tergiversé un moment avec sa conscience, il prit une allumette sur le petit guéridon posé près du chevalet et alluma le flambeau de droite.

La flamme crachota, grandit, et graduellement une clarté douce se répandit dans la pièce. L'immense toile fixée au mur du fond retrouva rapidement ses couleurs. Le tableau devant lequel il se tenait représentait des nymphes au milieu d'un jardin, graciles et blondes, nues sous les voiles de gaze impalpable, qui dansaient en agitant dans leurs mains très fines des guirlandes de fleurs.

On était loin des figures chastes et sévères des fresques de la chapelle ; celles-ci étaient mille fois plus vivantes et dénotaient un métier infiniment supérieur. Et pourquoi pas ? songea Tonio. Que n'avait-il appris lui-même du chant depuis trois ans ? N'était-il pas naturel qu'elle eût tout autant avancé dans l'art de peindre ? Il trouvait à présent dans les visages qui s'étalaient devant lui une expression qui leur donnait une incontestable parenté avec la Vierge qu'il avait maintes fois admirée dans la chapelle de la comtesse. Il s'aperçut qu'il contemplait les formes dénudées de ces nymphes avec une fascination un peu sournoise dont il eut soudain honte.

La peinture n'était pas sèche ; il ne pouvait la toucher, au risque de l'abîmer ; du reste il n'en avait pas envie. Il lui suffisait de bien regarder en se disant qu'elle avait peint tous ces tableaux.

Le récit que Guido lui avait fait des funérailles en Sicile lui revint à l'esprit. C'était donc elle la petite cousine anglaise, la petite veuve que ces horribles catacombes avaient tellement remuée qu'il avait fallu la porter dehors. Il évoquait dans sa mémoire ce soupçon d'accent qui ne la lui rendait que plus fascinante. Et, en l'imaginant seule au monde à présent, il se demandait si son existence de veuve pouvait être pire que celle qu'elle avait connue pendant son mariage.

Une mélancolie sans borne l'envahit peu à peu. Il venait de s'apercevoir que chaque fois qu'il l'avait vue, en quelque lieu que ce fût, même au milieu d'une foule nombreuse, elle lui avait toujours paru esseulée.

Mais sa beauté n'en était que plus tangible et la sourde passion qui le rongeait n'en devenait que plus intense. À la fin il tendit la main pour moucher la chandelle. Il laissa intentionnellement la flamme lui brûler les doigts puis, d'assez mauvais gré, il se leva et se dirigea vers la porte. Après tout, qu'avait-elle à voir avec lui ? Qu'importait qu'elle fût une artiste, qu'elle eût un métier et des préoccupations qui en faisaient une femme de tête et non la jeune fille qu'elle paraissait extérieurement ? Tout au fond de lui-même il avait l'obscure intuition que l'innocence seule n'eût pas suffi à produire des œuvres aussi intéressantes que ces peintures dans lesquelles il ne voyait aucune trace de la mièvrerie qui s'associait dans son esprit à l'image d'une jeune fille ingénue. Cette peinture était imposante et d'une qualité remarquable.

Mais que lui importait et pourquoi donc était-il ici ? Pourquoi ces paumes moites ?

Tandis qu'il restait pétrifié sur le seuil, l'idée lui vint qu'il aurait voulu qu'elle le laissât en paix, et la seconde d'après il se rappela, gêné de son étourderie, que c'était lui qui passait son temps à la couver des yeux, alors qu'elle avait simplement fini par répondre à ses regards insistants par un bref signe de la tête. Mais alors, pourquoi ne s'était-elle jamais plainte à personne de son effronterie ? Il lui en voulait beaucoup !

Puis il leva les yeux et il la vit.

Elle était assise dans la roseraie, et son long déshabillé paraissait très blanc sous la lune.

Tonio en eut le souffle coupé. Son désarroi était si complet qu'il la soupçonna de l'avoir volontairement pris au piège. Elle l'avait espionné ! Elle avait vu de la lumière dans son petit atelier et sûrement elle avait suivi ses faits et gestes aussi clairement que lui-même la voyait à présent.

Tonio avait le feu aux joues. Dans une douce hébétude, il la vit se lever du banc de marbre sur lequel elle était assise et s'avancer vers lui d'un pas si silencieux et lent qu'elle paraissait flotter au-dessus du sol. Il vit dans l'herbe le reflet pâle de ses pieds nus ; la brise qui agitait les voiles diaphanes de son déshabillé donnait à son corps un aspect irréel, comme si ces tissus vaporeux eussent été une sorte de halo surnaturel.

Il lui sembla que, par égard pour elle, il aurait dû s'incliner puis la fuir avec toute la vélocité dont il était capable. Mais il ne fit pas le moindre geste. Simplement il la regardait et il sentait en elle une détermination qui l'angoissait.

Elle était assez près maintenant pour qu'il pût discerner clairement les traits de son visage, et il lut dans ses yeux, quand elle leva son regard sur lui, une émotion intense ; elle avait les sourcils froncés, un pli lui barrait le front et elle lui parlait sans qu'aucun son n'échappât de sa bouche. Il s'exhalait d'elle une odeur qui évoquait celle d'une pluie d'été. La tête de Tonio s'était vidée de toute pensée. Il ne voyait plus ses joues rondes ni la petite moue qui gonflait ses lèvres. Il la percevait telle qu'elle était dans son intégralité, ce bloc d'être palpitant sous sa gaine de batiste arachnéenne, sous cette grande masse désordonnée de cheveux couleur d'or pâle, et le corps qui se dissimulait à l'intérieur, avec sa chaleur, ses moites cavités, et cette odeur qui évoquait tellement une averse s'abattant sur des fleurs, sur des allées, sur un tapis de feuilles mortes.

Il la désirait si fort qu'il en avait mal ; il avait faim d'elle de tout son être, il se tendait désespérément vers elle, et en même temps cela le paralysait. C'était un cauchemar mais dans lequel il n'était pas possible de crier, de se débattre. Il en était transi d'horreur. N'avait-elle donc aucune pudeur, aucune délicatesse ? Dans ce jardin désert, avec en arrière-fond cette maison assoupie, elle restait là, seule avec lui. Aurait-elle agi de même avec n'importe quel homme ? Soudain il sentit monter en lui une violence épouvantable, et il lui sembla qu'elle n'était pas la plus adorable créature sur laquelle ses yeux se fussent jamais posés, mais quelque repoussant démon.

Il aurait voulu lui faire mal, se jeter sur elle et l'écraser entre ses mains, lui montrer la vérité, lui faire voir ce qu'il était ! Des tremblements l'agitaient ; il entendait son haleine qui s'échappait de lui avec un bruit saccadé.

Mais elle changeait d'expression. Son visage se rembrunit et une grimace y creusa de vilains sillons. Elle eut une courte inclination de la tête, s'éloigna à reculons et elle se détourna avec l'expression de quelqu'un qui reprend brutalement conscience de la réalité.

Le cœur serré, Tonio la regarda se dérober devant lui. Puis, impuissant, il la vit tourner le dos et s'enfuir ; au bout de quelques pas, elle releva la tête ; un reflet de lune s'accrocha à la masse d'or luisante de sa chevelure, et elle disparut.

De retour dans sa chambre, Tonio se laissa aller contre la porte qu'il venait de fermer et appuya son front avec force contre le dur panneau de bois verni.

Une honte épouvantable le tenaillait. Il n'arrivait pas à croire que les choses en fussent arrivées là. Au fil des ans, il lui avait semblé que cette jeune fille et lui étaient devenus partenaires dans une sorte de valse-hésitation fabuleuse, sur laquelle planait constamment la menace — ou l'espoir — d'une plus étroite union.

Et tout cela pour en arriver là !

Qu'elle se fût offerte à lui, cela ne faisait aucun doute. Amer à présent, et humilié, il savait exactement ce qu'il était, et elle le savait aussi. Et si le sort lui gardait encore la moindre miséricorde, Guido et la comtesse viendraient sous peu lui annoncer qu'il partirait pour Rome, où il ne risquerait plus de la rencontrer jamais.

Il s'était endormi, tout habillé, une couverture sur les épaules, en attendant Guido. En s'éveillant, il aperçut Guido et la comtesse penchés sur lui, et la comtesse lui dit :

« Redressez-vous, bel enfant, vous devez me promettre quelque chose. »

Guido ne lui avait même pas lancé un regard. Il errait à travers la pièce comme un somnambule, les lèvres tour à tour serrées et écartées comme par un monologue muet.

« Qu'y a-t-il ? Qu'est-il arrivé ? » demanda Tonio d'une voix ensommeillée. En un éclair, l'image de la jeune femme blonde se forma dans son esprit, puis s'évapora.

Mais il se sentait à bout de patience.

« Dites-moi tout, ordonna-t-il.

— Mais tout d'abord, bel enfant, lui répondit la comtesse sur le ton courtois et posé qui lui était habituel, il faut que vous me fassiez la promesse que, quand vous serez très célèbre, vous ferez savoir au monde entier que c'est dans ma maison de Naples que vous avez chanté pour la première fois !

— Célèbre ? » fit Tonio en se dressant sur son séant.

La comtesse s'assit tout contre lui et posa ses lèvres sur sa joue.

« Mon bel enfant, lui dit-elle, je viens d'écrire une lettre à mon cousin de Rome, le cardinal Calvino ; il est averti de votre venue et vous pourrez loger chez lui tout le temps qu'il vous plaira. Guido souhaite que vous partiez sans plus attendre. Il veut avoir le temps de se familiariser avec le public ; il écrira son opéra sur place. Et quant à moi je viendrai aussi bien sûr ; je serai là pour vous voir tous deux le soir de la première. Ah ! bel enfant, nous avons pris toutes les dispositions ; vous ferez votre première apparition, dans le rôle principal de l'opéra que Guido va composer tout exprès pour vous, sur la scène du Teatro Argentina à Rome, le soir du nouvel an ! »

16.

Deux semaines s'écoulèrent avant le jour du grand départ.

Ils avaient fait leurs malles. Les appartements de Tonio étaient entièrement vides, à l'exception du magnifique clavecin dont il avait décidé de faire présent au maestro Cavalla, et leurs voitures, surchargées de malles et de paquets, les attendaient à l'écurie.

Seul à sa fenêtre, Tonio contemplait pour la dernière fois les jardins de l'autre côté du cloître empoussiéré.

Il avait redouté le moment où il prendrait congé de Paolo, et en effet la chose s'était passée aussi mal qu'il l'avait prévu. Paolo était abattu, taciturne. Quand il parlait, c'était d'une voix éteinte et sans vie. Que Guido et Tonio le quittent en même temps était plus qu'il n'en pouvait supporter ; Paolo s'était enfui à présent, mais Tonio ne pouvait se résoudre à l'abandonner ainsi.

En fait, il avait tramé dans sa tête une petite manigance, mais il n'était pas sûr qu'elle serait payante. Il craignait même si fort de ne pas la voir aboutir que ses idées commençaient à s'embrouiller. À cet instant précis, le maestro Cavalla entra dans la chambre vide.

« Eh bien, le moment douloureux est arrivé », soupira-t-il.

Tonio lui lança un coup d'œil affectueux, mais il ne dit rien. Il regarda le maestro promener ses doigts sur les motifs délicatement peints qui ornaient la caisse du clavecin. Il se sentait profondément heureux de constater que le maestro faisait si grand cas de son cadeau.

« Est-ce que la petite supercherie dont nous avons usé chez la comtesse vous a rendu les choses plus faciles ? lui demanda le maestro. C'était ce que j'espérais. »

Tonio sourit pour toute réponse. Oui, les choses avaient été plus faciles ainsi...

Mais il sentit son visage se contracter et il se demanda si le maestro avait perçu la peine que cette infime crispation trahissait. Tout à coup le maestro lui faisait éprouver un sentiment de malaise. Le vieil homme semblait profondément soucieux ; quelque chose de bien plus lourd que l'émotion des adieux pesait sur sa conscience.

« Tonio, à quoi pensez-vous ? demanda-t-il soudain. Vous pouvez me le dire.

— Oh, rien de bien compliqué, lui répondit Tonio d'une voix douce. J'ai en tête ce qu'avaient en tête tous ceux qui vous ont quitté », continua-t-il, puis, voyant que le maestro avait toujours le même air interrogatif, il confessa : « J'ai peur de faire fiasco à Rome. »

Il tourna à nouveau son regard vers les jardins. Il savait que l'aveu qu'il venait de faire n'était pas tout à fait sincère. Ses doutes avaient de plus profondes racines. Ils concernaient toute son existence, ce que la vie avait à lui offrir, l'intensité du désir qu'il en éprouvait et celle du désir qu'il avait d'oublier un certain nombre de choses.

Trois ans plus tôt, il avait résolu qu'il chanterait pour son plaisir, et cela lui avait paru alors la chose la plus simple du monde.

Mais à présent il voulait devenir le plus grand chanteur d'Italie. Il voulait que Guido écrive pour lui le plus bel opéra du monde. Il avait réellement peur, autant pour Guido que pour lui-même, et il était forcé de se demander s'il n'avait pas sans cesse vécu dans la peur de ce moment depuis le jour où il avait su ce qui lui restait à faire, et si cette peur n'avait pas été si intense qu'il avait assigné, pour la fuir, un autre dessein ultime, bien plus sombre, à son existence.

Il se remémorait obscurément ses vœux anciens, ses vieilles haines, la noire promesse qu'il s'était faite.

Mais la vie était là, ce délicieux mirage, et elle accaparait toutes ses pensées. Il mourait d'envie d'être déjà sur la route de Rome.

Guido était la proie d'une telle exaltation que ses adieux avaient été faits de la manière la plus distraite. Il avait passé ses jours et ses nuits à griffonner fiévreusement des scènes de son opéra. Il fredonnait perpétuellement entre ses dents, et parfois, dans les moments où ils n'étaient pas au travail, Tonio et lui se regardaient avec un mélange de peur et d'allégresse que personne n'aurait pu partager avec eux.

« Vous n'échouerez pas, dit le maestro d'une voix bienveillante. Si j'avais pensé le contraire, je ne vous aurais pas laissé partir. »

Tonio hocha la tête. Mais son regard s'attardait sur le cloître et sur les arcades feuillues. D'autres étaient partis d'ici pleins des plus hautes espérances et nantis de la bénédiction du maestro, pour s'en retourner vaincus.

Et qui parmi eux peut éprouver l'échec comme nous l'éprouvons, songeait-il, nous, les mutilés qui attendons avec une telle angoisse ce suprême moment du succès ? Il se sentait uni aux autres chanteurs de son espèce par une profonde et secrète solidarité ; il éprouvait un sentiment de camaraderie grandissante à l'égard de ceux qui avaient lutté dans ce lieu à ses côtés.

Puis, comme il entendait le maestro s'approcher de lui et pressentait obscurément l'anxiété qui serrait le cœur du vieillard, une autre perspective se fit jour dans son esprit.

Et s'il remportait un triomphe ? Si tout se passait exactement comme il l'avait rêvé ? Le public dressé pour l'acclamer, un déluge d'applaudissements. L'espace d'une seconde, il se figura que l'affaire était dans le sac, que c'était une victoire indiscutable, et il vit la route qui s'ouvrirait devant lui à ce moment-là, et cette route était la vie elle-même.

Il voyait la vie devant lui, grande ouverte, et il en conçut un tel effroi qu'un terrible accablement s'abattit sur lui.

« Ah, Dieu ! » soupira-t-il, mais le maestro ne perçut pas cette exclamation, si basse qu'il l'avait à peine entendue lui-même. Il secoua la tête avec tristesse.

Le maestro lui effleura l'épaule, et Tonio, s'arrachant à son moi secret, se retourna et fit face au vieillard qui était en proie à une émotion visible.

« Il faut que nous causions avant votre départ, déclara-t-il avec force.

— Que nous causions ? »

Tonio était mal à l'aise. Les adieux étaient déjà assez pénibles comme cela. Qu'est-ce que le maestro voulait encore ? Et puis il y avait Paolo. Il savait qu'il ne pouvait pas le laisser ici.

« Un jour, je vous ai dit que je savais ce que vous aviez subi, dit le maestro.

— Et moi, je vous ai dit que vous n'en saviez rien », répondit abruptement Tonio.

Il sentait renaître en lui une vieille colère et il fit un effort pour la contenir, car à présent il aurait aimé n'avoir plus que de la tendresse pour cet homme-là.

Mais le maestro n'en avait pas terminé.

« Je sais bien pourquoi vous êtes resté si patient pendant toutes ces années envers les gens qui vous ont expédié ici..., continua-t-il.

— Vous ne savez rien, coupa Tonio, qui luttait pour rester courtois. Et pourquoi m'importunez-vous maintenant avec ces choses dont vous ne m'avez pas soufflé mot depuis si longtemps ?

— Je vous le répète, je sais tout, et je suis loin d'être le seul. Vous vous figurez peut-être qu'ici nous sommes tous sots, et que nous avons juste assez de jugeote pour suivre le déroulement d'une intrigue de théâtre ? Je sais. J'ai toujours su. Je sais que désormais votre frère à Venise est le père de deux fils bien portants. Et je sais que vous n'avez jamais tenté de le faire assassiner ; en Vénétie, les potins circulent vite, et jamais le bruit d'une tentative de nature à troubler le sommeil de votre frère n'est venu jusqu'à mon oreille. »

Chacune des paroles du maestro faisait à Tonio l'effet d'un soufflet en plein visage. En trois ans, il n'avait jamais parlé de tout cela à quiconque ; c'était une atroce souffrance pour lui que d'entendre de telles paroles prononcées à voix haute et claire dans cette chambre. Il savait que la colère altérait ses traits, et c'est d'une voix aussi glaciale et coupante que possible qu'il lança au maestro :

« Ne me parlez pas de ces choses ! Je n'ai rien à vous en dire ! »

Mais le maestro s'obstinait.

« Tonio, je sais aussi que cet homme est gardé jour et nuit par des spadassins qui sont de vraies brutes. À en croire les rumeurs, ils restent toujours à portée de sa voix, même dans sa propre maison... »

Tonio fit un pas en direction de la porte.

Mais le maestro lui barra le chemin et, sans violence, le maintint sur place. L'espace d'une seconde, leurs deux volontés s'affrontèrent en un face-à-face tendu, et à la fin Tonio, vaincu et dépité, baissa la tête.

« Qu'avons-nous besoin de nous quereller ainsi ? demanda-t-il à mi-voix. Pourquoi ne pouvons-nous simplement nous embrasser et nous dire adieu ?

— Mais nous ne nous querellons pas, rétorqua le maestro. Je veux seulement vous dire que je n'ignore pas que vous avez formé le plan d'aller en personne vous attaquer à votre frère. »

Il avait si bien baissé le ton que sa voix n'était plus qu'un murmure, et il se tenait si près de Tonio que ce dernier sentait son souffle dans sa figure.

« Mais cet homme est à l'affût de vous comme une araignée qui guette sa proie, continua le maestro. Et grâce à ce décret de bannissement que l'on a édicté contre vous, il a fait de toute la cité de Venise sa toile. Tentez quoi que ce soit contre lui, et il vous détruira.

— En voilà assez ! » dit Tonio.

À présent, il était dans une telle colère qu'il n'était plus sûr de pouvoir contrôler ses inflexions, mais apparemment le maestro ne suspectait guère l'effet dévastateur que ses paroles avaient sur lui.

« Vous ne savez rien de moi, dit Tonio, vous ignorez d'où je viens et les motifs qui m'ont amené ici. Et je ne resterai pas là à vous écouter parler de ces choses comme s'il s'agissait de faits banals ! Je vous défends de m'en parler sur le même ton que vous prenez pour gourmander un élève dissipé ! Je vous défends de m'en parler avec le même air affligé que s'il s'agissait de l'échec d'un opéra ou du décès d'un roi dans un pays lointain !

— Mais je ne veux pas parler de ces choses à la légère ! se récria le maestro. Pour l'amour de Dieu, écoutez-moi ! Envoyez-en d'autres commettre cet acte ! Envoyez-lui des tueurs aussi impitoyables que ceux qui montent la garde autour de lui. Ses spadassins sont des tueurs expérimentés ; envoyez contre eux des gens de leur acabit. »

Tonio se débattait pour échapper à l'étreinte du maestro, mais il était incapable de lever la main sur lui. Ce vieillard lui expliquait, *à lui*, ce que c'était qu'un spadassin ! Ne s'était-il réveillé assez de fois pour émerger de ces cauchemars où il se retrouvait à Flovigo, luttant contre ces brutes sans âme ? Il sentait leurs mains sur lui, leur haleine dans son visage ; il se rappelait le terrible sentiment d'impuissance qu'il avait éprouvé dans ces instants et le bistouri qui avait pénétré dans sa chair ; de sa vie, jamais il n'oublierait tout cela.

« Tonio, si je me trompe, dit le maestro, si vous lui avez déjà dépêché des tueurs et si ces tueurs ont échoué, cela devrait vous faire comprendre que vous n'y parviendrez jamais par vos propres moyens. »

L'étreinte du maestro s'était relâchée, mais Tonio n'avait plus de force. Il regardait ailleurs ; cela faisait bien longtemps qu'il ne s'était pas senti aussi seul. Il ne se rappelait déjà plus qu'une partie de ce que le maestro venait de dire ; la confusion de son esprit oblitérait le reste. Il savait seulement que le vieil homme, qui croyait comprendre tant de choses alors qu'en réalité il en comprenait très peu, allait persévérer.

« Si vous n'étiez qu'un chanteur ordinaire... soupira le maestro. Si vous n'aviez pas cette voix dont tous les autres rêvent, alors oui, je vous dirais de faire tout votre devoir. »

Il lâcha Tonio et laissa retomber sa main le long de son corps.

« Ah ! dit-il, j'ai été bien négligent en n'essayant pas plus tôt de vous comprendre. Mais vous aviez l'air si heureux ici, si satisfait de votre sort.

— Était-il donc si peu naturel que je le sois ? protesta Tonio. Étais-je coupable de trouver ici mon bonheur ? Vous pensiez peut-être que l'on m'avait amputé de la capacité d'être heureux en même temps que du reste ? Vous avez trop longtemps régné sur cette principauté d'eunuques sans y appartenir vous-même. Vous avez oublié à quoi la vie ressemble ! Vous figurez-vous que le monde est peuplé uniquement d'estropiés au cœur saignant qui vagabondent en quête de leur destin ? La vie n'est pas comme cela !

— Votre vie à vous, c'est votre voix ! s'écria le maestro d'un ton implorant. Il en est ainsi depuis que vous êtes arrivé dans cette maison ! Cela tombe sous le sens ! »

Tonio secoua la tête.

« Non, dit-il, cela, c'est l'art, c'est la scène, avec ses toiles peintes, la musique, c'est tout le petit univers que nous nous fabriquons, mais ce n'est pas la vie ! Si vous me parlez de mon frère, de ce que l'on m'a fait, c'est de la vraie vie que vous me parlez. Et je vous affirme, moi, que l'affront que l'on m'a infligé *doit* être lavé. Le premier passant venu le comprendrait sans peine. Est-ce que cela dépasse votre entendement ? »

Le maestro dut en rabattre, mais il ne céda point pour autant.

« Ce n'est pas de la vie que vous parlez si vous projetez d'aller à Venise tuer votre frère, murmura-t-il. C'est de la mort que vous parlez. Et pas de sa mort à lui : de la vôtre. Ah, si seulement vous pouviez être comme tous les autres ! Si vous n'étiez pas ce que vous êtes !

— Je ne suis qu'un homme, dit Tonio en soupirant. Rien d'autre. J'étais né pour être un homme, et c'est ce que je suis devenu, en dépit de tout ce que l'on a pu tenter pour m'en empêcher. Et je vous affirme qu'aucun homme ne saurait souffrir l'affront que j'ai subi. »

Le maestro se détourna. Il paraissait déconcerté et, tandis qu'il essayait de se reprendre, un silence glacial s'abattit sur la pièce.

Épuisé, Tonio s'affaissa contre le mur, et son regard tomba à nouveau sur les arcades envahies de verdure.

Il se sentit envahi par mille impressions confuses. Son esprit était vide de toute pensée et ne contenait plus que des visions. Et les images qu'il voyait étaient celles d'objets concrets, étincelants de sens : des couverts d'argent, des cierges dressés sur l'autel d'une chapelle, des voiles de mariée et des berceaux d'enfant ; il entendait le doux bruissement de soie que font les femmes en embrassant. À l'arrière-plan de ces visions, il distinguait une immense toile de fond qui était Venise tout entière, dont émanaient des sons mélangés, une sonnerie de trompettes et une odeur de brise marine.

Puis il tenta de se souvenir des désirs qui l'habitaient quelques minutes plus tôt. Il essaya de se transporter au milieu du petit tourbillon fiévreux qui se crée à l'ombre du manteau d'Arlequin juste avant le lever du rideau ; il sentit l'odeur des fards et de la poudre de riz, il entendit les miaulements aigus des violons de l'autre côté du rideau, les pas qui résonnaient comme le tonnerre sur les planches nues. Il entendit sa propre voix égrener une série de notes si pures qu'elles semblaient n'avoir rien de commun avec les hommes et les femmes, la vie et la mort. Le mouvement de ses lèvres ne s'accordait pas avec ses pensées.

Au bout d'un moment qui lui sembla très long, le maestro se tourna à nouveau vers lui.

Les yeux de Tonio étaient embués de larmes.

« Je ne voulais pas vous quitter ainsi, dit-il d'une voix brisée. Vous êtes en colère contre moi à présent, et je vous aime. Je vous ai toujours aimé depuis le jour de ma venue ici.

— Vous me connaissez bien mal, répondit le maestro. Jamais je n'ai été en colère contre vous. Et vous occupez dans mon cœur une place à laquelle bien peu ici peuvent prétendre. »

Il s'avança vers Tonio, mais il hésita à le prendre dans ses bras, et à cet instant Tonio éprouva avec intensité la présence physique du vieil homme, de cette force rugueuse qui n'était après tout que l'apanage des hommes ordinaires.

Du même coup il avait conscience de sa propre apparence, comme s'il avait pu voir dans le regard fixe que le vieux maestro rivait sur lui le reflet de sa jeunesse attardée et de sa peau exagérément glabre.

« Je voulais vous dire un mot avant de prendre congé de vous, dit Tonio. Vous exprimer d'abord toute ma gratitude pour...

— Il est inutile que vous me disiez ces choses-là, coupa le maestro. Vous me reverrez bien assez tôt ; je serai à Rome pour votre première.

— Mais il y a autre chose, dit Tonio sans quitter le maestro des yeux. Une faveur que je voulais vous demander. Je n'aurais pas dû attendre si longtemps avant de vous en parler et peut-être refuserez-vous de me l'accorder, mais j'y tiens plus que tout au monde.

— Tout au monde ? fit le maestro. Vous m'affirmez que vous tuerez votre frère même si cela doit vous coûter la vie, et malgré cela il y a encore des choses auxquelles vous tenez à ce point ? »

Il dévisagea Tonio avec attention.

« Voilà des années, j'ai essayé de vous dire ce qu'était le monde, non pas le monde dont vous étiez issu, mais celui dont votre voix pourrait vous permettre de faire la conquête. Je croyais m'être fait entendre de vous. Vous êtes un chanteur admirable, oui, admirable, et ce monde, vous voulez lui tourner le dos !

— Chaque chose vient en son temps, maestro, répondit Tonio d'une voix qu'une nouvelle pointe de colère rendait imperceptiblement plus coupante. Les hommes finissent tous par mourir, insista-t-il. La seule chose qui me différencie d'eux est que je puis choisir à mon gré le lieu où je mourrai. Quand le moment viendra, je retournerai chez moi pour mourir en laissant ma vie achevée derrière moi. Mais en attendant je vis, je respire, comme tout un chacun.

— En ce cas dites ce que vous attendez de moi, fit le maestro. Pour que vous y teniez plus que tout au monde, cela doit être d'une importance capitale. Si c'est en mon pouvoir, je vous l'accorderai volontiers.

— Maestro, c'est Paolo que je vous demande. Je veux l'emmener à Rome avec moi. »

Voyant le choc et la réprobation qui se peignaient sur le visage du maestro, il se hâta d'ajouter :

« Maestro, je prendrai bien soin de lui, et même si je dois vous le rendre plus tard, il ne se portera pas plus mal d'être resté quelque temps avec moi. Si la rancune que je nourris envers ceux qui ont fait de moi ce que je suis a un antidote, c'est l'amour que je nourris envers quelques autres. L'amour que je porte à Guido, à Paolo... et à vous-même. »

Tonio trouva Paolo au fond de la chapelle. L'enfant était effondré sur une chaise, son petit museau retroussé tout maculé de larmes. Ses yeux noirs fixaient l'autel d'un regard vide et quand il vit que Tonio était venu le relancer, comme si les adieux de tout à l'heure ne lui avaient pas suffi, il se sentit trahi.

Il refusa de le regarder.

« Calme-toi, Paolo, et écoute-moi », dit Tonio.

Il passa la main dans la tignasse brune du garçonnet et la laissa posée sur sa nuque. Il éprouva un sentiment de fragilité ; elle émanait de cet enfant par tous ses pores. Tonio éprouva dans ce moment un amour si débordant pour Paolo qu'il fut incapable d'articuler un mot. Il régnait dans la chapelle une atmosphère tiède, chargée de vapeurs de cire et d'encens, et l'autel couvert de dorures semblait s'être imbibé de toute la chaleur des rayons de soleil poussiéreux qui tombaient des vitraux sur le pavement de marbre.

« Ferme les yeux et rêve un moment, dit Tonio tout bas. Aimerais-tu habiter un beau palais ? Aimerais-tu rouler carrosse et dîner dans la vaisselle d'argent ? Aimerais-tu avoir aux doigts des bagues ornées de pierreries ? Aimerais-tu être habillé de soie et de satin ? Aimerais-tu vivre avec Guido et moi ? Aimerais-tu venir avec nous à Rome ? »

Le garçonnet se retourna avec une expression si féroce que Tonio en eut le souffle coupé.

« C'est impossible ! éructa-t-il du même ton qu'il aurait pris pour proférer un blasphème.

— Si, c'est possible, lui répondit Tonio. Tout est possible. C'est toujours au moment où l'on s'y attend le moins que la possibilité surgit. »

Alors la joie illumina le visage de Paolo, il jeta ses bras autour du cou de Tonio, et Tonio l'attira à lui.

« Viens, dit-il. S'il y a ici des choses que tu veux emporter, il faut aller les chercher tout de suite. »

Il était déjà midi quand leur petite caravane s'ébranla enfin. Guido, Paolo et Tonio étaient dans la première voiture ; les domestiques venaient derrière dans une chaise qui transportait aussi le gros de leur bagage.

Et tandis qu'ils descendaient la via di Toledo en direction de la mer pour jeter un dernier coup d'œil à la ville, Tonio ne pouvait détacher ses yeux de la masse bleuâtre du Vésuve qui projetait sur le ciel une mince colonne de fumée blanche.

Leur voiture vira en tanguant dangereusement et s'engagea sur le môle. La mer à l'éclat aveuglant semblait se confondre avec l'horizon. Quand ils bifurquèrent pour prendre la direction du nord, le volcan cessa d'être visible.

Quelques heures plus tard, ce fut Tonio, et Tonio seul, qui fondit en larmes en regardant la nuit tomber sur les magnifiques champs de blé de la Campanie, étendus à l'infini autour de leur voiture qui cahotait bravement sur la route de Rome.

Cinquième partie

1.

Dès leur arrivée à Rome, le cardinal Calvino les fit demander. Tonio et Guido ne s'étaient attendus ni l'un ni l'autre qu'on leur fît si vite un tel honneur et, Paolo trottinant derrière eux, ils emboîtèrent le pas à un secrétaire en robe noire qui les mena dans les étages.

Rien de ce qu'il avait jamais vu à Venise ou à Naples n'avait préparé Guido à la splendeur de cet immense palais, situé au cœur même de Rome, à moins de vingt minutes à pied du Vatican dans une direction, et à la même distance environ de la piazza di Spagna dans l'autre. Son austère façade à l'ocre délavé dissimulait des corridors où s'alignaient des statues antiques, des murs tendus de tapisseries des Flandres et des jardins regorgeant de vestiges gréco-romains où de modernes colosses de pierre montaient la garde à l'entrée des allées, sur les fontaines et les pièces d'eau.

Les vestibules et les couloirs étaient remplis de personnages aux allures distinguées, des abbés en soutane passaient et repassaient, et l'on apercevait à travers une rangée de doubles portes ouvertes une longue bibliothèque où des greffiers vêtus de noir étaient courbés au-dessus de leurs plumes d'oie.

Mais, de toutes ces surprises, ce fut le cardinal lui-même qui s'avéra la plus intéressante. La rumeur voulait qu'il fût profondément dévot, s'étant élevé des rangs de la prêtrise, fait rare chez un cardinal ; on disait aussi qu'il jouissait d'une grande popularité chez les petites gens et que des foules se pressaient continuellement devant le palais pour voir son carrosse passer.

Le cardinal vouait à ses pauvres une attention particulière ; il avait fondé bon nombre d'orphelinats et d'œuvres de charité auxquels il rendait de fréquentes visites ; et quelquefois, n'hésitant pas à souiller de boue les pans de sa robe pourpre, il commandait aux gens de sa suite de l'attendre dehors et pénétrait dans des galetas où il trinquait avec des travailleurs manuels, faisait la causette à leurs femmes et embrassait leurs enfants. Chaque jour il dispensait sur ses propres deniers de généreuses aumônes aux nécessiteux.

Le cardinal frisait à présent la cinquantaine, et Guido s'attendait à voir un homme d'allure austère et pieuse, dont l'apparence contrasterait avec les fastes raffinés de ce palais aux dallages de marbre qui rivalisaient, tant par la diversité de leurs coloris que par la richesse de leurs motifs, avec ceux de la basilique vaticane.

Mais le cardinal respirait la jovialité.

À leur entrée, son visage s'épanouit dans un sourire immédiat qui fit paraître mille plis au coin de ses yeux débordants de vivacité où se lisait un mélange d'affabilité et de tendresse qui s'adressait également à tous ceux sur qui ils se posaient.

Mince et sec, il avait des cheveux d'un gris cendré et les paupières les plus lisses que Guido eût jamais vues, sans arêtes ni replis. Son visage, barré seulement de quelques rares rides qui semblaient avoir été disposées là intentionnellement, semblait taillé au burin et évoquait les physionomies dépouillées de ces statues que l'on voit dans les vieilles églises et que l'usure du temps fait paraître émaciées et souvent même lugubres.

Mais la physionomie du cardinal Calvino n'avait rien de lugubre.

Entouré d'aristocrates somptueusement vêtus qui s'écartèrent comme des ombres aussitôt qu'il leur en fit l'injonction, le cardinal fit signe à Guido de s'avancer. Après lui avoir tendu son anneau pour qu'il le baisât, il lui donna l'accolade et lui déclara qu'il se faisait une joie d'accueillir les musiciens de sa cousine et qu'ils pourraient loger chez lui aussi longtemps qu'il leur plairait.

Ses mouvements étaient déliés et prestes, et la gaieté lui plissait les yeux.

« Avez-vous besoin d'instruments ? interrogea-t-il. Je peux demander qu'on vous en fasse chercher. Voyez cela avec mon secrétaire ; il vous procurera tout ce que vous désirez. »

Il prit le visage de Paolo entre ses mains et lui caressa la joue d'un pouce délicat. Le tempérament naturellement affectueux de l'enfant réagit aussitôt et il tendit les bras au cardinal, qui le serra contre les plis de sa longue robe pourpre avant de demander :

« Mais où est donc votre chanteur ? »

Puis ses yeux se posèrent sur Tonio comme s'il venait seulement de l'apercevoir.

Le prélat fut instantanément captivé, et il ne fit rien pour le dissimuler. Guido perçut d'une manière presque palpable son changement d'attitude et, tandis que Tonio s'avançait pour baiser l'anneau du cardinal, il lui parut que les autres personnes présentes dans la pièce l'avaient forcément remarqué aussi.

Le long trajet en voiture avait ébouriffé les cheveux de Tonio, et son habit de velours vert sombre était un peu poussiéreux, mais Guido ne lui en trouvait pas moins l'air d'un ange revêtu des oripeaux d'un mortel. Sa haute stature n'avait en rien entamé sa grâce naturelle, ses deux années d'escrime lui avaient conféré la démarche élastique d'un danseur et tous ses gestes produisaient un effet hypnotique dont Guido discernait mal la cause. Cela venait peut-être de leur extraordinaire lenteur, qui affectait jusqu'au mouvement de ses paupières lorsqu'il les baissait ou les relevait.

La bouche amollie, le prélat regardait Tonio comme si celui-ci eût été en train de faire un geste étonnant et insolite, puis son regard devint fixe et il le dévisagea avec des yeux inexpressifs dont le gris pâle prit seulement une nuance plus sombre.

Guido éprouva sous ses vêtements une déplaisante sensation de chaleur ; il se figura que cela venait seulement de l'atmosphère étouffante qui régnait dans cette pièce surpeuplée. Mais en voyant l'expression qui s'était peinte sur le visage de Tonio, la manière dont il considérait le cardinal, et en apercevant l'abîme de silence qui semblait s'être créé autour d'eux, il sentit une peur froide lui nouer l'estomac. Mais non, cela ne pouvait pas être ce qu'il imaginait — sûrement pas !

Qui n'eût été frappé par une beauté aussi extraordinaire que celle de Tonio ? Et pouvait-on poser les yeux sur un homme tel que Son Éminence sans en concevoir une sorte de ferveur ?

Cependant la crainte de Guido ne se résorbait que lentement ; il s'y mêlait l'écho de toutes les idées noires qu'il avait remuées durant leur voyage, de son anxiété relative à mille aspects pratiques de la préparation du futur opéra et, fort inopinément, d'un brusque regain de l'angoisse que lui avait causée, bien des années plus tôt, la perte de sa voix.

« Je n'ai jamais goûté vraiment l'opéra, disait le cardinal à Tonio, d'une voix affable. Et je suis au regret de devoir vous dire que c'est un univers qui m'est bien peu familier. Mais il ne nous en sera pas moins très agréable d'avoir un chanteur pour nous divertir après souper. »

Tonio se raidit. Guido n'eut aucune peine à deviner qu'il avait été piqué dans son amour-propre. Tonio agissait ainsi invariablement chaque fois qu'on le traitait comme un musicien ordinaire ; il baissa les yeux et les garda un long moment baissés avant de lentement les relever et de répondre, avec un très subtil accent d'ironie :

« Vraiment, Monseigneur ? »

Le cardinal avait saisi l'imperceptible fausse note. Ce fut un spectacle curieux que de le voir prendre à nouveau Tonio par la main en lui disant :

« Vous aurez la bonté de chanter pour moi, n'est-ce pas ?

— J'en serai très honoré, monseigneur », dit Tonio avec la grâce courtoise d'un prince qui répond à un autre prince.

Alors le cardinal éclata d'un rire qui était d'une simplicité communicative ; puis, se retournant vers son secrétaire, il lui déclara sur un ton d'espièglerie presque enfantine :

« Pour une fois, mes ennemis auront une bonne raison de jaser ! »

On les logea sans plus tarder dans une enfilade de pièces spacieuses dont les fenêtres donnaient sur un jardin clos où l'herbe était rase et où les arbres jetaient au sol des ombres discrètes. Ils défirent leurs malles ; ils visitèrent les lieux ; Paolo fut très excité en apercevant le lit dans lequel il allait dormir, qui avait des tentures puce et un chevet de bois ouvré. Et Guido comprit que non seulement Tonio et lui devraient faire chambre à part, mais qu'en outre, à cause de Paolo, ils ne pourraient plus se permettre de dormir ensemble.

Quand l'après-midi arriva vers sa fin, Guido avait mis ses partitions en ordre et achevé de relire les lettres d'introduction que la comtesse lui avait confiées. Il comptait bien être assidu aux discussions des salons, assister à tous les concerts possibles, s'introduire dans les cercles de musiciens. Il fallait qu'il entendît parler des derniers opéras à succès et qu'il écoutât chanter autant qu'il le pouvait les interprètes locaux. Les secrétaires du cardinal lui avaient déjà fourni les partitions et les livrets qu'il lui fallait. Ce soir même, il assisterait à un premier petit concert qui se donnait dans la maison d'un Anglais.

Comment aurait-il pu ne pas ressentir un sentiment d'expectative fébrile tandis qu'on lui apportait un clavecin et que les serviteurs du cardinal arrangeaient avec un soin diligent ses livres sur les rayonnages ?

Assurément Tonio était captivé par Rome. Paolo et lui avaient longuement conféré de tout ce qu'ils avaient vu lors de leur entrée en ville. Ils voulaient aller dès ce soir visiter les trésors du pape au musée du Vatican. Ils sortirent ensemble faire diverses emplettes, ce qui pour eux était déjà toute une aventure.

Mais quand Guido se trouva enfin seul, il ne parvint pas à se départir du sombre pressentiment, si voisin de la mélancolie, qui n'avait cessé de le tarauder depuis leur départ de Naples.

D'où venait donc ce trouble qui hantait son esprit ?

Bien entendu, il y avait toujours en lui ce vieux fond de terreur qui concernait l'ancienne existence de Tonio et les derniers moments de sa vie à Venise, auxquels il ne faisait jamais allusion.

Guido n'avait pas eu besoin qu'on lui expliquât que le frère aîné de Tonio, Carlo, était responsable des sévices sans nom qu'on lui avait fait subir, ni la raison pour laquelle Tonio ne l'avait jamais clamé à la face du monde.

Sur ce point, les documents que Tonio avait signés et expédiés à Venise avant même qu'ils fussent rendus à Naples avaient suffi à l'éclairer. Ce Carlo Treschi était le dernier descendant mâle de leur lignée.

Guido avait gardé un vague souvenir de cet individu, dont il avait pu observer l'élégance et l'apparence cordiale lors des réunions mondaines où le hasard l'avait amené quelque temps avant que son séjour à Venise ne fût abrégé par des péripéties aussi dramatiques qu'imprévues. Guido n'avait accordé une attention particulière à Carlo Treschi que parce qu'il était le frère de celui que l'on surnommait le « troubadour patricien ». C'était un homme solidement bâti, très bien fait de sa personne, enclin à briller par des anecdotes amusantes et des citations poétiques, qui semblait animé d'un désir perpétuel de plaire, de se faire à la fois aimer et remarquer de tous. À ce moment-là, Guido n'avait vu en lui qu'un de ces Vénitiens bien élevés et infiniment courtois comme il en avait déjà tant rencontré.

Mais ses sentiments à son égard s'étaient bien refroidis depuis lors !

Il ne s'était jamais ouvert de tout cela au maestro Cavalla. C'eût été d'ailleurs bien superflu car, le temps aidant, le maestro n'avait pas eu de peine à reconstituer par lui-même les tenants et les aboutissants de toute l'affaire.

Cependant, en voyant Tonio se vouer tout entier au chant, ses deux maîtres s'étaient également persuadés que le temps et l'assouvissement de ses ambitions guériraient ses blessures. Quant au frère, ils avaient supposé que Tonio lui avait pardonné par la force des choses, et de cela ils avaient rendu grâce à Dieu.

Mais Carlo Treschi les avait menés de surprise en surprise. Non content de prendre pour femme la propre mère de Tonio (« Cela suffirait à rendre enragé l'eunuque le plus soumis du monde », avait dit le maestro, et on ne pouvait certes pas définir Tonio de cette manière), il avait eu d'elle deux fils bien portants en l'espace de trois ans.

Et Marianna Treschi attendait un troisième enfant.

Cela, il ne l'avait appris qu'au moment de quitter Naples, de la bouche du maestro qui l'avait exhorté à surveiller Tonio de très près.

« Il attend son heure, je le crains, lui avait dit le vieil homme. Ce garçon abrite dans le même corps deux entités jumelles. L'un des jumeaux aime la musique par-dessus tout, l'autre est assoiffé de vengeance. »

Guido ne lui avait pas répondu ; il se rappelait la petite bourgade de Vénétie, le garçon meurtri et drogué couché sur ce grabat infect aux draps ensanglantés.

Et, ce qui était plus grave que tout, il se rappelait le rôle qu'il avait lui-même joué dans cette machination.

Il avait simplement fixé le maestro d'un œil étonné et même un peu hébété en s'émerveillant secrètement de cette image des deux jumeaux dans le même corps. Lui-même était incapable de concevoir les choses de cette manière ; il ignorait même comment on appelait ce type de métaphore. Certes, il n'avait vu que trop souvent son amant prendre le visage de son jumeau ténébreux ; il ne l'avait vu que trop souvent exprimer de la haine, de la colère et une froideur aussi palpable que l'hiver qui suinte des murs humides d'une auberge du Nord.

Mais il connaissait aussi l'autre jumeau qui vivait et respirait à l'intérieur de Tonio, le jumeau qui désirait faire ses débuts au Teatro Argentina aussi désespérément que Guido désirait les lui voir faire ; c'était ce jumeau-là qui possédait une voix unique au monde, qui faisait l'amour avec un mélange de férocité et de douceur et auquel Guido tenait comme à la prunelle de ses yeux.

« Veille sur lui, lui avait dit le maestro d'une voix altérée par l'inquiétude. Et fais-lui voir ce que le monde peut lui offrir, laisse-le jouir de tout ce qui lui fait envie. Il faut nourrir l'un des jumeaux pour affamer l'autre, car ils se font la guerre, et l'un des deux finira bien par succomber. »

Médusé une fois encore par cette idée, Guido n'avait fait que hocher la tête. Comme frappé de mutisme, il pensait à Flovigo et à l'enfant mutilé qu'il avait tenu dans ses bras, et il se rappelait que même au milieu de tant d'horreur son désir de cette voix avait été si immense qu'il n'avait pu éprouver une affliction réelle devant cette innocence profanée.

Ainsi donc, une part de l'être de Tonio continuait à nourrir des idées de vengeance ?

Comment aurait-il pu en être autrement ?

Oui, sa vieille terreur l'avait repris. Mais elle ne l'avait jamais quitté vraiment. Auparavant il avait craint que l'amertume n'anéantît Tonio ; désormais il redoutait que sa soif de vengeance n'aboutît au même résultat. C'était un savoir que Guido portait en lui, comme il portait en lui la certitude d'être mortel, qui lui donnait le même sentiment de fatalité, qui le rendait silencieux et froid à l'intérieur de lui-même.

Jamais il n'avait pu convaincre Tonio de lui parler de tout cela. Et les jours funestes où arrivaient des lettres de Venise, c'était bien cet autre jumeau qui les lisait, les brûlait et continuait à vaquer à ses occupations d'un air absent, avec le visage convulsé de quelqu'un qui vient de respirer une bouffée d'air empoisonné.

Mais à d'autres moments c'était un Tonio radieux et vibrant qui lui parlait de son futur opéra, du théâtre, qui lui demandait ce qu'il fallait emporter à Rome, ce qu'il valait mieux laisser à Naples, combien de spectateurs pouvait accueillir le Teatro Argentina...

« Je sais ce que cela signifie pour toi, avait-il une fois déclaré à Guido. Non, non, je ne parle pas de moi, ni de toi en tant que mon maître, je parle de Guido qui compose. Je sais combien c'est important pour lui.

— En ce cas, n'en parle pas, lui avait dit Guido en souriant. Sans quoi tu vas nous rendre aussi inquiets l'un que l'autre. »

Ils avaient continué à deviser ainsi, d'une voix basse et excitée, tout en emballant les partitions, les livres et la garde-robe considérable de Tonio, tous ces trésors de strass et de dentelle.

« Nourrir l'un des jumeaux », lui avait dit le maestro.

Oui, il le ferait, car c'était la seule chose qu'il lui fût possible de faire, la seule qu'il eût jamais faite : instruire, diriger, aimer, complimenter ce chanteur aux dons exceptionnels et à la voix incomparable, son amant, Tonio, qui nourrissait les espérances que Guido avait lui-même nourries bien des années auparavant, au temps où il rêvait encore du jour où il ferait ses débuts à Rome.

Mais pourquoi Guido avait-il donc été hanté durant tout le voyage par l'ancienne tragédie de la perte de sa voix ? Il n'était pas plus porté à remâcher le passé qu'à élaborer des métaphores compliquées, et pourtant, dans les rares moments où les tourments de sa jeunesse revivaient en lui, ils le plongeaient invariablement dans une détresse sans fond, et il s'apercevait que le temps n'en avait pas émoussé le tranchant.

Tout bien réfléchi, c'était peut-être simplement l'idée de quitter le maestro Cavalla et cette école où il vivait depuis l'âge de six ans qui lui était intolérable.

Et il n'évoquait alors ses vieilles douleurs que pour faire écran au chagrin de cette séparation. Mais il n'y croyait pas vraiment. Cela le laissait perplexe.

En tout cas, la peine et l'affliction accablaient son esprit, où tournaient sans arrêt les recommandations que le maestro lui avait faites au sujet de Tonio : « Fais-lui voir ce que le monde peut lui offrir, laisse-le jouir de tout ce qui lui fait envie. »

Quel était ce pressentiment qui agitait Guido ? Pourquoi éprouvait-il avec une telle force le sentiment de la perte d'un bien extrêmement précieux, le sentiment qu'il allait être dépouillé d'une chose aussi capitale que l'avait été sa voix ? À présent, Tonio ne pouvait plus le quitter pour accomplir cet épouvantable pèlerinage à Venise, si tant est qu'il en eût jamais vraiment caressé le projet !

Et pourtant cette angoisse d'une calamité proche continuait à l'oppresser. Et elle était entrecoupée de visions brèves de l'expression qu'avait eue le cardinal Calvino lorsque ses yeux s'étaient posés sur Tonio. De quelle candeur cet homme avait-il fait preuve ! Assurément, il fallait qu'il fût le saint que tout le monde prétendait qu'il était, car autrement il eût dissimulé la fascination immédiate que la vue de Tonio avait fait naître en lui et il eût évité d'en plaisanter aussi étourdiment.

Après avoir accueilli ses musiciens, le cardinal était sorti.

Guido avait regardé l'extraordinaire procession franchir le grand portail du palais. La suite du cardinal comportait cinq carrosses, dont les cochers et les postillons étaient vêtus de livrées d'un goût exquis ; et aussitôt que son carrosse était arrivé dans la rue, le cardinal avait jeté en direction de la foule une première poignée de pièces d'or.

Tonio entra. Il avait emmené Paolo chez le tailleur et lui avait commandé tout un équipage digne d'un prince héritier. Il avait également acheté pour lui une épée de la meilleure trempe, une bonne douzaine de livres et un violon, parce que c'était son instrument favori et parce que Guido tenait à ce qu'il devînt expert dans le maniement d'un instrument pour parer à toute éventualité...

Funestes soucis, noirs pressentiments. Pourquoi Guido se rongeait-il les sangs comme cela ? Parer à toute éventualité ! Aucune tragédie ne s'abattrait sur Paolo ; aucune tragédie ne s'abattrait sur personne.

Et pourtant Guido se sentait lourd et las au milieu de cette belle chambre spacieuse. Les saints dans leurs cadres dorés ne le consolaient nullement, pas même sainte Catherine identifiant la vraie croix devant des centaines de curieux.

De l'autre côté de la porte restée ouverte, Tonio se dévêtait.

Guido le vit passer par-dessus sa tête sa chemise de linon souple et retirer ses chausses, que le vieux Nino, le valet de chambre que la comtesse leur avait cédé, s'empressa de faire disparaître.

Tonio resta un moment sans bouger, le dos tourné vers Guido, comme pour mieux jouir de la sensation de l'air plus frais de la pièce sur son corps nu, puis il passa une robe d'intérieur en soie verte dont il se noua négligemment la ceinture autour de la taille. Quand il se retourna en levant lentement son regard sur Guido, il émanait de lui une sensualité presque orientale ; ses cheveux dénoués lui retombaient sur le visage, et l'étoffe qui pendait mollement des angles de son corps mince et élégant lui donnait l'air d'un habitant d'une lointaine contrée d'outre-mer dans sa tenue ordinaire.

« Pourquoi es-tu si sombre ? » demanda-t-il d'une voix tellement basse que d'abord Guido ne l'entendit pas, comme si les mots avaient dû accomplir avant de l'atteindre un long périple circulaire autour des ombres de la pièce.

« Je ne suis pas sombre », protesta-t-il. Mais il voyait bien qu'il ne s'en tirerait pas à si bon compte. Tonio s'assit assez près pour effleurer du bout de ses doigts rassemblés le dos de la main de Guido.

Et Guido se prit de nouveau à l'observer avec une espèce de recul comme il l'avait fait un moment plus tôt, avant qu'ils ne se parlent.

Il ne s'était pas trompé en prédisant, des années plus tôt, que Tonio aurait autant de grâce que Domenico. Mais Tonio avait acquis des façons qui rehaussaient considérablement cette grâce. La nonchalance naturelle de ses gestes compensait l'excessive longueur de ses membres ; la volonté de sa voix assourdie faisait le plus insolite des préludes à la puissance éclatante de son chant.

Son visage paraissait s'être élargi légèrement, en sorte que les pommettes étaient un peu plus écartées que celles d'un garçon ordinaire, et la distance imperceptiblement trop grande entre les deux yeux produisait toujours ce même trouble subtil que Guido subissait en ce moment même tandis qu'il le regardait. C'est la magie du bistouri, se dit-il avec lassitude. Loin de lui faire perdre sa beauté, il l'a doté d'une séduction insurpassable. Il n'a pas besoin de savoir qu'il la possède, ni d'en faire sciemment usage. Elle est là. Et comme elle se combine à cette courtoisie parfaite des Vénitiens de bonne naissance, il y a là de quoi tourner la tête à plus d'un.

« Guido, disait, comme de très loin, la voix de Tonio, Paolo fera un excellent chanteur. J'en suis certain. Je me chargerai personnellement de son enseignement.»

Tout à coup, Guido éprouva envers Tonio une espèce de haine. Il aurait voulu qu'il parte. Il le regardait, mais il n'arrivait pas à lui parler. Il se remémorait ce moment, bien des années plus tôt, où lui-même était resté allongé, prostré, sur le carreau d'une salle d'étude après avoir commis son premier acte d'amour. Le maestro qu'il avait désiré si fort s'était penché sur lui pour lui murmurer quelque chose à l'oreille. Qu'avait-il donc dit ?

« Je n'ai rien contre Paolo, répondit Guido, agacé par ce malentendu. Paolo chante très bien », conclut-il avec simplicité. L'idée que Paolo apprendrait à Rome plus de choses qu'il n'en eût jamais apprises au conservatoire lui plaisait. Il y avait place pour Paolo dans son cœur. Il souhaitait seulement que Tonio le laissât seul.

« Le voyage m'a bien fatigué, déclara-t-il d'un ton bref. J'ai beaucoup de travail. Je n'ai pas de temps à perdre. »

Tonio se pencha vers lui et lui souffla à l'oreille des paroles douces et un peu crues. Guido savait qu'ils étaient seuls dans leurs appartements puisque Tonio avait congédié les domestiques.

« Sois patient avec moi ! » dit-il avec irritation.

L'expression du visage de Tonio lui apprit qu'il l'avait froissé, mais Tonio se borna à hocher brièvement la tête. Il se comportait toujours de cette façon avec lui — ah, l'infernale gracieuseté vénitienne ! Il le regardait, mais sans colère ni reproche ; et, tandis qu'il se levait pour partir, l'ombre d'un sourire se dessina sur ses lèvres.

Secrètement bouleversé, Guido regarda Tonio traverser la pièce. Il l'imagina sur scène, il se représenta la foule à la porte de la loge. Une fois de plus, il eut la vision de la figure innocente du cardinal Cabino, de ses yeux extraordinairement vifs.

Tu n'as pas idée de l'adulation qui t'attend, tu ne peux même pas la soupçonner. Naturellement, on adressera aussi des louanges à l'auteur ; si l'opéra est bon, il se peut même que mon nom paraisse sur les affiches, mais rien n'est moins sûr. C'est pour toi que Rome va s'ouvrir, éclater comme un œuf qui se brise et en éclore entièrement nouvelle, et je te le souhaite, je te le souhaite de tout mon cœur.

Pourquoi faut-il alors que je me sente si mal ?

Tonio se tenait quelque part de l'autre côté de la porte. Guido sentait sa présence. Subitement, il s'imagina en train de le battre ; il vit ce visage parfait défiguré par des marques rouges. Avant d'avoir compris ce qu'il faisait, il s'était levé de son bureau et il s'était précipité dans la chambre. Il s'arrêta en voyant Tonio à la fenêtre, penché au-dessus des jardins.

« Tu sais comment est le public de Rome, dit Guido. Tu sais à quoi je dois faire face. Sois patient avec moi.

— Je suis patient, répondit Tonio.

— Il faut faire tout ce que je te demande ! Accorde-moi cela ! »

Il se sentait d'humeur acerbe, et même querelleuse. Tout ce qui le fâchait et l'exaspérait chez Tonio était remonté en bloc à la surface. Mais il savait que le moment était mal choisi. Il avait tout le temps...

« Je ferai tout ce que tu me demanderas, dit Tonio avec politesse, de sa voix riche et bien modulée.

— Tout, oui ! Sauf de jouer costumé en femme alors que tu sais bien qu'il le faut, surtout à Rome ! Tu es prêt à tout faire, bien entendu, excepté ce qui est absolument indispensable !

— Guido ! » l'interrompit Tonio, avec pour la première fois de la colère et de l'impatience — et comme toujours, la métamorphose de ce visage angélique laissa Guido pantois. « Je ne *peux pas* le faire, voilà tout. Il est inutile que nous en débattions plus longtemps. »

Guido émit un grognement de mépris. Il avait trouvé l'affrontement qu'il souhaitait, la bataille avait éclaté, les invectives lui montaient aux lèvres, la face de Tonio s'empourprait, son regard se glaçait. Mais pourquoi Guido faisait-il cela ? Pourquoi faisait-il cela dès leur première journée à Rome, alors qu'il avait devant lui tout le temps qu'il fallait pour mener Tonio au théâtre, lui montrer les castrats travestis en femmes, lui faire comprendre leur puissance et l'irrésistible attrait qu'ils dégageaient ?

Tonio fit brusquement volte-face et se dirigea vers la garde-robe ouverte. Il ôtait son vêtement d'intérieur. À présent, il allait s'habiller, sortir, et Guido resterait seul dans ces appartements vides.

Un sentiment de désespoir l'envahit.

« Viens ici ! ordonna-t-il sèchement en se dirigeant vers le lit. Non, tire d'abord le verrou et viens. »

Pour commencer, Tonio le dévisagea sans rien faire.

Puis il serra imperceptiblement les lèvres et, avec ce hochement de tête bref et résigné qui était devenu chez lui presque un tic, il fit ce que Guido lui avait commandé de faire ; il vint se poster au pied du haut lit, une main posée sur la courtepointe, regardant Guido dans les yeux avec un flegme parfait. Guido avait déboutonné ses chausses, et il sentit ses émotions se fondre en une passion qui unissait toutes leurs forces en une seule.

« Ôte ta veste, commanda-t-il d'une voix hargneuse. Et allonge-toi. Sur le ventre ! »

Les yeux de Tonio étaient d'une beauté irréelle. Avec une moue imperceptible qui trahissait sa désapprobation, il fit une fois de plus ce que Guido voulait qu'il fît.

Guido l'enfourcha rudement ; ce corps nu sous lui, écrasé contre ses vêtements, le mettait au comble de l'excitation. D'une main il enfonça le visage de Tonio dans l'oreiller et il le prit avec violence, en lui assenant de terribles coups de hanches.

Ensuite il demeura effondré près du corps nu de Tonio pendant un temps qui lui parut très long.

À la fin Tonio se leva et, sans un mot de reproche, il s'habilla. Lorsqu'il eut passé toutes ses bagues à ses doigts et pris sa canne sous son bras, il s'approcha très calmement du lit, se pencha sur Guido, lui déposa un baiser sur le front puis l'embrassa sur la bouche.

« Comment fais-tu pour me supporter ? murmura Guido.

— Il le faut bien, répondit Tonio sur le même ton. Je t'aime, Guido. Et l'un comme l'autre nous souffrons d'une assez grande appréhension. »

2.

Cette rue, les étoiles au ciel, le plafond de la chambre, ses dents mordant dans de la chair, puis le couteau, la brûlure cinglante du bistouri, et ce formidable rugissement dans ses oreilles dans lequel il reconnaissait son propre cri...

À ce point il s'éveilla, se couvrant la bouche d'une main, et s'aperçut qu'il n'avait pas proféré le moindre son.

Il était chez le cardinal Calvino ; il était à Rome.

Ce n'était rien, ce n'était que ce vieux cauchemar familier et les visages de ces sicaires qu'il s'imaginait avoir aperçus dans la rue. Bien entendu, il ne les avait jamais vus ; ce n'était qu'un fantasme avec lequel il jouait fréquemment : en reconnaître un, le prendre à l'improviste (« Tu te souviens de Marc Antonio Treschi, le garçon que vous avez traîné de force à Flovigo ? ») et lui enfoncer sa dague entre les côtes.

Juste avant son départ de Naples, il avait passé une après-midi avec un spadassin qui lui avait enseigné de nouvelles manières d'utiliser cette petite arme de poing. L'homme, à qui Tonio avait grassement payé la leçon, avait paru enchanté des dispositions de son élève.

« Mais pourquoi voulez-vous régler vous-même l'affaire, signore ? avait-il marmonné en guignant les habits de Tonio, les bagues qu'il portait aux doigts. Il se trouve que je suis présentement sans emploi, et mes services ne coûtent pas aussi cher que vous pourriez croire.

— Apprenez-moi, voilà tout », lui avait répondu Tonio en souriant. En de pareils moments, un sourire lui rendait toujours les choses plus faciles. Le spadassin, qui avait des talents innés d'instructeur, n'avait fait que hausser les épaules.

Cette évocation dissipa rapidement son rêve. Et avant même que ses pieds nus ne fussent posés sur les carreaux de marbre délicieusement frais, la certitude était revenue à Tonio qu'il se trouvait à l'intérieur du palais du cardinal, au cœur de Rome. Son rêve passait, comme un mauvais goût dans la bouche, comme une migraine légère, et il n'en restait bientôt plus trace.

La ville l'attendait. Pour la première fois de sa vie, il était véritablement libre. Bien des années auparavant, il n'avait fait que passer des contraintes que lui imposaient ses précepteurs vénitiens à la tutelle de Guido et à la discipline du conservatoire, et il ne pouvait encore s'habituer tout à fait à l'idée que cela touchait à son terme.

Mais Guido le lui avait clairement fait entendre. Du moment que Paolo avait ses cours et que Tonio consacrait sa matinée aux exercices, il n'avait plus à répondre devant personne de ses autres activités. Guido n'avait pas exprimé la chose, mais il en allait ainsi. Guido s'éclipsait au début de l'après-midi alors que ses compagnons faisaient la sieste, et ne rentrait parfois qu'à minuit sonné. Et quand il lui arrivait de demander à Tonio où il avait été tel jour, c'était sur le ton de la conversation, non sur celui de l'inquisition.

Tonio ne put retenir un sourire. Les dernières traces du cauchemar s'étaient effacées de son esprit. Il était bien réveillé, le jour se levait à peine et, en se dépêchant, il pourrait entendre le cardinal Calvino célébrer l'office matinal.

Le cardinal Calvino disait tous les matins, dans son oratoire privé, une messe à laquelle les habitants de la maison pouvaient assister à leur gré. L'autel était paré d'une abondance de fleurs blanches, les petites flammes des candélabres formaient de grands arcs sous l'effigie immense du Christ en croix, dont les mains et les pieds laissaient s'échapper un flot de sang rouge et brillant.

Quand Tonio pénétra dans l'oratoire, l'éclat des cierges l'éblouit. Il prit un siège tout au fond ; personne n'avait paru remarquer son entrée. Il ne savait pas lui-même pourquoi il observait ainsi la lointaine figure debout derrière l'autel qui à présent se retournait, le calice d'or à la main.

Un groupe de jeunes Romains s'était mis à genoux pour recevoir la communion, avec derrière eux les clercs abbés, plus humbles et plus austèrement vêtus. Tonio se sentait à l'aise en ce lieu et, la tête appuyée au pilier doré qui s'élevait à l'arrière de son siège, il ferma les yeux.

Quand il les rouvrit, le prélat levait la main pour l'ultime bénédiction et son visage lisse paraissait sans âge et d'une sublime innocence ; c'était le visage de quelqu'un qui ne sait rien du mal et n'en a jamais rien su. Toutes ses attitudes, tous ses gestes étaient empreints de conviction. Une pensée prenait forme peu à peu dans l'esprit de Tonio, une pensée qui palpitait sourdement comme le sang qui vous bat aux tempes. C'était celle que le cardinal Calvino avait plus de raisons d'être en vie que la plupart des humains : il avait foi en Dieu ; il avait foi en lui-même ; il croyait à ce qui était et à ce qu'il faisait.

L'après-midi, après avoir travaillé plusieurs heures en compagnie de Guido et de Paolo, Tonio pénétra seul dans la salle d'armes déserte du palais.

Cela faisait des années que cette salle n'avait pas servi. Tonio trouva quelque chose de familier au parquet luisant qui apparaissait sous la poussière à l'endroit où il posait les pieds. Dégainant son épée, il se lança à l'attaque d'un adversaire invisible en chantonnant entre ses dents pour se donner l'illusion d'une bataille accompagnée d'une musique grandiose, livrée sur la scène d'un théâtre dans le cadre de quelque opéra à grand spectacle.

Même quand les effets de la fatigue se firent sentir, il persévéra dans cette gymnastique jusqu'à ce qu'il éprouvât d'agréables tiraillements dans les mollets.

Au bout d'une heure de ce manège, il s'interrompit soudain, sûr que quelqu'un le regardait de la porte.

Il fit volte-face, la main fermement agrippée à sa rapière.

Il n'y avait personne. Au-delà de la porte, le corridor était désert, quoiqu'on y perçût l'écho des rumeurs de la vie qui animait la gigantesque demeure.

Mais le sentiment que quelqu'un s'était trouvé à cet endroit et venait d'en partir persistait en Tonio. Il enfila son habit à la hâte, remit son épée au fourreau et s'en alla au hasard à travers le palais, saluant d'un signe de tête ou d'une inclination du buste les personnes qu'il croisait.

Il parvint à proximité du grand cabinet de travail du prélat mais, trouvant la porte close, il poursuivit son chemin et s'engagea le long d'une mezzanine, examinant les immenses tapisseries des Flandres et les grands portraits d'hommes du siècle dernier coiffés d'imposantes perruques dont les boucles blanches leur tombaient aux épaules comme des cascades de bulles et dont la complexion exquisément rendue donnait une illusion de vie.

Soudain un grand brouhaha se fit au rez-de-chaussée. Le cardinal venait de rentrer.

Tonio le regarda monter le grand escalier de marbre blanc, avec dans son sillage une nuée de pages et de suivants. Le cardinal portait une petite perruque à queue bien proportionnée à son visage mince et il devisait plaisamment avec les gens de sa suite. Il s'arrêta une fois pour reprendre haleine, s'appuyant d'une main à la rampe de marbre tout en lançant un mot d'esprit.

Même pendant cette courte pause, il avait allure de monarque. En dépit de la richesse de sa robe de soie moirée et de ses ornements d'argent massif, malgré la dignité de sa démarche, son visage restait empreint de cette gaieté naturelle qui ne le quittait jamais.

Tonio fit un pas en avant sans intention précise, sinon peut-être celle de ne pas perdre le prélat de vue tandis qu'il poursuivait son ascension de l'escalier.

Et quand le cardinal s'arrêta de nouveau, il aperçut Tonio, et son regard resta fixé sur lui pendant un temps marqué. Tonio fit une révérence et s'éloigna à reculons.

Il ignorait ce qui l'avait poussé à se montrer ainsi seul au milieu d'un corridor ombreux à l'extrémité duquel les vitres d'une haute fenêtre réfléchissaient l'éclat aveuglant du soleil ; il en éprouva une soudaine honte.

Pourtant il savourait encore le léger sourire du cardinal et la manière dont son regard s'était attardé sur lui avant qu'il lui adressât un petit signe de tête aimable.

Le cœur de Tonio lui martelait la poitrine. Va donc faire un tour en ville, se dit-il tout bas.

3.

Dans les semaines qui suivirent, Guido résolut de ne plus faire allusion à l'éventualité que Tonio pût tenir un rôle de femme un jour.

Mais, à mesure qu'il avançait dans son travail, il se persuadait de plus en plus que c'était une nécessité.

Il visita le Teatro Argentina, s'entretint avec Ruggiero au sujet des autres chanteurs qu'il comptait engager, vérifia que la machinerie était en assez bon ordre pour qu'il pût composer tous les tableaux qui lui plairaient, et obtint les assurances nécessaires concernant son intéressement à la vente de la partition imprimée.

Entre-temps, Tonio achetait pour Paolo tous les articles d'habillement possibles et imaginables, depuis les gilets brodés d'or jusqu'aux capes d'été et d'hiver (bien que l'on fût en été), des mouchoirs par douzaines, des chemises ornées de ces dentelles au point de Venise que Tonio affectionnait tant, des chaussures en fin maroquin.

Il y avait là de quoi être scandalisé, mais Guido n'avait pas de temps à perdre en réprimandes, et au demeurant Tonio se montrait un excellent mentor, guidant Paolo aussi bien à travers les subtilités de l'art vocal qu'à travers celles de la langue latine.

Les cheveux bruns et broussailleux de Paolo avaient été civilisés par le peigne du coiffeur ; il était vêtu à tout moment d'une tenue propre à la sortie et, le soir, Tonio et lui s'en allaient visiter les musées éclairés aux flambeaux. Paolo fut terrifié par le Laocoon, sans doute pour la raison même qui le rendait terrible aux yeux de n'importe qui — celle que cet homme et ses deux fils, pris ensemble par les serpents, allaient tous périr en même temps.

Tonio enseignait aussi à Paolo les manières d'un homme du monde.

Chaque matin, ils déjeunaient tous trois ensemble devant une des hautes fenêtres après en avoir écarté les tentures de satin grenat, et Guido était forcé de convenir qu'il prenait plaisir à écouter les deux autres, qui ne le sollicitaient nullement de se joindre à leur conversation ; il aimait que l'on causât autour de lui aussi longtemps qu'il n'était pas nécessaire qu'il parlât lui-même.

Guido avait d'ailleurs suffisamment l'occasion de causer pendant les soirées. Grâce à la comtesse, qui lui écrivait régulièrement, il était reçu partout ; partout il posait des questions sur le goût du jour et, feignant l'ignorance, se faisait raconter par le menu tous les derniers opéras.

Tandis qu'il traversait d'immenses salles de bal, montait et descendait les escaliers de palais de cardinaux et de demeures de dilettantes étrangers, Guido éprouvait le poids écrasant d'une société plus sûre d'elle-même et plus exigeante que toutes celles qu'il avait pu connaître ailleurs.

Et pourquoi n'en aurait-il pas été ainsi ? C'était Rome, c'était le centre autour duquel gravitait toute l'Europe. Un jour ou l'autre, tous venaient y chercher la consécration, et beaucoup en revenaient humiliés ou anéantis.

La ville abritait toute une population d'expatriés. Et, bien qu'elle n'eût pas produit dernièrement une grande floraison de compositeurs comme celle que connaissait Naples ou qu'avait connue Venise, elle n'en restait pas moins le lieu où se faisaient et se défaisaient les réputations. Des chanteurs de premier ordre que le Nord et le Sud avaient couverts de lauriers pouvaient essuyer à Rome le plus cuisant fiasco, et l'on y avait vu des auteurs illustres obligés de fuir l'opéra sous les huées.

Les Romains trouvaient au Sud de la mollesse. Lorsqu'ils s'y rendaient, la beauté des paysages les enchantait, mais pas assez tout de même pour les retenir de retourner à Rome. Venise était pour eux un objet de risée ; ils disaient que tout ce qui en venait n'était que de la barcarolle, c'est-à-dire le genre de musique que l'on peut attendre d'un gondolier qui pousse la chansonnette en ramant, et ils n'éprouvaient aucune pitié envers ceux dont ils avaient naguère causé la ruine.

Quelquefois Guido s'irritait de cette outrecuidance car il savait bien que Naples faisait pleuvoir ses talents sur le monde et que le Vénitien Vivaldi était un des meilleurs compositeurs de l'Europe. Mais il évitait toute controverse. Il n'était là que pour s'informer.

Il était aussi fasciné.

Durant le jour il hantait les cafés, s'imprégnait de la vie remuante du Corso, de la place d'Espagne et de la via Condotti, observant rêveusement les allées et venues des jeunes castrats, les uns arborant d'audacieuses toilettes féminines, les autres, félins et lascifs sous leurs soutanes noires dont la sévérité excitait encore plus l'imagination, leur teint de rose et leurs beaux cheveux soyeux attirant à eux tous les regards.

Sa flânerie le conduisait ensuite dans les théâtres de plein air où l'on donnait l'été des opéras bouffes ou des comédies, et il étudiait ces garçons qui se pavanaient sur les scènes, comprenant mieux à Rome que partout ailleurs comment les eunuques étaient devenus à la fois une mode et une nécessité.

L'Église romaine n'était jamais revenue sur l'interdiction faite aux femmes de se produire sur scène, défense qui naguère encore avait force de loi dans toute l'Europe, si bien que le public d'ici n'avait jamais l'occasion de voir une créature du sexe faible sous les feux d'un théâtre, n'avait jamais assisté au spectacle d'une chair féminine magnifiée par les vivats et les applaudissements de milliers de personnes entassées dans une salle obscure.

Même dans les ballets, on voyait les hommes attifés de longues jupes faire des entrechats.

Et Guido comprenait bien que, dès lors que l'on excluait la femme de tout un secteur d'activité dont l'impératif est de présenter une imitation du réel dans son entier, il devenait indispensable qu'on lui trouvât un substitut acceptable.

Il fallait que quelque chose parût pour combler ce vide de la féminité. Il fallait que quelque chose parût pour *incarner* la féminité. Les castrats n'étaient pas seulement des chanteurs, des acteurs, des phénomènes incongrus ; ils étaient devenus « la » femme.

Et ils le savaient. Il n'était que de les voir se déhancher et adresser des gestes provocants à leur public sevré de féminins appas.

Guido se demandait si Tonio pourrait voir cela sans souffrir le martyre, s'il pourrait percevoir l'extraordinaire surcroît de puissance que lui conférerait un emploi féminin. Car il y avait là, songeait Guido en écoutant ces sopranistes se livrer à leurs acrobaties vocales, une cruelle ironie. Ce métier, celui qu'il avait pratiqué toute sa vie, devenait ici plus chargé de sensualité que l'art qu'il avait pour objet de réincarner, d'une sublime obscénité.

« Pour une fois, mes ennemis auront une bonne raison de jaser », avait dit le cardinal dans un moment d'abandon. Et il ne s'était pas trompé.

Guido soupira. Il griffonna quelques notes dans un calepin qu'il portait toujours avec lui et dans lequel il notait tout ce qu'il pouvait du tempérament, des usages et des inclinations des gens qu'il rencontrait.

Il savait qu'il était nécessaire que Tonio parût en femme le 1er janvier sur la scène du Teatro Argentina. Il avait une voix à réveiller les dieux ; mais, à Rome, il fallait qu'il fût au comble de son rayonnement charnel, et il ne pouvait laisser les autres jeunes chanteurs disposer d'un tel avantage sur lui ; il fallait absolument qu'il fît de même. Il fallait absolument le convaincre.

Et ce n'était qu'une escarmouche dans la guerre qu'il allait à présent devoir livrer. Guido devait l'emporter sur plusieurs fronts à la fois. Il lui fallait comprendre cette ville, excuser ses cruautés, sans quoi il aurait trop peur pour faire ce qu'il devait faire. Et c'est pour cela qu'il en arpentait les rues jour après jour, en tâchant de bien la saisir dans toutes ses dimensions.

Et il s'éprit d'amour pour elle.

Saint-Jean-de-Latran, Saint-Pierre-aux-Liens, les trésors du Vatican, la grande épave décrépite du Colisée envahie d'herbes folles, les vestiges épars de l'antique forum — il s'abîma dans la contemplation de toutes ces merveilles tandis que des carrosses de cardinaux passaient devant lui dans un grondement de tonnerre. Il s'absorbait sans cesse dans le spectacle des cortèges de moines encapuchonnés, de prêtres en soutane et de clercs venus du monde entier pour entendre la voix du Saint Père résonner sous les voûtes de la plus grande église de la terre qui en renvoyait l'écho à travers les océans et les mers jusqu'aux dernières bornes de la chrétienté.

Mais qu'était-ce donc qu'il sentait autour de lui dans l'air quand il se tenait sur la place Saint-Pierre, qu'était-ce donc qui faisait paraître cette ville si solide, si inexpugnable ?

Il lui semblait entendre un obscur bourdon, un lointain bouillonnement, comme si l'immense métropole eût été le cœur d'un volcan. En effet c'était bien le grand creuset d'où jaillissaient les flammes et les fumées de l'univers, et tous ceux qui vivaient et s'acheminaient à l'intérieur concouraient à leur aliment.

En ce cas, n'était-il pas équitable que chacun dût y venir faire ses preuves ? Que le public de Rome voue donc aux gémonies et chasse sous les huées de ses théâtres et de la ville elle-même tous ceux qui n'étaient pas dignes du panthéon ! En fin de compte, cela n'était pas qu'un amusement pour lui : c'était son droit.

Guido rentra.

Il écrivit jusqu'au moment où sa vue se brouilla et où il cessa d'entendre les notes qu'il griffonnait sur la portée. Il avait toute une liasse d'arias ; il en avait pour toutes les émotions et pour toutes les voix.

Mais il n'avait toujours pas d'intrigue.

Le cardinal Calvino fit enfin demander à Tonio de chanter pour lui.

C'était à un souper intime de trente-cinq convives seulement, avec une table brillamment éclairée, des visages enjoués, de l'argenterie étincelante. On avait placé le clavecin dans une encoignure à l'extrémité de la salle.

Guido n'avait donné à Tonio qu'une petite aria toute simple qui ne révèlerait guère plus du quart de son talent et de sa puissance et, comme il en connaissait la partition sur le bout du doigt, il leva les yeux de ses touches pour observer ce public restreint au moment où Tonio commençait à chanter.

Les notes qu'émettait Tonio étaient hautes, pures et teintées de mélancolie ; les conversations s'entrecoupèrent de périodes de silence, et çà et là des têtes se tournèrent franchement vers lui.

Le regard du cardinal était rivé sur son chanteur. Ses yeux, auxquels les paupières étrangement lisses donnaient un aspect bridé, lançaient de légères lueurs.

Mais, bien que son attention fût sollicitée de toutes parts, le prélat dévorait de bon cœur le contenu de son assiette. Sa manière de manger dénotait sans ambiguïté un tempérament sensuel. Il coupait sa viande en gros morceaux ; il avalait son vin à grandes gorgées.

Et pourtant il était d'une extrême minceur qui laissait supposer qu'il brûlait instantanément ce qu'il ingurgitait. Tandis qu'il portait voluptueusement à ses lèvres une grappe de raisin luisante, il donnait l'impression d'avoir fait d'un vice une nécessité.

Lorsqu'il eut terminé son repas, il ficha dans la table un long couteau à manche de nacre, l'affermit de ses doigts et y appuya son menton.

Ses yeux restaient fixés sur Tonio. Il avait un air rêveur — l'air de quelqu'un qui, tout en se montrant plaisant avec son entourage, caresse dans son cœur de secrètes pensées.

Il n'était pas rare que Guido demeurât fort avant dans la nuit assis à la table de travail, trop épuisé pour continuer à écrire, trop fourbu même pour se déshabiller et se mettre au lit.

Il aurait aimé pouvoir aller s'étendre auprès de Tonio mais le temps des nuits passées dans les bras l'un de l'autre était fini, du moins pour le moment. Et sa peur le reprenait, contre laquelle il ne trouvait nulle défense dans ces chambres étrangères.

Tout de même, il prenait un plaisir indéniable à cette quête douce et mystérieuse de l'amour qui le menait à travers une vaste étendue de carrelage froid et, après avoir franchi une succession de portes, jusqu'aux abords de ce lit désiré.

Il reposa sa plume d'oie et fixa son regard sur les pages étalées devant lui. Comment se pouvait-il que cela fût si plat, si pauvre d'inspiration ? Il faudrait bientôt rassembler tout cela pour donner à l'opéra sa forme définitive. Il avait passé la soirée à lire les livrets de Métastase, qui était la coqueluche du moment et qui par chance était Romain de souche, mais il n'arrivait pas encore à trouver une intrigue, et il n'y arriverait pas aussi longtemps qu'il n'aurait pas remporté cette dernière victoire dont l'occasion était passée pour ce soir.

Mais ce n'était pas cela qu'il avait en tête. Il avait envie de Tonio. Il laissa sa passion s'échauffer lentement.

Chantonnant tout bas, il se frottait les lèvres du poing, et des images alléchantes se formaient dans son esprit.

Il traversa l'enfilade de pièces à pas de loup. Tonio dormait profondément, les yeux cachés sous des mèches de cheveux en désordre ; son visage était aussi parfait et inerte que les figures de marbre des statues de Michel-Ange. Mais en s'approchant Guido sentit la tièdeur du visage sous son baiser, et tandis qu'il glissait une main sous les draps pour attirer le corps à lui, les paupières battirent et les yeux s'ouvrirent. Tonio gémit, frappé d'une cécité momentanée, lutta. Sa chair était brûlante comme celle d'un enfant consumé par la fièvre. Puis sa bouche s'ouvrit pour accueillir Guido.

Après, ils restèrent étendus côte à côte dans le noir. Guido luttait contre le sommeil, car il ne pouvait se permettre d'être surpris dans le lit de Tonio.

« M'appartiens-tu toujours corps et âme ? murmura-t-il, en s'attendant plus ou moins à ce que la question se perdît dans le silence de la chambre.

— Toujours », répondit Tonio d'une voix endormie. On aurait dit que cette voix n'était pas la sienne, mais celle d'une créature qui sommeillait en lui.

« Il n'y a jamais eu personne d'autre ?

— Personne. »

Tonio changea de position, se serra contre Guido et l'enlaça d'un bras afin de pouvoir nicher son visage au creux de sa poitrine, et ils restèrent ainsi accolés l'un à l'autre, le ventre lisse et chaud de Tonio pressé contre celui de Guido, qui sentait sur son visage ces cheveux noirs et fins dont la texture l'émerveillait toujours.

« Et il ne t'arrive pas quelquefois de te demander comment cela serait ? interrogea-t-il d'une voix lente. Est-ce que ce serait un homme, une femme ? »

Il ferma les yeux et, au moment où il allait s'abandonner au sommeil, la réponse lui parvint, aussi basse et étouffée que les précédentes :

« Jamais. »

4.

Il était très tard quand Guido rentra.

Le palais baignait dans un calme absolu. Le cardinal avait dû se retirer de bonne heure. Seules des lumières éparses brûlaient dans les pièces du bas. Les corridors s'étendaient dans une pénombre diffuse que les statues blanches de dieux et de déesses mutilés éclairaient de sourdes et lugubres lueurs.

En montant l'escalier, Guido se sentait épuisé.

Il avait passé l'après-midi avec la comtesse dans sa villa de la périphérie de Rome. Elle était venue à Rome pour s'occuper des préparatifs de l'ouverture de cette maison, qui devait avoir lieu plus tard dans l'année, mais elle ne devait y rester que quelques jours et ne reviendrait qu'à Noël pour y passer toute la saison lyrique.

Elle faisait cela pour Guido et pour Tonio, car elle aimait beaucoup mieux le Sud, et Guido lui était reconnaissant d'avoir décidé de venir.

Mais quand il s'aperçut qu'ils n'auraient peut-être pas l'occasion de se trouver en tête à tête ce jour-là, il en fut contrarié au point qu'il en devint presque grossier.

Étonnée mais compréhensive, la comtesse le ramena alors avec elle au palais où des connaissances l'hébergeaient. Et quand ils se retrouvèrent au lit, l'appétit sexuel de Guido les stupéfia tous les deux.

Ils n'en avaient jamais parlé, mais c'était toujours elle qui menait le jeu lors de leurs accouplements. Intrépide, usant généreusement de la bouche et des mains, elle avait toujours eu plaisir à émoustiller Guido jusqu'à ce qu'il fût violemment excité. En fait, elle le traitait comme sa chose, le caressait comme elle eût pu faire d'un enfant, avec des gestes possessifs accompagnés de halètements saccadés ; elle semblait le trouver infiniment séduisant.

Guido appréciait beaucoup ces attentions. À la plupart des autres gens, il paraissait redoutable ; mais il ne se souciait nullement de ce que la comtesse pouvait penser de lui.

Sans en avoir jamais clairement formulé l'idée, il savait qu'elle était pour lui un pur symbole. Elle représentait *la femme*, tandis que Tonio était Tonio, c'est-à-dire quelqu'un qu'il aimait passionnément.

Il s'était fait une raison de cette dualité en se disant qu'il en allait toujours ainsi entre un homme et une femme, ou entre deux hommes, et chaque fois que cette idée aurait pu le mettre mal à l'aise, il la chassait impitoyablement.

Mais cette après-midi il se comporta comme une bête. Et tout concourut à donner à leurs ébats une vitalité inaccoutumée : cette chambre à coucher inconnue, sa conduite insolite, et le fait qu'ils avaient été brièvement séparés.

Ils ne quittèrent pas le lit aussitôt. Ils burent du café, une petite liqueur, et ils causèrent.

Guido se demandait pourquoi Tonio et lui se faisaient la guerre. Leur dispute du matin au sujet du rôle de femme s'était achevée de la manière la plus odieuse quand Guido avait produit le contrat que Tonio avait signé avec Ruggiero, lequel contrat établissait très explicitement que Tonio était engagé au titre de prima donna. Tonio avait repoussé le papier avec humeur : il se sentait grugé.

Guido avait vu en lui les signes annonciateurs d'une prochaine capitulation, mais il s'était retrouvé l'instant d'après au comble de la fureur quand Tonio avait refusé tout net de prendre un nom de théâtre. Il voulait que le public le connût sous le nom de Tonio Treschi. S'il leur fallait un seul nom, ils pourraient l'appeler simplement « Tonio ».

Guido était fou de rage. Pourquoi voulait-il contrevenir aux usages ? On allait le taxer de prétention. Ne voyait-il donc pas que la plupart des gens refuseraient de croire qu'il était un patricien de Venise et qu'ils ne verraient là qu'une affectation de sa part ?

Tonio en avait été visiblement mortifié.

Au bout d'un long moment, il avait dit tout doucement :

« Je me moque de ce que l'on pourra penser. Cela n'a rien à voir avec le lieu de ma naissance ni avec ce que j'aurais pu devenir. Je m'appelle Tonio Treschi. Voilà tout.

— Eh bien soit, mais tu joueras le rôle que je t'écris, lui avait dit Guido. On te paye autant, sinon davantage, que bien des chanteurs éprouvés. On t'a fait venir ici pour jouer un rôle de femme. Que ton nom soit Tonio Treschi ou un autre, il sera imprimé en caractères énormes sur les affiches, alors que tu n'es personne. Et on viendra te voir autant pour ta jeunesse et ta beauté que pour le reste. Le public s'attend à ce que tu sois costumé en femme. »

Il fut incapable de regarder Tonio en face après lui avoir dit ces choses.

« Je n'en crois rien, avait rétorqué Tonio d'une voix douce. Cela fait trois ans que tu me serines que les Romains sont des critiques sévères. Et à présent tu prétends qu'ils désirent voir un garçon en jupes ! As-tu jamais vu ces vieilles gravures qui représentent des instruments de torture ? Les masques de fer, les menottes, toute cette armure de douleur ? C'est cela que serait pour moi un costume de femme, et tu me dis : mets-le ! Eh bien moi, je te dis que je n'en ferai rien. »

Guido n'y comprenait goutte. Lui-même avait bien joué douze fois des rôles de femmes avant d'avoir atteint ses dix-huit ans. Mais la complexité de l'esprit de Tonio l'avait toujours dépassé. Il ne pouvait que persévérer dans la même voie :

« Tu dois céder. »

Comment pouvait-on aimer le chant et le théâtre autant que Tonio les aimait et refuser d'en passer par là, puisque c'était nécessaire ?

Mais il ne parla pas de ces choses à la comtesse.

Il n'aurait pu s'ouvrir à elle de ce que la situation avait de plus grave — de la dureté dont il faisait montre envers Tonio, de la patience têtue que Tonio opposait à ses attaques.

Au lieu de quoi ce fut lui qui écouta la comtesse lui exposer ses propres soucis.

Elle n'avait pu persuader la veuve de son cousin, cette charmante jeune Anglaise qui peignait à ravir, qu'elle devait envisager de se remarier.

Cette jeune femme refusait de rentrer en Angleterre ; elle ne voulait pas se mettre en quête d'un autre mari. Elle préférait la peinture.

« J'ai toujours eu de la sympathie pour elle, marmonna Guido que tout cela n'intéressait guère et qui n'était préoccupé que de Tonio. Et elle a beaucoup de savoir-faire ! Elle peint aussi bien qu'un homme. »

La comtesse répliqua que cela la stupéfiait qu'une femme pût souhaiter être à la tête d'un atelier et grimper sur des échafaudages, pinceau en main, dans des églises ou des palais.

« Vous n'allez pourtant pas lui tourner le dos, n'est-ce pas ? lui demanda Guido avec sollicitude. Elle est encore si jeune !

— À Dieu ne plaise ! s'écria la comtesse. Après tout, elle n'est pas de mon sang. Et puis mon cousin avait soixante-dix ans quand il l'a épousée. Il me semble avoir une dette envers elle. »

Elle fit observer avec un soupir que cette jeune fille avait assez de fortune pour faire tout ce qui lui chantait par ses propres moyens.

« Amenez-la à Rome avec vous pour la saison, suggéra Guido d'une voix ensommeillée. Peut-être y trouvera-t-elle un mari à son goût.

— C'est sans espoir. Mais elle viendra. Pour rien au monde elle ne voudrait manquer les débuts de Tonio ! »

À présent Guido avançait lentement le long du couloir qui menait à ses appartements. Un rai de lumière filtrait sous sa porte et, en l'apercevant, Guido éprouva un début de bonheur. Puis il se souvint que Tonio et lui étaient en froid, et c'est le cœur serré qu'il tourna la poignée.

Tonio était réveillé et entièrement vêtu. Il était assis dans un angle de la pièce, un verre de vin rouge à la main. Il ne se leva pas à l'entrée de Guido, mais il regarda dans sa direction et ses yeux attrapèrent la lumière.

« Tu n'aurais pas dû m'attendre, dit Guido un peu sèchement. Je suis fourbu. Je vais me coucher. »

Tonio ne lui répondit pas. Il se leva lentement, s'avança vers Guido et s'arrêta à quelques pas de lui pour le regarder ôter sa cape. Guido n'avait pas sonné le valet. Il n'aimait pas avoir des domestiques autour de lui et il n'avait pas de peine à se déshabiller seul.

« Guido, murmura Tonio d'une voix circonspecte, est-ce que nous ne pourrions pas nous en aller d'ici ?

— Comment cela, nous en aller ? »

Guido ôta ses souliers et accrocha sa veste à une patère.

« Voudrais-tu me verser à boire ? demanda-t-il. Je suis très las.

— Je veux dire déménager de cette maison, expliqua Tonio, et aller loger ailleurs. J'ai de quoi payer.

— Qu'est-ce que tu me contes là ? » fit Guido. Il avait riposté d'un ton acerbe ; un infime serrement de cœur l'avertissait que l'angoisse qui le poursuivait depuis des jours était sur le point de le prendre à nouveau. « Tu ne te sens pas bien ? » demanda-t-il en plissant les paupières.

Tonio secoua la tête. Ses lèvres étaient luisantes de vin. Il avait les traits tirés.

« Qu'est-il arrivé ? Réponds-moi, dit Guido d'une voix impatiente. Pourquoi veux-tu partir d'ici ?

— Je t'en prie, ne sois pas fâché, dit Tonio lentement, en détachant bien chaque mot.

— Si tu ne me dis pas de quoi il retourne, je vais te battre, dit Guido. Je n'ai pas fait cela depuis des années, mais je le ferai maintenant si tu n'en viens pas au fait. »

Il voyait l'expression de désespoir qui s'était peinte sur le visage de Tonio, sa terreur, mais il ne pouvait lâcher prise.

« Eh bien soit, je vais être franc avec toi, fit Tonio à mi-voix. Le cardinal m'a fait mander auprès de lui ce soir. Il m'a déclaré qu'il n'arrivait pas à trouver le sommeil et qu'il avait besoin de musique pour l'apaiser. Il avait un petit clavecin dans sa chambre. Il m'a prié d'en jouer et de chanter. »

Il regardait Guido tout en parlant. Mais Guido entendait à peine ce qu'il disait. Il se représentait la scène, et une désagréable sensation de chaleur lui envahissait la poitrine.

« Et alors ? demanda-t-il avec irritation.

— Ce n'était pas de la musique qu'il voulait », dit Tonio. Tout ceci était fort pénible pour lui, mais il eut encore la force d'ajouter :

« Toutefois, je doute qu'il en ait eu conscience lui-même.

— Dans ce cas, comment l'as-tu deviné ? aboya Guido. Et ne me dis pas que tu as repoussé ses avances ! »

Tonio était blanc d'horreur.

Guido, au comble de l'exaspération, leva la main, fit un geste menaçant en direction de Tonio, puis renonça.

Tonio le regardait d'un air accusateur.

« Comment as-tu fait pour t'esquiver ? demanda Guido. Était-il fâché ? Que s'est-il passé au juste ? »

De toute évidence, Tonio ne pouvait se résoudre à lui répondre. Il fixait Guido comme si celui-ci l'avait frappé.

« Écoute, Tonio... » commença Guido.

Il avala sa salive ; il savait qu'il ne devait pas trahir la peur panique qu'il éprouvait.

« Retourne chez le cardinal et, pour l'amour du Ciel, cède-lui, accorde-lui ce qu'il demande. Nous sommes ici chez lui, Tonio, il est notre protecteur à Rome, il est le cousin de la comtesse, un prince de l'Église...

— Un prince de l'Église ? dit Tonio. Lui accorder ce qu'il demande ? Mais que crois-tu donc que je suis, Guido ? Pour qui me prends-tu ?

— Tu es un éphèbe et un castrat, voilà ce que tu es ! cracha Guido. Cela ne compte pas pour toi, c'est un acte insignifiant si tu le commets ! Mais si tu ne le commets pas, c'est très grave ! Tu ne voyais donc pas que c'était inévitable ? Es-tu donc si aveugle ? Tonio, tu es en train de causer ma perte. Avec ton obstination, ton orgueil, tu ne me laisses aucune chance. Il faut que tu ailles sur-le-champ retrouver le cardinal.

— Et tu dis que c'est moi qui cause *ta* perte ! dit Tonio. Tu m'ordonnes d'aller le retrouver et de céder à ses caprices, comme si je n'étais qu'une vulgaire catin des rues...

— Mais tu n'es pas une catin. Si tu étais une catin tu ne serais pas ici, le cardinal Calvino ne t'hébergerait pas chez lui. Tu es un castrat. Pour l'amour de Dieu, donne-lui ce qu'il veut. S'il me demandait à moi, je le ferais sans hésiter.

— Tu me fais horreur, murmura Tonio. Tu me dégoûtes. Il n'y a pas d'autre mot pour le dire. On a été te pêcher au fond de la Calabre, on t'a mis des habits de velours, et on a fait de toi une créature sans scrupule et sans âme qui a l'apparence extérieure d'un honnête homme mais qui est prête à toutes les bassesses pour arriver à ses fins ; tu es tout à fait dépourvu d'honneur, de foi et de décence humaine. Tu es prêt à me prendre mon nom, prêt à me prendre mon sexe, tout cela au nom de la musique et de ce que l'on *doit* faire pour réussir, et à présent, au nom des mêmes contingences, tu m'expédies dans le lit du cardinal...

— Oui, oui, oui ! s'écria Guido. Je te dis de faire tout cela. Persuade-toi que je suis un démon si cela te plaît ! Je t'affirme que l'image que tu te fais des choses est bien jolie, mais dépourvue de toute espèce de sens. Tu n'es pas tenu d'obéir aux règles des hommes. Tu es un castrat. Tu peux faire tout cela.

— Et à toi, demanda Tonio de cette même voix chuchotante, cela ne te fait rien que j'aille au lit avec lui ? (On aurait dit qu'il n'osait pas élever la voix.) Cela ne touche pas tes sentiments ? »

Guido lui tourna le dos.

« Tu m'envoies de ton lit au sien, continua Tonio, comme si je n'étais rien d'autre qu'un tribut à Son Éminence, un témoignage de la gratitude, du respect que tu éprouves envers Son Éminence. »

Guido se borna à secouer la tête.

« Tu n'as donc aucun sens de l'honneur, Guido ? murmura Tonio, d'une voix implorante. Est-ce qu'on t'en a amputé en Calabre en même temps que du reste ? À moi, il m'en est resté.

— L'honneur, l'honneur ? dit Guido en se retournant vers lui d'un air las. Qu'est-ce donc que l'honneur là où le cœur et la sagesse manquent ? Quelle importance ? Qu'y a-t-il de déshonorant à donner à cet homme ce qu'il attend de toi dès lors que tu n'en seras toi-même diminué en rien ? Tu es pour lui un festin dont il veut se régaler une fois, deux fois peut-être, pendant que tu te trouves sous son toit. Qu'est-ce que cela pourrait changer en toi ? Si tu étais une jeune fille vierge, tu pourrais avancer cela comme argument, mais dans ce cas il ne t'aurait jamais demandé une chose pareille : c'est un saint homme. Et si tu étais un homme, tu pourrais avoir honte d'admettre que ta nature te porte à vouloir faire ce qu'il demande. Tu pourrais prétendre que cela t'inspire de l'aversion, même si cela ne t'en inspirait aucune. Mais tu n'es ni une vierge, ni un homme, Tonio, tu es *libre*. Bien des hommes et des femmes passent leur vie entière à rêver d'une telle liberté. Et toi qui es maître du fait même de ce que tu es, tu veux l'abdiquer. Et, par Dieu ! cet homme est cardinal ! Ce que Dieu t'a donné est donc si précieux que tu veuilles le préserver pour le jour où tu trouveras un partenaire meilleur que celui-ci ?

— Assez ! s'exclama Tonio.

— Quand je t'ai pris la première fois, dit Guido, c'était par terre, à Naples, dans mon cabinet de travail. Tu étais seul, sans défense, tu n'avais ni père, ni mère, ni parents, ni amis. Où était l'honneur dans tout cela ?

— Il y avait l'amour, dit Tonio. Il y avait la *passion* !

— Eh bien, tu n'as qu'à l'aimer. C'est un grand homme. Les gens attendent des heures devant les grilles du palais rien que pour le voir passer. Va le retrouver, aime-le, ne fût-ce qu'un moment, et la passion viendra aussi. »

Aussitôt après avoir dit cela, Guido tourna derechef le dos à Tonio.

Le silence était insupportable et, sans même s'en apercevoir, il retenait son souffle.

Il se sentait gonflé d'une colère hideuse et il lui semblait que tout le malheur qui était resté suspendu sur sa tête depuis leur départ de Naples s'était abattu sur lui et qu'il n'avait aucun moyen de s'en protéger.

Mais, malgré tout son trouble et toute son angoisse, il comprenait.

Et quand il entendit la porte s'ouvrir et se refermer, ce fut comme si on lui avait assené un coup violent entre les omoplates.

Tout à coup, au prix d'un grand effort de volonté, il se rua sur sa table de travail.

Il s'assit devant une partition ouverte, plongea promptement sa plume dans l'encrier et la leva pour écrire.

Un long moment il fixa d'un œil absent les gribouillages du parchemin. Puis il regarda longuement la plume dans sa main. Ensuite il l'abaissa d'un geste précautionneux, comme s'il n'avait pas voulu déranger ne fût-ce qu'un grain de la poussière qui flottait dans l'air.

Il promena son regard sur les objets que contenait sa chambre. Et s'enserrant la taille du bras droit comme pour s'affermir en vue d'un terrible assaut, il laissa aller sa tête contre le dossier de son siège et ferma les yeux.

5.

Tonio était devant la porte du cardinal.

Au fond de son cœur, il avait la certitude douloureuse qu'il avait lui-même provoqué tout cela. Il ne savait pas au juste pourquoi, mais il avait l'impression que c'était arrivé par sa faute.

Dès l'instant où le vieux Nino était venu le chercher en lui disant que Son Éminence souffrait d'insomnie, Tonio avait éprouvé une excitation indéfinissable à l'idée que le grand homme faisait appel à lui.

Il y avait eu quelque chose d'insolite dans le comportement du vieux valet, dans la célérité dont il avait fait preuve pour ôter à Tonio sa redingote et lui offrir de mettre à la place un de ses plus beaux habits, somptueusement brodé. Ses gestes étaient curieusement furtifs, comme s'il avait une raison de marcher sur la pointe des pieds et de se hâter, comme s'il était indispensable qu'on ne le vît point.

Il avait tiré de sa poche un vieux peigne édenté et s'en était servi pour arranger la coiffure de Tonio.

Tonio n'avait pas compris tout de suite qu'il se trouvait dans une chambre à coucher. Il n'avait d'abord vu que les tapisseries dont les murs étaient tendus : des personnages en costumes antiques figurant une chasse, avec un grand nombre d'animaux minuscules entremêlés aux fleurs et aux feuilles. À la lueur des chandelles, on discernait les visages bizarrement rêveurs d'hommes et de femmes lancés dans une cavalcade, qui semblaient lorgner l'infini du coin de l'œil.

Ensuite il avait avisé le clavecin, un petit instrument portatif avec un seul jeu de touches noires. Le cardinal se tenait derrière, masse confuse de gestes et de sons feutrés, enveloppée d'une robe dont la couleur se fondait dans les ténèbres, que la lueur vague de quelques rares bougies qui semblaient faire corps avec les épaisses tentures des murs ne suffisait pas à dissiper.

Les phrases du cardinal paraissaient sans commencement ni fin. Tonio avait le cœur battant, et il avait le sentiment qu'il était en train d'enfreindre un interdit, sans savoir au juste lequel. Vers le milieu d'une déclaration du prélat, il avait enfin cru saisir quelque chose ; il était question du chant, et de sa puissance bénéfique ; apparemment, il désirait que Tonio chantât.

Tonio s'assit. Il effleura les touches ; les notes étaient brèves, d'une délicatesse exquise et tout à fait justes. Alors il avait entonné une des plus douces et des plus tristes arias de Guido, une méditation sur l'amour extraite d'une sérénade qu'il n'avait encore jamais chantée en public. Tonio la préférait à tout ce qu'il avait chanté à Naples et aux airs plus tempétueux que Guido lui avait écrits dernièrement.

Les paroles, qui étaient d'un poète obscur, usaient du désir de l'être aimé comme d'une métaphore pour désigner l'aspiration au spirituel, et Tonio les aimait beaucoup.

Tandis qu'il chantait, il avait une fois levé les yeux. Il avait vu le visage du cardinal, si singulier dans sa perfection presque sculpturale et empreint de cette sensibilité immédiatement perceptible qui lui conférait un tel magnétisme, partout où il se trouvait. Il ne disait mot, mais son plaisir était évident, et Tonio s'efforçait quant à lui de chanter aussi impeccablement qu'il pouvait. Un souvenir indécis lui revenait à la mémoire, ou, si ce n'était pas un souvenir, il éprouvait une impression familière de bien-être tandis qu'il jouait, seul dans cette chambre, pour cet homme.

En arrivant au bout de son aria, il avait fait une pause, en se demandant ce qu'il pourrait chanter d'autre qui ravirait le cardinal au plus haut point, et quand le prélat avait lui-même posé devant lui une coupe incrustée de pierreries pleine de vin de Bourgogne, il s'était brusquement aperçu qu'ils étaient seuls tous les deux.

Voyant que le cardinal s'apprêtait à remplir son propre verre, Tonio s'était levé en disant :

« Permettez-moi, monseigneur... »

Mais, alors qu'il tendait la main en direction de la carafe, le prélat l'avait brusquement empoigné et l'avait attiré à lui jusqu'à ce qu'ils fussent serrés l'un contre l'autre et que Tonio pût sentir les battements de son cœur.

La plus grande confusion envahit Tonio ; il avait éprouvé la vigueur charnelle du prélat sous sa robe, perçu les halètements rauques qui lui soulevaient la poitrine, et il avait deviné combien il était tourmenté au moment de le relâcher.

Tonio se souvenait d'avoir fait un pas en arrière. Il se souvenait que le cardinal était debout, les yeux tournés vers de lointaines lumières qu'il voyait par la fenêtre dans laquelle s'encadraient un flanc de coteau, des lucarnes qui semblaient toutes petites et des toits qui se détachaient sur un ciel plus pâle.

Il était au comble de la détresse, et en même temps il éprouvait un horrible sentiment de triomphe ; une sorte d'ivresse sacrilège lui faisait tourner la tête comme s'il en eût humé dans l'air le capiteux parfum. Mais quand le cardinal s'était à nouveau tourné vers lui, sa résolution était prise. Il avait posé les deux mains autour du cou de Tonio, ses pouces lui effleurant délicatement la gorge, et il lui avait demandé à mi-voix, avec une douceur infinie, d'ôter ses vêtements.

Cette demande était faite si courtoisement, si simplement, et le seul contact des mains du prélat avait un tel pouvoir lénifiant que Tonio s'était presque senti obligé de lui céder.

Mais il ne l'avait pas fait. Il s'était écarté d'un pas chancelant. Une multitude de pensées s'interposait entre lui et le désir qui se réveillait au-dedans de lui, un désir bien plus puissant que la douce autorité du cardinal. En évitant soigneusement de le regarder, Tonio avait imploré du saint homme l'autorisation de se retirer.

Le cardinal avait hésité, puis il avait dit, avec une franchise et une douceur poignantes :

« Il faut me pardonner, Marc Antonio... Eh oui, bien sûr, il vaut mieux que vous partiez. »

Qu'en restait-il ? Le sentiment que Tonio avait voulu cette situation, qu'il l'avait créée de propos délibéré et que, d'une manière inexplicable, il avait fait tort à cet homme.

Maintenant, tandis qu'il se tenait devant la porte du cardinal, bouleversé et meurtri par les dures paroles de Guido, il pensait : c'est pour toi, Guido, je fais cela pour toi. Ses terreurs, c'était toujours pour Guido qu'il les surmontait, c'était pour lui aussi qu'il apprenait à endurer des humiliations.

Mais cette fois-ci c'était bien autre chose, et Guido n'avait pas tout à fait saisi la différence ; il ne savait pas ce qu'il faisait en envoyant Tonio dans cet endroit.

Tonio en revanche le savait, et il sut tout à coup qu'il avait désiré le cardinal dès l'instant où ses yeux s'étaient posés sur lui pour la première fois. Il l'avait voulu comme il n'avait encore jamais voulu personne depuis qu'il était dans ce cocon sûr et chaud que représentait pour lui l'amour de Guido. Mais le cardinal, cet homme puissant — oui, c'était l'homme qu'il lui fallait. Il avait eu l'impression que leur rencontre était le fruit d'une destinée qui le poussait vers lui depuis déjà longtemps.

Quand il frappa, la porte céda devant lui. Elle n'était même pas fermée au loquet. Et la voix du cardinal dit : « Entrez. »

Le prélat était penché au-dessus de sa table à écrire, et la pièce n'avait pas changé, à cela près qu'il s'y ajoutait à présent la lumière de ce qui semblait être une petite lampe à huile d'un modèle très ancien. Le livre ouvert devant le cardinal contenait des enluminures, et de petites figures entrelacées aux lettres majuscules brillèrent dans la lumière lorsque sa main tremblante tourna la page. En apercevant Tonio il eut un sourire et dit :

« Imagine-t-on la passion que pouvaient éprouver pour le langage écrit ceux qui ont pris tant de peine pour le préserver ! Je suis toujours en extase devant les formes sous lesquelles le savoir nous est transmis, non par la nature, mais à l'aide d'humains artifices. »

Il ne portait plus le vague vêtement noir de tout à l'heure, mais il avait remis sa robe pourpre. Un crucifix d'argent pendait sur sa poitrine, et son visage était empreint d'une si curieuse mixture d'austérité et d'enjouement que Tonio resta longtemps à le fixer sans rien dire.

« Mon cher Marc Antonio, fit le prélat en allongeant ses lèvres dans un sourire perplexe, pourquoi êtes-vous revenu ? Vous savez, j'en suis sûr, que vous avez bien fait de partir.

— Vraiment, monseigneur ? » demanda Tonio.

Il tremblait. Ah, c'était une chose curieuse que de trembler ainsi sans en montrer extérieurement les signes, en sentant scellés au-dedans de soi tous les symptômes de la panique. Il s'approcha du bureau et abaissa son regard sur les phrases latines perdues au milieu d'une confusion de motifs, d'une myriade de personnages minuscules qui vivaient et mouraient entre des arabesques de vermillon, de pourpre et d'or.

Le cardinal tendait vers lui une main ouverte.

Tonio s'en approcha et laissa le prélat l'entourer de son bras. Au contact de ces doigts, il éprouva un indiscutable éveil des sens, qu'il refoula cependant ainsi qu'il l'avait déjà fait précédemment. Libre, songea-t-il avec amertume. S'il l'avait pu il aurait couru incontinent se réfugier dans les bras de Guido. Il sentait s'effondrer en lui quelque chose qu'il s'était si longtemps entêté à préserver. Mais il ne s'enfuyait pas. Il plongeait son regard sur le visage transporté de cet homme ; il le regardait droit dans les yeux, et il avait envie de toucher ces paupières lisses, ces lèvres exsangues.

Cependant le cardinal était la proie d'une sourde anxiété, et sa propre passion le déchirait, même s'il n'avait pas la force de repousser Tonio.

« J'ai si rarement cédé aux tentations de la chair que je suis bien ignorant de ces choses », murmura-t-il d'une voix mal assurée, comme si un doute l'eût pris. Il n'y avait nulle trace d'orgueil dans ses paroles.

« Vous m'avez fait honte et ce n'était que justice. Alors pourquoi êtes-vous revenu ?

— Monseigneur, risquons-nous l'enfer pour quelques baisers ? Est-ce que Dieu peut vouloir cela ? interrogea Tonio.

— Vous êtes le diable avec la face d'un ange ! » s'écria le cardinal avec un imperceptible mouvement de recul, mais Tonio entendait que sa respiration devenait rauque et inégale, et il comprit qu'un terrible combat intérieur s'était engagé en lui.

« Le croyez-vous vraiment, monseigneur ? »

Il se laissa lentement tomber sur un genou, en sorte que son visage se trouva à la hauteur de celui du prélat. La configuration de ses traits était surprenante ; c'était une face virile, avec des rides peu nombreuses et limitées à des emplacements bien définis, mais profondément creusées, et un menton pointu et raboteux. Il y avait de la douceur autour des yeux, mais rien ne pouvait atténuer la limpidité de son regard direct.

« Monseigneur, dit Tonio tout bas, depuis qu'on a retranché de moi une part si notable, je me dis souvent que la chair est la clé de toutes choses. »

Une expression de désarroi complet se peignit sur la face du cardinal et Tonio se tut, stupéfait d'avoir entendu un tel aveu sortir de sa propre bouche. Qu'y avait-il donc en cet homme qui le poussait à lui parler de la sorte ?

Mais le cardinal fixait sur lui un regard incompréhensif. Tonio s'était fondé sur une hypothèse erronée. Cet homme était bel et bien innocent, il était la candeur même, et il souhaitait désespérément qu'on le guidât.

« J'ai péché assez pour nous deux, dit le cardinal sans aucune conviction. Maintenant il faut vous en aller et me laisser livrer seul cette bataille contre moi-même et pour Dieu.

— N'êtes-vous pas vaincu d'avance, monseigneur ?

— Oh ! non », protesta le cardinal, mais en même temps il attira Tonio plus près de lui et le serra fortement dans ses bras.

« Monseigneur, plaida Tonio, Dieu me pardonne si je m'abuse, mais n'est-il pas vrai que ce péché a déjà été consommé ? Que notre passion l'un pour l'autre nous a déjà damnés ? Vous n'avez pas fait mander votre confesseur, et quant à moi je n'en ai point ; et si nous mourions maintenant nous serions aussi sûrement condamnés aux flammes de l'enfer que si nous avions déjà commis cet acte. S'il en est ainsi, monseigneur, laissez-moi vous emmener au paradis pour le peu de temps qui nous reste. »

Il approcha ses lèvres du visage du cardinal. Au contact de cette chair qu'il n'avait encore jamais touchée, il éprouva une émotion inévitable. Un corps qu'il ne connaissait pas se tendait vers lui, lui ouvrait ses bras ; le cardinal se leva, Tonio l'embrassa et il sentit contre lui la dureté d'un corps nouveau.

Sa faim l'affaiblissait. S'il l'avait fallu, il eût été capable de supplier, d'implorer.

L'ardeur du cardinal se communiqua à lui.

Il entraîna le cardinal vers le lit. Il alla chercher le chandelier, le posa sur le chevet, moucha toutes les chandelles sauf une, et tandis qu'il regardait rêveusement sa petite flamme qui projetait sur le mur une lueur sautillante, il sentit les doigts du cardinal qui écartaient ses vêtements.

Il avait des gestes lents. Tonio ne l'aida pas. Il s'abîmait dans la contemplation de son propre cœur mis à nu et il sentait la marée de ses émotions refluer en lui. Comme de très loin, il vit ses habits tomber sur le sol, et il sentit le regard du prélat qui se promenait sur son corps nu. Il l'entendit murmurer d'une voix à peine audible :

« C'est assez.

— Monseigneur, je brûle, dit Tonio en posant la main sur le sexe dur et ferme du prélat, laissez-moi vous donner du plaisir, ou je deviendrai fou. »

Il aspira goulûment la bouche du cardinal, dont la docilité innocente le surprit ; puis, avec plus de surprise encore, s'abandonna à ses caresses vigoureuses et gauches. Le cardinal mordilla les pointes de ses seins, enfouit son visage dans la toison noire de son pubis, appuyant de sa paume ouverte sur ses testicules mutilés, les palpant, avec des spasmes de passion incoercibles. Il gémissait et Tonio gémit aussi en sentant ces poches de chair morte revenir soudain à la vie et se mettre à vibrer avec une force inouïe ; il cambra le dos, et il sentit la bouche du cardinal se refermer sur son membre roidi.

« Non, monseigneur, je vous en supplie... »

Les yeux mi-clos et les lèvres tremblantes, comme sous l'effet d'une grande douleur, Tonio s'écarta très doucement, se laissa glisser à genoux, et murmura :

« Laissez-moi le voir, monseigneur. Laissez-moi le voir, je vous en prie. »

Le cardinal caressa la tête de Tonio d'une main indécise. Il avait l'air un peu hébété et, quand Tonio ouvrit sa robe rouge, ses mains s'écartèrent en un geste qui semblait exprimer de la surprise.

Le membre avait une vigueur de racine. Il était d'un bel arrondi, et aussi dur que du bois. Tout à coup le souffle de Tonio s'arrêta dans sa gorge ; sa main venait de se refermer sur les lourdes bourses soyeuses. Elles étaient à la fois pesantes et légères, et leur contenu paraissait étrangement fragile. Tonio baissa la tête et y posa les lèvres, sentant le goût salé de cette peau flasque et velue, les lourds effluves et la chaleur qui en émanaient. Puis il se haussa et prit le membre dans sa bouche.

Il le suça avec vigueur en se l'enfonçant jusqu'à la gorge ; ses dents effleuraient la chair au passage. Il lui suffit alors d'une brève friction contre un objet ou une draperie pour qu'il sentît entre ses jambes une première et violente décharge.

Mais il n'en refréna pas pour autant ses mouvements. La passion avait resurgi en lui aussitôt après avoir atteint son apogée, et tandis qu'il dévorait avec frénésie cet inflexible et dur pilier et que sa main pressait doucement les bourses lourdes et molles, il sentit son membre raide entrer en contact avec la peau nue du cardinal et il ne fit rien pour réprimer le hurlement étranglé qui s'échappait de sa gorge. Le cardinal se convulsait contre lui, éperdu de désir et si innocent, pourtant, qu'on aurait cru qu'il ignorait ce qu'il faisait, qu'il ne pouvait rien faire d'autre que se prêter comme un jouet à la fantaisie de Tonio.

Tonio s'allongea à plat ventre sur le lit et, sans se retourner, attira le cardinal à lui du même geste dont il se fût enveloppé d'un manteau, tout en écartant les cuisses. Il sentit le cardinal couvrir de baisers son dos nu et lui pétrir les fesses ; puis la main de Tonio s'empara directement du sexe érigé et le plaça où il fallait.

Il eut mal ; il sut ce que c'était que d'être empalé, et pourtant c'était un délice de se sentir céder sous un assaut aussi impérieux. Le premier enfoncement lui arracha un râle de plaisir, puis tout son corps se mit à remuer au rythme des coups de reins du cardinal, et il sentit une onde de plaisir bouleversante irradier tout son être à partir de cet orifice cruellement profané, profanation à laquelle il donnait, entre ses dents grinçantes, le plus vocal des assentissements.

Au terme d'une ultime série de coups de boutoir dévastateurs, le cardinal termina sa besogne avec le long hurlement de quelqu'un qui ne peut contenir plus longtemps sa douleur et se détacha de Tonio tout en l'agrippant fermement d'une main, comme s'il eût craint qu'une force mystérieuse dût l'arracher à lui.

Une heure plus tard peut-être, Tonio se réveilla. L'espace d'un instant, il ne sut où il était. Puis il s'aperçut que le cardinal, debout à côté du lit, le regardait, le dos à la fenêtre grande ouverte par laquelle on voyait la lente progression des astres.

Le cardinal se parlait à lui-même ; sa main se posa sur l'épaule de Tonio et, s'apercevant qu'il avait les yeux ouverts, il lui caressa la joue et chuchota :

« Dieu me damnera-t-il pour ce moment de plaisir ? Quel enseignement en tirer ? »

Encore cette ingénuité renversante ! Ses yeux débordaient d'une vivacité enfantine, mais son visage n'avait rien perdu de la majesté coutumière que lui conféraient ses paupières lisses, un peu bridées, et sa mince bouche aux coins tombants.

« Je me suis damné pour cela il y a bien longtemps », murmura Tonio, et aussitôt le sommeil s'abattit sur lui comme une chape.

À son réveil, le ciel était au-dessus des toits d'un rose profond que les nuages striaient de lueurs dorées. Des oies cacardaient au loin, des vaches meuglaient quelque part. Un coq fit entendre son chant, et tout à coup une tiède lumière envahit la chambre ; les brocarts et les laques, brusquement révélés sous un éclairage cru, prirent l'aspect un peu défraîchi qu'ont les objets dans une arrière-boutique de drapier poussiéreuse. Des nuées de poussières flottaient dans les premiers rayons du soleil qui tombaient sur le tapis, et chaque bouffée de la brise tiède qui s'engouffrait par la fenêtre amenait une odeur de terre labourée qui se mêlait aux effluves d'encens et de cire.

Tonio eut tôt fait de s'ébrouer et de se lever. Il se demandait pourquoi le cardinal ne l'avait pas renvoyé chez lui. Cela lui semblait un excès d'indulgence. Mais le prélat dormait, la tête sur l'oreiller, et dans son sommeil sa main se tendait encore maladroitement vers le tiède sillon que le corps de Tonio avait creusé dans le drap.

Tonio s'habilla sans bruit, sortit et suivit des couloirs plongés dans une grisaille indécise.

En pénétrant dans la chambre de Guido, il constata que ce dernier s'était endormi à sa table, le visage enfoui au creux de son bras replié. La chandelle s'était entièrement consumée.

Longtemps Tonio laissa ses yeux fixés sur la tête abattue et ses lourdes boucles. Puis il souleva Guido qui sursauta et se dirigea vers son lit avec des gestes lents et embarrassés. Le vieux Nino entra sans bruit dans la pièce et tira la courtepointe sur Guido après l'avoir déchaussé.

Tonio le regarda faire, puis il gagna ses propres appartements.

Il ferma les yeux et s'imagina étreignant le cardinal, écrasant son visage contre ce corps sec et rigide, éprouvant le bouillonnement qui l'agitait et sentant cette peau rêche et pourtant sans défaut. Il se vit explorer de la bouche ses replis secrets puis, n'y tenant plus, il se mit à faire les cent pas.

Saisi par une cadence frénétique, il traça des cercles de plus en plus rapides puis, cessant de tourner en rond, ouvrit la fenêtre toute grande et se pencha loin en avant de l'appui pour respirer l'air avec avidité. Au-dessous de lui, un jet d'eau entouré d'un bassin circulaire étincelait au soleil. D'où il était, il n'entendait pas l'eau qui tombait et il s'absorba dans la contemplation des dessins silencieux qu'elle formait à la surface du bassin.

Les choses ne seraient jamais plus les mêmes entre lui et Guido.

Assurément, Guido devait l'avoir prévu ; qu'avait-il donc fait là ! Tonio avait vécu séquestré avec son amant, et Guido l'avait chassé de cette chambre close, il lui en avait lui-même ouvert la porte. Leurs rapports d'une douce complexité, d'une brutale tendresse, lui paraissaient soudain sans couleur et sans goût ; il ne pouvait plus rien en évoquer, à présent, pour s'apaiser et se rasséréner ; ils étaient anciens, et déjà il ne pouvait s'en souvenir qu'avec l'impression qu'une éternité s'était écoulée depuis qu'ils avaient été. Le feu du cardinal l'avait brûlé trop fort.

Il aurait voulu pleurer. Mais il était trop fourbu, trop vidé, trop transi par le froid du petit matin que la chaleur grandissante du soleil était impuissante à dissiper en lui.

Il lui parut que Rome était plus une idée qu'un simple lieu tandis qu'il s'agenouillait au pied de la fenêtre et appuyait son front au rebord de pierre. « Quel enseignement en tirer ? » avait demandé le cardinal.

Eh bien, il savait, lui, à présent, quel enseignement en tirer ! C'était qu'il était en train de perdre Guido. Il avait faim du cardinal, faim de cette passion formidable, mais il savait qu'il ferait tout pour que Guido l'ignorât. L'inouï dans tout cela était qu'il y discernait une manière de découvrir vraiment Guido dans le moment même où il le perdait et de le garder à jamais lié à lui par de nouvelles attaches.

6.

Dès l'instant où il s'était assis dans cette pièce, un assoupissement l'avait pris. Les parfums qui flottaient dans l'air, une certaine qualité de la lumière lui rappelaient un petit espace clos envahi de robes et de strass où il s'était trouvé jadis, seul et sentant sur ses épaules et son dos nus la délicieuse chaleur du soleil.

Mais il chassa ce souvenir de son esprit. Cela n'avait pas d'importance. Ce qui importait seulement, c'était de mener à bien ce qu'il avait entrepris.

Et cette femme l'attendait, persuadée de toute évidence qu'il avait besoin qu'elle l'aidât. Ses servantes étaient groupées dans un angle de la pièce comme des oiseaux sur une branche, leurs petites mains brunes s'affairant sans arrêt, ramassant çà et là des bouts de fil ou de ruban, redressant une perruque sur une forme en bois. Tout à coup il trouva amusante l'idée qu'elle s'attendait qu'il se dépouillât de sa défroque de mâle et lui tendît ses bras et jambes comme si elle eût été sa nourrice.

Il s'appuyait sur un coude, légèrement distrait par son reflet dans le miroir mal éclairé. La plupart du temps il trouvait son visage curieusement inexpressif, même quand les idées les plus extravagantes lui passaient par la tête. On eût cru que cette molle chair féminine (pincée entre deux doigts, elle avait l'élasticité de celle d'une femme) qui l'avait recouvert l'avait à jamais privé de sa mobilité, figé dans une éternelle jeunesse.

Mais comment ferai-je pour lacer ce corset, se demandait-il, comment ferai-je pour attacher ces jupes ? Va-t-il falloir que j'emmène tout cela au palais du cardinal et que je m'en remette à ce vieillard édenté qui, même s'il a conçu une douzaine de mioches dans son galetas au fond d'une ruelle obscure, ne sait pas déboutonner une robe ?

Il faisait chaud dans la pièce, derrière les persiennes fermées on entendait le tohu-bohu des rues romaines, et leur ombre posait des rayures alternées sur l'immense jupe de soie.

La femme semblait avoir deviné son hésitation. Elle frappa dans ses mains pour attirer l'attention de ses ouvrières et leur fit signe de se retirer. Puis elle s'approcha de Tonio et lui retira sa cape d'un geste preste.

« Signore, lui dit-elle, j'ai habillé les chanteurs les plus célèbres du monde. Je ne fabrique pas seulement des habits ! Je fabrique des illusions. Laissez-moi vous en faire la preuve, signore. Quand vous vous regarderez à nouveau dans ce miroir, vous n'en croirez pas vos yeux. Vous êtes d'une très grande beauté, signore, c'est de quelqu'un comme vous que je rêve en maniant l'aiguille. »

Tonio eut un bref rire tout bas.

Il se leva, déployant toute sa hauteur au-dessus d'elle et regarda en souriant son petit visage noiraud et ridé. Ses yeux avaient l'air de deux petits noyaux incrustés dans la chair, deux noyaux humides et luisants qu'on vient tout juste d'ôter de sa bouche.

Elle lui retira son habit et l'emporta avec des gestes pleins de sollicitude, caressant l'étoffe d'une main comme pour suggérer sa valeur à un éventuel acheteur. Mais ses gestes les plus amoureux, elle les réservait pour la toilette qu'elle allait l'aider à revêtir.

« Les chausses également, signore, c'est indispensable », dit-elle, puis, devinant sa réticence, elle l'admonesta du geste et ajouta : « Pour ces choses-là, il faut imaginer que je suis votre maman. Car voyez-vous, pour vous comporter comme une femme, il faut aussi que vous vous sentiez femme au-dedans de vous-même.

— Ne suis-je pas plutôt un centaure, signora ? demanda Tonio à mi-voix. Prêt à tout instant à fouler ces fanfreluches sous mes sabots et à semer la terreur parmi les tendres pucelles du premier rang ? »

Il tremblait. Elle s'esclaffa.

« Vous avez la langue bien pendue, signore », dit-elle en lui ôtant ses bas et ses chaussons.

Tonio prit une profonde inspiration et ferma à demi les yeux. Ensuite il s'immobilisa, éprouvant sa nudité comme si l'air eût été frais, alors qu'il faisait très chaud. La femme s'approcha et, le touchant avec autant de précaution que si sa peau eût été d'un tissu précieux, elle plaça autour de sa taille le jupon cerclé aux larges paniers et lui en attacha les rubans dans le dos. Il le balança d'avant en arrière tandis qu'elle faisait glisser par-dessus les nombreuses jupes. Elle lui passa ensuite la jupe d'épaisse soie violette brodée de minuscules fleurs roses. C'était parfait ! Elle lui fit alors enfiler la chemise de dentelle qu'elle boutonna habilement à la ceinture de la robe.

À partir de là, les gestes de l'habilleuse se firent plus lents. Elle semblait pressentir que le corset rembourré, cette véritable cuirasse, représentait une étape particulièrement délicate. Il lui couvrirait les épaules, et ses manches, d'un violet d'une nuance plus sombre, tomberaient exactement au-dessus des manchettes de dentelle bouffantes.

Elle leva le corset afin que Tonio passât les manches, puis elle l'attacha à la taille.

« Ah, vous êtes l'exaucement de mes prières ! » s'exclama-t-elle en fixant la grosse agrafe.

Tonio sentit alors la pression des baleines cousues à l'intérieur du tissu qui l'enserraient peu à peu dans un carcan, mais le contact du corset contre sa peau était frais et lisse ; tandis que l'habilleuse lui comprimait la poitrine, il éprouva une sensation singulière, qui était presque de la jouissance. Il avait l'impression que cette chose le soutenait, le soulevait de terre en même temps qu'elle remodelait ses formes.

Les petites mains de l'habilleuse restèrent un moment en suspens au-dessus de la peau nue de sa gorge dont la chair nacrée descendait tout droit jusqu'à la ganse brodée de dentelles qui lui barrait le buste.

« Permettez, signore », dit-elle d'une voix basse et confidentielle puis, glissant ses mains calleuses et tièdes sous l'étoffe qu'elle venait d'ajuster, elle modela sa chair, la faisant apparemment remonter vers le haut, si bien qu'en abaissant son regard Tonio aperçut là un léger renflement et un mince sillon pareil à celui qui divise la gorge d'une femme.

Un goût de fiel lui monta à la bouche. Il évitait de se regarder dans la glace. Figé dans une immobilité de statue, le regard fuyant et vague, il laissa la femme déplacer les jupes violettes et lisser les plis du corset. Après quoi elle le pria de s'asseoir. Il regardait fixement ses mains.

« Votre visage peut se passer de fards, signore. Ah ! bien des femmes vous assassineraient pour avoir de pareils cils et de pareils cheveux — ah, ces cheveux ! »

Pourtant elle les brossa en arrière, les aplatit, et il sentit la perruque s'appesantir sur son crâne. Elle n'était pas très grande, d'une blancheur neigeuse et semée de petites perles retenues par un fil à l'arrière de sa nuque, où il sentait des boucles douces qui caressaient son dos nu. L'habilleuse referma ses mains sur son cou juste au-dessous de la perruque et elle le retourna vers elle, si bien que le visage de Tonio touchait presque son ample poitrine.

« Juste un soupçon de mascara, signore, dit-elle avec une petite moue, la magie noire pour les yeux !

— Je puis faire cela moi-même, murmura Tonio en essayant de lui prendre le bâtonnet des mains.

— Signore, vous me vexez ! J'y tiens ! se récria-t-elle avant d'éclater d'un rire catarrheux et sans sexe. Non, ne regardez pas dans le miroir », ajouta-t-elle, les mains tendues devant elle comme si elle craignait que Tonio ne prît la fuite. Elle se pencha sur lui et lui maquilla les yeux avec une sûreté dans les gestes dont il eût été bien incapable. Il sentit le poids infime du fard sur ses cils, il le sentit qui lui aplatissait et lui durcissait les sourcils.

« À quoi bon dorer un lis ! » gloussa-t-elle en secouant la tête, et puis tout à coup, comme prise d'une irrésistible impulsion, elle embrassa Tonio sur les deux joues.

Il pencha la tête d'un côté en se disant : Quand je sortirai d'ici il faudra que le valet porte mon épée, et c'est un tel imbécile. On aurait dit que le cardinal aimait à s'entourer de parfaits idiots. Suis-je un parfait idiot moi aussi ? se demanda-t-il. Puis il se pencha en avant et mit sa main en visière au-dessus de ses yeux. La vieille femme avait ouvert les persiennes et le soleil brûlant pénétrait à flots dans la pièce, si bien que Tonio sentit l'irruption de la lumière autant qu'il la vit. L'habilleuse s'écria : « Radieux enfant ! » et elle l'agrippa aux épaules.

Cette exclamation devient monotone, se dit Tonio.

« Levez-vous et regardez-vous dans le miroir, murmura-t-elle. C'est bien ce que je vous avais promis, n'est-ce pas ? Vous êtes superbe. Les hommes vont tomber à vos pieds. »

Tonio se regardait, bouche bée.

Il ne savait pas qui était cette créature. Belle ? Oui, elle était ravissante ; innocente aussi, elle était l'innocence même, et ses grands yeux sombres fixaient sur lui un regard accusateur, comme si elle l'eût soupçonné de nourrir des pensées impures. Le corset, avec ses cercles superposés de fanfreluches couleur crème, s'évasait parfaitement de la taille étroite jusqu'à cette chair pâle et nacrée qui donnait l'illusion d'une gorge de femme. Domenico en aurait été malade de jalousie. Et comme ses cheveux blancs transformaient ses traits ! Ils lui donnaient l'expression fragile et délicate d'une jeune fille naïve.

La perruque blanche partait en arrière à partir d'une pointe plaquée sur son front et ses boucles retombaient sur la soie brillante de ses longues manches violettes.

L'habilleuse le fit tourner sur lui-même en le guidant de ses deux mains et en se dressant sur la pointe des pieds comme pour vérifier quelque infime détail. Puis, plongeant l'index dans un pot de rouge, elle en oignit les lèvres de Tonio.

« Ah ! s'exclama-t-elle en reculant. Maintenant donnez-moi la jambe », ajouta-t-elle en soulevant les jupes dans un grand froissement de soie et en s'asseyant.

Tonio posa le pied en travers de ses genoux. Elle avait roulé le bas entre ses doigts ; elle l'enfila sur la jambe, le tira jusqu'à ce qu'il fût lisse et tendu et le fixa au genou avec une jarretière.

« Oui, il faut que tout soit parfait, au-dedans comme au-dehors », déclara-t-elle, comme se rappelant quelque chose à elle-même. Elle tenait les escarpins de satin blanc avec autant de délicatesse que s'ils eussent été en verre.

Quand elle eut enfin achevé son œuvre, elle se redressa comme hors d'haleine et, plissant les paupières, elle déclara :

« Signore, je vous en donne ma parole : vous m'abuseriez moi-même ! »

Elle continua à le fixer comme si elle avait voulu le retenir de s'en aller.

« Rappelez-vous bien ce que je vous ai expliqué, lui lança-t-elle tandis qu'il se dirigeait vers le crochet auquel elle avait pendu son habit. Gardez des gestes lents ! Ne bougez pas vraiment comme une femme. Si vous bougiez autant qu'une femme, avec des gestes aussi rapides, l'illusion serait rompue. Mais pour entretenir ce mirage mensonger, bougez plus lentement que n'importe quelle créature humaine et gardez les bras collés au corps. »

Tonio acquiesça de la tête. Il avait déjà fait le tour de la question pour son propre compte, il en avait examiné tous les aspects ; cela faisait des jours et des jours qu'il épiait toutes les femmes si longuement et si intensément que cela frisait la goujaterie.

« Que voulez-vous faire ? dit-elle en faisant mine de repousser les mains qu'il tendait vers ses effets. Mais il avait déjà dégainé la dague et, voyant cela, elle arrêta son geste.

Tonio lui sourit et glissa la lame glaciale verticalement dans l'interstice qui séparait son buste du corset.

Elle se retourna soudain et, retirant d'un vase une petite rose couleur d'incarnat pâle, elle la leva dans la lumière pour bien faire voir à Tonio que sa tige velue était enrobée d'une fine gaine de verre. Ensuite elle l'inséra au même endroit, à côté de la poignée de la dague, en sorte qu'on ne voyait plus là qu'une pâle fleur rose.

Elle s'empara des doigts de Tonio et, tout en les caressant, y passa des bagues en pierres fausses avant de guider ses mains jusqu'à la petite rose charnue et odorante.

« Sentez comme elle est douce, murmura-t-elle. C'est l'impression qu'il vous faut donner. »

Une fois de plus, ses lèvres rêches effleurèrent ses joues, puis elle lui passa les doigts sur la bouche, ce qui le fit sourire.

« Je suis amoureuse de vous », dit-elle d'une voix caverneuse et rauque, avec un sourire qui écarta ses lèvres parcheminées, révélant de petites dents blanches et régulières.

Le carrosse progressait lentement le long du Corso, constamment arrêté par la procession qui sinuait devant lui, les ornières durcies laissées par l'averse de la nuit précédente et le flot des passants qui se précipitaient en travers de leur chemin, juste sous les naseaux des chevaux renâclants et bronchants.

Une main gantée de blanc appuyée au rebord inférieur de sa fenêtre, Tonio explorait des yeux tous les cafés ouverts devant lesquels ils passaient. Tout à coup il frappa du poing le haut de la paroi extérieure du carrosse et il le sentit obliquer lourdement, avec un grincement, en direction du caniveau rudimentaire qui bordait la chaussée.

Le vieux valet édenté avait sauté à terre pour lui ouvrir la portière. Il portait l'épée ainsi que Tonio lui avait demandé de le faire et il emboîta le pas à sa maîtresse, devant laquelle les hommes s'écartèrent en lui lançant à la dérobée des regards admiratifs tandis qu'elle franchissait l'entrée ouverte de l'établissement.

Guido s'était placé au centre de la salle, légèrement à droite, à un endroit d'où il pouvait suivre des yeux le va-et-vient permanent de la rue. Il était assis, un coude sur la table, un gobelet de vin intact posé devant lui. Il avait l'air las, les paupières mi-closes, mais son visage lourd était bizarrement juvénile ; on aurait dit que la fatigue lui faisait relâcher sa garde, que la déception et le chagrin lui laissaient prendre cette expression d'enfant boudeur qui lui était si naturelle.

Il ne remarqua même pas qu'on posait une chaise à côté de la sienne, et il ne vit pas la dame inconnue qui s'y asseyait.

Puis il se redressa soudain, l'air surpris ; il avait sans doute aperçu d'abord la soie violette. Tonio, aussi inerte qu'une poupée au milieu de ses amples jupes, tournait vers la rue un regard serein.

L'air étant tiède et doux, Tonio fit glisser le mince fichu qui lui couvrait la gorge. Il sentit que de tous côtés des regards furtifs se dardaient sur lui. Sa présence jetait le trouble dans le café ; même le jeune garçon qui servait ne savait s'il devait l'approcher ou faire des courbettes, ou peut-être les deux à la fois, et il dansait gauchement d'un pied sur l'autre à quelques pas de la table, son plateau à la main. Tonio sentait les yeux de Guido posés sur lui. Lentement il baissa la tête, et quand il se retourna le visage de Guido était placé plus haut que le sien.

Ce visage lui parut extraordinairement différent de celui que Guido avait d'habitude : l'expression des yeux, le modelé de la bouche n'étaient plus les mêmes. Et puis soudain il eut une illumination secrète qui l'enchanta au-delà de toute mesure : Guido ne savait pas qui il était ! Il leva son éventail ainsi que la vieille habilleuse lui avait appris à le faire, le déployant entièrement d'un preste mouvement du poignet, comme s'il révélait un merveilleux mystère, s'en couvrit la bouche et papillonna des yeux.

7.

Il était tellement absorbé par ses propres pensées qu'il n'entendit pas grand-chose de ce que lui disait Guido, avec ces inflexions volubiles et chantantes qu'il prenait lorsqu'il était enfin satisfait. Tonio laissait couler sans rien dire ce flot de paroles, en faisant poliment, de loin en loin, un petit hochement de tête.

La chaleur accablante de l'après-midi ne les avait pas dissuadés de louer un fiacre découvert pour faire le tour de la ville : une jeune dame exquise et son soupirant éperdu, qui se faisait morigéner de temps à autre pour les avances qu'il lui avait effrontément faites avant de savoir qu'il ne commettait pas une infidélité. Ils étaient entrés bras dessus bras dessous dans une demi-douzaine d'églises, la dame ouvrant parfois son ombrelle en se plaignant de la chaleur avec un soupir langoureux. Ils avaient dîné de bonne heure via Condotti puis, après avoir effectué le parcours obligatoire d'un bout à l'autre du Corso, ils étaient retournés chez eux.

Mais non sans être passés entre-temps chez l'habilleuse, la signora Bianchi, qu'ils avaient embauchée pour toute la durée des représentations de l'opéra de Guido, qui s'intitulerait, il le savait à présent, *Achille à Skyros*, et reprendrait l'argument d'un livret relativement récent de Pierre Métastase, le poète qui faisait fureur en ce moment et dont Guido avait toujours souhaité s'inspirer.

« C'est un rôle qui te va comme un gant, disait Guido. La mère d'Achille veut le tenir à l'écart de la guerre de Troie ; elle l'envoie dans l'île de Skyros, déguisé en fille, sous le nom de Pyrrha. Tu seras Pyrrha pendant la plus grande partie de l'opéra ; ensuite, contraint de révéler ta véritable identité, tu deviendras Achille, en armure dorée. Tu vas être un homme travesti en femme à la scène comme à la ville !

— Oui, c'est merveilleux », murmura Tonio.

Il souriait. Mais il était comme absent de ce lieu et ne revenait dans le présent que par intermittence pour s'émerveiller peut-être de la volupté que lui avait fait éprouver son déguisement dans les moments où les hommes l'admiraient, et de l'obscur esprit de vengeance, plein de dérision et de méchanceté, qu'il avait senti s'éveiller en lui et auquel se mêlait une innocente espièglerie d'enfant. Il tenait à la main la petite rose que l'habilleuse lui avait offerte, et qui avait bien conservé sa fraîcheur grâce à l'eau de sa gaine. Et alangui sur un fauteuil dans le confort soulageant de ses chausses, les pieds appuyés sur une chaise en face de lui, il caressait avec rudesse ses petits pétales comme pour la défier de s'épanouir.

« Tu comprends, les autres tentent sans arrêt de te faire révéler qui tu es...

— Guido, la version qu'en a donnée Sarri a été jouée au San Carlo et nous l'avons vue ensemble, fit observer Tonio d'une voix douce.

— Oui, mais tu n'as pas prêté tellement attention au livret, n'est-ce pas ? D'ailleurs, je le modifie considérablement. Il faut effacer ce souvenir de ton esprit. Je sais ce que les Romains veulent. J'ai vu tout cela. Ils veulent une complète originalité, mais avec une extrême prudence dans l'invention. Ils veulent avoir une impression de solidité et de richesse et il faut que tout soit joué à la perfection. »

C'était du défi, voilà ce que c'était, se disait Tonio. C'était du défi que d'être masqué ainsi sous ces toilettes, de savoir ce que les autres ignoraient forcément, de les regarder se livrer à ces simagrées grotesques tandis qu'ils lui lançaient des œillades discrètes ou parfois même d'une franche salacité. Où se situait la ligne de partage ? se demandait-il. À quel moment était-il passé du statut de victime à celui de bourreau dans cette vile mascarade du sexe ? À quel moment son vieux sentiment de vulnérabilité s'était-il mué en un sentiment de puissance ? Il n'aurait su le dire.

L'heure du souper était passée depuis longtemps lorsque Guido dut s'arracher au fauteuil qu'il avait placé à la fenêtre pour recevoir une missive que l'on avait chargé un huissier de lui remettre.

Ils avaient envoyé Paolo se coucher ; Tonio somnolait, un verre de vin à la main.

« Qu'est-ce que c'est ? demanda-t-il tandis que Guido se laissait lourdement tomber sur son siège et parcourait la lettre d'un œil impassible avant de la rouler en boule et de la jeter.

— Ruggiero a engagé les deux autres castrats qui seront tes partenaires », annonça Guido.

Il se leva et, les mains enfoncées dans les poches de sa robe de chambre de satin, prit l'air de quelqu'un qui récapitule par la pensée toutes les données d'un problème. Puis il regarda Tonio et dit :

« Les choses pourraient être pires.

— Mais qui sont-ils ? l'interrogea Tonio.

— L'un d'eux est Rubino, un vieux chanteur, très élégant, mais d'un style peut-être un peu trop suranné. En tous les cas, les Romains l'aimaient bien autrefois. Nous n'avons absolument rien à craindre de Rubino ; prions seulement le ciel qu'il ne soit pas en train de perdre sa voix. »

Il hésita, si absorbé dans ses réflexions qu'il parut en avoir oublié Tonio.

« Et l'autre ? demanda Tonio avec douceur.

— Bettichino », dit Guido.

Celui-ci était connu comme le loup blanc.

« Bettichino ! s'écria Tonio. Bettichino... sur la même scène que moi.

— Je viens de te le dire, les choses pourraient être pires », déclara Guido d'une voix coupante, puis il parut perdre subitement toute sa conviction. Il s'éloigna de quelques pas et, se retournant brusquement, il reprit :

« Il est froid, hautain. Il se conduit comme s'il était sorti de la cuisse de Jupiter, alors qu'il est d'extraction aussi basse que nous le sommes tous... enfin... pour la plupart. (Il jeta à Tonio un regard malicieux.) Il exige toujours que l'orchestre s'accorde sur sa voix. Il paraît aussi qu'il donne des ordres aux autres chanteurs quand il estime qu'ils doivent être corrigés.

— Mais c'est un bon chanteur, un grand chanteur même, protesta Tonio. Sa présence sera salutaire à ton opéra, tu le sais bien... »

Guido le fixait de l'air de ne pas trop savoir quoi dire. Finalement, il murmura :

« Bettichino a ici des foules qui sont folles de lui.

— N'as-tu pas foi en moi ? demanda Tonio en souriant.

— J'ai mis toute ma foi en toi, répondit Guido d'une voix basse. Mais il y aura deux clans, le clan de Bettichino et le tien.

— Il faudra donc que je les stupéfie tous, c'est cela ? » fit Tonio en levant le menton d'un air d'orgueil feint.

Guido redressa les épaules et, le regard fixe, il traversa la chambre d'un pas décidé et gagna sa table de travail.

Tonio se déplia lentement et se leva du fauteuil. À pas de loup, il gagna le petit réduit encombré qui lui servait de garde-robe et s'installa à la petite table couverte de pots et de bocaux, d'où il regarda pensivement la toilette violette.

De chaque côté de lui se trouvaient des penderies qui débordaient d'habits et de capes ; une douzaine d'épées luisaient dans le placard entrouvert ; et la fenêtre, qui avait été dorée un moment plus tôt, était à présent d'un bleu livide.

La toilette était étalée sur le fauteuil où il l'avait jetée, ses jupes entortillées, son plastron cousu de fanfreluches couleur crème ouvert en deux comme si un coup de sabre lui avait fendu le côté, révélant un espace noir béant sous l'armature rigide du corset.

Tonio s'appuya sur un coude, sa main effleura brièvement la surface de la soie, et il lui sembla éprouver physiquement la lumière de cette toilette qui chatoyait doucement dans la pénombre.

Il s'imagina qu'il en était à nouveau couvert, éprouva la sensation insolite de sa nudité au-dessus des fanfreluches du corsage, sentit onduler autour de lui les lourdes jupes. Chaque fois qu'il touchait le fond de l'humiliation, il retrouvait ce sentiment de puissance illimitée, d'énergie enivrante. Que lui avait dit Guido ? Qu'il était libre et que les hommes et les femmes ne pouvaient que rêver d'une liberté semblable ? Et dans les bras du cardinal, il avait su que c'était divinement vrai.

Tout de même cela le déconcertait. Chaque fois qu'il se dépouillait d'une couche de son ancienne peau, il en restait un bref moment pantois et frissonnant. Et à présent, tandis qu'il fixait d'un œil vide cette toilette dont la couleur se fondait progressivement dans les ténèbres, il se demandait : aurai-je autant de force au sortir de la première ? Il voyait un étage entier de balcons pleins de Vénitiens accourus en foule, il entendait tout autour de lui les inflexions de son vieux dialecte, douces comme des baisers, et il y avait ces visages où se lisait un mélange de curiosité et d'horreur mal dissimulée tandis qu'ils se tournaient vers ce patricien émasculé attifé comme une reine, couvert de fards et de strass, dont la voix montait vertigineusement. Ah !

Il arrêta là le cours de sa pensée.

Et Bettichino ? Oui, Bettichino. Que dis-tu de cela ? Oublie les robes, les rubans, les carrosses vénitiens descendant en caravane vers le Sud et tout le reste. Pense un peu à Bettichino, à ce que sa présence implique.

Il avait redouté les horreurs triviales qu'aurait pu lui attirer une association avec de mauvais chanteurs, le glaive de carton-pâte collé à son fourreau restant coincé au moment où l'on doit dégainer, le vin drogué qui rend malade quand on entre en scène, les claqueurs stipendiés qui se mettent à siffler avant qu'on ait ouvert la bouche.

Mais Bettichino ? Ce hautain prince de la scène, bouffi de superbe qui avait pour lui une excellente renommée et une voix parfaite ? C'était d'un affrontement de haute tenue qu'il s'agissait, non d'une mesquine rivalité.

Et c'était aussi la sorte d'astre éblouissant qui risquait de le reléguer complètement dans l'ombre, de le forcer à s'égosiller vainement pour conquérir un public déjà repu par les prouesses vocales de Bettichino.

Il frissonna. Il était si bien plongé dans ses pensées qu'il s'était recroquevillé sur lui-même sans y prendre garde et il avait empoigné sa toilette comme s'il eût voulu se raccrocher aux dernières traces de couleur violette que la lumière déclinante permettait encore d'apercevoir. Il la leva vers lui pour éprouver la douceur froide de la soie sur son visage.

« T'est-il jamais arrivé de douter de ta voix ? chuchota-t-il. Qu'est-ce qui te prend tout à coup ? »

La lumière s'en était allée. Le bleu de la nuit, profond et lumineux, tremblait à la fenêtre. Avec colère, Tonio se leva, sortit de ses appartements et s'engagea dans le couloir ; il avait fait le vide dans son esprit où ne passait plus rien que l'écho étouffé de ses talons claquant sur le marbre du sol.

« Ah ! belles ténèbres, chuchota-t-il avec presque de la tendresse, vous me donnez l'impression d'être invisible. Et de cette impression je déduis que je ne suis ni homme, ni femme, ni eunuque, mais simplement vivant. »

Quand il parvint devant la porte du cabinet de travail du prélat, il frappa sans hésiter une seconde.

Le cardinal était assis à son bureau et, l'espace d'un bref instant, cette pièce avec ses hauts murs tapissés de livres et ses chandelles vacillantes évoqua pour Tonio une réminiscence si vive d'un endroit de sa vie passée qu'il eut un doute sur la nature de l'amour et du désir qui l'envahirent quand il vit la passion illuminer soudain le visage de cet homme.

8.

Vers la fin de l'été, il devint évident aux yeux de tous que le puissant cardinal Calvino s'était institué le protecteur de Tonio Treschi, ce castrat vénitien qui tenait absolument à se produire sous son vrai nom.

« Vous verrez, Tonio ! disait la comtesse, dont les visites à Rome étaient de plus en plus fréquentes, bientôt ce nom sera scandé par des salles en délire ! »

Pendant ce temps le cardinal gardait son rossignol en cage et ne lui permettait pas de chanter ailleurs qu'au palais devant une poignée de privilégiés qui colportaient partout le bruit qu'il avait une voix exceptionnelle.

Mais Guido suivait un chemin différent.

Aux concerts où on le priait, il ne manquait jamais d'apporter avec lui une liasse de ses propres compositions. Et lorsqu'on lui proposait le clavecin — assez souvent par pure politesse — il s'empressait de l'accepter.

À présent, il était reçu régulièrement dans les maisons de riches dilettantes, et tout le monde parlait de ses pièces pour clavecin ; l'on disait n'avoir rien entendu de pareil depuis l'époque d'Alessandro Scarlatti, à cela près que les œuvres de Guido étaient d'une mélancolie à vous tirer des larmes. C'était vrai même de ses pièces brillantes, des sonates si bondissantes, si mousseuses, si pleines de soleil qu'elles vous grisaient comme du champagne.

Un marquis français séjournant à Rome fut parmi les premiers à lui adresser une invitation ; une autre lui vint d'un vicomte anglais. En outre, Guido était fréquemment prié de se rendre chez plusieurs cardinaux qui donnaient à leur domicile, et quelquefois dans des théâtres particuliers, des soirées musicales ; on l'exhortait à composer spécialement pour ces occasions.

Guido se dérobait adroitement. Il lui était impossible pour l'instant d'accepter aucune commande. Il travaillait à un opéra. Mais il était toujours prêt à aller s'asseoir au clavecin et à extraire de son portefeuille la partition d'un étincelant concerto.

On murmurait que, à en juger par ses compositions de taille plus modeste, son opéra risquait fort de faire sensation. Et Tonio, son élève, était d'une beauté rare, en tous points parfaite, bien qu'il refusât courtoisement de chanter chaque fois qu'on lui en faisait la demande.

Ainsi allait leur vie publique.

Dans le privé, Guido travaillait d'arrache-pied et imposait à Tonio un régime plus strict que tout ce qu'il avait subi au conservatoire, en lui faisant étudier avec un acharnement particulier les glissandos aigus et rapides qui étaient la spécialité de Bettichino. Après deux heures difficiles de vocalises matinales, Guido poussait Tonio à s'exercer sur des notes et des traits qu'il ne pouvait produire que lorsque sa voix était tout à fait réchauffée. C'était un domaine de l'interprétation où Tonio n'était pas à l'aise, mais l'exercice lui donnerait plus d'assurance et, bien que rien ne prouvât qu'il aurait jamais l'usage de ces notes de colorature, il fallait qu'il fût prêt à tout pour affronter Bettichino, ainsi que Guido le lui répétait sans cesse.

« Mais il a près de quarante ans, peut-il chanter cela ? s'exclamait Tonio en considérant d'un œil effaré une nouvelle série d'exercices pour lesquels il lui faudrait monter de deux octaves au-dessus du contre-ut.

— Qu'il le puisse ou non, tu le dois », disait Guido.

Et, tendant à Tonio une nouvelle aria dont rien ne garantissait encore qu'elle figurât dans la version définitive de l'opéra, il ajoutait :

« Maintenant, tu n'es plus avec moi dans cette pièce. Tu es sur une scène, des milliers d'oreilles t'écoutent. Tu ne peux pas faire une seule erreur. »

Tonio était secrètement enchanté des nouvelles compositions de Guido. À Naples, il n'avait jamais osé proférer la moindre critique à l'encontre des productions de son maître, mais il savait bien que son goût était déjà formé depuis longtemps au moment où il avait quitté la maison familiale.

À Venise, il n'avait pas entendu que de la musique vénitienne, mais bien souvent aussi des œuvres de compositeurs napolitains exécutées par des interprètes du cru.

Et il voyait bien que, enfin libéré des routines fastidieuses du conservatoire et des sollicitations continuelles de ses élèves, Guido éclatait soudain d'un talent dont il était lui-même tout étonné. Il perfectionnait constamment son art d'interprète aussi bien que sa façon d'écrire et il était ravi de l'attention qu'il recevait.

Leur journée d'étude achevée, Tonio et Guido disposaient de leur temps à leur guise. Si Tonio ne désirait pas l'accompagner à une soirée ou à un concert auxquels on l'avait prié, Guido se gardait bien d'insister.

Tonio se répétait que tout cela lui donnait du bonheur, mais c'était un mensonge. L'indépendance de Guido le déconcertait. Grâce aux libéralités de la comtesse, il arborait à présent des tenues plus riches que toutes celles qu'il avait eues à Naples et il portait toujours perruque. Ce cadre blanc autour du visage opérait son habituel miracle : il le civilisait et le mettait en forme, si bien que ses traits singuliers — les yeux immenses et hardis, le nez camus et brutal, les lèvres qu'un sourire sensuel épanouissait généreusement — faisaient de Guido, même au milieu d'une assemblée nombreuse, le point de mire de tous les regards. Et en voyant accrochées au bras de Guido des femmes dont certaines pressaient impudiquement leur poitrine contre sa manche, Tonio était envahi d'une secrète rancœur qu'il était obligé de retourner contre lui-même.

Tout changeait.

Tu n'y peux rien, se disait Tonio, et si tu lui gardais de la rancune pour cela, tu te conduirais comme l'enfant vaniteux et gâté que l'on t'a plus d'une fois accusé d'être.

Mais à certains moments il n'était que trop heureux de pouvoir s'échapper de ces réunions mondaines. Il lui était impossible de chanter, et ces bavardages incessants l'excédaient. Avec une pointe d'amertume, il se faisait la réflexion que Guido l'avait « offert » au cardinal ; il lui fallait un prétexte pour en vouloir à Guido. Parfois, il aurait encore aimé croire que tout était arrivé par sa faute.

Le temps qu'il se retrouvât aux portes du palais du cardinal Calvino, tout cela était oublié.

Il n'avait plus qu'une seule idée en tête : se mettre au lit avec le prélat.

Les soirs où le cardinal ne recevait pas, ils commençaient de bonne heure. D'abord Tonio s'assurait que Paolo était bien endormi. Puis il se faufilait dans les appartements du prélat sans même se donner la peine de frapper à la porte ou d'annoncer sa venue.

Le cardinal l'attendait dans la fièvre, et son premier soin était toujours de débarrasser Tonio de ses vêtements. Le prélat avait le désir que Tonio fût comme un enfant entre ses mains et il bataillait avec les boutons, les dentelles et les agrafes en refusant l'aide de Tonio, même quand cela le menait au bord de la crise nerveuse.

On lui avait raconté que Tonio sortait quelquefois costumé en femme ; loin de s'en offusquer, il avait prié Tonio de lui faire voir ses toilettes, et il n'était pas rare qu'il envoyât chercher la robe violette au corset orné de fanfreluches couleur crème afin qu'il pût en habiller Tonio de ses mains avant de la lui ôter.

Par moments, il paraissait que c'était la peau de Tonio qui excitait par-dessus tout ses appétits. Repoussant l'étoffe, il la savourait de la langue aussi bien que des lèvres.

Tonio était aussi complaisant avec le prélat que Domenico l'avait été jadis avec lui. Il regardait avec un sourire infiniment tendre le cardinal arracher sauvagement ces jolies fanfreluches crème pour simplement poser ses mains sur le buste plat qu'elles dissimulaient, puis lui pincer les pointes des seins avec tant de force qu'il ne pouvait retenir un cri, pour le couvrir ensuite de baisers comme s'il implorait son pardon et enfin retrousser ces immenses jupes pour planter son énorme dard entre les cuisses de Tonio. Chaque fois, ce membre très long occasionnait à Tonio de la douleur, mais le cardinal couvrait sa bouche de la sienne comme pour lui signifier : Si tu pousses un cri, pousse-le en moi.

Tonio jouissait délicieusement de tous les gestes du cardinal, de cette main qui s'entremêlait à ses cheveux, de la bouche qui baisait ses paupières closes et de l'adoration fiévreuse que ces gestes exprimaient.

Mais ce n'étaient pas ces baisers ni ce doux pétrissage qui embrasaient ainsi la passion de Tonio. Ce n'était pas ce que le cardinal lui faisait qui l'excitait tellement, c'était le cardinal lui-même. Et quand il refermait ses bras autour des hanches du saint homme, quand sa bouche recouvrait ce gros nœud palpitant, quand il sentait s'écouler en lui la semence du prélat, aigrelette et douce à la fois, comme du lait caillé, son corps entier était secoué de soubresauts extatiques d'une déchirante violence.

Après cela venait l'inévitable viol, vers quoi toujours allait la préférence du cardinal, ce sexe frénétique qui martelait entre ses cuisses.

Et Tonio endurait tout, exalté à l'idée que c'était cet homme qui lui faisait subir cela, se répétant : Oui, c'est bien le cardinal Calvino, un prince de l'Église, qui sert la messe avec le pape, qui siège au Sacré Collège, c'est à cet homme puissant que je me livre, c'est lui que je serre entre mes bras. Ses mains étaient impatientes de s'emparer des lourds testicules, d'aspirer leur chaleur, d'éprouver le contact de leur peau flasque et poilue, de les presser d'un geste imperceptiblement menaçant et de sentir le corps du prélat se rassembler en une hampe formidable et cruelle.

Pour le cardinal, les caresses du début étaient déjà une sorte de viol. Il voulait écraser le corps de Tonio contre les draps, il voulait lui arracher des cris, il voulait qu'un raz de marée de plaisir déferlât en lui, il voulait qu'il pliât sous la jouissance comme il eût plié sous la torture.

Ainsi s'écoulaient les heures qu'ils passaient dans la compagnie l'un de l'autre. À la fin de leurs ébats, Tonio restait alangui contre le prélat, aveugle, les yeux vitreux, comme un lutteur qui, le temps d'une brève pause, reste mollement enlacé à son adversaire.

Mais il y avait autre chose entre eux, de plus profond encore que tout cela. Dès la première nuit, ou presque, ils s'étaient engagés dans un autre genre d'échange.

Après l'amour, ils se rhabillaient ensemble et quelquefois ils soupaient. Le cardinal faisait goûter à Tonio de plusieurs vins, tous excellents. Ensuite, ordonnant au vieux Nino de les accompagner avec une torche, ils s'en allaient régulièrement se promener à travers les corridors du palais.

Dans la lumière tremblotante, ils s'arrêtaient devant diverses statues auxquelles le cardinal confessait ne plus prendre plaisir depuis bien des années. Devant une œuvre de la Rome ancienne, il soupirait :

« Autrefois, je raffolais de cette petite nymphe que des terrassiers ont trouvée dans le jardin de ma villa où ils creusaient des fontaines. Et cette tapisserie que voici, on me l'a envoyée d'Espagne il y a bien des années. »

La torche de Nino produisait une crépitation sourde, les ténèbres autour d'eux s'imprégnaient d'une lourde odeur de poix brûlée, et Tonio, qui scrutait les yeux gris du cardinal, sa main fine et ridée tâtant le bronze d'une sculpture antique, éprouvait un sentiment de paix singulier.

Il suivait le prélat dans les jardins vides, tout résonnants du babil des jets d'eau et embaumés par une odeur prenante d'herbe fraîchement coupée.

Ensuite ils se rendaient à la bibliothèque et pénétraient ensemble à l'intérieur de ce sanctuaire où la lumière tremblotante ne révélait qu'une partie des livres reliés de cuir.

« Lisez-moi quelque chose, Marc Antonio », demandait le cardinal en pêchant sur les rayonnages des volumes de ses poètes favoris, Dante et Le Tasse. Et, assis, ses mains croisées posées sur la table laquée, il remuait silencieusement les lèvres tandis que Tonio lui lisait des vers d'une voix lente et basse.

Tonio était envahi par une douce langueur. Bien des années auparavant, dans une autre existence, il avait vécu des heures semblables où, bercé par la pure beauté du langage, il se perdait dans un univers d'images et d'idées exquisement formulées. Il se sentait indiciblement proche du cardinal ; c'était un domaine dans lequel Guido et lui ne s'étaient jamais rencontrés.

Cependant, Tonio se gardait de trop révéler de lui-même. Son intuition lui avait permis de deviner que le cardinal pouvait encore nourrir l'illusion que son jeune amant n'était qu'un garnement des rues éduqué par des musiciens, et qu'il aimait sans doute mieux qu'il en fût ainsi. Il lisait assez souvent de l'anxiété dans son regard, et plus souvent encore de la tristesse. Le cardinal était la proie d'une passion sacrilège. Un terrible combat se livrait en lui.

Et Tonio sentait bien que d'une certaine façon tous ces plaisirs — la poésie, l'art, la musique, leurs coïts frénétiques — s'identifiaient pour le cardinal à ces deux ennemis de l'âme que sont le monde et la chair.

Le cardinal, pourtant, insistait :

« Parlez-moi de l'opéra, Marc Antonio. Dites-moi ce qu'on peut lui trouver de bon, ce qui y fait venir les foules ! »

Dans ces moments-là, il avait un air de candeur si grande que Tonio ne pouvait que sourire. Il n'avait pas besoin qu'on lui narrât le long conflit qui avait opposé l'Église au théâtre et aux acteurs et la guerre que Rome avait menée à la musique profane, ni qu'on lui expliquât l'opprobre dont elle avait accablé les femmes se produisant sur scène et qui avait donné naissance à la vogue des castrats. Il savait tout cela depuis longtemps.

« Qu'est-ce qui en fait la valeur ? » murmura le cardinal en plissant les paupières.

Ah ! se dit Tonio, il se figure sans doute qu'il a capturé un émissaire du diable et qu'il va pouvoir l'amener à lui avouer naïvement la vérité. En pesant bien ses mots afin de ne pas paraître insolent, il lui répondit :

« Monseigneur, je n'ai pas la réponse à votre question. Je sais seulement que le chant m'a toujours donné de la joie. Je sais seulement que la musique est par moments une chose aussi belle et aussi puissante que l'océan ou que la danse des nuées. Assurément, c'est Dieu qui a fait la musique et qui l'a lancée sur le monde ainsi qu'il y a soufflé le vent. »

Déconcerté par cette réponse, le cardinal se laissa aller en arrière dans son fauteuil et déclara d'une voix lasse :

« Vous parlez de Dieu comme si vous l'aimiez, Marc Antonio. »

Son angoisse le tenaillait.

Aimer Dieu ? se dit Tonio. Il suppose que j'ai dû l'aimer ; toute ma vie, chaque fois que son existence se rappelait à moi, à l'église, à la messe, le soir quand je m'agenouillais au pied du lit en égrenant mon rosaire, il m'a semblé que je l'aimais. Mais à Flovigo, il y a trois ans ? Cette nuit-là, je n'ai pas l'impression de l'avoir aimé, ni même d'avoir cru en lui.

Mais il ne répondit rien. Il vit la détresse qui s'était emparée du prélat. Il sut que leur nuit était terminée.

Il savait aussi que le cardinal ne pourrait pas supporter longtemps d'être déchiré ainsi. Pour un homme comme lui, le péché était sa propre expiation. Et Tonio éprouva du regret à l'idée que leurs étreintes étaient condamnées à ne pas durer.

Tôt ou tard, le moment viendrait où le prélat abjurerait son amour pour Tonio, et Tonio espérait seulement qu'il le ferait avec grâce, car s'il se montrait dur à son égard... Mais cela, Tonio ne pouvait pas le concevoir.

Ils se quittèrent au milieu du palais assoupi et obscur.

Mais Tonio, dans l'élan d'une émotion qu'il n'avait jamais éprouvée encore, revint sur ses pas pour prendre entre ses bras la forme frêle, un peu voûtée, du cardinal et échanger avec lui un ultime et long baiser.

Il en fut après coup profondément troublé. S'effleurant les lèvres des doigts, il réfléchit à son geste. Comment pouvait-il vouer autant d'affection à un homme qui le regardait comme une obscénité vivante et qui ne voyait dans un castrat qu'un exutoire par lequel pouvait s'épancher toute la passion qu'il lui était interdit d'assouvir avec les femmes, qu'une de ces créatures qu'on fait entrer furtivement par un escalier dérobé ?

Mais finalement, quelle importance cela avait-il ?

Absolument aucune. Au fond de son cœur, Tonio le savait bien.

Chaque matin, il regardait avec une muette ferveur le cardinal s'approcher de l'autel du Seigneur pour faire participer ses ouailles au mystère de l'Eucharistie, alors qu'il avait un sacrilège sur la conscience. Tonio observait le cardinal tandis qu'il prenait le chemin du Quirinal. Il l'observait quand il se rendait au chevet des pauvres et des malades.

Et il fut touché au cœur en constatant que l'homme ne fléchissait pas, malgré la secrète passion qui tourmentait son âme. Il donnait à tous l'exemple de l'amour de Jésus et de l'amour du prochain, et l'on aurait dit que, ayant vaincu en lui-même tout orgueil, il savait que cet amour était éternel et infiniment supérieur à sa faiblesse, au vice auquel il succombait.

Et bientôt, dans tous les moments où il voyait le cardinal, que ce fût trônant dans sa resplendissante robe pourpre ou faible et égaré au milieu des fastes dérisoires de ses appartements, Tonio n'eut plus en tête qu'une seule pensée : oui, pour ce bref laps de temps qui nous est alloué, je l'aime, je l'aime pour de bon, et aussi longtemps qu'il me désirera je lui donnerai du plaisir par tous les moyens.

Si seulement cela avait pu suffire !

De fait, les sens exacerbés de n'étreindre qu'à intervalles irréguliers cet homme qui avait pris possession de lui sans qu'il l'avouât, Tonio se sentait constamment poussé vers d'autres hommes virils, des inconnus qu'il croisait le jour dans les couloirs du palais ou même des ruffians qui lui décochaient dans la rue d'équivoques œillades.

Ces salles d'armes où il allait chercher naguère un épuisement bienheureux étaient à présent pour lui un purgatoire peuplé de corps cruellement attirants, ceux de ces jeunes aristocrates virils et sains, à la vigueur parfois animale, dont il s'était toujours tenu à distance.

Il était obnubilé à présent par les poitrines qui luisaient dans l'entrebâillement des chemises, les bras tendus à la musculature superbe, les bourses lourdes qui gonflaient les entrejambes. L'odeur de leur sueur même le tourmentait.

Rompant une passe, il s'épongea le front, ferma les yeux. L'instant d'après, en les rouvrant, il s'aperçut que le jeune comte florentin Raffaele di Stefano, qui était le plus opiniâtre de tous ses adversaires, rivait sur lui un regard où se lisait autant d'avidité que de fascination. Le jeune homme détourna promptement les yeux, l'air coupable.

Était-ce toujours la peur de reconnaître le désir qui le poussait vers ces hommes qui avait stimulé son ardeur à les affronter ?

Il se campa bien droit sur ses jambes, prêt à croiser le fer avec le comte ; dans une grande frénésie de gestes, il se jeta sur lui et le contraignit à reculer. Le comte avait les mâchoires serrées ; ses yeux noirs et ronds étaient bordés de cils si touffus qu'on eût pu croire peint le bord de ses paupières. Ses traits fins et arrondis ne laissaient rien voir de leur ossature et ses cheveux étaient d'un noir si intense qu'ils paraissaient avoir été trempés dans de l'encre.

Le maître d'armes s'interposa ; le comte avait été égratigné et sa chemise de fin linon blanc était entaillée à l'épaule, mais il déclara qu'il voulait aller jusqu'au bout de cette passe.

Et lorsqu'ils fondirent à nouveau l'un sur l'autre, le visage du comte n'exprimait nulle rage vaniteuse ; simplement le mouvement de ses lèvres trahissait son extrême concentration tandis qu'il s'efforçait de percer la défense incontournable de Tonio.

L'assaut était fini.

Le comte haletait si fort que les poils noirs de sa poitrine effleuraient la base de sa gorge que le rasoir avait débarrassée de sa pilosité naturelle. Cette barbe rasée devait être aussi rugueuse que du papier d'émeri, mais le masque de chair qui couvrait le nez et le haut du visage était parfaitement lisse et Tonio en imaginait la douceur sous ses doigts.

Tournant le dos au comte, Tonio gagna le centre de la salle et attendit, debout, l'épée le long du corps. Il sentait les regards des autres qui le toisaient. Il sentit que le comte s'approchait, et une bouffée d'odeur animale, délicieuse et chaude, parvint à ses narines au moment où le jeune Florentin lui posa une main sur l'épaule.

« Venez donc souper chez moi, je suis seul à Rome, offrit le comte avec un soupçon de brusquerie. Personne d'autre que vous ne m'a jamais damé le pion à l'épée. Venez avec moi et soyez mon hôte. »

Tonio se retourna, le dévisagea. L'invite était sans détour. Le comte avait les paupières plissées. Une minuscule envie noire luisait sur l'aile du nez, une autre sur la joue près de la mâchoire. Tonio hésitait ; très lentement, il baissa les yeux, puis il murmura d'une voix babultiante quelques mots de refus comme quelqu'un qui est très pressé et prend tout juste le temps d'être poli.

C'est avec presque de la colère qu'il s'aspergea le visage d'eau froide et qu'il se le frotta rudement avec une serviette avant de se tourner vers le valet qui lui tendait son habit.

Quand il passa l'entrée de la salle d'armes, le comte di Stefano, qui s'était arrêté chez le marchand de vin de l'autre côté de la rue, leva lentement son verre dans sa direction. Il était au milieu d'un groupe de jeunes gens richement vêtus qui saluèrent Tonio de la tête. Tonio pressa le pas et se perdit dans la foule compacte.

Le même soir, dans l'atmosphère viciée d'une lugubre villa, au fond d'une alcôve ténébreuse, Tonio se livra aux caresses et aux baisers d'un inconnu.

Ailleurs, dans une autre aile de la maison, Guido égayait de quelques airs de clavecin une réception en petit comité. Soucieux qu'on ne les surprît point, Tonio avait entraîné son poursuivant aussi loin que possible avant de renoncer enfin à repousser ces doigts qui le trituraient avec frénésie.

Il sentit la langue de l'homme s'enfoncer brutalement dans sa bouche ; une barre rigide s'écrasait sur sa cuisse. Cette barre, il la libéra des chausses qui la contenaient afin qu'elle forât un tunnel entre ses cuisses. Dans ces moments-là, il se sentait un Ganymède emporté au ciel sous la forme d'un jeune garçon déjà mûr pour toutes les conquêtes et il s'enivrait de la douce humiliation de son abaissement volontaire.

Et dans les nuits suivantes il se laissa conquérir par d'autres hommes qu'il choisissait dans la force de l'âge, voire déjà grisonnant aux tempes, des hommes affamés de chair fraîche auxquels il causait parfois de la stupeur en se laissant tomber à genoux pour happer goulûment tout ce qu'il pouvait de leur virilité.

Et quand il avait terminé, il restait là agenouillé, la tête baissée comme un premier communiant qui éprouve, au pied de l'autel, la vivante présence du Christ.

Après, bien entendu, il évitait ses partenaires, si du moins l'on pouvait appeler cela des partenaires. Et il refusait toujours de les voir chez eux tête à tête. Il aimait mieux se ménager avec eux des rendez-vous secrets dans des salons fermés ou des pièces inutilisées d'où l'on entendait le remue-ménage des danseurs et le brouhaha des invités. Il gardait toujours sa dague à portée de la main et l'épée au côté.

Il était stupéfait que tant d'hommes et de femmes lui fissent partout des avances voilées et que le bruit courût déjà qu'il avait fait perdre la tête à de naïfs gentilshommes étrangers absolument persuadés qu'il était une femme travestie en garçon.

Avant d'aller rejoindre le cardinal, il se baignait et il avait soin de passer des vêtements neufs ou à tout le moins propres. Puis, oubliant ces louches rencontres, il s'abandonnait aux bras du prélat.

Mais des visions brèves d'étreintes furtives réchauffaient encore son ardeur.

Une après-midi enfin, Tonio commanda au cocher de son carrosse de le mener au cœur des bas quartiers.

Il vit des enfants qui jouaient sous des porches, des gens qui cuisinaient dans des échoppes ouvertes aux voûtes auxquelles pendaient des fromages et des jambons. Une énorme truie luisante poursuivie par une meute de cochonnets plaintifs barra la route du carrosse. Le ciel était bouché par du linge étendu sur des cordes affaissées.

Tonio se rencogna contre le dossier en cuir de sa banquette. Il avait laissé les vitres ouvertes en dépit des éclaboussures et de la puanteur ambiante que l'air montant du Tibre proche ne suffisait pas à entamer.

Il trouva enfin ce qu'il cherchait : un jeune gars adossé à l'encadrement d'une porte, dont la chemise ouverte révélait une ligne de poils noirs bouclés qui s'élevait toute droite au-dessus d'un gros ceinturon de cuir. Les poils couraient autour du nombril puis se divisaient en deux branches pour aller encercler ses mamelons pointus et roses, formant comme une croix tronquée. Il était glabre, mais son visage semblait aussi plein d'aspérités que du bois qui vient d'être scié. Et quand son regard rencontra celui de Tonio, la petite distance qui les séparait disparut tout à coup sous l'effet d'un magnétisme si brutal que Tonio en eut le souffle coupé.

Il repoussa la portière peinte. Le carrosse resta de guingois au milieu de l'étroite venelle qu'il obstruait presque complètement, tandis que Tonio, dans son habit de brocart doré, gardait les yeux rivés devant lui, la main posée sur son genou, paume ouverte, esquissant un geste d'invite.

Les yeux du garçon s'étrécirent imperceptiblement. Il remua de sorte que ses hanches se soulevassent en avant et le renflement de sa culotte moulante s'accentua comme pour mieux attirer l'attention.

Ensuite il s'avança et se hissa à l'intérieur du carrosse. Tonio baissa les stores, ne laissant filtrer qu'un mince rai de lumière, et ils furent coupés du reste du monde.

Le cheval se mit lourdement en branle. Le carrosse tanguait doucement sur ses immenses ressorts. Tonio fixait d'un regard fasciné les poils noirs qui serpentaient sur la peau olivâtre du jeune homme. Soudain il posa dessus sa main blanche aux doigts largement écartés et éprouva la fermeté de ce poitrail.

Il discernait à peine les yeux brillants du garçon et les contours de sa mâchoire soulignés d'un trait de lumière. Il le suivit, ce trait, d'un doigt précautionneux, sentant le piquant des poils courts qu'y avait laissés le rasoir, et la dureté de la peau tendue, si raide qu'on ne pouvait l'effleurer sans faire frémir la joue entière.

Il retira sa main et inclina la tête d'un côté. Se tournant à demi, il eut un mouvement de l'épaule gauche qui dissimula le garçon à sa vue tout en l'attirant vers lui. Et tandis qu'il se penchait en avant, les mains appuyées au siège sous lui, il sentit son poids au bas de son dos. Il se laissa glisser en avant jusqu'à ce que son visage fût au contact du cuir de la banquette et il ferma les yeux.

Le jeune homme glissa son bras gauche sous l'aisselle de Tonio et l'agrippa fermement comme pour mieux le préparer à l'assaut. Et le contact de cette rudesse, de ces muscles noués qui l'écrasaient contre le corps à cheval sur lui, le fit frissonner de plaisir autant que le sexe qui le fouaillait par-derrière.

L'espace d'un instant, la douleur fut presque trop intense. Mais en même temps le plaisir prenait feu en lui, et bientôt plaisir et douleur se fondirent en une seule flamme dévastatrice. Et puis, voyant que son ravisseur ne desserrait pas son étreinte, Tonio sentit la colère le prendre et sa main droite glissa vers sa dague. Sur quoi une légère poussée lui fit comprendre que le jeune Romain n'avait fait qu'attiser les flammes en vue d'un second assaut.

C'était fini. Après avoir refusé avec une moue hautaine l'argent que Tonio lui offrait, le jeune homme s'était laissé glisser hors du carrosse. Mais, au moment où la lourde voiture s'ébranlait, il avait agrippé des deux mains le bord de la fenêtre et il avait murmuré un nom de saint qui était celui de la rue où il vivait. Tonio avait fait oui de la tête en souriant, et un sourire éclatant avait répondu au sien.

Puis il n'avait plus vu que ces murs lépreux et serrés, barbouillés d'ocre et de vert grisâtre, estompés par le voile d'une averse subite.

Les yeux de Tonio s'embuèrent. Inerte et mou, il fixait devant lui un regard vide tandis que le carrosse arrivait à proximité du Vatican. Et, comme surgi d'un cauchemar vague que l'état de veille n'aurait pas tout à fait réussi à dissiper, un écriteau pendant du fronton d'une boutique proclamait :

ICI ON CASTRE LES CHANTEURS
POUR LA CHAPELLE SIXTINE

9.

Dès les débuts du mois de décembre, le nouvel opéra était devenu l'obsession de Rome. La comtesse Lamberti était attendue d'un jour à l'autre, et l'illustre cardinal Calvino avait pour la première fois de sa vie retenu une loge pour la saison. Une bonne part de l'aristocratie était fermement décidée à soutenir Guido et Tonio, mais déjà les abbés galants commençaient leur cabale.

Et nul n'ignorait que ce seraient ces mêmes abbés qui rendraient le verdict final au soir de la première.

Les abbés se prononçaient sur les plagiats par des sifflets véhéments ; leurs quolibets expulsaient de la scène les médiocres et les maladroits.

Même avec la meilleure volonté du monde, les grandes familles qui gouvernaient les deux premiers étages de loges étaient incapables de sauver un spectacle dès lors que les abbés avaient résolu de le condamner, or les clercs proclamaient déjà leur dévotion passionnée à Bettichino. Bettichino était le chanteur de la saison ; Bettichino était meilleur qu'au cours des années précédentes ; l'an passé, à Bologne, Bettichino avait été superbe ; Bettichino était une perle rare, et cela datait d'avant même qu'il fût allé chez les Allemands.

S'ils évoquaient le nom de Tonio, c'était seulement pour faire des gorges chaudes de ce parvenu vénitien qui se piquait d'être d'origine patricienne et s'obstinait à ne pas vouloir prendre un nom de théâtre. À qui voulait-il faire avaler de pareilles couleuvres ? Dès qu'ils avaient tâté des feux de la scène, tous les castrats se proclamaient bien nés et inventaient d'absurdes légendes pour faire accréditer l'idée qu'ils n'avaient dû leur opération qu'à des circonstances fortuites.

La généalogie de Bettichino était à vrai dire tout aussi saugrenue. Pouvait-on croire que, rejeton d'une Allemande de la bonne société et d'un négociant d'Italie, sa voix eût été préservée dans l'enfance après qu'il eut été victime d'un coup de bec malencontreux de l'oie qui partageait ses jeux ? Guido, qui occupait ses jours et ses nuits à écrire, n'entendait de ces bavardages que des bribes éparses. Il ne sortait plus que pour se rendre aux réceptions données par la comtesse en sa villa, et les approches du grand jour lui avaient fait renoncer à ses visites aux dilettantes.

Tonio chargea alors Paolo d'aller prêter l'oreille à la rumeur.

Paolo, ravi de pouvoir échapper à la surveillance de ses maîtres, s'en alla traîner autour des ouvriers qui mettaient en place la machinerie des coulisses, après avoir visité la signora Bianchi, qui travaillait d'arrache-pied aux costumes de Tonio. Il resta aussi longtemps qu'il pouvait à déambuler à travers les cafés bondés en feignant de chercher quelqu'un.

Et lorsque enfin il rentra, ce fut cramoisi d'indignation et les larmes aux yeux.

Tonio ne vit pas que Paolo était de retour.

Il était plongé dans la lecture d'une lettre dans laquelle Caterina Lisani lui annonçait que de nombreux Vénitiens s'étaient déjà mis en route vers la Ville éternelle dans l'unique dessein de le voir sur la scène. « Viendront les curieux, lui écrivait-elle, et tous ceux qui ont gardé ton souvenir au cœur. »

Cela lui fit éprouver un choc qui, pour n'être point trop brutal, n'en était pas moins fort désagréable. Il vivait quotidiennement dans la terreur de la première ; sa terreur était parfois douce et exaltante, mais à d'autres moments elle l'oppressait terriblement. En apprenant que ses compatriotes accouraient pour le voir comme s'il eût été un phénomène de foire, il sentit un frisson glacial lui courir le long du dos bien qu'il fût assis devant la cheminée.

Il en était étonné, aussi. Il était enclin à se figurer qu'il avait été définitivement exclu de ce monde vénitien et que le vide qu'y avait laissé son départ avait été machinalement comblé par le mouvement de la foule indifférente. Et un sentiment bizarre et indéfinissable le prenait en constatant que les gens de là-bas parlaient de ses débuts à l'opéra, et qu'ils en parlaient même beaucoup.

Bien entendu, si l'on parlait de lui, c'était aussi parce que le mari de Caterina, le vieux sénateur Lisani, venait une fois de plus de proposer la levée du décret de bannissement prononcé contre Tonio. Mais le gouvernement n'avait fait que confirmer sa décision : l'entrée de la Vénétie resterait défendue à Tonio sous peine de mort.

Mais ce fut la dernière partie de la lettre de Caterina qui le remua le plus profondément.

Sa mère avait voulu partir pour Rome. Aussitôt qu'elle avait appris que Tonio paraîtrait au Teatro Argentina, elle avait imploré Carlo de la laisser faire seule le voyage ; mais Carlo était resté sourd à ses prières, si bien qu'elle en était tombée malade et devait à présent garder la chambre.

« Cette maladie n'a rien d'illusoire, écrivait Caterina, mais tu as sans doute déjà compris qu'il s'agit d'une maladie de l'âme. En dépit de tous ses défauts, ton frère s'est toujours montré un époux très empressé ; c'est la première fissure réelle dans leur ménage. »

Tonio reposa la lettre.

Paolo l'attendait ; l'enfant, il le voyait, avait besoin de lui. Il avait le visage de quelqu'un qui vient d'éprouver une grande peur. Mais Tonio ne se sentait pas pour l'instant la force de lui parler.

Elle avait voulu venir ! Jamais, jamais il n'en avait espéré tant, et on aurait dit que la fine membrane qui divisait ses deux vies venait tout à coup d'être rompue ; il sentait à nouveau s'insinuer en lui, douce, étrange et grisante, la réalité de sa mère. De toutes ces années, jamais il n'avait éprouvé aussi violemment sa présence ; il sentait le parfum de sa peau, et même la texture de ses cheveux, aussi fort que si elle eût été là, la face nichée au creux de son épaule, en larmes, folle de colère, luttant pour le prendre dans ses bras.

L'émotion qui l'étreignait était si forte et si inhabituelle que, sans même s'apercevoir de ce qu'il faisait, il se leva et commença à marcher de long en large dans la chambre.

« Tonio ! appela Paolo en le tirant par la manche. Tu sais ce qu'on raconte dans les cafés ? Ah, Tonio, c'est affreux !...

— Chut ! lui dit Tonio. Plus tard ! »

Cependant qu'il disait cela la membrane se refermait, la séparant de lui, la renvoyant au loin, très loin de lui, rejoindre son amour et sa détresse dans cette autre vie qu'il avait quittée. Et s'il n'avait été qu'un chanteur ordinaire, séparé de sa mère depuis longtemps, qu'est-ce que son désir de venir l'entendre aurait signifié pour lui ?

« Quel nigaud tu fais, murmura-t-il. Il suffit qu'ils tendent la main vers toi et voilà ton cœur remis à nu ! »

Il se ressaisit, fit volte-face et, s'avançant vers Paolo, le prit aux épaules et lui leva le menton.

« Qu'y a-t-il ? Raconte ! Ce n'est quand même pas aussi terrible que ça !

— Tonio, tu ne sais pas ce qu'ils disent. Ils tiennent Bettichino pour le premier chanteur de l'Europe. Ils disent que c'est un scandale que vous paraissiez toi et lui sur la même scène.

— Ces choses-là, on les entend toujours dire, Paolo », fit Tonio d'une voix douce et rassurante. Il sortit son mouchoir et en tamponna les joues du garçonnet.

« Mais écoute, Tonio, ils disent que tu es un moins que rien, que ta prétendue haute naissance vénitienne n'est qu'un conte à dormir debout. Ils disent qu'on ne t'a engagé que pour tes appas. À ses débuts, ils avaient surnommé Farinelli *il ragazzo*, le petit gars. Eh bien, ils disent que toi, ils te surnommeront *la ragazzina*, la petite fille. Et ils disent que si la fillette chante mal, ils organiseront une collecte pour lui constituer une dot afin qu'on la séquestre dans un couvent et que plus personne ne soit forcé d'endurer sa voix. »

Un accès d'hilarité secoua Tonio malgré lui.

« Ce ne sont que des sottises, Paolo, affirma-t-il.

— Ah, mais si tu les entendais, Tonio !

— Cela veut simplement dire que, le soir de la première, le théâtre sera plein à craquer, dit Tonio en écartant la mèche de cheveux qui retombait sur les yeux de Paolo.

— Oh, non, Tonio ! Ils refuseront de t'entendre. C'est ce que craint la signora Bianchi. Ils pousseront des cris d'animaux, ils trépigneront, ils ne te laisseront pas l'ombre d'une chance.

— On verra bien », murmura Tonio. Mais il se demandait si Paolo l'avait vu pâlir. Il était certain d'avoir senti le sang refluer de son visage.

« Tonio, que va-t-on faire ? La signora Bianchi m'a dit que, quand ils sont surexcités comme cela, ils sont capables de faire fermer le théâtre ; et c'est la faute de la signora Grimaldi, c'est elle qui a déclenché tout cela. Depuis qu'elle est arrivée à Rome, elle claironne partout que tu chantes mieux que Farinelli. C'est pourquoi on fait allusion à Farinelli dans ce que je viens de te rapporter.

— La signora Grimaldi ? fit Tonio d'une voix blanche. Mais qui est donc la signora Grimaldi ?

— Tu sais bien qui elle est, Tonio ! Elle est folle de toi. À Naples, chaque fois que tu chantais, elle était toujours au premier rang. Et à présent elle est ici, à semer la zizanie. Hier au soir, chez l'ambassadeur d'Angleterre, elle soutenait mordicus que tu étais le plus grand chanteur depuis Farinelli, en précisant qu'elle l'avait entendu à Londres. Tu peux imaginer que les Romains vont dire que ce n'est pas une Anglaise qui va leur faire la leçon !

— Un instant, Paolo, s'il te plaît. Qui est cette femme ? De quoi a-t-elle l'air ?

— Oh, c'est une blonde, tu sais, Tonio, celle qui a les cheveux tout ébouriffés. Cette femme qui était mariée au cousin de la comtesse et qui, devenue riche, emploie tout son temps à peindre... »

Le visage de Tonio s'altéra à tel point que Paolo resta coi pendant quelques instants.

« Tonio ! s'écria-t-il enfin en le tirant par la main. Ils étaient déjà de bien méchante humeur avant sa venue, mais maintenant ils sont enragés. La signora Bianchi dit qu'une meute comme cela peut faire fermer le théâtre.

— Elle est à Rome... fit Tonio à mi-voix.

— Elle est à Rome, et j'aimerais mieux qu'elle soit à Londres, déclara Paolo. En ce moment même, elle est avec le maestro Guido. »

Le regard de Tonio se darda instantanément sur Paolo.

« Comment cela, avec Guido ?

— Ils sont ensemble chez la comtesse. La signora Grimaldi va habiter la villa, expliqua Paolo avec un haussement d'épaules. Que va-t-on faire, Tonio ?

— Ne parle donc pas si étourdiment, dit Tonio. Elle n'est pour rien dans tout cela. Cet opéra échauffe les esprits, voilà tout. S'ils ne pouvaient pas dire ces choses, ils faudraient qu'ils... »

Subitement, Tonio fit volte-face et tendit la main pour attraper son habit. Il rajusta son jabot de dentelle et décrocha son épée de son cabinet.

« Où vas-tu, Tonio ? demanda Paolo. Tonio, que va-t-on faire ?

— Paolo, calme-toi. Bettichino ne les laissera jamais fermer le théâtre, expliqua-t-il avec sérénité. S'il faisait cela, il y perdrait son emploi. » Quand il arriva à la villa de la comtesse, qui se trouvait un peu au sud de Rome, l'après-midi touchait à sa fin.

Le parc grouillait de jardiniers armés de cisailles qui donnaient aux buis des formes d'oiseaux, de lions et de cerfs. Les pelouses étaient d'un vert immaculé sous le soleil déclinant, et des jets d'eau chantaient partout, dans des rectangles de gazon très ras, au milieu des allées, sous des bosquets d'arbustes parfaitement droits et ronds.

Tonio pénétra dans le salon de musique où un papier peint neuf venait d'être posé et n'y trouva qu'un clavecin revêtu d'une housse de toile blanche.

Il resta un moment pétrifié, les yeux rivés au sol puis, alors qu'il s'apprêtait à quitter la pièce du même pas vif et assuré qu'il avait pris pour y entrer, un vieil homme en uniforme de portier fit son apparition, les mains croisées dans le dos.

« La comtesse n'est pas encore arrivée, signor, dit le vieillard d'une voix aiguë. Nous l'attendons d'un jour à l'autre. »

Tonio s'apprêtait à lui marmonner quelque chose au sujet de Guido lorsqu'il avisa un grand tableau accroché au mur du fond. Les couleurs lui en étaient familières, de même que ces petites figures de nymphes dansant en rond sous des voiles diaphanes qui semblaient d'un tissu très doux.

Il s'avança machinalement dans sa direction et entendit dans son dos le vieux valet qui marmonnait d'une voix faible :

« Mais la jeune signora, elle, est ici, signor ! »

Tonio fit demi-tour.

« Elle devrait rentrer d'un moment à l'autre. Elle est allée à la place d'Espagne avec maestro Guido cette après-midi.

— À quel endroit de la place d'Espagne ? » s'enquit Tonio.

Un sourire éclaira la face ridée du vieil homme. Il se mit à se balancer sur la pointe des pieds sans desserrer l'étreinte de ses mains croisées dans son dos.

« Ils se sont rendus à l'atelier de la jeune signora, signor. C'est une artiste peintre, une très grande artiste. »

Il y avait un soupçon de sarcasme dans sa voix, mais si voilé et si imprécis qu'il se pouvait qu'il s'adressât à l'univers entier.

« Elle a un atelier à Rome ? » fit Tonio, mais c'était plus une constatation qu'une question. À nouveau ses yeux se posèrent sur les nymphes qui dansaient sur le mur du fond.

« Tenez, voyez, signore, la voilà justement qui arrive avec maestro Guido ! » s'exclama le vieillard en faisant pour la première fois un geste de la main droite.

Ils remontaient l'allée centrale.

Elle avait une main posée sur le bras de Guido et de l'autre elle tenait un carton à dessin gonflé et lourd, moins grand cependant que celui que Guido portait pour elle sous son aisselle droite. Elle était vêtue d'une robe de lin imprimé de motifs fleuris qui éclataient fugacement sous sa cape de fin drap dont le capuchon baissé laissait le vent léger jouer avec ses cheveux. Elle parlait à Guido, riait, et Guido, les yeux baissés sur le sentier pour mieux la guider, approuvait de la tête en souriant.

Tonio sentit la familiarité de leurs rapports. Ils se connaissaient. Ils conversaient avec cet intérêt passionné que seules deux personnes qui se connaissent depuis longtemps peuvent mettre dans un tête-à-tête.

Quand ils entrèrent dans la pièce, la respiration de Tonio s'arrêta.

« Quoi ? s'exclama Guido d'une voix moqueuse. Mes yeux m'abuseraient-ils ? Mais n'est-ce pas là le jeune Tonio Treschi, l'illustre et mystérieux Tonio Treschi qui va faire bientôt l'ébahissement de tout Rome ? »

Tonio le fixait sans mot dire, l'air hébété. La jeune femme blonde éclata d'un rire doux qui résonna comme du cristal dans l'air.

« Signor Treschi », fit-elle avec une courte révérence avant d'ajouter, de sa voix aux inflexions délicieusement chantantes : « C'est une joie que de vous voir ici. »

Sa physionomie était animée, ses yeux plissés lançaient de pétillantes lueurs, et sa robe à fleurs ajoutait encore à l'impression de mouvement et de légèreté qu'elle produisait tout en restant sur place.

« J'ai quelque chose à te montrer, Tonio », disait Guido en soulevant le lourd carton à dessin et en le posant sur le clavecin. « Christina vient de le finir cette après-midi.

— Oh, il n'est pas fini du tout ! » se récria-t-elle.

Guido exhibait un grand croquis au pastel.

« Christina ? » fit Tonio.

Il lui parut qu'il avait parlé d'une voix sèche, un peu étranglée. Il ne pouvait détacher son regard d'elle. Le grand air lui avait fait un visage radieux, des joues vermeilles. Son sourire avait vacillé brièvement, mais il était revenu aussitôt.

« Oh, je vous demande pardon ! dit Guido d'une voix désinvolte.

Christina, je croyais que vous aviez déjà fait connaissance, Tonio et vous.

— En fait, oui, n'est-ce pas, signor Treschi ? » dit-elle rapidement en s'avançant vers Tonio et en lui tendant la main.

Il abaissa son regard sur leurs mains jointes, embarrassé de sentir ses doigts pris dans les siens et l'ineffable douceur de sa peau. Elle avait une main minuscule, une vraie main de poupée ; on ne pouvait se la figurer livrée à une quelconque occupation sérieuse. Tonio s'aperçut brusquement qu'il était figé dans une immobilité de pierre et qu'ils le fixaient tous deux d'un œil perplexe. Il se hâta de s'incliner sur sa main pour la baiser.

Il n'avait compté que l'effleurer à peine, mais elle l'avait sans doute deviné car, juste au moment qu'il fallait, elle leva légèrement la main, qui entra en contact avec ses lèvres.

En relevant la tête, il glissa un coup d'œil dans sa direction et tout à coup elle lui fit l'effet d'être indiciblement vulnérable. Elle le regardait comme l'on regarde de loin un objet que l'on a tout le temps d'approcher.

« Tu vois, Tonio ? » fit Guido, l'air toujours aussi dégagé, comme s'il n'avait rien remarqué d'anormal. Il tenait devant lui son propre portrait au pastel.

C'était une simple étude, mais de premier ordre ; Guido était représenté de la manière la plus vivante ; on reconnaissait bien sa mine renfrognée, la lueur inquiétante du regard. Elle n'avait rien gommé du nez épaté et de la grosse bouche charnue, mais elle avait capté l'être essentiel de son sujet et toute sa physionomie en était transformée.

« Eh bien, Tonio, comment le trouves-tu ? interrogea Guido d'une voix câline.

— Vous pourriez peut-être poser pour moi, signor Treschi ? coupa vivement la jeune femme. J'aimerais tant faire votre portrait. À dire vrai, je l'ai déjà fait, ajouta-t-elle avec un soupçon de gêne qui lui mit du rose aux joues, mais de mémoire seulement, et je serais si heureuse que vous me laissiez faire de vous un vrai portrait, exécuté d'après nature.

— Accepte cette offre, conseilla Guido, très terre à terre, en s'accoudant au clavecin houssé de toile blanche. Dans un mois, Christina sera la portraitiste la plus courue de Rome, et il faudra que tu prennes un rendez-vous et que tu attendes ton tour avec le commun des mortels.

— Oh, vous, je ne vous ferais jamais attendre ! » s'exclama-t-elle en riant gaiement ; et tout à coup elle parut à nouveau très animée tandis qu'un invisible courant d'air faisait frissonner ses cheveux blonds. « Ne pourriez-vous venir dès demain ? reprit-elle avec insistance. Je suis si impatiente de commencer ! »

Ses yeux d'un bleu très sombre, presque violet, étaient d'une inexprimable beauté. De toute sa vie, Tonio n'avait jamais vu des yeux d'un pareil bleu.

« Venez donc à midi, lui disait-elle de sa voix un peu chantante. Étant anglaise, je ne dors pas l'après-midi, mais si vous préférez venir plus tard, c'est possible aussi. Je voudrais faire votre portrait avant que vous ne soyez devenu si follement célèbre que vous aurez tous les peintres à vos trousses ! Vous m'obligeriez beaucoup en acceptant.

— Ah, que ces jeunes prodiges sont donc timides ! s'écria Guido. Tonio, la signora te parle...

— Vous allez vivre à Rome ? bredouilla Tonio d'une voix si mourante qu'il crut qu'elle allait lui demander s'il se sentait mal.

— Oui, répondit-elle. Il y a ici tant de choses à étudier et à peindre. »

Là-dessus, l'expression de son visage subit une de ses brutales métamorphoses et, avec une étrange simplicité, elle ajouta :

« Mais quand les représentations de votre opéra seront terminées, je crois bien que je vous suivrai, signor Treschi. Je serai une de ces exaltées qui suivent les grands chanteurs dans toutes leurs pérégrinations à travers le continent. »

Ses yeux s'étaient agrandis, mais elle avait un air grave.

« Il se peut que je sois incapable de peindre si je suis trop loin du son de votre voix. »

Le visage de Tonio vira au cramoisi. Du fond de son ahurissement, il entendit Guido s'esclaffer bruyamment.

Elle était trop jeune ! Elle n'avait pas la moindre idée de ce que sous-entendaient ses paroles ! Comment la comtesse avait-elle pu la laisser seule ici ? Et la voir ainsi, son exquise gorge blanche cruellement comprimée par la ganse de dentelle rigide qui bordait son corsage...

Tonio avait les joues positivement brûlantes.

« Ce serait merveilleux, s'écria Guido. Vous viendriez partout avec nous, partout l'on verrait fleurir des portraits de la grande Christina Grimaldi, on ne parlerait bientôt plus que de cela, et même les sourds nous demanderaient de venir chanter dans le seul but d'être immortalisés par vous à l'huile ou au pastel ! »

Elle rit, ses joues s'empourprèrent et elle secoua imperceptiblement sa chevelure, qui était humide au-dessus de son cou d'albâtre. De petites mèches rondes collaient à ses joues. Cependant sa voix dénotait un infime début de tension.

« La comtesse nous accompagnerait, poursuivit Guido en simulant l'ennui, et nous voyagerions tous ensemble, en cortège !

— Comme ce serait charmant », soupira-t-elle, mais il y avait de la tristesse dans sa voix.

Tonio s'aperçut qu'il la regardait fixement, d'un air égaré. Il détourna les yeux, il réfléchit, mais il ne trouvait rien à lui dire. Ces façons de parler ne lui seyaient pas, mais elle ne s'en rendait pas compte. C'étaient des galanteries comme peuvent en échanger avec leurs cavaliers servants les femmes adultères, et il y avait en elle quelque chose de trop pur, de trop grave pour cela. Son récent veuvage avait fait d'elle une chrysalide qui se débat pour échapper à son cocon.

Sa fragilité lui donnait l'air d'une créature venue d'ailleurs, délicieusement exotique. À nouveau, n'y tenant plus, il leva les yeux sur elle et, sans même l'avoir regardé, il sentit que l'attitude de Guido s'était subtilement modifiée.

« Mais pour répondre sérieusement à votre question, signor Treschi, reprit-elle avec la même simplicité, sachez que j'ai loué un atelier place d'Espagne et que je vais y demeurer. Guido a eu la bonté d'y poser pour moi afin que je puisse juger si la lumière me convenait.

— Oui, et il m'a fallu pour cela changer de place toutes les cinq minutes, fit Guido avec une feinte acrimonie, et épingler au mur des douzaines de dessins. Mais en vérité c'est un atelier excellent et je pourrai m'y rendre à pied du palais pour regarder Christina peindre quand je souffrirai trop de la fatigue ou de la mauvaise humeur.

— Oh, n'hésitez pas à le faire ! s'exclama-t-elle, visiblement enchantée. Venez me voir aussi souvent qu'il vous plaira. Et vous aussi, signor Treschi.

— Chère amie, fit Guido, je ne voudrais pas vous bousculer, mais s'il nous faut organiser le déménagement de vos servantes et le transport de vos malles, nous ferions mieux de nous mettre en route sans plus tarder, sans quoi nous nous retrouverons à tâtonner dans l'obscurité.

— Oui, vous avez raison, répondit-elle. Alors viendrez-vous demain, signor Treschi ? »

Tonio fut un moment silencieux, ensuite il s'entendit émettre une espèce de borborygme qui ressemblait à un « oui », puis se mit aussitôt à bredouiller :

« Je ne peux pas ! Je ne peux pas ! C'est-à-dire, signora, je vous prie de m'excuser mais je suis tenu de faire mes exercices, il nous reste à peine un mois avant la première...

— Je comprends », dit-elle à mi-voix.

Et, lui adressant un autre sourire radieux par-dessus son épaule, elle s'excusa et sortit de la pièce.

Tonio se dirigea incontinent vers la porte et il posait déjà le pied dans le jardin quand Guido le prit par le bras.

« Si j'ignorais les causes de ta conduite, je te dirais que tu n'es qu'un butor, dit-il d'une voix grave.

— Et quelles sont les causes de ma conduite ? » grommela Tonio.

Guido paraissait sur le point de s'emporter, mais sa bouche s'amincit et ses yeux se plissèrent comme s'il allait rire.

« Tu veux dire que tu ne le sais pas toi-même ? »

10.

Les trois jours suivants, Tonio travailla du petit matin jusqu'à fort avant dans la nuit. Deux fois il fut sur le point de sortir du palais, et changea brusquement d'avis. Guido avait fini d'écrire toutes ses arias ; il fallait à présent que Tonio perfectionne ses ornements et se prépare à tisser d'infinies variations autour de chaque mélodie. En cas d'un *bis*, il ne fallait pas qu'un air sonne deux fois exactement de la même manière ; il devait se préparer à tous les expédients, à tous les caprices de son humeur ou de celle de ses auditeurs. Il resta donc claquemuré, prenant même ses repas sur un coin du clavecin, travaillant jusqu'au moment de s'écrouler, abruti de fatigue, sur son lit.

Les domestiques se pressaient aux portes de sa chambre pour l'entendre et il n'était pas rare qu'il arrache des larmes à Paolo. Guido lui-même, qui avait coutume de le laisser seul l'après-midi pour aller rendre visite à Christina Grimaldi, s'attardait pour l'entendre chanter quelques mesures de plus.

« Quand je t'entends chanter ainsi, quand je suis devant la pleine présence de ta voix, je ne crains plus ni Dieu ni diable », soupirait-il.

C'est sans la moindre gratitude que Tonio reçut cette remarque, car elle lui rappelait que Guido vivait dans la peur.

Une fois, Tonio s'interrompit au milieu d'une aria et il partit d'un éclat de rire.

« Qu'as-tu donc ? » lui demanda Paolo.

Tonio ne put d'abord que secouer la tête, puis il souffla :

« Tout le monde sera là ! »

Il ferma un instant les yeux, un terrible frisson le secoua, et il se remit à rire.

« N'en parle pas, Tonio ! » cria désespérément Paolo en se mordant les lèvres. Ses yeux implorèrent Tonio de le rassurer, puis ils s'embuèrent de larmes.

« Si les choses tournent mal, cela aura tout d'une exécution publique », dit Tonio en reprenant haleine, mais un fou rire silencieux le reprit.

« Pardonne-moi, Paolo, je ne peux pas m'en empêcher..., dit-il en s'efforçant vainement de reprendre son sérieux. Tout le monde... absolument tout le monde... sera là. »

Il posa ses deux bras pliés sur le clavecin et de nouveaux soubresauts d'hilarité muette le secouèrent. Il comprenait à présent tout le sens d'une première apparition sur scène : c'était un énorme défi à relever, au risque de subir la plus épouvantable humiliation publique de sa vie.

Il ne s'arrêta de rire qu'en voyant le visage bouleversé de Paolo.

« Ne fais pas attention à moi, Paolo », dit-il tendrement en ouvrant la partition d'une sérénade à deux.

Au crépuscule du quatrième jour, ses oreilles ne percevant plus qu'une cacophonie confuse, il dut s'arrêter de travailler. Et il comprit la vertu de ces exercices : ils lui avaient évité de penser ; ils avaient obnubilé sa mémoire ; ils l'avaient empêché de délibérer, d'ourdir des plans, de se donner du tracas.

Et quand le cardinal, qu'il n'avait pas vu depuis plus de quinze jours, l'envoya chercher, il se leva de son clavecin avec un petit grognement excédé que personne n'entendit. Nino s'occupait déjà de sortir de la penderie les effets que le cardinal avait demandé qu'il lui fît mettre : un gilet brodé d'or, des culottes beurre frais et des escarpins vernis dont l'empeigne cambrée laisserait sur son cou-de-pied une marque cruelle que le cardinal tiendrait ensuite à caresser amoureusement du doigt.

Il lui paraissait impossible qu'il pût faire plaisir au cardinal dans les dispositions où il était. Mais il lui était déjà arrivé d'être plus fatigué, plus distrait encore en allant le retrouver et d'avoir tout de même rempli son office de façon satisfaisante.

Ce n'est qu'en arrivant en vue de la porte du prélat qu'il se rendit compte qu'il était encore bien trop tôt pour un tête-à-tête discret. Le palais grouillait toujours de clercs affairés et de nobles oisifs. C'était bien pourtant dans sa chambre que le cardinal le faisait venir.

À peine eut-il posé le pied dans la pièce, il sentit que quelque chose n'allait pas.

Le cardinal était vêtu de sa robe de cérémonie et son crucifix d'argent brillait sur sa poitrine. Il était assis à son bureau, derrière deux gros cierges, ses deux mains croisées sur son livre ouvert.

Son visage était illuminé par une allégresse naïve que Tonio ne lui avait pas vue depuis des mois.

« Asseyez-vous, bel ange », lui dit le cardinal avant d'ordonner à ses gens de se retirer.

La porte se referma, et ils sentirent le silence suspendu sur eux comme lorsqu'une vague se retire.

Tonio eut une imperceptible hésitation avant de lever les yeux. Les yeux gris du prélat débordaient de tendresse ; Tonio y lut aussi comme une attente inquiète, et un obscur pressentiment lui étreignit le cœur. Un sentiment de fatalité s'était insinué en lui avant même que le cardinal eût prononcé une seule parole.

« Venez ici », fit le prélat à mi-voix comme s'il appelait un enfant.

L'esprit de Tonio avait basculé dans un ailleurs lointain où la pensée n'avait plus sa place ; il se redressa lentement et s'approcha du cardinal, qui s'était levé de son siège. Ils se retrouvèrent face à face, les yeux dans les yeux, et le prélat embrassa Tonio sur les deux joues.

« Tonio, déclara-t-il d'une voix douce et confidentielle, il n'existe qu'un seul amour pour moi en ce monde : l'amour du Christ. »

Tonio eut un sourire.

« Monseigneur, dit-il, je suis soulagé de voir que vous n'êtes plus un homme déchiré. »

Dans la lueur des cierges, les yeux du cardinal avaient des reflets mordorés ; il les plissa et scruta le visage de Tonio avant de lui répondre :

« Vous êtes sincère, n'est-ce pas ?

— Je vous aime de tout mon cœur, monseigneur, dit Tonio, et donc je ne puis vous souhaiter que du bien. »

Le cardinal soupesa ces paroles avec un soin dont Tonio fut surpris ; il se détourna et fit signe à Tonio de se rasseoir. Mais Tonio resta debout, les mains jointes dans son dos, et il regarda le prélat reprendre place derrière son bureau.

La chambre baignait dans une grisaille fumeuse, et il semblait à Tonio qu'elle ne contenait que des objets étranges ou dépourvus de sens ; il aurait voulu que les cierges donnent un surcroît de lumière afin de dissiper cette pénombre sinistre. Il dirigea son regard vers les hautes fenêtres à meneaux derrière lesquelles brillaient déjà des étoiles éparses.

Le cardinal soupira. Un moment, il parut s'absorber dans ses pensées, puis il déclara :

« Ce matin, pour la première fois depuis des mois, j'ai dit la messe en état de grâce. »

Ensuite il leva son regard sur Tonio et, l'air tourmenté, il lui demanda d'une voix douce, avec une sorte de respect :

« Et vous, Marc Antonio ? Êtes-vous en règle avec votre conscience ? »

C'était à peine plus qu'un murmure, et sa question ne laissait pas planer le soupçon d'un jugement. Mais Tonio eût préféré n'importe quel propos à ceux qu'ils étaient en train d'échanger. Il savait qu'un chapitre de son existence venait de se clore. Il ignorait s'il pleurerait ou non en sortant tout à l'heure, et peut-être avait-il envie de s'en assurer : car il avait le sentiment de s'exposer à un danger en restant ici.

« Le sentiment qui me portait vers vous était impie, Marc Antonio, dit le prélat d'une voix étranglée. C'était une forme de dépravation qui a causé la ruine d'hommes bien plus solides que moi. Mais j'ai beau m'évertuer, je n'arrive pas à déceler en vous les stigmates du mal, je n'arrive pas à trouver en vous les signes de la perversité et de la corruption qui devraient nécessairement découler de la perpétration volontaire du péché... Aidez-moi à y voir clair, Marc Antonio, poursuivit-il d'une voix implorante. N'avez-vous pas du remords, des regrets ? Aidez-moi à comprendre !

— Quoi, monseigneur ! s'exclama tout à coup Tonio, sans réfléchir, et avec plus de stupéfaction que de colère dans la voix. Tous ceux qui vous ont approché, même brièvement, savent que vous avez voué toute votre existence à Jésus. Moi-même, la première fois que mes yeux se sont posés sur vous, j'ai pensé : voici un homme qui a une raison de vivre. Mais je n'ai pas la même foi que vous, monseigneur, et comme je ne souffre pas non plus d'en être privé, je n'éprouve aucun remords. »

En entendant cela, le prélat sembla la proie d'une violente agitation et il se dressa à nouveau pour prendre le visage de Tonio entre ses mains. Ce geste déconcerta Tonio, mais il ne fit rien pour s'y soustraire. Il sentit les pouces du cardinal lui presser doucement les chairs juste au-dessous des yeux.

« Marc Antonio, des hommes qui ne croient en aucun dieu n'en jugeraient pas moins que ce qui s'est passé entre nous était contre nature et propre à causer notre perdition à tous deux.

— Notre perdition, monseigneur, et pourquoi ? » s'exclama Tonio.

Tout cela l'ennuyait terriblement. Il aurait voulu que le prélat se bornât simplement à l'éconduire.

« Vous parlez un langage inconnu de moi, poursuivit-il. Vous avez souffert de tout ceci parce que vous avez fait vœu de vous consacrer au Christ. Mais sans ce vœu, est-ce que cela compterait ? Notre union était stérile, monseigneur. Je suis incapable de procréer, et vous ne pouvez procréer avec moi. Alors, qu'importe ce que nous faisons ensemble, qu'importent l'affection et la chaleur que nous éprouvons l'un envers l'autre ? Votre existence de chaque jour n'en a pas été troublée. La mienne, en tous les cas, n'a assurément subi aucune perturbation. Car, enfin, c'était de l'amour, et que peut-il y avoir de perdition dans l'amour ? »

Tonio était en colère à présent, mais il ne savait pas au juste pourquoi.

Il se rappelait confusément que jadis, bien longtemps auparavant, Guido lui avait adressé des paroles qui exprimaient, beaucoup plus simplement, les mêmes sentiments.

La question était d'une telle envergure qu'il était incapable d'en saisir les dimensions, et c'était déplaisant, car cela lui faisait cruellement sentir à quel point toutes les idées sont fragiles.

Il avait l'esprit obscurci par le souvenir confus de la solitude de sa mère, l'image de cette chambre déserte où elle avait gaspillé sa jeunesse pour expier cet élan de folle passion auquel il devait d'être au monde. Et il se sentait animé d'une fureur mortelle envers le vieillard qui l'avait séquestrée ainsi au nom de l'honneur et de la morale.

C'est encore moi qui ai payé le plus chèrement pour tout cela, se disait-il. Pourtant, même dans ses pires moments de désespoir, il ne pouvait la condamner vraiment de s'être réfugiée dans les bras de Carlo. Et quelquefois, même dans des moments de rage absolue, l'idée qu'il pourrait un jour la renvoyer à cette chambre vide le lacérait comme la griffe d'un vautour. Des habits noirs de veuve. Il sentit un frisson monter en lui et il se crispa, en détournant les yeux, pour le refréner.

Aujourd'hui encore, la vue d'un papillon de nuit se cognant aux vitres suffisait à le faire fuir d'une pièce. Il ne pouvait même pas se résoudre à aller prendre ce papillon et à le libérer, à cause de l'image de sa mère enfermée dans cette chambre solitaire.

Mais il avait trouvé dans les bras de ceux qu'il aimait un réconfort si puissant qu'il devenait pour lui comme une sanctification divine.

Le péché, c'était la malfaisance. La cruauté. Le péché, c'étaient ces hommes, à Flovigo, exterminant ses fils à naître.

Personne ne lui ferait jamais croire que son amour pour Guido, son amour pour le cardinal, étaient de la même nature.

Ce n'était pas non plus un péché de s'être livré à ce garçon coriace et basané dans le secret de son carrosse fermé. À Venise non plus, dans la gondole où la petite Bettina s'allongeait contre lui, la tête sur sa poitrine, aucun péché ne s'était commis.

Il savait pourtant qu'il ne lui était pas permis d'exprimer de pareilles réflexions devant un haut dignitaire de l'Église apostolique et romaine. Il ne pouvait unir deux mondes, l'un d'une infinie puissance, mais tenu aux traditions et assujetti aux révélations de la foi, l'autre irrépressible et inéluctable, regroupant tous les recoins obscurs de la terre.

Or c'était cela que le cardinal attendait de lui, et il en éprouvait de l'irritation. Mais en lisant la tristesse et l'accablement dans les yeux du prélat, il se sentit coupé de cet homme comme si leurs relations intimes avaient cessé depuis fort longtemps.

« Vous êtes indéchiffrable, dit le cardinal à mi-voix. Vous m'avez dit un jour que vous teniez la musique pour une chose naturelle que Dieu a offerte au monde. En dépit de votre beauté, vous me semblez vous aussi naturel, aussi naturel que la fleur du liseron. Pourtant vous exercez sur moi une influence malfaisante, et à cause de vous j'étais prêt à damner mon âme pour l'éternité. Je ne comprends pas.

— Ah, là-dessus ce n'est pas moi qui vais vous éclairer », répondit Tonio.

Une lueur fugace passa dans les yeux du cardinal, qui étaient braqués sur le visage imperturbable de Tonio.

« Vous ne voyez donc pas que vous avez tout pour faire perdre aux hommes la raison ? » dit-il d'une voix basse et sourde.

Il saisit les bras de Tonio, et ses doigts se refermèrent sur sa chair avec une force inouïe.

Tonio prit une profonde inspiration, et il fit effort pour contenir son irritation, en se disant que cette douleur minime ne la justifiait pas.

« Monseigneur, souffrez que je vous laisse à présent, dit-il d'une voix doucement implorante, puisque je n'ai pour vous que de l'amour, puisque je ne vous souhaite que d'être en paix. »

Le cardinal secoua la tête. Il fixait sur Tonio des yeux furibonds et une espèce de râle étouffé s'échappait de sa poitrine. Il avait le souffle rauque et son visage était un peu rouge. La pression de ses doigts s'accentua. Tonio sentait la colère qui montait en lui.

Cela l'exaspérait de sentir la poigne de cette homme lui communiquer ainsi sa puissance et sa fièvre.

Il était désarmé, il le savait. Il ne se rappelait que trop bien la vigueur de ces bras qui le retournaient au lit aussi aisément que s'il eût été une femme, un enfant même. Il eut la vision d'autres bras — ceux contre lesquels il luttait à la salle d'armes, ceux qui l'avaient poussé au fond d'alcôves obscures, ceux qui l'avaient plaqué contre la banquette en cuir de son carrosse — des bras durs et noueux comme des branches, vibrant de toute l'ardente énergie qui paraît sourdre des pores d'un homme qui recherche inlassablement les signes de la soumission au cœur même de la passion.

La vision de Tonio se brouilla. Il s'entendit proférer un faible cri de désespoir. Tout à coup il se débattit pour se dégager de l'étreinte du cardinal, peut-être même pour le frapper, et il sentit sa poigne s'affermir. Le prélat était d'une force terrible, et Tonio était aussi impuissant qu'il l'avait prévu. Le cardinal le maintenait sans effort, et il lui aurait brisé les os s'il l'avait fallu.

Mais il paraissait soudain abasourdi. On eût pu croire qu'en se tordant ainsi Tonio l'avait brusquement arraché à ses transes, et à présent il le regardait comme s'il avait en face de lui un enfant terrorisé.

« Marc Antonio, vous alliez donc lever la main sur moi ? interrogea-t-il, avec l'air de redouter la réponse.

— Oh non, monseigneur, fit Tonio tout bas. Je voulais que *vous* leviez la main sur moi ! Battez-moi, monseigneur ! Je voudrais tant sentir les effets de cette force que je comprends si mal ! »

Il tremblait, et un rictus lui tordait la bouche. Il leva les mains et agrippa le cardinal aux épaules dont il serra fortement sous ses doigts les muscles longs et fins comme pour réveiller leur vigueur.

Le cardinal l'avait lâché ; il fit un pas en arrière.

« Moi, naturel comme la fleur du liseron ? murmura Tonio. Ah, si seulement je pouvais vous comprendre tous les deux, si je pouvais comprendre ce que vous sentez, vous, avec vos membres dont vous usez comme d'armes contre moi qui suis sans défense, elle avec sa douceur, sa voix cristalline et cette secrète entaille sous ses jupes. Oh, je voudrais tant que vous ne soyez pas l'un et l'autre si mystérieux pour moi, je voudrais tant que vous puissiez communiquer avec moi !

— Tonio, tout cela n'a pas de sens, dit le prélat très doucement, en tendant une main pour lui palper la joue.

— Pas de sens ? marmonna Tonio. Pas de sens ! Vous venez de me rejeter en me déclarant que j'étais à la fois un don de Dieu et une influence malfaisante ; vous me dites que j'ai tout pour rendre les hommes fous. Comment voulez-vous que je comprenne cela ? Comment voulez-vous que je l'accepte ? Et après cela, vous m'affirmez que ce que je dis n'a pas de sens ! La sibylle de Delphes n'était-elle pas elle-même une pitoyable créature à laquelle la conformation de ses membres avait donné un corps désirable ? »

Il s'essuya la bouche avec le dos de sa main et se posa les doigts sur les lèvres comme pour arrêter le flot impétueux de ses paroles.

Le cardinal, qui avait recouvré son calme, le considérait d'un œil attentif.

Un moment, le calme et le silence se prolongèrent puis, lentement, d'une voix basse et sourde, le prélat fit :

« Je vous demande pardon, Marc Antonio.

— Que faut-il donc que je vous pardonne, Monseigneur ? demanda Tonio. D'avoir fait montre envers moi de tant d'indulgence et d'abnégation ? »

Le cardinal secoua la tête et il parut s'abîmer dans ses pensées.

Lentement, comme avec réticence, il détacha son regard de Tonio, fit quelques pas dans la direction de son bureau, puis il se retourna. Il tenait d'une main son crucifix d'argent et sa robe de moire pourpre resplendissait dans la lueur des cierges. Sous leurs paupières lisses, ses yeux n'étaient plus que deux fentes luisantes et son visage était empreint d'une tristesse indicible.

« C'est horrible à dire, murmura-t-il, mais j'aurai moins de mal à vivre dans le reniement de moi-même maintenant que je sais combien vous souffrez. »

11.

Le même soir, quand Guido revint de la villa de la comtesse, le cardinal le fit appeler et lui demanda s'il avait besoin, maintenant que l'ouverture de la saison approchait à grands pas, de soutiens particuliers.

Il lui confirma qu'il irait au théâtre cette occasion, bien qu'il ne lui fût jamais arrivé auparavant de se faire réserver une loge. Et il proposa de donner un grand bal au palais le soir de la première si cela agréait Guido.

Comme toujours, Guido fut profondément touché par la bonté du cardinal. Après l'en avoir remercié, il lui demanda tout à trac et de la façon la plus prosaïque s'il était dans son pouvoir de faire protéger Tonio par un couple de gardes armés.

Il lui expliqua avec la même franchise que Tonio avait été banni de la Vénétie trois ans auparavant, aussitôt après qu'on l'eut castré. Il était issu d'une très vieille famille patricienne ; un mystère planait autour de tout cela, mais Guido ignorait le fin mot de l'affaire. Cependant, de nombreux Vénitiens prenaient actuellement la route de Rome.

Le cardinal réfléchit un moment, puis il fit un signe d'assentiment.

« Ces histoires sont parvenues à mes oreilles », soupira-t-il.

Il n'aurait aucune espèce de problème à faire suivre Marc Antonio partout par deux spadassins. Le cardinal était lui-même bien peu au fait de ces affaires-là ; mais il avait dans son entourage un certain nombre de gentilshommes qui étaient experts en la matière.

« Je propose que nous arrangions cela sans en informer Marc Antonio, conclut-il, de façon à lui épargner toute alarme. »

Guido ne put dissimuler son soulagement : il avait le pressentiment que Tonio n'aurait jamais accepté cette protection si elle lui avait été offerte.

Il baisa l'anneau du prélat et lui exprima sa gratitude du mieux qu'il le pouvait.

Le cardinal était toujours plein de sollicitude et de bonté. Mais au moment de donner congé à Guido, il voulut encore lui poser une question.

« Marc Antonio est-il vraiment capable de bien réussir à la scène ? » demanda-t-il.

En voyant la consternation qui se peignait sur le visage de Guido, il se dépêcha d'expliquer qu'il n'entendait rien à la musique et qu'il n'était pas à même de juger de la voix de Tonio.

Guido lui répondit, avec une assurance presque cassante, que Tonio était en ce moment le plus grand chanteur de Rome.

Mais quand il eut réintégré ses appartements, il fut plus que désappointé de ne pas y trouver Tonio.

Il avait tant besoin de lui. Il aurait tant aimé pouvoir chercher un réconfort entre ses bras.

Paolo dormait sur ses deux oreilles. Un grand clair de lune baignait toutes les pièces et Guido, trop las et trop angoissé pour travailler, resta un long moment assis à sa table, seul et inoccupé.

Aussitôt après avoir quitté les appartements du cardinal, Tonio s'était précipité à la salle d'armes, où quelques questions adroitement posées lui avaient permis de se procurer l'adresse du comte Raffaele di Stefano, ce jeune Florentin qu'il avait si souvent affronté à l'épée.

Quand il dénicha enfin la maison, la nuit était tombée et le comte n'était pas seul. Il soupait dans la société de plusieurs amis, tous manifestement riches, oisifs et insouciants, et un jeune castrat, costumé en femme chantait accompagné d'un luth.

C'était une de ces créatures à la poitrine de femme dont les appas étaient mis en valeur par le décolleté vertigineux de sa robe à l'orange trop vif.

La table était jonchée de volailles rôties et de gigots, et les convives manifestaient la gaieté agressive d'hommes qui viennent de passer des jours en beuveries.

Le castrat, qui avait des cheveux aussi longs et abondants que ceux d'une femme, mit Tonio au défi de se mesurer à lui, en s'écriant qu'il en avait assez d'entendre parler de sa voix.

Tonio regarda fixement cette créature. Il regarda fixement les amis du comte. Il regarda fixement le comte lui-même, qui s'était arrêté de manger et tournait vers lui un visage anxieux. Ensuite il se leva pour partir.

Mais le comte di Stefano eut vite fait de le rattraper, et après avoir assuré ses amis qu'ils pouvaient rester toute la nuit à festoyer si le cœur leur en disait, il entraîna Tonio à l'étage.

Quand la porte de la chambre à coucher se fut refermée sur eux, Tonio resta figé sur place à regarder le verrou tiré. Le comte était allé allumer une chandelle, et une lumière égale se diffusa dans la pièce, dessinant les contours d'un grand lit massif aux grosses colonnes torses. Dans la fenêtre ouverte s'encadrait, accrochée au ciel, une lune gigantesque.

Le visage rond du comte était empreint d'une gravité tourmentée, ses boucles noires et luisantes lui donnaient un air oriental, et sa barbe rasée formait comme une ombre épaisse sur son menton.

« Je suis navré que mes amis vous aient offensé, dit-il précipitamment.

— Vos amis ne m'ont pas offensé, répondit Tonio d'une voix

posée. Mais je suppose que cet eunuque leur a fait espérer que je chanterais, ce à quoi je ne puis consentir. À présent, j'aimerais partir.

— Non ! » s'écria le comte, au bord du désespoir.

Une lueur étrange brilla dans ses yeux légèrement vitreux tandis qu'il s'approchait de Tonio avec une démarche d'automate. Lorsqu'il fut assez près pour qu'un contact parût inévitable, il leva une main aux doigts épais et la laissa suspendue dans l'air, largement ouverte.

Il paraissait hagard. Il avait ce même air de folie que Tonio avait vu peint sur le visage du cardinal et sur ceux de ses amants les plus éperdus. Il était sans orgueil. Il n'avait pas les manières hautaines du garçon que Tonio avait ramassé dans la rue.

Tonio s'avança vers la porte, mais la passion montait en lui, et l'élan subit d'une hardiesse aussi violente que celle qui animait cet homme le poussa à faire demi-tour.

Une haleine sifflante s'échappa de ses lèvres tandis que le comte l'enlaçait et l'écrasait contre la porte.

Fait rare — délicieusement rare ! — Tonio ne se contrôlait plus.

Cela faisait si longtemps qu'il commandait à ses passions, que ce fût avec Guido ou avec n'importe lequel de ces amants qu'il essayait comme on déguste un vin, et à présent il était en plein abandon, sachant fort bien qu'il se trouvait sous le toit du comte, à sa merci, et que c'était la première fois qu'il se livrait ainsi à un amant jeune et libre d'entraves.

Le comte arracha sa chemise et, glissant une main dans sa culotte, fit sauter le bouton qui la retenait. Son menton râpeux blessa Tonio tandis qu'il lui mangeait le cou de baisers. Avec des gestes gauches et enfantins, il lui retira son habit et décrocha son épée.

L'arme tomba bruyamment à terre.

Quand il pressa sa nudité contre le corps de Tonio, le comte sentit la dague sous sa chemise, mais il ne tenta pas de la lui ôter. Il attira Tonio contre lui en gémissant ; son membre vigoureux était pleinement érigé.

« Donnez-le-moi », murmura Tonio.

Et, tombant à genoux, il le prit dans sa bouche.

Quand Tonio se leva pour partir, il était minuit et la maison était plongée dans le silence. Le comte était étendu au milieu des draps blancs, nu à l'exception des anneaux d'or qui ornaient les deux derniers doigts de sa main gauche.

Debout au-dessus de lui, Tonio effleura doucement son masque de chair soyeuse, puis il sortit sans bruit.

Il ordonna à son cocher de le mener place d'Espagne.

Arrivé au pied du grand escalier de la place, il resta un long moment assis dans son carrosse, observant de sa fenêtre les passants qui se hâtaient dans la nuit. Là-haut, au-dessus de sa tête, de nombreuses fenêtres éclairées se découpaient sur le ciel baigné de lune, mais il ne connaissait ni les maisons ni les noms de leurs occupants.

Une lanterne l'éblouit un instant, puis l'homme qui la tenait en détourna poliment le rayon de sa figure.

Tonio avait dû probablement s'assoupir, car il s'éveilla soudain, tout plein de *sa* présence, en essayant de se remémorer un rêve dans lequel il causait avec animation, Tonio tentant vainement d'expliquer quelque chose à une Christina chagrinée qui menaçait de le quitter.

Il vit qu'il était toujours place d'Espagne. Il fallait rentrer. Mais rentrer où ? L'espace d'un bref instant, il ne put se souvenir du lieu où il habitait.

Puis il sourit, cria un ordre au cocher et, dans sa demi-torpeur, il se demanda comment il se faisait que Bettichino ne fût pas encore à Rome, et s'aperçut avec étonnement que la première aurait lieu dans moins de deux semaines.

12.

La nouvelle de l'arrivée de Bettichino leur parvint le jour de Noël.

Toutes les cloches de Rome tintaient dans l'air rendu limpide par les premières gelées. Des hymnes s'élevaient des chœurs des églises et, conformément à l'usage, c'étaient des enfants qui prêchaient en chaire. Et des Enfants Jésus resplendissaient dans mille crèches merveilleuses, au milieu de l'éclat éblouissant de cierges innombrables.

Après avoir découvert la virtuosité des violonistes du Teatro Argentina, Guido avait remanié toute la partie des cordes. Et il s'était contenté de sourire lorsque Bettichino, prétextant une légère indisposition, s'était fait excuser de ne pouvoir le voir en personne en le priant d'avoir l'obligeance de lui faire porter la partition.

Guido s'était attendu à des difficultés. Il connaissait les règles du jeu, et il ne s'était pas fait faute de donner au grand chanteur trois arias de plus qu'à Tonio, des arias d'un registre supérieur avec lesquelles Bettichino pourrait faire étalage de ses talents de jongleur.

Il ne fut pas étonné de se voir retourner au bout de vingt-quatre heures une partition à laquelle le sopraniste avait, d'une écriture soigneuse, rajouté ses propres ornements. Il ne lui restait plus qu'à apporter les retouches nécessaires à l'accompagnement. Bettichino n'avait joint aucun compliment à son envoi, mais aucune réclamation non plus.

Guido savait que la rumeur des cafés s'était enflée jusqu'à un paroxysme. Tout Rome se pressait dans le nouvel atelier de Christina

Grimaldi, qui ne parlait de rien d'autre que de Tonio. Le théâtre allait être bourré de monde.

À présent, la tâche primordiale de Guido était de protéger Tonio de sa propre peur.

L'unique répétition prévue pour les chanteurs eut lieu deux jours avant la première.

Au milieu de l'après-midi, Tonio et Guido se rendirent au théâtre pour rencontrer ce rival dont les partisans allaient peut-être forcer Tonio à fuir sous les huées.

Mais, à l'heure dite, l'impresario de Bettichino se présenta pour annoncer que son client souffrait toujours d'une légère indisposition qui lui interdisait de chanter, et qu'il ne participerait qu'à la mise en place. Les ténors revendiquèrent aussitôt la même prérogative et Guido ordonna à Tonio de rester muet également.

Rubino, le vieux castrat qui tenait le second rôle masculin, fut seul à annoncer qu'il chanterait, et il l'annonça avec gaieté. Dans la fosse d'orchestre, les musiciens posèrent leurs instruments pour l'applaudir et il se lança avec beaucoup d'élan dans sa première aria. Il y avait belle lurette que Rubino avait perdu ses aigus. La mélodie était écrite pour une voix de contralto, et le vieux chanteur la détailla avec tant de finesse et de pureté qu'à la fin tout le monde était ému aux larmes, même Guido, touché d'entendre cette voix inconnue ciseler sa musique.

Dans l'instant qui suivit cette brève exécution, Bettichino parut. Tonio sentit une ombre le frôler ; avec un imperceptible tressaillement, il tourna la tête et vit passer près de lui un homme à la stature gigantesque, avec autour du cou un gros cache-col de laine que surmontait une broussaille de cheveux d'un blond pâle aux reflets argentés, et qui tenait très droit son dos long et étroit.

Il passa devant Rubino avec la même allure désinvolte, et c'est seulement en arrivant à l'autre extrémité du plateau qu'il pivota sur lui-même et darda sur Tonio un regard acéré.

Ses yeux, qu'il avait bleus, étaient les plus froids qu'eût jamais vus Tonio. Ils avaient un éclat polaire, et ils regardaient fixement Tonio. Ils papillotèrent soudain, firent mine de se détourner puis ils parurent se raccrocher à la même place.

Tonio était resté parfaitement coi, mais se sentit parcouru d'un frisson violent comme si le regard de cet homme lui avait transmis une impulsion électrique pareille à celle que produit le contact d'une anguille vivante échouée sur une plage sablonneuse.

Il baissa les yeux, lentement, presque avec respect, puis les leva à nouveau sur ce géant haut de près d'une toise auprès de qui il risquait d'avoir doublement l'air d'un nain au soir de la première, et dont la voix exquise réduirait peut-être à néant ses puériles ambitions.

Là-dessus, d'un geste négligent, Bettichino tira de la main droite sur son cache-nez qui se déroula avec un léger sifflement, révélant la pleine expression de son visage large et carré.

Il avait bien cette beauté, cette majesté même, que tous lui prêtaient, et on sentait en lui cette flamme sourde dont Guido lui avait dit des années plus tôt qu'elle était la magie spéciale de quelques rares bêtes de théâtre. Quand il fit un pas en avant, on eût pu croire que la terre entière allait en être ébranlée.

Ses yeux étaient toujours fixés sur Tonio ; et il avait une expression si glaciale et si implacable qu'un désarroi soudain s'empara de tous les assistants. Des musiciens feuilletaient bruyamment leurs partitions, d'autres toussotaient dans leurs doigts, et l'impresario se tordait machinalement les mains.

Tonio ne fit pas un geste. Bettichino s'avança vers lui très lentement, à pas comptés. Et quand il fut en face de Tonio il lui tendit brusquement une main propre et blanche.

Tonio la prit et la serra en marmonnant un salut respectueux. Alors Bettichino se détourna de lui avec un geste qui signifiait que la musique pouvait commencer.

La même après-midi, Paolo revint fort abattu de sa tournée des cafés, en annonçant que les abbés étaient résolus à faire décamper Tonio de la scène sous les lazzi.

« Cela va de soi », murmura Tonio.

Il jouait une petite sonate pour se délasser, heureux d'entendre la musique du clavecin au lieu de celle de sa voix.

Quand Guido rentra, Tonio lui demanda d'un ton dégagé si Christina Grimaldi serait avec la comtesse dans sa loge.

« Oui, répondit Guido, et tu la verras sans peine, puisqu'elle sera face à la scène. Elle veut que rien ne lui échappe.

— Comment va-t-elle ? demanda Tonio.

— Que dis-tu ? fit Guido.

— Comment va-t-elle ? » répéta Tonio d'une voix ulcérée, mais sonore.

Guido lui adressa un sourire froid en répondant :

« Pourquoi n'irais-tu pas t'en rendre compte toi-même ? »

13.

Une heure avant le lever du rideau, les cieux se mirent à déverser sur Rome une pluie torrentielle. Mais rien, ni les éclairs qui zébraient le firmament grondant, ni le vent qui cinglait les fenêtres obscures du théâtre, ne suffit à dissuader une foule remuante de se masser aux portes du théâtre.

La rue était obstruée par toute une longue file de carrosses dorés qui crachaient chacun à leur tour, dans la lumière grésillante des torchères, un petit groupe de femmes et d'hommes chamarrés de joyaux et coiffés de perruques poudrées. Dans les galeries supérieures déjà pleines, des faces blêmes luisaient à travers la pénombre ; des cris, des huées, des couplets obscènes résonnaient dans la salle éteinte.

Précédés de petites flammes tremblotantes, les membres des classes commerçantes faisaient entrer leurs femmes dans les loges de balcon et se dépêchaient de prendre leur place afin de ne pas perdre une miette de la grande débauche de parures qui s'étaleraient bientôt dans les loges d'en dessous et qui pour eux étaient sans doute plus palpitantes que tout ce qui pouvait se voir sur scène.

Tonio, qui venait d'entrer dans les coulisses, tout dégouttant de pluie, se dirigea directement vers la minuscule lucarne qui permettait de voir la salle depuis le côté du rideau.

La signora Bianchi, dans un état proche de l'hystérie, se précipita pour lui frotter la tête d'une serviette. Tonio lui fit « chut ! », et colla son œil à l'orifice.

Dans les premières loges, des servants en livrée allumaient tour à tour les flambeaux dont la lumière révélait des tentures de velours, des miroirs, des tables luisantes de cire et des chaises rembourrées ; on eût cru voir cent petits salons flottant dans l'air, immatériels, au milieu d'une nappe de ténèbres.

En bas, à l'orchestre, des centaines d'abbés étaient déjà assis, tenant de la main droite une bougie et de la gauche une partition ouverte, et déjà des propos acerbes et des commentaires venimeux volaient de place en place.

Un violoniste solitaire était installé à son pupitre ; il fut bientôt rejoint par un joueur de trompette dont une petite perruque bon marché cachait mal les cheveux noirs.

Tout à coup, un cri partit de l'amphithéâtre supérieur en même temps qu'un projectile fendait les ténèbres ; dans une loge du premier étage, un homme poussa un affreux juron et se leva d'un bond, le poing brandi, mais des bras invisibles le tirèrent en arrière. À l'étage supérieur, une rixe venait d'éclater ; un grand tonnerre de pas précipités roulait sur l'escalier de bois, de l'autre côté des cloisons.

« Tournez-vous vers moi ! dit la signora Bianchi d'une voix suraiguë. Regardez-moi ça ! Auriez-vous sauté dans le fleuve ? Dans une heure, vous n'aurez plus de voix. Laissez, que je vous réchauffe.

— Je suis assez échauffé ! murmura Tonio en déposant un baiser sur ses lèvres minces et parcheminées. Je n'ai jamais été si échauffé de ma vie. »

Et il la précéda à travers la coulisse encombrée jusqu'à sa loge où le vieux Nino tisonnait un grand feu et où régnait déjà une chaleur de four.

Ce matin-là, Tonio s'était réveillé de bonne heure et il avait éprouvé une extraordinaire jubilation dès qu'il s'était mis à chanter. Des heures durant, il avait épuisé le répertoire de ses traits les plus périlleux jusqu'à ce qu'il sentît que sa voix était au summum de la puissance et de l'élasticité.

Quand Guido était parti pour le théâtre, Tonio l'avait embrassé sur les deux joues. Il avait recommandé à Paolo de se mêler au public et de bien tout observer.

Puis, tandis que le ciel luisait encore d'une pâle clarté mauve au-dessus des fenêtres qui clignotaient çà et là sur les collines, il était allé dans les ruelles bourbeuses en bordure du Tibre et, rameutant autour de lui un groupe d'enfants loqueteux, il s'était remis à chanter.

Les étoiles luisaient déjà au firmament. Pour la première fois depuis trois ans, Tonio entendit sa voix s'élever en plein air ; les yeux embués de larmes, il fit monter la mélodie toujours plus haut jusqu'à ce qu'il atteignît des notes qu'il n'avait même pas rêvé qu'il pût émettre, et il les entendit prendre leur essor, rondes, parfaites, dans les ténèbres qui recouvraient peu à peu toute l'étendue du ciel. Partout des gens avaient surgi. Des grappes humaines s'étaient formées aux fenêtres, sous les porches, une foule compacte se pressait au bord des ruelles étroites. Quand Tonio s'arrêta, on lui offrit du vin et des aliments. On sortit pour lui d'abord un simple tabouret, puis une jolie chaise en satin broché. À nouveau il chanta pour eux ; il chanta tous les airs qu'on lui demandait, les oreilles pleines de leurs cris, de leurs applaudissements, de leurs bravos, et tandis qu'ils tournaient vers lui leurs visages illuminés par une ferveur idolâtre, l'orage avait éclaté.

Il embrassa la signora Bianchi, il embrassa le vieux Nino. Il les laissa lui arracher ses vêtements mouillés et lui frotter la tête avec des serviettes. Il les laissa le vitupérer et l'invectiver.

« Puisque je vous dis que tout ira à merveille, dit-il tout bas à la signora Bianchi. Tout ira à merveille pour Guido et pour moi. »

Intérieurement, il fit le vœu qu'il savourerait chaque seconde de cette soirée, qu'elle fût pour lui un triomphe ou une catastrophe : les ténèbres dans lesquelles il avait vécu le reste du temps devaient se dissiper pour qu'il pût traverser cette mer périlleuse.

Il eut la vision muette de tous ces gens qui l'attendaient dans la salle. Il regarda la toilette exquise étalée devant lui, ces dentelles de femme, ces rubans de femme, ces cosmétiques de femme. Christina ! souffla-t-il, si bas que seul un murmure inaudible s'échappa de ses lèvres. À présent ni sa souffrance ni ses craintes ne lui importaient plus.

Une seule chose lui importait : il allait enfin monter sur la scène ; dans cet instant, c'était l'endroit où il souhaitait être. Il dit à la signora Bianchi :

« À vous de jouer à présent, mon enchanteresse bien aimée. Réalisez tout ce que vous m'avez promis. Faites de moi une créature si belle et si femme que mon propre père s'y tromperait si je me mettais sur ses genoux !

— Vilain garçon ! le gronda-t-elle en lui pinçant la nuque de ses doigts doux et chauds. Gardez votre bagout pour le public ! Et ne me dites pas d'insanités ! »

Et, laissant aller sa tête contre le dossier du fauteuil, il se livra aux caresses sensuelles de sa petite brosse sur ses paupières, aux tiraillements de son peigne et aux frôlements de ses doigts brûlants.

Lorsque enfin il se leva et se regarda dans le miroir, il éprouva ce désarroi qui, pour familier qu'il lui fût devenu, n'en était pas moins alarmant. Que restait-il de Tonio dans cette sylphide en satin rouge ? Se pouvait-il qu'un garçon existât encore sous ces yeux bordés d'un mascara épais, cette bouche au rouge éclatant et ces cheveux blancs aux boucles épaisses qui se chevauchaient au-dessus de son front et lui retombaient sur le dos en longues mèches foisonnantes ?

Il se sentit flotter doucement, tandis qu'il contemplait dans la glace cette créature de rêve qui murmura son nom, puis recula comme un spectre surgi d'un autre monde, capable d'aspirer sa vie hors de lui et de le laisser réduit à l'état de carcasse immobile.

Du bout d'un doigt ganté, il toucha la chair nue de ses épaules ; il ferma les yeux et palpa son visage dont il reconnut la familière ossature.

Ensuite, il vit que la signora Bianchi s'était écartée de lui, comme elle le faisait quelquefois. On aurait dit que l'effet final l'ahurissait elle-même. Et quand Tonio se retourna lentement vers elle, il eut le sentiment très net qu'elle avait peur.

Au loin, dans un autre monde, une sourde rumeur montait de la foule. Le vieux Nino leur apprit que l'on venait d'allumer le grand lustre et que l'on refusait du monde à l'entrée. Et le début de la représentation était encore loin...

Tonio abaissa son regard sur la signora Bianchi. Son visage n'exprimait aucune joie et ses petits yeux promenaient sur lui des regards furtifs et inquiets ; elle avait l'attitude craintive d'une bête effarouchée. Tonio murmura :

« Qu'avez-vous donc, signora ? Pourquoi me regardez-vous ainsi ?

— Ah ! Tonio chéri, fit-elle d'une voix sans timbre, vous êtes superbe ! Vous m'abuseriez moi-même...

— Non, non... Pourquoi me regardez-vous ainsi ? » répéta Tonio à voix basse, certain que nul au monde n'eût pu soupçonner que ce murmure n'avait pas été émis par une femme.

La signora Bianchi ne lui répondit pas.

Soudain il avança sur elle d'un pas saccadé de marionnette, ses jupes balayant le sol, et elle recula en poussant un faible cri.

Il roulait des yeux furibonds.

« Arrêtez, Tonio ! fit-elle en se mordant les lèvres.

— Eh bien, qu'avez-vous ? insista-t-il encore une fois.

— Bien, bien, je vais tout vous dire : vous êtes comme un démon ! Une femme parfaite, mais trop grande, d'une taille impossible ! Vous êtes beau et délicat de partout, mais trop grand ! Et je n'aurais pas plus peur si un ange pénétrait ici dans l'instant et emplissait toute la pièce de ses ailes immenses dont il ferait tomber une pluie de plumes en les frappant au plafond. Un ange aurait une tête plus grosse, de plus grandes mains... eh bien, vous êtes comme cela... Vous êtes beau, d'une beauté parfaite, et pourtant vous êtes...

— Un monstre, chère signora Bianchi », compléta Tonio à mi-voix puis, impulsivement, il prit le visage de la vieille dame entre ses mains et la baisa longuement aux lèvres.

Elle retint sa respiration, les yeux fermés, la bouche ouverte, puis un gros soupir souleva son imposante poitrine. Elle chuchota :

« Votre place est là-bas, sur la scène... »

Puis elle rouvrit les yeux. Un long moment, elle se contenta de le regarder ; ensuite une expression où se mêlaient la joie et la fierté se peignit sur ses traits chiffonnés, et elle entoura de ses bras la taille de Tonio.

« M'aimez-vous ? demanda-t-il.

— Ah ! s'écria-t-elle en s'écartant. Que vous importe ? Ce soir, Rome tout entière va vous aimer, Rome tout entière va se prosterner devant vous ! Et vous me demandez si, moi, je vous aime ? Qui suis-je donc, est-ce que cela compte ?

— Je sais, je sais, mais je veux que vous m'aimiez, ici, en ce moment !

— Oh, cela commence déjà ! » dit-elle en souriant.

Levant les mains vers lui, elle lissa les ondulations blanches de sa perruque et glissa à l'intérieur une longue épingle surmontée d'un cabochon de rubis.

« La vanité sans limite ! soupira-t-elle. Avec sa soif inextinguible de flatteries...

— Êtes-vous bien sûre que ce ne soit que cela ? » demanda Tonio d'une voix douce.

La signora Bianchi interrompit son geste.

« Vous avez peur, souffla-t-elle.

— Un peu, signora, un peu, fit Tonio avec un sourire.

— Mais, Tonio chéri... » commença-t-elle.

Sur ce la porte s'ouvrit avec violence et un Paolo hors d'haleine, aux cheveux humides et décoiffés, s'engouffra dans la loge.

« Ah, Tonio, si tu entendais cette racaille ! Ils disent que Ruggiero te paie davantage que Bettichino et ils veulent en découdre ! Et puis, Tonio, la salle est pleine de Vénitiens qui ont fait tout ce chemin rien que pour t'entendre ! Cela va faire un beau grabuge, mais tu sais, Tonio, ils ne t'épargneront pas une seule avanie ! »

14.

Vingt-cinq années durant, il avait cheminé patiemment vers ce moment, puis il avait su qu'il n'en avait plus que pour deux ans, puis il avait compté les mois, les jours. Et à présent il était là. Le flot du temps ne coulait plus.

Guido entendait les musiciens qui s'accordaient dans la fosse. La signora Bianchi lui avait annoncé que Tonio était prêt, mais qu'il valait mieux qu'il n'entrât pas. D'ailleurs, Tonio et lui en étaient convenus dans l'après-midi, après s'être embrassés et avoir échangé des serments passionnés ; ainsi aucun d'eux ne risquerait d'instiller ses doutes à l'autre dans ces ultimes moments.

Machinalement, Guido s'inspecta une dernière fois dans la glace. Sa perruque blanche aux cheveux lisses était impeccablement ajustée, et sa redingote de brocart doré, habilement retouchée par l'habilleuse, lui laissait enfin le libre usage de ses deux bras. Il tapota son jabot pour l'aplatir, secoua ses manchettes de dentelle. Il desserra légèrement sa ceinture, certain que personne ne le remarquerait, puis il rassembla les feuillets de la partition.

Mais, avant de descendre dans la fosse d'orchestre, il alla se poster derrière le rideau pour jeter un coup d'œil à la salle.

Le grand lustre venait de disparaître sous les combles, et sa claire lumière faisait place à une pénombre grise.

À l'instant même où se firent les ténèbres, un sourd rugissement s'éleva de la salle. On trépigna aux étages supérieurs et des injures grossières fusèrent de part et d'autre.

Comme Guido s'y était attendu, les abbés dominaient à l'orchestre, et les loges étaient archicombles. Partout où c'était possible, on avait rajouté des sièges. Juste au-dessus de lui, à droite, Guido était certain de voir une douzaine de Vénitiens entassés à la corbeille, et la physionomie de l'un d'eux lui était familière : il reconnaissait l'immense eunuque, grand chantre à Saint-Marc, qui avait été le maître et le confident de Tonio.

Les Napolitains étaient venus en force. La comtesse Lamberti et Christina Grimaldi étaient assises à l'avant de leur loge, face à la scène et le dos tourné à la table où une partie de cartes venait de s'engager. Le maestro Cavalla était là aussi ; il leur avait fait porter en coulisses ses salutations et ses vœux.

Le cardinal Calvino n'était que l'un des nombreux cardinaux présents ; il était entouré de toute une troupe de jeunes aristocrates qui buvaient du vin en causant avec des hochements de tête.

Soudain un homme remonta l'allée centrale en courant, en direction de l'orchestre et, mettant ses mains en porte-voix, poussa un long hululement moqueur. Guido se contracta, exaspéré de ne pouvoir comprendre ce que l'on criait ; l'on vit alors s'abattre des hauteurs du théâtre une pluie neigeuse de papiers blancs, et partout des corps se dressèrent pour les saisir au vol.

Déjà on lançait des huées, on tapait du pied. Il était temps que Guido allât se mettre au clavecin.

Il ferma les yeux et appuya sa nuque contre l'arête de la cloison. Puis il sentit qu'on le secouait et il serra les dents, prêt à tempêter contre l'intrus qui venait troubler ses dernières secondes de paix. C'était Ruggiero, tenant à la main une des feuilles que l'on avait lancées des galeries hautes.

« Regardez ! » fit-il.

Guido s'empara du papier et le tourna vers la lumière. On y avait imprimé un méchant sonnet qui proclamait que Tonio n'avait été dans sa ville natale qu'un simple gondolier et lui suggérait avec force de s'en retourner chanter la barcarolle sur les canaux.

« Mauvais, très mauvais, cela, murmura Ruggiero. Je connais bien ce genre de salle ; ils sont capables de nous forcer à annuler la représentation ! Ils n'écouteront rien du tout, c'est un amusement pour eux ; ils ont un patricien de Venise à insulter, et Bettichino est leur dieu ! Ils vont empêcher la représentation !

— Où est Bettichino ? demanda Guido. C'est lui qui a machiné tout cela. »

Les poings serrés, il se tourna vers les coulisses.

« Trop tard, maestro. Du reste, ils n'obéissent pas à Bettichino ! Tout ce qu'ils savent, c'est que les théâtres sont des lieux publics, et avec ses grands airs votre garçon leur a fourni tout ce qu'il leur fallait d'armes. Si seulement il avait pris un nom de scène, s'il n'avait pas ces satanées manières d'aristocrate...

— Oh, taisez-vous donc ! fit Guido en repoussant brusquement l'impresario. Pourquoi diable faut-il que vous me disiez tout cela maintenant ? »

Une agitation frénétique s'emparait de lui. Tous les récits de fiascos et d'injustices lui revenaient en mémoire, le désespoir de Loretti lorsqu'il avait échoué avec le même opéra qui avait valu un triomphe à Domenico, la vieille histoire de Pergolèse qui, dans son dépit, n'avait plus jamais remis les pieds à Rome.

Soudain il lui sembla qu'on l'avait dupé, et c'était le sentiment le plus désolant du monde. Comment avait-il pu se mettre en tête que Rome était un tribunal où la noblesse et la justice devaient fatalement l'emporter ? Il se dirigea vers l'escalier.

« Maestro, gardez la tête froide ! lui dit Ruggiero. S'ils vous jettent des objets, ne les renvoyez surtout pas ! »

Guido s'esclaffa. Après avoir lancé un dernier coup d'œil méprisant à l'impresario, il descendit dans l'arène et, tandis que l'orchestre se levait et s'inclinait, marcha vers le clavecin à grandes enjambées.

La salle se tut et les clameurs s'éteignirent lorsque ses doigts plongèrent sur les touches pour attaquer la triomphante ouverture et que les violons firent monter autour de lui leurs joyeuses harmonies.

La musique formait une masse consistante qui oblitérait dans ce moment toute l'appréhension de Guido, et il avait plus le sentiment d'être porté par son tempo rapide que de le mener.

Le rideau s'était levé. Des applaudissements avaient salué l'apparition de Bettichino sur le plateau. D'un rapide coup d'œil, Guido constata que le sopraniste avait l'air d'un dieu avec ses cheveux blonds qui scintillaient sous les lumières et son visage blanc brillamment poudré. Guido savait que, dans les loges, des hommes s'inclinaient et, du coin de l'œil, il vit que Bettichino s'inclinait en retour. Rubino parut à son tour et ensuite, levant un œil vers la scène, Guido aperçut Tonio.

Malgré la force de la musique, il entendit le concert d'exclamations et de murmures qui montait de la salle, semblable à la sourde clameur qui avait accompagné un peu plus tôt la descente du grand lustre.

Et le spectacle en valait la peine. Une femme d'une beauté merveilleuse, vêtue d'une robe de satin écarlate aux dentelles cousues de fil d'or, se tenait face aux feux de la scène. Les yeux de Tonio, soulignés de noir, scintillaient de lueurs chatoyantes. Il donnait une impression d'autorité souveraine, bien qu'il parût aussi inerte qu'un mannequin de cire sous la lumière de la lanterne de projection qui rehaussait les méplats de son visage immobile.

De nouveau Guido lança un rapide coup d'œil dans sa direction, mais Tonio ne lui prêtait aucune attention ; il promenait sur la salle un regard serein. Tonio attendit que Bettichino eût cessé d'arpenter le devant de la scène pour répondre aux acclamations qui avaient salué son entrée. Tournant lentement les yeux de droite et de gauche, il exécuta une grande révérence fort gracieuse et, lorsqu'il se redressa, le moindre de ses mouvements avait pris une ampleur surnaturelle. Sûrement, il avait dû capter tous les regards.

Mais l'opéra pesait sur Guido de son poids inexorable. Ils en étaient déjà au milieu du premier récitatif. La voix de Bettichino était puissante, d'un poli incomparable.

Et tout à coup il se lança dans sa première aria. Guido devait être à l'affût du plus infime changement ; la musique des cordes s'était réduite à un continuo de pincements qui doublait celui du clavecin.

Le sopraniste s'était placé tout en avant de la scène. Avec sa longue redingote bleue, il avait des yeux si étincelants que l'on avait l'impression qu'ils allaient jaillir hors de sa figure, et sa voix montait à des hauteurs ahurissantes.

Ayant achevé la deuxième strophe de l'aria, il reprit la première *da capo*, comme le voulait l'usage, et, comme il le devait, il commença à tisser des ornements autour d'elle, lentement d'abord, puis avec une audace grandissante, sans toutefois faire étalage de toute la puissance qu'il allait, Guido le savait, révéler un peu plus tard. Il fit monter la dernière note en un crescendo magnifique ; la note s'enflait, grossissait à l'infini, sans que Bettichino reprît haleine, si bien qu'à la fin la salle entière fut plongée dans un silence absolu. Guido retenait son souffle, les doigts suspendus dans l'air au-dessus du clavier, et les violons s'étaient tus. Immobile, sans le moindre signe d'effort, le grand sopraniste déroulait dans l'air une interminable volute de son, et au moment où elle parut s'effilocher, au moment où tous se disaient qu'il n'avait plus d'autre choix que de s'interrompre ou de mourir sur place, il souleva encore la note, la mena jusqu'à un volume paroxystique et, soudain, la brisa.

Un tonnerre d'applaudissements monta de toutes parts. Les abbés vociféraient, avec des voix glapissantes et presque plaintives : « Bravo ! Bravo, Bettichino ! », et les mêmes vivats étaient lancés du haut des balcons, ainsi que des loges. Bettichino sortit de scène comme le font toujours les solistes à la fin de leur aria. Et, se replongeant dans la musique, Guido mena les autres protagonistes à travers le tableau suivant.

Guido se sentait le visage en feu. Il n'osait pas regarder la scène. Ses doigts transpiraient si fort qu'ils glissaient sur les touches. Il venait d'entamer l'introduction de la première aria de Tonio. Et puis, n'y tenant plus, pensant qu'il serait déloyal envers Tonio de ne pas le faire, il ravala sa terreur juste le temps qu'il fallait pour jeter un coup d'œil en direction de cette femme sculpturale qui se dressait, immobile, sur le devant de la scène.

Tonio ne le vit pas. Et, s'il avait besoin de lui, il n'en laissa rien voir. Ses magnifiques yeux noirs étaient fixés sur les loges du premier étage, comme pour défier tous ceux qui s'y trouvaient. Et avec un subit élan d'ardeur vive, il entonna la mélodie, d'une voix claire, pure, si parfaitement limpide que Guido en eut le cœur serré.

Mais déjà un beau tumulte envahissait la salle. On tapait du pied, des sifflets montaient du parterre, des huées tombaient du poulailler.

« Retourne manier la gaffe sur les canaux ! » brailla, de tout là-haut, une voix aiguë.

Plusieurs abbés se levèrent de leur fauteuil et agitèrent le poing vers les étages en criant : « Silence ! Silence ! »

Tonio continuait à chanter, impavide, sans faire effort pour couvrir de sa voix ce charivari, ce qui du reste eût été peine perdue. Guido, les mâchoires contractées, martelait son clavecin avec violence comme s'il voulait lui arracher un surcroît de volume.

Des larmes de sueur coulaient de son visage, lui mouillant les mains. À présent, il n'entendait plus Tonio, ni même le son de son propre clavier.

Ayant fini de chanter son air, Tonio salua et regagna les coulisses sans se départir de sa contenance placide.

Des loges il s'éleva des applaudissements frénétiques qui ne firent qu'ajouter au vacarme des sifflets et des hurlements qui se déchaînaient de plus belle.

Dans les instants qui suivirent, Guido endura un véritable enfer. On procédait sur scène à la mise en place du dernier tableau de l'acte un, et c'était pour ce tableau-là qu'il avait écrit la plus spectaculaire des arias de Tonio. Toutes les mélodies qu'il lui avait données étaient conçues pour mettre sa voix en valeur, mais celle-ci était le joyau de sa partition, c'était elle qui devait empêcher la fine fleur de la noblesse romaine de déserter nonchalamment ses loges pour s'en aller voir autre chose.

Le grand air de Bettichino venait juste avant l'aria de Tonio. Mais Bettichino, lui, serait entendu ! Guido était au désespoir.

Le charivari avait repris aussitôt que Tonio était entré en scène et, du coin de l'œil, Guido vit tomber une autre pluie de papiers blancs, couverts sans doute eux aussi de quelque épigramme outrageante.

Bettichino s'était campé sur le devant de la scène. Il allait chanter à présent un récitatif accompagné, le plus original et le plus attachant de tous. C'était le seul passage de tout l'opéra où l'action et la musique coïncidaient vraiment, car si Bettichino racontait l'histoire, c'était en chantant avec sentiment, et non avec le débit monocorde du récitatif ordinaire.

C'était l'endroit où les violons jouaient la plus délicate de leurs parties, et Guido lui-même ne s'entendait plus, ne pensait plus, ne savait plus où il en était. Les sifflets s'étaient apaisés au moment où Bettichino commençait le récitatif, après lequel il enchaînerait aussitôt sur l'air de bravoure.

Mais il avait marqué une pause avant de faire signe à l'orchestre. Pour la première fois, les applaudissements qui avaient salué le récitatif avaient été contredits par des huées. Guido prit une profonde inspiration. Ainsi donc, Tonio avait aussi, Dieu merci, ses partisans, prêts à rendre la politesse à ceux de Bettichino.

Le chanteur adressa à Guido le signe convenu, et celui-ci débuta, seul au clavecin, l'introduction de cette aria d'une suprême tendresse. Exception faite de la mélodie que Tonio devait chanter immédiatement après, c'était le plus bel air de tout l'opéra.

Bettichino ralentit le tempo. Guido l'imita aussitôt. Toute la maîtrise de Bettichino lui apparut dès ce début lent et poignant : sa voix s'élevait en une arabesque délicate et forte, comme un fil incassable lentement déroulé.

La tête rejetée en arrière, il procéda à la répétition de la première strophe. Il orna d'un trille impeccable la première note, en l'émettant toute ronde et droite, sans jamais en dévier, la hachant simplement d'un staccato semblable à la vibration d'un fil tendu. Puis il se laissa glisser dans les phrases tendres, qu'il chanta magnifiquement et, arrivé au crescendo final, il produisit une *esclamazio viva*, lançant la note au sommet de sa voix avant de la diminuer graduellement avec une douceur telle qu'il s'en dégageait une infinie tristesse.

Cette note descendante qui s'évanouissait lentement jusqu'à n'être plus qu'une lointaine réverbération d'elle-même tomba dans un grand puits de silence. Alors Bettichino la fit remonter peu à peu et, quand il fut à nouveau parvenu à l'apogée de sa puissance vocale, il la brisa soudain avec un secouement de tête résolu.

Ses partisans se déchaînèrent. Mais il n'était pas besoin d'eux pour enflammer l'enthousiasme du parterre, car déjà les abbés l'acclamaient en tapant du pied et en hurlant des bravos rauques.

Bettichino fit le tour de la scène, puis il revint se camper à la même place pour bisser son air.

Personne, bien sûr, ne s'attendait qu'il le chantât simplement une seconde fois. La variation était de rigueur, et Guido, à son clavecin, se tenait prêt à de subtiles modifications, mais bien peu assurément s'étaient attendus à un tel feu d'artifice de trilles et de trémolos, couronnés par ces crescendos et ces decrescendos sur la note finale qui semblaient défier l'entendement humain et qui déchaînaient des vivats passionnés.

Bettichino reprit l'air une troisième et dernière fois avant de quitter triomphalement la scène.

Tout cela était fort bien. Guido n'en était pas mécontent. Il ne pouvait être mécontent de voir le public soulevé d'enthousiasme. Seulement, si ces bêtes-là avaient eu le moindre soupçon d'humanité, ils auraient admis que leur héros avait eu son moment de gloire et que rien de ce que Tonio ferait ne pourrait plus désormais le gâcher. Mais ces compétitions sont-elles humaines ? Il ne leur suffisait pas que leur idole eût fait la preuve de son invincibilité, il fallait encore qu'ils écrasassent Tonio.

Une fois de plus, la jeune femme à l'éclatante beauté vint prendre place sur le devant de la scène, l'air imperturbable et le visage si serein qu'on l'aurait cru plongée dans quelque rêve.

De la galerie supérieure, on lança les mêmes cris que précédemment, mais cette fois ils furent repris par le parterre.

« Retourne à tes canaux ! braillait-on. Tu n'es pas digne de paraître sur scène avec un vrai chanteur ! »

Mais les abbés, pris de fureur, répondaient à ces clameurs par des invectives de leur cru : « Laissez chanter ce garçon ! Avez-vous peur qu'il ridiculise votre favori ? »

La bataille avait commencé. Des projectiles — poires blettes et trognons de pommes — se mirent à pleuvoir du poulailler. La police envahit les allées. Il y eut un bref silence, puis les hurlements et les lazzi redoublèrent.

Guido abattit avec force ses mains sur les touches et s'arrêta de jouer.

Au moment où il allait se lever de sa banquette, il vit soudain que Tonio s'était tourné vers lui et lui faisait signe avec véhémence de ne pas protester. Puis, d'un bref hochement de tête, il lui intima l'ordre de continuer.

Guido se remit à jouer, bien qu'il n'entendît ni ne sentît rien de la musique qu'il produisait. Les violons se mirent de la partie, couvrant momentanément les clameurs de la salle, qui aussitôt s'enflèrent de plus belle.

La voix de Tonio s'éleva à son tour, et il ne semblait pas le moins du monde désarçonné. Il chanta ses premiers traits avec toute la conviction dont Guido avait rêvé, et c'était d'une beauté si poignante qu'il en eut les larmes aux yeux.

Soudain la vaste salle résonna tout entière d'un invraisemblable tumulte. On avait lâché un chien au parterre, et l'animal se ruait dans la direction de l'orchestre avec des aboiements frénétiques.

Les occupants des loges se dressèrent comme un seul homme en criant au scandale. Le cardinal Calvino s'efforçait de rétablir l'ordre en gesticulant furieusement.

Guido s'était arrêté.

L'orchestre s'arrêta aussi. Les abbés couvraient le chien d'imprécations. La police, à présent, s'était répandue dans les galeries ; on entendit des bruits de lutte, des cris, et une poignée de perturbateurs furent entraînés dehors pour recevoir le fouet avant d'être reconduits à leur place.

Guido, pétrifié sur sa banquette, fixait le vide devant lui. Il savait que d'un instant à l'autre le théâtre se viderait, non parce que ces messieurs de la police avaient résolu de le faire évacuer, mais à l'exemple des gens du beau monde qui n'allaient pas tarder à refluer hors des loges pour laisser cette racaille vider seule ses querelles. Guido était si révolté qu'il ne pouvait plus même penser.

Les vociférations des abbés l'assourdissaient ; il pleurait de rage et de dépit, et c'est un regard brouillé par les larmes qu'il leva une nouvelle fois sur l'hémicycle peuplé de faces congestionnées.

Mais il se passait quelque chose. Un changement était en train de se produire. Le chien lança d'ultimes jappements perçants tandis qu'on le traînait vers la sortie, et tout à coup un déluge d'applaudissements régulièrement scandés noya les huées, les trépignements et les rires.

Bettichino était de retour sur scène et, les bras levés, réclamait de l'ordre.

Les traits tordus par la fureur, le visage empourpré jusqu'à la racine de ses cheveux blonds, il cria d'une voix de stentor :

« Silence ! »

Un murmure approbateur s'éleva de la salle, étouffant une dernière bordée de huées et d'imprécations.

« Laissez ce garçon chanter ! » cria Bettichino.

Instantanément, le public des loges lui signifia son accord par des applaudissements bruyants et se rassit, tandis que les abbés se laissaient retomber en masse sur leurs sièges, reprenaient leurs partitions et redressaient leurs bougies.

Bettichino roulait toujours des yeux furibonds.

Un silence total s'abattit sur la salle.

Alors Bettichino jeta sa cape par-dessus son épaule, son visage se rasséréna, et il se tourna lentement vers Tonio. Un sourire d'une parfaite candeur s'épanouit sur sa face ; il tendit la main à Tonio. Il s'inclina devant lui.

Bouche bée, Guido regardait Tonio qui se tenait absolument seul au milieu de ce gouffre de silence, dans une lumière impitoyable.

Bettichino joignit les mains dans son dos et s'installa dans une posture d'attente.

Guido ferma les yeux et, avec un mouvement de tête très appuyé, leva ses deux mains écartées au-dessus des touches. Il entendit autour de lui un léger brouhaha de l'orchestre, puis tous ensemble ils se lancèrent dans l'introduction de l'aria.

Tonio, aussi placide qu'avant, face au public mais regardant de biais le grand sopraniste debout à quelques pas de lui, ouvrit la bouche et, parfaitement en mesure, comme toujours, laissa s'écouler le flot d'or de la mélodie.

Doucement, doucement, disait Guido, et déjà Tonio abordait la deuxième strophe et s'engageait dans des traits plus compliqués, tressant dans toutes les directions des gruppetti et des trilles parfaitement modulés, avant de reprendre la première strophe en lui ajoutant cette fois des fioritures de son cru.

Guido pensait y être préparé, mais il dut aussitôt rectifier le tir : Tonio avait choisi de produire le trille sur une seule note que Bettichino venait d'exécuter avec tant de maestria, et il le soutenait en donnant à ses battements une cadence qui était celle de l'aria de Bettichino et non de la sienne, bien que tout autre que Guido n'y eût vu que du feu. La note était d'une limpidité rayonnante et elle montait de plus en plus haut tandis que Tonio, sans cesser ses battements, commençait à la faire aller crescendo et decrescendo. Il se livrait simultanément aux deux exercices de haute voltige que Bettichino avait accomplis l'un après l'autre, et le résultat était d'une perfection sans faille. La note se prolongeait, durait, s'étirait à l'infini. Guido avait cessé de respirer et un frisson parcourut sa nuque. La tête de Tonio se redressa imperceptiblement et, sans aucune rupture, sa voix s'éleva vertigineusement en un trait d'une délicatesse exquise et monta comme une flèche pour retrouver la même note, mais une octave au-dessus.

Lentement, lentement, il la laissa s'enfler, laissa s'échapper de sa gorge un son vibrant qui était à l'extrême limite de ce que peut atteindre la voix humaine, et cependant d'un tel poli et d'une telle suavité que l'on eût cru entendre un soupir interminable, étirant jusqu'à l'infini sa tristesse merveilleuse et insupportable.

Si Tonio reprit haleine à cet endroit, nul ne l'entendit ; la seule chose sûre était que sa voix avait plongé à nouveau pour reprendre la même cadence lente et douce, chantant des mots de tristesse et de peine, et descendait encore jusqu'à se parer des inflexions pleines et poignantes d'un contralto vibrant, sur quoi il s'arrêta soudain, redressa très légèrement la tête et s'immobilisa.

Guido baissa la tête. Sous ses pieds, le plancher fut secoué par la clameur formidable qui s'élevait de tous les côtés à la fois. Aucun hourvari populacier n'aurait pu égaler le bruit de ces deux mille poitrines rugissant d'une commune adoration. Pourtant Guido attendit patiemment que le parterre tout entier résonnât des clameurs qu'il fallait entendre — celles des abbés eux-mêmes vociférant : « Bravo, Tonio ! Bravo, Tonio ! » ; puis, alors même qu'il se disait que dans ce moment de doux triomphe cela ne lui importait guère, il entendit monter de toutes parts une deuxième exclamation : « Bravo, Guido Maffeo ! »

Une fois, deux fois, cent fois il entendit ces deux clameurs mêlées. Juste avant de se lever pour saluer, il haussa le regard et vit Tonio figé dans la même posture immobile ; ses yeux ne fixaient rien ni personne au-delà de l'univers de carton-pâte qui l'environnait ; ils étaient tournés vers Bettichino et le regardaient en silence.

Bettichino avait les yeux plissés et l'air distant. Et puis, lentement, un large sourire lui écarta les lèvres, il hocha la tête, et ce geste déclencha un nouveau déluge d'acclamations.

15.

Il était minuit passé ; le théâtre résonnait du piétinement sourd de la foule qui refluait vers les issues, des rires et des glapissements des gens qui descendaient des balcons par l'escalier obscur.

Tonio claqua la porte de sa loge et il se hâta de repousser le loquet. Il ôta son casque de carton-pâte doré et, appuyant sa tête contre la porte, il fixa la signora Bianchi d'un regard vide.

Dans l'instant qui suivit, on tambourina à la porte, laquelle fut secouée dans son dos de violents tremblements.

La respiration de Tonio était saccadée ; toute sa fatigue l'envahissait d'un seul coup. Quatre heures durant, Bettichino et lui avaient fait assaut de virtuosité ; chaque aria avait été l'occasion d'un nouveau duel, chaque *bis* avait apporté son nouveau lot de surprises et de prouesses. Tonio n'arrivait pas encore à se persuader de la réalité de ce qui venait d'arriver ; il avait besoin que d'autres lui confirment la justesse de ses impressions, et pourtant il n'avait envie de voir personne, il voulait être seul et il sentait que le sommeil déferlait en une grande vague qui allait bientôt l'emmener hors de cette loge, loin de tous ces gens qui faisaient tant de tapage pour qu'on les y laissât entrer.

« Tonio chéri, ouvrez-leur ! s'écria la signora Bianchi. Ils vont faire sauter les gonds !

— D'abord, débarrassez-moi de tout cela. »

Tonio fit un pas vers elle, arrachant de son bras le bouclier de carton et jetant au loin son glaive de bois.

Mais il se figea, stupéfié par la vision d'horreur que lui renvoyait le miroir, celle d'un visage de femme fardé avec des lèvres rouges et des yeux charbonneux au-dessus d'un corps absurde de guerrier grec au torse moulé dans une cuirasse de carton bouilli.

Il retira sa perruque poudrée, mais malgré cela cet Achille à la tunique tachée de sueur, avec son visage blafard qui avait tout d'un masque de carnaval, continua de lui paraître plus diabolique et tout aussi déroutant que la Pyrrha qu'il avait été pour commencer.

« Ôtez-moi tout cela », dit-il en s'escrimant gauchement sur les agrafes, tandis que la signora Bianchi venait bravement à la rescousse.

Il remit ses habits de ville, se frotta vigoureusement le visage et les yeux.

Et à la fin ce fut un jeune garçon apeuré, au visage un peu rouge, une masse de cheveux noirs et brillants lui tombant sur les épaules, qui se campa en face de la porte pour recevoir les cris et les embrassades.

Des hommes et des femmes qu'il ne connaissait pas, des musiciens de l'orchestre, Francesco, le violoniste de San Angelo, une jolie fille, jeune et adorablement rousse — tous l'écrasèrent entre leurs bras, le couvrirent d'humides baisers, tandis que des laquais chargés de lui remettre des présents venaient grossir l'affluence. On lui apportait aussi des billets, les émissaires exigeant qu'il les lise et y réponde sur-le-champ ; et des brassées de fleurs. L'imprésario Ruggiero le serra sur son cœur avec tant de force qu'il le souleva à demi du sol. De gros sanglots secouaient à présent la signora Bianchi.

Sans savoir comment, Tonio se retrouva poussé dans le vaste espace vide extérieur à sa loge et projeté contre une grande toile de fond suspendue qui craqua sinistrement sous son poids. Tout à coup, la voix de Paolo qui criait : « Tonio ! Tonio ! » s'éleva au-dessus du tumulte, et Tonio fendit la foule avec de grands moulinets des bras jusqu'à ce qu'il eût aperçu Paolo qui lui tendait les bras. Il souleva l'enfant et le serra contre son épaule, tandis qu'une main secourable le maintenait pour l'empêcher de basculer. Un gentilhomme d'une imposante stature attrapa au vol une des mains de Tonio et y déposa une petite tabatière ornée de pierreries. Tonio était bien incapable de s'incliner ; il murmura des remerciements qui se perdirent en route. Une jeune inconnue l'avait soudain embrassé sur la bouche, et il eut un mouvement de recul si violent qu'il manqua tomber à la renverse. Il déposa Paolo, mais à peine l'enfant avait-il touché terre que déjà on lui marchait dessus.

Tonio comprit vite que Ruggiero était en train de le repousser vers la loge, où l'on avait disposé une demi-douzaine de bergères en satin piqué et où les tables de maquillage croulaient sous des masses de fleurs odorantes.

Il s'affala dans une bergère ; une autre femme avait surgi, entourée de valets en livrée ; saisissant soudain une brassée de fleurs blanches et charnues, elle les déposa contre le visage de Tonio, et cette douceur, cette fraîcheur l'émurent tant qu'il se mit à rire. Quand il releva son regard, les yeux bleus de la femme étaient plissés par un sourire muet. Il la remercia d'un signe de tête.

Guido lui apparut alors : il s'était discrètement faufilé le long du mur et le fixait d'un regard tout à fait particulier. Tonio revit aussitôt la soirée au cours de laquelle il avait chanté pour la première fois chez la comtesse, car ce soir-là Guido l'avait regardé avec ces mêmes yeux débordants d'amour et de fierté. Il se jeta dans les bras de Guido et l'étreignit longuement, silencieusement, jusqu'à ce qu'il n'entendît plus un son dans la pièce autour de lui et qu'il fût seul avec Guido, ou que du moins il eût assez l'impression de l'être pour que le reste du monde cessât d'exister.

Il entendit, très loin, Ruggiero qui disait qu'il était navré, et une voix qui lui répondait : « Mais monsieur, madame attend la réponse ! », puis la signora Bianchi qui découvrait avec horreur une écorchure saignante sur la main droite de Paolo : « Bonté divine ! Tu as été mordu par un chien ! », mais tout cela glissait sur lui. Il sentait le cœur de Guido qui battait contre le sien. Très doucement Guido le reconduisit à son fauteuil et, sans lui lâcher les bras, déclara :

« Maintenant, il faut que nous allions présenter nos hommages au grand chanteur... »

Tonio secoua la tête.

« Oh non ! s'écria-t-il. Pas maintenant ! Pas à travers cette foule !

— Si, maintenant, il le faut... » insista Guido et, avec un petit sourire, il ajouta : « C'est capital, absolument capital. »

Docilement, Tonio se leva. Guido et Ruggiero l'encadrèrent et lui frayèrent un chemin à travers la foule, puis à travers une autre qui s'était ameutée devant la porte de Bettichino, et ils pénétrèrent avec lui dans la loge du sopraniste, plus spacieuse et mieux éclairée que la sienne. La loge avait en fait toutes les apparences d'un petit salon ; cinq ou six personnes s'y tenaient assises, un verre de vin à la main, et Bettichino, encore grimé et costumé, se leva aussitôt pour accueillir Tonio.

Il y eut un bref moment de confusion quand, sur l'injonction de Bettichino, la loge se vida de tous les autres occupants hormis Guido, qui resta debout derrière le sopraniste et fit muettement signe à Tonio d'être aussi courtois qu'il pouvait.

Tonio s'inclina du chef et dit à mi-voix :

« Signor, j'ai beaucoup appris de vous ce soir, et je n'en aurais jamais eu la possibilité si je n'avais eu la chance de jouer sur la même scène que vous...

— N'insistez pas ! » coupa Bettichino d'une voix sarcastique. Il éclata de rire avant de poursuivre : « Faites-moi grâce de ces balivernes, signor Treschi. Nous savons aussi bien l'un que l'autre que vous êtes le grand triomphateur ce soir. Je vous fais mes excuses pour la façon dont se sont comportés mes spectateurs, mais je doute qu'ils aient jamais si bien préparé le terrain à un de mes rivaux. »

Il fit une pause. Mais il n'en avait pas terminé. Il prit un air de concentration, comme s'il débattait avec lui-même ; son expression paraissait plus vive en raison de la poussière d'or et du fard blanc brillant qu'il avait encore au visage.

« Vous savez, fit-il, cela ne faisait que trop longtemps que je n'avais pas donné le meilleur de moi-même sur une scène. Je l'ai fait ce soir, parce que vous ne m'avez pas laissé d'autre recours. Et je vous en rends grâce, signor Treschi. Mais demain soir, après-demain soir, et le soir d'après, ne venez pas me retrouver sur scène sans vous munir de toutes les ressources que Dieu vous a données. Je sais à quoi je dois m'attendre à présent. Vous en aurez besoin pour vous mesurer à moi. »

Tonio était rouge comme une pivoine, et il avait les yeux humides. Toutefois il ne put se retenir de sourire.

Alors, comme s'il avait lu sa pensée, Bettichino lui ouvrit subitement les bras et il le serra brièvement sur son cœur avant de le laisser s'en aller.

Tonio ouvrit la porte ; il était plein d'une muette allégresse. Et il marqua un arrêt en entendant dans son dos Bettichino dire à Guido :

« Est-ce vraiment votre premier opéra, maestro ? Où comptez-vous aller ensuite ? »

16.

Une foule de plusieurs centaines de personnes se retrouva à la réception du cardinal Calvino, et la fête dura jusqu'à l'aube. Les grands salons brillamment illuminés virent passer toute la bonne société romaine, des dignitaires étrangers en visite, et même quelques altesses.

Le prélat tint à présenter Tonio personnellement à toute une théorie de convives, et Tonio finit par trouver délicieux cet embarras dans lequel le mettaient les louanges interminables, l'évocation languissante des grands moments de la soirée, les mille grâces qu'on lui faisait, les mains qui serraient la sienne avec effusion. Il souriait en entendant dénigrer Bettichino. Bettichino était sans conteste un plus grand chanteur que lui, quoi que l'on pût en dire.

Mais Tonio le leur avait fait momentanément oublier à tous.

Le cardinal Calvino lui-même avait été tout remué par l'opéra. Prenant Tonio à part, il s'efforça de lui décrire ses réactions. D'une voix où perçait une stupéfaction contenue, il lui dit :

« Les anges, Marc Antonio, que sont-ils ? Quel est le son de leur voix ? Et comment une créature corporelle peut-elle chanter comme vous avez chanté ce soir ?

— Vous êtes trop bon, monseigneur, dit Tonio.

— Puis-je me permettre de dire que c'était éthéré ? Ou est-ce que je me trompe ? Ce soir, à un certain moment, le spirituel et le corporel se sont fondus l'un dans l'autre, et c'est de leur union qu'a surgi votre chant. Je voyais autour de moi des hommes terre à terre comme partout j'en vois, occupés à rire, à boire et à se divertir, qui soudain tombaient dans un complet silence pour vous écouter chanter. Étaient-ils au summum du plaisir sensuel, ou ne s'agissait-il pas plutôt d'une extase spirituelle prenant momentanément une forme matérielle ? »

Tonio était émerveillé de la gravité du cardinal. Son admiration ouverte lui allait droit au cœur, et il eût volontiers renoncé à cette foule, à ce vin, à l'agréable animation de cette soirée pour se retrouver seul en compagnie du prélat et causer un moment de ces choses-là avec lui.

Mais le cardinal lui prit la main et le ramena vers la compagnie. Des laquais en livrée ouvrirent devant eux les deux battants de la porte du salon et, au moment où ils allaient se séparer, le prélat fit à Tonio un dernier et furtif aveu :

« J'ai appris de vous quelque chose, Marc Antonio, murmura-t-il. Vous m'avez appris à aimer ce que je ne comprends pas. Ne pas aimer la beauté parce qu'elle est incompréhensible serait vanité, et non vertu. »

Sur quoi il gratifia Tonio d'une petite accolade compassée.

Le comte Raffaele di Stefano congratula aussi Tonio de sa musique, en lui avouant que l'opéra ne lui avait jamais fait beaucoup d'effet jusque-là. Ensuite, tout en ne lui adressant que rarement la parole, il ne quitta pas Tonio d'une semelle, observant tout son entourage avec des regards jaloux.

À mesure qu'avançait la soirée, la vue de Raffaele éveillait en Tonio une concupiscence grandissante. Des images précises de sa chambre à coucher lui passaient dans l'esprit, et par moments il lui paraissait que Raffaele n'était pas fait pour porter des habits comme le reste des hommes. Les poils drus de ses avant-bras dépassant de ses manchettes de dentelle étaient d'une telle indécence que Tonio se força à en détacher son regard, faute de quoi il fût parti sur-le-champ avec le jeune comte.

Une seule chose contrariait Tonio : Christina Grimaldi n'était pas venue.

Il l'avait cherchée partout. Si elle avait été là, il l'aurait forcément vue ; il n'arrivait pas à s'expliquer son absence.

Assurément, il l'avait bien vue au théâtre ! Et il comprenait qu'elle se fût abstenue de venir le voir dans sa loge. Mais pourquoi pas ici, dans la maison du cardinal Calvino ?

Son esprit échafaudait les pires hypothèses. À l'idée qu'elle l'avait vu s'exhiber en travesti, il se sentait sombrer en plein cauchemar. Toutefois il l'avait saluée d'une courte révérence, et elle lui avait rendu son salut depuis la loge de la comtesse ; il l'avait vue battre frénétiquement ses petites mains l'une contre l'autre après chacune de ses arias, avec un sourire qu'il discernait clairement même à travers le gouffre qui les séparait.

Alors pourquoi n'était-elle pas là ?

Il ne pouvait se résoudre à poser la question à Guido ou à la comtesse, qui d'ailleurs étaient inséparables ce soir.

Des gens qui se trouvaient là, beaucoup étaient venus pour la seule raison que c'était le cardinal Calvino qui donnait le bal. La comtesse s'était mis en tête de présenter le plus de monde possible à Guido et à Tonio, de manière à persuader des personnes qui n'étaient jamais allées au théâtre de leur vie de se rendre à l'opéra le lendemain.

Mais le succès du spectacle était quasiment assuré.

Ruggiero était convaincu qu'il ferait salle comble chaque soir jusqu'à la fin du carnaval, et Tonio aussi bien que Guido furent engagés à plusieurs reprises dans des pourparlers relatifs à leurs futurs projets.

Il fut question de Bologne, de Milan, voire de Venise.

Venise ! Tonio s'était aussitôt récusé.

Mais toutes ces propositions, ainsi que le fait d'être présenté à des altesses, lui donnaient d'agréables frissons.

Enfin Guido et Tonio se retrouvèrent seuls derrière une porte close. Et, en s'avouant la légère stupeur que leur faisait éprouver à l'un comme à l'autre la violence de leur désir, ils firent l'amour.

Guido s'assoupit, mais Tonio resta éveillé comme s'il avait eu la volonté de ne pas laisser échapper une seule bribe de cette nuit.

À la fin, quand le soleil d'hiver projeta sur les dalles du sol ses faisceaux de poussières dansantes, Tonio arpenta seul ces vastes pièces encombrées, arrêtant parfois son regard sur l'énorme monceau de lettres et de présents entassés à hauteur d'homme sur un guéridon de marbre.

Il ne voulut pas boire de vin et demanda qu'on lui fît porter du café fort.

Puis il approcha une chaise du guéridon et il se mit à fourrager dans ce fouillis de parchemins décorés qui craquaient sous les doigts. Il se disait qu'il ne cherchait rien, qu'il faisait cela simplement parce qu'il fallait le faire. Mais il cherchait quelque chose.

Partout il voyait des patronymes vénitiens. Un autre lui-même, froid et serein, déchiffra les salutations de sa cousine Caterina : ainsi, elle lui avait manqué de parole et elle était là. Eh bien, il refuserait de la voir. Il était trop heureux en ce moment pour accepter pareille rencontre. La famille Lemmo avait également assisté à la représentation, le reste des Lisani aussi et douze autres qu'il connaissait à peine.

Le monde entier l'avait donc vu affublé d'une robe de femme et émettant des sons réservés aux enfants et aux dieux ! Malgré les vieux cauchemars, les vieilles humiliations, tout s'était passé aussi merveilleusement que dans ses rêves les plus fous.

Il avala une longue gorgée de café aromatique et brûlant.

Il parcourut toute une brassée de petits billets dithyrambiques, et cette lecture ramena à sa mémoire certains moments saillants de la représentation. Il se laissa aller en arrière et, caressant d'un doigt le rebord coupant d'une feuille de parchemin raide, il se fit la réflexion qu'en ce moment les abbés devaient être réunis dans les cafés et occupés à évoquer, comme lui-même, les temps forts de la soirée.

On lui adressait des invitations de toutes sortes. Deux émanaient de nobles russes, une autre d'un Bavarois, une autre encore d'un puissant duc. Plusieurs le conviaient à des soupers tardifs après le spectacle, et c'étaient celles qui piquaient le plus sa curiosité.

Il imaginait sans peine ce qu'elles sous-entendaient. Et elles exerçaient sur lui un attrait subtil, comme si une troupe de chanteurs ambulants l'eût appelé à se joindre à elle par une musique dont les rythmes lointains faisaient vibrer les murs.

Il pensa à Raffaele di Stefano et il se demanda le temps qu'il lui faudrait pour s'habiller et aller le surprendre chez lui. Il se vit trouvant Raffaele endormi dans la chaleur animale de sa chambre. Là-dessus, une douce torpeur s'insinua en lui ; repliant les bras sur sa poitrine, il rejeta la tête en arrière et ferma les yeux.

Il n'y avait rien de Christina. Et pourquoi voulait-il donc qu'il y eût quelque chose ?

Oui, pourquoi ?

Il s'ébroua et vérifia encore une fois. Il étala devant lui les lettres qui n'étaient pas encore décachetées, parmi lesquelles il reconnut une écriture qui lui était familière.

Comme il était incapable de l'identifier plus précisément, il ouvrit la lettre. Elle contenait le message suivant :

> « Mon Tonio,
>
> Le sort qui vous est échu aurait causé la perte d'un homme inférieur à vous, mais vous l'avez transformé en victoire. C'est l'indice d'une grandeur à laquelle bien peu peuvent atteindre. Ce soir, vous vous êtes fait entendre des anges. Que Dieu soit avec vous toujours.
>
> Alessandro. »

Au-dessous de quoi il avait griffonné à la hâte, comme si l'idée ne lui en était venue qu'à la dernière minute, l'adresse de la maison où on l'hébergeait à Rome.

Il s'écoula presque une heure avant que Tonio ne sorte du palais, vêtu de pied en cap. L'air était pur et roboratif. Tonio parcourut à pied les quelques rues étroites qui séparaient le palais de la maison dont Alessandro lui avait donné l'adresse.

Quand la porte d'Alessandro s'ouvrit et que ses yeux se posèrent sur ce visage familier, Tonio fut pris d'une extraordinaire émotion. Jamais il ne lui avait semblé être si petit que dans ce couloir vide, debout en face d'un homme dont il avait pourtant atteint la taille depuis longtemps.

Puis il sentit les bras d'Alessandro se refermer sur lui et, pour la première fois depuis qu'il avait quitté Naples, les larmes lui montèrent aux yeux.

Elles lui piquaient les yeux, mais elles ne se décidaient pas à jaillir. Il se sentit envahi par une grande vague de douleur muette. Il retrouvait Venise dans cette chambre, Venise avec son dédale de ruelles et ses salles immenses qui avaient été tout ce qu'il savait de Venise pendant tant d'années. Et tout cela s'était évanoui en fumée tout d'un coup, le laissant nu, monstrueux, humilié.

Tonio força lentement ses lèvres à former le plus affectueux des sourires. Sans mot dire, Alessandro le fit asseoir sur une chaise et, avec ces mouvements lents et gracieux que Tonio reconnaissait si bien, il prit place en face de lui et tendit la main vers une carafe de vin rouge.

Il remplit la timbale posée à côté de Tonio et ils burent ensemble.

Mais ils n'échangèrent pas une parole.

Alessandro n'avait guère changé. Le fin réseau de rides minuscules qui menaçaient de fendiller sa peau lisse n'avait pas bougé d'un iota, c'était simplement un voile à travers lequel on distinguait parfaitement un rayonnement que le passage des ans n'avait pas entamé.

Il portait une robe d'intérieur en drap gris, ses cheveux châtains flottaient librement sur ses épaules, et chaque geste de ses mains délicates faisait surgir dans la tête de Tonio un flot d'images douloureuses.

« Je suis si heureux que vous soyez venu, dit Alessandro. Caterina m'avait fait jurer de ne pas entrer en contact avec vous. »

Tonio opina de la tête. Dieu sait combien de fois il avait répété à Caterina qu'il ne voulait voir personne de Venise.

« Je suis venu vous voir dans un dessein bien défini », lui répondit Tonio, mais il lui sembla que sa voix était celle de quelqu'un d'autre. Son être véritable s'était recroquevillé à l'intérieur de lui-même et se demandait en silence : Que vois-tu en me regardant ? Vois-tu ces bras interminables, cette hauteur sans cesse étirée qui franchira sous peu les bornes du grotesque ? Vois-tu... ? Il dut s'arrêter de parler.

Alessandro s'était figé dans une attitude d'attention respectueuse. Tonio poursuivit :

« Ce n'est pas seulement l'affection que je vous porte qui m'a fait venir ici, même si elle eût suffi à motiver ma venue. Mais j'aurais pu m'en dispenser et je me serais peut-être épargné du même coup beaucoup de souffrance. »

Alessandro hocha la tête d'un air débonnaire.

« Qu'est-ce donc alors qui vous fait venir ? demanda-t-il. Dites-le-moi. Que voulez-vous que je vous dise ? Que puis-je faire ?

— Ne répétez à personne que je vous ai posé cette question, mais est-ce que les spadassins qui protègent mon frère Carlo sont les mêmes que ceux qu'il avait à son service dans les derniers temps de ma vie à Venise ? »

Alessandro resta longtemps sans rien dire, puis il répondit enfin :

« Ces hommes-là ont disparu après votre départ. Les gens de l'Inquisition ont remué ciel et terre pour les retrouver. Carlo en a d'autres à son service maintenant, de dangereux scélérats... »

Tonio hocha la tête, mais sans manifester aucune émotion.

C'était exactement ce qu'il avait espéré. Ils avaient décampé de Venise pour sauver leur vie, et la péninsule italienne les avait avalés. Un jour, peut-être, Tonio reconnaîtrait leur visage quelque part, dans une foule, et alors l'occasion ferait le larron. Mais il se souciait assez peu de leur sort, et d'ailleurs il n'était pas exclu que Carlo eût trouvé un moyen de s'assurer définitivement de leur discrétion...

À présent, Carlo était le seul à l'attendre.

« Que voulez-vous savoir d'autre ? » demanda Alessandro.

Après un bref silence, Tonio lui dit :

« Ma mère ? Caterina m'a écrit qu'elle n'était pas bien.

— Ah ! Tonio, elle est au plus mal ! s'écria Alessandro. Deux enfants en trois ans, et sa récente fausse couche... »

Tonio poussa un soupir et il secoua la tête.

« Votre frère fait montre sur ce chapitre-là du même manque de retenue, de la même témérité que sur tous les autres. Mais c'est de son ancienne maladie qu'elle souffre surtout, Tonio, poursuivit Alessandro d'une voix basse et murmurante, une maladie dont vous connaissez bien la nature. »

Tonio détourna les yeux, la tête un peu penchée. Au bout d'un long silence, il demanda d'une voix blanche :

« Il ne l'a donc pas rendue heureuse ?

— Il a fait tout ce qu'il pouvait pour cela pendant un temps », dit Alessandro.

Il étudiait le visage de Tonio. Il avait l'air de supporter les deux aspects d'un problème.

« Elle pleure sur vous, Tonio, dit-il. Elle pleure sur vous depuis le début. Et lorsqu'elle a appris que vous alliez paraître à l'opéra de Rome, aller vous y entendre est devenu son obsession. Elle m'a solennellement chargé, entre autres, de lui ramener une partition de l'opéra et de lui faire une relation détaillée de tout ce que je serai capable de me rappeler. »

Alessandro eut un pâle sourire.

« Elle vous aime, Tonio », fit-il avant d'ajouter d'une voix si basse que ses paroles étaient à la limite de l'intelligible : « Elle est dans une position intenable. »

Tonio assimila sans mot dire, en évitant de regarder Alessandro, ce que ce dernier venait de lui apprendre.

Quand il parla de nouveau, ce fut d'une voix contrainte et qui manquait de naturel.

« Et mon frère ? demanda-t-il. Lui est-il fidèle ? »

— Votre frère paraît vouloir vivre à lui seul la vie de quatre hommes, répondit Alessandro, dont le visage s'était contracté. En tant qu'homme public, il a merveilleusement bien réussi, mais dans le privé ses appétits insatiables lui valent de n'être guère admiré.

— Est-ce qu'elle sait ?

— Je ne crois pas, dit Alessandro. Il prend beaucoup de précautions avec elle. Mais il n'a jamais son content de femmes, non plus que de jeu ou de boisson... »

D'une voix monocorde, et tout en effleurant de ses doigts la main d'Alessandro en manière de ponctuation, Tonio interrogea :

« Ces femmes, dites-moi à quoi elles ressemblent ? De quelle sorte sont-elles ? »

Un air de perplexité se peignit sur le visage d'Alessandro. Manifestement, c'était une chose à laquelle il n'avait guère prêté attention jusque-là. À la fin, il haussa les épaules et déclara :

« Oh, il y en a de tous les genres. Des courtisanes, certes, et ce qui se fait de mieux, mais aussi des femmes mariées qui s'ennuient, et de temps à autre quelques jeunes filles aussi, pourvu qu'elles soient parfaitement bien faites et disposées à se laisser corrompre. Je crois qu'il se soucie seulement qu'elles soient jolies et qu'aucun scandale ne risque d'éclater. »

Il scrutait attentivement les traits de Tonio, en s'efforçant sans doute de deviner l'importance que tout cela pouvait avoir pour lui.

« Il se montre toujours très avisé et très discret. Et il est tout pour votre mère, qui vit complètement en vase clos. Mais il ne peut pas lui donner la chose qu'elle désire le plus... et cette chose, c'est son fils Tonio. »

Une expression pensive et triste se peignit sur les traits d'Alessandro.

« Elle l'aime encore, chuchota Tonio.

— Oui, répondit Alessandro, mais a-t-elle jamais fait quoi que ce soit de son plein gré ? Je vous l'assure, à bien des reprises au cours de ces derniers mois, elle serait partie à pied pour vous rejoindre si on ne l'en avait empêchée. »

Tonio hocha la tête ; tout à coup son visage fut secoué de tics comme celui de quelqu'un qui se force à contenir ses émotions mais parvient à peine à retenir ses larmes. Finalement il se laissa aller en arrière sur son siège et il but le vin qu'Alessandro lui avait servi.

Quand il releva la tête, il avait les yeux rouges, le regard vide et la mine abattue. Sa main ouverte esquissa un geste d'impuissance.

En voyant cela, Alessandro le prit impulsivement par l'épaule.

« Écoutez-moi, dit-il. Il est trop bien gardé ! Jour et nuit, dedans comme dehors, quatre spadassins l'escortent. »

Tonio hocha la tête et un sourire amer lui tordit la bouche.

« Je le sais, marmonna-t-il.

— Tonio, lancer quelqu'un contre lui serait forcément un échec et ne ferait que réveiller sa méfiance. On ne parle déjà que trop de vous à Venise, et on en parlera encore plus après votre exploit d'hier soir. Quittez l'Italie, Tonio, et attendez votre heure ! »

Tonio esquissa un autre sourire amer.

« Ainsi, vous n'y avez jamais cru ? » interrogea-t-il d'une voix douce.

Brusquement le visage d'Alessandro prit un tel air de violence que Tonio ne le reconnaissait plus. Ses traits se crispèrent et un rictus lui déforma les lèvres. Sur un ton de sombre ironie, il s'écria :

« Vous en doutiez donc ! »

Ensuite il avança son visage tout contre celui de Tonio et il ajouta :

« Je le tuerais moi-même si je pouvais.

— Non, murmura Tonio en secouant la tête. Laissez-le-moi, Alessandro. »

Alessandro se laissa retomber sur son siège. Il examina son vin, fit légèrement tourner le gobelet entre ses doigts et le porta à ses lèvres. Ensuite, il dit :

« Laissez le temps mûrir les choses, Tonio. Et pour l'amour du ciel, soyez prudent. Ne lui donnez pas votre vie — il vous a déjà tant pris ! »

Tonio fit un autre sourire et, prenant la main d'Alessandro, il la serra avec une force réconfortante.

« Chaque fois que vous aurez besoin de moi, je serai là », dit Alessandro.

Ensuite il s'installa entre eux un long silence, simple et sans lourdeur, celui de deux amis qui se connaissent depuis si longtemps qu'ils n'éprouvent plus la nécessité de se parler.

Un moment, Tonio parut s'abîmer dans ses souvenirs.

À la fin son visage s'éclaira, ses traits se radoucirent, une lueur de satisfaction s'alluma dans son regard.

« Maintenant, je veux avoir de vos nouvelles. Qu'est-ce que vous devenez, Alessandro ? Chantez-vous toujours à Saint-Marc ? Dites-moi aussi si, hier soir, vous avez été fier de votre ancien élève ? »

Une heure plus tard, Tonio se leva pour partir. Il avait de nouveau les larmes aux yeux et il ne souhaitait que des adieux expéditifs.

Mais quand leurs regards se croisèrent une dernière fois, Tonio se remémora soudain toutes les réflexions qu'il s'était faites jadis sur cet homme qu'il aimait si tendrement ; sa mémoire lui rappela cette condescendance naïve qu'il avait éprouvée, enfant, vis-à-vis d'Alessandro, dans lequel il ne voyait qu'une moitié d'homme. Tandis qu'il se tenait debout sur le seuil de cette chambre, il sentit la force poignante des remords qui s'étaient accumulés en lui à ce propos. Et il perçut toute l'étendue de la connivence tacite qui le liait à Alessandro : ils étaient de la même race, mais pour rien au monde ils ne l'eussent admis ouvertement.

« Nous nous reverrons », murmura Tonio.

Il dit cela d'une voix mal assurée, car il était bien loin d'en être convaincu. Puis il jeta ses bras autour d'Alessandro et le serra brièvement contre son cœur avant de tourner brusquement les talons et de s'enfuir à toutes jambes.

Il était presque midi. Il aurait fallu qu'il prît un peu de repos, mais il savait qu'il ne pourrait dormir. Il passa devant le palais du cardinal sans même jeter un regard au portail en fonte ouvragé et pénétra finalement dans une de ces nombreuses églises romaines qu'il n'avait jamais visitées. Il y régnait une douce pénombre éclairée par les flammes tremblotantes de centaines de cierges odorants.

Du haut de leurs niches dorées, des saints polychromes le regardaient. Des femmes en noir s'avançaient sans bruit vers la lointaine crèche où un Enfant Jésus ouvrait ses bras.

Errant le long des chapelles du bas-côté de la nef, Tonio avisa un saint inconnu de lui. Il tomba à genoux à l'ombre du minuscule autel, puis il s'étendit de tout son long sur les dalles, enfouit son visage dans ses bras et versa de grosses larmes dont il ne put même pas modérer le flot quand des femmes vinrent tour à tour, avec leur bonté de Romaines, s'agenouiller à ses côtés pour lui murmurer des mots de réconfort.

17.

Durant la semaine qui suivit, Guido et Tonio vécurent plus que jamais pour l'opéra. Chaque jour ils revenaient sur la représentation de la veille, examinaient ses fautes et ses faiblesses. Guido raturait, modifiait et donnait à Tonio des instructions plus minutieuses qu'il n'avait jamais pu lui en donner par le passé. La signora Bianchi renforçait les coutures, recintrait les paniers, cousait de nouveaux rubans, de nouvelles pierres en strass. Paolo faisait pour eux toutes sortes de petites commissions.

Bettichino se surpassait dans les trilles et les aigus, mais Tonio égalait chacun de ses tours de force. Dans les duos, leurs deux voix réunies créaient une musique plus belle que tout ce que leurs auditeurs avaient jamais entendu ; chaque fois le théâtre écoutait ces éruptions sublimes dans un silence religieux, aussitôt suivi d'une tempête de cris et de bravos, et des applaudissements nourris éclataient à chaque baisser de rideau.

Les gens du monde se pressaient tous les soirs dans les loges des deux premiers étages. Des étrangers venaient grossir les tables où l'on soupait ou jouait aux cartes, et les derniers billets étaient vendus avant même que Ruggiero eût fait ouvrir la salle.

Et chaque soir Guido devait se frayer un chemin en coulisses à travers une foule qui le tirait à hue et à dia, et des agents pendus à ses basques le harcelaient d'offres pour la saison de Dresde, de Naples, de Madrid.

Les fleurs, les tabatières, les lettres nouées d'une faveur s'accumulaient. Raffaele di Stefano, morose, acquiesçait patiemment de la tête tandis que Guido lui répétait pour la centième fois, avec beaucoup de fermeté, que Tonio n'était pas libre encore de s'abandonner au tourbillon de la vie mondaine.

Finalement, au bout de sept représentations triomphales, Guido s'assit avec la signora Bianchi au milieu du fouillis de la loge et ils dressèrent ensemble la liste des invitations que Tonio devait accepter en priorité.

Dorénavant il pourrait voir le comte Raffaele di Stefano chaque fois qu'il voudrait. Il pouvait aller chez lui dès ce soir.

Plus aucun doute ne tourmentait Guido. Son élève était sorti victorieux de toutes les épreuves concevables. Quelques-uns des meilleurs opéras du monde lui faisaient des offres. Pour la première fois Guido ne trouvait plus hasardeuse l'affirmation de Ruggiero selon laquelle l'opéra se jouerait pendant toute la durée du carnaval.

Guido était si las qu'il ne sentit vraiment tout l'effet de sa jubilation que le lendemain matin quand il aperçut à son réveil Tonio qui, debout au pied de son lit, regardait au-dehors par la fenêtre ouverte.

Le soir précédent, le comte di Stefano avait fait mine de vouloir entraîner Tonio chez lui de force. Après une courte altercation, ils s'étaient raccommodés et ils étaient partis ensemble. Et, bien que l'empressement du comte di Stefano ne laissât point d'inquiéter Guido, il avait trouvé cette scène fort divertissante.

Étant lui-même libre, puisque la comtesse avait regagné Naples, il avait passé quatre délicieuses heures avec un jeune eunuque à la peau sombre originaire de Palerme. L'adolescent, qui répondait au nom de Marcello, chantait tout juste assez bien pour pouvoir prétendre à de petits rôles, et Guido lui avait annoncé cela tout à trac.

Ensuite ils s'étaient livrés ensemble à des ébats de l'espèce la plus lente, la plus lascive et la plus délicate, car ce garçon possédait tous les arcanes de la science amoureuse. Sa peau dégageait une bonne odeur de pain chaud, et c'était un de ces rares eunuques qui sont dotés de seins menus, aussi mignons et succulents que ceux d'une femme.

Après, Guido avait glissé dans la main de ce garçon quelques pièces qu'il avait acceptées avec gratitude, en suppliant Guido de le laisser accéder aux coulisses et en lui promettant que cet argent lui servirait à faire l'acquisition d'un habit neuf.

Comprenant que de délicieuses aventures de cette sorte l'attendraient désormais chaque soir, Guido fit de son mieux pour envisager cette perspective en gardant la tête froide.

À présent l'aube était sur le point de se lever et, dans la froide lumière d'hiver qui donnait aux objets des contours vaporeux, Tonio s'avançait vers lui.

Guido se frotta les yeux. Il lui semblait que Tonio était couvert de minuscules points lumineux. Ce n'étaient en fait que des gouttes de pluie, mais Tonio n'en avait pas moins l'air d'une apparition, dans cette lumière pâle qui nimbait le velours doré de son habit, la mousse blanche de son jabot et ses cheveux noirs un peu ébouriffés. Lorsqu'il s'assit près de Guido, il irradiait de lui l'énergie un peu vacillante de quelqu'un qui vient de passer une nuit blanche.

Guido se dressa sur son séant et tendit les bras. Il sentit les lèvres de Tonio lui effleurer le front, les paupières, puis ses bras qui l'étreignaient avec leur vigueur si familière.

En cet instant, Tonio lui paraissait une merveille, presque un miracle, et il l'entendit qui murmurait tout doucement :

« Nous avons réussi ! N'est-ce pas, Guido, que nous avons réussi ? »

Guido regarda Tonio sans rien dire. L'air qui entrait à flots par la fenêtre ouverte apportait avec lui une délicieuse odeur de pluie. Étrange et belle, une pensée lui traversa l'esprit ; cette bise hivernale était si fraîche à sa narine qu'il se sentit soudain transporté au loin, très loin de cette ville et de sa pourriture, dans les campagnes montagneuses de sa Calabre natale.

Dans l'émotion de ce moment où toute sa vie passée, présente et future s'étalait devant lui, il fut incapable de prononcer une seule parole. Il avait trimé si dur, il était si fourbu, son esprit était si peu accoutumé à éprouver tant de bonheur !

Mais il répondait muettement du regard à la question de Tonio.

« C'est possible à présent, n'est-ce pas ? reprit la voix de Tonio. Nous allons pouvoir vivre notre vie si nous le voulons. Tout y est, à présent.

— *Si* nous le voulons, Tonio ? » dit doucement Guido. Il faisait froid dans cette chambre. Le regard de Guido glissa sur Tonio et se posa sur le ciel laiteux. Les gros nuages gris, à l'aspect solide, avaient des reflets d'argent.

« Pourquoi dis-tu “si” ? » demanda Tonio avec douceur.

Une indicible tristesse s’était peinte sur son visage.

Mais peut-être n’était-ce là qu’une illusion car, quand il leva à nouveau les yeux sur Guido, il souriait. Ses yeux noirs étaient plissés aux coins des paupières, et son expression était si radieuse que Guido en éprouva un inévitable serrement de cœur : dans ces moments-là il aurait voulu communier pleinement avec Tonio afin de participer lui aussi et pour l’éternité à cette beauté, mais il n’y parvenait jamais.

« Après Rome, nous irons à Florence, dit-il en prenant les deux mains de Tonio dans les siennes. Qui sait où nous irons ensuite ? À Dresde, peut-être — peut-être même à Londres. Nous irons partout où il nous plaira ! »

Un frisson le parcourut, et il le sentit se communiquer à Tonio. Tonio hochait la tête, comme si la perfection du moment lui eût semblé presque trop intense. Quant à Guido, il en éprouvait une béatitude absolue, quoique muette.

Tonio était perdu dans ses pensées, à présent, et il s’enferma dans un mutisme impénétrable, ne laissant à Guido que la vision de sa jeunesse et de sa radieuse beauté. En le regardant, Guido s’aperçut qu’il pensait à une image de lui qu’il connaissait seulement depuis peu, un ravissant portrait sur porcelaine qui lui avait donné ce même sentiment puissant et mystérieux de sa présence.

Il fut pris d’une sorte d’exubérance. Après avoir embrassé Tonio avec une tendresse qui était inaccoutumée de sa part, il se leva du lit, posa ses pieds nus sur le carrelage froid, traversa la chambre sans bruit et chercha le portrait dans le fouillis de papiers qui encombrait son bureau. C’était une miniature ovale entourée d’un filigrane d’or, et dans l’obscurité il la discernait mal. Il hésita un moment, les yeux fixés sur la forme indécise de Tonio assis au bord du lit.

Puis il lui mit la miniature entre les mains.

« Elle me l’a donné il y a quelques jours, en me priant de te la remettre », confessa Guido, sans analyser la nature du plaisir qu’il éprouvait en ne lui livrant que maintenant cette petite offrande.

Tonio, le visage dissimulé par ses cheveux dénoués qui retombaient sur ses joues, regarda le portrait.

« Elle t’a bien saisi, n’est-ce pas ? Elle a fait cela complètement de mémoire », dit Guido en secouant la tête.

Il fixa ses yeux sur cette minuscule figure à la face pâle, aux yeux noirs. Il lui semblait qu’une flamme blanche brûlait au centre de la paume ouverte de Tonio.

« Elle sera fâchée que j’aie oublié de te la donner », reprit Guido.

Mais ce n’était pas d’un oubli qu’il s’agissait. Simplement il avait attendu que s’offrît un moment pareil à celui-ci, un moment où tout serait enfin calme et silencieux, et il ignorait pourquoi il en éprouvait cette curieuse jubilation.

« Et comment les choses sont-elles allées pour elle ? » demanda Tonio d'une voix basse et un peu sifflante, comme s'il avait aspiré son souffle au lieu de l'expirer en parlant. « Comment s'accommode-t-elle de sa vie à Rome, de son travail de portraitiste ?

— Oh, pour cela, elle fait fureur, dit Guido avec un sourire. Mais je crois que, ces jours derniers, elle a passé beaucoup trop de son temps à l'opéra. »

Guido observait Tonio, tandis que ce dernier abaissait derechef son regard sur le portrait.

À chaque rappel, Tonio levait les yeux vers la loge de Christina et il s'inclinait très bas et avec grâce. Et la jeune femme, le corps tendu au-dessus du vide, lui répondait par un sourire lumineux en battant follement des mains.

« Mais comment va-t-elle ? insista Tonio. N'y a-t-il donc personne pour veiller sur elle ? La comtesse n'a-t-elle pas... ? Ou bien plutôt... »

Guido attendit un moment, puis lentement il fit demi-tour et retourna à son bureau. Il s'y assit, et son regard dévia vers la fenêtre où l'on voyait un ciel vide d'étoiles qui s'éclairait et changeait de forme et derrière lequel perçaient les premiers rayons d'un frileux soleil hivernal.

« N'a-t-elle pas des parents qui se soucient de son sort ? murmura Tonio. Et que diraient-ils s'ils apprenaient qu'elle a fait pareil cadeau à un... »

À nouveau il laissa sa phrase en suspens. À présent il tenait la petite miniature à deux mains, comme une chose terriblement fragile.

Guido ne put se retenir de sourire.

« Tonio, dit-il avec douceur, c'est une jeune femme indépendante, qui mène sa vie comme nous menons la nôtre. »

Puis, d'une voix encore plus douce, il ajouta :

« Faudra-t-il donc que ce soit moi qui te jette dans ses bras ? »

Sixième partie

1.

Aussitôt après avoir salué, Tonio se fraya un chemin jusqu'à sa loge à travers la foule compacte qui encombrait les coulisses, pria la signora Bianchi de renvoyer le cocher de Raffaele avec des regrets polis et se changea à la hâte.

Il avait fait porter son billet à Christina après le second entracte, et toute la suite de la représentation lui avait semblé un véritable supplice.

Enfin, au moment où le rideau tombait pour la dernière fois, Paolo lui avait mis dans la main la réponse de Christina.

Mais c'est seulement lorsqu'il eut entièrement revêtu l'habit du vrai Tonio, les cheveux encore tout emmêlés, qu'il déchira fébrilement l'enveloppe. C'était une note qui disait simplement : *Place d'Espagne, au palais Sanfredo. Mon atelier est au dernier étage.*

Un instant, Tonio fut incapable de la moindre réaction. Guido venait d'entrer, porteur de nouvelles de la plus haute importance : on leur proposait de jouer à Florence pour Pâques, et pour la première fois on leur offrait de les faire passer dans tous les grands théâtres d'Italie avant qu'ils soient appelés à l'étranger.

« Ils souhaitent une réponse au plus vite, dit Guido en donnant une petite tape au papier qu'il tenait à la main.

— Et qu'ont-ils donc à être si pressés ? » demanda Tonio à mi-voix.

La signora Bianchi venait d'entrer et refermait la porte à grand-peine, en disant comme chaque soir : « Il faudrait tout de même que vous sortiez, ne serait-ce que quelques minutes ! »

« Mais parce que c'est des prochaines Pâques qu'il s'agit, soit quarante jours après la fin des représentations ici », expliqua Guido, et il ajouta : « Florence, Tonio !

— Très bien, Guido... c'est-à-dire... Enfin, nous en reparlerons... »

bafouilla Tonio en s'efforçant vainement de remettre de l'ordre dans sa coiffure.

Avait-il bien plié et empoché le billet de Christina ? Guido se versait un verre de vin.

Paolo se faufila à l'intérieur de la loge et s'affala le dos à la porte, en contrefaisant la mine de celui qui vient de l'échapper belle.

« Sortez à présent, Tonio, et finissez-en ! » dit la signora Bianchi. Elle le fit pivoter sur lui-même et le poussa dans la direction de la foule.

Pourquoi cela lui demandait-il un tel effort ? Tous, ils voulaient le toucher, l'embrasser, lui parler, lui prendre la main et lui dire combien il les avait émus, et il n'aurait voulu causer de désappointement à personne. Mais plus il faisait de sourires, de signes de tête, plus on lui parlait. Pour finir, lorsqu'il eut enfin réintégré la loge, il était dans un tel état d'agitation qu'il arracha le verre de vin de la main de Guido et le vida d'un trait.

On apportait les fleurs habituelles, de grands bouquets de fleurs de serre. La signora Bianchi murmura à l'oreille de Tonio que les gens du comte di Stefano l'attendaient dehors.

« Malédiction ! » jura Tonio. Il sentit le billet de Christina dans sa poche. Il n'était pas signé, mais il le sortit avec beaucoup de brusquerie et, sous les yeux effarés de ses trois compagnons qui le regardaient comme on regarde un fou, il le tint à la flamme d'une bougie jusqu'à ce qu'il se fût entièrement consumé. Au moment où il allait sortir, la signora Bianchi lui cria :

« Eh là, une minute ! Où vous en allez-vous comme ça ? Il faut nous le dire, au maestro et à moi.

— Qu'est-ce que cela peut vous faire ! » grommela Tonio d'un ton rogue. Quand il vit le sourire ambigu qui s'était peint sur le visage de Guido, lequel affichait un air de supériorité bonasse pour ces excès puérils de passion, il se sentit bouillir d'une secrète fureur.

Aussitôt qu'il eut posé le pied dans le corridor, il aperçut les gens de Raffaele. Ce n'étaient pas des laquais. C'étaient des spadassins.

« Signore, Son Excellence souhaiterait vous voir...

— Oui, eh bien ! ce soir c'est impossible. », fit Tonio d'un ton bref en se dirigeant vers la porte qui donnait sur la rue.

Il crut un instant que les spadassins n'allaient pas le laisser passer. Mais avant de porter la main à son épée ou de faire une autre folie de ce genre, il réitéra son refus d'une voix glaciale. De toute évidence, sa réaction les avait pris au dépourvu, et dans leur perplexité ils ne purent se résoudre à l'entraîner de force jusqu'au carrosse qui l'attendait à la porte.

Mais, tandis qu'il montait à bord de sa propre voiture, Tonio les vit enfourcher leurs chevaux et, après avoir ordonné à son cocher de le mener place d'Espagne, il conçut un petit stratagème.

À la hauteur du palais Sanfredo, Tonio fit mettre sa voiture au pas. Arrivé deux ruelles plus bas, à un endroit où le petit cabriolet raclait presque les murs, il se glissa à l'extérieur, referma sa portière et se dissimula dans l'ombre de l'obscure venelle, d'où il regarda passer les hommes de main du comte.

Le grand moment était venu.

Il pénétra dans le vestibule du palais et, voyant qu'une torchère brillait sur le palier, il s'arrêta et examina les lieux. La cage d'escalier était comme une rue, froide et malpropre. Il fixa son regard sur ce décor sinistre, en essayant de faire le vide dans son esprit. Il savait quelles pensées l'auraient obnubilé sans cela : que depuis trois ans, quatre même, cette femme était la seule qu'il eût tenue dans ses bras ; et qu'il lui était impossible de retarder davantage cette échéance, même s'il ignorait en quoi elle consistait au juste.

L'idée lui vint confusément que cette rencontre allait peut-être mettre un point final à leurs rapports. Il n'allait lui trouver ni charme ni beauté et il serait libéré d'elle.

Mais il ne bougeait toujours pas.

Il fut pris tout à fait au dépourvu lorsque la porte s'ouvrit et que parurent deux Anglais devisant dans leur langue, qui le saluèrent aussitôt avec cordialité. Apparemment, la taille de Tonio les impressionnait beaucoup, bien qu'ils fussent eux-mêmes d'une stature supérieure à celle du commun des Italiens, et Tonio en fut mortifié. Il était intimement persuadé qu'ils le regardaient de cet air effaré parce qu'il était hideux, et il les suivit d'un œil glacial tandis qu'ils gravissaient l'escalier.

S'il avait pu se regarder en ce moment même dans une glace, il y eût sans doute aperçu l'image d'un enfant trop vite grandi que les miroirs, parfois, lui renvoyaient ; mais peut-être y eût-il vu celle d'un monstre irrémédiablement défiguré... Il se perdit dans ses réflexions. Une tristesse débilitante était en train de le gagner. C'était facile : il n'avait qu'à s'en aller et passer la soirée avec le comte ; après un affront aussi irréparable, cette fille n'aurait plus d'autre choix que de l'éviter.

C'est avec une légère stupéfaction qu'il se vit poser le pied sur la première marche et entreprendre l'ascension de l'escalier.

La porte de l'atelier était ouverte, et la première vision qu'il eut en entrant fut celle du ciel à travers les fenêtres, parsemé d'étoiles éclatantes.

La pièce proprement dite était très grande, très vide et plongée dans l'ombre. En face de Tonio et à sa droite, de grandes verrières s'élevaient très haut au-dessus de lui, et un large panneau de verre obliquement encastré dans le plafond découvrait un autre morceau du ciel nocturne.

Ses pas rendaient un son creux ; un instant, il eut l'impression qu'il vacillait et que le ciel bougeait autour de ce petit édifice dressé au cœur de Rome comme autour d'un bateau que le roulis incline.

Mais les étoiles l'émerveillaient. Les constellations se dessinaient avec une clarté prodigieuse. Il aspira à pleins poumons, pendant un long moment, l'air vif et frais qui venait à lui de toutes parts, et il se mit à tourner lentement dans l'atelier ; il lui semblait qu'il ne redoutait plus rien en ce monde, et tout à coup il se sentit très petit et très libre.

C'est seulement alors que les formes des objets que renfermait la pièce émergèrent de l'obscurité : une table, des chaises, des toiles dressées sur leur chevalet, où des ombres confuses surgissaient du fond blanc, et des assemblages serrés de pots et de flacons. L'âcre odeur de la térébenthine se superposa soudain à celle, plus lourde et suave, de la peinture à l'huile.

Puis il vit Christina, debout, enveloppée d'ombre, dans l'angle le plus éloigné des verrières, la tête couverte d'un capuchon aux plis lâches.

Tonio se sentit envahi par une peur paralysante, et toutes les questions qu'il s'était posées en imaginant cette situation revinrent le tarauder : qu'allait-il dire à Christina, comment allaient-ils engager la conversation, que fallait-il qu'ils se communiquent ? Qu'est-ce qui était implicite dans leurs relations, pourquoi étaient-ils ici l'un et l'autre ?

Il sentit un tremblement dans ses membres et, heureux qu'il fit nuit, il inclina la tête avec déférence. La tristesse semblait envahir cette haute pièce ouverte et y dresser un mur épais qui aveuglait la nuit elle-même. Alors Tonio se demanda si cette fille n'était pas l'innocence même, et le souvenir de sa beauté prit dans son esprit une forme presque désincarnée.

Dans la réalité, toutefois, une ombre mystérieuse s'avançait vers lui, et, comme du fond d'un sépulcre, il en sortait une voix qui prononçait son nom :

« Tonio ! » fit Christina, comme si, déjà, une familiarité les liait et, en entendant sa voix basse et presque tendre, Tonio porta machinalement une main à ses lèvres.

À présent il discernait les traits sous ce capuchon qui lui rappelait ceux des prêtres qui accompagnent les condamnés à mort jusqu'à l'échafaud. Il tendit le bras et, voulant abolir la dernière barrière qui les séparait, il repoussa le capuchon qu'il fit glisser sur les épaules de Christina.

Christina ne se déroba pas. Elle n'avait pas peur. Si peu même que, quand les doigts de Tonio se refermèrent sur ses cheveux torsadés et les écartèrent avant de lui empoigner la nuque, elle se rapprocha de lui.

Se haussant brusquement sur la pointe des pieds, elle lui offrit totalement son jeune corps sous sa mince enveloppe de drap fin et de dentelle, et il sentit la douceur tendre de son menton, ses lèvres inexpertes qui se livraient mollement aux siennes. Et puis cette douce langueur l'abandonna soudain et elle fut secouée de spasmes qui manifestaient un désir incoercible.

Ce désir se communiquait à Tonio, il se répandait dans tous ses membres, il le buvait à la source des lèvres de Christina, de sa gorge douce et tiède, des rondeurs qu'il devinait au creux de son corsage.

Il s'immobilisa, lui serra la tête avec violence contre sa poitrine et enfouit le visage dans ses cheveux, soulevant à deux mains des boucles chatoyantes qui, même dans cette pièce noyée d'ombres hivernales, jetaient de blondes lueurs. Il sentit les petits cheveux frisottés lui chatouiller le visage et, bouleversé d'émotion, il ne pût retenir un râle très doux.

Christina se redressa et, prenant Tonio par la main, l'entraîna dans une autre pièce.

Les doigts de la jeune femme firent à Tonio l'effet d'objets étranges et précieux sous leur gaine de chair d'une grande douceur. Il souleva la main de Christina et en prit les doigts dans sa bouche.

Ils arrivèrent face à un lit qui se dressait contre le mur du fond d'une chambre, entouré d'un amas hétéroclite de meubles recouverts de housses qui laissaient supposer que la pièce était en général inhabitée.

« Des bougies, murmura Tonio. De la lumière. »

Elle resta d'abord immobile, l'air incompréhensif, puis elle secoua négativement la tête.

« Si ! Je veux vous voir ! » souffla Tonio.

Il la souleva très doucement de terre et la tint contre lui de manière que leurs deux visages fussent face à face. Les cheveux rabattus de Christina recouvraient leurs deux têtes comme un voile, et Tonio resta un moment sans rien faire, sentant seulement son propre tremblement intérieur et les petits frissons de Christina qui se communiquaient à lui.

La prenant au creux de son bras, il verrouilla machinalement la porte et trouva un chandelier qu'il saisit et posa à l'intérieur même du lit, dont les lourdes tentures de velours dégagèrent, quand il les tira, une piquante odeur de poussière. Ensuite il gratta un bâtonnet soufré et alluma successivement toutes les bougies ; une vive lumière se répandit dans toute cette petite caverne calfeutrée de draperies molles. Christina était à genoux, en face de Tonio, et sur son visage adorable, les yeux d'un bleu ténébreux, dont les cils gris sombre étaient humides comme si elle eût pleuré, contrastaient merveilleusement avec les lèvres dont le pâle incarnat n'avait jamais été souillé par aucun fard. À sa grande surprise, Tonio s'aperçut que la robe qu'elle portait sous sa houppelande noire était une exquise toilette de soie violette qui mettait à ses joues de subtiles lueurs mauves, et faisait paraître les globes de ses seins d'une blancheur presque phosphorescente au-dessus des ruchés du corsage. Elle avait autour du visage un nimbe violet qui dessinait de pâles ombres sur ses joues couvertes d'un duvet soyeux et fin comme celui d'une pêche.

Tonio avait vu tout cela d'un coup d'œil, mais plus que la beauté de ce visage, ce fut son expression qui le bouleversa. Il éprouva une sorte d'effroi qui accéléra encore le rythme déjà frénétique de son pouls, car il devinait que ces tendres chairs dissimulaient une âme aussi inflexible et aussi entière que la sienne. Christina n'avait pas peur de lui ; elle était brûlante d'ardeur, de courage, de volonté. Elle tendit le bras, saisit le chandelier, et du regard elle implora Tonio de souffler les bougies.

« Non, non... », murmura-t-il.

Il tendit la main vers son visage. Il hésita : c'était bien moins facile que de baiser sa gorge dans le noir. Puis il sentit sous ses doigts la peau duveteuse et, lorsque sa main entra en contact avec la chair, il grimaça comme s'il s'était brûlé. Le visage de Christina perdit sa gravité ; ses sourcils sombres s'allongèrent, prenant la forme effilée de deux traits de crayon, et ses yeux lumineux s'emplirent de larmes qui voilaient ses prunelles bleues tout en les faisant paraître plus grandes et qui restèrent suspendues au bord de ses paupières comme si elles avaient eu peur de s'écouler.

Tonio moucha les bougies entre ses doigts et il tira les tentures, révélant à nouveau la demi-pénombre de la chambre, puis il se retourna vers elle, ivre de désir ; cette subite ardeur alarma Christina, et elle eut un mouvement de recul, mais Tonio lui arracha son corsage de soie et ses seins jaillirent à l'air libre.

Elle poussa un petit cri et elle fit mine de se débattre, mais il l'attira contre lui et la retint par des baisers. Il sentit les dents au-dessous des lèvres, et la douceur fondante de la chair à l'intérieur d'elles et il tourna sa langue dans tous les sens jusqu'à ce que la bouche de Christina s'ouvrît sous ses baisers comme un minuscule portail tapissé de chair malléable.

Puis il se débarrassa de ses vêtements, qu'il laissa écrasés sous leurs deux corps, et il se coucha de tout son long sur Christina, nichant son visage au creux de ses seins.

La passion enhardissait Tonio. La vue de Christina nue, l'odeur animale de son corps l'enfiévraient. Il prit un mamelon dans sa bouche, le mordilla, fit de même avec le second, et il les sentit durcir sous sa caresse. Il se redressa à genoux et il fit asseoir Christina comme s'il avait voulu la protéger encore un moment de lui.

Ses cheveux blonds tombaient sur les épaules nues de Tonio, son front dur et chaud s'écrasait à sa joue, et ces seins lourds et brûlants qui palpitaient contre sa poitrine étaient la matérialisation de tous ses rêves. Elle était si pleine de douceur et d'abandon que Tonio, incapable de faire durer ces préliminaires, d'explorer longuement de ses doigts toutes ses anfractuosités secrètes comme on effeuille une fleur, pétale après pétale, fut pris d'un désir impérieux de la posséder sur l'instant.

Tout à coup il la renversa sur le lit et la maintint clouée sous lui. Elle se raidit, voulut se débattre, mais il la tranquillisa par des baisers tandis que sa main glissait vers la toison humide entre ses jambes.

Elle poussa un petit gémissement de terreur, et Tonio se détacha d'elle et attendit, patiemment, tout en caressant cette chair secrète qu'il sentait gonflée sous ses doigts et dont l'odeur puissante lui montait au cerveau.

Christina l'enlaçait à présent, elle se collait contre lui. À la fin, elle leva les hanches et il plongea en elle, éprouvant sous lui la résistance élastique d'un orifice trop étroit, mais son corps ne lui obéissait plus. Et au moment précis où les derniers remparts de sa résistance s'écroulaient devant lui, il se sentit buter contre la barrière de l'innocence de Christina et il s'envola au septième ciel.

Christina pleurait. Elle était cramponnée à Tonio et elle pleurait, écartant de sa main menue les mèches de cheveux humides qui lui retombaient sur le visage. Tonio s'était dressé sur son séant et, un bras passé autour d'elle, il abaissait un regard fixe sur la silhouette menue recroquevillée sous une cascade de cheveux blonds. Il lui fit lever le visage. Il lui semblait que, si elle s'éloignait maintenant, il en mourrait de chagrin.

« Je ne voulais pas vous faire mal... murmura-t-il. Je ne savais pas... »

Mais la bouche de Christina se tendit vers lui, menue, offerte comme avant.

Ses membres nus, comme mus par une force involontaire, enroulèrent autour des siens leur capiteuse guirlande, et il vit, sur le drap, la tache sombre de son sang virginal.

À nouveau il lui chuchota de douces paroles de réconfort, il l'enveloppa de murmures et de baisers, mais les mots qu'il prononçait lui semblèrent venir d'ailleurs, de très, très loin. Il aimait Christina à la folie. Elle était à lui à présent. La vue de ce sang sur les draps lui avait ôté la faculté de penser rationnellement. Cette femme était à lui ! Aucun homme ne l'avait possédée avant lui ! Une sorte de folie libidineuse le prenait ; il voyait le cours de sa vie se fissurer et s'obscurcir devant lui comme une route que transforme soudain un tremblement de terre. Avec terreur, il éprouva la nécessité absolue de faire *sentir* à Christina le plaisir qui le terrassait, ainsi qu'il avait lui-même observé celui qui terrassait le cardinal au cours des premières nuits qu'ils avaient passées ensemble quelques mois auparavant.

Quelques mois seulement ! Il lui semblait que des années s'étaient écoulées depuis, et tout cela lui semblait aussi perdu que Venise dans les lointaines brumes du temps.

Il aurait voulu la prendre encore et faire preuve cette fois de tant de dextérité et de douceur que tout son chagrin s'évacuerait hors d'elle comme le sang s'était écoulé entre ses jambes ; il l'embrasserait à cet endroit-là, il embrasserait la chair satinée de ses aisselles et de l'intérieur de ses cuisses, celle du dessous de ses seins lourds, et il lui donnerait ce que n'importe quel homme n'eût pu lui donner, il dépenserait pour elle tous ces trésors de fureur impatiente et d'adresse qui avaient été l'encens et le vin de toutes les nuits qu'il avait passées à faire l'amour pour le seul plaisir de le faire, ces nuits où il n'avait pas tenu dans ses bras cette créature précieuse, vulnérable et tremblante.

« Quel mystère ! » souffla Tonio à voix basse, et il sentit son cœur cogner dans sa poitrine.

2.

Tonio se réveilla à dix heures dans son lit, au palais, et il se mit aussitôt au travail, exécutant, pour réchauffer sa voix, une série de duos périlleux avec Paolo. Ensuite il revêtit son habit préféré, en velours gris, avec un gilet en broderie et un jabot d'un blanc neigeux, ceignit la plus lourde de ses épées et s'en alla immédiatement via del Corso, où il fit ranger sa voiture à côté de celle de Christina avant de se glisser aussi furtivement que possible de l'une dans l'autre.

La vision de Christina l'éblouit ; il se jeta sur elle et la couvrit de baisers brusques et empressés. Il l'aurait prise sur-le-champ, dans le carrosse, s'il avait pu la persuader de lui céder.

Le soleil du matin avait réveillé des senteurs parfumées dans les cheveux tièdes de Christina ; elle clignait imperceptiblement des yeux. Sous les cils noirs battants, le bleu limpide de ses adorables prunelles ne paraissait que plus émouvant. Il effleura du bout des doigts le bord de ses paupières. Il se sentit pris d'un amour violent pour sa lèvre inférieure gonflée par une légère moue.

Mais il savait que la tristesse menaçait de le reprendre à tout moment. Il cessa de l'embrasser et la tint simplement contre lui. Il la fit asseoir sur ses genoux, il la berça au creux de son bras droit. Ses cheveux tombaient sur Tonio comme une pluie d'or. Son visage prit cet air ensorcelant de gravité et de candeur mêlées et, pour la première fois, Tonio l'appela par son nom :

« Christina. »

Moqueusement, il essaya de prononcer ce nom à la manière anglaise, qui était aussi sa manière à elle, en l'accentuant d'un seul bloc, mais, avec une grimace dégoûtée, il renonça à ses efforts et le répéta à l'italienne, en plaçant la langue à l'avant de la bouche, en sorte que l'air passait entre les syllabes et que le mot chantait.

Elle éclata d'un rire qui était comme du vif-argent.

« Vous n'avez dit à personne que j'étais chez vous hier au soir ? lui demanda Tonio à brûle-pourpoint.

— Non, mais pourquoi faudrait-il le cacher ? » répondit-elle.

Sa voix aiguë aux inflexions chantantes dégageait une telle autorité que Tonio en était subjugué et qu'il avait toutes les peines du monde à prêter attention au sens de ses paroles.

« On voit bien là que vous êtes une jeune écervelée qui ne sait rien du monde, dit Tonio. Je ne veux pas vous laisser avec cette opprobre à porter. L'idée que vous devez vous débattre seule avec la réprobation du monde me serait insupportable. Vous n'avez aucun souci de vous-même !

— Vous pensez donc déjà à me laisser seule ? » demanda Christina.

Cette question frappa Tonio d'une grande stupeur ; il se demanda si son visage trahissait son sentiment. Mais il ne pouvait réfléchir calmement. Une seule idée lui tournait dans la tête : c'était qu'il était près de Christina et qu'il la tenait dans ses bras.

« Dans ce cas, autant vous faire fuir une bonne fois pour toutes, dit-elle, en vous disant que je me soucie du monde comme d'une guigne.

— Mmm... » fit Tonio.

Il se donnait beaucoup de peine pour écouter ce que disait Christina, mais elle était bien trop appétissante, et sa manière de parler, si pleine de pétulance, ajoutait encore à son charme. La détermination qui émanait d'elle s'accordait mal à son apparence voluptueuse ; Tonio n'arrivait pas à croire qu'elle fût un être humain comme les autres et que des appas si gracieux pussent dissimuler une cervelle.

Non, tout cela n'était que billevesée. Si ravissante qu'elle pût être, les paroles qu'elle gazouillait étaient nettes, sans fioritures, et dénotaient la plus vive intelligence.

« Ce que les gens attendent de moi, cela m'est indifférent, expliquait-elle. J'ai été mariée. J'étais une épouse obéissante. Je faisais tout ce qu'on me disait de faire.

— Mais à ce qu'il semblerait, l'homme auquel vous étiez mariée était trop vieux pour se souvenir de ses droits et de ses privilèges, objecta Tonio. Vous êtes jeune, vous avez hérité d'une fortune, vous allez pouvoir vous remarier.

— Je ne me remarierai pas », affirma-t-elle.

Un rayon de soleil, perçant les branches basses de l'arbre à l'ombre duquel s'abritait la voiture, lui faisait imperceptiblement cligner les yeux.

« Pourquoi faut-il que ce soit vous qui me disiez ces choses-là ? reprit-elle avec un étonnement sincère. Pourquoi vous est-il si difficile de comprendre que je désire être libre, faire de la peinture, avoir un atelier, mener ma vie à ma guise ?

— Vous dites cela maintenant, répondit Tonio. Mais plus tard vous changerez peut-être d'avis, et rien ne vous nuira plus qu'une réputation de débauchée.

— Non, dit-elle en lui effleurant les lèvres de ses doigts, ce n'est pas de la débauche. Je vous aime. Je vous ai toujours aimé. Je vous ai aimé la première fois que je vous ai aperçu, il y a bien des années, et vous le saviez. Vous l'aviez tout de suite compris.

— Non ! s'écria Tonio en secouant la tête. C'est l'image de moi sur une scène, dans la tribune d'un chœur, que vous aimiez. »

Elle réprima un rire.

« C'est vous que j'aimais, Tonio, c'est vous que j'aime en ce moment. L'amour que je vous porte n'a rien de contraire à la morale, et même si tel était le cas, cela me serait égal. »

Tonio se pencha pour l'embrasser. Dans cet instant, il accordait pleinement foi à ce qu'elle disait, car une alchimie subtile transmuait sa juvénile et innocente douceur en quelque chose de plus fort et de plus solide, et il s'en convainquit encore en la prenant entre ses bras. Néanmoins, avec beaucoup de douceur, il insista :

« J'ai peur pour vous. Et je ne suis pas sûr de bien tout comprendre.

— Mais qu'y a-t-il donc à comprendre ? lui murmura-t-elle à l'oreille. Pendant toutes ces années, à Naples, où vous ne cessiez pas de m'observer à la dérobée, vous n'avez pas vu combien j'étais malheureuse ? »

Elle l'embrassa et elle appuya sa joue à la sienne.

« Comment vous dire ce qu'est ma vie ? Je peins du matin au soir, je peins la nuit, à la lueur des bougies. Je rêve qu'on me confie la décoration de chapelles, de cathédrales. Mais j'ai de plus en plus envie de faire des portraits, de peindre les visages des riches et des pauvres, ceux des gens qui ont fait de moi une artiste à la mode, et d'autres que je rencontre au hasard des rues. C'est donc si difficile à comprendre, une vie comme celle-là ?

Les mains de Tonio ne se lassaient pas de la toucher, de la caresser, de repousser en arrière ses boucles blondes et profuses qui retombaient aussitôt.

« Savez-vous ce que je suis ? dit-elle soudain avec un sourire adorable. J'éprouve un tel bonheur depuis que je vis à la place d'Espagne que je suis devenue comme une simple d'esprit. »

Tonio rit. Mais l'instant d'après ses traits s'altérèrent et une expression soucieuse s'y peignit.

« Une simple d'esprit ? murmura-t-il.

— Oui, une sorte d'imbécile. » Elle fronça les sourcils. « C'est-à-dire qu'à mon réveil je n'ai déjà que la peinture en tête et que j'y pense encore le soir en m'endormant, et que la seule idée qui me tracasse un tant soit peu est celle que les journées n'ont pas assez d'heures... »

Tonio la comprenait. Dans ses pires moments, lorsqu'il ne pouvait se retenir de penser à Carlo, à Venise, quand il lui semblait que les murs du palais Treschi se matérialisaient autour de lui dans une lumière qui était celle de Venise, c'était à la simplicité dont Christina était en train de parler qu'il aspirait. Cette simplicité, Tonio y eût accédé s'il n'en avait pas été empêché par tout cela. Guido en jouissait, lui, parce que la passion de la musique le dévorait, parce que son travail était la musique et qu'il ne rêvait que de musique. C'est cela qui lui faisait ce visage curieusement lisse alors même qu'il venait de passer une semaine à trimer nuit et jour jusqu'à l'extrême limite de ses forces.

« N'était ma solitude, continuait Christina d'une voix lointaine et émouvante, n'était ma solitude affective, j'aurais une vie absolument parfaite.

— Il n'y manquerait que de l'amour ? chuchota Tonio. Ainsi, mon amour suffirait à la rendre parfaite ? »

Elle se leva et entoura de ses bras le cou de Tonio. La lumière vacillait et changeait derrière elle, passant de l'or au vert, du clair au sombre. Il ferma les yeux et il s'accrocha à elle de ses grandes et larges mains qui éprouvaient sa petitesse et sa douceur. S'il avait jamais, de toute sa vie, été aussi heureux, il avait dû l'oublier, et il se jura que, quoi qu'il advînt ensuite, il n'oublierait jamais le bonheur de cet instant-là.

Ils passèrent le reste de la matinée dans une frénésie d'activité légère.

Ils coururent les marchands d'antiquités. Christina y dénichait des peintures anciennes qu'elle marchandait avec autant d'acharnement qu'un homme. Elle connaissait les propriétaires des boutiques, qui parfois même attendaient sa visite, et elle se mouvait avec assurance parmi ces entassements de trésors poussiéreux, en oubliant la présence de Tonio, auquel ces boutiques sombres et grouillantes plaisaient infiniment. Il feuilletait des incunables, examinait de vieilles cartes, admirait d'anciennes épées. Il découvrit une partition de

Vivaldi, et d'autres recueils encore plus anciens, dont il fit aussitôt l'achat.

Mais la plupart du temps il se bornait à observer Christina avec des yeux subjugués, tandis que les marchands chicanaient, pour finalement se résigner au prix qu'elle leur offrait. Tonio aida le cocher à emballer avec soin dans une vieille couverture et à attacher au toit de la voiture des débris de statues antiques qu'elle avait achetés en expliquant qu'ils feraient d'excellents modèles. Elle acheta aussi quelques portraits qui, bien qu'écaillés et noircis, dénotaient encore de la richesse et de l'expressivité dans le détail.

Tonio se sentait à l'aise avec Christina, dont le sang-froid l'amusait et le stimulait. Le sentiment qu'elle avait une vie riche et pleine gonflait son cœur d'un bonheur intense. Il buvait ses paroles tandis qu'elle lui détaillait ses trésors, lui expliquait qu'elle devait apprendre à mieux peindre les mains et les pieds, qu'il lui fallait absolument faire des études de fleurs et de drapés, lui montrait ce que tel tableau avait de bon et par où il péchait.

Il avait le sentiment merveilleux qu'il la connaissait depuis toujours, qu'ils ne s'étaient jamais quittés, qu'il avait toujours joui de cette aimable complicité avec elle ; en même temps, il la découvrait, et chaque fois qu'elle remuait, chaque fois qu'elle rejetait en arrière ses cheveux blonds, il se sentait envahi d'une stupeur muette.

Le carrosse quitta Rome et prit la direction du sud à travers une campagne parsemée de vestiges, ici les restes d'un grandiose aqueduc envahi de plantes grimpantes, et çà et là une colonne encore debout marquant l'emplacement d'un éboulis de ruines. Christina évoquait d'une voix douce les beautés de l'Italie et racontait qu'elle y avait reconnu le paysage de ses rêves quand elle l'avait découverte et que son mari, qui s'était toujours montré avec elle d'une grande bonté, l'avait promenée à travers tout le pays en la laissant dessiner et peindre à son gré.

Au début, Tonio s'y retrouvait encore, car ils n'étaient pas loin de la villa de la comtesse, mais ils s'enfoncèrent encore plus vers le sud, en direction de la mer, et ils se retrouvèrent bientôt sur une allée bordée d'une double et interminable rangée de peupliers dressant sur le ciel bleu leurs cimes effilochées.

Au bout de cette allée se trouvait une bâtisse qui étirait de part et d'autre sa longue façade rectangulaire lépreuse et lézardée, dont la peinture ocre décrépite s'écaillait si bien qu'elle frémissait par endroits comme le feuillage d'une vigne. Malgré cela et malgré ses fenêtres vides qui béaient comme des gouffres noirs, l'édifice brillait d'un vif éclat sous le soleil généreux.

Christina, prenant Tonio par la main, lui fit franchir la porte d'entrée ouverte.

Des feuilles mortes parsemaient le carrelage noirâtre. Il y eut un froissement dans l'ombre et de petites poules aux pattes frénétiques surgirent à la lumière. Des bêlements de moutons à la résonance sépulcrale s'élevèrent vers les hauts plafonds. Des gerbées de paille étaient entassées contre les murs peints, et la pluie avait creusé le long des fresques des fissures d'où l'eau cascadait sur les vieux meubles vermoulus.

« Quelle est cette maison ? » interrogea Tonio.

Christina était à quelques pas devant lui, et sa taille lui donnait un air de majesté tandis qu'elle levait légèrement ses jupes au-dessus du sol. Ses cheveux coulaient le long de son dos en un flot exubérant qui lui descendait plus bas que la taille.

Tonio se figea sur place. Il tremblait presque devant cette vision de désolation qui le ramenait des années en arrière, à Venise, quand un rayon de soleil venait le surprendre alors qu'il se tenait dans une pièce vide pareille à celle-ci, son tambourin à la main, et que la musique s'élevait de lui, rythmique et sauvage, puis s'éteignait tandis qu'il fermait les yeux et goûtait la tiède caresse du soleil sur ses paupières.

Il sentait l'air remuer autour de lui. Il n'éprouvait ni chagrin ni regret. Quand il rouvrit les yeux, il vit les faisceaux de lumière qui pénétraient par les fenêtres dans lesquelles se dessinait la forme de collines lointaines, et la maison lui apparut comme un gigantesque squelette ouvert à tous les vents, à toutes les pluies, imprégné d'une odeur de pousses vertes et d'humus fertile.

De l'escalier, Christina l'appelait du geste.

« Cette maison peut être la mienne si je le souhaite », lui dit-elle en lui posant une main sur le bras tandis qu'il gravissait l'escalier à sa suite. « Lui donnez-vous votre bénédiction ? »

Elle le regarda avec des yeux pleins d'innocence et d'une subite vulnérabilité.

« Ainsi, je pourrai parcourir toute l'Europe comme peintre, faire des portraits partout et peut-être même ces peintures d'églises dont je rêve ; et ensuite revenir chez moi, ici, dans cette maison. »

Ils étaient arrivés au sommet de l'escalier. Tonio suivit Christina à l'intérieur d'un grand salon spacieux d'où l'on avait vue sur la campagne environnante. L'herbe qui s'étendait à partir de la longue ligne grise des peupliers était haute comme du blé, et les nuages bas avaient des reflets d'or.

Christina était debout devant lui, et son petit visage aux joues arrondies était d'une telle douceur qu'il avait envie de le prendre dans ses mains.

Mais il émanait d'elle une énergie qui s'était manifestée avec force quand elle avait parlé de ses projets et de ses rêves. Tonio se rendit compte alors, avec étonnement, qu'il avait presque toujours été entouré d'hommes et de femmes bien incapables de faire preuve d'autant d'énergie et de nourrir de tels projets. Certes Guido, lui, en était capable avec autant de flamme que Christina ; un personnage comme Bettichino, lui aussi, avait cette force-là, et sans doute était-ce l'apanage de tous ceux qui avaient voué leur existence à la musique, ou à la peinture, comme Christina. C'est ce qui distinguait cette femme de toutes les comtesses, les marquises, les ducs, somptueusement vêtus, qui venaient acclamer Tonio soir après soir... mais étaient incapables d'idéal. Elle, oui, il pouvait la comprendre, il pouvait comprendre son langage, son mode de vie, sa force d'âme. Et c'est aussi pour cette raison qu'elle lui avait toujours paru tellement seule, même quand elle dansait dans des salons où se pressait la foule.

Il la regardait intensément, il plongeait son regard dans le sien, qu'une espèce de trouble semblait à présent assombrir. Avait-il imaginé qu'elle ne serait pour lui qu'une chair propre à lui rendre l'illusion de sa virilité perdue ? Cette enveloppe qui l'avait séduit, cette apparence frivole et inaccessible, il l'avait vue se déchirer sous ses yeux, pour révéler une artiste frémissante et impérieuse. Mais comme il percevait dans son visage quelque chose qui ressemblait à de la détresse, il l'attira à lui et la prit dans ses bras. Il tint son visage dans ses mains, rejeta en arrière la masse de ses cheveux qui masquaient son regard, et au moment où il s'abandonnait à elle, elle se donna à lui, et ils firent l'amour sur un tas de foin, au milieu des courants d'air, mais réchauffés par la tendresse qui les unissait.

Tonio rêvait de neige.

Il n'avait pas vu de neige depuis Venise, et il n'en avait jamais vu de si dense, qui faisait tout disparaître sous son épais manteau. Pourtant il rêva qu'il se réveillait au même endroit et qu'il trouvait la campagne couverte à perte de vue d'un tapis blanc immaculé. Le givre étincelait sur les peupliers dénudés, et de la neige brillait au creux de leurs branches pointues. Des flocons merveilleux et légers tombaient sur toute l'étendue visible du monde et ils s'engouffraient par les fenêtres brisées, si bien que le sol de la pièce était lui aussi couvert d'un tapis d'un blanc ahurissant.

Christina était avec lui, mais il lui était impossible de la toucher. Et il voyait se dessiner sur le mur du fond cent figures qu'il n'avait pas remarquées auparavant, des archanges aux ailes immenses guidant les damnés vers l'enfer du bout de leurs glaives flamboyants, des saints martyrs levant au ciel des yeux révulsés d'angoisse. C'étaient des dessins à la pierre noire, tellement gonflés de vie qu'on eût pu croire que la main de Christina les avait fait sortir du mur dont ils étaient captifs ; il voyait le front noueux des archanges, et au-dessus de leurs têtes le ciel où les flammes qui jaillissaient pour dévorer les pécheurs en déroute léchaient des nuages écumeux.

Il fut terrifié par l'immensité de cette composition devant laquelle se déplaçait la forme menue de Christina dont la jupe oscillait doucement au-dessus du sol tandis qu'elle tendait çà et là sa main pour retoucher ce qui semblait irrévocable et immuable.

Mais, quand elle se tourna vers lui, il vit que la neige l'avait atteinte elle aussi, que les flocons qui entraient en tourbillonnant par la fenêtre ouverte constellaient de mouchetures brillantes sa robe, sa poitrine, ses épaules frêles. Ses cheveux étaient couverts d'une fine couche de cette neige qui continuait de tomber doucement sur eux.

Que voulait donc dire cette chute de neige, si improbable à cet endroit ? Même dans son sommeil, Tonio se torturait l'esprit à ce sujet. Pourquoi cette paix soudaine et glaciale, cette beauté resplendissante ? Regardant à nouveau au-dehors, vers ces collines doucement arrondies et surmontées d'un ciel à la nacre changeante, il se dit qu'il n'était plus en Italie, qu'il était à mille lieues de tout ce qu'il aimait, de tout ce qu'il craignait, de tout ce qui comptait pour lui. Venise, Carlo, les lents progrès de sa vie en direction du chaos, tout cela n'existait plus ! Il était simplement quelque part, ailleurs, dans le vaste monde, et la neige devenait de plus en plus drue, de plus en plus blanche, de plus en plus éblouissante.

Il sentit les bras de Christina se refermer autour de lui. Les anges et les saints le regardaient depuis le mur avec des yeux courroucés. Il l'aimait. Il comprit qu'il n'avait plus peur d'elle.

Tonio s'éveilla.

Il était allongé sur la paille, seul, et le soleil de l'après-midi finissant lui chauffait la figure. Longtemps il demeura sans faire un geste, sans même tendre les bras en direction de Christina. Lentement, son regard perça les ombres, et il discerna sur le mur une grande esquisse vivement crayonnée pareille à celle qu'il avait vue en rêve et sûrement aussi avant de s'endormir, bien qu'il n'en eût gardé aucun souvenir. Et Christina se tenait debout en face de son dessin.

3.

Chaque soir, Tonio se précipitait hors du théâtre aussitôt après le dernier rideau, se glissait au bas de son carrosse sur la via del Corso et se hâtait à travers un dédale de ruelles fangeuses jusqu'à la place d'Espagne. Il allait retrouver Christina en secret, car les spadassins de Raffaele le suivaient toujours.

Une vieille servante noiraude et ratatinée trottinait de-ci de-là en feignant d'épousseter et de mettre de l'ordre et en lui jetant, de ses petits yeux noirs, des regards dégoûtés qui signifiaient « Ah, les hommes ! », et chaque soir sa seule vue suffisait à mettre Tonio au comble de l'agacement. Mais Christina surgissait sans bruit de la grisaille fumeuse de la pièce, et cette apparition le rassérénait. Elle buvait ses baisers comme une drogue, les yeux mi-clos, elle fondait silencieusement sous son étreinte, et il la tenait un long moment serrée sur son cœur. Alors elle l'implorait de consentir à poser pour elle.

Tonio était secoué de tremblements. Sa soif d'amour le torturait. Toute l'excitation sans mélange qu'il avait éprouvée sur la scène se rassemblait dans un seul désir exacerbé.

Pourtant il acquiesçait de la tête. Il la lâchait. Elle s'éloignait de lui, elle qu'il désirait comme il n'avait jamais rien désiré, et une grande détresse le prenait.

Bientôt une débauche de chandelles illuminait l'atelier, et la lumière ascendante transformait en miroirs les hautes verrières. Christina faisait asseoir Tonio en face d'elle, plaquait une feuille de papier sur une planchette et commençait à le portraiturer au pastel, en étalant rapidement les couleurs avec les bouts de ses doigts qui se couvraient vite de taches bigarrées.

Souvent le grattement rythmique des crayons berçait Tonio jusqu'à l'assoupissement. Tout alentour des visages le regardaient, des visages débordants de vitalité et de sève ; certains appartenaient à des hommes et à des femmes connus de lui, d'autres étaient de proportions mythiques sous des cieux écrasants et des nuages, si criants de vérité qu'on avait l'impression qu'ils étaient sur le point de s'en aller à la dérive. Au loin, dans un cadre doré, la figure bienveillante du cardinal Calvino planait au-dessus de Tonio, si vibrante, si ressemblante, rendue avec tant de puissance qu'il en éprouvait un malaise confus.

Christina avait du talent, à n'en pas douter. Ses visages, qu'ils fussent familiers ou inconnus, avaient une force qui frappait Tonio en plein cœur.

Et elle, au milieu de tout cela, travaillait, ses cheveux se tordaient comme des serpents dans la lumière, et Tonio la trouvait de plus en plus étrange.

Eût-elle été fâchée si elle avait deviné ses pensées ? Il lui trouvait l'air aussi insolite dans cet endroit qu'une colombe qui, chue des hauteurs du ciel sur les touches d'un clavecin, en eût joué à la perfection. Elle dégageait une telle sensualité, elle lui semblait l'incarnation même du désir. Comment ses appas pouvaient-ils dissimuler tant d'esprit, de talent, et tant de force d'âme ? Tonio en était bouleversé.

Au bord de la transe hypnotique, il se tourmentait encore un peu plus en se la représentant en train de lire des livres, chose dont elle avait sans doute l'habitude, ou de composer des traités de philosophie, car il l'en aurait volontiers cru capable. Ensuite son esprit revenait se fixer sur la main de Christina, aux doigts maculés de craie grasse, qui s'agitait frénétiquement, brisant l'un après l'autre ses bâtonnets en deux et semant la pagaille dans sa boîte. Tonio la regardait d'un œil morne tandis que, vibrante de concentration, elle étalait ses couleurs à petites touches rapides. Sa seule envie était de se jeter sur elle, de l'étreindre.

Certes ils auraient tout le temps de faire l'amour, mais il craignait que son tourment n'augmente encore dans les moments qui suivraient.

Un souvenir vague hantait obscurément sa mémoire ; il était dans un endroit merveilleux, rempli de musique, et tout à coup la musique s'arrêtait et une terreur sournoise s'insinuait dans son cœur. La musique ressemblait à du Vivaldi, aux violons échevelés des *Quatre Saisons*. Et quand elle s'arrêtait, Tonio sentait l'air vide autour de lui.

Christina acheva enfin son tableau. Dix jours entiers, Tonio avait été sous son empire, et il n'avait pas accordé une seule minute à qui que ce soit d'autre qu'à l'opéra et à elle.

Aux approches de l'aube, elle leva le portrait et le tint face à Tonio, qui poussa une exclamation étouffée.

Sur la petite miniature laquée qu'elle lui avait fait remettre par Guido, Tonio avait un air de candide douceur. Mais de ce pastel se dégageait une noirceur, une morosité, une froideur même, qu'il ne lui semblait pourtant avoir jamais dévoilées.

Comme il ne voulait pas la peiner, il marmonna de vagues compliments, puis il reposa le tableau, s'assit à côté d'elle sur le petit banc de bois et lui ôta son bâtonnet des mains.

L'aimer : c'était tout ce que sa raison et ses sens pouvaient lui commander de faire. Il la prit contre lui, s'étonnant une fois de plus de l'infime distance qui sépare la passion aveugle de la cruauté pure.

Aimer quelqu'un ainsi, c'était être sa chose. La liberté s'évanouissait avec la raison, et le bonheur avait pour lui un lieu et un moment privilégiés. Il serrait Christina contre lui, sans rien dire, et ce corps doux et brûlant écrasé contre le sien lui avouait de terribles secrets.

L'aimer. L'aimer. L'avoir à lui.

Il la porta jusqu'au lit, l'y allongea, et chercha en elle l'oubli de lui-même.

Ensuite ce fut un moment d'intimité comme il en avait tant connu avec Guido, pendant lequel, le corps enfin au repos, il ne désira plus que d'être auprès d'elle.

Le couvert était mis, les chandelles allumées. Christina couvrit les épaules de Tonio d'une robe d'intérieur, et elle l'entraîna jusqu'à la table où la vieille servante avait disposé du vin et des assiettées de pâtes fumantes. Ils se régalèrent de rôti de veau et de pain chaud et, quand ils eurent fini ce repas trop copieux, Tonio assit Christina sur ses genoux et, les yeux fermés, ils jouèrent ensemble des mains et des lèvres.

Bientôt leur jeu prit la forme suivante : tandis que Tonio palpait à tâtons les arêtes de son visage menu, Christina tâtait aveuglément les contours du sien ; il serrait ses fines épaules entre ses larges mains, elle s'accrochait aux siennes, et ainsi de suite, jusqu'à ce qu'ils eussent exploré chacun toutes les parties du corps de l'autre.

Tonio se mit à rire ; et, comme si elle n'eût attendu qu'un signal de lui, le rire enfantin de Christina répondit aussitôt au sien. Leurs deux corps étaient si différents à tous les points de vue ! Tonio tâta sa lèvre inférieure douce comme de la soie, son ventre doux et rond, le creux de ses genoux, puis il la prit dans ses bras et la porta à nouveau dans le lit pour partir en quête de ces anfractuosités humides, de ces replis duveteux, de toutes ces zones palpitantes et chaudes qui n'appartenaient qu'à elle, tandis que le jour tremblait aux fenêtres.

L'aube s'était levée et le soleil entrait à flots dans l'atelier. Tonio était assis à la fenêtre, les deux mains croisées sur le rebord. Il s'émerveillait de penser encore, tout au fond de lui-même, à Domenico, à Raffaele, au cardinal Calvino, et il s'étonnait que ces pensées lui fissent encore éprouver une certaine émotion.

Le merveilleux là-dedans, c'était qu'il les avait aimés tous. Mais dans ce moment de grande paix, le souvenir de ces amours passées ne pouvait le tourmenter réellement. Et Guido ? Il aimait Guido plus que jamais, à présent, mais c'était un amour dont la plénitude paisible ne laissait plus place à la passion.

Et ici, qu'éprouvait-il donc ?

Tonio se sentit pris de vertige, et la paix de son rêve de neige s'enfuit loin de lui.

Il regarda Christina.

Couchée dans son lit, elle dormait à poings fermés. Tonio eut le sentiment d'être pour elle un mari, un frère, un père. Il aurait voulu l'entraîner hors d'ici et l'emmener très, très loin. Très loin, mais où ? Dans un pays de neige ? Ou retourner peut-être dans cette villa où ils pourraient vivre ensemble jusqu'à la fin des temps ? Un terrible sentiment de fatalité s'abattit sur lui. Quel rôle avait-il joué dans tout cela ? Qu'avait-il vraiment espéré ? Il n'était pas libre d'aimer qui que ce soit, il n'était même pas libre d'aimer la vie.

Il comprit que, s'il ne la quittait pas sur-le-champ, il serait esclave d'elle à tout jamais. Sentir ainsi l'inexplicable pouvoir qu'elle avait sur lui lui donnait envie de pleurer ou de s'allonger près d'elle et de la tenir serrée contre lui.

Il l'aimait avec tant de désespoir qu'elle pourrait bientôt lui faire subir à sa guise les caprices les plus cruels. Il comprit alors qu'il n'avait jamais éprouvé de peur dans toutes ses amours, que Guido lui-même ne lui avait inspiré aucune crainte. Mais d'elle, il avait peur, horriblement peur, et il ignorait pourquoi ; il savait seulement que cette peur était à la mesure de la capacité qu'avait Christina de le faire souffrir.

Pourtant Christina ne chercherait jamais à lui nuire. Il la connaissait. Il avait exploré tous ses coins d'ombre. Et il avait senti qu'il y avait au fond d'elle une immense et simple bonté, à laquelle il aspirait de toute son âme.

Il courut jusqu'au lit, glissa ses deux bras sous le corps de Christina et l'étreignit jusqu'à ce que ses yeux, très lentement, s'ouvrissent et le fixassent sans le voir.

« Est-ce que tu m'aimes ? » chuchota Tonio.

À voir Tonio ainsi, les yeux de Christina s'agrandirent et une douce tristesse envahit son regard. Il sentit qu'elle s'ouvrait à lui complètement, et elle lui souffla un « oui ! » décidé, comme si elle venait seulement d'en acquérir l'absolue certitude.

À quelques jours de là, par une après-midi où la moitié de Rome semblait s'être rassemblée dans l'atelier, Christina était penchée sur son chevalet, les joues barbouillées de pastel, les cheveux négligemment retenus par un ruban violet, tandis qu'autour d'elle des hommes et des femmes devisaient, sirotaient du vin ou du thé anglais ou feuilletaient des gazettes d'Angleterre. Et Tonio, un peu à l'écart, la couvait des yeux et il comprenait qu'il lui appartenait corps et âme. Quel insensé tu fais, Tonio, se dit-il : tu te tortures à plaisir, comme si tu ne souffrais pas déjà assez sans cela. Mais ce n'était pas vraiment une décision qu'il avait prise.

4.

Guido sentait que quelque chose ne tournait pas rond et il savait que Christina n'y était pour rien.

Le carnaval approchait à grands pas, cela faisait des semaines qu'ils jouaient devant des salles combles, et cependant Tonio se refusait obstinément à discuter de futurs engagements. Guido avait beau insister, Tonio l'implorait de le laisser tranquille.

Il prétextait la fatigue, la distraction, il prétendait qu'il devait aller rejoindre Christina sur l'heure. Il protestait qu'il était incapable de penser à rien, étant donné qu'ils étaient, elle et lui, attendus à trois heures chez une princesse allemande.

Tonio n'était jamais à court de prétextes. De temps à autre, Guido parvenait à l'acculer dans un coin de sa loge, mais dans ces moments-là son visage se butait dans cette expression de froideur glaciale qui avait toujours fait vibrer en Guido les cordes d'une terreur muette et, d'une voix bégayante de colère, il disait :

« Guido, je ne peux pas penser à ça en ce moment. Ce que je fais chaque soir n'est donc pas assez ?

— Assez ? Mais ce n'est encore rien, Tonio ! » répondait Guido.

Au début, Guido s'était convaincu que c'était à cause de Christina.

Somme toute, il n'avait jamais vu Tonio comme cela, si complètement captivé par sa liaison qu'il lui consacrait tout le temps qu'il passait hors du théâtre.

Mais lorsque enfin il se rendit chez Christina par une fin d'après-midi où Tonio assistait à une réception à laquelle il n'avait pu se soustraire, il ne fut pas surpris d'entendre les dénégations de la jeune femme : elle n'avait rien fait pour dissuader Tonio d'accepter cet engagement pour Pâques à Florence, Tonio ne lui en avait même pas soufflé mot.

« Guido, je suis prête à le suivre n'importe où, dit-elle avec simplicité. Je puis peindre partout aussi facilement qu'ici. Je n'ai besoin que d'un chevalet, de couleurs et de toiles. Cela ne me fait rien d'aller au bout du monde... du moment que Tonio est avec moi. » Elle avait dit cette dernière phrase d'une voix un peu tremblante.

Ses derniers visiteurs venaient de prendre congé. Les domestiques étaient en train de débarrasser les tables des verres et des tasses vides. Christina, les manches retroussées, s'affairait avec ses huiles et ses pigments. Des bocaux de vermillon, de pourpre et d'ocre étaient posés devant elle. Les bouts de ses doigts étaient rouges.

« Ah, Guido ! dit-elle en ramenant ses cheveux en arrière. Pourquoi refuse-t-il de parler d'avenir ? » Puis, comme si la réponse de Guido lui avait fait peur, elle s'empressa d'ajouter : « Pourquoi tient-il tant à ce que nos rapports restent secrets ? Pourquoi veut-il faire croire à tout le monde que nous sommes seulement bons amis ? Je lui ai dit pourtant que, si cela ne tenait qu'à moi, il vivrait déjà ici avec moi ! Guido, tous ceux à qui cela importe n'ignorent pas que nous sommes amants. Et savez-vous ce qu'il m'a dit, tout dernièrement ? Il était très tard, il avait un peu trop bu, et il s'est mis à me parler de vous. Il m'a dit qu'il n'y avait aucun doute pour lui : malgré tout ce qu'il avait pu vous en coûter, vos rapports avaient eu pour vous un résultat bénéfique et vous n'en tireriez que des avantages. “Il a le vent en poupe à présent”, m'a-t-il dit. Mais il a ajouté que moi, en revanche, je n'en aurais aucun profit ; il ne voulait pas que, lui parti, je reste seule avec ma réputation perdue. Mais pourquoi parle-t-il de me quitter, Guido ? Jusqu'à ce soir j'avais peur que ça ne soit vous qui l'exhortiez à renoncer à moi. »

Guido savait que Christina le fixait d'un regard implorant, mais il ne pouvait pas la rassurer. Il accentua simplement la pression de sa main sur celle de la jeune femme. Il promenait son regard sur le panorama de toits que surplombaient les hautes verrières de l'atelier, et il éprouvait ce frisson glacé qui signalait le retour de sa vieille ennemie, de sa vieille terreur.

Il se borna à dire à Christina qu'il parlerait à Tonio, puis, après lui avoir doucement effleuré les joues de ses lèvres, il se leva pour partir.

Oubliant son tricorne, il descendit le sonore escalier, déboucha parmi la foule de la place d'Espagne et prit la direction du Tibre. Il allait lentement, tête basse, les mains au dos.

Rome l'avait pris au piège de ses ruelles sinueuses et le menait à travers une série de petites places irrégulières. Il passait devant des statues héroïques et des fontaines scintillantes, l'esprit tour à tour recroquevillé par la terreur et illuminé par les lueurs d'une compréhension renouvelée.

Au bout de ce qui lui parut une éternité, il se retrouva à déambuler sur le merveilleux pavement de marbre multicolore de la basilique Saint-Pierre. Son errance le mena le long des monumentaux tombeaux des papes. Des squelettes, sculptés avec tant de réalisme qu'ils donnaient l'impression d'avoir été exhumés de ces cercueils de pierre, le regardaient en ricanant. Et la foule des pèlerins venus du monde entier le ballottait çà et là.

Il savait ce qui arrivait à Tonio. Il l'avait pressenti bien avant de se rendre chez Christina, mais il avait fallu qu'il la vît pour en avoir le cœur net.

Et il revoyait l'image que son esprit pesant et peu soucieux de métaphores avait retenue du verbiage du maestro Cavalla : Tonio était en train de se déchirer lentement en deux.

Guido assistait présentement au combat des deux jumeaux, celui qui n'aspirait qu'à vivre et celui qui ne pouvait vivre qu'avec l'espoir d'une vengeance.

Et à présent que Christina attirait de son côté le jumeau blanc, à présent que l'opéra le comblait de tant de bonheurs et de promesses, le jumeau noir, dans son effroi, tentait d'anéantir ce double dont la propension à aimer menaçait son existence.

Guido ne comprenait pas tout. Son esprit avait du mal à jongler avec les métaphores. Il retenait tout de même ceci : que plus Tonio recevait de la vie, plus il s'apercevait qu'il ne pourrait véritablement profiter de ses bienfaits aussi longtemps qu'il n'aurait pas réglé ses comptes avec Venise.

Debout, seul, au milieu des flots incessants de l'énorme foule qui arpentait la plus grande église du monde, Guido mesurait toute son impuissance.

« Je ne peux pas... » murmura-t-il, en entendant distinctement sa voix résonner au-dessus du brouhaha ambiant. « Je ne peux pas vivre sans toi ! »

Les grandes colonnes de lumière qui descendaient des vitraux brouillaient sa vue. Personne ne lui prêtait la moindre attention tandis que, pétrifié sur place, il parlait tout seul. « Mon amour, ma vie, ma voix ! souffla-t-il. Sans toi, pas de vent en poupe ! Sans toi, il n'y a rien ! »

Et ce pressentiment qui lui était venu sur la route de Rome, cette peur de perdre à jamais son jeune et fidèle amant, n'étaient rien en comparaison des ténèbres qui s'épaississaient sans cesse autour de lui maintenant.

Le carnaval avait commencé. Les soirées devenaient plus tièdes. À l'opéra, le public était déchaîné. La comtesse était de retour à Rome et elle donnait un bal chaque soir dans sa villa.

Guido avait tiré un trait sur tous ses beaux projets pour la saison de printemps. Mais il n'en avertit pas les émissaires de l'opéra de Florence. S'il avait seulement pu obliger Tonio à s'engager là-dessus ! Tonio ne revenait jamais sur sa parole, et cela lui aurait donné un petit sursis. Un peu de temps ! Il n'avait plus que cela en tête.

Un après-midi de bonne heure, alors que Guido était occupé à composer un nouveau duo que Bettichino et Tonio pourraient essayer quand ils en auraient assez de rabâcher toujours les mêmes (ce qui commençait à être le cas), un envoyé du cardinal se présenta pour lui annoncer que le signor Giacomo Lisani, de Venise, désirait être reçu par Tonio.

« Qui est-ce ? » demanda Guido avec humeur. Tonio était allé se perdre avec Christina dans le chahut du carnaval.

Il reconnut le jeune homme blond aussitôt qu'il l'aperçut. C'était lui qui était venu voir Tonio le soir de Noël, à Naples, quelques années plus tôt.

Il était le cousin de Tonio, et le fils de cette femme qui lui écrivait si souvent. Il avait avec lui une petite malle, ou plutôt un grand coffret, qu'il souhaitait remettre à Tonio personnellement.

Il eut l'air très désappointé de s'entendre dire qu'il ne pourrait voir Tonio sur-le-champ. Une fois que Guido lui eût expliqué qui il était, le jeune Vénitien lui dit ce qui l'amenait.

Quinze jours plus tôt, à Venise, la mère de Tonio était décédée des suites d'une longue maladie.

« Vous voyez pourquoi je tiens à lui parler moi-même », dit Giacomo.

Mais l'on chercha Tonio en vain, et Guido s'opposa à ce que Giacomo lui annonçât cela juste avant la représentation du soir.

Ce fut donc passé minuit, après s'être à nouveau présenté chez le cardinal avec son coffret, que son jeune cousin lui apprit cette nouvelle, sans ambages, mais avec toute la délicatesse dont il était capable.

Guido espéra qu'il ne verrait plus jamais sur le visage de Tonio une expression pareille à celle qui s'y peignit.

Après avoir embrassé son cousin, Tonio partit seul dans sa chambre avec la petite malle, l'ouvrit, et en inspecta brièvement le contenu. Ensuite il annonça simplement à Guido qu'il allait sortir faire un tour.

« Laisse-moi t'accompagner ou, du moins, te conduire chez Christina, dit Guido. N'essaye pas de porter cette croix sans nous ! »

Un long moment Tonio le regarda d'un air perplexe, comme s'il venait de proférer la chose la plus déconcertante du monde, et Guido éprouva toute la profondeur du fossé qui le séparait et le séparerait toujours de Tonio. La part de la vie de Tonio qui était liée à Venise était ténébreuse, secrète, et il ne pouvait y laisser pénétrer aucun de ses nouveaux amis.

« Je t'en prie, dit Guido, la bouche sèche et les mains tremblantes.

— Guido, si tu m'aimes, il faut me laisser seul à présent », dit Tonio. Mais il fit l'effort de le dire gentiment, avec un demi-sourire et en levant vers Guido une main rassurante tandis que ce dernier, sans un mot, le regardait sortir.

Le cardinal entra dans la chambre quelques minutes plus tard.

Guido était resté seul et il s'était approché de la malle que Tonio avait laissée béante pour voir ce qu'elle contenait.

Et tandis qu'il examinait un à un ces objets, un tel sentiment de désolation s'était emparé de lui qu'à présent il ne pouvait même plus parler.

La malle contenait toutes sortes de choses.

Des recueils de musique, par Vivaldi la plupart du temps, sur lesquels une main enfantine avait laborieusement calligraphié le nom : « Marianna Treschi ». Des livres aussi, contes de fées français, légendes tirées de la mythologie grecque, de celles dont on peut faire la lecture à un enfant.

Mais Guido se sentit glacé de peine et d'horreur en découvrant des pièces d'habillement qui avaient appartenu à un tout petit garçon.

Il y avait une minuscule robe blanche, celle dans laquelle sans doute on avait baptisé Tonio, et une demi-douzaine de petits costumes. Tout cela avait été amoureusement préservé. Il y avait de toutes petites chaussures, et même plusieurs paires de gants minuscules.

Il y avait enfin des portraits, plusieurs miniatures sur émail et une huile qui donnait une image très vivante de l'adorable enfant au regard sombre que Tonio avait jadis été.

En regardant ces choses, Guido s'apercevait que c'étaient toutes les reliques d'une existence que les autres chérissent, mais que l'on conserve rarement soi-même.

On les avait rassemblées, emballées et expédiées à Rome comme pour bien montrer que la maison Treschi n'abritait désormais plus personne qui eût de l'affection pour ce jeune homme qui y avait jadis vécu. Comme si Tonio et tous les gens qui avaient partagé son existence d'autrefois eussent été définitivement morts.

À nouveau le cardinal demanda d'une voix douce s'il pouvait faire quelque chose. Il avait renvoyé ses gens et il était resté là, seul, patient, d'une charité infinie, à attendre que ce musicien qui le laissait languir à sa porte comme un vulgaire laquais voulût bien s'apercevoir de sa présence.

Guido leva les yeux sur lui. Il marmonna de respectueuses excuses en essayant de deviner ce que cet homme pouvait avoir envie de savoir de la vie de Tonio et en se demandant quelle intervention serait possible de sa part.

Il observa le prélat tandis que celui-ci examinait la malle et ses trésors hétéroclites. Après quoi il lui déclara avec douceur :

« La mère de Tonio est morte. »

Et au moment où il proférait ces simples paroles, il comprit que cette Marianna Treschi, qu'il n'avait jamais vue, était sans doute l'ultime frein qui avait retenu Tonio d'entreprendre son inévitable voyage à Venise.

5.

Les dernières de l'opéra eurent lieu, dans une grande frénésie, alors que le carnaval romain battait son plein. De l'aube à la nuit, l'étroite via del Corso était envahie par une foule grouillante de travestis en fête, des spectateurs masqués se pressaient devant les baraques foraines qui s'alignaient de part et d'autre de la chaussée. Les chars fleuris des grandes familles, somptueusement ornés et croulant sous le poids de sultans, d'Indiens, de dieux et de déesses costumés de la façon la plus extravagante, se traînaient lentement au long de l'avenue. L'immense char des Lamberti avait pris pour thème la naissance de Vénus, et la petite comtesse, debout sur une conque de papier mâché et parée de guirlandes de fleurs, y figurait elle-même la déesse de l'amour. Le char était suivi d'un cortège de carrosses avançant au pas, dont les occupants masqués lançaient tout autour d'eux de pleines poignées d'amandes à la praline, et partout des hommes travestis en femmes, des femmes déguisées en hommes et toutes sortes de créatures de sexe indéterminé paradaient dans leurs costumes de princes, de pirates, d'Arlequins ou de Colombines. C'étaient les mêmes vieux thèmes, c'était la même folie.

Tonio, le visage masqué d'un loup, les vêtements cachés par un long tabarro noir, tenait la main de Christina qui avait les cheveux peignés en arrière et attachés à la nuque comme ceux d'un homme, et dont l'uniforme d'officier mettait en valeur le corps gracile. Ils couraient çà et là, Tonio soulevant parfois son bras drapé pour protéger Christina d'une volée de confettis tourbillonnants. Ils se faufilaient jusqu'aux premiers rangs des badauds pour mieux voir les singeries d'un Polichinelle débridé, s'échappaient un moment de la cohue pour reprendre haleine et échanger des baisers à l'abri d'un porche d'église.

En fin d'après-midi, on fit évacuer la chaussée pour la grande course de chevaux, point culminant des réjouissances de la journée. D'abord on promena les chevaux de la piazza del Popolo à la piazza Venezia avant de les ramener à la première d'où ils repartirent, cette fois à bride abattue, vers la seconde. Ce fut une ruée sauvage, dangereuse aussi, puisqu'il était inévitable que quelques bêtes s'égarent dans la foule avant que le gros de leur troupe n'eût débouché piazza Venezia dans un grand tumulte de sabots et qu'on eût proclamé le vainqueur.

Puis, comme le soleil se couchait enfin, les gens se démasquèrent, la rue se vida et tout le monde s'en fut à l'un des nombreux bals qui se donnaient en ville ou, gourmandise suprême, au théâtre.

À l'opéra, la salle se déchaînait plus que jamais. Les spectateurs avaient ôté leurs masques, mais la plupart étaient encore déguisés et s'en donnaient à cœur joie sous les plis du tabarro libérateur. Les femmes, délicieusement accoutrées en militaires, prenaient des privautés qu'elles n'eussent pas osées sans, culotte et les deux clans adverses, celui de Bettichino et celui de Tonio, soulevaient en s'affrontant des désordres paroxystiques.

Les loges surpeuplées menaçaient de s'effondrer, et la vaste salle croulait à tout bout de champ sous de généreuses tempêtes d'applaudissements, d'acclamations et de battements de pieds.

Après cela chacun rentrait chez soi, sachant que les festivités reprendraient à l'aube.

Tonio et Christina rentraient ensemble, enlacés.

Quelquefois Tonio s'immobilisait sur place au beau milieu de la cohue et il restait debout, les yeux fermés, à se balancer doucement d'un pied sur l'autre en imaginant qu'il était place Saint-Marc, que les murs serrés des ruelles romaines avaient disparu pour faire place au vaste ciel ouvert et aux grandes mosaïques pareilles à d'immenses yeux jetant des reflets d'or au-dessus de la multitude. Il lui semblait presque sentir l'odeur de l'air marin.

Sa mère était avec lui ; Alessandro était là aussi : c'était ce glorieux jour où, libres enfin, ils avaient été ensemble à leur premier carnaval, et où Tonio avait trouvé le monde merveilleux et plein de délicieux prodiges. Il entendait le rire de Marianna, il sentait même sa main pressant la sienne, et il lui paraissait que tous les souvenirs qu'il avait gardés d'elle n'avaient pas été entamés par l'affreux malheur qui l'avait accablé ensuite. Ces instants qu'ils avaient vécus ensemble resteraient à jamais préservés dans son cœur.

Il aurait tant aimé pouvoir croire qu'elle était restée proche de lui, qu'elle avait à sa manière tout deviné, tout compris.

Dans ces jours de chagrin amer et secret qu'il traversait à présent, le plus poignant de ses regrets était de ne pas l'avoir revue, de n'avoir pas pu s'asseoir auprès d'elle pour prendre ses mains dans les siennes, lui dire comme il l'aimait et lui expliquer qu'il n'avait eu le pouvoir de rien changer à ce qui s'était passé.

Morte, elle lui paraissait aussi pitoyable qu'elle l'avait été de son vivant.

Mais, quand il rouvrait les yeux, il était à nouveau à Rome ; des filles couraient partout pour chatouiller du bout de leur balai de genêt les gens qui n'avaient pas de masque, des hommes affublés de costumes d'avocats haranguaient les passants et — comble de la perversité — des jeunes gens travestis en femmes, poitrail dénudé et jupes relevées, se proposaient sans vergogne à des garçons. En voyant toute cette animation autour de lui, Tonio sut ce qu'il avait toujours su : il n'avait jamais songé, même dans ses rêves de vengeance et de justice les plus fous, à aller faire ses adieux à Marianna ; il ne s'était jamais vu tendre la main vers elle ou lui adresser ne fût-ce qu'un sourire affectueux. Il l'avait seulement imaginée, plus tard, vaguement et de loin, dans des vêtements noirs de veuve, avec ses petits orphelins, et pleurant l'assassinat du seul véritable époux qu'elle eût jamais connu.

Sa mort lui avait épargné ce destin, et elle délivrait Tonio de cette angoisse. Elle n'avait pas de voiles noirs de veuve. Elle dormait au fond d'une tombe, et c'était Carlo qui l'avait pleurée. « Il est éperdu d'affliction, lui avait écrit Caterina. Il est dans tous ses états, et il promet de se consacrer corps et âme au soin de ses enfants. Il s'est juré d'être pour eux père et mère à la fois, en sorte qu'il travaille plus dur que jamais ; mais son malheur lui a infligé un tel coup qu'on le voit à toute heure du jour sortir des Offices pour s'en aller rôder comme un égaré à travers la place Saint-Marc. »

La main de Christina pressa la sienne.

La foule le ballottait de-ci de-là, et il dut lutter un moment pour assurer son pas. Il imagina encore sa mère dans son cercueil, et il se demanda comment on l'avait habillée. Lui avait-on mis ce merveilleux collier de perles dont Andrea lui avait fait présent ? Il eut l'image du cortège funèbre drapé de pourpre, les gondoles noires avec leur rouge sillage de mort ondulant sur les flots berceurs, les sanglots éplorés noyés dans les embruns.

Le visage de Christina était empreint d'une amoureuse tristesse. Elle se haussa sur la pointe des pieds et étreignit Tonio. Et il éprouva toute sa superbe et intense réalité tandis qu'elle s'efforçait de le ramener à elle par le plus tendre des baisers.

Ils traversèrent à la hâte la via Condotti, débouchèrent place d'Espagne et gravirent quatre à quatre l'escalier qui menait à l'atelier de Christina.

Ils avalèrent de grandes rasades de vin en buvant à même le goulot, puis ils tirèrent les lourdes tentures du lit et, vite, dans la fièvre, ils firent l'amour.

Ensuite ils restèrent étendus, immobiles. Ils entendaient la lointaine rumeur de la foule, et de loin en loin un rire unique qui s'en détachait, juste au-dessous de leurs fenêtres, et dont l'écho se répercutait sur les façades de pierre avant de se dissoudre dans l'air.

« Dites-moi ce qu'il y a, Tonio, fit Christina. Dites-moi à quoi vous pensez.

— Je pense simplement que je suis vivant, répondit Tonio en soupirant. Vivant, et tellement heureux aussi.

— Venez », dit-elle en se levant brusquement.

Elle lui prit la main, le tira hors du lit bien chaud et lui mit sa chemise sur les épaules.

« Nous avons encore une heure avant le théâtre. Si nous nous dépêchons, nous pourrons voir la course.

— Une heure, ce n'est pas très long, dit Tonio avec un sourire pour essayer de la retenir.

— Et ce soir, continua Christina en lui donnant trois rapides baisers, nous irons chez la comtesse et cette fois vous me ferez danser. Nous n'avons jamais dansé vous et moi, malgré tous ces bals auxquels nous avons... assisté ensemble à Naples. »

Tonio restait inerte. Alors Christina l'habilla comme un enfant, en manipulant avec dextérité les boutons de nacre de sa chemise.

« Mettrez-vous votre robe violette ? lui souffla Tonio à l'oreille. Si vous mettez cette toilette-là, je danserai avec vous. »

Il était ivre pour la première fois depuis très longtemps, et il savait que l'ivresse est ennemie du chagrin. Que disait la lettre de Caterina... que Carlo rôdait comme un égaré à travers la place, avec le vin pour seul compagnon !

Mais une grande foule se pressait dans la salle pleine de couleurs tourbillonnantes, la musique produisait inlassablement le même rythme, et il dansait.

Cela faisait bien des années qu'il n'avait pas dansé ainsi, mais les pas qu'il n'avait pas exécutés depuis si longtemps lui étaient revenus comme par enchantement. Chaque fois qu'il apercevait le visage extasié de Christina, il se penchait vers elle et lui dérobait un baiser. Il lui semblait qu'il était revenu dans un de ces moments, à Naples, où il s'était tant langui d'elle.

Ou bien il se croyait de retour à Venise, dans la belle maison de Caterina, ou revenu à ce lointain été sur la Brenta.

Tout à coup sa vie lui apparaissait sous la forme d'un grand cercle au centre duquel il dansait, dansait, tournait, s'inclinait au rythme allègre du menuet avec autour de lui tous ceux qu'il aimait.

Guido était là avec Marcello, ce charmant eunuque de Palerme qu'il avait pris pour amant ; la comtesse était là ; et Betticchino aussi, entouré de sa cour d'admirateurs.

Et quand Tonio était entré dans la salle de bal, tous les regards s'étaient tournés vers lui, et il avait distinctement entendu les voix qui murmuraient : « Tonio ! c'est Tonio ! »

La musique flottait autour de lui dans l'air et, quand les danseurs se séparaient, Tonio se retrouvait aussitôt un verre de vin blanc à la main, qu'il vidait sur-le-champ.

Christina semblait vouloir qu'il dansât à présent le quadrille avec elle, mais il lui baisa tendrement la main et dit qu'il se contenterait de la regarder.

Il ne sut jamais précisément à quel moment il avait flairé que quelque chose d'obscur se préparait, ni quand il avait remarqué pour la première fois que Guido se rapprochait insensiblement de lui.

Dès son arrivée Tonio avait eu l'intuition que Guido était très mal luné, et à présent, d'un léger baiser sur la joue, il essayait de le dérider, de lui arracher un sourire, quoiqu'il parût résolu à ne pas se laisser amadouer.

Le visage de Guido exprimait un grand trouble, et c'est avec une insistance proche du désespoir qu'il chuchota à Tonio d'aller exposer lui-même à la comtesse la raison pour laquelle ils n'iraient pas à Florence.

Ils n'allaient donc pas à Florence ?

Quand avaient-ils pris cette décision ? Tonio eut le sentiment que les contours des objets devenaient soudain très obscurs, et pendant un long moment son impression d'être à Naples ou à Venise s'effaça complètement. C'était Rome, les représentations de l'opéra de Guido étaient sur le point de s'achever, on avait emmené en mer le corps de sa mère morte pour l'ensevelir, et Carlo rôdait à travers la place en attendant le retour de Tonio.

Et Guido, avec son visage lugubre et bouffi, lui marmonnait à nouveau entre ses dents : « Oui, va le dire à la comtesse, va lui dire pourquoi nous ne pouvons pas aller à Florence. »

Et dans cet instant, malgré lui, Tonio éprouvait une obscure jubilation. « Nous ne partons pas, nous ne partons pas... » murmura-t-il, puis Guido l'entraîna à travers un corridor chichement éclairé, aux murs tendus d'une tapisserie neuve en brocart lie-de-vin piqueté de fleurs de lys dorées, jusqu'à une porte dont les deux battants s'ouvrirent devant eux.

Il entendit la voix menaçante de Guido proférer de terribles accusations.

« Et qu'allons-nous faire après cela ? demandait-il. Même si nous n'allons pas à Florence, rien ne nous interdit d'aller à Milan cet automne. On nous réclame à Milan, et à Bologne aussi. »

Tonio savait que, s'il ne se contenait pas, des paroles terribles et fatidiques, jaillies des tréfonds obscurs de son être, allaient s'échapper de lui.

La comtesse était présente. Son petit visage rond semblait tout à coup sans âge. Elle tenait sa jupe d'une main, et de l'autre elle tapotait doucement, presque amoureusement, l'épaule de Guido.

« Dis la vérité ! cria Guido. Tu n'as jamais eu l'intention d'aller chanter ailleurs qu'à Rome, parce que c'est à Venise que tu veux aller, n'est-ce pas ? Dis-le, dis-le une bonne fois ! »

Une joie mauvaise semblait gonfler en lui. Et Tonio, lui, avait l'impression d'être au bord d'une pente glissante : s'il faisait un pas en avant, il sombrerait dans le gouffre.

« Eh bien oui, s'entendit-il dire soudain. Et tu sais très bien pourquoi ! Tu y étais, là-bas, à Flovigo, n'est-ce pas ? Tu y étais, toi, mon ami le plus fidèle, mon seul véritable frère ! Tu as vu la chose de tes propres yeux, et tu sais qui l'a faite ! Je n'étais pas un de ces garçonnets qu'on mène au conservatoire comme un chapon après l'avoir préparé... Ah ! Guido...

— Dans ce cas, assouvis ta rage sur moi ! coupa Guido d'une voix suppliante. Châtie-moi pour le rôle que j'ai joué dans cette affaire. Tu sais bien que j'ai été l'instrument de ton frère. »

La comtesse avait entouré Guido de ses bras et elle s'efforçait vainement de le tranquilliser. Et, comme de très loin, Tonio entendit Guido sangloter et s'écrier d'une voix entrecoupée : « Je ne peux pas vivre sans toi, Tonio ! Je ne peux pas vivre sans toi. »

Une chape de glace s'était abattue sur Tonio ; ce chagrin lui semblait lointain et inaltérable. Il essayait de rassurer Guido, de lui dire qu'il n'était pour rien dans tout cela, qu'il n'avait été qu'un pion sur l'échiquier.

Guido protestait en pleurant que l'on était venu le chercher dans un café, place Saint-Marc, pour lui enjoindre d'emmener Tonio à Naples.

« Ne parlez pas de tout cela ! intervint la comtesse.

— C'est ma faute ! J'aurais pu l'empêcher ! Assouvis ta vengeance sur moi ! » pleurait Guido.

Alors la comtesse poussa Guido à l'écart, et elle prit Tonio à part. Son petit visage paraissait plus vieux et elle avait pris une voix basse de conspiratrice. Elle lui fit ce plaidoyer qu'il avait déjà plusieurs fois entendu : qu'il n'avait pas besoin de se salir les mains, qu'il pouvait envoyer des tueurs à gages ; ne savait-il donc pas qu'il avait des amis qui pouvaient prendre en main ces choses-là ? Il n'avait qu'un mot à dire ! Elle l'avait conduit jusqu'à une des grandes portes-fenêtres. Le jardin resplendissait sous le clair de lune, et très loin, de l'autre côté, Tonio apercevait les fenêtres de la salle de bal. Il se demanda si Christina s'y trouvait encore, et il l'imagina en train de danser avec Alessandro. Il dit tout bas :

« Je suis vivant !

— Radieux enfant ! », lui dit la comtesse.

Guido pleurait encore.

« Guido a toujours su qu'un jour il devrait continuer sans moi, expliqua Tonio. Je ne voulais pas le laisser partir avant qu'il fût prêt. Mais à présent on voudra toujours de lui à Milan, même si je ne viens pas, vous le savez fort bien. »

La comtesse secoua la tête.

« Mais vous, radieux enfant, vous savez fort bien ce qui arrivera si vous allez maintenant à Venise ! Ah, comment pourrais-je donc vous en dissuader ? »

Ainsi c'était dit. Ainsi c'était fait. La chose qui avait patiemment attendu son heure, tapie au fond des ténèbres, s'était élancée au-dehors, et plus rien ne l'arrêterait.

De nouveau cette exultation barbare s'emparait de lui. Aller à Venise. Faire ce qu'il s'était promis, enfin. Et ce serait la fin de cette longue attente, la fin de la haine et de l'amertume, il n'aurait plus à regarder la vie et la beauté qui étincelaient autour de lui du fond d'un insondable abîme de noirceur.

Puis, tout à coup, Guido se rua sur Tonio, le visage convulsé par la fureur, et la comtesse dut s'interposer entre eux et s'efforcer de contenir Guido.

« Comment peux-tu me faire cela ! vociférait ce dernier. Comment peux-tu, comment ? Peut-être que je n'étais qu'un pion sur l'échiquier de ton frère, mais c'est tout de même bien moi qui t'ai emmené hors de cette ville, alors que tu étais blessé, au désespoir... »

La comtesse essaya de l'arrêter par des paroles apaisantes, mais il l'ignora.

« ... Dis-moi que tu aurais voulu que je te laisse mourir — car ils t'auraient tué si je t'avais laissé ! Dis-moi que tu aurais voulu que rien n'arrivât de tout ce qui arrive à présent !

— Arrêtez-vous ! » s'écria la comtesse en levant les bras au ciel.

L'exultation de Tonio se muait en colère à présent. Il la lâcha sur Guido. D'une voix dure, coupante, il articula :

« Tu sais pourquoi. Tu le sais mieux que personne ! L'homme qui m'a fait cela vit toujours, impunément. Et serais-je un homme, je te le demande, si je m'y résignais ? »

Tout à coup Tonio sentit la faiblesse s'emparer de lui.

Il sortit dans le jardin d'un pas d'homme ivre.

En arrivant à la porte de la salle de bal, il serait tombé si un laquais ne lui avait pas pris le bras.

« Rentrons... » dit-il.

Et Christina, le visage barbouillé de larmes, acquiesça de la tête.

Le jour se levait.

Tonio et Guido s'étaient affrontés toute la nuit. Ces pièces, si froides à présent, ressemblaient moins à des chambres qu'à des champs de bataille désolés.

Quelque part de l'autre côté des murs, Christina attendait Tonio. Il l'imaginait encore habillée, assise à sa fenêtre, le menton dans les mains et contemplant la place à ses pieds.

Mais il demeurait assis, immobile et solitaire, et apercevait dans le miroir, de l'autre côté du néant de sa chambre, l'image d'un spectre blafard auquel son visage marmoréen donnait l'air d'un démon à la face d'ange. Le monde n'était plus le même.

Et Paolo pleurait.

Paolo avait tout entendu, et quand il était venu consoler Tonio, il en avait été récompensé par un mutisme glacial.

Et à présent, recroquevillé quelque part dans l'ombre, l'enfant pleurait inconsolablement, et ses sanglots faisaient naître en Tonio l'image des corridors d'une immense maison délabrée le long desquels il avançait à pas lents, ses pieds nus couverts de poussière, le visage brûlant de larmes et où, en franchissant une porte, il apercevait sa mère qui tentait de se jeter par la fenêtre. La gorge nouée par la peur et le désespoir, il s'accrochait à ses jupes, et il entendait ses sanglots redoubler. Au moment où elle se retournait vers lui, il se couvrait les yeux de ses mains afin de ne pas voir son visage. Puis il se sentait aspiré dans le vide, sa tête se cognait au mur, au marbre de l'escalier, il n'arrivait pas à se retenir de tomber. Il s'entendait hurler, et Marianna dégringolait l'escalier à sa suite, sa robe ondoyant derrière elle, et elle répondait aux hurlements de Tonio par des cris de plus en plus stridents.

Tonio se leva. Du milieu de la chambre, debout, il fixa son reflet dans le miroir obscur. Tout au fond de lui-même, il murmura : « M'aimez-vous ? » et il eut la vision des yeux de Christina qui s'ouvraient comme les yeux articulés d'une poupée et sa bouche qui lançait une lueur en formant le mot « oui... ».

Paolo s'approcha de lui. Brusquement Tonio sentit le poids de sa présence avec tant de force qu'il dut lutter pour ne pas chanceler. Les sanglots de Paolo lui semblaient lointains, mais les mains de l'enfant le tiraillaient, si bien qu'à la fin il referma sur elles ses longs doigts blancs et les maintint écartées tandis qu'il continuait à regarder fixement son reflet dans le miroir.

Le miroir lui renvoyait l'image d'un géant blême couvert d'un tabarro noir, un manteau de Venise auquel un enfant s'accrochait désespérément, la tête et les bras comme soudés aux plis de l'étoffe noire. Pourquoi ne m'as-tu rien dit ? demandait silencieusement Tonio à son reflet. Pourquoi ne m'as-tu pas averti que le délai venait à expiration, que l'heure du dénouement était proche ?

Alors, traînant Paolo avec lui, il se dirigea maladroitement vers le lit. Il s'abattit la tête la première sur les oreillers, Paolo se pelotonna contre lui, et les pleurs de l'enfant le poursuivirent longtemps, même après qu'il fut tombé dans le sommeil.

6.

En arrivant au théâtre, Tonio était encore fatigué. Il avait emmené Paolo dans un petit café où ils avaient l'un et l'autre mangé trop copieusement. La tête de Tonio lui tournait ; autour de lui le monde étincelait de lumières multicolores, et la pluie, qui mettait les travestis en déroute, les décomposait en mille facettes brillantes. Paolo avait refusé de toucher à la nourriture aussi longtemps que Tonio n'avait pas mangé lui-même, et Tonio avait fait boire l'enfant plus que de raison.

Il n'était pas sûr d'être en état de chanter, mais il savait que rien ne pourrait l'en empêcher.

Et dès qu'il entendit la foule qui trépignait et braillait, dès qu'il aperçut Bettichino, déjà grimé, imposant et superbe dans sa cuirasse aux parements de soie, une excitation familière vint au secours de sa volonté défaillante.

Il se costuma avec un soin inaccoutumé, rehaussant son maquillage de touches de blanc aussi adroites et subtiles que celles qui ornaient toujours le visage de Bettichino, et quand enfin il s'avança sous les feux de la scène, il était redevenu lui-même et, bien qu'un peu embarrassée au début, sa voix jaillit bientôt de lui avec toute sa puissance. Il sentait la gaieté du carnaval dans la salle, il en entendait l'écho dans ses bravos rauques et éperdus d'amour. L'espace d'une seconde, avec une espèce de détachement il regarda directement la salle étalée devant lui, cette masse remuante de visages indécis, et il sut que par un soir comme celui-là il fallait avoir toutes les audaces, oser toutes les fantaisies.

À la fin du premier acte, Christina vint le voir en coulisses. C'était la première fois qu'il se laissait approcher par elle alors qu'il était costumé en femme. Avant de lui ouvrir sa porte, il se dissimula le visage d'un loup orné de pierreries, et il ne fut pas étonné de s'apercevoir que son aspect la séduisait beaucoup.

Elle laissa échapper une exclamation étouffée et le regarda, ou plutôt regarda cette femme dont la robe de velours prune s'ornait de rosettes de satin blanc, avec des yeux écarquillés.

« Approchez donc, ma chère », roucoula-t-il d'une voix de gorge affectée, pour l'effrayer.

Christina elle-même arborait sa tenue d'officier où ne manquaient pas même les épaulettes, et dont la culotte moulante soulignait le galbe de ses cuisses ; elle avait l'air d'un petit garçon timide tandis qu'elle s'avançait, un peu craintivement, vers lui et levait la main pour lui effleurer le visage du bout des doigts. Tonio abaissa son regard sur elle en souriant. Il voyait parfaitement dans le miroir le reflet du couple insolite qu'ils formaient. Il se laissa tomber sur une chaise, ses jupes s'étalant tout autour de lui, et il fit asseoir Christina sur ses genoux. Il avait envie de lisser de la main les plis droits et raides que l'étoffe de sa culotte formait le long de son entrejambe.

Mais il se contenta de toucher la peau blanche et nacrée de son cou.

Elle leva un gobelet de vin et le fit goûter à Tonio, puis elle l'embrassa avec passion, et il la fit pivoter lentement de façon qu'elle aussi vît dans le miroir le tableau qu'ils présentaient ainsi : une femme de haute taille, son visage poudré de blanc masqué d'un loup pailleté, les lèvres écarlates, tenant sur ses genoux un jeune garçon d'une joliesse exquise.

Se retournant vers Tonio, Christina effleura du doigt les mouches sur ses joues, puis elle lui ôta son masque. En apercevant ses yeux faits, elle réprima un autre hoquet de surprise.

« Vous me faites peur, signor ! » murmura Tonio de cette même voix féminine un peu rauque, tandis que Christina, la gorge palpitante, faisait mine de le violenter.

Sa main menue souleva les jupes et tâtonna dessous ; puis, quand elle eut découvert l'organe dur qu'elles dissimulaient, l'agrippa avec tant de cruauté que Tonio lui souffla à l'oreille : « Tout doux, amour de ma vie ! Ne gâtons pas le peu qui reste ! »

Elle en fut si choquée qu'elle éclata de rire. Ensuite elle se serra contre Tonio, poussa un soupir et demeura coite. Jamais il ne lui avait rien dit de pareil, jamais il n'avait fait devant elle la plus petite allusion à son état. Tonio la regardait avec indulgence, comme un enfant. Elle chuchota : « Je vous aime. »

Tonio ferma les yeux. Le miroir s'effaça de sa vue, et du même coup les vêtements qu'ils portaient. Rêveusement, il se remémora le désir qu'il avait eu enfant de devenir invisible toutes les nuits. Invisible, personne ne pourrait plus lui faire du mal... Et quand ses yeux se rouvrirent et se posèrent à nouveau sur Christina, celle-ci ne voyait plus ni fards, ni perruque, ni velours, ni satin : elle ne voyait plus que lui, et c'était comme s'ils eussent été tous deux dans les ténèbres et invisibles.

« Qu'y a-t-il ? À quoi pensez-vous quand vous avez cet air-là ? » lui demanda-t-elle à voix basse.

Tonio secoua la tête. Il sourit. Il embrassa Christina. Et, dans le miroir, il eut la vision un peu troublante de deux créatures égarées au milieu d'une mascarade, mais qui n'en formaient pas moins un couple idéal.

Quand ils furent rentrés à l'atelier, Tonio comprit que Guido avait parlé à Christina.

Elle était prête à abandonner tout pour être à Florence pour Pâques. Ses portraits en cours seraient tous achevés d'ici à la fin du carême, et elle était sûre qu'il supporterait d'attendre jusque-là. Ensuite ils pourraient prendre ensemble le chemin de Florence.

À pas légers, rapides, elle allait et venait à travers l'atelier, en expliquant que tel portrait pourrait être vite expédié, que tel autre était quasiment terminé. Pour voyager, elle n'avait besoin que de si peu ; elle s'était acheté une nouvelle mallette de cuir pour ses pastels ; son grand désir était de prendre des tas de croquis dans les églises de Florence. Elle apprit à Tonio qu'elle n'était jamais allée à Florence. Au moment le plus opportun, elle dénoua le ruban qui retenait ses cheveux et les laissa retomber sur ses épaules.

Après la représentation, comme toujours, Tonio se sentait d'une grande légèreté, et il lui semblait flotter au-dessus du sol dans ses vêtements d'homme, qui lui paraissaient bien insignifiants après la cuirasse grecque et après les jupes. Christina était toujours en jeune garçon, à cela près que ses longs cheveux blonds et soyeux lui donnaient un air de page ou d'ange des vieilles peintures.

Tonio la fixait des yeux sans rien dire ; il aurait préféré que Guido ne l'eût informée de rien, mais en même temps il voyait bien que d'une certaine manière cela lui rendait les choses plus faciles. Ses dernières nuits avec elle... comment les avait-il imaginées ?

À présent, en regardant Christina dont le visage n'exprimait ni tristesse ni crainte, il lui semblait que rien ne manquait à son bonheur.

Il fit signe à Christina de le suivre dans la chambre à coucher, et tout à coup elle fut dans ses bras, et elle le laissa la porter jusqu'au lit. « Ganymède », lui murmura Tonio, qui sentait ses chairs voluptueuses à travers le tissu de sa culotte et sous les brandebourgs de son dolman.

Tonio se sentait dans le même état qu'au café avec Paolo ; il éprouvait de la torpeur, et en même temps une énergie bouillonnante ; partout où se posaient ses yeux, les couleurs l'assaillaient. Il sentit sous ses doigts la texture des draps, la chair tiède et humide à l'arrière des genoux de Christina, dont la lueur des chandelles baignait les épaules d'une luminosité bleuâtre. Et, tandis qu'il la serrait contre lui, il se demanda jusqu'à quand il allait tenir, quand viendrait la douleur atroce et déchirante.

Quand Christina se sentit assouvie, elle ralluma les chandelles, remplit deux verres et se mit à parler.

« Je vous suivrai partout au monde, dit-elle. Je ferai le portrait des dames de Dresde et de Londres. Je ferai le portrait des Russes à Moscou ; je ferai le portrait des rois et des reines. Imaginez-vous tout cela, Tonio ! Toutes ces églises, tous ces musées, les châteaux des princes allemands dressant leurs myriades de tourelles et de donjons au sommet des montagnes. Tonio, avez-vous déjà vu de ces cathédrales du Nord toutes pleines de vitraux ? Imaginez des églises avec de la pierre en place du marbre, d'immenses voûtes étroites qui paraissent monter jusqu'au ciel, et une multiplicité de petits fragments de verre aux vives couleurs composant des figures d'anges et de saints. Ah, Tonio ! Imaginez l'hiver à Saint-Pétersbourg : une ville neuve édifiée sur le modèle de Venise, toute couverte d'un merveilleux manteau de neige ! »

La voix de Christina n'était nullement fébrile, mais son regard avait de rêveuses lueurs. Sans lui répondre, Tonio lui pressait doucement la main, comme pour lui dire de continuer.

Guido ne lui avait pas vraiment volé ces dernières heures de bonheur ; il y avait, dans cette compréhension totale et limpide, une beauté surnaturelle.

« Nous irions partout, tous les quatre, disait Christina. Vous, Guido, Paolo et moi. Nous achèterions le plus magnifique des équipages, et nous pourrions même prendre avec nous cette vieille signora Bianchi qui a l'air si vilaine. Peut-être aussi que Guido aimerait emmener le beau Marcello. Et dans chaque ville nous serions somptueusement logés, nous prendrions nos repas ensemble, nous discuterions ensemble, et nous irions au théâtre ensemble. Le jour, je peindrais ; le soir, vous chanteriez. Si un endroit nous plaisait plus spécialement, nous y resterions, et de temps en temps peut-être nous irions séjourner à la campagne pour être seuls, entre nous, loin de tout. L'amour, la compréhension mutuelle grandiraient sans cesse entre nous... Vous représentez-vous cela, Tonio ?

— J'aurais dû m'enfuir avec l'opéra », chuchota Tonio tout bas.

Christina se pencha vers lui, l'air interrogatif et les sourcils froncés ; voyant qu'il n'était pas disposé à le redire, elle lui posa un baiser sur les lèvres.

« Nous achèterions la villa que je vous ai montrée le mois dernier et nous en ferions notre vraie maison. Nous y reviendrions quand nous serions las des langues étrangères, et comme l'Italie nous paraîtrait étincelante ! Ah, vous ne pouvez vous figurer comment cela serait ! Le soir, Guido composerait des sonates, et Paolo, en grandissant, deviendrait un chanteur merveilleux, il irait faire ses débuts à Rome. Mais les liens entre nous ne se rompraient jamais. En toutes circonstances nous serions là les uns pour les autres, comme si nous formions une grande famille, un grand clan. Mille fois j'en ai rêvé, poursuivit-elle. Et si la vie a réalisé un de mes rêves de petite fille en vous donnant à moi, celui-là aussi peut devenir vrai. Vous rappelez-vous ce que vous avez dit à Paolo le jour où vous avez décidé de l'emmener à Rome ? »

Elle marqua un arrêt et regarda Tonio avec intensité.

« Je tiens cela de Paolo lui-même : vous lui avez dit que tout peut arriver au moment où l'on s'y attend le moins. Et sa vie est un vrai conte de fées plein de palais, de richesses et d'éternelles chansons. Tout peut arriver, Tonio ! Vous-même, vous le disiez !

— Quelle candeur ! » dit Tonio.

Il se pencha vers elle et l'embrassa. Il lui caressa le visage, s'émerveillant de l'ineffable douceur du duvet à peine visible sur ses joues, et il lui effleura les lèvres du bout de l'index. Il se dit qu'il ne la trouverait jamais plus belle qu'en cet instant.

« Non, ce n'est pas de la candeur ! protesta-t-elle. C'est un choix, Tonio.

— Écoutez-moi bien, ma toute belle, dit-il d'une voix un peu plus dure et cassante qu'il n'aurait voulu, vous m'aimez aussi fort que moi je vous aime, mais vous n'avez jamais connu l'amour des hommes ; vous ne savez rien de leur force, de leur feu, de la violence de leur instinct. Vous me parlez de ces cathédrales du Nord qui ont une différente sorte de beauté avec leurs murs de pierre et leurs vitraux ; eh bien ! je puis vous certifier qu'il en va de même des hommes : c'est une autre sorte d'amour. Vous verrez un jour que le vaste monde vous dissimule encore bien des secrets, derrière le paravent d'actes qui paraissent banals au commun des mortels, et que vous ne savez rien de la force virile même la plus ordinaire. Et ne voyez-vous pas que, tout bien pesé, c'est cela qui nous a été refusé à l'un comme à l'autre, c'est cela que l'on m'a volé ?

« Que croyez-vous que cela me fait éprouver de savoir que je ne puis vous donner ce que pourrait vous donner le premier venu, cette étincelle de vie d'où naîtrait l'enfant qui consacrerait notre union ?

Et malgré toutes les belles protestations d'amour que vous me faites aujourd'hui, qui peut dire si vous ne verrez pas un jour en moi précisément ce que je suis ? »

Tonio voyait bien que ses paroles effrayaient Christina. Il tenait entre ses mains ses épaules frêles et exquises, elle avait les lèvres tremblantes et les yeux tout brillants de larmes contenues.

« Vous ne savez pas ce que vous êtes, dit-elle. Si vous le saviez, vous ne parleriez pas comme cela.

— Ce n'est plus de respectabilité que je vous parle, rétorqua Tonio. À présent, je vous crois lorsque vous affirmez que le mariage ne vous intéresse pas, et que cela vous est égal de faire médire de vous, d'être honnie à cause de votre amour pour un chanteur eunuque. Vous m'avez convaincu que vous étiez assez forte pour faire fi de tout cela. Mais vous ne savez pas ce que c'est que de tenir un homme entre vos bras. Croyez-vous que je pourrai supporter de lire dans vos yeux ce regard qui me dira que vous en avez fini avec moi et que vous êtes prête à d'autres étreintes ?

— Est-ce péché si je trouve en vous une tendresse dont la plupart des hommes sont dépourvus ? demanda Christina avec feu. Est-il donc si étrange que je préfère votre ardeur à d'autres qui pourraient me consumer ? Ne voyez-vous donc pas ce que pourrait être notre vie ensemble ? Pourquoi voudrais-je ce que le premier venu peut me donner alors que je peux vous avoir, vous ? Après vous avoir connu, qu'est-ce qui aura pour moi la moindre importance, la moindre valeur ? Vous êtes Tonio Treschi, vous possédez des dons, une grandeur que les autres hommes s'efforcent en vain d'acquérir leur vie durant. Oh, vous m'exaspérez ! J'ai envie de vous faire mal tout à coup, parce que vous vous obstinez à ne pas me croire, à ne pas croire que notre vie ensemble pourrait être comme je le dis ! Ce choix, c'est pour nous deux que vous le faites, et je ne vous le pardonnerai jamais, vous m'entendez ! Vous vous êtes donné à moi pour si peu de temps ! Jamais je ne vous le pardonnerai ! »

Voûtée, la tête dans ses mains, un grand voile de cheveux dorés masquant sa poitrine nue, Christina était secouée de violents sanglots, brefs et étranglés.

Tonio aurait voulu la toucher, la consoler, la supplier d'arrêter. Mais sa colère et sa détresse étaient trop grandes. Brusquement il s'écria :

« Vous êtes implacable ! »

Christina leva vers lui son visage gonflé de larmes et il poursuivit :

« Vous n'avez aucune pitié de l'enfant que je fus et de l'homme que j'aurais pu être. Vous n'avez pas cette pitié parce que vous ne comprenez pas que, chaque fois que je vous prends dans mes bras, c'est avec la conscience de ce qui aurait pu se passer entre nous si... »

Christina lui couvrit la bouche de sa main. Tonio la regarda d'un œil interdit, et elle retira sa main.

« Non, dit-elle en secouant la tête. Car alors nous ne nous serions jamais rencontrés. Vos ennemis sont aussi les miens, et tous ceux qui vous ont fait du mal m'en ont fait aussi, je vous le jure sur ce que j'ai de plus sacré. Mais vous ne parlez pas que de vengeance, c'est de votre mort que vous parlez. Vous voulez sacrifier votre vie à cela ! Guido le sait. Je le sais. Et pourquoi donc ? Parce qu'il faut qu'*il* sache, n'est-ce pas ? Parce qu'*il* doit savoir que c'est vous qui êtes venu le tuer pour le punir de ce qu'il vous a fait endurer — *il* doit savoir que c'est *vous* qui le tuez !

— Exactement, dit Tonio d'une voix douce. Exactement. Je n'ai jamais pu l'expliquer aussi bien et aussi simplement que vous venez de le faire. »

Longtemps après que Christina eut versé ses dernières larmes et se fut endormie, ses membres brûlants et moites entremêlés aux siens, Tonio l'étendit sur l'oreiller avec des gestes doux, s'en alla seul dans l'atelier et s'assit à une fenêtre, d'où il contempla le ciel poudré d'étoiles minuscules.

Le vent avait chassé au loin les nuages, et la ville lavée de pluie était belle et luisante sous la lune en croissant ; des centaines de petites lumières vacillaient aux fenêtres, sur les balcons et derrière les persiennes branlantes qui s'alignaient sous des toits brillants tout au long des étroites ruelles.

Tonio se demandait si Christina finirait un jour par le comprendre. S'il reculait à présent, ce serait un recul sans rémission, et comment pourrait-il vivre avec cette faiblesse, cet échec épouvantable en sachant qu'il avait laissé Carlo poursuivre une existence paisible après avoir ravagé et saccagé la sienne ?

Il voyait sa maison, à Venise. Il voyait le fantôme de l'épouse qu'il n'aurait jamais ; il voyait les fantômes d'une ribambelle d'enfants. Il voyait les lumières mourir sur le canal et l'ombre floue du palais qui s'évanouissait lentement comme s'il s'engloutissait dans les eaux noires. *Pourquoi m'a-t-on fait cela, à moi ?* Il avait envie de hurler. Et tout à coup il sentit la présence de Christina à son côté, contre lui.

Elle appuyait sa tête menue contre lui, et il voyait ses yeux. Il se disait qu'il y avait forcément dans sa vie quelque chose d'essentiel qui lui avait échappé, qu'il avait dû commettre un terrible péché, sinon tout cela n'aurait pas pu arriver ! Cela n'avait pas pu arriver à ce Tonio Treschi sur le berceau duquel toutes les fées s'étaient penchées !

Folies, chimères que tout cela.

Ce n'était que l'horreur ordinaire du monde : mille malédictions se déchaînaient sur la tête d'innocents sans reproche, les criminels n'expiaient jamais, et les plus belles promesses traînaient un noir cortège de malheurs et de désespoirs. On mutilait des enfants pour en faire un chœur d'anges dont les chants montaient comme un cri vers un ciel sourd à leurs appels...

Et Tonio avait chu parmi eux à la suite d'un caprice de la destinée, simplement parce qu'il aimait chanter à gorge déployée dans les ruelles de Venise par les nuits d'hiver, sous des étoiles pareilles à celles-ci.

Mais si Christina avait raison ? Dans l'obscurité, il la regarda ; il vit l'ovale fin de son visage, la courbe de ses épaules nues au-dessus de la couverture qu'elle avait enroulée autour de son torse, puis, lorsqu'elle leva les yeux vers lui, la blancheur de son front lisse qui émergeait des contours sombres de ses traits.

Si cela pouvait se réaliser pour de bon ? S'ils pouvaient d'une manière ou d'une autre s'arranger pour vivre et aimer à leur guise dans les marges de cet univers clinquant qui était le leur, sans se préoccuper de ce que la vie accordait de plus au reste des humains ?

« Je t'aime... », dit-il, en pensant : et grâce à toi, j'arrive presque à y croire. Sa voix mourut. Comment pouvait-il l'abandonner ? Abandonner Guido ? Comment pouvait-il s'abandonner lui-même ?

« Mais quand partirez-vous ? lui demanda-t-elle. Puisque vous avez décidé que vous le ferez et que rien ne vous arrêtera... »

Tonio secoua la tête. Il aurait voulu la faire taire. Elle ne s'y était pas résignée, non, pas encore, et dans cet instant il ne supportait pas qu'elle feignît d'être conciliante. La dernière de l'opéra était pour le lendemain soir. Il leur restait au moins cela.

7.

La dernière course venait de s'achever ; les chevaux avaient foncé à travers la mêlée, renversant et piétinant à plusieurs reprises des badauds qui remplissaient l'air de leurs cris perçants, mais rien n'avait pu arrêter leur folle galopade en direction de la piazza Venezia. On traînait à l'écart les morts et les blessés. Assis au sommet des tribunes, Tonio serrait Christina contre lui tout en tournant un regard en direction de la place où des hommes jetaient des bâches sur la tête des chevaux emballés.

L'obscurité descendait peu à peu au-dessus des toits, et l'on commença alors la grande cérémonie finale qui devait durer tout au long du peu d'heures qui restaient avant le début du carême : celle des *moccoli*.

Partout surgirent des cierges allumés.

Il en paraissait à toutes les fenêtres le long de la rue étroite ; on en piquait sur le toit des carrosses, on en plantait au bout de longues gaules ; les femmes, les enfants, les hommes assis à leur porte en tenaient chacun dans leur main, si bien qu'à la fin la ville entière se couvrit d'une myriade de petites flammes tremblotantes. Tonio alluma prestement son cierge à la flamme de celui de son voisin et fit passer sa propre flamme à celui de Christina au moment même où retentissait un grand murmure d'exclamations qui disaient toutes : « *Sia ammazzato chi non porta moccolo !* » « Mort à qui ne porte pas de cierge ! »

Aussitôt une ombre confuse se précipita pour souffler la flamme que Christina essayait de protéger de sa main, en criant : « *Sia ammazzata la signorina !* » Tonio s'empressa de ranimer la flamme de sa compagne tout en se démenant pour tenir la sienne hors de l'atteinte de ce drôle puis, faisant jaillir de ses puissants poumons un souffle formidable, il lui éteignit son cierge en lui retournant la même imprécation : « *Sia ammazzato il signor !* »

La rue en dessous était une mer de visages éclairés de lueurs indécises ; chacun protégeait sa flamme en essayant de souffler celle de ses voisins : « Mort à celui-ci, mort à celle-là ! »

Tonio prit Christina par la main et il la fit descendre des gradins, soufflant çà et là une flamme vulnérable et se dérobant habilement à toutes les contre-attaques. Ils s'enfoncèrent dans la foule ; Tonio tenait Christina au creux de son bras et, tout en fendant la cohue, il cherchait une ruelle de traverse où ils pourraient respirer un peu et reprendre les jeux amoureux auxquels ils s'étaient divertis tout le jour, en les entrecoupant de libations généreuses et de rires dont la gaieté sonnait parfois faux.

Ce soir, l'opéra serait abrégé afin que la représentation s'achevât à minuit tapant, heure à laquelle on entrerait dans le mercredi des Cendres, mais pour l'instant Tonio ne se souciait de rien que de la voûte étoilée sur sa tête et de ce grand océan de flammes douces et d'exclamations murmurées au milieu duquel il voguait : « Mort à vous, mort à vous, mort à vous ! » Sa flamme s'était éteinte et Christina regardait bouche bée la sienne, qu'on venait de souffler aussi ; à ce moment, pressé de bourrades et de coups de coudes, Tonio l'attira contre lui et écrasa sa bouche sur la sienne, sans se soucier de leurs cierges morts. La foule les maintenait debout, les portait ; c'était un peu comme d'être dans la mer, les pieds sur le sable, en se laissant porter par le ressac.

« Prêtez-moi votre flamme », dit Christina en se tournant vivement vers un homme de haute taille qui se tenait à côté d'elle. Ensuite, elle fit passer le feu à Tonio.

Avec son visage illuminé par en dessous et ses petites mèches folles qui nimbaient sa chevelure de lueurs dorées, elle avait l'air d'un fantôme. Elle posa sa tête sur la poitrine de Tonio et serra son cierge tout contre le sien afin qu'il pût, de ses mains repliées, protéger d'un coup leurs deux flammes.

L'heure de la dispersion arriva enfin. La foule se désagrégea. Les enfants continuaient à souffler les cierges de leurs parents, en leur lançant l'imprécation rituelle d'une voix provocante, et les parents à morigéner leurs enfants. Leur grand flot agité se déversait dans les rues latérales, et Tonio restait debout, silencieux, à la même place. Il ne voulait pas bouger, il s'accrochait aux derniers vestiges du carnaval, il n'avait pas le cœur de les abandonner, même pour d'ultimes moments d'extase au théâtre.

Les fenêtres étaient toujours illuminées, les lanternes dressées au-dessus des rues, les cierges allumés piqués sur les carrosses qui passaient devant lui au pas.

« Il nous reste très peu de temps, Tonio... » murmura Christina. Mais il n'avait aucun mal à retenir sa petite main dans la sienne, malgré tous les efforts qu'elle faisait pour l'entraîner. Il ne bougeait pas. Elle se haussa sur la pointe des pieds et lui posa une main sur la nuque. « Tonio, vous rêvez ?

— Oui, souffla Tonio, je rêve à la vie éternelle... »

Mais il la suivit, et ils se dirigèrent vers la via Condotti. Elle courait devant lui, dansant presque, en le tirant au bout de son long bras comme au bout d'une laisse.

Un très petit enfant se rua sur lui en crachant : « *Sia ammazzato... !* » mais il sauva sa flamme en la levant brusquement avec un sourire moqueur.

L'incident arriva si rapidement que Tonio ne fut jamais capable de reconstituer par la suite son déroulement exact. Il vit tout à coup surgir une grande ombre, un visage tordu par un rictus, qui criait : « *Sia ammazzato !* » se matérialisa devant lui ; Christina le lâcha, Tonio se sentit perdre l'équilibre et il tomba à la renverse au moment où elle se mettait à hurler.

La lame froide d'un poignard effleura sa gorge, mais il avait déjà sorti sa dague et il détourna le coup qui ne fit que lui écorcher la joue au passage. Du même geste il tendit le bras et enfonça à trois reprises sa lame dans la forme noire qui essayait de l'écraser contre le mur.

À l'instant où le corps de son adversaire mollissait contre lui, Tonio sentit une présence dans son dos, et un garrot se referma brusquement autour de son cou.

Il se débattit avec l'énergie du désespoir, tâtonnant de la main gauche pour trouver le visage de l'homme qui était derrière lui, tout en lui enfonçant de la main droite sa dague dans le ventre.

Il entendit un bruit de cavalcade, des cris, les hurlements de Christina, mais le garrot l'étranglait, la corde pénétrait dans ses chairs... et puis, soudain, le supplice cessa.

Tonio fit volte-face et voulut se ruer sur son agresseur, mais un homme le tenait par le bras et lui criait : « Signor, signor, nous sommes à votre service ! »

Tonio regarda l'homme : c'était la première fois de sa vie qu'il le voyait. À quelques pas derrière lui, il reconnut les spadassins de Raffaele, qui étaient collés à ses pas depuis des semaines ; ils encadraient Christina, mais ils avaient l'air de vouloir la défendre et non de l'attaquer. Le cadavre de l'homme qu'il avait poignardé gisait à ses pieds.

Tonio haletait, le dos au mur, comme un animal aux abois, incrédule, s'efforçant de comprendre ce qu'il voyait.

« Nous sommes au service du cardinal Calvino », disait l'homme.

Et les spadassins de Raffaele ne l'avaient pas attaqué, puisqu'ils étaient debout là-bas.

La foule continuait à s'écouler autour d'eux avec ses centaines de petits lumignons ; peu à peu la vérité se fit jour dans l'esprit de Tonio : ces hommes-là étaient venus à son secours !

Il regarda le cadavre.

Une petite bande d'enfants se précipita vers eux et reflua aussitôt avec des cris d'horreur. Leurs mains disposées en coupe au-dessus de leurs cierges étaient rouges et diaphanes.

« Il faut partir d'ici à présent, signor », dit l'homme, et les spadassins de Raffaele hochèrent la tête en signe d'approbation. « Il y en a peut-être d'autres, prêts à se jeter sur vous. » Et tandis que Tonio se laissait entraîner, un quatrième spadassin alla se pencher sur le cadavre et le fouilla.

8.

Tonio s'était assis à l'écart. Le cardinal Calvino était dans une rage noire.

Il avait fait demander le comte Raffaele di Stefano, et il le remercia chaleureusement de la part que ses hommes avaient prise dans la protection de Tonio et de Christina, qu'ils avaient escortée chez la comtesse pour qu'elle soit en sûreté.

Raffaele était furieux que les agresseurs de Tonio aient eu la possibilité de l'approcher de si près.

Mais qui étaient donc ces agresseurs ? Les deux hommes se tournèrent à nouveau vers Tonio qui, d'un simple hochement de tête, leur avait signifié qu'il n'en savait pas plus qu'eux : ces deux hommes étaient sans doute de vulgaires coupe-jarrets vénitiens. On avait trouvé sur eux des passeports vénitiens, des ducats de Venise. Les spadassins du cardinal en avaient abattu un, et Tonio avait tué l'autre.

« Y a-t-il quelqu'un en Vénétie qui pourrait en vouloir à votre vie ? » interrogea Raffaele en rivant sur Tonio, dont l'apathie l'exaspérait, le regard aigu de ses petits yeux noirs.

Mais Tonio se borna à secouer la tête encore une fois.

Il lui semblait merveilleux qu'il eût été capable d'aller au théâtre, de monter sur la scène. Il s'était même arrangé pour bien chanter, grâce à cet entraînement et à ce métier dont il mesurait pleinement la valeur à présent.

Mais dans la pièce où il se trouvait maintenant, il endurait un supplice bien pire que sur la scène où, pendant tout le spectacle, il était resté plongé dans ses pensées en entendant sa propre voix comme de très loin.

Et c'était une allégresse folle qu'il avait éprouvée. Une jubilation intérieure pareille à celle qui l'habitait lorsqu'il avait dévoilé le fond de son âme à Guido quarante-huit heures plus tôt ; une jubilation qui le rendait froid, qui l'endurcissait, et que le fard et les costumes avaient dissimulée à merveille.

À présent il s'obligeait à rester serein, muet. Mais il sentait la légère brûlure de la plaie qu'il avait à la gorge, et il ne pouvait se retenir de se demander s'il s'en était fallu de beaucoup que la cordelette n'altérât définitivement sa voix, ou même qu'elle ne lui ôtât définitivement la vie.

Et ce poignard aussi lui avait effleuré la gorge. Poignard, garrot : à chaque fois, la gorge.

Tonio releva les yeux, et son regard se posa sur Guido qui assistait à toute cette scène sans rien dire : il avait pris le même air perplexe et horrifié que les autres.

Ce visage que présentait Guido, il dénotait bien l'art de la dissimulation dans lequel sont passés maîtres les Italiens du Sud. Ne rien savoir, ne rien dire, ne rien révéler à personne : tous les malfrats de Naples savent cela.

Le cardinal était hors de lui. Désormais il ferait protéger Marc Antonio par quatre spadassins et non plus seulement deux. Mais, malgré la colère qui l'agitait, il conservait son tact habituel. Il n'avait pas demandé au comte di Stefano pourquoi ses hommes à lui s'étaient trouvés sur les lieux. Ce qui était assurément curieux, c'était que les gardes du cardinal parlaient à ceux de Raffaele comme s'ils les connaissaient de longue date et comme si leur présence, à ce moment dramatique, avait été parfaitement naturelle.

Mais que se serait-il passé si aucun des quatre *bravi* n'avait été là ? Tonio ferma les yeux à demi et, quand le comte di Stefano s'inclina pour baiser l'anneau du cardinal, il se détourna.

À l'autre bout de la pièce, Tonio vit que Guido, sous son masque d'innocence, avait la mine aussi défaite que s'il avait vu son cadavre étendu sur le pavé.

Tonio éprouva à nouveau le contact de cette lame sur sa gorge. Raffaele sortait. Ses spadassins allaient monter la garde dans les couloirs, tout comme ceux que Tonio avait vus autrefois hanter de leur discrète présence les corridors du palais Treschi.

« Va-t'en, Guido », murmura-t-il entre ses dents.

Enfin il se retrouva seul avec le cardinal Calvino.

« Monseigneur, lui demanda-t-il, voudriez-vous me faire une faveur de plus ? Accepteriez-vous de m'emmener dans votre chapelle pour m'entendre en confession ? »

9.

Ils suivirent le couloir en silence et pénétrèrent dans la chapelle. Il régnait à l'intérieur une atmosphère tiède, les saints de marbre baignaient doucement dans la lueur des cierges et la porte d'or du tabernacle brillait d'un éclat sourd au-dessus de la blancheur lisse du linge d'autel.

Le cardinal s'installa au premier rang, sur l'un des bancs aux dossiers sculptés qui faisaient face à la table de communion, et il fit signe à Tonio de venir s'asseoir près de lui. Ils n'avaient pas besoin d'user du confessionnal. Le cardinal présenta à Tonio son profil émacié et sa tête baissée, ce qui voulait dire qu'il était prêt à l'entendre. Tonio commença par ces mots :

« Monseigneur, ce que je vais vous dire doit rester sous le sceau du secret de la confession et ne jamais être répété à personne. »

Les sourcils du prélat se serrèrent.

« Marc Antonio, pourquoi faut-il donc que vous me rappeliez cela ? demanda-t-il tout en levant la main droite pour faire un rapide signe de croix.

— Parce que je ne vous demanderai pas de m'absoudre, monseigneur. Je suis seulement en quête d'un peu de justice, ou peut-être que je veux simplement trouver un accommodement avec ma conscience. Je ne sais pas très bien ce que je veux, mais en tout cas je puis vous dire que l'homme qui m'a envoyé ces assassins n'est autre que mon propre père, qui passe aux yeux de tous pour mon frère. »

Et Tonio raconta toute son histoire, vite et clairement, sans encombrer son récit de détails oiseux. Les traits tendus d'horreur et de concentration, le prélat l'écoutait en silence, avec des hochements de tête éloquents, ses paupières couvrant à demi ses globes oculaires très ronds.

« D'autres que moi se seraient sans doute vengés bien plus tôt après avoir subi un pareil sort, disait Tonio à mi-voix. Mais à présent je sais que c'est le bonheur qui m'a fait surseoir à l'exécution de mes desseins. Car, cette existence, je ne l'abhorrais point : je l'aimais. Ma voix était pour moi plus qu'un simple don du ciel ; elle faisait ma joie, et j'ai appris à tirer aussi ma joie de ceux qui m'entouraient — une joie qui n'allait pas, je vous l'accorde, sans quelque lubricité. Je ne puis le nier. Mais en tout cas je suis bien vivant, au point qu'il me semble parfois être comme un verre d'eau au soleil : la lumière explose en moi et je deviens lumière moi-même.

« Comment aurais-je pu vouloir l'abattre, condamner ma mère à un nouveau veuvage et faire de ses enfants des orphelins ? Pourquoi aurais-je voulu amener les ténèbres et la mort sur cette maison ? Comment aurais-je pu lever la main sur mon père, sur l'homme qui m'avait conçu parce qu'il aimait ma mère ? Oui, comment puisque, mis à part cette haine de lui qui me rongeait, je vivais dans un état de bonheur et de contentement que je n'avais jamais connu dans mon enfance ?

« Alors je remettais la chose à plus tard. J'ai attendu qu'il ait un premier enfant, puis un second. J'ai attendu que ma mère soit finalement rappelée à Dieu. Et même après cela, alors qu'il ne restait plus d'obstacle sur mon chemin, alors que je m'étais déchargé de toutes mes obligations envers ceux que j'aimais, c'est encore le bonheur de mon existence et la crainte de le perdre à jamais qui me faisaient hésiter. Plus grave encore, monseigneur, ce bonheur me faisait éprouver de lourds scrupules à l'idée de le tuer ! Pourquoi aurait-il fallu qu'il mourût, si moi j'avais le monde, l'amour, et tout ce à quoi un homme peut aspirer ? Voilà les questions que je me posais.

« Aujourd'hui encore je balançais, je rusais avec ma conscience et avec ma destinée, et mes débats avec les autres étaient en fait des débats avec moi-même.

« Mais il s'est condamné lui-même, monseigneur. Il m'a envoyé ses tueurs à gages. Il peut se le permettre à présent. Ma mère est morte et enterrée, et il faudrait remonter quatre années en arrière pour découvrir les motivations d'un meurtre qui lui eût coûté sa propre vie s'il l'avait fait commettre plus tôt, en un temps où il comptait avant tout sur mon allégeance à ma maison, à mon nom et à lui-même aussi, dernier survivant de ma lignée.

« Et voilà qu'en envoyant ces assassins pour m'abattre il a tenté de supprimer cela même qui me détournait de me venger de lui, cette vie qui me disait de l'oublier, de lui pardonner.

« À présent il m'est impossible de l'oublier. Il ne m'a pas laissé le choix. Je suis obligé d'aller le tuer, et il n'y a rien au monde qui m'empêche de faire cela et de venir retrouver ensuite ceux que j'aime et qui m'attendent. Ce que je veux que vous me disiez, monseigneur, c'est que Dieu ne peut pas voir d'obstacle à ce que je détruise cet homme sans me détruire moi-même !

— Croyez-vous vraiment que vous pourrez le détruire sans y laisser la vie, Marc Antonio ? demanda le prélat.

— Oui, monseigneur, répondit Tonio avec une conviction tranquille. Je le crois. Je connais depuis longtemps un moyen de le réduire à ma merci sans me mettre moi-même en péril. »

Le cardinal médita cela en silence, et regarda, les yeux plissés, en direction du tabernacle.

« Ah, Marc Antonio ! fit-il, comme je savais peu de chose de vous et de tout ce que vous avez souffert !

— Une image s'est formée dans mon esprit, poursuivit Tonio. Elle m'a hanté toute la soirée. C'est cet ancien récit que l'on fait aux grandes personnes aussi bien qu'aux enfants, celui d'Alexandre le Grand qui, lorsqu'on lui présenta le nœud gordien, le trancha d'un seul coup de glaive. Car c'est cela que j'avais en moi, un véritable nœud gordien où mon désir de vivre se mêlait inextricablement à ma conviction que je ne pourrais pas vivre tant que je n'aurais pas détruit cet homme, causant par là même ma propre perte ! Eh bien ! il a lui-même tranché le nœud gordien à l'aide des poignards de ses assassins. Et à bien des reprises ce soir, alors que tous pensaient que je souriais ou bavardais, ou même que je chantais sur la scène, je me suis dit que je comprenais à présent pourquoi cette vieille légende m'avait toujours laissé sur ma faim. Quelle sagesse y a-t-il à trancher en deux une énigme sur laquelle de plus sagaces que vous se sont cassé les dents ? C'était une bévue, brutale et tragique ! Et pourtant, monseigneur, c'est cela la vie des hommes : trancher, retrancher, tailler dans le vif ; et peut-être que ceux de nous qui ne sont pas des hommes peuvent seuls avoir une vision assez claire du bien et du mal, et que cette vision nous paralyse.

« Oh, j'aimerais mieux passer tout mon temps dans la compagnie des eunuques, des femmes, des enfants et des saints, qui échappent à la vulgarité des épées, mais je n'en ai pas la liberté. Il vient me chercher. Il me rappelle qu'on ne se débarrasse pas aussi facilement que cela de sa virilité, car la mienne remonte du fond de mes entrailles pour me dresser contre lui. Les choses sont bien telles que je les ai toujours imaginées : je ne suis plus homme tout en l'étant encore, et je devrai vivre avec cette contradiction en moi aussi longtemps qu'il n'aura pas expié !

— Dans ce cas, il n'y a qu'une issue certaine à votre dilemme, dit le prélat en se retournant finalement vers Tonio. Vous ne pouvez lever la main sur votre père sans en supporter les conséquences. Vous le dites vous-même, et je n'ai pas besoin de vous citer les Écritures.

Cependant votre père a essayé de vous tuer parce qu'il a peur de vous. Lorsqu'il entend parler de votre triomphe sur la scène, de votre célébrité, de votre réussite, de vos talents de bretteur, de l'amitié que vous portent des hommes puissants, il ne peut qu'en déduire que vous allez bientôt passer à l'offensive contre lui.

« Il faut donc que vous alliez à Venise. Il faut que vous le teniez à votre merci. Je puis vous faire accompagner par mes gens, ou par ceux du comte di Stefano, comme vous préférerez. Et alors vous l'aurez en face de vous, et vous pourrez vérifier par vous-même qu'il a déjà enduré quatre années de souffrances pour paiement du mal qu'il vous a fait. *Ensuite, laissez-le aller !* Il aura acquis la certitude que vous ne chercherez pas à lui nuire ; votre soif de vengeance sera assouvie. Ainsi le nœud gordien sera démêlé sans qu'il soit besoin d'avoir recours au glaive.

« Ce n'est pas en ma qualité de prêtre ou de confesseur que je vous dis cela. C'est l'homme qui vous parle, celui qui est à la fois atterré de voir tout ce que vous avez subi et émerveillé par la façon dont vous avez su vous relever de ces épreuves, bien plus cruelles que celles que Dieu m'a imposées à moi-même. Je me souviens aussi de la bonté de cœur que vous avez montrée quand j'ai failli pour vous à tous mes vœux, alors que vous auriez pu m'écraser sous votre mépris et m'accabler dans ma faiblesse.

« Faites ce que je vous dis. Si cet homme vous a laissé en paix si longtemps, c'est qu'il ne désire pas vraiment votre mort. Ce qu'il veut avant tout, c'est votre pardon. Et ce n'est qu'en le faisant mettre à genoux devant vous que vous le persuaderez que vous avez la force de le lui accorder.

— Mais cette force, l'ai-je vraiment ? demanda Tonio d'une voix pressante.

— Quand vous aurez compris que cette force est la plus grande de toutes, vous la posséderez. Vous serez l'homme que vous souhaitez être. Et votre père en témoignera pour l'éternité. »

En regagnant ses appartements, Tonio trouva Guido éveillé. Il était assis à son bureau, dans l'obscurité, et Tonio l'entendit qui levait un gobelet, le vidait de son contenu et le reposait doucement.

Paolo, recroquevillé sur lui-même, gisait au beau milieu du lit de Guido ; la lune éclairait son visage barbouillé de larmes et ses cheveux en désordre. Il ne s'était pas déshabillé et, les bras repliés autour de ses épaules, il avait froid.

Tonio ramena la courtepointe rabattue au-dessus du corps de l'enfant, la lui tira jusqu'au menton et se pencha pour l'embrasser. Puis il se tourna vers Guido et demanda :

« Est-ce que toi aussi tu pleures pour moi ?

— Sans doute, lui répondit Guido. Je pleure pour toi, pour moi, pour Paolo... et aussi pour Christina. »

Tonio vint se placer de l'autre côté du bureau et il regarda le visage de Guido émerger lentement de l'ombre.

« Auras-tu un opéra prêt pour Pâques ? » demanda Tonio.

Guido lui répondit d'un hochement de tête mal assuré.

« Et cet impresario de Florence, est-il encore là ? »

Guido fit à nouveau un oui hésitant de la tête.

« Eh bien ! va le trouver et règle tout avec lui. Loue une chaise de poste assez grande pour vous quatre — Christina, Paolo, la signora Bianchi et toi —, allez à Florence et prenez-y une maison. Et quant à moi, je te donne ma parole que je serai avec vous au plus tard le dimanche de Pâques, avant que le théâtre n'ait ouvert ses portes. »

Septième partie

1.

Même à travers le voile léger de la pluie, cette ville paraissait trop belle pour être une vraie ville. C'était plutôt un rêve de ville, une vision défiant toute raison, avec ses antiques palais surgissant des eaux turbulentes couleur de plomb pour former le plus fabuleux et le plus glorieux des mirages. Le soleil perçait à travers les nuages tourmentés, aux contours d'argent patiné, des mouettes prenaient leur essor au-dessus des mâts et des gréements du port, et les oriflammes qui claquaient au vent faisaient exploser leurs couleurs contre le ciel miroitant.

Le vent fouettait aussi l'immense flaque d'eau qui recouvrait la piazzetta, et au loin la cloche du campanile tintait et se perdait dans le hululement de la bourrasque avec le cri des mouettes, si bien que son bourdon ne semblait plus que le rêve de lui-même.

L'antique défilé des membres du Sénat sérénissime était en train de s'écouler du grand portail des Offices de l'État et se dirigeait d'un pas très digne vers l'embarcadère malgré les robes rouges qui traînaient dans les flaques et les perruques blanches mises à mal par le vent. Arrivés là, les sénateurs montaient un par un à bord de ces longues barques noires aux allures mortuaires qui allaient les emporter le long de la double rangée de merveilles de pierre qui bordent le Grand Canal.

Ah ! Venise cesserait-elle jamais de le bouleverser, de lui fendre le cœur et l'âme ? ou bien était-ce seulement que, pendant ses quinze années d'exil amer à Constantinople, il en avait eu une soif si ardente qu'elle ne serait jamais rassasiée ? C'était sa ville, c'était Venise, toujours aussi ensorcelante, mystérieuse et cruelle, dont chaque jour le rêve se matérialisait à nouveau devant lui.

Carlo leva le flacon de liqueur et le porta à ses lèvres. Le liquide lui brûla la gorge, et sa vision se brouilla ; puis elle reprit consistance, et il vit un grand vol de mouettes qui s'élevait au ciel tandis qu'une rafale de vent lui cinglait les yeux.

Il se retourna, un peu titubant, et il vit les ombres de ses fidèles spadassins qui se tenaient au bord de la place amorcer un mouvement dans sa direction, hésitant à lui venir en aide, mais prêts à se précipiter s'il tombait.

Carlo sourit. Il tenait le flacon par le col. Il but une grande rasade et la foule se mua en une masse de couleurs informes qui se reflétait dans les flaques d'eau, aussi peu substantielle que la pluie, qui n'était plus à présent qu'une infime bruine.

« Pour vous, murmura Carlo en s'adressant à l'air autour de lui, au ciel, à ce miracle de solidité et d'évanescence mêlées, pour vous, je sacrifierais tout : mon sang, ma sueur, ma conscience. » Il ferma les yeux et présenta son flanc à la bourrasque, offrant son visage à sa morsure glaciale dans cette ivresse exquise qui le menait au-delà de toute souffrance, au-delà de tout chagrin. « Pour vous, j'assassine ! murmura-t-il. Pour vous, je tue ! »

Il rouvrit les yeux. Les patriciens en robe rouge avaient disparu. L'idée cocasse lui vint qu'ils s'étaient noyés dans la mer un par un.

« Laissez-nous vous reconduire, Excellence ! »

Il se retourna. C'était Federico, le plus impudent, celui qui se figurait être valet de chambre en même temps que spadassin. Machinalement Carlo porta le flacon à ses lèvres et il sentit le liquide dans sa bouche avant même d'avoir décidé de boire.

Il aurait voulu dire : « Je viens, je viens... » mais un rideau de larmes avait recouvert ses yeux ; il voyait les appartements vides, le lit désert, les robes encore pendues à des crochets, et il sentait de légères traces de parfum flottant dans l'air. « Et le temps n'adoucit rien ! dit-il tout haut. Ni sa mort, ni la perte que j'en éprouve, ni le fait qu'au moment du trépas c'est *son* nom qu'elle criait !

— Signore ! » Du regard, Federico lui désignait une ombre qui tentait grotesquement de se dérober à leur vue : l'un de ces mouchards de l'État, abjects et omniprésents.

Carlo éclata de rire. « Faites votre rapport ! lui cria-t-il. Dites que Carlo Treschi s'exhibe ivre sur la place parce que sa femme sert de pâture aux vers sous la terre ! » Et il repoussa Federico du plat de la main.

La foule, comme un organisme vivant, s'enflait, s'ouvrait, se refermait. Une rafale de vent souffla au visage de Carlo, et la pluie inonda ses paupières et ses lèvres retroussées par le large sourire qu'il sentait étalé sur sa face. Il fit un pas de côté, se rattrapa de justesse et, en avalant une nouvelle gorgée, il cria : « Le temps ! » d'une voix forte, avec cette exubérance que seule l'ivresse peut vous donner (se disait-il) quand le temps n'a plus rien à vous offrir. « Et l'ivresse ne donne rien, ajouta-t-il à mi-voix, sauf, par intermittence, la force de supporter cette vision de la beauté et de la *signification* des choses. »

Les nuages gris zébrés de lueurs argentées, les mosaïques dorées scintillantes, mouvantes. Avait-elle jamais eu cette vision quand elle se soûlait en catimini et quand, sourde aux supplications de Carlo (« *Marianna, reste avec moi ! Ne bois pas ! Reste avec moi !* »), elle lui arrachait la bouteille des mains ? Et quand elle s'effondrait, ivre morte, sur son lit, rêvait-elle seulement ?

« Excellence ! chuchota Federico, le spadassin.

— Laisse-moi tranquille ! »

La liqueur le brûlait délicieusement comme un feu liquide. Il s'imagina tout cousu de petites flammes qui le réchauffaient si bien qu'il était inconcevable que l'air glacial autour de lui l'atteignît le moins du monde, et il fut frappé par l'idée que la beauté ne trouve toute son utilité qu'au moment où l'on est bien au-delà de la souffrance.

La pluie redoubla tout à coup, une pluie oblique qui faisait gicler de la grande flaque qui s'étendait devant lui des éclaboussures sifflantes.

« Eh bien ! amour de ma vie, *il* ne tardera pas à vous rejoindre, murmura Carlo, la bouche tordue par un rictus. Il sera avec vous, et vous reposerez ensemble dans le grand lit de la terre. »

Comme elle l'avait harcelé, sur la fin ! « Je veux aller le voir. Tu m'entends ! J'irai le voir ! Tu ne peux pas me garder prisonnière ici ! Il est à Rome, et j'irai le voir ! » Et Carlo lui répondait : « Ah, ma chère, serais-tu seulement capable de trouver tes souliers, ou le peigne pour tes cheveux ? »

« Oh ! Qu'ils soient enfin réunis ! » Les mots sortaient de lui comme un grand soupir. « Que je puisse enfin respirer ! » Il ferma les yeux, afin d'avoir à nouveau en les rouvrant cette merveilleuse vision du soleil éclatant soudain de lueurs argentées et des tours d'or dressées toutes droites au-dessus des mosaïques resplendissantes. « La mort ! murmura-t-il. La mort, et toutes mes erreurs passées seront réparées ! La mort, et fini Tonio, plus d'eunuque, plus de chanteur ! Sur son lit de mort, c'est *toi* qu'elle a appelé, hein ! C'est *ton nom* qu'elle criait ! »

Il avala une autre lampée, savourant le frisson que la liqueur faisait courir dans tout son corps, et se passa la langue sur les lèvres pour ne pas en perdre une seule goutte.

« Et tu sauras combien j'ai payé pour tout cela, tu sauras combien j'ai souffert, tu sauras combien m'a coûté le répit que je t'ai accordé jusqu'à ce qu'il me devienne impossible de t'accorder une seconde de plus à vivre, mon fils, mon bâtard, mon invincible rival ; tu vas mourir, tu vas mourir, que je puisse revivre enfin ! »

Le vent rejetait en arrière ses cheveux hirsutes ; il lui gelait les oreilles, transperçait l'étoffe mince de son habit et faisait passer entre ses jambes les pans de son long tabarro noir, qui se soulevaient derrière lui.

Et tandis qu'il se courbait contre le vent en s'efforçant vainement de chasser de son esprit l'image de la chambre mortuaire qui le taraudait sans trêve depuis des semaines, il vit une forme bien réelle traverser la place dans sa direction. C'était celle d'une femme en noir, drapée dans des voiles de veuve, que depuis quelques jours il croisait sans cesse au gré des ruelles et sur le quai où il se vautrait dans son ivresse agressive et pathétique.

Carlo plissa les yeux et pencha la tête.

Ses jupes glissaient si lentement au-dessus de la grande flaque miroitante qu'il lui semblait qu'elle n'était pas mue par une force humaine mais née de son propre esprit enfiévré par la douleur.

« Et vous en faites partie », murmura-t-il en savourant la manière dont sa voix lui résonnait dans la tête, bien que personne ne prêtât la moindre attention à ses discours ni à la bouteille qu'il brandissait. « Le saviez-vous ? Vous en faites partie, femme sans nom, sans visage, si belle pourtant ! Et comme si cette beauté n'était pas assez, vous surgissez du fond même de la nuit, vêtue de mort, noire comme la mort, et vous vous approchez de moi comme si nous étions amants vous et moi, ô mort... »

La place bascula autour de lui, puis se redressa.

C'était l'apothéose de ce délire où l'avaient miraculeusement plongé la liqueur, la douleur et le vin ; c'était l'instant parfait où tout lui semblait enfin tolérable : oui, la mort de Tonio en vaut la peine, parce que je n'ai pas le choix, je ne puis faire autrement ! Et tout ne sera plus que poésie, alors, ma tourterelle, mon beau chanteur, mon fils eunuque ! Je lance mon long tentacule jusqu'à Rome, il te prend à la gorge, il te fait taire à tout jamais, et alors... alors, je respirerai enfin !

Ses spadassins rôdaient sous les arcades, ils le gardaient toujours à l'œil.

Il voulait sourire à nouveau, sentir le sourire sur son visage. Ne plus voir dans la place qui resplendissait devant lui qu'une masse confuse de lumière aveuglante.

Mais une sensation bien différente lui venait, sa vision s'altérait, quelque chose dissolvait son plaisir et lui laissait à la place un goût étrange — un goût de quoi ? Le goût d'un cri étranglé dans une bouche béante.

Il prit une gorgée de liqueur. Était-ce cette femme qui réveillait en lui la panique et le faisait avaler trop vite ? Était-ce le mouvement insolite de ses jupes, ou son voile soulevé par le vent qui volait derrière elle et dessinait la forme de son visage ?

Elle s'approchait de lui, comme elle l'avait déjà fait un peu plus tôt sur la piazzetta, et auparavant sur le quai.

Était-ce une courtisane qui s'était mise en noir pour le carême ? Elle avançait d'un pas bien décidé. On aurait dit qu'elle l'avait repéré dans la foule et qu'elle avait mis le cap sur lui. Mais oui ! c'est à Carlo qu'elle en avait, sans aucun doute ! Où étaient ses dames de compagnie, ses suivantes ? Est-ce qu'elles se confondaient avec les murs, comme ses spadassins à lui ?

L'espace d'un instant, il se complut à imaginer que cette femme avait jeté son dévolu sur lui ; à travers ses voiles noirs, elle avait dû le voir sourire — et justement Carlo sentait son sourire lui revenir.

« Je veux cela, je le veux ! rugit-il, les mâchoires serrées. Je veux tout cela, je ne veux plus souffrir ! Ah, si seulement on voulait bien se décider à venir m'apporter la bonne nouvelle — la nouvelle qu'il est mort ! »

Ses yeux s'écarquillèrent ; cette femme n'était pas humaine ; c'était une revenante qu'on avait envoyée pour le hanter et le consoler. Il distinguait à présent l'ovale indécis de son visage blanc et le mouvement de ses mains pâles sous le voile flottant.

Tout à coup elle se transforma ; elle lui tournait le dos à présent, mais sa progression ne s'était pas ralentie pour autant. Non ! C'était si singulier que Carlo avança légèrement la tête et plissa les yeux pour mieux voir.

Elle venait vers lui à reculons ; ses grands voiles de crêpe flottaient devant son visage, et ses jupes se soulevaient. Elle marchait sur les talons, sans changer d'allure, comme l'aurait fait un homme dans une bourrasque analogue pour défaire les plis de son manteau. Ensuite elle fit à nouveau volte-face.

Carlo s'esclaffa tout bas. De sa vie il n'avait jamais vu une femme agir de la sorte.

Quand elle se fut retournée, ses vêtements flottèrent à nouveau librement, et elle poursuivit son avance avec cette même démarche étrangement légère, et Carlo éprouva brusquement une violente douleur au flanc.

L'air s'exhala de ses poumons avec un sifflement.

Qu'importe ce que tu es : aveugle, veuve, ou courtisane évaporée ! se dit Carlo en sentant tout à coup la noirceur s'insinuer en lui comme si l'on avait crevé une petite poche de bile noire pour que le poison s'en répande dans son cœur. Que sais-tu donc de toute cette beauté qui t'entoure et dont tu fais partie... car tu en fais partie, malgré toutes les pensées laides, triviales et répugnantes qui se pressent nécessairement sous ton front !

Sa bouteille était vide.

Il n'avait pas pris la décision de la jeter, mais déjà elle se brisait à ses pieds sur le pavé humide. Des rides concentriques se formèrent sur l'eau, et les morceaux de verre jetèrent des lueurs avant de s'éparpiller au sol. Carlo les foula aux pieds. Le bruit du verre écrasé sous ses pieds l'enchantait.

« Une autre ! » cria-t-il en gesticulant. Et l'une de ces ombres qu'il voyait du coin de l'œil se détacha des autres et s'avança vers lui, de plus en plus grande, de plus en plus grosse. Carlo prit la bouteille que Federico lui tendait.

« Signore, dit le spadassin. Signore, je vous en prie, rentrons !

— Bah ! fit Carlo en débouchant la bouteille, tu ne sais donc pas, l'ami, que tout est permis à qui a du chagrin ? Et n'ai-je pas plus que quiconque des raisons d'être malheureux ? » Ses yeux torves roulaient des lueurs fauves. « À l'instant même, il doit être en train de se décomposer, toutes ces péronnelles qui s'extasiaient sur sa voix poussent d'horribles lamentations, et ses amis, tous ces grands seigneurs de Rome et de Naples, le font placer dans son catafalque.

— Signore, je vous en supplie ! »

Carlo secoua la tête. Cette chambre de malade, encore, et tout ce... toute cette horreur dont il sentait encore le goût lui empâter la langue. Elle se dressait brusquement sur son séant : « Tonio ! »

Il posa sa main à plat sur la poitrine de Federico et il le repoussa.

Lentement, profondément, il but. Que renaissent en lui cette tristesse, cette émotion lumineuse et étale comme un lac sans fond.

Mais où était-elle passée ? Où était la femme en noir ?

Carlo pivota sur lui-même, et en l'apercevant à moins de dix pas de lui il fut certain qu'elle s'était retournée pour le regarder au moment précis où ses yeux se posaient sur elle.

Oui, elle le regardait.

Du fond de ces ténèbres, elle le regardait. Il la méprisait ; cependant il savait qu'une lueur de lubricité s'était allumée dans ses yeux tandis qu'il lui adressait un long et langoureux sourire. Ah, jouer au chat et à la souris, faire l'effronté, faire le coquet, avec cette douleur qui battait sourdement en lui : tu crois que tu me plais, tu crois que je te désire ! Je t'aurai vidée comme cette bouteille et rejetée au loin avant même que tu aies eu le temps de comprendre ce qui t'arrivait. Mais elle ! Avec elle, c'était l'amour, l'impérissable amour auquel le temps ne pouvait rien. Et il avait fallu qu'*il* le détruisît ! « Tonio ! » : c'était le dernier mot qu'elle avait prononcé avant de mourir.

Il avait bu trop vite : un filet de liqueur lui coulait sur la joue, aspergeant ses vêtements.

Un homme l'avait salué en s'inclinant bien bas, puis, constatant son état, s'était éloigné à la hâte. Mais on ne lui en tiendrait pas rigueur ; tout le monde l'excusait ; sa femme était morte, les enfants la pleuraient, et lui aussi, il la pleurait. Et quelque part au sud, à deux cents lieues de là, il y avait cette flétrissure, ce vieux scandale. Ils devaient être en train de se dire : « Ah, le sénateur Treschi ! Il a eu bien du malheur ! »

Quoi encore ? Federico était revenu se coller à lui. Carlo ne quittait pas des yeux la femme en noir. Elle essayait bel et bien de l'enjôler. « Je t'ai dit de me laisser tranquille !

— ... est arrivé et il n'y avait personne à bord, signore.

— Où n'y avait-il personne ? Je ne t'entends pas.

— Le paquebot, signore. Le bateau de Rome, il n'y avait pas de... »

Putain gracieuse, féline, avec, dans sa manière de se tenir en face du vent qui faisait ondoyer ses jupes, une indiscutable élégance. Il la voulait ! Et quand il en aurait fini avec elle, il irait s'agenouiller dans un confessionnal : « Je l'ai tué ! Je n'avais pas le choix, je ne pouvais... » Il se retourna tout à coup et s'efforça de distinguer mieux les traits de Federico.

« Que dis-tu ?

— Il n'y avait personne à bord du paquebot, signore. Il n'y avait pas de message... » Federico s'interrompit et d'une voix basse, à peine audible, reprit : « Pas de message de Rome.

— Bah ! fit Carlo. Cela viendra. »

Il redressa les épaules. Ainsi donc l'attente allait se poursuivre, avec son cortège de remords. Non, ce n'étaient pas des remords ; c'étaient simplement la tension, l'anxiété qui l'étouffaient.

Ce message, il en avait presque peur, à la fin. Indignés que Carlo pût mettre en doute leur intégrité, ils s'étaient récriés en disant : « Nous vous en rapporterons la preuve !

— Ah oui ? avait répondu Carlo. Une preuve, et laquelle ? Sa tête dans un sac tout sanglant ? »

Il avait éclaté d'un rire si affreux que ces assassins eux-mêmes en avaient blêmi sous le masque de leurs visages qui semblaient taillés à la serpe. « Inutile de m'apporter une preuve. Faites-le, voilà tout. La nouvelle me parviendra bien assez vite. »

Tonio Treschi, le sopraniste : à présent, c'est ainsi que l'on parlait de lui. Même à Carlo, son propre frère, on avait le front de dire cela : Tonio Treschi, le fameux sopraniste !

Quatre ans plus tôt, les autres aussi lui avaient annoncé qu'ils lui rapporteraient une preuve, et il avait écarté leur suggestion avec désinvolture. Mais quand ils avaient posé devant lui ce petit tas informe de viscères sanguinolents enveloppé d'un linge durci de sang séché, il avait fait un bond en arrière en envoyant promener sa chaise et en rugissant : « Enlevez cette chose de ma vue ! »

Federico lui disait quelque chose :

« Votre Excellence...

— Je ne veux pas rentrer !

— Votre Grâce, s'il n'y a toujours pas de message, c'est qu'il y a un risque que...

— Un risque que quoi ? »

— ... qu'ils aient échoué. »

Une nuance d'exaspération perçait dans la voix de Federico, et il manifestait aussi un soupçon d'inquiétude ; son regard, qu'il promenait rapidement tout autour de lui sur l'animation de la place, passa sans la voir sur la femme en noir qui venait soudain de surgir à nouveau dans le champ visuel de Carlo. Quoi, tu ne la vois pas ? Moi, je la vois ! Carlo eut un sourire.

« Échoué ? ricana-t-il. Bonté divine ! C'est un eunuque, foutredieu ! Ils pourraient l'étrangler de leurs mains nues ! »

Carlo leva sa bouteille et, de ce même geste qui dénotait presque de la familiarité, il écarta Federico qui l'empêchait de contempler cette parfaite apparition. « Viens donc, ma belle ! Viens à moi », marmonna-t-il entre ses dents avant d'avaler goulûment une autre gorgée, qui lui rinça bien la bouche et les yeux. La pluie était silencieuse, impalpable, un léger friselis d'argent.

La brûlure de sa poitrine était voluptueuse ; il n'avait pas retiré la bouteille de ses lèvres.

Marianna avait passé les dernières journées de sa vie à tourner en rond en ouvrant avec des gestes fébriles les portes des armoires et les tiroirs des commodes. « Rendez-les-moi ! Vous n'avez pas le droit de me les prendre ! Je les avais rangés ici ! Vous ne me forcerez pas à rester dans cette maison ! »

Puis les avertissements du vieux médecin : « Elle va se tuer ! » Et à la fin Léna qui se ruait dans le couloir en gémissant : « *Elle ne parle plus ! Elle ne remue plus !* »

Quatre heures avant sa mort, Marianna avait compris qu'elle allait mourir. Ses yeux s'étaient ouverts et elle lui avait dit : « Carlo, je meurs ! » Carlo s'était écrié : « Non, Marianna ! Je ne te laisserai pas mourir ! » Un long moment après, un léger mouvement de Marianna avait réveillé Carlo, il avait vu qu'elle avait les yeux ouverts et il l'avait entendue dire : « Tonio ! », et ç'avait été sa dernière parole.

Tonio, Tonio, Tonio...

« Rentrons, signore... si les choses ne se sont pas déroulées comme prévu, nous courons le danger que...

— Quel danger ? Ils sont allés tordre le cou à un chapon. S'ils ne l'ont pas fait encore, ils le feront. Je ne veux pas en parler ! Va-t'en ! »

Tonio Treschi, le sopraniste ! Il ricana.

« Le message était censé venir par ce paquebot-là.

— Oui, avec une preuve ! dit Carlo. La preuve ! Sa tête dans un sac plein de sang. *Enlevez ça de ma vue... !* »

Elle le harcelait sans relâche avec ses questions. « Ce n'est pas toi, n'est-ce pas ? Ce n'est pas toi qui as fait cela ? »

Cent fois, mille fois, il lui avait chuchoté des dénégations, à cette époque où ils le guettaient tous comme des vautours prêts à lui arracher les chairs ; et elle, derrière les portes closes, s'agrippait à lui avec ses mains recourbées comme des serres. « C'est mon fils ! Mon seul fils ! Notre fils ! Tu ne lui as pas fait ça ! — Tu vois, c'est toi qui le dis à présent. » Carlo avait eu un long rire. « Mais, ma très chère, cela fait mille fois que je te le dis, non, jamais je n'aurais fait une chose pareille. Il a agi avec la fougue de la jeunesse. » Et alors, enfin, l'espace d'un bref moment, les traits de Marianna se rassérénaient, elle se serrait dans ses bras, elle le croyait.

« S'exhiber ainsi, tout de même ! »

Qui a dit ça ?

Carlo fit volte-face, trop vivement, et il ne vit que deux dos battant précipitamment en retraite, deux dos couverts de lourdes toges patriciennes noires et surmontés de perruques blanches, deux de ses pairs, vindicatifs et toujours à l'épier.

Federico était loin, sous les arcades d'où il le surveillait avec les autres. Quatre poignards de bonne trempe, quatre rudes gaillards qui le protégeaient contre tout, sauf contre la folie, sauf contre le dépit, sauf contre *sa* mort et ces terribles et interminables années qu'il allait vivre sans elle.

Un sentiment de solitude s'abattit lourdement sur lui. Ah, comme il la voulait ! Ma Marianna ! C'était indescriptible ! Il la voulait même lui pleurant dans les bras, même réclamant son vin à cor et à cri, même avec ses yeux ivres et accusateurs, ses lèvres retroussées découvrant ses dents très blanches. « Tu ne vois donc pas que je suis là, avec toi ? lui avait-il dit. Nous sommes ensemble, et ils sont partis, plus jamais il ne pourront nous séparer, et tu n'as rien perdu de ta beauté. Non, Marianna, ne te détourne pas ! Regarde-moi ! »

Et, l'espace d'un bref instant, cette douceur inéluctable, cette soumission : « Je savais bien que tu n'avais pas pu faire cela, pas à mon Tonio. Et il est heureux, n'est-ce pas ?... Tu ne l'as pas fait, et il est heureux. — Non, je ne l'ai pas fait, mon amour, mon cœur, avait répondu Carlo. Si j'avais fait cela, il m'aurait accusé. Tu as vu de tes propres yeux les documents signés par lui. Qu'aurait-il pu gagner à ne pas me dénoncer ? »

Ce qu'il avait à y gagner, c'était le temps de comploter ma mort. Mais il fallait avant tout que j'aie des fils, que la maison des Treschi ait une descendance. Oui ! Tout pour la maison des Treschi, et c'est pour le bien des Treschi qu'il a gardé ce secret, Tonio, le sopraniste, le bretteur... le Treschi !

Ces commérages cesseraient-ils jamais ?

Ah, je vous le promets, les Napolitains le craignent comme la pes-

te ! Pour rien au monde ils ne se risqueraient à le contrarier. Il paraît que, quand ce jeune Toscan l'a insulté, il s'est mis dans une fureur terrible, et qu'il l'a proprement égorgé. Et au cours d'une rixe de taverne, il a tué un autre garçon. Il fait partie de ces eunuques qui sont dangereux, très dangereux...

Où est-elle, ma catin tout en noir ? se demanda-t-il soudain. Ma camarade merveilleuse, ma courtisane qui se promène si impudemment, seule sur la place ? Pense aux vivants, oublie les morts. Les morts, les morts !

Oui, la chair vive, la chair tiède qui palpite sous ces voiles noirs ! Tu as intérêt à être belle, tu as intérêt à les mériter, tes sequins. Mais où est-elle ?

Comme le vent chassait la pluie de la surface de l'eau, l'immense flaque était redevenue un parfait miroir. C'est dans ce miroir que Carlo vit s'approcher une grande figure noire. Elle était debout devant lui.

« Ah ! » fit Carlo.

Il sourit, les yeux baissés sur ce reflet. « Ainsi, nous en sommes là, mon insolente petite garce, ma noire enchanteresse ! » Mais ce ne sont pas ces mots que ses lèvres formèrent. Elles articulèrent :

« Vous êtes belle ! »

L'avait-elle entendu ?

Et si je rejetais son voile en arrière ? Tu n'oserais pas me décevoir, hein ? N'est-ce pas, que tu seras belle ! Une belle petite dinde, grimacière, à la langue bien pendue ! Tu maquignonneras à n'en plus finir en cherchant à m'enjôler et tu seras persuadée jusqu'au bout que je te désire. Mais de toute ma vie je n'ai jamais désiré qu'une seule femme, une belle femme qui avait perdu la raison et qui est morte dans mes bras en criant : « Tonio ! »

Cette inconnue en deuil était si près, à présent, que Carlo distinguait nettement les broderies du bord de son voile : des fleurs de primevère en fil de soie noire, avec des perles de jais.

Il voyait aussi la blancheur de ses mains nues qui remuaient sous le voile.

Son visage, son visage ! Je veux voir le visage !

Elle se tenait droite et immobile, et elle était à une plus grande distance de lui qu'il ne l'avait cru en voyant son reflet dans l'eau. Cette femme était d'une taille extraordinaire ou bien ses sens l'abusaient-ils ? Qu'elle fasse demi-tour, il ne la suivrait pas ! Il était bien trop ivre, bien trop misérable. Déjà il s'apprêtait à héler Federico d'un geste.

Mais elle ne faisait pas demi-tour.

Il lui sembla que sous ce grand linceul noir elle avait fait un très léger signe de tête, et que tout son long corps se tendait vers lui — et toutes ses idées fumeuses et sentimentales se volatilisèrent soudain. C'était un geste qui disait : oui.

« Oui, ma chérie ? » murmura-t-il, comme si elle avait pu l'entendre à cette distance.

Un petit groupe d'hommes en noir qui avançaient courbés contre le vent passèrent entre eux sans s'apercevoir une seconde qu'ils les séparaient, mais les yeux de Carlo restèrent rivés sur cette figure solitaire et enjôleuse qui le regardait fixement à travers son voile de deuil.

Au moment même où il se disait avec un pincement au cœur qu'il risquait de la perdre de vue, il vit, par-dessus l'épaule d'un homme qui la masquait à demi, ses mains blanches qui levaient son voile, et il aperçut son visage.

Il en resta comme hébété.

Elle s'éloignait. Carlo savait qu'il était ivre, mais pas au point d'avoir des hallucinations. Elle était d'une beauté ! Elle était aussi belle que Venise, et elle était venue vers lui en pleine connaissance de cause. Elle était venue droit sur lui, comme si Carlo l'eût envoûtée, avec ce visage magnifique, lisse et délicat comme celui d'une poupée.

De la porcelaine ! C'est à cela qu'il ressemblait, ce visage parfaitement blanc — et elle avait de ces yeux !

Et à présent c'est Carlo qui la suivait, frissonnant, les yeux plissés par la pluie qui tourbillonnait dans une lumière argentée, en essayant de mieux l'apercevoir quand elle lui lançait des regards par-dessus l'épaule. Oui, la poursuivre, l'attraper !

À présent, avec un aplomb insensé, elle l'appelait même du geste !

Ah ! c'était une sensation rare, et tellement délicieuse, exactement ce dont il avait besoin pour vaincre sa douleur l'espace d'un bref moment.

Elle marchait de plus en plus vite.

Quand elle fut parvenue au bord du canal, elle se retourna vers Carlo.

Le voile glissa lentement sur son visage.

Tout cela était parfait, c'était charmant. Quand il arriva à sa hauteur, elle était déjà à l'extrémité du ponton de l'embarcadère et ses jupes frôlaient l'eau. Carlo crut voir que des halètements lui soulevaient la poitrine.

« Vous êtes aussi hardie que belle », lui dit-il, mais elle était encore un peu trop loin pour l'entendre. Elle lui tourna le dos et fit signe au gondolier.

Carlo vit que ses hommes s'étaient rassemblés à quelques pas derrière lui. Federico venait dans sa direction.

Il tourna les talons et se précipita à la suite de l'inconnue. Il se laissa tomber dans la gondole avec tant de lourdeur et de maladresse que l'embarcation tangua violemment et qu'il manqua atterrir la tête la première dans le *felze* fermé où la femme en noir avait déjà pris place.

Au moment où il s'affalait sur la banquette, il sentit le taffetas de sa robe l'effleurer.

La gondole s'ébranla, et l'odeur fétide du canal envahit les narines de Carlo. La femme se mit debout, face à lui. Son haleine soulevait la fine mousseline de son voile.

Carlo avait le souffle coupé.

Son cœur battait à tout rompre, et il était en nage : c'était le prix de sa précipitation. Mais il avait rattrapé cette femme qu'il distinguait à peine dans la lumière des tentures entrebâillées.

« Je veux le voir, souffla-t-il, luttant contre une méchante douleur dans la poitrine. Je veux le voir... — Qu'est-ce que vous voulez voir ? » murmura-t-elle d'une voix de gorge un peu voilée qui ne trahissait pas le moindre soupçon d'appréhension. Et qui parlait en vénitien ; oui, elle était vénitienne ! Carlo l'avait espéré de tout son cœur.

Il rit sous cape.

« Ça ! fit-il en lui arrachant brusquement son voile. Votre visage ! »

Et il s'abattit sur elle, lui couvrant la bouche de sa bouche ouverte, l'écrasant contre les coussins. Le corps de la femme se contracta et elle leva ses deux mains pour le repousser.

Carlo se redressa en se passant la langue sur les lèvres, ses yeux rivés sur les yeux noirs de l'inconnue, qui avaient cessé d'être de vagues lueurs dans l'ombre. « Qu'est-ce que vous vous imaginiez ? cracha-t-il. Que je vous laisserais jouer à ce petit jeu avec moi ? »

L'étonnement qui s'était peint sur le visage de l'inconnue était fort singulier. Elle ne jouait pas les vierges effarouchées, elle ne feignait pas non plus d'être impressionnée. Elle le regardait, simplement, d'un air vaguement fasciné, elle l'étudiait comme elle eût étudié un objet inanimé. Et, dans cet endroit plein d'ombres, Carlo voyait la créature la plus parfaitement belle qu'il eût jamais rencontrée.

Elle était d'une beauté surnaturelle. Carlo essayait d'en apercevoir les limites, cherchant l'inévitable déception, les inévitables failles. Mais elle lui paraissait sans défaut, au moins à cet instant, et il lui semblait que cette beauté, il l'avait toujours connue au fond d'une région secrète de son âme, et il murmurait au dieu de l'amour, avec une lubricité éhontée : « Accorde-moi ceci, et très précisément encore cela, et ceci exactement aussi. » Tout cela était rassemblé là, en face de lui, et rien dans ce visage ne lui paraissait étranger. Ces yeux d'un noir intense, ces cils recourbés, la peau lisse et tendue au-dessus des pommettes et cette longue bouche délicieuse et sensuelle.

Carlo toucha sa peau, ah ! et, retirant brusquement les doigts, il effleura ces sourcils noirs, ces pommettes, cette bouche.

« Ah, quelle froideur ! haleta-t-il. Maintenant, vous allez m'embrasser comme il faut ! » grogna-t-il d'une voix étranglée. Il lui renversa le visage en arrière, plaqua ses lèvres sur les siennes et, à deux reprises, lui happa goulûment la bouche.

Elle paraissait indécise. L'espace d'une seconde, elle resta pétrifiée puis, avec une décision stupéfiante, elle céda, son corps se détendit, ses lèvres s'ouvrirent et, à travers les brumes de l'ivresse, Carlo sentit naître un frémissement entre ses jambes.

Il éclata de rire.

Il se laissa retomber sur son coussin. Dans les lueurs pâles qui éclairaient par intermittence la fissure des rideaux, le visage de cette femme était d'une blancheur inhumaine. Pourtant, le goût qu'il avait sur la langue lui disait qu'elle était bien une créature de chair et de sang.

« Quel est votre prix, signora ? demanda-t-il en se penchant vers elle et en collant son visage si près du sien que ses cheveux blancs poudrés lui chatouillèrent le front. Qu'attendez-vous de moi ?

— Et vous, qu'attendez-vous ? répliqua cette voix rauque et basse, dont les résonances cuivrées lui nouaient la gorge.

— Vous savez bien de quoi je parle, ma chère, ronronna-t-il. Combien pour le plaisir de t'arracher ces vêtements ? Tant de beauté mérite salaire », ajouta-t-il en lui effleurant les joues du bout des lèvres.

Mais elle, levant une main, lui répondit : « Ne gâchez pas votre plaisir. Pour vous, il n'y a pas de prix. »

Ils étaient dans une chambre.

Ils avaient gravi un escalier interminable et humide dont l'aspect négligé avait déplu à Carlo. Partout il entendait des rats, mais elle l'avait soûlé de baisers succulents — et cette peau ! Ah, cette peau ! On aurait tué pour une peau pareille !

Et à présent ils étaient dans une chambre.

Elle avait insisté pour faire manger Carlo ; après la liqueur, le vin lui paraissait bien insipide.

Il ne connaissait pas la maison.

Il connaissait bien le quartier, car les maisons d'alentour abritaient plus d'un tiède nid d'amour où il avait goûté aux charmes de courtisanes expertes, mais cette maison-là, non...

La flamme des bougies lui blessait les yeux ; la table était couverte de plats refroidis, et au fond de la pièce on discernait la forme d'un lit dont les tentures, qui semblaient lamées d'or, étaient accrochées de guingois. L'énorme feu de cheminée dégageait une chaleur intense.

« Trop chaud », dit-il.

Elle avait fermé toutes les persiennes. Quelque chose mettait Carlo mal à l'aise. Plusieurs choses même : toutes ces toiles d'araignées au plafond, l'humidité, l'odeur de moisi.

Et la richesse qui s'étalait au milieu de tout cela, les timbales en vermeil, la vaisselle d'argent ; cela lui rappelait l'allure que prend un décor de théâtre quand on est assez près de la scène pour voir les cintres et les côtés.

Mais quelque chose le mettait particulièrement mal à son aise. Quoi donc ? Mais oui... ses mains !

Ma parole, elles sont énormes... » murmura-t-il. En entendant le son de sa propre voix, en regardant ces longs doigts pâles, il émergea soudain de son hébétude, subitement inquiet. Il n'arrivait pas à remettre en place tous les événements de l'après-midi.

Que lui avait-elle dit ? Il ne se rappelait pas avoir débarqué de la gondole.

« Vous avez trop chaud ? » murmura-t-elle de cette voix rauque qui donnait envie de lui caresser la gorge.

La brume qui voilait le regard de Carlo se dissipa, et il lui sembla qu'il la voyait pour la première fois. Ce n'était plus ses mains qu'il voyait, mais elle tout entière. Et s'il l'avait déjà vue à un autre moment, le souvenir lui en avait échappé. Machinalement, il pensa que ses hommes ne devaient pas être loin.

Mais elle ! Il leva sa timbale et, clignant des yeux, luttant contre l'ivresse, il s'efforça de mieux discerner les contours flous de sa physionomie. Le bourgogne était délicieux, mais bien trop doux.

« Vous ne m'en voudrez pas, j'espère ? dit-il en débouchant un flacon d'eau-de-vie qu'il tira de sa poche.

— Vous vous excusez sans arrêt », fit-elle observer en souriant. Sa voix était comme une respiration, comme un souffle profond ; avait-on jamais entendu pareille voix chez une femme ?

Elle portait une perruque française, impeccable, avec des boucles blondes qui cascadaient sur ses épaules et des tire-bouchons emperlés, et elle était jeune, oh ! si jeune ! Infiniment plus jeune que Carlo ne l'avait imaginé dans la gondole, où elle lui avait semblé sans âge, ou simplement d'un autre âge, mais en tout cas, et sans qu'il sût pourquoi, incontestablement vénitienne.

« Une jeunesse ! » fit-il d'une voix douce. Brusquement il piqua du nez et sentit qu'il était sur le point de perdre connaissance. Dans un sursaut de dignité, il se redressa. Ses lèvres n'étaient ni rouges ni roses, mais d'un incarnat purpurin. Elles n'étaient pas fardées pourtant, sinon il aurait senti le goût et l'odeur du rouge à lèvres dans la gondole. Et cette vision de rêve le regardait avec des yeux — ces yeux ! — qui ne cillaient pas.

Cette robe aussi, ce corset dont les broderies lui comprimaient la gorge. Il avait envie de glisser une main entre ses seins et ce corset rigide et de les faire jaillir à l'air en l'arrachant.

« Pourquoi avez-vous attendu toutes ces années pour venir jusqu'à moi ? » fit-il en éclatant d'un rire espiègle.

Le visage de l'inconnue se transforma brusquement.

Elle changea du tout au tout, mais cette métamorphose fut si rapide que Carlo ne fut pas sûr de ne pas l'avoir imaginée, car déjà son visage se recomposait et sa longue bouche voluptueuse s'étirait en un large sourire qui faisait des plis aux coins de ses yeux noirs.

« Il m'a paru que c'était le moment rêvé, répondit-elle.

— En effet, dit Carlo. C'est le moment rêvé. » Ah, si tu savais ! Si elle savait que, chaque fois qu'il prenait une femme dans ses bras, c'était Marianna qu'il croyait tenir, et il la serrait, la serrait, jusqu'à cette seconde d'horreur où il s'apercevait que ce n'était pas Marianna, mais que ce n'était personne, que ce n'était... qu'une putain.

Mais mieux valait ne pas penser à tout cela à présent. Mieux valait ne penser à rien.

Il tendit le bras et repoussa vers sa droite la chandelle qui l'éblouissait.

« C'est pour mieux vous voir, mon enfant », plaisanta-t-il en prenant la voix du loup du conte de Perrault.

Il s'esclaffa et appuya sa nuque au dossier très haut de son monumental fauteuil de chêne.

Mais quand il la vit se pencher en avant, poser les deux coudes sur la table et exposer son visage à la lumière, il éprouva un choc brutal. Sa respiration s'arrêta, il se raidit, et ses épaules se soulevèrent imperceptiblement.

« Je vous fais donc peur ? » murmura-t-elle.

Carlo ne lui répondit pas. C'était ridicule d'avoir peur de cette femme ! Il se sentit gagné par une espèce de cruauté à l'idée de la déception qu'elle allait lui faire éprouver, à l'idée que sous ces airs mystérieux il ne trouverait en fin de compte que de la coquetterie, sans doute aussi de la vulgarité, et de la cupidité à coup sûr. Tout à coup il se sentit las, pris d'une immense fatigue. Cette chambre le hantait toujours. Il se vit en train de se glisser dans son lit ; il sentit le corps de Marianna contre le sien. Et longuement, amèrement il songea : elle est dans son tombeau...

Il était trop soûl ; il sentait qu'il allait se trouver mal ; jamais il n'aurait dû la suivre jusqu'ici.

« Qu'avez-vous à être si triste ? » lui demanda-t-elle de sa voix câline et feutrée. On aurait dit qu'elle voulait vraiment une réponse, et il y avait en elle une sorte de puissance... qu'était-ce donc ?... Sa beauté avait quelque chose de sauvage. Peut-être qu'elle pourrait vraiment lui faire... mais c'était toujours ce qu'il croyait au début, et à quoi cela le menait-il à la fin ? Une étreinte brève entre les draps, un peu de cruauté déployée par Carlo, et ensuite ces marchandages sordides, assortis quelquefois de menace. Et il était trop soûl pour ça, bien trop soûl.

« Il faut que je m'en aille... » maugréa-t-il à contrecœur. Il fallait sortir sa bourse — s'il l'avait encore. Qu'avait-il donc fait de son manteau ? Il gisait à ses pieds. Cette femme aurait été bien bête de tenter de le détrousser. Elle était trop fine mouche pour cela.

Son visage lui paraissait... immense. D'une taille disproportionnée. Mais ces yeux noirs largement écartés l'ahurissaient. Il regardait fixement ses mains jouer avec les mèches en tire-bouchon qui pendaient sur ses tempes ; elle avait un front exquis, parfaitement lisse et droit sous la coûteuse perruque française. Mais pour une femme si belle, elle avait des mains gigantesques, des mains qui eussent paru bien grandes chez n'importe quelle femme. Et ces yeux ! Carlo se rappela soudain cette impression qu'il avait eue dans la gondole, une impression de dérive hasardeuse qui ne venait en rien de l'eau sur laquelle ils voguaient.

Il sentit la chambre osciller autour de lui, exactement comme s'ils avaient toujours été dans le felze exigu.

« Je... je dois partir, balbutia-t-il. Il faut que je m'allonge. »

Il la regarda se lever.

Elle n'en finissait pas de se déplier.

« Non, c'est impossible... marmonna Carlo.

— Qu'est-ce qui est impossible ? » dit-elle tout bas.

Elle était debout au-dessus de lui et il respira une odeur embaumée qui était moins celle de son parfum français que celle de sa fraîcheur, de sa douceur, de sa jeunesse. Elle tenait entre ses mains quelque chose qui ressemblait à une espèce de courroie, de lanière... c'était un gros ceinturon à boucle.

« Que vous soyez tellement... tellement immense ! », répondit-il.

Elle levait le ceinturon au-dessus de la tête de Carlo.

« Vous venez seulement de vous en apercevoir ? » demanda-t-elle en souriant. L'exquise créature !

Carlo sentait qu'il aurait pu tomber amoureux d'elle, il pouvait s'imaginer en train de l'aimer. Il devinait en elle de la substance, quelque chose qui n'avait rien à voir avec ce mystère convenu et le fond de vulgarité qu'il finissait invariablement par révéler, quelque chose où il entrait infiniment plus de passion.

« Mais que faites-vous ? lui demanda-t-il. Qu'est-ce que vous avez dans les mains ? »

Ces mains ! Elles ne semblaient pas humaines.

Elle avait entouré Carlo de cette courroie de cuir. C'était un geste bien singulier. Carlo baissa les yeux et vit que le ceinturon lui emprisonnait la poitrine et les bras.

« Qu’avez-vous fait ? » demanda-t-il.

Et quand il essaya de bouger, il comprit.

Elle avait fait passer le ceinturon derrière le dossier de son fauteuil, et il le serrait si étroitement qu’il ne pouvait plus avancer le torse ni remuer les bras au-dessus des coudes. C’était tout à fait saugrenu.

« Non », fit Carlo en souriant. Il essaya de lever les bras et manqua renverser son flacon d’eau-de-vie. Puis, brusquement, il se jeta en avant.

Rien à faire. L’énorme et lourd fauteuil ne bougeait pas d’un pouce.

« Non, répéta-t-il avec un sourire glacial. Ça ne me plaît pas. » Et il secoua la tête, de l’air indulgent qu’on prend pour tancer un enfant espiègle.

Il ne la voyait plus, car elle était passée derrière lui. Il essaya de tirer sur le ceinturon de la main droite, mais il était beaucoup trop serré.

Alors il jeta son flacon qui se renversa sur la table et, croisant les bras, empoigna la courroie à deux mains. Ses doigts moites glissaient sur le cuir lisse. Quelque chose maintenait le ceinturon en place par l’arrière.

À ce moment-là, il la vit se matérialiser au-dessus de son épaule droite.

« Ça ne vous plaît pas ? » demanda-t-elle.

À nouveau il lui fit un sourire glacial. Quand elle aurait cessé ce jeu imbécile, et quand il la tiendrait à sa merci, nue, avec une main sur sa bouche pour étouffer ses cris, elle lui payerait tout cela. Rien de trop cruel, juste une petite leçon ; il s’imagina glissant ses doigts sous la ganse du corset, l’arrachant.

« Ôtez-moi ça, mon petit cœur, ordonna-t-il sèchement, d’une voix basse et grondante. Ôtez-moi ça tout de suite. »

Il vit sa grande main qu’elle tenait le long de son corps, juste à la hauteur des yeux de Carlo. Ses doigts blancs et fuselés étaient d’une longueur absurde. Ses bagues même étaient énormes ; leurs chatons étaient enchâssés d’émeraudes et de rubis. Des émeraudes, des rubis, et ces perles fines dans ces cheveux : c’était une femme qui avait fait son chemin dans la vie.

Carlo projeta brusquement sa main droite vers le côté, lui agrippa le poignet et la força à s’asseoir sur ses genoux.

« Je n’aime pas ça, lui souffla-t-il à l’oreille, et je m’en vais briser votre jolie nuque si vous ne débouclez pas ce ceinturon immédiatement.

— Oh, vous ne me feriez pas ça, n’est-ce pas ? » répliqua-t-elle sans sourciller.

Carlo sentait une curieuse mutation s’opérer en lui. Il regardait cette femme, avec son visage à l’ovale parfait, et ses idées s’éclaircissaient rapidement, mais son corps restait incurablement ivre. Une névralgie sourde lui vrillait le front. Ses bras étaient si étroitement ligotés qu'il lui aurait été impossible de lever la main gauche jusqu'à la nuque de cette femme. Mais au besoin il pourrait toujours la forcer à se baisser en lui cassant le bras, et l'affaire serait faite. Il était vraiment trop ivre. Il n'aurait jamais dû la suivre.

« Ôtez-moi ce ceinturon, dit-il. Vite ! »

Elle le fixa sans rien dire, puis parut devenir toute molle. Il la sentit s'agiter sur ses genoux au moment précis où il discernait, au fond de ses yeux noirs, une imperceptible lueur bleue. Son visage masquait la lumière de la chandelle posée sur la table derrière elle. Elle était si près que Carlo sentit son haleine, qui était fraîche, sans la moindre trace de corruption. Carlo sentit s'éveiller en lui un désir violent, que même laide elle lui eût sans doute fait éprouver par le seul pouvoir de sa jeunesse et de sa fraîcheur.

Rien que la chair, pour un instant ! Les lèvres de la jeune femme frôlèrent celles de Carlo ; malgré lui il referma les yeux. Sa main desserra son étreinte sur son poignet, mais elle ne le retira pas ; il frissonna de tout son corps sous son baiser, et son désir s'enfla à tel point que tout le reste ne comptait plus.

Ensuite il s'agita et, faisant rouler sa tête contre le dossier de son fauteuil, il demanda d'une voix douce : « Allons, ôtez ce ceinturon ! » Puis il chuchota : « J'ai envie de vous... envie de vous ! Êtes-vous folle de me provoquer ainsi, femme cruelle !

— Je ne suis pas une femme... » murmura-t-elle, mais déjà Carlo la faisait taire d'un baiser.

« Hmmmm ! » Carlo eut un petit froncement de sourcils. Cette femme avait des manières de badiner qui sonnaient curieusement faux, qui lui écorchaient les oreilles. En lui, le plaisir butait sur le barrage pâteux de son ivresse, et il sentait vaguement qu'elle lui avait posé les deux mains sur les accoudoirs du fauteuil et qu'elle les maintenait fermement sous ses paumes. Le geste était sans violence, elle faisait cela comme un jeu, et le seul contact de sa peau électrisait Carlo, mais tout de même c'était étrange.

« Pas une femme ? » Le grain de sa peau avait quelque chose d'anormal — si doux, si lisse, et pourtant pas tout à fait... « Mais qu'êtes-vous donc alors... murmura-t-il, et ses lèvres formèrent un sourire alors même qu'il l'embrassait, si vous n'êtes pas une femme ?

— Je suis Tonio, murmura-t-elle en lui soufflant dans les dents. Ton fils. »

Tonio !

Brusquement les yeux de Carlo s'ouvrirent, des soubresauts douloureux et incontrôlables le secouèrent, un carillon tonitruant résonna sous son crâne, ses mains se mirent à s'agiter contradictoirement, ne sachant trop s'il fallait la tenir ou la lâcher, l'empoigner ou la repousser, et il sentit qu'un râle affreux s'exhalait de sa gorge.

Elle n'était plus là. Debout face à lui, le dominant de toute sa hauteur, elle le regardait fixement. En une fraction de seconde Carlo comprit tout, le déguisement, ce qui était en train d'arriver... et la démence s'empara de lui.

Il se démena, rua, tapa du talon en s'efforçant d'arracher le ceinturon et en secouant la tête comme un beau diable.

« Federico ! rugit-il. Federico ! » tout en continuant à se débattre et à s'agiter. Puis il poussa des hurlements inarticulés en essayant vainement de planter ses talons dans les dalles de pierre. Après quoi, voyant que le fauteuil n'avait pas bougé, qu'il était réduit à l'impuissance, qu'il n'y avait rien à faire, il s'arrêta brusquement et resta absolument coi.

Elle souriait.

La tête penchée, Carlo la fixait d'un regard écarquillé. Alors elle se mit à rire, d'un rire bas où vibrait une énergie retenue, aussi rauque et sensuel que sa voix.

« Tu veux encore un baiser, père ? » murmura-t-elle. Et un sourire d'une adorable sérénité se forma sur ce visage parfait à la blancheur d'albâtre.

Carlo lui cracha dessus sans l'atteindre.

Les dents serrées, tendant vers elle ses doigts recourbés comme des serres, il cracha une seconde fois sans plus de succès.

Puis, tremblant, il laissa retomber en arrière et pencha à nouveau la tête. Dans un éclair de parfaite lucidité, il saisit tout.

Le théâtre, tout ce qu'il avait entendu dire sur sa beauté et cette maîtrise de l'artifice qui faisaient qu'il donnait sur scène la parfaite illusion d'une femme — et ces mains, ces mains horribles, terrifiantes, cette peau aussi...

Il sentit la nausée qui lui remontait de l'estomac. Il serra les dents pour mieux la réprimer, et rassembla toute sa volonté pour ne pas céder à la panique, ne pas se tordre dans ses liens. Il ne fallait pas lui donner ce plaisir ! Mais il ne put empêcher des râles, des gémissements de s'échapper de ses mâchoires contractées.

Elle ! *Elle !* Il ferma les yeux. Des frissons le secouaient. Il avait le cœur au bord des lèvres. Avec un tremblement de dégoût, il ravala sa nausée. Et quand ses yeux s'ouvrirent à nouveau, ce fut bel et bien sur Tonio qu'ils se posèrent. Il tenait entre ses mains sa grande perruque blanche ornée de perles fines.

Le sourire s'était effacé de son visage. Ses yeux étaient un peu vitreux, légèrement écarquillés.

Il se défit de son corset noir, comme il eût fait d'une cuirasse, et ses jupes, que plus rien ne retenait, glissèrent au sol.

À présent c'était un géant aux allures félines, vêtu d'une chemise blanche fripée et de culottes serrées, les cheveux humides et broussailleux, qui se dressait devant Carlo. Une dague à la garde ornée de pierreries était passée dans sa ceinture, et il l'ajusta d'une de ses longues mains fines en s'éloignant d'un pas du grand monceau de taffetas dont il venait de se débarrasser.

Carlo avala avec effort. Il avait un goût de fiel immonde dans la bouche. Un silence extrêmement tendu s'était appesanti sur eux.

Longtemps Carlo et ce diable au visage d'ange et aux yeux glacés se regardèrent en chiens de faïence. À la fin, très lentement, Carlo se mit à rire à son tour, ou plutôt à ricaner tout bas, sinistrement.

Il se passa la langue sur les lèvres. Elles étaient sèches, douloureuses, et un peu de sang coulait de sa lèvre inférieure fendue.

« Mes hommes... fit-il.

— Ils sont trop loin pour t'entendre.

— Ils me trouveront...

— Pas avant un bon moment. »

Et peu à peu, vaguement, Carlo se souvenait. Pendant qu'ils gravissaient cet interminable escalier, il lui avait dit : « J'entends de l'eau qui coule quelque part, le canal a peut-être inondé les caves... » Il sentait l'odeur du canal. Et elle — cette chienne, ce monstre, ce démon ! — lui avait répondu : « Qu'importe, puisque cette maison est inhabitée ! »

Non ! Personne ici, dans cette grande bâtisse délabrée, ne pouvait entendre ses cris.

Et quand ils étaient entrés dans cette chambre, où dans la cheminée brûlait un feu d'enfer, Carlo s'était précipité à la fenêtre pour avaler un peu d'air, et il n'avait pas vu une rue dans laquelle ses hommes montaient la garde, mais le puits obscur d'une cour intérieure, quatre ou cinq étages plus bas. Avant de l'emprisonner au cœur de cet immeuble branlant, elle lui avait fait vérifier point par point l'état des lieux.

C'était d'une habileté diabolique !

Carlo transpirait à grosses gouttes. Dire que j'ai envoyé aux trousses d'une créature pareille un couple d'assassins minables ! La sueur lui coulait le long du dos, sous les aisselles. Il sentit qu'il avait les mains moites et glissantes, quoique pour l'instant il n'en fît rien d'autre que de les ouvrir et de les fermer spasmodiquement ; il luttait à nouveau contre la panique, contre l'instinct qui le poussait à ruer et à se colleter avec ce fauteuil de chêne inébranlable.

Que de fois il avait seriné à Federico de se tenir à l'écart quand il était en galante compagnie, que de fois l'avait-il avisé de ne jamais venir l'importuner quand il était au lit avec une femme ?

Tout cette mise en scène avait été réglée avec un art consommé. Pourtant ce n'était pas de l'opéra. Lui qui disait : « Ce n'est qu'un eunuque, ils pourraient l'étrangler de leurs mains nues ! »

Carlo regarda Tonio s'attabler en face de lui. Sa chemise blanche était ouverte au col, la lumière jouait sur les arêtes de son visage, et chaque mouvement qu'il faisait était empreint d'une grâce étrange et féline, évocatrice d'un grand fauve, d'un léopard.

Carlo se sentit envahi de haine, une haine mortelle et farouche de ce visage à l'ovale parfait et de tous les détails de la physionomie de Tonio, une haine qui embrassait tout ce qu'il lui avait fallu supporter d'entendre raconter sur son compte, tout ce qu'il savait de Tonio, le sopraniste, le magicien de la scène, le beau et jeune Tonio, le célèbre Tonio, cet enfant qui avait grandi sous le toit d'Andrea, auquel Andrea avait dispensé mille bienfaits et des trésors d'indulgence pendant toutes ces années au cours desquelles Carlo se morfondait à Constantinople, Tonio qui avait tout, Tonio qui le traquait partout, sans jamais lui laisser une seconde de répit, Tonio, Tonio, Tonio, celui dont Marianna avait crié le nom sur son lit de mort, Tonio qui à présent, malgré le couteau de ses tueurs, malgré ses longs bras d'eunuque sans force, malgré toutes ces années de vigilance et de précaution, avait capturé Carlo et le tenait à sa merci.

S'il ne laissait pas échapper l'énorme rugissement qui s'enflait dans sa poitrine, sa haine lui ferait perdre la raison.

Il réfléchissait, aussi. Ses spadassins n'avaient besoin que d'un peu de temps : le temps de s'apercevoir que cette maison était trop déserte, trop noire, et ils viendraient fureter à l'intérieur.

« Pourquoi ne m'as-tu pas tué ? rugit-il en se débattant à nouveau dans ses liens et en griffant l'air de ses mains. Pourquoi n'as-tu pas profité de la gondole ? Pourquoi m'as-tu laissé vivre ?

— Ni vu ni connu ? fit Tonio de sa voix rauque et feutrée. Et sans explication ? Comme tes hommes étaient censés faire à Rome ?

Les yeux de Carlo se plissèrent.

Du temps ! Gagner du temps ! Federico sentait le danger d'instinct. Il allait se douter qu'il y avait anguille sous roche. Et il était là, dehors, à deux pas.

« Je veux du vin ! » fit Carlo. Il balaya du regard la table, le couteau à manche d'os enfoncé dans une volaille qui était hors de sa portée, les timbales, le flacon d'eau-de-vie couché sur le flanc. « Je veux du vin ! dit-il d'une voix épaisse. Puisque tu ne m'as pas tué dans la gondole, donne-moi du vin, bon Dieu ! »

Tonio le regardait sans s'émouvoir, comme quelqu'un qui a l'éternité devant lui.

Puis il avança un de ses longs bras démesurés et poussa une timbale vers Carlo.

« Sers-toi, père », dit-il.

Carlo leva la timbale, mais il dut baisser la tête pour y boire. Il lapa son vin, qui chassait ce goût infect de sa bouche et, au moment où il relevait les yeux, il fut pris d'un étourdissement si violent qu'à n'en pas douter sa tête dut retomber lourdement sur un côté.

« Donne-m'en d'autre », dit-il. Ce couteau était beaucoup trop loin. Quand bien même il lui eût été possible de faire basculer cette table massive, plus lourde encore que le fauteuil auquel il était ligoté, il n'aurait pas pu s'en emparer assez vite.

Tonio avait levé la bouteille.

Federico comprendrait qu'il se passait quelque chose de louche, et bientôt il allait s'approcher de cette porte. La porte, oui, la porte !

Au moment où il la précédait dans l'escalier, il avait entendu un bruit de tonnerre qui avait résonné dans tout l'immeuble, et la pensée lui était venue vaguement qu'une femme n'aurait pas dû pouvoir rabattre la barre d'un loquet avec autant de force.

Mais ses hommes ne se laisseraient pas arrêter par cela.

« Pourquoi ne l'as-tu pas fait ? demanda-t-il soudain en prenant la timbale à deux mains. Pourquoi ne m'as-tu pas tué plus tôt ?

— Parce que je voulais te parler, répondit Tonio d'une voix basse et étouffée. Je voulais savoir pourquoi... pourquoi tu as essayé de me tuer. » Son visage jusque-là lisse et impassible se colorait à présent d'une très légère émotion. « Pourquoi m'as-tu envoyé des assassins à Rome, alors qu'en quatre ans je n'ai jamais cherché à te nuire, alors que je ne t'ai jamais rien réclamé ? Est-ce ma mère qui te retenait de le faire ?

— Tu sais bien pourquoi je te les ai envoyés ! s'écria Carlo. Quel délai t'étais-tu fixé avant de revenir me tuer ? » Il avait la figure humide et brûlante. Il se lécha les lèvres : elles avaient un goût salé de sueur. « Chacun de tes actes m'avertissait de ta prochaine venue ! Tu te faisais envoyer les épées de mon père, tu passais ta vie à la salle d'armes. Au bout d'à peine six mois à Naples, tu avais déjà tué un eunuque, et l'année suivante tu réglais le compte de ce jeune Toscan ! Tu faisais peur à tout le monde ! Puis il y avait tes amis, tes puissants amis dont on me rebattait les oreilles, la Lamberti, le cardinal Calvino, ce di Stefano de Florence. En plus, tu avais l'audace d'user de mon nom sur la scène, tu me narguais, tu me jetais le gant ! Toutes tes actions me visaient, tout cela c'était pour me harceler. Ta vie entière était une épée pointée sur ma gorge, qui avançait inexorablement ! »

Il se laissa retomber en arrière. Une douleur atroce lui tordait la poitrine, mais c'était bon, ah ! comme c'était bon de pouvoir enfin mettre son cœur à nu, de sentir ce flot de paroles brûlantes et empoisonnées s'échapper incontrôlablement de sa gorge !

« Qu'est-ce que tu t'imaginais ? Que j'allais nier les avoir envoyés ? »

Il roulait des yeux furibonds en direction de cette figure silencieuse assise en face de lui, de ces longues mains blanches et filiformes qui jouaient avec le manche en os du grand couteau à découper.

« Je t'avais laissé la vie sauve, en pensant que tu ne serais que trop heureux de t'en tirer à si bon compte. Mais tu me bafouais continuellement. Bon Dieu ! S'il avait pu se passer un seul jour sans que j'entende parler de toi, sans que je sois obligé de m'expliquer, de proférer un chapelet de dénégations, de clamer mon innocence, de verser des larmes de crocodile, d'aligner des platitudes en me tordant les mains, de débiter des mensonges à la pelle ! Tu me bafouais ! Tu me ridiculisais ! Moi qui avais été assez sottement sentimental pour vouloir t'épargner !

— Tu te laisses emporter, père, fit doucement Tonio avec un peu de stupeur. Tu divagues. »

Carlo éclata d'un rire sans joie qui décupla son affreux mal de crâne. Il vida machinalement sa timbale d'un trait et, comme il tendait la main vers la bouteille, il la vit glisser vers lui et le vin déborda du gobelet.

« Ah, je divague ? dit-il en ricanant de plus belle. Si ce sont des dénégations, des supplications que tu veux de moi, tu vas être drôlement déçu ! Prends donc ton épée, ta fameuse rapière, qui est sûrement cachée quelque part dans cette pièce, et fais-en usage ! Verse le sang de ton père ! Ne sois pas miséricordieux comme je l'ai été avec toi ! »

De grandes rasades de bourgogne tempérèrent brièvement son ardeur, noyant sa douleur, interrompant cette espèce de ricanement sourd qu'il n'avait cessé de faire entendre en contrepoint de ces paroles. Il voulait s'essuyer les lèvres avec le dos de la main, mais il ne pouvait atteindre sa bouche. Cela le mettait en rage. Avec un frisson, il sentit monter le flux de cette panique, et cette envie furieuse de se débattre qui ne le mènerait nulle part, et il s'empressa de laper encore un peu de vin.

« J'aurais préféré ne pas avoir à expédier ces hommes à Rome, mais je n'avais pas le choix ! dit-il. Si les choses avaient pris une autre tournure, si l'on était venu m'apprendre que tu étais devenu humble et timoré, que tu avais peur de ton ombre ! J'ai connu des eunuques de ce genre-là : Beppo, par exemple, ce vieux bonhomme ignominieux qui s'est pendu dans sa cellule après ton départ, ou ce tartufe d'Alessandro qui, malgré tous les grands airs qu'il se donne, n'a absolument rien dans le ventre. On n'a rien à redouter de cette race d'eunuques-là. Mais sur toi cela n'a pas eu de prise ! Oh non ! Tu étais trop fort et trop fin pour cela ! Tu avais trop hérité de la trempe de mon père — ou peut-être étais-tu trop vieux ! Et on me parlait de toi, sans relâche et sans trêve, c'était comme si tu avais été couché sur l'oreiller à côté de moi, comme si tu vivais encore sous mon toit ! Que voulais-tu que je fasse ? Hein, dis-le-moi ? Je n'avais pas le choix ! »

Dans la lumière fumeuse des chandelles, il discernait encore de la stupeur sur les traits indécis de Tonio, mais elle était moins accusée et se teintait d'une ombre de tristesse.

« Si, tu avais le choix ! dit Tonio tout bas avec une sorte d'amertume. Tu aurais pu venir toi-même à Rome, où nous aurions pu nous voir et nous parler comme nous le faisons en ce moment !

— Nous voir ? Nous parler ? cracha Carlo avec dégoût. Et pour en venir à quoi ? À ce que j'implore ton pardon de t'avoir fait châtrer ? » Il eut un reniflement de mépris. « Une fois déjà je t'avais imploré, mon bâtard, je t'avais imploré encore et encore de me céder le pas ! Et tu as refusé ! En faisant cela, tu scellais ton destin ! C'est toi qui l'as voulu, pas moi !

— Ce n'est pas possible, tu ne peux pas croire cela, murmura Tonio.

— Je n'avais pas le choix ! » rugit Carlo. Il se tendit en avant. « Puisque je te dis que je n'avais pas le choix ! Et au diable ces hommes que je t'ai envoyés à Rome, ça ne compte pas ! S'ils t'ont poussé à réaliser tes plans plus vite, tant mieux, parce que tu serais venu de toute façon, tu le sais bien ! Je n'avais pas le choix, je te le répète. »

Un voile tomba sur les yeux de Carlo, mais ce visage, ah ! ce visage était toujours aussi beau, diaboliquement beau ! Et, ô ironie, il était si jeune, il avait cette jeunesse dont la perte avait été pour Carlo la plus inconsolable de toutes les douleurs.

À nouveau il voyait le fond de sa timbale. Il sentit le vin lui couler le long du menton. Il tendit la main vers la bouteille.

« Te voir ! Parler avec toi ! » Un gros soupir lui souleva la poitrine, et ses yeux se fermèrent à demi.

Qu'était-il en train de faire ? Que disait-il ?

Il leva les yeux vers le plafond, vers cette haute voûte obscure où dansaient les lointains reflets des chandelles ; il y vit des toiles d'araignées et des gouttelettes de pluie toutes luisantes qui s'insinuaient à travers d'invisibles fissures.

Du temps, il lui fallait du temps, tenir jusqu'à la nuit... Qu'avait-il dit, qu'avait-il laissé échapper ? Tout le poison de ses anciennes plaies s'était écoulé hors de lui.

Mais il sentait la chaleur du vin se répandre en lui, une sorte de grande fatigue douce l'engourdissait, et cela lui était égal.

Ce qui ne lui était pas égal, c'était l'injustice, la brutale et implacable injustice dont il avait souffert pendant tant d'années. Les mensonges succédaient sans cesse aux accusations, et sans cesse il lui fallait payer, encore et toujours payer. C'était cela le mystère : tout ce qu'il avait acquis lui avait coûté si cher qu'au bout du compte le jeu n'en valait pas la chandelle. Ah ! de toutes les choses dont il avait joui, s'en était-il trouvé une seule qui ne lui eût coûté du sang, de la jeunesse et des chicaneries à n'en plus finir ? Et avait-il jamais rencontré de la compréhension, avait-il jamais eu l'occasion de s'ouvrir de tout cela devant un juge ?

« Que sais-tu donc de ma vie ? demanda-t-il. Toutes ces années à Constantinople, loin d'elle, pendant que toi ici, tu étais choyé et gavé ; je ne suis rentré enfin que pour faire face à ses accusations ! Elle ne m'a jamais cru, tu sais ! C'était toujours Tonio par-ci, et Tonio par-là ! Mille fois je l'ai suppliée de renoncer à boire. Je lui amenais des médecins, des gardes-malades. Elle avait tout ce qu'elle voulait ! Bijoux, toilettes de Paris, les domestiques les plus dévoués, les nourrices les plus douces pour prendre soin de nos garçons — je ne lui refusais rien ! Mais j'avais beau faire, elle ne désirait que deux choses en ce monde : "Tonio", d'abord, et puis le vin. C'est le vin qui l'a menée sur son lit de mort, et sur son lit de mort c'est toi qu'elle a réclamé ! »

Il étudiait le visage de Tonio. Qu'exprimait-il à présent ? De l'incrédulité ? Une souffrance involontaire ? Il n'en était pas sûr, et ça lui était bien égal.

« C'est consolant pour toi d'entendre ça, hein ? » dit-il avec amertume, en se penchant à nouveau vers l'avant ; sa tête pesait une tonne, mais le goût du vin était frais et doux dans sa bouche. « Et ses derniers moments ! continua-t-il. Sais-tu ce qu'elle me disait ? Que j'avais gâché sa vie, que je l'avais détruite, que je l'avais conduite à la folie et à la boisson, et que je l'avais privée de sa seule consolation, notre fils ! Voilà ce qu'elle me disait !

— Et bien entendu, tu ne pouvais pas la croire ? murmura Tonio.

— La croire ? Après tout ce que j'avais enduré pour elle ! » Carlo sentit une vive douleur : la lanière de cuir l'étranglait. Il se laissa retomber en arrière, sa main serrant convulsivement la bouteille. « Après ce que j'avais fait pour elle ! Condamné à l'exil par amour pour elle ! Après toutes ces années à Constantinople, toutes ces années où elle avait été la femme de mon père, pourquoi crois-tu que je me souciais encore d'elle ? Pourquoi ? Parce que je l'aimais ! Et cette passion qui, quinze années durant, avait survécu à tout, par quoi a-t-il fallu qu'elle soit détruite ? Par le temps ? Non ! Par mon père ? Non plus ! Mais par toi, oui, par toi ! Elle a crié : "Tonio !" et elle est morte. Sur la fin, elle n'avait même plus un regard pour nos enfants... »

La voix de Carlo se brisa. Elle avait des résonances qui l'horrifiaient et, s'il l'avait pu, il eût enfoui son visage dans ses mains.

C'était insupportable d'être ligoté ainsi, mais à se débattre il n'eût gagné que d'éprouver encore plus péniblement l'étroitesse de son lien, et il se répétait cela avec acharnement en se forçant à rester immobile ; mais malgré lui ses mains montaient vers son visage, et il remuait machinalement la tête.

« Tu me demandes si je la croyais ! Mais qui te donne le droit de me poser des questions ! Qui te donne le droit de t'ériger en juge devant moi ? »

Il s'empara du flacon d'eau-de-vie et, avec des gestes fébriles, en versa le fond dans sa timbale et la vida d'un trait. Il sentit la brûlure délicieuse de l'alcool, tellement plus fort et astringent que le vin, et il lui sembla que la pièce tout entière bougeait sous lui ; un spasme souleva son estomac et remonta jusqu'à son visage, si bien que même ses yeux roulèrent dans leurs orbites. Il eut la torturante vision de Marianna dans tout l'éclat de sa jeunesse et de sa beauté, telle qu'elle était lorsqu'il l'avait enlevée à son couvent pour la ramener dans sa chambre d'auberge, et il la revit se mettre à hurler lorsqu'elle avait compris qu'il ne l'épouserait pas.

En frissonnant, il se souvint du grand flot de paroles réconfortantes qu'il avait alors déversé sur elle, l'assurant que c'était seulement l'affaire de quelques mois, le temps de gagner son père à ses raisons : « Je suis son seul fils, voyez-vous, il faudra bien qu'il me cède ! »

Mais ce n'était pas de cela qu'il avait besoin. Il était sur le point de verser complètement dans le délire, et il sentait remonter en lui des souvenirs confus d'une époque plus ancienne de sa vie, celle où sa mère et ses frères vivaient encore ; en ce temps-là tout lui avait semblé facile, et le monde lui avait paru plein d'amour et d'espérance. Entre son père et lui, une sorte de tampon amortissait les heurts ; sa mère arrivait toujours à tout raccommoder, à tout redresser. Mais la cruauté du destin l'avait dépouillé de tout cela, comme plus tard elle lui avait ravi Marianna, ravi sa jeunesse, et à présent il n'arrivait plus à se souvenir que de conflits amers et déchirants qui annihilaient tout le reste.

Carlo poussa un gémissement. Il fixait d'un œil vitreux la table du souper. Il se rappelait confusément le lieu où il se trouvait, il y était le captif de Tonio. Il sentait le bord du ceinturon qui lui mordait la poitrine et il luttait pour ne pas perdre pied, pour garder la tête claire, pour gagner du temps.

Les chandelles n'étaient plus que de pâles lumignons et le feu dans l'âtre qu'un monceau de braises rougeoyantes. Ce matin-là, quand Carlo s'était présenté ivre sur le Broglio en jurant qu'il l'épouserait avec ou sans permission, son père avait tourné vers lui un visage épouvantable et lui avait dit en grondant : « Tu oses me défier ! » et il avait été écrasé, défait. Et Marianna, effondrée en travers du lit, dans cette chambre sordide, qui sanglotait : « Oh ! mon Dieu ! Pourquoi m'avez-vous fait ça ! »

Il lui sembla qu'il avait à nouveau émis une espèce de borborygme, de gémissement inarticulé.

Il tressaillit en s'apercevant que la pièce était devenue bien plus sombre, au point qu'elle paraissait énorme à présent, et que Tonio, assis en face de lui, le fixait, le visage toujours impassible, à cela près que sa longue bouche formait une ligne très dure.

Ses cheveux noirs, qui avaient retrouvé leur souplesse naturelle, tombaient de part et d'autre de sa figure, et à qui ressemblait-il ? Même après l'opération, c'était toujours le même visage, celui de ces anciens portraits où Carlo figurait auprès de ses frères, de sa mère... mais ce n'était pas une peinture, c'était Tonio !

Une nouvelle nausée lui souleva l'estomac.

De violents frissons le secouèrent, et il balbutia : « Tu... tu me retiens prisonnier ici, et tu me juges ! Est-ce pour cela que tu es venu, pour me juger ? Toi, tu veux me juger, toi, l'enfant gâté... ? » À cet endroit il fut repris de cette espèce de rire bas dont la crépitation assourdie accompagna toute la suite de ses paroles : « ... toi, le fils d'élection de mon père, toi le chanteur, oui, le grand sopraniste, la coqueluche de Rome, celui dont les femmes bombardent le carrosse de fleurs, qui est reçu chez des altesses, ce Tonio à la bourse toujours pleine d'or, ce Tonio qui a entortillé autour de son petit doigt l'illustre cardinal Calvino ? »

Une lueur d'émotion passa brièvement dans les yeux de Tonio.

« Oui, oui ! » Carlo eut un rire sardonique. « Crois-tu donc que j'ignore le sort odieux auquel ma témérité t'a condamné ? Comme si je n'avais pas assez entendu parler de tes amants, de tes amis, de tes adorateurs ! Y a-t-il une seule porte qui ne s'est pas ouverte devant toi ? Y a-t-il un seul de tes souhaits qui ne s'est pas accompli ? Un eunuque ! Bon Dieu, qu'est-ce qu'on a donc pu t'enlever pour que tous les lits de Rome tombent devant toi comme autant de citadelles devant des hordes de barbares ?

« Tu es riche, jeune, béni par les dieux même dans ta monstruosité, tu viens ici avec cela, tu t'en sers pour enjôler ton propre père, et tu prétends t'ériger en juge, et tu veux que je t'expose les raisons qui m'ont fait agir ! »

Il prit un temps et s'efforça en vain de s'essuyer les lèvres avec ses doigts. Il restait un peu d'eau-de-vie au fond de sa timbale ; il l'avala et en eut la gorge brûlée. Il se tendit à nouveau vers l'avant, la tête penchée d'un côté.

« Dis-moi, Tonio..., reprit-il, renoncerais-tu à tout cela si tu pouvais recommencer tout ? Renoncerais-tu à tout cela pour mener la même existence que moi ? » Il roulait vers Tonio des yeux pleins de haine. « Réfléchis avant de répondre. Veux-tu que je dise ce qu'a été ma vie ? Et ne parlons même pas de mon épouse bien-aimée qui se lamentait sans trêve de la perte de son fils, ni de votre cousine, la tendre chère Caterina, toujours à mes trousses comme une harpie, toutes griffes dehors, me lacérant sans cesse plus profondément, toujours à l'affût du moindre faux pas de ma part ! Ni de tous ces vieillards du Sénat et du Conseil qui prenaient fait et cause pour elle et qui me guettaient continuellement par en dessous, comme des vautours !

« Non, c'est de Venise seulement que je parle, de cette vie toute de devoir et d'honneur dont je t'ai si injustement dépouillé — toi, Tonio le chanteur, Tonio le célèbre castrat ! Eh bien, sois tout ouïe et écoute ! »

D'une voix radoucie, qui avait presque l'accent du secret, et avec un débit haché et fiévreux, il continua :

« D'abord, il y a ce grand palais délabré qui coûte les yeux de la tête, avec ses salles innombrables, ses murs qui s'affaissent, ses fondations pourrissantes, qui absorbe des sommes énormes comme une éponge géante, qui n'en a jamais assez, et qui finalement est à l'image de la République elle-même, ce gouvernement plein de superbe qui t'oblige despotiquement à te présenter chaque jour au Sénat, à y échanger des courbettes et des sourires, à maquignonner, à truquer, à circonvenir, à présider à une cacophonie de bavardages interminables sur quoi repose tout le fonctionnement quotidien de cette cité orgueilleuse et impotente qui n'a plus d'empire, plus de destinée, plus d'espoir ! Des espions, des inquisiteurs, des pompes, des cérémonies, des rituels qui confinent à la démence, et chaque jour on vient puiser dans ton escarcelle parce qu'il faut payer pour un nouveau spectacle, une fête, un jubilé, un carrousel, ou Dieu sait quelle extravagance.

« Et ensuite, quand tu as enfin fini de suer sous cette toge pesante et de bredouiller des inepties, que tu as des ampoules aux pieds et la mâchoire douloureuse à force de duplicité, que de libertés s'offrent à toi ! Enfin, tu peux retourner pour la centième fois perdre ton argent au Ridotto, coucher avec une courtisane ou une fille d'auberge — toujours la même — ou aller retrouver ta maîtresse, une épouse adultère avec laquelle tu viens d'avoir sept disputes en une semaine, avec les mouchards du gouvernement qui sont toujours à t'épier, tes ennemis toujours à l'affût de tes fautes, passant au crible le moindre de tes actes, et quand tu n'en peux plus, quand tu en as tellement assez de tout cela que tu te sens au bord de l'asphyxie, tu promènes des regards affolés tout autour de toi en quête d'une issue, tu cherches d'un bout à l'autre de cette étroite langue de terre, et tout ce que tu vois, c'est que le lendemain ce sera exactement la même chose.

« Et toi, tu viens ici pour me juger !

« Tu veux que je te rende ta place ! Tu voudrais tout cela à la place de l'opéra, à la place de ta belle Anglaise de la place d'Espagne, tu renoncerais à ta voix, cette voix qui a fait de toi un dieu parmi les hommes, un être d'exception, pour revenir ici et n'être plus qu'un de ces mille aristocrates qui participent à cette grotesque foire d'empoigne dans l'espoir de décrocher un poste aussi fastidieux qu'onéreux au gouvernement de cette République dont il ne reste pratiquement plus que ce que tu pouvais voir de la place Saint-Marc tout à l'heure, pendant que tu me jouais ta petite comédie ! »

Carlo rit encore, de ce rire bas dont le flot s'échappait de lui aussi irrésistiblement que celui de ses paroles.

« Eh bien, prends-le donc, ce foutu palais qui pue ! Prends-le, ce foutu gouvernement qui pue ! Prends tout cela, et puis... »

Sa voix avait faibli.

Il se tut.

Il regardait fixement devant lui et, l'espace d'un instant, il lui sembla qu'il avait la tête entièrement vide et que l'énergie qui bouillonnait en lui s'était soudain évaporée, le laissant faible et épuisé.

Il essayait de saisir une idée, mais il ne savait pas laquelle.

Il y avait bien pourtant un fil conducteur. Et s'il retrouvait ce fil, il pourrait le suivre et remonter en arrière à travers le labyrinthe de ses propres divagations, et alors sûrement il se retrouverait sur la place battue par la pluie, et il revivrait cet instant d'absolue beauté où il avait vu les mouettes s'élancer au-dessus des oriflammes qui claquaient au vent. Il revoyait, comme de très loin, la tristesse voluptueuse, compacte, qui s'était abattue sur lui dans ce moment où la résignation, l'espoir et une sorte de gratitude ivre lui avaient fait trouver un sens à tout cela. Si seulement Tonio avait pu mourir, si seulement il était enfin à six pieds sous terre, si seulement... comme il respirerait, alors !

Il regardait Tonio fixement. Il lui semblait que cela faisait une éternité qu'ils étaient ensemble dans cette pièce.

Les chandelles crachotaient dans leur cire, le feu se mourait dans l'âtre, mais l'atmosphère était encore chaude et comme chargée d'émanations délétères, et le sang dans la tête de Carlo battait, ah ! comme il battait.

Mais quelque chose le chiffonnait.

Et même le chiffonnait affreusement. Car c'était dans sa tête que cela n'allait pas. Tout cela n'allait pas du tout, parce que ce qu'il venait de dire, ce n'étaient pas des mensonges, ce n'était pas simplement un babil inconsistant, un subterfuge destiné à donner à ses hommes le temps d'intervenir. Ce flot de paroles qui se déversait de lui avait la force, l'éclat de la vérité. Mais ça ne pouvait pas être vrai, non ! Était-il possible que tout ce qu'il venait de dire fût la description fidèle de son existence ?

Le visage de Tonio était grimaçant à présent, mais, loin d'effacer sa beauté juvénile, ce rictus l'enrichissait, lui apportait de la complexité. Sa physionomie avait perdu toute innocence et, sous ce masque de séduction et de beauté, on devinait à présent une âme impétueuse et brûlante.

Mais Carlo ne se souciait plus de Tonio.

Il contemplait avec effarement l'inextricable chaos qui avait envahi son esprit. L'horreur était tout près, à présent, cette horreur dont il avait éprouvé l'avant-goût sur la place tout à l'heure, et à laquelle il avait assigné une forme : celle d'un cri qui s'étrangle dans une bouche ouverte.

Il avait désespérément envie d'expliquer quelque chose, une chose que personne n'avait jamais comprise. Avait-il jamais eu envie d'assassiner, de châtrer, avait-il jamais eu envie de se battre comme on l'y avait forcé... ?

Il avait peur de son silence soudain. Ce calme le terrifiait. Et puis, comme si en se taisant il avait rompu un charme qui le clouait sur sa chaise, il vit que Tonio était en train de se lever.

Hébété, Carlo regarda les longs bras qui se tendaient pour saisir ces étoffes noires, le corset, les jupes, la perruque finement emperlée.

Et avec horreur il vit Tonio entasser le tout sur les braises mourantes de la cheminée.

Tonio fourgonna les cendres vives avec le tisonnier ; bientôt une grande flamme lécha les carreaux noircis, et une fumée épaisse envahit le creux de la perruque.

Les perles étincelèrent et le postiche s'effondra sur lui-même tandis que de petites flammes le dévoraient de tous les côtés à la fois, et il se recroquevilla avec un chuintement d'outre qui se dégonfle. Sous la perruque, le taffetas noir s'était embrasé brusquement.

Carlo s'entendit demander :

« Mais pourquoi brûles-tu ces choses-là ? »

De nouveau il se passa la langue sur ses lèvres sèches. Son flacon était vide, vide aussi sa timbale...

De toute sa vie il n'avait jamais éprouvé une appréhension pareille. Il sentait qu'il aurait fallu dire quelque chose, recommencer à discourir, obtenir ce qu'il fallait de répit pour que ses hommes le retrouvent, mais cette horreur qui pesait sur lui, il n'arrivait pas à s'en défaire.

« Contraint et forcé, souffla-t-il d'une voix si ténue que lui seul pouvait l'entendre. Je n'ai fait tout cela que contraint et forcé, et si c'était pour payer un prix pareil au bout du compte, non, vraiment, le jeu n'en valait pas la chandelle », dit-il encore en dodelinant de la tête, mais ces paroles ne s'adressaient pas à Tonio ; elles ne s'adressaient qu'à lui-même.

Toutefois Tonio les avait entendues.

Il tenait à la main le tisonnier, dont l'extrémité pointue rougeoyait dans l'ombre. Il l'abaissa et, le tenant le long de son corps, il s'approcha de Carlo lentement, avec des gestes félins.

« Tu as omis quelque chose, père », dit-il d'une voix aussi calme et posée que s'il se fût agi d'un banal échange de propos avec un ami. « Tu m'as parlé de ta femme et de la déception qu'elle t'a causée, du gouvernement qui t'opprime et te saigne à blanc, de tes pairs qui te persécutent, de ma cousine qui te poursuit de ses accusations — tu m'as parlé de tous ces fléaux qui gâchent ton existence et qui en font un véritable enfer. Mais tu ne m'as pas parlé de tes fils !

— Mes fils... » Les yeux de Carlo s'étrécirent.

« Tes fils, répéta Tonio. Les petits Treschi, mes jeunes frères. Et eux, père, que te font-ils ? Tout nourrissons qu'ils soient, n'ont-ils pas trouvé un moyen de te torturer ? Quelle iniquité te font-ils subir ? Est-ce qu'ils ne te tiennent pas éveillé chaque nuit avec leurs braillements, est-ce qu'ils ne te volent pas ton sommeil bien mérité ? »

Carlo fit entendre un gémissement inarticulé.

« Allons, père ! reprit Tonio, d'une voix basse et douce. Même si tout le reste de ta vie n'est qu'oppression et misère, je suis bien certain qu'en eux tu as de quoi te consoler d'avoir été forcé de briser ma vie il y a quatre ans ! »

Carlo fixait le vide devant lui. Il secoua la tête d'un air hésitant, puis il se redressa, écarta les épaules et posa ses deux pieds bien à plat sur le sol.

« Mes fils..., vociféra-t-il. Mes fils... mes fils seront grands un jour et alors ils te tueront, ils te feront payer ça !

— Oh ! non, père ! » dit Tonio. Il se retourna et, d'un geste désinvolte, lança le tisonnier dans l'âtre. « Si tu meurs ici, tes fils ne sauront jamais ce qui t'est arrivé.

— C'est un odieux mensonge ! Ils grandiront en espérant ta mort, ils ne vivront que pour le jour où...

— Non, père, car ils seront élevés par les Lisani et ils ne sauront jamais grand-chose de nous et de notre vieux différend.

— Tu mens ! Tu mens ! Mes hommes n'auront point de repos aussi longtemps que...

— Tes hommes décamperont de Venise comme des rats dès qu'ils sauront qu'ils ont failli à leur tâche de gardes du corps.

— Les inquisiteurs de l'État te traqueront et te...

— S'ils savaient que je suis ici, ils m'auraient déjà fait arrêter, répondit tranquillement Tonio, et tout le monde t'a vu quitter la place en compagnie d'une putain. »

Carlo avait levé les yeux au plafond. Il était sans voix.

« Non, père, si tu meurs ici, soupira Tonio, personne ne saura jamais ce qui t'est arrivé. »

Il se retourna, traversa la pièce en quelques longues enjambées et ouvrit une porte vernie, en bois sombre, qui semblait être celle d'une garde-robe.

Pétrifié, Carlo regarda Tonio tandis qu'avec des gestes lents et gracieux celui-ci décrochait un habit de couleur rouille, qu'il enfila, puis une épée qu'il s'attacha à la taille. Ensuite il se mit sur les épaules et s'agrafa au cou une cape de gros drap noir dont les plis lourds retombaient jusqu'au sol

Les longs doigts de Tonio relevèrent le capuchon de la cape ; sous ce triangle d'étoffe sombre, son visage jetait de blanches lueurs.

Carlo lutta. Les mâchoires serrées par l'effort, il se contracta et, de toutes ses forces, essaya de faire tomber son fauteuil à la renverse, mais le meuble ne bougea pas.

La haute figure sombre s'avançait vers lui, et le pan de sa cape oscillait au-dessus du sol avec le même rythme irréel que les jupes noires de la femme sur la place. Tonio abaissa son regard sur la table dévastée, et il tira de la volaille le long couteau à manche d'os.

Les yeux de Carlo, que des larmes de rage rendaient vitreux, ne cillèrent pas. Il n'en avait pas encore fini. Ce n'en était pas encore fait de lui. L'eût-il pensé une seule seconde qu'il se serait mis à hurler comme un dément ; non, ça ne pouvait pas se dénouer comme cela, ça ne pouvait pas aboutir à un tel comble d'injustice, et il n'avait rien d'autre en tête qu'une épouvantable haine envers Tonio, qu'un regret terrible de ne pas l'avoir fait tuer depuis longtemps.

« Sais-tu ce que j'ai toujours pensé que je ferais quand ce moment serait venu ? » murmura Tonio. Il tenait le couteau face à Carlo, et la lumière vacillante faisait luire la graisse qui en enduisait la lame.

Carlo se recroquevilla contre le dossier du fauteuil.

« J'ai toujours pensé que ce seraient tes yeux que je te prendrais, continua Tonio du même ton, en levant posément le couteau. De la sorte, toi qui as aimé comme je n'aimerai jamais, qui as engendré des enfants comme je n'en engendrerai jamais, tu aurais été exclu du monde comme j'en ai été exclu, tout en continuant, comme moi, à vivre. »

L'espèce de pellicule vitreuse qui couvrait les yeux de Carlo se fissura et des larmes lui coulèrent le long du visage. Il fixa Tonio d'un regard haineux, la bouche remuante. Puis, rassemblant tout ce qu'il avait de salive, il lui cracha au visage.

Les yeux de Tonio s'écarquillèrent.

Machinalement, il souleva le bord de sa cape et essuya le crachat.

« Tu es très brave, n'est-ce pas, père ? murmura-t-il. Tu es très courageux, n'est-ce pas, père ? Voici bien des années, tu m'as dit que j'avais du courage, tu t'en souviens ? Mais est-ce bien du courage, père, que de me défier, à présent que tu es à ma merci ? Est-ce bien du courage que de refuser de plier, de te soumettre, même pour la sauvegarde de tes fils ou de Venise, même pour celle de ta vie ?

« Ou bien ne s'agirait-il pas plutôt de quelque chose d'infiniment plus brutal et d'infiniment plus vil que le courage ? Ne sont-ce pas plutôt l'orgueil et l'égoïsme qui t'ont rendu si esclave de tes appétits sans frein que tout ce qui s'oppose à leur assouvissement te plonge dans une rage de destruction aveugle ? »

Tonio s'approcha encore ; à présent, il y avait de la passion dans sa voix.

« N'est-ce pas de l'égoïsme, n'est-ce pas de l'orgueil, n'est-ce pas de l'appétit débridé, qui t'ont poussé à enlever ma mère du couvent qui l'abritait, à saccager son existence et à la rendre folle, alors qu'elle aurait pu avoir des douzaines de soupirants, se marier comme elle voulait et avoir du bonheur ? Elle était l'idole de la Pietà, et sa voix était une légende. Mais il te la fallait, avec ou sans mariage !

« N'est-ce pas encore de l'égoïsme et de l'orgueil qui t'ont poussé à te dresser contre ton père en menaçant de provoquer l'extinction d'une lignée qui remontait à dix siècles avant ta naissance ?

« Et à ton retour, en découvrant que ton châtiment allait durer encore, qu'as-tu fait d'autre que de chercher à prendre ce que tu voulais avec toujours autant d'orgueil, d'égoïsme et d'obstination, même si cela signifiait de la perfidie, de la cruauté et des mensonges ? "Cède-moi le pas !" m'ordonnais-tu, et comme il m'était impossible de te céder, tu m'as fait castrer, chasser de mon pays, écarter de tout ce que je connaissais et de tous ceux que j'aimais. J'ai préféré être banni de Venise que de t'accuser, j'ai choisi de supporter l'opprobre plutôt que de te voir châtié et de mettre ma famille en danger, et maintenant tu prétends que tout ce pour quoi tu m'as fait mutiler, tout ce pour quoi tu m'as spolié, se ramène à des persécutions, des épreuves et des tracas !

« Mon Dieu ! À cause de toi une famille a été bien près d'être détruite, à cause de toi une femme a gâché sa vie et a sombré dans la folie, un fils, émasculé sur ton ordre, en a eu le cœur brisé, et tu as encore l'audace de te plaindre des accusations qu'on te lance, des soupçons qui pèsent sur toi, des mensonges qu'on te force à faire !

« Qui es-tu donc pour que ton orgueil, ton égoïsme et tes appétits insensés exigent de pareils tributs ?

— Je te hais ! s'écria Carlo. Je te maudis ! Dieu, que je regrette de ne pas t'avoir tué. Si je pouvais, je te tuerais sur-le-champ !

— Ah ! cela je te crois, dit Tonio d'une voix légèrement tremblante. Et si tu le faisais, tu me répéterais sans doute encore qu'en l'occurrence non plus tu n'avais pas le choix !

— Oui, oui ! Parfaitement ! » rugit Carlo.

Tonio se tut. La force de ses propres paroles l'avait ébranlé ; il tremblait. Mais à présent il semblait s'apaiser, il paraissait désirer que le silence étouffât sa colère montante. Il fixait toujours Carlo, mais son visage était à nouveau lisse, imperturbable, et n'exprimait plus que de la candeur.

« Et tu voudrais que, moi non plus, je n'aie pas le choix, c'est bien ça ? demanda-t-il. Tu voudrais que je sois forcé de te tuer maintenant à cette seconde même, alors que tout en moi incline à te sauver en dépit de toi-même ? »

Les traits de Carlo étaient figés dans un masque de fureur, mais il tiqua imperceptiblement.

« Je ne veux pas te tuer ! dit Tonio tout bas. En dépit de toute ta haine, de toute ta violence, de toute ta perfidie, je ne veux pas te tuer ! Et ce n'est pas parce que j'ai pitié de toi, ce n'est pas parce que tes misères m'ont fait de la peine : non, c'est au nom de plusieurs choses que tu n'as jamais respectées, ni jamais comprises. » Tonio s'interrompit pour reprendre haleine. À présent son visage brillait, et les reflets du feu s'y accrochaient.

« Parce que tu es le fils d'Andrea, dit-il d'une voix lente avec une espèce de lassitude. Parce que tu es de son sang, et du mien, parce que tu es un Treschi et que tu es le maître de la maison de mon grand-père. Parce que tu es le gardien de mes jeunes frères, parce que je ne veux pas les rendre orphelins et aussi parce que tu es notre représentant au sein de ce gouvernement de Venise contre lequel tu récrimines si fort. C'est pour toutes ces raisons que je veux te laisser la vie sauve. Pour toutes ces raisons et pour une autre aussi, la plus lamentable de toutes : tu es mon père — *mon père !* — et je ne veux pas avoir ton sang sur les mains ! »

À nouveau Tonio se tut. Il tenait toujours le couteau et il avait le regard lointain, perdu. On aurait dit qu'une grande fatigue, un immense dégoût, s'étaient emparés de lui.

Carlo nota tout cela, mais son air sardonique montrait bien qu'il n'était prêt à se laisser abuser par rien. À mi-voix Tonio reprit :

« C'est peut-être aussi parce que je refuse que tu me forces à devenir un parricide qui, devant Dieu, gémira qu'il n'avait pas le choix comme tu viens de le faire. Mais peux-tu le comprendre ? Peux-tu admettre qu'il existe une sagesse qui va au-delà de ton obstination et de ton orgueil ? N'y a-t-il aucun moyen de démêler ce nœud de vengeance, d'iniquité et de sang ? »

Carlo avait la tête penchée, et il regardait Tonio d'un seul œil, qui était à demi fermé. La haine lui battait aux tempes comme un pouls affolé.

« J'ai cessé de te haïr, murmura Tonio. Je n'ai plus peur de toi. À présent, je ne vois plus en toi qu'un mauvais orage qui a brièvement dérouté le frêle esquif de ma vie. Ce que j'ai perdu, je ne le récupérerai jamais, mais je ne veux plus de ce conflit avec toi, je ne veux plus de haine, plus de ressentiment.

« Père, tu n'as imploré de moi aucune miséricorde, mais peux-tu accepter que je ne te réclame rien d'autre que ta parole ? Donne-moi ta parole que tu n'attenteras plus à ma vie dorénavant, et je te laisserai la vie sauve. Je partirai de Venise comme j'y suis rentré, et je ne te causerai jamais aucun préjudice, non plus qu'à tes proches. Si tu ne me crois pas maintenant, tu me croiras lorsque tu me verras m'en aller. Mais pour cela, père, tu devras tout de même en rabattre un peu : il me faut ta parole.

« C'est pour cela que je suis venu. C'est pour cela que je ne t'ai pas tué tout de suite. Je veux que tout soit réglé entre nous ! Je veux que tu reprennes ta place dans ta maison, auprès de mes petits frères. Je veux que tu me donnes ta parole ! »

Le visage de Carlo se renfrogna lentement et, d'une voix basse et gutturale, il grogna :

« C'est un piège... »

Brièvement, les traits de Tonio se crispèrent, puis son visage redevint lisse, si lisse qu'on lui eût donné le bon Dieu sans confession. Il baissa les yeux.

« Père, pour l'amour de Dieu ! dit-il tout bas. Au nom de la vie même ! »

Carlo le scrutait attentivement. À présent il voyait clair, douloureusement clair, malgré les ténèbres qui avaient envahi la pièce, et la haine qu'il vouait à cette figure sombre dressée au-dessus de lui était si totale qu'il en avait l'esprit obnubilé.

Le couteau bougea dans la main de Tonio, qui le retourna d'un geste gracieux et en présenta le manche à Carlo.

« Ta parole, père, murmura Tonio. Ta vie pour la mienne, maintenant et à tout jamais. Dis-le, et de manière à ce que je te croie. »

Carlo hocha la tête, lentement.

« Dis-le, père, répéta Tonio tout bas.

— Je te donne ma parole que... que jamais plus je n'attenterai à ta vie », marmonna Carlo.

Et, bouche bée, muet de stupeur, il vit que Tonio avançait le couteau vers lui.

« Prends-le et coupe ton lien toi-même, dit Tonio. Que nous soyons libérés l'un de l'autre une fois pour toutes. »

Carlo s'empara du couteau et en passa aussitôt la lame sous la courroie pour la couper juste au-dessus de son coude gauche.

Le ceinturon céda avec un claquement sec et la poitrine et les bras de Carlo furent dégagés. Le couteau à la main, il se mit prudemment debout.

Tonio avait fait quelques pas en arrière, mais sans hâte. Sa longue cape flottait autour de lui, auréolée d'un nimbe doré par l'âtre dont les reflets mourants faisaient scintiller des lueurs de braise dans ses yeux noirs.

Peu à peu les yeux de Carlo s'agrandirent. S'il avait seulement pu voir ce qui se cachait sous ces plis de laine noire qui enveloppaient tout le corps de Tonio, s'il avait été mieux à même de discerner ce que son visage exprimait... mais les facultés de sa raison cédaient sous le poids de toute la haine qui s'était accumulée en lui au cours de cette interminable soirée et qui, nourrie des outrages qu'il avait subis, n'avait cessé de s'exacerber tandis que Tonio le retenait captif : Tonio, l'abominable Tonio qu'il aurait dû tuer depuis très longtemps,

Tonio, l'eunuque qui venait de lui infliger ce nouveau et suprême camouflet.

Avec un ultime geste de défi, il toisa d'un regard éloquent cette longue figure noire qui lui faisait face, et sa bouche s'allongea en un rictus méprisant.

Brusquement il chargea, le couteau pointé devant lui, sa main gauche tendue pour saisir le bras frêle dont il devinait la forme sous les plis de la cape noire.

Mais la haute figure drapée de noir s'effaça devant lui comme un mirage. Le geste avait été si rapide que Carlo ne le vit même pas. Au moment où il se retournait, il entendit le sifflement de l'épée de Tonio. Un bref éclair stria l'espace qui les séparait, et Carlo éprouva une douleur aiguë dans la poitrine.

Le couteau tomba sur le dallage en cliquetant.

Les doigts de Carlo se refermèrent sur la lame de la rapière, cet éclair de feu qui le perçait de part en part ; il voulut parler, mais sa bouche se remplit d'un liquide chaud et jaillissant qui lui coula sur le menton. Il voulut crier : « Non ! Ce n'est pas fini ! » mais sa gorge n'émit qu'un affreux gargouillement.

Et au moment où il se sentait sombrer dans le néant, au moment où les ténèbres s'abattaient sur lui et où une terreur sans fond s'emparait de son âme, il vit la lueur dans les yeux de Tonio s'estomper et une vive douleur crisper les traits de son visage. Puis, presque aussitôt, ce visage revêtit à nouveau son masque d'innocence parfaitement lisse.

2.

Deux heures durant Tonio resta dans la chambre avec Carlo.

Le cadavre refroidissait, et progressivement toutes les lumières s'éteignirent. Les chandelles avaient fondu, et la cheminée ne contenait plus que des cendres. Tonio voulait couvrir le corps de Carlo de son manteau noir, lui ramener les mains sur la poitrine, mais il n'en fit rien, et quand la pièce fut entièrement plongée dans les ténèbres, il se leva, sortit et descendit l'escalier à pas de loup.

Si quelqu'un l'avait vu se faufiler au-dehors par l'entrée de service, rien ne le lui indiqua. Aucun pas ne résonna derrière lui pendant qu'il traversait le dédale familier des ruelles, aucune ombre furtive ne le suivit à travers l'immense place déserte.

Quand il arriva à l'entrée de la basilique, il en trouva les portes closes. Il resta debout devant les lourds vantaux, l'air hébété, sans parvenir d'abord à accepter le fait qu'ils ne s'ouvriraient pas pour lui.

À la fin il s'adossa à une colonne du porche et il regarda le ciel d'encre derrière la masse imprécise du campanile.

Seules quelques lumières éparses éclairaient la façade du bâtiment des Offices. De loin en loin, la porte d'un des cafés de la place s'ouvrait, et les gens qui en sortaient et se hâtaient sous le vent et la pluie ne faisaient pas attention à lui.

Le froid ne tarda pas à lui engourdir le visage et les mains. Mais il ne bougeait pas. La pluie oblique transperçait peu à peu ses vêtements.

La nuit gagnait inexorablement. L'horloge du campanile égrenait les heures. Les lumières des cafés s'éteignirent et les mendiants eux-mêmes désertèrent les arcades tandis qu'autour de lui Venise sombrait dans le sommeil.

Et il ne resta bientôt plus d'autres traces de la civilisation que le bourdon régulier de l'horloge et les lueurs indécises de quelques torchères au loin.

Il lui semblait que le froid et sa douleur se confondaient. Il s'efforçait d'évoquer l'image de ceux qu'il aimait, de sentir leur présence. Ce n'était pas assez de prononcer leurs noms comme on dit une prière. Il s'imaginait avec le cardinal Calvino dans un lieu tranquille et sûr où il pourrait essayer de lui expliquer ce qui s'était passé.

Mais ce n'étaient que des rêves.

Il était seul et il avait tué son père.

Et s'il décidait à présent de continuer à vivre, il lui faudrait toujours traîner ce boulet derrière lui. Jamais il ne raconterait à personne ce qui s'était passé. Jamais il ne demanderait à personne ni absolution ni pardon.

Finalement, aux approches de l'aube, il rabattit sur son visage le capuchon de sa cape, sortit et marcha jusqu'au milieu de la place.

Il regarda une dernière fois ces immeubles monumentaux qui jadis avaient été pour lui les bornes ultimes du monde. Ensuite il tourna le dos à Venise à tout jamais.

3.

Il prit la route du sud et entreprit son long voyage vers Florence. C'était encore l'hiver, et une gelée blanche poudrait les champs. Mais Tonio ne pouvait supporter la compagnie des autres voyageurs dans les chaises de poste. Il préférait louer à chaque relais un cheval et une selle, et il allait au pas, sur le bord de la route, si bien qu'il arrivait souvent qu'à la tombée du soir il fût encore loin de tout abri.

C'est à pied qu'il parvint à Bologne. Sa cape était crottée, boueuse, il avait des trous à ses bottes, et, n'eût été l'épée qui lui battait les cuisses, il aurait eu l'air d'un mendiant.

Dans les rues on le poussait, on le heurtait ; les bruits lui froissaient l'oreille. Il avait la tête légère à force de si peu manger, et il ne se fiait plus guère à ses sens.

Et quand il se retrouva dans la campagne, il vit qu'il n'aurait pas la force de continuer. Il alla cogner à l'huis d'un monastère et remit au père supérieur la moitié de tout l'argent qui lui restait.

Il se laissa mettre au lit avec gratitude. On lui apporta du vin, du bouillon, et on lui prit ses habits et ses bottes pour les raccommoder. La fenêtre donnait sur un jardinet inondé de soleil. Avant de fermer les yeux, Tonio demanda le jour qu'on était et combien il restait de temps avant le dimanche de Pâques.

Car il avait une seule certitude : il fallait absolument qu'il eût rejoint Guido et Christina avant ce dimanche-là.

Des jours passèrent, puis ce furent des semaines.

La tête sur l'oreiller, il restait étendu à regarder le jardin. Le soleil qui tombait sur les dalles des allées et accrochait de brusques reflets à l'eau de la petite fontaine lui faisait songer à d'autres temps, des temps où il avait été heureux. Le cloître était plein d'ombres diaprées.

Il aurait voulu que ce ne fût pas le carême, car ainsi il eût entendu les moines chanter.

La nuit, quand il était seul, la détresse qui s'emparait de lui était tellement accablante qu'il lui semblait que chaque année qui passerait ne pourrait qu'augmenter sa misère. Il revoyait sa mère dormant du sommeil de l'ivresse, et il se demandait si elle n'avait pas détenu la clé d'une secrète sagesse.

En apparence, aucun changement ne s'opérait en lui, mais chaque jour il prenait un peu plus de nourriture. Bientôt il en vint à se lever à l'aube pour aller à la messe avec les frères. Et il pensait de plus en plus fréquemment à Guido et à Christina.

Leur voyage de Rome à Florence s'était-il bien passé ? Paolo se faisait-il du souci pour lui ? Il espérait que Marcello, le jeune chanteur sicilien, était venu avec eux ; en tout cas, ils n'étaient sûrement pas partis sans la signora Bianchi.

Parfois il les imaginait en train de dîner ensemble, de converser ensemble. Mais il ignorait où ils étaient au juste, et cela le contrariait. Avaient-ils loué une villa dans les collines, avec une terrasse où ils pourraient aller le soir prendre le frais, ou bien s'étaient-ils installés au cœur de la cité, dans quelque rue animée, à deux pas du théâtre et des palais des Médicis ?

Un beau matin, sans avoir prémédité le moins du monde sa décision, il s'habilla, enfila ses bottes, ceignit son épée et, sa cape sur le bras, il s'en alla dire adieu au père abbé.

Dans le jardin, des religieux coupaient de jeunes branches de buis et les entassaient dans une brouette. Il comprit que c'était le vendredi de la Passion, la fête des Sept Douleurs ; il n'avait plus que neuf jours avant la première de l'opéra.

Quand il parvint au relais de poste, il avait faim. Tandis qu'il déjeunait de bon appétit, il se prit à observer le va-et-vient des voyageurs avec un intérêt inaccoutumé. Ensuite il loua le meilleur cheval qu'il put trouver et il prit la route du sud, en direction de Florence.

C'est à Fiesole, juste avant le lever du jour, qu'il aperçut la première affiche.

Des vieilles femmes, des ouvriers sortaient de la cathédrale où ils venaient d'entendre la première messe du dimanche des Rameaux, des branches de buis bénit à la main, et une chaude lumière jaune s'écoulait du portail ouvert, illuminant les dalles du parvis.

Tonio, à califourchon sur son cheval, traversait la place au pas lorsque soudain, sur un mur souillé par les intempéries, il vit son nom en grosses lettres : TONIO TRESCHI.

D'abord il crut à une hallucination. Puis une excitation irrépressible le saisit. Tout en se disant que c'était une vanité stupide, il poussa son cheval en direction de ce mur pour examiner de plus près le bout de papier chiffonné.

Richement bordée d'un double liséré rouge et or, l'affiche annonçait que les représentations de *Xerxès* débuteraient à Pâques au théâtre de la Pergola à Florence. Le nom de Guido y figurait aussi, mais en caractères plus petits, et elle comportait même un portrait de Tonio, gravé en médaillon, qui le flattait beaucoup, et quelques vers fleuris à la louange de sa voix.

Il faisait tourner son cheval sur place en s'appuyant au mur d'une main, et il ne se lassait pas de lire et de relire le texte du placard.

Ensuite il demanda au premier passant venu s'il était encore loin de Florence.

« Montez sur cette colline, et vous verrez », lui fut-il répondu.

Quand il arriva en haut de la colline, le ciel était encore d'un bleu profond et parsemé de minuscules étoiles. La cité de Florence s'étalait à ses pieds, au creux d'une vallée. Il vit ses clochers qui se profilaient dans la brume, beaucoup de petites lumières vacillantes et la ligne immobile de l'Arno. Il trouvait que c'était aussi beau que la Bethléem endormie des Nativités.

Et tandis qu'il contemplait ces lointains clochers dans la brume, il s'aperçut que de toute sa vie il n'avait jamais connu d'instant comme celui-ci.

À Rome, le soir de la première, dans les coulisses du théâtre, il avait peut-être senti s'enfler dans sa poitrine une espérance semblable. Peut-être aussi l'avait-il éprouvée, voici bien longtemps, à Venise, le jour où il avait pris part à la parade nautique du Senza.

Mais il chassa ces souvenirs de son esprit.

Au lever du soleil, il aurait rejoint Guido et Christina, et pour la première fois ils seraient vraiment ensemble.

Postface de l'auteur

La Voix des anges n'aurait pu être écrit sans un travail de documentation considérable ; je dois beaucoup non seulement à nombre d'écrivains de l'époque, mais encore aux auteurs d'innombrables ouvrages d'érudition ou de vulgarisation consacrés à l'opéra, aux castrats, au XVIIIe siècle, à l'Italie et aux villes de Naples, de Rome et de Venise.

Outre cela, j'ai compulsé une masse de matériaux relatifs aux particularités physiques des eunuques et je dois une reconnaissance spéciale au Dr Robert Owen, qui a bien voulu me piloter à travers le maquis de la littérature médicale sur ce sujet.

Je tiens également à remercier Anne-Marie Bates, qui a eu l'obligeance de mettre à ma disposition un enregistrement d'Alessandro Moreschi, le dernier chanteur castrat de la Sixtine et le seul dont la voix ait jamais été enregistrée.

Les personnages principaux de ce livre sont tous fictifs. Quoique j'aie déployé tous les efforts pour dépeindre aussi fidèlement que possible les castrats et leur siècle, des libertés ont été prises avec les personnes et les dates. Nicolino, Farinelli et Caffarelli ont bien existé ; ils étaient tous trois des castrats illustres ; mais les apparitions de Caffarelli dans mon livre relèvent de l'invention pure.

La méthode d'enseignement de Guido a été reprise du livre de W.J. Henderson, *The Early History of Singing*, et tout excès de simplification, toute inexactitude ne sont imputables qu'à moi.

La première expérience musicale de Tonio à Venise m'a été directement inspirée par le disque : *Baroque Venise* — Music of Gabrielli, Bassano, Monteverdi, enregistré chez Decca en 1972, dont le texte de présentation décrit la visite que Jean-Baptiste Duval fit à Saint-Marc en 1607.

Le duo de Tonio et de la comtesse, qui est le seul passage du livre à avoir été véritablement écrit en musique, s'inspire de l'enregistrement du *Jardin d'amour*, d'Alessandro Scarlatti, publié en 1964 par Deutsche Gramophon, avec Catherine Gayer (soprano) dans le rôle de Vénus et Brigitte Fassbänder (contralto) dans celui d'Adonis.

Le livret de Métastase, *Achille à Skyros*, à partir duquel Guido compose son premier opéra pour Tonio, est décrit en détail par Vernon Lee dans ses *Études sur le* XVIII*e siècle en Italie*.

Il existe aujourd'hui nombre d'enregistrements d'opéras baroques qui furent populaires à cette époque-là.

Mais à ceux de mes lecteurs qui voudraient vraiment comprendre cette musique, je recommande de rechercher plutôt les enregistrements où ce sont des femmes qui chantent les rôles écrits à l'origine pour des castrats. Les castrats étaient des sopranos et des contraltos vrais, et aucun contre-ténor ou haute-contre ne peut donner la moindre idée de la beauté de leurs voix.

La composition de cet ouvrage
*a été réalisée par l'***Imprimerie Bussière**
l'impression et le brochage ont été effectués
sur presse Cameron dans les ateliers
de ***Bussière Camedan Imprimeries***
à Saint-Amand-Montrond (Cher)
pour le compte des éditions Robert Laffont
24, avenue Marceau, 75008 Paris
en mars 1997

N° d'édition : 37941/02. N° d'impression : 4/264.
Dépôt légal : février 1997.

Imprimé en France